NINA OHLANDT

JAN F. WIELPÜTZ

Zornige Brandung

AF178839

Über die Autoren:

Nina Ohlandt wurde in Wuppertal geboren, wuchs in Karlsruhe auf und machte in Paris eine Ausbildung zur Sprachlehrerin, daneben schrieb sie ihr erstes Kinderbuch. Später war sie als Übersetzerin, Sprachlehrerin und Marktforscherin tätig, bis sie zu ihrer wahren Berufung zurückfand: dem Krimischreiben im Land zwischen den Meeren, dem Land ihrer Vorfahren. Mit der Reihe um den Flensburger Hauptkommissar John Benthien wurde sie zur Bestsellerautorin. Nina Ohlandt starb im Dezember 2020.

Jan F. Wielpütz studierte Anglistik, Germanistik und Geschichte in Bonn und arbeitete als Journalist, bevor er als Verlagslektor viele Jahre Krimi- und Thrillerautoren betreute. Er leitete das E-Book-Lektorat und die Schreibschule eines großen Verlags, bis er sich dem Schreiben widmete. Unter Pseudonym hat er zahlreiche Sachbücher verfasst, die auf der SPIEGEL-Bestsellerliste standen, und mehrere Kriminalromane veröffentlicht.

NINA OHLANDT
JAN F. WIELPÜTZ

ZORNIGE BRANDUNG

NORDSEE-KRIMI

John Benthiens elfter Fall

Lübbe

Die Bastei Lübbe AG verfolgt eine nachhaltige Buchpro-
duktion. Wir verwenden Papiere aus nachhaltiger Forst-
wirtschaft und verzichten darauf, Bücher einzeln in Folie
zu verpacken. Wir stellen unsere Bücher in Deutschland
und Europa (EU) her und arbeiten mit den Druckereien
kontinuierlich an einer positiven Ökobilanz.

NACHHALTIG
PRODUZIERT

Originalausgabe

Copyright © 2025 by
Bastei Lübbe AG, Schanzenstraße 6–20, 51063 Köln, Deutschland

Bei Fragen zur Produktsicherheit wenden Sie sich bitte an:
produktsicherheit@bastei-luebbe.de

Vervielfältigungen dieses Werkes für das
Text- und Data-Mining bleiben vorbehalten.

Textredaktion: Angela Kuepper, München
Umschlaggestaltung: Christin Wilhelm, www.grafic4u.de
unter Verwendung von Motiven von © shutterstock: ZoranKrstic |
LittlePerfectStock | Pawel Kazmierczak | alybaba
Satz: hanseatenSatz-bremen, Bremen
Gesetzt aus der Sabon LT Std
Druck und Verarbeitung: GGP Media GmbH, Pößneck

Printed in Germany
ISBN 978-3-404-19391-2

2   4   5   3

Sie finden uns im Internet unter
luebbe.de
Bitte beachten Sie auch: lesejury.de

Sollen wir es töten?
Das kann nicht dein Ernst sein.
Aber doch. Es wird ganz schnell gehen.
Bist du jetzt völlig verrückt geworden?
Wir erlegen es wie ein tollwütiges Tier.
Das kannst du nicht tun.
Sag mir nie, was ich tun kann.

Erster Teil
DER STILLE NACHBAR

1 John

Ein sanfter Wind strich über die Wellen der Nordsee, die träge an den Westerländer Strand schwappten und den Geruch von Salz und Seetang mit sich brachten. So ruhig das Meer auch sein mochte, gab es doch kein Vertun, dass der Tag nicht so friedlich enden würde, wie er begonnen hatte.

Erste Wolken zogen auf und verdichteten sich weit hinten im Westen am Horizont zu dunklen Türmen, die unaufhaltsam auf die Insel zukamen. Ein gewaltiger Regenguss, wenn nicht ein ausgewachsenes Gewitter. Die Möwen ließen sich davon nicht beirren. Auf der Suche nach einem Imbiss kreisten sie über den Köpfen der Flaneure, die die Westerländer Promenade bevölkerten.

John Benthien, ehemaliger Hauptkommissar der Flensburger Kriminalpolizei, saß auf den treppenförmig angeordneten Bänken gegenüber der Musikmuschel und führte einen Pappbecher Kaffee an die Lippen. Sein Blick wanderte zu einem Kitesurfer, der sich vom auffrischenden Wind über das Wasser ziehen ließ. Die Tage wurden kürzer, und dem Sommer ging allmählich die Puste aus. Ein Hauch von Herbst lag in der Luft.

Für einen Moment wünschte John, er könnte den Tag mit einem Buch im Strandkorb verbringen.

Doch daraus würde nichts werden. Zumindest, wenn er seinen alten Job als Kriminalkommissar wiederhaben wollte.

John trank den letzten Schluck Kaffee, erhob sich und beförderte den Becher in einen nahen Mülleimer. Dann machte er sich auf den Weg zum Hotel Miramar, das sich gleich in der Nähe befand. Dort erwartete ihn Kriminalrat Gödecke.

Das mittlerweile in fünfter Generation geführte Grandhotel gehörte zweifelsohne zu den ersten Häusern am Platz. Jeder Stein der Jugendstilfassade atmete große Geschichte, und die direkte Lage am Strand wie auch der erstklassigen Service hatten ihren Preis. Insofern wunderte sich John darüber, dass Gödecke ausgerechnet diesen ebenso teuren wie exponierten Ort für das Treffen ausgewählt hatte.

Bislang hatte sein ehemaliger Vorgesetzter darauf geachtet, dass sie nicht zusammen gesehen wurden. Sie hatten sich im Gewölbekeller eines ziemlich unbekannten Cafés in Flensburg verabredet oder bei Annis Imbiss, Gödeckes liebstem Hot-Dog-Stand auf der dänischen Seite der Förde, und zuletzt abends mit einer Flasche Pils an Deck von Johns Segeljacht.

Er hatte volles Verständnis für Gödeckes Vorgehen.

Schließlich hatte John es sich selbst zuzuschreiben, dass er wegen eines Fehlverhaltens den Dienst bei der Flensburger Kripo hatte quittieren müssen. Dazu die Strafversetzung nach Friedrichstadt, wo er als Dorfpolizist Strafzettel für Falschparker ausgestellt und Nachbarn davon abgehalten hatte, sich wegen eines schiefen Gartenzauns gegenseitig den Krieg zu erklären. Unter diesen Vorzeichen konnte er wohl kaum erwarten, dass Gödecke ihm auf dem Präsidium gleich den roten Teppich ausrollte. Auch, wenn er dies insgeheim wohl gehofft hatte.

Dabei konnte er sich glücklich schätzen. Dass der Kriminalrat Johns Ansinnen, an seine alte Wirkungsstätte zurückzukehren, überhaupt Gehör schenkte, hatte er lediglich dem Zufall zu verdanken. Als Polizeichef von Friedrichstadt hatte er maßgeblich zum Erfolg einer Mordermittlung vor Ort beigetragen, was sogar die Medien aufgegriffen hatten. Dazu ein gutes Wort von Johns ehemaligen Kollegen, und Gödecke hatte sich erweichen lassen, zumindest mit ihm zu reden.

John hatte zum ersten Mal seit langer Zeit so etwas wie Hoffnung verspürt. In der Kleinstadt war er sich wie ein besserer Dorf-polizist vorgekommen, der sich mit den Lappalien des Alltags hatte herumschlagen müssen. Falschparker, Gartenzaunstreitereien, ent-laufene Katzen. Und das, nachdem er als Kriminaler in Flensburg eine der besten Aufklärungsquoten gehabt hatte. Die Ermittlungen in dem Doppelmord in Friedrichstadt hatten alte Instinkte wie-dererweckt. Doch mit der Aufklärung des Falls war bald wieder der Alltag eingekehrt.

John war schnell klar geworden, dass er so nicht weitermachen wollte.

Doch die Gespräche mit Gödecke waren unverfänglich gewe-sen. Der Alte hatte zunächst die Lage sondieren wollen, wie er es nannte. Das Motiv für Johns Rückkehr hatte er durchaus nach-vollziehen können.

Um seine Entschlossenheit zu bekräftigen, aber eben auch, weil er es einfach nicht mehr aushielt, hatte John den Posten vor zwei Monaten kurzerhand gekündigt. Lieber ein Ende mit Schrecken als ein Schrecken ohne Ende, selbst wenn er damit ein finanzielles Va-banquespiel einging, denn endlos würden seine Rücklagen nicht reichen.

Er befand sich nun in einem beinahe schwerelos anmutenden Zustand zwischen dem altem und einem neuen Leben, von dem er nicht wusste, wie es aussehen würde – was ihn gleicherma-ßen mit Hoffnung, aber auch mit Nervosität erfüllte. Denn die Verhandlungen mit Gödecke kamen weiterhin nicht recht vom Fleck, und John verstand immer weniger, warum der Alte ihn hin-hielt.

John hätte es nachvollziehen können, wenn Gödecke oder des-sen Vorgesetzter ihn nach seinem Fehlverhalten nicht wieder bei der Truppe hätten haben wollen. Doch dann sollten sie es ihm ein-fach sagen, anstatt Spielchen mit ihm zu spielen.

John betrat die Empfangshalle des Miramar. Dicker Teppich-boden dämpfte seine Schritte. Der Concierge begrüßte ihn in ei-nem marineblauen Zweireiher.

In Jeans und T-Shirt kam John sich ein wenig deplatziert vor. »Ich habe eine Verabredung mit einem Ihrer Gäste, Kriminalrat Gödecke.«

»Wenn Sie mir bitte folgen wollen«, der Concierge trat hinter der Empfangstheke hervor und wies ihm den Weg. »Der Herr erwartet Sie draußen auf der Terrasse.«

Gödecke verbrachte den Sommerurlaub auf der Insel. Vor seiner Abreise hatte er noch an höherer Stelle vorfühlen wollen, ob es eine reelle Chance für Johns Rückkehr gab. Blieb zu hoffen, dass er auf offene Ohren gestoßen war.

Der Concierge öffnete mit federndem Schritt eine Glastür und bog um die Ecke, vorbei am Aufzug. John ging ihm nach.

Just in dem Moment öffneten sich die Aufzugtüren.

Zwei Männer traten heraus, in ein Gespräch vertieft und so eilig, dass sie ihn nicht bemerkten.

John stieß mit dem vorderen der beiden zusammen. Er trug einen hellbraunen Tweedanzug mit Fischgrätenmuster und eine Schiebermütze. Unter dem Arm hatte er ein Bündel Papiere, das ihm entglitt und sich im hohen Bogen auf dem Marmorboden verteilte. Der Mann taumelte kurz, doch John packte ihn an einer Schulter und stützte ihn.

»Verzeihung, ich habe Sie nicht gesehen.« John kniete sich hin, hob rasch die Papiere auf, augenscheinlich eine Art Buch oder Drehbuch mit langen Dialogpassagen. Er reichte dem Mann den Stapel. »Tut mir wirklich leid.«

So ganz schien der Mann sich von dem Schreck noch nicht erholt zu haben. Er schob seine Stahlgestellbrille zurecht, öffnete den Mund, um etwas zu erwidern, brachte aber keinen Ton heraus.

Sein Begleiter, ein hagerer Kerl mit knochigen Wangen und wirrer grauer Mähne, war weniger beeindruckt und umso schlagfertiger. »Pass doch auf, wo du hinrennst, blöder Hund!«, zischte er und schob sich an John vorbei. An seinen Freund gewandt meinte er mit einem Blick auf den Papierstoß: »Solltest den Bockmist vielleicht wirklich wegwerfen.«

Noch bevor John etwas sagen konnte, zog der Hagere den Mann im Tweedanzug mit sich, und sie verschwanden durch die Glastür in Richtung Empfang.

»Sie müssen verzeihen.« Der Concierge hob die Schultern und schob hinterher, als erklärte das alles: »Filmleute eben.«

Er setzte seinen Weg fort, und John folgte ihm hinaus auf die Terrasse.

Kriminalrat Gödecke saß an einem Tisch in der Ecke mit Blick auf den Strand und das Meer. Er trug einen beigen Sommeranzug aus Leinen mit hellblauer Fliege und dazu Segelschuhe.

Vor ihm auf dem Tisch stand eine Kaffeekanne, daneben ein Teller mit einem halb gegessenen Croissant. Dazu Butter und Marmelade.

»Wünschen der Herr auch etwas zu essen?«, erkundigte sich der Concierge.

»Nein«, antwortete John. »Aber einen Kaffee gerne. Schwarz.«

»Für mich dasselbe«, sagte Gödecke und wies mit ausgestreckter Hand auf den freien Stuhl an seinem Tisch.

John setzte sich, während Gödecke die Serviette von seinem Schoß nahm und sich damit den Mund und den üppigen Schnauzbart abtupfte.

Obwohl sich der Tisch in der Sonne befand, wirkte das Gesicht des Kriminalrats seltsam blass. Auch die Falten auf seiner hohen Stirn, die nur noch von wenigen grauen Haaren an den Seiten umrandet wurde, schienen tiefer geworden zu sein.

»Benthien«, sagte er, »ich habe schlechte Nachrichten.«

Etwa eine Stunde später steuerte John seinen alten Citroën XM über die Listlandstraße, rechts das Wattenmeer, links die weite Dünenlandschaft von List. Am Ortseingang bog er links von der Hauptstraße ab und folgte einem schmaleren Weg zu seinem alten Reetdachhaus. Johns Urgroßvater, ein Kapitän, hatte die Kate vor Urzeiten erbaut, und seitdem war das Haus von Generation zu Generation weitergegeben worden. In Gedanken versunken fuhr

John in die Einfahrt, stellte den Motor ab und blieb noch einen Moment sitzen, zu sehr beschäftigte ihn, was Gödecke ihm eröffnet hatte. So bemerkte er Celine, seine Tochter, erst, als sie bereits neben dem Auto stand und die Fahrertür aufriss.

»Wird aber auch Zeit, dass du kommst«, sagte sie atemlos und wischte sich eine Strähne des schwarzen Haars aus dem Gesicht. »Grandpa bringt ihn gleich noch um!«

»Was?« Noch ganz in Gedanken blickte John zu ihr auf. »Wer bringt wen um?«

»Ben den Gärtner.« Celine stemmte die Hände in die Hüften. Sie trug eine schwarze Hose und ein T-Shirt der Hardrockband Ghost. »Vielleicht bekommt er aber auch den nächsten Herzinfarkt, wenn er sich weiter so aufregt.«

Ben, Johns Vater, hatte erst vor Kurzem einen Herzinfarkt überstanden und machte derzeit eine Reha hier auf der Insel. Aufregung war nun wirklich das Letzte, was er brauchte.

John stieg aus und schloss die Wagentür. »Wo ist denn das Problem? Ich hatte dem Mann doch genau gesagt, was zu tun ist. Ben muss sich also gar nicht …«

»Sieh es dir selbst an, dann verstehst du es schon.« Celine ging voraus um das Haus herum in den Garten. »Ich soll dich übrigens schön von meinem Vater grüßen, ich hab mit ihm telefoniert.«

»Danke. Wie geht es ihm?« Celine war nicht Johns leibliche Tochter. Seine Ex-Frau, die vor vielen Jahren ums Leben gekommen war, hatte Celine mit in die Ehe gebracht. Ihr Vater, Paul Jacobs, war Frachterkapitän und auf den Weltmeeren zu Hause. Daher hatte Celine schon früh John zu ihrem eigentlichen Vater auserkoren.

»Paul ist gerade in Shanghai«, erzählte sie. »Er ist ganz happy mit dem neuen Schiff und der Crew. Und wie ist es mit Gödecke gelaufen?«

John duckte sich unter dem Reetdach und folgte dem Trampelpfad auf die Rückseite des Hauses. »Nicht so wie geplant.«

»Was soll das heißen?«

»Nicht jetzt«, fuhr John sie an.

Celine hob die Hände. »Ist ja gut. Kein Grund, gleich auszuflippen.«

John stieß einen Seufzer aus. »Tut mir leid, okay? Ich erzähl es dir später in Ruhe. Klären wir erst mal das hier.«

John war bewusst, dass seine berufliche Zukunft auch Celine betraf. Sie hatte den Umzug nach Friedrichstadt klaglos mitgemacht, und nun musste er sie schon wieder vor Veränderungen stellen. Und das, wo für sie die heiße Phase des Abiturs begann. Sie hatte jedes Recht der Welt, genauso angespannt zu sein wie er.

Um ein Mindestmaß an Stabilität herzustellen, hatte John ihr versprochen, dass, ganz gleich, wie sich seine Situation entwickeln würde, sie wieder in die Altbauwohnung in Jürgensby ziehen und Celine den Schulabschluss in ihrer früheren Klasse an einem Flensburger Gymnasium machen würde. Sie waren nicht allzu lange in Friedrichstadt gewesen, sodass sie sich schnell wieder eingewöhnen sollte.

»Das war ein Rosenstrauch!«, rief Ben. »Lesen Sie es von meinen Lippen ab: R-O-S-E-N. Ich weiß bei Gott nicht, wie man den mit Forsythien verwechseln kann!« Er stand mit hochrotem Kopf dem Gärtner gegenüber und schlug sich mit der flachen Hand vor die Stirn. Dann zeigte er mit ausgestrecktem Finger auf die gegenüberliegende Seite des Gartens, wo ein Forsythienbusch wucherte. »Und den sollten Sie auch nur beschneiden, guter Mann, und nicht komplett ausreißen.«

Während seiner Zeit in Friedrichstadt hatte John es nur selten zum Kapitänshaus auf Sylt geschafft, während Ben, den im hohen Alter noch einmal Amors Pfeil getroffen hatte, mit seiner neuen Freundin Vivienne die Welt bereiste. Sie hatten also das alte Haus ein wenig vernachlässigt. Der wild wuchernde Garten war das Ergebnis.

Da Ben ohnehin gerade wegen seiner Reha auf der Insel war, hatte John kurzerhand beschlossen, die letzten Wochen der Sommerferien mit Celine in List zu verbringen und die alte Kate auf

Vordermann zu bringen. Bevor der Herbst einzog, stand der Garten ganz oben auf ihrer To-do-Liste.

John hatte Angebote von mehreren Gartenbauern eingeholt. Bei den Preisen, die aufgerufen wurden, hatte er schon beinahe Abstand von dem Vorhaben genommen und in Erwägung gezogen, selbst zu Heckenschere und Harke zu greifen. Bis er auf den kleinen Ein-Mann-Betrieb von Remko Petersen gestoßen war, dessen Leumund zwar nicht über jeden Zweifel erhaben war, für dessen Dienste man aber immerhin nicht gleich sein Haus verpfänden musste.

Bei dem Anblick, der sich ihm nun bot, verstand John allerdings, weshalb die Google-Rezensionen allenfalls mittelmäßig waren und Bekannte auf der Insel, mit denen er gesprochen hatte, lieber einen Bogen um den Gartenbauer machten.

Remko Petersen, ein Mann Mitte vierzig, mit hagerer Statur, grüner Latzhose und wasserstoffblondem Irokesenschnitt, stand Ben gegenüber auf dem Rasen. Das Grundstück wurde zu beiden Seiten von Sträuchern und Büschen umrandet, wobei Ben rechts Platz für ein Blumenbeet geschaffen hatte, wo seine geliebten Rosenbüsche wuchsen.

Einen davon hatte es nun erwischt.

Neben Petersens Füßen klaffte ein Loch im Boden. Der Rosenstrauch, der bei Johns Abfahrt noch dort gestanden hatte, lag mit herausgerissenen Wurzeln auf dem Gras.

Johns Anweisung hatte gelautet, die Büsche auf der linken Seite ein wenig zu stutzen, anschließend den Rasen zu mähen und Unkraut zu jäten.

»Es ... tut mir furchtbar leid«, stammelte Remko Petersen, »ich dachte ... also ... ich weiß nicht, wie mir das passieren konnte.« Er fuhr sich mit der Hand über die Stirn, auf der Schweißperlen standen.

»Ich schlage vor, wir beruhigen uns jetzt alle«, machte sich John bemerkbar. »Es geht ja schließlich nur um einen Rosenstrauch.«

»Nur einen Rosenstrauch?« Ben hob ungläubig die Augenbrauen. »Dieser Kretin hier ...«

»Vater!« John stemmte die Hände in die Hüften. So froh er war, dass sein Vater den Infarkt überstanden hatte, und so sehr er sich um ihn sorgte … Alles wollte er ihm nun auch wieder nicht durchgehen lassen. »Dein Herz. Komm mal wieder runter.« John ging zu dem Loch hinüber, um zu sehen, ob überhaupt ein Schaden entstanden war. Vielleicht konnte man die Rosen einfach wieder einpflanzen.

»Vergiss es«, meinte sein Vater, der den Gedanken wohl erahnte. »Er hat die Wurzeln sauber gekappt.«

Das stimmte, wie John mit einem Blick erkannte. Damit war der Strauch wohl hinüber.

Etwas anderes erregte plötzlich seine Aufmerksamkeit.

John bückte sich über das Loch, das Petersen gegraben hatte. Etwas oberhalb der Stelle, wo der Rosenstrauch gestanden hatte, ragte ein weißes Plastikteil aus der Erde hervor.

»Was ist das?« Mit einer Hand schaufelte John den Dreck zur Seite und legte einen kleinen Plastikkasten frei, der an einem Stromkabel hing.

»Hm«, machte Ben, der neben ihn getreten war. »Das ist jedenfalls nicht von uns. Bestimmt von drüben. Die haben doch mal wegen dem Pool und der neuen Außenbeleuchtung hier rumgebuddelt, als wir nicht da waren.«

John legte noch ein wenig mehr von dem Stromkabel frei, das ziemlich genau auf der Grundstücksgrenze verlief, hin zu einer der Lampen, die um den Pool des Nachbargartens platziert waren.

»Ja, das scheint hinzukommen.«

»Hätten wir besser mal einen Zaun oder gleich eine Mauer gebaut«, moserte Ben. »Dann könnten die uns wenigstens nicht ständig auf den Teller glotzen.«

John erhob sich und blickte zu dem Nachbarhaus hinüber. Es wurde an Feriengäste vermietet, war neueren Baujahrs und erinnerte nur noch in Zügen an ein klassisches Friesenhaus. Das hohe Reetdach saß auf einem modernen Bungalow mit großen Fenstern. Soviel John wusste, gehörte das Haus einem Hamburger Anwalt.

Im Garten hatte er nachträglich einen Swimmingpool bauen lassen, womit er offenbar den Wünschen seiner zahlungskräftigen Kundschaft nachkam. Rings um das Becken, das direkt an Johns Garten angrenzte, standen säulenförmige Außenlampen.

»Wie auch immer«, meinte Ben. »Das macht meine Rosen leider nicht wieder lebendig.« Er fuhr sich mit einer Hand durch das volle graue Haar, das ihm bis zu den Schultern reichte, und massierte sich dann den Bart, während er Remko Petersen musterte. »Also, was schlagen Sie vor, junger Mann?«

Petersen blickte zwischen dem Loch im Boden und dem ramponierten Strauch hin und her. Der Schweiß lief ihm in langen Nasen über Stirn und Schläfen, obwohl es so warm noch gar nicht war. »Ich ... kaufe Ihnen einen neuen. Natürlich berechne ich Ihnen nichts dafür.«

Ben lachte. »Na, das wäre ja auch noch schöner.«

John hörte der Unterhaltung der beiden nur mit einem Ohr zu. In dem Ferienhaus nebenan war ein Mann an die Terrassentür getreten, die nach hinten raus zum Pool führte. Er hielt sich ein Telefon ans Ohr und schien lautstark mit jemandem zu streiten. Gegen die Sonne konnte John lediglich die Silhouette hinter dem Glas ausmachen, kein Gesicht.

Als der Mann bemerkte, dass John zu ihm hinübersah, zog er rasch die Gardinen vor und verschwand von der Tür.

Ein seltsamer Kauz.

John wusste nicht genau, seit wann der Mann in dem Ferienhaus wohnte. Er selbst war mit Celine erst vor einer Woche hergekommen, doch Ben hatte wegen der Reha fast den gesamten Sommer hier verbracht, und der Mann musste das Haus eine ähnlich lange Zeit angemietet haben.

Ein Dauergast. Dazu ein sehr stiller.

Sie hörten selten einen Ton von nebenan, der Mann ließ sich nicht im Garten blicken, und wenn er den Kopf zur Tür herausstreckte, ging er nur eilig zu seinem Mietwagen, einem kleinen Elektroauto, und brauste davon.

John war dem Mann lediglich einmal über den Weg gelaufen, als er morgens vom Brötchenholen kam. Statt in sein Elektroauto zu springen, hatte er ausnahmsweise den Fußweg in den Ort eingeschlagen und nicht verhindern können, dass sie sich begegneten. John hatte im Vorbeigehen gegrüßt, darauf allerdings keine Erwiderung erhalten.

»Außerdem erwarte ich, dass Sie uns die weiteren Arbeiten, also Rasenmähen und Unkrautjäten, nicht in Rechnung stellen.« Ben sah den Gärtner erwartungsvoll an. »Aus Kulanz.«

John wollte seinen Vater mahnen, es nicht vollends zu übertreiben. Doch zu seiner Überraschung stimmte Remko Petersen anstandslos zu. »Geht klar. Ein neuer Rosenstrauch. Rasenmähen und Unkraut.«

»Bis heute Abend«, schob Ben nach.

»Vater, nun ist aber wirklich gut«, sagte John. »Ein wenig Zeit sollten wir ihm geben ...«

»Er hat sich die Suppe eingebrockt, also muss er sie auch auslöffeln.«

Celine verdrehte die Augen. »Mensch, Grandpa, jetzt eskalier nicht ständig. So hübsch waren die Rosen auch nicht.«

»Ein bisschen mehr Respekt vor dem Alter, bitte.«

»Also, bevor Sie beide jetzt auch noch anfangen zu streiten ...«, Remko Petersen setzte sich in Bewegung. »Ich besorg den neuen Strauch, und bis heute Abend ist er im Boden, versprochen.«

»Ihr Wort in Gottes Ohr.« Ben ging hinüber zur Terrasse und setzte sich in den neuen Strandkorb, der auf der rechten Seite neben dem hochgewachsenen Strandhafer stand. »Jetzt könnte ich ein Pils gebrauchen.«

»Ich auch«, sagte John. »Es gibt nämlich schlimmere Dinge als ausgerissene Rosensträucher.«

»Gödecke?«, fragte sein Vater.

»Allerdings ...«

In dem Moment öffnete sich die Terrassentür, und Juri Rabanus kam heraus, Johns ehemaliger Kollege bei der Kriminalpolizei und ein weiteres Mitglied ihrer kleinen Feriengemeinschaft im alten Kapitänshaus. »John, magst du mal gerade kommen?«

»Was denn?«

»Es gibt eine Bombe zu entschärfen.«

2 Lilly

Sie tauchte das Paddel ein und machte einen kräftigen Zug. Das SUP, auf dem sie stand, schnitt durch das vom Wind gekräuselte Wasser der Flensburger Förde. Sie achtete darauf, locker in den Knien zu bleiben, so wie es ihr der Lehrer im Wochenendkurs beigebracht hatte. Es lief besser, als sie erwartet hatte. Sie hatte schon beinahe die Hälfte der Strecke zurückgelegt, die sie sich vorgenommen hatte.

Lilly Velasco, mahnte sie sich selbst, du wolltest dich entspannen und keinen neuen Rekord aufstellen.

Sie wartete, bis das überdimensionierte Surfbrett zum Stillstand kam, dann setzte sie sich hin und ließ die Beine ins Wasser baumeln.

Warum so eilig, wenn der Moment so schön sein kann.

Lilly Velasco, Erste Hauptkommissarin der Flensburger Kripo, blickte sich um. Rechts von ihr lag der Strand von Wassersleben, einem Vorort von Flensburg, der sich am Mittag mit Badegästen gefüllt hatte. Einige hundert Meter vor ihr befand sich ein kleiner Jachthafen, ihre Wegmarke, bei der sie umkehren und wieder nach Hause paddeln wollte. Links von ihr öffnete sich die Förde, auf der einige Segelschiffe ihre Bahnen zogen.

Wenn Lilly über die Schulter sah, konnte sie zwischen den Villen das kleine Haus ausmachen, das sie mit Juri und den Kindern bewohnte. Dass sie sich ein Haus in dieser Lage leisten konnten, hatten sie einzig und allein einer Tante von Juri zu verdanken, die im hohen Alter nicht mehr zurechtgekommen war. Sie hatten mit ihr getauscht, die alte Dame lebte nun glücklich in Lilly Wohnung in der Flensburger Innenstadt.

Lilly legte sich auf den Rücken und streckte die Beine auf dem Brett aus. Die Sonne stand hoch am Himmel, hatte aber schon nicht mehr so viel Kraft wie im Hochsommer.

Sie schloss die Augen und genoss die Stille. Nur der Wind und das Glucksen des Wassers.

Es war schon eine ganze Weile her, dass sie Zeit für sich gehabt hatte. Seit der Geburt von Frouke, der Tochter, die sie mit John hatte, und dem Wiedereinstieg in den Job war sie vielleicht morgens ein paar Minuten im Bad allein gewesen und dann auf der Hin- und Rückfahrt vom Präsidium. Ansonsten hatte sie entweder Mann und Kinder oder Kollegen und Kriminelle um die Ohren.

Insofern hatte sie auch Juris Vorschlag begrüßt, dass er ein paar Tage mit Frouke bei John auf Sylt verbringen könnte. Juri befand sich noch immer in Elternzeit, und John konnte sich unter seiner fachkundigen Aufsicht in der Handhabung des kleinen Wonneproppens üben. Dann könnte er vielleicht auch bald mal alleine auf Frouke aufpassen.

Oder?

In diesem Punkt war Lilly sich noch nicht sicher.

Sie hatte John lange verschwiegen, dass Frouke seine Tochter war. Über ein Jahr lang. Natürlich hatte sie ihre – guten – Gründe gehabt. Doch das schlechte Gewissen plagte sie. Nicht nur wegen John, demgegenüber sie eine gewisse Schuld verspürte. Für Kinder war es wichtig, von Beginn an eine Beziehung zu ihren Eltern aufzubauen. Und sie hatte Frouke ihren Vater vorenthalten. Natürlich hatte die Kleine davon nichts mitbekommen, aber wer wusste schon, wie sich das auswirken konnte?

Und trotz allem sträubte sich etwas in ihr bei der Vorstellung, John mit Frouke allein zu lassen.

Frouke mochte zwar ihr gemeinsames Kind sein, und Lilly wollte auch, dass sie Kontakt zu ihrem leiblichen Vater hatte. Doch nach allem, was John sich ihr gegenüber geleistet hatte, musste er sich ihr Vertrauen erst wieder verdienen. Ihre Heirat war beschlossene Sache gewesen. Sie hatte sein Kind unter ihrem Herzen getragen. Und dann war er einfach der Wünschelrute zwischen seinen Beinen gefolgt und hatte sich in eine andere verliebt, eine Mörderin noch dazu. Er hatte die Ermittlungen – in die Lilly involviert gewesen war – manipuliert und damit nicht nur die Frau mit ihrer Tat davonkommen lassen, sondern auch seine und Lillys Karrieren aufs Spiel gesetzt.

Lilly wusste noch heute, wie sich dieser Verrat gleich einem sengenden Dolch in ihr Herz gebohrt hatte.

Aber das lag hinter ihnen, redete sie sich selbst gut zu.

Sie hatte Frieden mit John geschlossen.

Deshalb hatte sie Juris Idee zugestimmt, wenn auch mehr aus einem Selbsterhaltungstrieb heraus, damit sie einfach mal die Seele baumeln lassen konnte.

Juri hatte Amélie, seine Tochter aus erster Ehe, für eine Woche zu ihrer Großmutter geschickt – wogegen das Kind nichts einzuwenden gehabt hatte, immerhin gab es bei Oma immer selbst gebackenen Zitronenkuchen und jede Menge Schokolade. Dann hatte er seine Sachen gepackt und war mit Frouke nach Sylt gefahren.

Allein sein.

Nichts *müssen* müssen.

Ruhe.

Natürlich war das nur ein vorübergehender Zustand, ein kurzer, seltener Moment des Innehaltens im allgemeinen Chaos, das schon in wenigen Stunden wieder über sie hereinbrechen würde.

Am Abend wollte das Fernsehteam eines Privatsenders auf dem Präsidium mit ihr Aufnahmen für eine Konkurrenzsendung zu *Aktenzeichen XY ... ungelöst* machen, die sich ebenfalls mit Cold Cases beschäftigte.

Lilly stand kurz davor, in einer solchen Sache einen Durchbruch zu erzielen, und die Methode, die dabei Anwendung fand, hatte bei den Fernschleuten Interesse entfacht.

Sie blickte auf die wasserdichte Uhr an ihrem Handgelenk. Noch gut zwei Stunden, bis sie auf dem Präsidium erscheinen musste. Wenn sie wirklich bis zum Hafen paddeln wollte, konnte das womöglich in Stress ausarten.

Lieber noch ein wenig die Batterien aufladen.

Lilly schloss die Augen und genoss für eine Weile die Sonne. Dann machte sie sich auf den Rückweg.

Als sie an dem kleinen Kiesstrand in der Nähe ihres Hauses ankam und das Paddelbrett aus dem Wasser zog, klingelte ihr Smartphone. Sie hatte es in einem wasserdichten Beutel verpackt, also dauerte es einen Moment, bis sie es herausgeholt hatte.

Es war ihr Kollege Tommy Fitzen.

»Du kommst besser sofort auf das Präsidium«, hörte sie seine Stimme.

»Warum, sind die Fernsehfritzen schon da?«

»Nein. Aber wir haben hier ein Problem. Die Fernsehleute scheinen nicht die Einzigen zu sein, die sich für den Fall interessieren.«

Der altersschwache Aufzug im Flensburger Präsidium ruckelte hoch in die dritte Etage. Lilly nutzte die Gelegenheit, ihr Äußeres einem letzten Check zu unterziehen.

Alltagskleidung, hatte die Moderatorin der Fernsehsendung bei ihrem Kennenlerntelefonat gesagt, auf keinen Fall verkleiden, das wirkt nicht authentisch.

Lilly hatte sich für Jeans, weiße Bluse und ein blaues Jackett entschieden. Nach Tommys Anruf hatte sie sich beeilt, daher stellte sie erst jetzt im Spiegel der Aufzugskabine fest, dass das Jackett um die Hüften leicht spannte, wenn sie es zuknöpfte. Sie ließ es daher lieber offen und drehte sich einmal in jede Richtung, während sie ihr Spiegelbild musterte.

Ein Friseurbesuch hätte auch nicht geschadet. Das messingfarbene Haar hing ihr wie Schnittlauch vom Kopf. Lilly holte ein Haarband aus ihrer Handtasche und band sich schnell einen Pferdeschwanz.

Ob die vom Fernsehen sie wohl vorher schminkten?

Die Haut um ihre ausgeprägten Wangenknochen glühte von der Sonne wie eine Signalboje.

Die Aufzugtüren öffneten sich.

Mit schnellen Schritten ging Lilly über den Flur zu Laborraum Nummer zwei auf der Etage der Kriminaltechnik.

In Wahrheit hatte der Raum bislang keine Rolle bei ihrer Arbeit gespielt, doch die Fernsehleute fanden das Labor als Kulisse grandios.

Als sie die Tür öffnete, erwarteten Tommy Fitzen und Jassie Behnke sie bereits.

Tommy trug wie üblich Jeans, Sweatshirt und seine über alles geliebte Lederjacke, die ordentlich Patina angesetzt hatte. Er hielt einen Becher Kaffee in der Hand und winkte ihr damit zu. »Da bist du ja endlich.«

»Ging nicht schneller. Entschuldigt.« Sie nickte Jassie Behnke zu, die in weißem Kittel – ebenfalls auf Wunsch der Filmleute – auf einem Hocker saß.

Behnke war die Assistentin von Dr. Radke vom rechtsmedizinischen Institut in Kiel. In diesem Fall kam ihr allerdings die Hauptrolle zu. Tommy und Lilly selbst waren eher Statisten oder Erfüllungsgehilfen.

Lilly musterte das Ergebnis von Behnkes monatelanger Arbeit, das die junge Rechtsmedizinerin neben sich auf dem Labortisch abgestellt hatte. Eine Büste des Jungen, dessen Leiche vor Jahrzehnten aufgefunden worden war und dessen Mörder man bis heute nicht aufgespürt hatte. Lilly hatte die Büste bislang nur einmal in halb fertigem Zustand bei einem Besuch in Kiel gesehen.

Sie wusste nicht, was sie erwartet hatte. Die sterblichen Überreste des Jungen waren in einem bedauernswerten Zustand gewesen. In anderen Fällen gab es meistens ein Gesicht, dazu eine Lebensgeschichte, was einem das Opfer nahebrachte. Hier hatte bislang beides gefehlt. Kein Gesicht, kein Name, keine Geschichte.

Das hatte sich nun geändert. Jetzt gab es ein Gesicht. Und das machte es persönlicher. Lilly spürte, wie ihr Magen sich zusammenzog. Es war ein Kind gewesen, ein kleiner Junge, dem man Unbeschreibliches angetan hatte.

Sie räusperte sich und zwang sich zur Sachlichkeit. »Ist wirklich gut geworden.«

»Danke«, meinte Jassie Behnke. »Und Sie glauben wirklich, dass ihn jemand wiedererkennen könnte?«

Lilly hob die Schultern. »Es ist zumindest den Versuch wert. Die Sendung hat eine ordentliche Reichweite. Da schauen ein paar Millionen zu. Also, wer weiß.«

Lilly musterte das Gesicht des Jungen, das Jassie Behnke auf Basis einer Schädelreplik aus dem Computertomografen rekonstruiert hatte. Es war erst ihre zweite Arbeit dieser Art, und Lilly hatte auch nur zufällig von Behnkes Spezialgebiet erfahren, als sie im Kieler Institut einen Kaffee mit der jungen Frau getrunken hatte.

In Radkes Abwesenheit hatte sie sich ganz redselig gezeigt. Als sie ihre Fähigkeit erwähnt hatte, die Gesichter von Toten zu modellieren, hatte Lilly sofort an den alten Fall mit dem Jungen denken müssen. Die Ermittlungen waren unter anderem immer wieder daran gescheitert, dass es kein Bild von ihm gab. Als seine Leiche gefunden worden war, war der Verwesungsprozess bereits so weit fortgeschritten gewesen, dass es schon aus Pietätsgründen nicht infrage gekommen war, mithilfe eines Fotos seine Identität zu ermitteln.

Doch vielleicht würde ihnen das dank der Büste und der Fernsehsendung gelingen.

Blonder Pagenschnitt. Eine noch kindliche Stupsnase. Blaue Augen. Rundliche, volle Lippen. Eigentlich ein Allerweltsgesicht. Sie würden Glück brauchen.

»Also, was gibt es denn so Dringendes, das du mir nicht am Telefon erzählen wolltest?«, fragte Lilly, an Tommy gewandt.

»Ich hatte noch nicht alle Informationen beisammen, um die Situation korrekt einschätzen zu können«, verteidigte er sich.

»Aber jetzt bist du so weit?«

»Allerdings. Wir wurden gehackt.«

»Gehackt?« Lilly hob die Augenbrauen. »Du meinst, wie in: jemand hat sich in irgendeinen Computer gehackt?«

»Nicht in irgendeinen Computer. Jemand hat sich Zugriff auf das System des Präsidiums verschafft. Und er hatte es auf einen ganz bestimmten Datensatz abgesehen ... unseren ungelösten Fall.«

»Auf unseren Jungen hier?« Lilly deutete mit einem Nicken auf die Büste.

»So ist es. Noch ist unklar, wer hinter dem Raubzug steckt. Aber derjenige hat sich alle Infos zu dem Fall heruntergezogen, auch diejenigen, die wir von der Büste fürs Fernsehen gemacht haben.«

»Und was bedeutet das jetzt?«, fragte Jessie Behnke. »Ich kenne mich da nicht aus. Heißt das, wir können das mit der Fernsehsendung knicken?«

»Nein«, erklärte Tommy. »Die Daten sind noch da. Es wurde lediglich eine Kopie gezogen. Außerdem haben wir dem Fernsehen ja die Fotos schon vorab zur weiteren Verarbeitung geschickt. Wir können die Aufnahme also wie geplant machen.«

Lilly zog sich einen Hocker heran. »Das Spannende ist vielmehr, dass es überhaupt jemandem gelungen ist, in unser System einzudringen. Das ist nämlich ziemlich gut gesichert. Da kommt man nur rein, wenn man ein echter Crack ist – oder wenn man über Insiderwissen verfügt und jemandem seine Passwörter klaut. Außerdem ...« Ihr Blick wanderte zu der Büste. »Es ist doch verwunderlich, dass sich ausgerechnet jetzt jemand für diesen alten Fall interessiert. Für einen Jungen, dessen Identität wir noch nicht einmal kennen.«

»Ja«, stimmte Tommy zu. »Man fragt sich, wie derjenige darauf gekommen ist. Und wie hat er von der Büste erfahren …«

»… und warum braucht er unbedingt ein Foto davon?« Lilly blickte ihre beiden Mitstreiter abwechselnd an. »Vielleicht ist dieser Fall ja doch nicht so kalt, wie wir dachten.«

3 John

»Beim Entschärfen der kleinen Bombe solltest du vorsichtig sein«, erklärte Juri mit einem Schmunzeln. »Am besten ein wenig Abstand halten, allein wegen der Gasentfaltung.«

Die Sonne schien durch das Fenster herein und ließ die Narbe glänzen, die in Juris linker Gesichtshälfte von der Schläfe am Auge vorbei quer über die Wange verlief. Sein Blick war auf den Tisch vor ihm gerichtet.

»So schwierig wird's schon nicht sein.« John fühlte sich der Aufgabe durchaus gewachsen.

»Oh«, machte Juri, »manchmal explodiert sie mitten bei der Arbeit. Dann gehst du besser in Deckung, sonst bekommst du noch was ins Gesicht.«

»Darf ich? Sonst lerne ich es nie.« John schob ihn ein Stück zur Seite und trat an den Wickeltisch.

Juri hielt ihm ein Döschen Mentholsalbe hin. »Hilft. Einfach unter die Nase ...«

»Wie in der Leichenhalle? Jetzt mach mal halblang.«

»Ich spreche nur aus Erfahrung.«

John setzte ein Lächeln auf, das sofort von dem kleinen Bündel erwidert wurde, das in einer vollen Windel vor ihm auf dem Tisch lag.

Frouke.

Seine Tochter.

So ganz konnte er es noch immer nicht begreifen.

Lilly hatte ihm erst kürzlich eröffnet, dass es sich bei dem Kind, das sie vor etwa einem Jahr auf die Welt gebracht hatte, um seine Tochter handelte.

Natürlich hatte er mit seinem Verhalten selbst dazu beigetragen, dass sie mit der Wahrheit so lange hinter dem Berg gehalten hatte. Er hatte sie betrogen, indem er sich in eine Verdächtige verliebt und dazu noch die Ermittlungen manipuliert hatte. Mit den Folgen musste er leben.

Das änderte allerdings nichts an der Tatsache, dass er dieses kleine Mädchen mit den blauen Augen, das ihn da anstrahlte, über alles liebte.

John erinnerte sich noch an den Moment, als Lilly ihm die Wahrheit eröffnet hatte. Es war auf der Terrasse hinter dem Kapitänshaus bei einem Grillfest gewesen. Er hatte mit Frouke gespielt. Lilly war dazugekommen und hatte ihm wie aus heiterem Himmel erklärt, dass es seine leibliche Tochter sei, die er da im Arm hielt.

Er hatte es nicht sofort begriffen. Doch dann hatte eine Woge puren Glücks ihn durchflutet. Ein Gefühl, so rein und stark wie noch kein anderes in seinem Leben.

Froukes Miene verfinsterte sich plötzlich wieder.

»Ja, ich weiß«, sagte John. »Das fühlt sich nicht gut an. Ich helf dir da raus.« Er wollte die Klebestreifen der Windel lösen, als sich Juri abermals zu Wort meldete.

»Noch ein Tipp, bevor du loslegst.«

»Nämlich?«

»Leg dir die neue Windel schon mal parat.«

»Ach so, ja, natürlich.« John ging zur Wickeltasche hinüber, die Juri mitgebracht hatte.

»Und lass Frouke nie allein auf dem Tisch liegen, sonst kugelt sie dir noch runter.«

»Geht klar, Herr Kommissar.« John machte sich ans Werk, nahm die alte Windel ab und begann, Frouke sauber zu machen. Juri hatte nicht übertrieben, der Gestank war fürchterlich.

»Es wäre doch schön, wenn Frouke dann bald mal alleine bei dir bleibt«, schlug Juri vor. »Was meinst du?«

»Sicher, meinetwegen gerne.«

»Ich fände das auch gut. Damit ihr zwei euch besser kennenlernt.«

»Danke.« John warf Juri einen Seitenblick zu. »Du weißt, dass ich dir das hoch anrechne …«

»Ist doch selbstverständlich.«

»Ist es nicht.«

Mit der Narbe im Gesicht, dem kantigen Kinn mit Dreitagebart, der Stoppelfrisur und der Statur eines austrainierten Boxers machte Juri auf den ersten Blick nicht den Eindruck eines warmherzigen Familienvaters.

Doch genau das war er.

Lilly und er waren noch nicht lange verheiratet, als Frouke zur Welt kam. Dennoch behandelte Juri das Kind wie sein eigenes. Vielleicht lag es daran, dass er sich genau das immer gewünscht hatte. Vater sein und sich um die Kinder kümmern. Seine erste Frau war vor vielen Jahren bei einem Verkehrsunfall gestorben, und seitdem war er mit ihrer gemeinsamen Tochter Amélie allein gewesen. Wegen der Arbeit hatte er nie genug Zeit für sie gehabt. Daher wusste John, dass sein Freund sich gerade im siebten Elternzeithimmel befand.

»Ich bin nicht dein Problem«, meinte Juri. »Ich würde sie dir gleich hierlassen. Aber … nun ja …«

John schloss die Laschen der frischen Windel. »Lilly.«

»Sie traut dir noch nicht wieder über den Weg.«

»Kann ich verstehen.« Er hatte vor einiger Zeit einen Versuch gemacht, sich bei ihr zu entschuldigen. Doch für eine große Versöhnung hatte es nicht gereicht. Das Misstrauen auf Lillys Seite war geblieben.

»Du solltest mal in Ruhe mit ihr reden. Ihr Vertrauen zurückgewinnen.«

»Und wie stelle ich das deiner Meinung nach am besten an?«

»Ich glaube, es würde sie sehr freuen, wenn du als Vater für Frouke da wärst und dich nicht aus der Affäre ziehst.«

»Das ist auch nicht meine Absicht … mich aus der Affäre zu ziehen. Aber wie soll ich für Frouke da sein, wenn sie mich nicht lässt?«

»Hm.« Juri schob die Unterlippe vor. »Manchmal ist das mit den Frauen … wie soll ich sagen …«

»Kompliziert.«

»Ja. Aber du wirst schon einen Weg finden.«

John zog Frouke ihren Strampelanzug wieder an und nahm sie auf den Arm. Sie bedankte sich für den gelungenen Service bei ihm mit einem süßen Giggeln, was ein behagliches Kribbeln rund um Johns Herz auslöste.

»Was hat eigentlich Gödecke gesagt?«, fragte Juri.

»Frag lieber nicht.«

»Aber er hatte doch signalisiert …«

»Ja, hatte er. Bei den Oberen ist er aber offenbar auf Granit gestoßen, was meine Rückkehr angeht. Ich vermute, da kocht irgendwas im Hintergrund, von dem ich nichts weiß.«

»Tja, da bin ich im Moment auch nicht so gut informiert. Was heißt das jetzt für dich?«

»Dass ich mir vermutlich einen anderen Job suchen muss.«

»Geh doch zurück nach Friedrichstadt.«

»Um kein Geld der Welt. Ich werde schon etwas finden. Und wenn ich mich als Privatdetektiv selbstständig mache. Ich habe Celine versprochen, dass wir in Flensburg bleiben und sie in Ruhe den Schulabschluss machen kann …«

»Ist ja interessant«, kam es von hinten. Celine hatte sich angeschlichen und lehnte mit verschränkten Armen in der Türöffnung. »Und wann wolltest du mir von deinem Gespräch mit Gödecke erzählen?«

»Ich hab ihn doch gerade erst getroffen …«

Unten klingelte es an der Tür.

Celine streckte die Arme aus, und John reichte ihr Frouke.

»Hallo, kleine Schwester, jetzt bist du wieder gut gelaunt, was?«

John ging die Treppe hinunter und öffnete die Tür.

Ein Paketbote stand vor dem Haus, in der Hand einen rechteckigen Karton von der Größe eines Aktenordners. »Ich habe hier etwas für Herrn Moser.«

»Moser?«, wunderte sich John. »Den gibt es hier nicht.«

»Steht aber hier drauf.« Er drehte das Paket so, dass John den Adressaufkleber lesen konnte: *Max Moser c/o John Benthien.*

John schüttelte den Kopf. »Bei Benthien sind Sie hier richtig. Aber ein Max Moser wohnt nicht bei mir. Das muss ein Irrtum sein.«

Hinter ihm kamen Schritte die Treppe herunter. »Wie war noch mal der Name?«, fragte Celine, die Frouke noch immer auf dem Arm hielt.

»Moser«, antwortete der Paketbote. »Max Moser.«

Celine machte große Augen. »Oh Gott, ich wusste es. Ich wusste es! Er ist es wirklich!«

John sah den Paketboten an, der auch nur mit den Schultern zuckte. »Muss mir der Name etwas sagen?«

»Mensch, Daddy, du lebst echt hinter dem Mond. Unser stiller Nachbar nebenan. Ich hab ihn ja nur von Weitem gesehen, aber ich hatte gleich die Vermutung …«

»Du meinst den Kerl, der nicht die Tageszeit sagt?«

»Mhm.« Sie nickte.

»Also ist das Paket für nebenan«, erklärte John dem Boten.

»Könnten Sie es trotzdem annehmen?« Der Bote setzte eine flehende Miene auf, der John entnahm, dass der Mann es eilig hatte und sich den Weg gerne sparen wollte.

»Natürlich«, schaltete sich Celine ein. »Wir bringen es dann rüber.«

»Danke.«

John nahm die Sendung mit einem Seufzen entgegen, und der Bote lief zurück zu seinem Lieferwagen und fuhr so schnell davon, dass die Kieselsteine in der Einfahrt zu allen Seiten flogen.

»Lass mich das machen«, meinte Celine und wollte John Frouke anvertrauen.

»Nein«, sagte er, »ich übernehme das. Vielleicht kann der gute Herr mir erklären, weshalb seine Post bei uns landet.«

John zog sich ein Paar Schuhe an und ging mit dem Paket in der Hand hinüber zum Nachbarhaus. Eine Marmortreppe führte hinauf zum Eingang, neben dem eine moderne Gegensprechanlage mit Kameraauge angebracht war.

John klingelte und wartete. Nichts tat sich.

Er wollte es ein weiteres Mal versuchen, als er hinter sich das Surren eines Elektroautos hörte. Es hielt in der Auffahrt neben der Treppe. Ein Mann mit schwarzem Hut und grauem Vollbart stieg aus, auf der Nase eine blau getönte Brille.

»Herr Moser?«, fragte John.

Der Mann erwiderte nichts und blieb wie angewurzelt neben seinem Auto stehen. John ging zu ihm rüber.

»Benthien von nebenan.« Er deutete auf sein Kapitänshaus und winkte dann mit dem Paket. »Ich habe Post für Sie.«

Der Mann nahm die Sendung wortlos entgegen, fasste sich nur kurz an die Hutkrempe, ging dann schnellen Schrittes zum Eingang hinauf und verschwand durch die Haustür, noch bevor John etwas sagen konnte.

Äußerst charmant, dachte er, schüttelte den Kopf und ging zurück zum Kapitänshaus, wo Celine ihn mit Frouke in der Tür erwartete.

»So ein ungehobelter Zeitgenosse«, schimpfte John. »Er hat sich noch nicht mal bedankt.«

Celine lachte kurz. »Sag mal, dir ist wirklich nicht klar, mit wem du da gerade gesprochen hast, oder?«

4 Sanna

Der Autozug ratterte am späten Nachmittag in gemächlichem Tempo über den Hindenburgdamm auf Sylt zu. Auf der rechten Seite kam das Morsum Kliff in Sicht, dessen Abbruchkante in der Sonne rotbraun leuchtete. Das Wasser war bei Ebbe weit zurückgewichen, und in der Ferne machten sich von der Insel aus mehreren Gruppen von Wanderern auf den Weg ins Watt.

Staatsanwältin Sanna Harmstorf hatte das Fenster auf der Fahrerseite ein Stück weit heruntergelassen und genoss die frische Brise, die ins Wageninnere wehte. Genau das Richtige, um einen klaren Kopf zu bekommen, nachdem sie den Vormittag im stickigen Gerichtssaal verbracht hatte – um am Ende mit einer Niederlage nach Hause zu gehen.

Es war der Tag der Urteilsverkündung gewesen. In einem aufsehenerregenden Fall. Norbert Sonnekamp, Staatsdiener im Flensburger Umweltamt, musste sich Bestechlichkeit vorwerfen lassen, und das in mehreren Fällen. Die Beweislage war sonnenklar gewesen, und die Medien hatten lange vor dem offiziellen Urteilsspruch über den Mann gerichtet.

Vorschnell, wie sich gezeigt hatte.

Am Vergehen des Mannes bestand kein Zweifel.

Doch der Richter hatte Sannas Forderung nach einer saftigen Geldbuße und einer Freiheitsstrafe auf Bewährung abgelehnt. Mit der Begründung, dass die Ermittlungsbeamten bei der Sicherstellung der Beweise Formfehler begangen hatten.

Sanna hatte noch jetzt die Szene vor Augen, wie der Beklagte, ein dicklicher Glatzkopf, nach dem Freispruch feixend aufgesprungen, seinen Anwalt umarmt und eine Faust zum Sieg in die Luft gestreckt hatte.

In normalen Zeiten hätte sie sich damit trösten können, dass der Ruf des Mannes ohnehin ruiniert war. Heutzutage sah das anders aus. Er hatte vor dem Gerichtsgebäude gleich damit angefangen, sich vor laufenden Fernsehkameras als Opfer von staatlicher Willkür zu inszenieren.

Was den Fall für Sanna besonders ärgerlich machte, war ihre persönliche Situation.

Nach ihrem Fehlverhalten bei einem der letzten Ermittlungsverfahren, die sie geleitet hatte, war ihr Leumund bei der Staatsanwaltschaft angeknackst. Ein Erfolg hätte ihr gut zu Gesicht gestanden.

Sanna schaltete das Autoradio ein, fuhr die Lehne ihres Sitzes zurück und versuchte, sich zu entspannen und die letzten Minuten der Fahrt zu genießen.

Vergiss das alles für eine Weile. Komm runter.

Sie hatte sich den Nachmittag und den Rest der Woche freigenommen, um bei ihrer Schwester Jaane zu sein.

Jaane wohnte in Munkmarsch in dem kleinen Haus, das sie von ihrer Mutter geerbt hatten. Sie hatte heute Geburtstag, und Sanna hatte ihr versprochen vorbeizuschauen. Warum dann nicht gleich ein paar Tage auf der Insel verbringen, hatte sie sich gedacht.

Obwohl Jaane alles war, was ihr von ihrer Familie geblieben war, hatte Sanna ihre Schwester in letzter Zeit vernachlässigt. Die Arbeit war ihr wichtiger gewesen. Und das hatte Konsequenzen gehabt, für sie beide.

Auf der Suche nach Wärme und Geborgenheit hatte Jaane sich einer sektenähnlichen Gemeinschaft angeschlossen, einer Freikirche. Ausgerechnet dort hatten Sanna ihre Ermittlungen hingeführt. Sie hätte ihre Befangenheit sofort aufdecken müssen, was sie aber nicht getan hatte.

Der Generalstaatsanwalt hatte es bei einer Rüge belassen, mit dem deutlichen Hinweis, dass sie fortan unter Beobachtung stünde.

So weit das Berufliche.

Privat hatte Sanna sich vorgenommen, Jaane nicht noch einmal derart aus den Augen zu verlieren. Im Erwachsenenalter hatte man das Borderlinesyndrom bei ihrer Schwester diagnostiziert. Eine labile Persönlichkeit, die ein stabiles Umfeld brauchte, das ihr Halt gab.

Nach der Eskapade mit der Freikirche war Sannas erste Maßnahme ein gemeinsamer Urlaub gewesen. Zwei Wochen Schottland mit dem Auto. Edinburgh, die Highlands und ein Abstecher auf die Isle of Sky. Einsame Landschaften. Nebel. Ruhe. Schafe. Die eine oder andere Whiskyprobe.

Die gemeinsame Zeit hatte ihnen beiden gutgetan.

Doch danach hatte die Arbeit Sanna voll unter Beschlag genommen. Seit ihrem letzten Besuch bei Jaane waren nun schon wieder einige Wochen vergangen.

Der Zug erreichte den Bahnhof Westerland und kam mit quietschenden Bremsen zum Stehen.

Sanna ließ den Motor an und fuhr hinter den anderen Autos im Schritttempo von der Rampe. Die letzte Woche der Sommerferien war angebrochen, und in den Straßen der Stadt wimmelte es von Urlaubern.

Vom Bahnhof aus folgte sie der Keitumer Landstraße, vorbei am Flughafen, wo gerade eine Maschine der Inselfluglinie abhob.

Am Ortseingang Keitum wollte Sanna im Kreisverkehr auf die Munkmarscher Chaussee einbiegen, doch die Fahrbahn wurde von einem Streifenwagen und einem Absperrgitter blockiert.

Sanna fuhr rechts ran, ließ zunächst die hinter ihr kommenden Wagen passieren, stieg dann aus und ging zu den beiden Uniformierten hinüber, die einem Ehepaar mit einem Mietwagen gerade die Umgehung erklärten.

»Bitte steigen Sie wieder in Ihren Wagen«, sagte der Größere der beiden, ein Mann mit schwarzem Vollbart. »Die Straße ist leider gesperrt ...«

»Das sehe ich.« Sanna zeigte ihm ihren Ausweis. »Ich muss nach Munkmarsch.«

Der Bärtige hob die Schultern. »Tut mir leid, Frau Staatsanwältin. Von Norden aus ist zwar auch abgesperrt, aber sie kommen näher an den Ort ran. Dann können Sie den Wagen stehen lassen und zu Fuß weiter. Nach Munkmarsch ist es von der Sperrung aus nicht mehr weit.«

»Ich habe den Kofferraum voller Gepäck«, Sanna deutete auf ihren Wagen. »Soll ich das quer durch den Ort schleppen? Was ist hier überhaupt los?«

»Filmaufnahmen.«

»Und deshalb riegeln Sie den ganzen Ort ab?«

»Ist eine größere Sache. Und es ist ja auch nur für ein paar Stunden.«

Der zweite Streifenpolizist hatte die Urlauber abgefertigt und kam nun zu ihnen herüber. Er zeigte sich etwas konzilianter als sein Kollege. »Wir können Sie natürlich durchlassen. Aber dann kommen Sie auch nur bis zur zweiten Absperrung direkt vor dem Ortseingang.«

»Immerhin bin ich meinem Ziel so etwas näher.« Die Straße, die zu Jaanes Haus führte, zweigte direkt am südlichen Ortseingang von Munkmarsch in die Dünen ab. Vielleicht konnte sie die Sperre doch umfahren, und ansonsten war der Fußweg definitiv kürzer. »Ich versuche mein Glück.«

Der Polizist wies seinen bärtigen Kollegen an, das Absperrgitter zur Seite zu räumen.

Sanna stieg wieder in den Wagen, ließ den Motor an und fuhr weiter, nicht ohne den Uniformierten mit einem kurzen Wink zu danken.

Die weitere Fahrt erinnerte sie an Schottland. Sie war alleine auf der Straße. Nur das Wattenmeer auf der rechten Seite, links Heidelandschaft, mittendrin ein Leuchtturm und eine Weide, auf der eine Schafsherde graste.

Sie kam tatsächlich nur bis kurz vor den Ortseingang von

Munkmarsch. Dort stand wieder ein Absperrgitter, davor ein Streifenwagen. An einem Kotflügel lehnte mit verschränkten Armen eine alte Bekannte, Soni Kumari, die Chefin der Inselpolizei. Sanna hatte vor einiger Zeit bei einem Fall mit ihr zusammengearbeitet.

Hinter dem Absperrgitter parkten mehrere Lastwagen, dazwischen befand sich eine Art Imbissstand, wo Filmleute einen Kaffee tranken. Sie trugen Arbeitskleidung, einige waren mit Headset und Funkgerät ausgestattet, andere hatten Werkzeuggürtel um die Hüften. Unzählige Kabel verliefen über dem Boden und führten zu dem etwas weiter dahinter gelegenen Drehort, von dem nur ein Kranwagen zu sehen war, auf dessen Ausleger ein Mann mit einer Kamera saß.

Soni Kumari hatte Sannas Wagen bemerkt. Sie wandte sich der Straße zu und kam ihr mit erhobener Hand entgegen.

Sanna hielt an und stellte den Motor aus.

»Sie können hier nicht durch«, hörte sie die Stimme der Inselpolizistin durchs offene Fenster. »Wie kommen Sie überhaupt …«

»Guten Tag, Frau Kollegin«, sagte Sanna beim Aussteigen.

»Oh … Frau Staatsanwältin. Entschuldigen Sie, ich hab Sie nicht gleich erkannt.« Kumari hatte die schwarzen Haare zu einem Zopf gebunden und trug eine Sonnenbrille.

»Ist ja auch schon eine Weile her. Ich habe Ihre Kollegen in Keitum so lange beschwatzt, bis sie Erbarmen mit mir hatten.« Sanna deutete auf die schmale Straße, die hinter den Lastwagen in die Dünen führte. »Ich wollte meiner Schwester einen Besuch abstatten. Sie hat heute Geburtstag.«

»Ich fürchte, da muss ich Ihnen die Party verderben. Hier ist wirklich kein Durchkommen. Die sind mitten im Dreh.«

»Und wenn ich mich vorsichtig durchschlängele? Ich muss gar nicht in den Ort rein. Meine Straße geht gleich da vorne ab.«

»Genau dort wird ja gedreht. Das geht also leider wirklich nicht.«

Sanna seufzte. Sie wünschte, ihre Schwester hätte sie vorgewarnt. »Wie lange wird das denn hier dauern?«

»Schwer zu sagen …« Kumari wandte sich nach dem Kamerakran um. »Die sind schon eine ganze Weile zugange. Eigentlich wird hier nur eine Szene gedreht. Hätte nicht gedacht, dass das so lange dauert.«

»Bei meinem Glück sind die bestimmt noch heute Abend dran. Wie wäre es, wenn ich den Wagen an der Seite parke und mich dann zu Fuß durchschlage?«

»Klar, das können Sie machen. Lassen Sie mir Ihre Handynummer da, dann schicke ich Ihnen eine Nachricht, wenn die fertig sind.«

»Gerne.« Sanna diktierte ihr die Nummer und wollte schon um die Absperrung herumgehen, als Kumari sie erneut aufhielt.

»Moment.« Sie verschwand hinter dem Gitter und ging zu einem der Filmleute hinüber, der auf einem Klappstuhl saß und einen unterbeschäftigten Eindruck machte. Mit einer Tasse Kaffee in der Hand studierte er die Zeitung. Kumari sprach kurz mit ihm und ließ sich etwas aushändigen. Dann kam sie zurück. »Hier, tragen Sie den, dann gibt es keine Fragen.«

Sie reichte Sanna einen Besucherausweis, den sie sich an das Revers ihres Jacketts klemmte. Nach der Gerichtsverhandlung war sie nur kurz zum Hausboot gefahren, das sie im Flensburger Hafen bewohnte, und hatte das Nötigste zusammengepackt. Aufs Umziehen hatte sie verzichten müssen, sonst hätte sie ihren Zug in Niebüll nicht mehr erwischt.

Sanna machte sich auf den Weg.

Zwischen den geparkten Lastwagen herrschte emsiges Treiben. Die Leute gingen zügig, aber unaufgeregt ihrer Arbeit nach. Bei einem der Trucks stand die Tür offen, und Sanna konnte im Vorbeigehen eine Reihe von Spiegeln und Stühlen erkennen. Auf einem von ihnen saß eine Frau, die gerade geschminkt wurde.

Sannas Weg endete bei einem Schienenstrang, der provisorisch auf der Straße verlegt war. Augenscheinlich fuhr der Kamerakran darauf. Er wurde gerade in Position gebracht, nur wenige Meter von der Straße entfernt, die Sanna zu ihrem Ziel führen würde.

Während sie im Gehen die Arbeiten der Filmcrew beobachtete, stieß Sanna plötzlich mit jemandem zusammen. Sie stolperte und landete der Länge nach auf dem Asphalt.

»Ach, verdammt!«, hörte sie über sich jemanden fluchen.

Als sie aufblickte, sah sie eine Frau in Jeans, knallrotem T-Shirt und Joggingschuhen. Sie trug eine Baseballkappe, die sie sich tief ins mit Sommersprossen übersäte Gesicht gezogen hatte. Feuerrote Haare lugten unter der Mütze hervor.

Die Frau rückte das Headset zurecht, das ihr halb vom Kopf gerutscht war. In der einen Hand hielt sie ein Klemmbrett, mit der freien griff sie nach dem Funkgerät an ihrem Gürtel. »Wir sind so weit. Versuchen wir es noch einmal.«

Erst dann wandte sie sich Sanna zu. »Haben Sie sich verletzt?«

Sanna rappelte sich auf und blickte an sich herunter. Ihr Jackett hatte ein wenig Schmutz abbekommen, doch die Knie ihrer Hose waren zerlöchert.

»Na, schöne Bescherung«, sagte die Frau. »Den Fummel können wir vergessen. Sie sollten vorsichtiger sein, das Zeug ist teuer. Und wir haben nicht allzu viele davon im Kostümfundus …« Die Frau verstummte, als ihr Blick auf Sannas Besucherausweis fiel. »Tut mir leid. Sie gehören nicht zu uns. Sind Sie von der Presse oder so was?«

»Nein«, erwiderte Sanna, »ich möchte nur meine Schwester besuchen. Sie wohnt gleich dort drüben.« Sie deutete auf die Straße zu den Dünen.

»Da müssen Sie einen Moment warten. Wir drehen jetzt. Sie können danach weiter.« Sie fasste mit einer Hand an das Headset. »Ah, okay, es geht jetzt los. Kommen Sie hier rüber, dann stehen wir nicht im Weg.«

Sie schob Sanna vor sich her bis zu einer Gruppe von mehreren Leuten, die sich unweit des Kamerakrans versammelt hatten. Einer von ihnen, ein Mann mit Schiebermütze und Stahlgestellbrille, setzte sich gerade in einen Regiestuhl. Er trug einen hellen Tweedanzug. Auf der Rückenlehne seines Stuhls stand ein Name geschrieben: G. McQueen.

»Loki Mossby.« Die Frau streckte Sanna die Hand hin. »Ich bin die leitende Produzentin.«

»Sanna Harmstorf.« Sie erwiderte den Handschlag.

»Sorry für die Unannehmlichkeiten. Wir sind hier bald fertig.«

»Kein Problem. Ich komme nicht jeden Tag an ein Filmset.«

»Ja, am Anfang finden die Leute das immer ganz spannend. Aber irgendwann gehen wir ihnen nur noch auf den Zeiger, weil wir ihren Alltag durcheinanderbringen. Ich wette, das wird hier auf der Insel nicht anders sein. Vor allem mitten in den Sommerferien. Das verdanken wir unserem wunderbaren ...«

Der Mann im Tweedanzug nahm ein Megafon zur Hand. »Ruhe! Und ... Action!«

Sanna hörte den Motor eines Autos aufheulen.

Loki Mossby deutete mit ausgestrecktem Finger auf die Hauptstraße und flüsterte: »Dort spielt die Musik.«

Mit quietschenden Reifen kam ein SUV um die Ecke geschossen. Sein Heck wedelte wild nach links und rechts, bis der Fahrer den Geländewagen wieder eingefangen hatte. Er beschleunigte kurz weiter, kam dann vor einem der letzten Häuser von Munkmarsch zum Stehen.

»Cut ... Cut!«, rief der Regisseur. »Well done!«

Ohne dass er weitere Anweisungen geben musste, kletterte der Fahrer aus dem Wagen, und eine junge blonde Frau stieg stattdessen ein. Sie trug eine schmutzige Cargohose und ein Rippshirt, das ihre trainierten Arme betonte. Sanna wünschte, sie hätte auch nur ansatzweise eine solche Figur wie die Frau.

Als sie hinter dem Steuer saß, schloss sie die Tür und reckte den Daumen durchs offene Fenster.

Der Regisseur griff abermals zum Megafon. »Okay, Ladies and Gentlemen, alle auf Position. Ruhe!« Er sprach mit englischem Akzent. »Und ... Action!«

Die Frau im Rippshirt stieß die Fahrertür des Geländewagens auf und sprang heraus. Hatte sie eben noch völlig entspannt gewirkt, machte sie nun einen ebenso wütenden wie gehetzten Eindruck. Sie wischte sich die Haare aus dem Gesicht. Dann langte sie in den Wagen hinein und zog zu Sannas Überraschung eine Armbrust hervor.

Derart bewaffnet, stürmte sie mit entschlossenen Schritten auf das Haus zu, vor dem der SUV zum Stehen gekommen war.

In diesem Moment trat ein Mann aus der Haustür. Ein hagerer Kerl mit knochigen Wangen und wirrer grauer Mähne. Er trug einen Anzug und hatte einen Aktenkoffer in der Hand. Nachdem er die Haustür abgeschlossen hatte, stieg er die Stufen des Eingangs hinunter und blieb wie angewurzelt stehen, als er die Frau sah, die mit der Armbrust auf ihn zugestürmt kam.

»Du ...«, stammelte er.

»Ja, du siehst richtig, ich bin es, du Dreckskerl!«, spie sie ihm entgegen. Sie blieb wenige Meter vor ihm stehen und zielte mit der Waffe auf seine Brust.

»Aber ... nein ... Ich verstehe nicht, was das soll.« Er schüttelte den Kopf und stellte den Aktenkoffer ab.

»Doch, du verstehst ganz genau. Du weißt, was du getan hast, Mistfliege! All die Jahre hast du es gewusst. In deinem Innern! Und nun, da der Tag sich jährt, ist sie gekommen ... die Zeit ... die Zeit der Abrechnung!«

In dem schmalen, knochigen Gesicht des Mannes zeigte sich pure Angst. »Aber du kannst doch nicht ... nicht hier, auf offener Straße, am helllichten Tag. Ich habe Frau und Kinder. Bitte erbarme dich!«

Er fuhr sich zunächst mit der Hand durch das graue Haar, dann griff er in sein Jackett.

»Das hättest du dir vorher überlegen sollen«, zischte die Frau. »Deine Hure und deine ... deine ...« Die Frau stockte. »Deine Hure und deine Gören sind als Nächste dran.«

Der Mann machte einen Schritt zur Seite und zog blitzschnell die Hand aus dem Jackett. Eine kleine Pistole lag darin. Er zielte damit auf die Frau und drückte ab.

Nichts geschah.

Der Mann betätigte erneut den Abzug.

Wieder nichts.

Er warf die Waffe wutentbrannt auf den Boden. »So eine Kacke! So eine verdammte Kacke! Nichts funktioniert hier!«

Vor Sanna stieß der Regisseur einen nicht zu überhörenden Seufzer aus und stand auf. Entnervt rief er: »Cut!«

Der Mann mit der grauen Mähne stürmte auf ihn zu und baute sich vor ihm auf. »Mit euch verfluchten Amateuren kann man nicht zusammenarbeiten! Diese dusselige Kuh kann sich ihren Text nicht merken.« Er zeigte auf die Frau im Rippshirt, die entschuldigend die Hände hob. »Und wer hat eigentlich diese Scheißdialoge verbrochen? Ich hab dir schon mal gesagt, dass das Mist ist. So spricht doch kein Mensch. Und ... warum drehen wir die Scheißszene überhaupt am helllichten Tag? Das muss bei Nacht spielen. Im strömenden Regen. Das soll doch dramatisch sein, oder etwa nicht? Wir sind doch nicht bei der Sesamstraße!«

»Calm down«, versuchte es der Regisseur und stand auf. »Beruhig dich, Klaus. Komm wieder runter, und dann versuchen wir es noch mal.«

»Noch mal?« Der Schauspieler raufte sich die Haare, die nun noch wilder von seinem Kopf abstanden. »Du kannst den Scheiß noch tausendmal drehen, und es wird nicht besser. Was soll das mit der Armbrust? Wo kommt die plötzlich her?«

»Wir haben doch schon darüber gesprochen. Wenn ich nichts von Max bekomme, muss ich das Drehbuch schreiben ... Ich kann auch nur frei improvisieren.«

»Soll ich dir was sagen?« Der Grauhaarige stand dem Regisseur nun Auge in Auge gegenüber. »Du kannst es einfach nicht! Du schreibst dir da einen gehörigen Mist zusammen. Holt mir Max her. Er wollte den neuen Entwurf doch schon längst fertig haben.«

Der Regisseur wandte sich langsam um. Sein Blick wanderte zu Loki Mossby, die neben Sanna schweigend die Schultern hob und den Kopf schüttelte.

»Hör zu, Klaus«, versuchte es der Regisseur wieder mit seinem

Star. »Ich weiß nicht, was mit ihm los ist. Er arbeitet am Skript. Wir müssen ihm Zeit lassen und ihm vertrauen. Am Ende wird sich alles zusammenfügen.«

Der Grauhaarige machte eine wegwerfende Handbewegung. »Ihr könnt mich alle mal. Ich geh zurück ins Hotel und besauf mich. Wenn ihr Max ans Set kriegt oder er das neue Drehbuch endlich komplett hat, könnt ihr mich holen kommen. So macht der ganze Mist doch keinen Sinn!«

Er drängte sich an dem Regisseur vorbei und rempelte ihn dabei derart mit der Schulter an, dass der arme Mann rückwärts in seinen Regiestuhl stolperte.

Plötzlich blieb der Grauhaarige wenige Meter vor Sanna stehen. Er musterte sie von oben bis unten mit weit aufgerissenen Augen.

Sie hatte es in ihrer Berufslaufbahn schon mit ernsthaft Verrückten zu tun gehabt. Daher konnte Sanna mit ziemlicher Sicherheit sagen, dass der durchgeknallte Blick dieses Mannes nicht gespielt war.

»Was ist denn mit dir los, Schätzchen? Sieh dich mal an … Bist du vor Schreck zur Kalksäule erstarrt?« Er brach in schrilles Gelächter aus und stampfte davon.

»Sie müssen vielmals entschuldigen«, sagte Loki Mossby. »Ihr Äußeres … Das hätte er nicht sagen dürfen. Aber diese Stars … es ist manchmal schwierig mit ihnen. Und der hier ist eine ganz besondere Marke.«

»Schon gut«, erwiderte Sanna. »So etwas kenne ich. Allerdings eher von früher … von meinen pubertierenden Mitschülern aus der Mittelstufe.«

Sanna war ein Albino. Genau wie ihre Schwester Jaane. Schlohweißes Haar, hellblaue Augen und milchweißer Teint. Sie waren in einer Zeit aufgewachsen, als man solchen Besonderheiten vor allem mit Spott und Ausgrenzung begegnet war. Im Erwachsenenalter hatte sie sich so etwas zum Glück lange nicht mehr anhören müssen.

Nun kam auch der Regisseur zu ihnen herüber. »I'm very sorry.« Als er den Besucherausweis sah, wanderte sein Blick fragend zu Loki Mossby. »Oh shit, is she …«

»Nein, sie ist nicht von der Presse. Trotzdem. Können wir das wiedergutmachen, in dem wir Sie zu einem Kaffee einladen?«

»Danke«, sagte Sanna. »Es reicht mir schon, wenn …«

»No, no.« Der Regisseur wedelte mit einer Hand. »Das war nicht okay von ihm. Wohnen Sie hier auf die Insel?«

»Ja, aber …«

»Okay. Ich bin Greg McQueen. Ich bin der Regisseur. Wir drehen morgen drüben in Keitum. Kommen Sie hin. Dann bleiben Sie den ganzen Tag an meiner Seite. Ich zeige Ihnen alles … Lassen Sie mich das wiedergutmachen.«

»Das weiß ich zu schätzen, wirklich. Aber Sie tun mir schon einen Riesengefallen, wenn Sie mich jetzt einfach nach Hause gehen lassen.« Sanna deutete auf die Straße zu den Dünen. »Es wäre gut, wenn der Kerl mir nicht noch mal über den Weg läuft. Dann lade ich ihn nämlich gerne mal auf meine Arbeitsstelle ein und zeige ihm alles.«

»Wo arbeiten Sie denn?«, erkundigte sich der Regisseur.

»Staatsanwaltschaft.« Sanna zwängte sich zwischen den beiden hindurch.

»Sie … sind von der Staatsanwaltschaft?«, entfuhr es Loki Mossby. »Du grüne Neune.«

»Ach«, sagte Sanna im Gehen über die Schulter. »Am besten finden Sie diesen Max, wer auch immer das sein mag. Sonst bringt Ihr Star am Ende noch jemanden um.«

5 John

»Und du hast wirklich noch nie etwas von ihm gesehen?«

Celine blickte John fragend über den Esstisch hinweg an und schob sich eine Gabel mit Nordseekrabben und Rührei in den Mund. Sie hatte heute gekocht und sich für ein einfaches, aber nicht minder schmackhaftes Abendessen entschieden. Dazu gab es Bratkartoffeln. Normalerweise pflegte Celine eine vegane Ernährung, doch bei Nordseekrabben machte sie heute wohl eine Ausnahme. John hatte sich einen Kommentar verkniffen. Sein Vater hatte es wohl noch gar nicht bemerkt, dabei bekam gerade Ben für seinen Fleischkonsum regelmäßig von Celine die Leviten gelesen, besonders nach seinem Herzinfarkt. Doch er schien in Gedanken ganz woanders zu sein und nahm das frühe Abendmahl schweigend zu sich. Juri fütterte derweil Frouke, für die sie eigens einen Kinderstuhl besorgt hatten.

Sie saßen am großen Holzesstisch im Wohnzimmer beisammen. Die Tage wurden kürzer. Draußen ging die Sonne in einem orangeroten Farbspektakel unter, dabei war es gerade erst kurz vor sechs am Abend. Die Hängelampe über dem Tisch brannte, dazu hatte Celine Kerzen auf den Tisch gestellt.

»Von wem redet sie?«, fragte Ben.

John kaute den Mund leer und gestikulierte mit der Gabel. »Max Moser heißt der Mann. Irgendein Regisseur ...«

Celine verdrehte die Augen. »Nicht irgendein Regisseur. Max Moser spielt in einer Liga mit Tarantino, Nolan oder Scorsese. Was Krimis und Thriller angeht, ist er der Hitchcock unserer Zeit.«

»Hm.« Ben schob sich eine Gabel in den Mund. »Ich kenn den aber auch nicht.«

»Wann warst du denn das letzte Mal im Kino?«, fragte Celine. »Und Fernsehen schaust du auch nicht.«

»Aus gutem Grund«, brummte Ben. »Diese Fernsehserien laufen heutzutage ewig. Man bekommt kein Ende zu sehen, und wenn, dann ist es oft vermurkst. Ich denke mit Wehmut an Columbo, Margret Rutherford und Durbridge zurück.«

»Dann sollte dir Moser eigentlich gefallen. Er macht klassische Suspense ...«

»Was kennt man denn von ihm?«, warf John ein. Er hatte Schwierigkeiten damit, sich seinen schweigsamen Nachbarn auf einem Regiestuhl vorzustellen, wie er Hunderte Leute herumkommandierte. Andererseits wusste er um Celines neu aufgeblühtes cineastisches Interesse. In Friedrichstadt hatte sie in der Schule ein Referat über Filme in dem Stil gehalten, wie Max Moser sie wohl gedreht hatte, und war nachhaltig auf den Geschmack gekommen. Dass sie den Mann für einen Meister seines Fachs hielt, bedeutete damit nicht automatisch, dass man den Kerl kennen musste.

»Groß rausgekommen ist er mit ›The Black Dog – Der schwarze Hund‹. Den Film hat er noch in der Schweiz gedreht, bevor er nach Hollywood ging.«

»Der ist von ihm?« Ben ließ das Besteck sinken. »An den erinnere mich. Das war der erste Film, bei dem ich im Kino eingepennt bin. So was von stinklangweilig.«

»Das war halt was zum Nachdenken.« Celine verschränkte die Arme.

»Hat er etwas mit den Dreharbeiten auf der Insel zu tun?« John war das Filmteam nicht entgangen, das seit einigen Wochen auf Sylt drehte.

»Allerdings«, bestätigte Celine.

»Und was drehen die?«

»Eine neue Serie für einen großen Streamingdienst. Die werfen gerade mit Geld um sich.«

»Max Moser ist der Regisseur dieser neuen Serie?«

»Ja«, antwortete Celine. »Sie haben ihn mit Greg McQueen verkuppelt.«

»Der hat aber nichts mit Steve McQueen zu tun, oder?« Ben griff nach der Pfanne mit dem Krabbenrührei und tat sich noch eine Portion auf.

»Nein«, antwortete Celine. »Greg McQueen hat für Netflix die Serie ›Glass Ceiling‹ gemacht. Das war doch weltweit ein Hit. Und jetzt arbeiten die beiden zusammen, das wird bestimmt total genial.«

»Aber wie kommt es dann, dass dieser Moser so viel Zeit im Ferienhaus nebenan verbringt?«, fragte John. »Er müsste doch jeden Tag am Set sein.«

Celine hob die Schultern. »Vielleicht fragst du ihn einfach, wenn er dir das nächste Mal über den Weg läuft.«

»So schnell muss ich den Kerl nicht wiedersehen.«

»Da würden wohl etliche gerne mit dir tauschen. Max Moser haben noch nicht viele Leute persönlich zu Gesicht bekommen.« Celine begann die Teller einzusammeln. »Natürlich abgesehen von denen, die mit ihm gearbeitet haben.«

»Was bedeutet das?« John stand auf und ging ihr zur Hand. »Ich dachte, der Mann ist ein internationaler Star.«

»Schon, aber er führt ein äußerst zurückgezogenes Leben. Er wirkt hinter der Kamera. Das Rampenlicht meidet er wie der Teufel das Weihwasser. Selbst bei den Premieren seiner Filme ist er nicht anwesend. Er hat wohl ein Haus in Beverly Hills und ein Chalet in den Alpen, wo er sich vor der Öffentlichkeit verschanzt …«

»Also ein wenig wie Howard Hughes«, meinte Ben.

»Howard wer?«

»Oh Gott, lernt ihr denn heute gar nichts mehr in der Schule?« Er stützte sich mit beiden Händen auf der Tischplatte ab und erhob sich. Dann fragte er Juri: »Was dagegen, wenn ich die Kleine heute Abend zu Bett bringe?«

»Absolut nicht«, antwortete Juri.

In dem Moment klingelte es an der Haustür.

John hatte gerade zwei Schüsseln vom Tisch genommen. Er stellte sie schnell in der Küche ab und ging durch den Flur zur Tür und öffnete sie.

Wenn man vom Teufel sprach.

Ein Mann mit schwarzem Hut, grauem Vollbart und blau getönter Brille stand vor ihm.

Max Moser.

Er trat von einem Fuß auf den anderen und machte einen etwas unsicheren Eindruck. Mit einer Hand deutete er auf sein Haus. »Ich ... habe da ein Problem.« Er sprach mit einer seltsamen Mischung aus Schwyzerdütsch und amerikanischem Akzent. »Vielleicht ... können Sie helfen?«

»Worum geht es denn?« John hörte Schritte hinter sich. Celine kam aus der Küche in den Flur.

»Oh ...« Sie lugte über seine Schulter, dann winkte sie mit einer Hand und setzte ein verlegenes Lächeln auf. »Hi!«

Moser griff sich wortlos an die Hutkrempe und grüßte mit einem Nicken. »Das Licht im Garten. Es geht ständig an und aus.«

»Ähm«, machte John, der sich völlig überfahren fühlte. »Dann ... schalten Sie es doch ab.«

»Ist nicht so einfach.« Moser tat verlegen. »Es gibt nur so ein Tablet an der Wand ... Damit komme ich nicht zurecht. Außerdem eine Fernbedienung. Aber ... ich habe versehentlich ein Glas Wein darüber geschüttet.«

»Verstehe. Ich fürchte, damit kenne ich mich auch nicht aus. Haben Sie vielleicht die Nummer Ihres Vermieters?«

»Schon ausprobiert. Es geht niemand ran.«

»Tja, dann ...« Weiter kam John nicht.

»Wir können ja einfach mal rüberkommen und gucken«, schlug Celine vor. »Vielleicht finden wir gemeinsam eine Lösung.«

Moser blickte John erwartungsvoll an.

»Ja ... warum nicht.« John nahm seinen Haustürschlüssel vom Schlüsselbrett im Flur und streifte sich eine Jacke über.

Celine und er folgten Max Moser zu seinem Haus hinüber. Der Mann bewegte sich in gemächlichem Tempo. Durch die Eingangstür kamen sie zunächst in einen Vorraum mit Marmorboden. Eine hohe Palme schmückte die Diele, und eine offene Wendeltreppe führte in die oberen Räume.

Moser schlurfte weiter in ein Wohnesszimmer mit offenem Kamin, Couchgruppe und überdimensioniertem Flachbildfernseher. Bodentiefe Fenster gaben den Blick in den Garten frei. Davor stand ein Schreibtisch, dessen Oberfläche mit diversen Schriftstücken bedeckt war. Auch auf dem Boden daneben stapelten sich die Papiere.

Moser schien auf der Couch gesessen zu haben. Jedenfalls lag ein aufgeklappter Laptop darauf. Auf dem Couchtisch stand ein leeres Weinglas, daneben eine ehemals weiße Fernbedienung, die mit Rotweinflecken übersät war.

Celine näherte sich zielstrebig dem Tablet, das an der Wand neben der Terrassentür befestigt war. Sie tippte darauf herum, blickte dabei einige Male prüfend in den Garten, wo das Licht aber weiterhin in unregelmäßigen Abständen ein und aus ging.

John sah ihr dabei über die Schulter, wurde aber aus der digitalen Steuerung nicht schlau, was auch an der Geschwindigkeit liegen mochte, mit der Celine sich durch die diversen Menüs arbeitete.

Schließlich schüttelte sie den Kopf. »Da tut sich nichts. Darf ich mir das mal draußen ansehen?«

»Bitte.« Moser öffnete die Schiebetür zur Terrasse und ließ ihr und John den Vortritt.

Das Gartengrundstück war nicht allzu groß und wurde fast vollständig von einem beleuchteten Swimmingpool ausgefüllt, der von Bangkirai-Bohlen umgeben war. Im Abstand von einigen Metern standen die Außenleuchten, die im Wechsel mit der Unterwasserbeleuchtung flackerten.

Während John sich noch umschaute, steuerte Celine zielstrebig einen Kasten zu ihrer Linken an, der ganz in der Nähe der Hecke von Johns Grundstück stand. Sie öffnete ihn, betrachtete das Sicherungspanel darin und drückte dann kurz entschlossen einen Schalter. Das Licht im Garten erlosch.

Celine kehrte zurück ins Wohnzimmer und machte sich erneut an der Tablet-Steuerung zu schaffen. Nach wenigen Sekunden ging das Licht in Garten und Pool wieder an, diesmal ohne zu flackern.

»Vielen Dank, junges Fräulein«, sagte Moser.

»Kein Akt.« Celine lotste ihn zu dem Sicherungskasten. »Wenn die Anlage noch mal spinnt, drücken Sie einfach auf den Reset-Schalter hier. Dann startet das System neu.«

»Ahh …«, machte Moser.

»Also dann.« John wandte sich zum Gehen.

Im Wohnzimmer blieb er kurz bei dem überfüllten Schreibtisch stehen. Dort lagen Dutzende Seiten mit handschriftlichen Notizen, aber auch Zeitungsausschnitte und dazwischen das Paket, das vorhin angekommen war. Moser hatte es geöffnet. Eine Akte mit grauem Deckel lugte halb daraus hervor. Die Farbe kam John seltsam vertraut vor, er wusste nur nicht, woher.

»Die meisten Menschen wissen nicht, wie viel Recherchearbeit hinter einem Drehbuch steckt«, erklärte Moser, der offenbar voraussetzte, dass John wusste, welcher Profession er nachging.

Celine räusperte sich und machte einen verlegenen Gesichtsausdruck. »Wenn es nicht zu viel verlangt ist … also, ich meine, könnte ich vielleicht ein Autogramm von Ihnen bekommen? Ich … bin nämlich ein großer Fan.«

Diese Bemerkung schien den Mann glücklich zu machen. John sah ihn zum ersten Mal lächeln. »Selbstverständlich, junges Fräulein. Sie haben mir einen großen Dienst erwiesen. Und der neuen Serie ebenfalls. Bei dem Geflacker könnte ich die Arbeit am neuen Drehbuch niemals beenden.«

Celine sah John Hilfe suchend an. Er verstand, was sie wollte, tastete seine Jacke ab und fand zu seiner eigenen Überraschung ein Notizbuch in der Innentasche. Es war eines der Büchlein, die er früher bei Ermittlungen stets bei sich getragen hatte. Die Jacke hatte wohl schon eine ganze Weile ungenutzt im Flur des Kapitänshauses gehangen.

Ein kurzer, abgenutzter Bleistiftstummel steckte in dem Heftchen. John reichte Moser beides. »Einfach irgendwo auf eine freie Seite.«

Moser blätterte in dem Notizbuch, bis er eine leere Seite gefunden hatte, und kritzelte seine Unterschrift hin. »Wie heißt denn das Fräulein?«

»Celine. Celine Jacobs.«

Er fügte seiner Unterschrift eine Widmung und das Datum hinzu. Dann wollte er Celine das Buch schon zurückgeben, als er kurz innehielt. John sah, wie Mosers Augen kurz sein Gekritzel auf der gegenüberliegenden Seite überflogen. Es mussten Details aus einem zurückliegenden Fall sein.

»Der Herr arbeitet für die Polizei?«

»Nicht mehr. Ich war Kriminalkommissar. Das haben Sie so schnell erkannt?«

Moser reichte Celine das Notizheft. »Ich hatte mit dem einen oder anderen Ihrer Kollegen zu tun. Recherchehalber. Sie haben alle dieselben Gewohnheiten, wie mir scheint. Nun ...« Moser trat ein Stück zur Seite und stützte sich auf dem Schreibtisch ab.

John entging nicht, wie er dabei mit einer Hand schnell ein paar Blätter über das geöffnete Päckchen schob.

»Ich bedanke mich sehr für Ihre Hilfe, liebe Herrschaften. Leider bin ich ein sehr beschäftigter Mann.«

»Sicher.« John gab Celine, die das Notizbuch in ihrer Hand noch immer wie einen Schatz betrachtete, einen Schubs. »Dann wollen wir auch nicht länger stören. Wenn Sie noch mal etwas brauchen, kommen Sie gerne jederzeit rüber.«

»Das weiß ich zu schätzen.«

Moser löste sich vom Schreibtisch und kam hinter ihnen her zum Ausgang. »Einen schönen Abend noch, die Herrschaften.«

Als er die Tür hinter ihnen schloss, machte er ein erleichtertes Gesicht. Ganz so, als wäre er froh, sie endlich wieder los zu sein.

6 Lilly

Helle Strahler leuchteten das Labor in der Forensik aus. Sie waren so warm, dass Lilly die Schweißperlen auf die Stirn traten. Die Visagistin kam noch einmal zu ihr herübergelaufen. Die Frau hatte ihr das Gesicht bereits mit gefühlt einer Tonne Schminke zugespachtelt. Sie holte einen dicken Pinsel und eine Puderdose aus der Umhängetasche an ihrer Hüfte und wedelte Lilly damit über die Stirn.

»Entspannen Sie sich«, sagte die Moderatorin, die Lilly gegenüber auf einem Hocker saß. Hinter ihr befanden sich die Kamera und das restliche Fernsehteam. Sie setzte ein Lächeln auf: »Sie erzählen gleich ganz einfach von Ihrer Arbeit. Ich werde nichts fragen, was Sie nicht wissen.«

Die Frau hat gut reden, dachte Lilly. Die machte so etwas hier schließlich jeden Tag.

Sie blickte aus dem Augenwinkel zu Jassie Behnke neben sich. Sie schien die Ruhe selbst, saß da mit verschränkten Beinen und einer Tasse Kaffee in der Hand und beobachtete neugierig das Treiben der Fernsehleute hinter der Kamera.

Es war nicht allein die Liveschalte, die Lilly nervös machte, dieses Gefühl einer Abfragesituation. Ebenso sehr trieb ihr der Eindringling in das Computersystem des Präsidiums noch immer das Adrenalin in die Adern.

Auf ihren Fernsehauftritt hatte der Datenklau keine Auswirkungen – sie hatten natürlich den Fernsehleuten nichts davon erzählt. Ihre Ermittlungen beeinflusste es dafür vielleicht umso mehr.

Wer hatte solch großes Interesse an Silas, dass er das Risiko einging, Dateien aus dem System der Polizei zu entwenden?

Silas.

So nannte Lilly den Jungen im Stillen, seit Jassie Behnke die Rekonstruktion seines Gesichts vollendet hatte.

Der typische Topfschnitt, mit dem viele Jungen in den Achtzigern herumgelaufen waren, die weichen Gesichtszüge mit der kindlichen Stupsnase, vor allem die markanten, vorstehenden Hasenzähne. Das alles hatte sie sofort an die Hauptfigur aus der gleichnamigen Fernsehserie um einen Zigeunerjungen denken lassen, die sie als Kind gesehen hatte.

Es war kein gewöhnlicher Hack gewesen. Der Angreifer hatte ein klares Ziel gehabt. Silas. Keine anderen Informationen waren abgerufen worden. Lediglich die Fotos von der Büste mit seinem Gesicht. Wie hatte er davon wissen können?

»Okay, wir sind jetzt gleich live«, rief der Aufnahmeleiter in die Runde.

Neben der Kamera stand ein kleiner Fernseher auf einem Tisch, auf dem sie die ganze Zeit die laufende Sendung hatten verfolgen können. Der Moderator kündigte gerade die Liveschalte ins Labor in Flensburg an.

Tommy, der mit einigen anderen neugierigen Kollegen etwas abseits in der Nähe der Eingangstür des Labors stand, streckte Lilly einen erhobenen Daumen entgegen.

»Fünf, vier …« Der Aufnahmeleiter streckte die Finger in die Luft und zählte lautlos von drei runter, dann deutete er auf die Moderatorin, die sich inzwischen mit ihrem Hocker zwischen Lilly und Jassie Behnke positioniert hatte. Sie rückte ihr Kostüm ein letztes Mal zurecht und lächelte in die Kamera. »Guten Abend aus Flensburg …«

Es folgten ein paar einleitende Worte. Dann wandte sich die Frau Lilly zu. »Neben mir sitzt Lilly Velasco, Erste Hauptkommissarin der Flensburger Kriminalpolizei. Sie arbeitet seit längerer Zeit an diesem ebenso vertrackten wie mysteriösen Fall. Dabei geht es um die Leiche eines Jungen, die 1987 gefunden wurde. Erzählen Sie uns mehr, Frau Kommissarin.«

Lilly räusperte sich, und ihr Blick wanderte unwillkürlich zur Kamera. Dabei hatte die Moderatorin sie angewiesen, nie direkt in die Kamera zu sehen, sondern den Blick einfach immer nur auf sie zu richten. Sie wandte sich schnell wieder der Frau zu.

»Fischer …«, setzte Lilly an, merkte aber, dass ihre Kehle vor Aufregung staubtrocken war. Sie räusperte sich. »Fischer haben die Leiche des Jungen im November 1987 in der Nordsee gefunden. Genauer gesagt war es eine Holzkiste, die sie in den Wellen entdeckten. Sie holten sie an Bord und öffneten sie.«

Sie hatte mit der Moderatorin vorab über alle Details des Falls gesprochen, besonders über das Auffinden der Leiche, eine recht unappetitliche Angelegenheit. Nichts für zart besaitete Gemüter. Andererseits waren sie darin übereingekommen, dass es doch ein wichtiges Detail dieses Falls war. Außerdem durften sie wohl davon ausgehen, dass nicht wenige Zuschauer gerade wegen solcher Schilderungen einschalteten.

»Die Männer machten einen grausigen Fund«, bereitete die Moderatorin das Publikum ein wenig auf das vor, was nun kam.

»So ist es.« Lilly nickte. »In der Kiste entdeckten sie die zerstückelte Leiche des Jungen. Arme, Beine und der Kopf waren vom Torso getrennt.«

»Ihre Kollegen nahmen damals an, dass die Leichenteile in der Kiste für immer in der Nordsee entsorgt werden sollten.«

»Danach sah es aus, ja. Die Kiste war mit Sand beschwert worden, was sie wohl auf dem Meeresgrund halten sollte. Die beim Verwesungsprozess entstandenen Fäulnisgase haben der Kiste dann aber wohl so viel Auftrieb gegeben, dass sie wieder an die Oberfläche kam.«

»Wo genau machten die Fischer diese Entdeckung?«

»Etliche Seemeilen südlich von Helgoland. Das lässt natürlich keinen Schluss darauf zu, wo genau die Kiste dem Meer überantwortet wurde. Die Tat kann sich ebenso gut auf dem Festland oder einer der Inseln ereignet haben. Der Täter schaffte die Kiste dann sehr wahrscheinlich mit einem Boot raus auf die hohe See und versenkte sie.«

»Die Identität des ermordeten Jungen konnte nie ermittelt werden. Weshalb?«

»Die Verwesung war bereits weit fortgeschritten. Auch das Gesicht war davon betroffen und zu großen Teilen unkenntlich. Schon aus Pietätsgründen konnte man kaum mit einem Foto an die Öffentlichkeit gehen.«

»Aber es gab doch sicherlich Vermisstenfälle. Machte man da keinen Abgleich? Und was war mit Fingerabdrücken oder dem Gebiss?«

»Sicher, das wären sinnvolle Maßnahmen gewesen, und man versuchte auch, den Fund mit aktenkundigen Vermisstenmeldungen überein zu bringen. Ohne Ergebnis. Meinen Kollegen waren die Hände gebunden. Und hier wird es nun wirklich unappetitlich«, schickte Lilly voraus. »Wer auch immer den Jungen getötet hatte, er hatte alles darangesetzt, eine Identifikation mit bekannten Methoden zu verhindern. Dem Jungen ... Ihm waren die Fingerkuppen abgetrennt und alle Zähne entfernt worden. Der schlimme Zustand seines Gesichts wurde zwar in weiten Teilen auf die Verwesung zurückgeführt, aber wir können nicht ausschließen, dass der Täter auch hier Hand angelegt hat, um sein Opfer unkenntlich zu machen.«

Die Moderatorin stieß einen leisen Seufzer aus. »Eine wirklich schlimme Sache. Der Fall wanderte dann zu den Akten ...«

»Ja. Durch den Zustand der Leiche konnte nicht einmal bestimmt werden, wann der Junge gestorben war ... Die Ermittlungen blieben erfolglos, und ohne neue Hinweise schien die Sache aussichtslos.«

»Bis jetzt.« Die Moderatorin wandte sich der Kamera zu, und Lilly spürte, wie die Anspannung von ihr wich, nun, da sie ihren Part erledigt hatte.

»Neben mir sitzt Jasmin Behnke vom rechtsmedizinischen

Institut in Kiel.« Mit den Worten der Moderatorin richteten sich die Scheinwerfer auf die junge Kollegin. »Frau Behnke ist Spezialistin auf einem außergewöhnlichen Fachgebiet. Sie rekonstruiert die Gesichter der Toten. Eine Fähigkeit, die in diesem Fall nun den Durchbruch bringen könnte. Erzählen Sie uns von Ihrer Arbeit, Frau Behnke.«

Lilly wünschte, sie hätte die Ruhe der Rechtsmedizinerin. Ohne zu stottern oder die Miene zu verziehen, berichtete Jassie Behnke in ruhigen, klaren und knappen Sätzen, wie sie mittels modernster Technik das Gesicht des Jungen modelliert hatte.

»Das ist Ihnen gut gelungen«, meinte die Moderatorin und deutete dann auf die Büste des Jungen, die hinter ihnen auf einem Labortisch stand. »Wir werden nun Aufnahmen dieser Rekonstruktion einblenden. Außerdem wurden mithilfe von Bildbearbeitung und KI weitere Bilder erzeugt, die lebensnaher wirken. Bitte sehen Sie sich diese genau an. Wenn Sie diesen Jungen erkennen oder etwas über den Mord an ihm wissen, melden Sie sich bitte unter folgender Rufnummer ...«

Während die Moderatorin weitersprach, wanderten Lillys Gedanken noch einmal zu dem Datenklau.

Eine Frage drängte sich ihr auf. Warum hatte derjenige das Risiko auf sich genommen, auf diese Weise an die Fotos zu kommen, wenn sie doch ohnehin heute damit an die Öffentlichkeit gingen? Die Fotos würden auch zeitnah auf den Internetseiten der Polizei und der Fernsehsendung zu sehen sein.

Er hatte konkretes Interesse an dem Fall gehabt und verfügte offenbar über das Insiderwissen, dass sie wieder an ihm arbeiteten.

Allerdings war er möglicherweise nicht darüber informiert gewesen, dass sie an der Büste arbeiteten und die Bilder publik machten.

Er hatte ganz einfach Glück gehabt. Oder auch nicht. Denn nun wussten sie, dass es dort draußen jemanden gab, der mehr über Silas wusste. Vielleicht sogar, um wen es sich bei dem Jungen tatsächlich handelte.

Die Lichter gingen aus. Die Kollegen um Tommy applaudierten.

»Das haben Sie beide gut gemacht«, lobte die Moderatorin.

Zwei Techniker kamen und befreiten Jassie Behnke und Lilly von den Ansteckmikrofonen.

»Wir werden jetzt noch ein wenig auf die ersten Anrufe von Zuschauern warten«, erklärte die Moderatorin. »Sollte etwas Interessantes dabei sein, schalten wir uns vielleicht noch mal live in die Sendung. Trinken wir einen Kaffee? Das kann jetzt ein bisschen dauern.«

Tatsächlich dauerte es nicht lange.

Keine Viertelstunde später ging der erste Anruf ein.

7 John

Im offenen Kamin im Wohnzimmer prasselte das Feuer. Tagsüber konnte man sich in der Sonne noch schnell einen Sonnenbrand holen, doch die Abende wurden schon empfindlich kühl. John trank einen Schluck Pils. Er saß neben Juri auf einem der speckigen beigegelben Ledersofas. Ben hatte es sich mit einem Rotwein im Ohrensessel gemütlich gemacht. Der Wind hatte aufgefrischt und drückte gegen die alten Holzfenster.

»Ich finde, sie macht eine gute Figur«, meinte Juri und deutete mit seiner Bierflasche auf den Fernseher, wo Lillys Gesicht noch einmal in Nahaufnahme zu sehen war. Sie und Jassie Behnke hatten gerade von dem ungelösten Fall berichtet, an dem sie arbeiteten.

»Allerdings«, stimmte John zu. »Viel besser als ich.«

Er erinnerte sich noch mit Grauen an seinen letzten Fernsehauftritt. Ben hatte damals ein Buch über Johns Arbeit veröffentlicht – natürlich mit dessen Zustimmung –, das zu einem echten True-Crime-Bestseller avanciert war und ihm eine turbulente Reise durch die Medienlandschaft beschert hatte.

»Was diese andere Frau da mit der Büste gemacht hat«, schaltete sich Ben ein, »das ist absolut erstaunlich.«

»Ihr Name ist Jassie Behnke, Vater. Also eigentlich Jasmin, aber wir nennen sie alle Jassie.«

»Gehört so etwas jetzt zu eurem Standardrepertoire?«

»Die Gesichtsrekonstruktion ist inzwischen eine gängige Technik, sagen wir es mal so. Da der Aufwand aber enorm ist, wird sie nur in solchen Fällen angewandt, wo alle anderen Ermittlungsmethoden ins Leere laufen.«

»Und wie schätzt ihr die Chancen ein, dass sich da wirklich jemand meldet?«

Im Fernsehen wurde gerade eine Rufnummer eingeblendet, unter der sich die Zuschauer mit Hinweisen melden konnten.

»Gering«, antwortete Juri. »Der Fall liegt so lange zurück ... Ausgeschlossen ist es natürlich nicht. Damals hatten die Kollegen kein Foto, mit dem sie an die Öffentlichkeit gehen konnten, also, wer weiß. Vielleicht erinnert sich ja doch jemand an den Jungen.«

Ben erhob sich, ging hinüber zum Kamin, bückte sich und legte ein Holzscheit nach. Im Hochkommen griff er sich ins Kreuz. »Au, verdammter Mist!«

»Alles gut, Vater?« John war schon halb aufgestanden, um seinem alten Herrn zu helfen, doch der winkte ab.

»Schon gut. Ist nur eine Blockade. Die kneten mich morgen in der Reha erst mal gut durch, dann wird das schon wieder.« Er ließ sich mit einem Stöhnen in den Sessel fallen. »Danach muss ich den restlichen Quark über mich ergehen lassen.«

»Magst du uns verraten, was der restliche Quark ist?« Celine kam ins Wohnzimmer. Sie hatte in der Küche mit einer Freundin telefoniert.

»Yoga. Das soll mein altes Klappergerüst wieder gelenkig machen. Ich hab denen schon gesagt, dass ich Dehnübungen auch zu Hause machen kann. Dafür brauche ich nicht jeden Tag in diese Anstalt zu rennen.«

Celine verschränkte die Arme vor der Brust. »Na ja, Yoga ist schon mehr als Dehnübungen ...«

»Und wenn ich damit fertig bin, muss ich zur Ernährungsberatung. Die wollen mir so ein Ayurveda andrehen, damit ich an irgendwelchen Dosen arbeiten kann.«

»Du meinst wohl Doshas«, korrigierte Celine. »Das sind die drei Lebensenergien, die dein körperliches und seelisches Gleichgewicht bestimmen.«

»Wie auch immer. Ich höre mir das gern mal an, aber man muss ja nicht jeden Blödsinn mitmachen.«

»Also, nach deinem Herzinfarkt würde ich das schon etwas ernster nehmen.« Celine sprach nun mit erhobener Stimme. »Es gibt ja vielleicht noch andere Dinge, die dir helfen, als nur Tabletten zu schlucken.«

»Kindchen, du bist doch jetzt nicht auf so einem esoterischen Trip, oder?« Ben runzelte die Stirn.

»Nenn mich nicht Kindchen!«

Ben griff nach seinem Weinglas auf dem Tischchen neben dem Sessel. »Die Leute sollten einfach öfters einen Schoppen Rotwein trinken. Oder einen guten Whisky. Das kuriert die meisten Zipperlein. Also, Prost. Auf das Leben.«

Er trank das Glas in einem Zug leer. Celine wollte noch etwas erwidern, doch sie wurde von lauten Stimmen und einer Autohupe unterbrochen.

»Was ist denn da los?« John stand auf und ging hinüber ans Fenster. Der Lärm schien vom Nachbarhaus zu kommen.

Juri und Ben taten es ihm gleich.

Vor dem Haus, in dem Max Moser wohnte, waren mehrere Wagen vorgefahren. Die Leute stiegen aus und versammelten sich vor dem Eingang. Nicht wenige von ihnen mit Flaschen in der Hand.

»Die wollen wohl auch das eine oder andere Zipperlein kurieren«, murmelte John.

Als Max Moser die Tür öffnete, erklang aus allen Kehlen ein lautes und lang gezogenes: »Herzlichen Glückwunsch!«

John konnte das Gesicht des Mannes nicht erkennen, doch seiner Pose nach zu urteilen, schien er vom Erscheinen der Gruppe wenig begeistert. Er stand zunächst mit herunterhängenden Schultern da, wedelte dann aber abwehrend mit den Händen und machte eine Geste, dass alle wieder verschwinden sollten.

Doch den Gefallen taten ihm die Besucher nicht.

Die ersten Leute umarmten ihn frohgelaunt, was Moser sich

ganze drei Mal gefallen ließ, dann trat er den Rückzug an und verschwand im Haus. Die Besucher strömten ihm nach.

»Eine Überraschungsparty?«, mutmaßte John.

»Scheint ganz so«, stimmte Juri zu.

Celine hatte ihr Handy gezückt, tippte darauf und meinte dann: »Tatsache. Bei Wiki steht zwar nicht viel über ihn, aber er hat wohl tatsächlich heute Geburtstag.«

»Hm«, machte Ben, der sich schon wieder vom Fenster abgewandt hatte und sich Wein nachschüttete. »So ’ne Party sieht dem Kerl aber gar nicht ähnlich. Scheint doch eher ein Vertreter der ruhigen Art zu sein.«

»Er sah auch nicht gerade glücklich aus«, sagte John.

Die Partymeute war inzwischen im Haus verschwunden, es wurde für einen Moment still draußen. Dann begann Musik mit lauten Bässen im Nachbarhaus zu wummern.

»Nein«, meinte Ben und trank einen Schluck, »das wird dem armen Kerl ganz bestimmt nicht gefallen. Kommt bloß nicht auf die Idee, mit mir so eine Nummer abzuziehen.«

»Keine Sorge …«

John wurde von einem kläglichen Schrei aus dem Obergeschoss unterbrochen. Frouke. »Na, schönen Dank. Die Idioten haben sie aufgeweckt.«

Juri war schon auf dem Sprung die Treppe hinauf. John hielt ihn zurück. »Lass mich das machen. Du hast für heute Feierabend. Setz dich wieder aufs Sofa und trink noch ein Bier.«

Juri klopfte ihm aufmunternd auf die Schulter. »Du schaffst das schon.«

John stieg die Treppe hinauf.

Im Obergeschoss gab es nur zwei Schlafzimmer. Es war dunkel hier oben, und er wollte kein Licht machen, also wartete er einen Moment, bis seine Augen sich daran gewöhnt hatten.

Frouke lag im Kinderbettchen in Johns Schlafzimmer. Er teilte sich das Doppelbett mit Juri, damit sie im Bedarfsfall sofort zur Stelle waren.

John nahm das kleine Bündel hoch und drückte es an seine Brust. »Schsch. Ich bin ja da. Was hast du denn?«

In der Handhabung seiner Tochter kannte er sich noch lange nicht so gut aus wie Juri. Der hatte, genau genommen, auch einen Vorsprung, den er sich damit erkauft hatte, dass er nach Froukes Geburt die ersten Tage bei Lilly in einem Familienzimmer im Krankenhaus verbracht und von den Schwestern eine Art Crashkurs bekommen hatte. John musste sich Mühe geben, ihn einzuholen. Eines hatte er allerdings schon gelernt. Kleinkinder waren einfach gestrickt. Und bei Alarm gab es im Grunde nur folgende Möglichkeiten: Hunger, Durst, kleines oder großes Geschäft steht dringend an, oder die Windel ist schon voll. Langeweile kam natürlich auch noch infrage.

Nachdem John die Windel überprüft hatte und sich auch keine Entladung ankündigte, tippte er auf einen Mangel an Nahrungszufuhr.

Mit Frouke auf dem Arm ging er hinunter in die Küche und machte eine Flasche Milch warm. Die Tür zum Wohnzimmer schloss er, damit möglichst wenig Licht hereinfiel.

Frouke begann sofort gierig an der Flasche zu saugen, als John sie an ihre Lippen setzte. Mit großen, dankbaren Augen sah sie zu ihm auf.

»Hach«, entfuhr es ihm, »du bist schon ein kleines Schätzchen, und ich glaube, das weißt du ganz genau.« Ein warmes Kribbeln breitete sich in seiner Magengegend aus, und er merkte, wie sich seine Augen unwillkürlich mit Wasser füllten.

Mit einem raschen Blick überprüfte er, dass die Küchentür wirklich dicht war und ihn niemand beobachtete.

Das kleine Bündel in seinem Arm erfüllte ihn immer wieder mit überraschenden Glücksgefühlen. Natürlich liebte er auch Celine, doch seine Ex-Frau hatte sie aus erster Ehe in ihre Beziehung gebracht. Das hier war anders. Noch intensiver. Es fiel ihm schon schwer, bei Celine mit harter Hand zu regieren oder ihr etwas abzusprechen. Und wenn Frouke ihn so anblickte wie jetzt, war er sich ziemlich sicher, dass er ihr jeden Wunsch erfüllen und alles für sie tun würde. Und es würde eine große Freude werden, sie aufwachsen zu sehen … wenn Lilly denn wieder Vertrauen in ihn fasste.

»Ihr seid ja ein süßes Pärchen.« Celine hatte sich hinter ihm durch die Tür geschlichen. Sie zog einen Schmollmund. »Das hast du mit mir nie gemacht.«

»Eifersüchtig? Können wir gerne nachholen.« John lächelte. »Aber dann muss ich dir wohl eher die Bierflasche geben, was?«

»Haha.« Celine kam zu ihm herüber. »Darf ich auch mal?«

»Klar.« Er gab ihr Frouke rüber, die die Flasche schon fast leer getrunken hatte und weiter kräftig daran saugte. »Ich glaub, sie will noch einen Nachschlag.«

John ging zur Küchenzeile hinüber und füllte eine weitere Flasche mit Milchpulver.

Draußen vor dem Fenster flackerte plötzlich Blaulicht auf.

Er beugte sich vor und sah vor dem Nachbarhaus einen Krankenwagen und gleich dahinter einen Notarztwagen vorfahren.

Der Arzt rannte ins Haus, gefolgt von den Sanitätern mit einer Trage.

»Was ist denn da schon wieder los?«

»Willst du nachsehen?«, fragte Celine. »Ich pass auf Frouke auf.«

»Ja, vielleicht kann ich helfen.«

Er ging aus der Küche in den Flur.

»John!«, rief Juri aus dem Wohnzimmer. »Komm und sieh dir das an.«

Juri und Ben verfolgten gebannt, was soeben im Fernsehen geschah. Juri deutete wortlos auf die Mattscheibe, wo Lilly wieder neben der Moderatorin zu sehen war.

»Sie haben gerade noch mal live nach Flensburg geschaltet«, erklärte Ben. »Offenbar gibt es eine Entwicklung.«

Die Moderatorin setzte ein Lächeln auf. »Wir melden uns noch einmal aus dem Polizeipräsidium aus Flensburg, mit mir Lilly

Velasco, Erste Hauptkommissarin bei der Kriminalpolizei. In dem ungelösten Fall um die nicht identifizierte Leiche eines etwa dreizehnjährigen Jungen, in dem Kommissarin Velasco ermittelt, haben uns bereits die ersten Zuschaueranrufe erreicht.«

Sie blickte auffordernd zu Lilly.

»Ja ... wir ... ähm ... haben einige Anrufe erhalten.«

John kannte Lilly lange genug, um ihrem Gesicht anzusehen, dass ihr gerade nicht wohl in ihrer Haut war. Sollte es wirklich neue Erkenntnisse geben, stand ihr vermutlich nicht der Sinn danach, sie mit der Öffentlichkeit zu teilen.

»Die meisten Meldungen, die uns erreicht haben, enthalten leider Informationen, die nicht mit den Fakten des Falls übereinstimmen.« Lilly räusperte sich. »Allerdings war ein Anruf darunter, der uns der Identifikation des Jungen vielleicht näher bringen könnte. Dafür danken wir dem Anrufer sehr. Mehr möchte ich dazu allerdings derzeit aus ermittlungstechnischen Gründen nicht sagen.«

Ein verschnupfter Ausdruck huschte über das Gesicht der Moderatorin. Dann fand sie zu ihrer professionellen Miene zurück. »So weit der aktuelle Stand aus Flensburg. Sollte sich die Lage weiterentwickeln, melden wir uns natürlich umgehend noch einmal. Und damit zurück ins Studio.«

Juri klatschte in die Hände und sprang auf. »Großartig! Sie haben vielleicht wirklich einen Hinweis erhalten ...«

»Ich will dir die Freude nicht verderben«, sagte John und deutete mit dem Finger in Richtung Nachbarhaus. »Aber da drüben gibt es auch eine Entwicklung. Ich wollte gerade mal rüber und schauen, ob die Hilfe brauchen. Kommst du mit?«

»Klar.« Juri sah kurz aus dem Fenster. »Da scheint's ja richtig rundzugehen.«

»Passt du auf Frauke auf, Celine?«, rief John und bekam als Antwort: »Hab ich doch gerade gesagt. Wirst du jetzt auch noch senil?«

Sie zogen sich im Flur die Jacken an und gingen hinüber zum Nachbarhaus. In der Zwischenzeit waren offenbar weitere Gäste zur Feier dazugestoßen. Neben einigen privaten Pkw parkte nun auch der Lieferwagen einer Cateringfirma vor dem Haus. »Sünje Petersen Catering«, stand auf einer Seite des Transporters in blauer Schrift geschrieben, als Logo eine Nordseekrabbe.

Einige der Gäste hielten sich im Freien vor der Tür auf, rauchten und unterhielten sich mit gedämpfter Stimme. Ihre Gesichter waren ernst. Von Feierlaune keine Spur mehr.

John ging voraus, die Treppen zum Eingang hinauf. »Wir wohnen nebenan und haben gerade das Blaulicht gesehen. Können wir helfen?«

Er hatte eine junge Frau mit Baseballkappe angesprochen. Ihr Gesicht war mit Sommersprossen übersät, die Haare feuerrot. Sie hielt ein Glas Sekt in der Hand.

»Das ist nett von Ihnen. Aber der Notarzt ist bereits da. Es ist hoffentlich nichts Schlimmes. Jemand hat wohl einfach einen über den Durst getrunken.«

Kaum hatte sie den Satz beendet, kamen die Sanitäter mit der Trage heraus. Eine Frau mit langen blonden Haaren lag darauf. Das Gesicht kreidebleich, eine Sauerstoffmaske auf der Nase und eine Infusion im Arm.

»Wie geht es ihr?«, fragte die Frau mit dem roten Haar.

Die Sanitäter antworteten nicht und eilten weiter zum Krankenwagen. Der Notarzt folgte ihnen. »Sie muss schnell ins Krankenhaus. Gibt es Angehörige?«

»Die Mutter lebt hier auf der Insel.«

»Dann verständigen Sie sie.« Er spurtete die Treppen hinunter zu seinem Wagen. Dann fuhr die kleine Kolonne mit Blaulicht und Sirene davon.

»Das sah übel aus«, meinte ein Mann neben der Rothaarigen.

»Hoffen wir mal, dass sie es durchsteht«, antwortete die Frau. »Das fehlt uns jetzt gerade noch, dass die weibliche Hauptrolle ausfällt. Als wäre das Chaos nicht schon groß genug. Bald können wir den Laden ganz dichtmachen.«

Max Moser kam aus dem Haus und trieb die Gäste mit wedelnden Händen vor sich her. Die meisten hatten noch Gläser oder Kanapees in der Hand. »Und jetzt raus hier! Verschwindet!«

»Nun stell dich nicht so an.« Ein Mann mit grauer Mähne kam ihm nach. John kniff die Augen zusammen. Er kannte den Kerl. Es war der, mit dem er heute Morgen im Hotel zusammengestoßen war. Sein Freund in dem Tweedanzug war an seiner Seite.

»Mir ist nicht mehr nach Feiern zumute. Ich fahre gleich zu ihr ins Krankenhaus. Also verschwindet!«, rief Moser. John trat einen Schritt beiseite, als Moser wild mit den Händen fuchtelte.

»Du bist eine Spaßbremse, warst immer eine und wirst auch immer eine sein«, beschwerte sich der Grauhaarige.

Moser senkte die Stimme und kniff die Augen zusammen. »Das hier war deine bescheuerte Idee. Dafür trägst du die Verantwortung, Klaus. Hättest du nicht ... Das alles hätte nicht passieren müssen. Kapierst du. Alles.«

»Du liebe Güte, nun hör sich das einer an. Bist du jetzt etwa Mutter Teresa?«

John folgte den beiden die Treppe hinunter und spitzte die Ohren.

»Klaus, halt jetzt einfach die Klappe. Du weißt, was ich meine. Und ich will das nicht vor den Leuten hier ausdiskutieren. Reiß dich also einmal im Leben zusammen. Als Geburtstagsgeschenk, sozusagen, für mich.«

Der Grauhaarige rollte die Augen. »Yes, Ma'am. Kommt, Leute, wir gehen woanders weiterfeiern!«

Die anderen Gäste zogen an John vorbei und hielten auf die geparkten Autos zu.

Hinter Moser trat ein letzter Gast ins Freie. Er hielt eine kleine Kamera in der Hand. »Ist die Party jetzt vorbei?«

Moser sah gen Himmel. »Als der liebe Herrgott das Hirn verteilte, hast du wohl den Rand gehalten.« Er griff nach der Kamera. »Mach das verfluchte Ding aus. Verschwindet endlich!«

Der Grauhaarige hatte sich offenbar von jemandem eine Flasche Sekt besorgt. Er schwenkte sie in die Höhe. »Mensch, wir lassen dich ja schon in Ruhe, du alter Griesgram! Wenn du keinen Spaß mehr am Leben hast ... geh in den Garten, leg dich auf den Komposthaufen und erschieß dich. Wenn's nicht klappt, sag gern Bescheid, dann helf ich dir dabei!«

8 Sanna

Sanna hatte es sich nach dem Abendessen mit einer Ausgabe von Jonathan Franzens *Die Korrekturen* gemütlich gemacht, seinem Meisterwerk, in dem eine Familie am Weihnachtsabend ihre Zwistigkeiten bearbeitete. Sie hatte zwar nicht mitgezählt, doch es musste gefühlt der zehnte Anlauf sein, das Buch zu lesen. Bislang war ihr immer etwas dazwischengekommen. Vielleicht würde sie es in der Woche Urlaub, die vor ihr lag, endlich schaffen.

Sie ließ den Blick über die dunklen Holzregale im Zimmer schweifen. Es mussten Hunderte von Büchern sein, die hier standen.

Das kleine Reetdachhaus in Munkmarsch, das Sanna und ihre Schwester von ihrer Mutter geerbt hatten, war vor langer Zeit einmal von einer Fischerfamilie bewohnt worden. Ihre Mutter hatte es in einem recht bedauernswerten Zustand erworben und mit viel Hingabe wieder hergerichtet. Gegen die wuchtigen Bauernhäuser oder die großen modernen Gebäude mit Ferienwohnungen nahm sich das Haus, das aus weißen Steinen gemauert war, regelrecht winzig aus. Auf dem Erdgeschoss, das Platz für die Bibliothek, ein Wohnzimmer, eine Küche und das Bad bot, thronte ein hohes Spitzdach aus roten Ziegeln, unter dem sich zwei Schlafzimmer befanden. Heute undenkbar, dass ursprünglich eine fünfköpfige Familie hier gelebt hatte.

Mutter hatte eine kleine Literaturagentur betrieben, die, abgesehen von sporadischen Erfolgsphasen, eher schlecht als recht vor sich hin gedümpelt hatte. Eine Handvoll erfolgreicher Autoren hatte das Geld gebracht, bei ihrem restlichen Geschäft hatte Mutter schon achtgeben müssen, dass es vom Fiskus nicht als Liebhaberei abgestempelt wurde.

Das alles hatte sie aus Liebe getan. Der Liebe zu Büchern.

Und so gab es in der Munkmarscher Kate diesen Raum voller Juwelen. Die Bibliothek. Sie befand sich im Erdgeschoss. An den Wänden reihten sich Bücherregale, die regelrecht überquollen. Auf den aufrecht stehenden Büchern waren weitere waagerecht gestapelt, so eng, dass man aufpassen musste, dass einem nicht der ganze Berg entgegenkam, wenn man eines herauszog.

Kurz nachdem sie das Haus geerbt hatten, hatte Jaane die Bücher entsorgen wollen. Aus Platzgründen. Sanna hatte sich dagegen verwahrt. Zu gerne hielt sie sich hier auf und ging auf Entdeckungstour in dem überbordenden Fundus. Es wimmelte von kleinen und großen Schätzen. Neben den Büchern von Autoren, die Mutter betreut hatte, gab es Klassiker, alte Erstausgaben, teilweise noch in Sütterlin signierte Exemplare und Perlen, von denen die Literaturwelt keine Notiz genommen hatte, die einen aber unweigerlich in ihren Bann zogen.

Von ihrer Schottlandreise hatten sie ein paar Flaschen Whisky mitgebracht. Auf dem Beistelltisch neben dem Ohrensessel, in dem Sanna es sich gemütlich gemacht hatte, stand ein Glas Auchentoshan Three Wood, nachgereift in Bourbon- und Sherryfässern.

Aus der Küche kam emsiges Tastaturgeklapper. Jaane saß mit ihrem Laptop am Esstisch und musste noch Arbeit für einen wichtigen Kunden erledigen.

Sanna warf einen Blick auf die Uhr ihres Smartphones.

Ihr Gast verspätete sich.

Extrazeit zum Lesen. Andererseits platzte Sanna regelrecht vor Neugier, was es Neues aus der Intrigenküche der Staatsanwaltschaft gab.

Die Bibliothek eignete sich nämlich neben dem Lesen noch für einen anderen Zweck. Konspirative Treffen fernab neugieriger Augen und Ohren.

Sanna wollte sich wieder in ihre Lektüre vertiefen, als das Tastaturgeklapper in der Küche verstummte.

Jaane kam herüber. Immer, wenn Sanna ihre Schwester sah, war es, als blickte sie in einen Spiegel. Blasser Teint, weiße Haare, blaue Augen. Der einzige Unterschied bestand darin, dass sich in Jaanes Gesicht über die Jahre weniger Falten geschlichen hatten.

Ihre Schwester hielt eine Flasche Whisky in der Hand. »Brauchst du Nachschub?«

Sanna sah zu ihrem Glas. Halb leer. Sie nahm es und trank den Rest. »Her damit.«

Jaane schenkte ihr ein. »Ich dachte, der passt zum Ambiente.«

Sie drehte die Flasche so, dass Sanna das Etikett lesen konnte. »Writers Tears. Die Destille haben wir aber nicht besucht.«

»Nein. Hab ich bei einem Ausflug nach Flensburg entdeckt. Erinnerte mich an Mama und ihre Schriftsteller.«

Sanna ließ die bernsteinfarbene Flüssigkeit im Glas kreisen, schnupperte daran und probierte einen Schluck. »Gut. Etwas holzig, nicht zu rauchig und … Vanille.«

»Kann man trinken, oder?« Jaane stieß mit ihr an. »Wo bleibt dein Besuch?«

»Hat sich wohl verspätet.«

»Warum trefft ihr euch eigentlich hier und nicht irgendwo in einem Restaurant oder Café?«

»Das … hat eigentlich keinen bestimmten Grund. Ich dachte einfach, ich lade die Frau mal zu mir ein.«

»Hm.« Jaane stemmte eine Hand in die Hüfte. »Und uneigentlich?«

»Was meinst du …«

»Komm schon, große Schwester. Wenn man Freunde zu Besuch einlädt, macht man doch üblicherweise Abendessen, stellt einen schönen Wein bereit … und so weiter. Ihr wollt nur in der Bücherecke hier kuscheln?«

Sanna zuckte mit den Schultern und legte das Buch auf den Beistelltisch. »Wir wollen einfach reden.«

»Wer ist die Frau denn eigentlich?«

»Tyra Kortum? Sie war früher Oberstaatsanwältin in Flensburg. Sie ist jetzt in Rente.«

»Und was hast du dann mit ihr zu tun?«

»Ich … Sag mal, soll das jetzt ein Verhör werden?«

»Wo denkst du hin. Mich interessiert nur, wen du mir ins Haus schleppst.«

»Jetzt klingst du wie Mama. Es ist auch mein Haus. Wir haben es zu gleichen Teilen geerbt.«

»Aber ich lebe hier.«

Sanna hob die Hände. »Schon gut. Du hast recht. Sagen wir einfach, es gibt Dinge, die man besser im Privaten bespricht als in aller Öffentlichkeit.«

»Verstehe. Ihr wollt nicht beobachtet werden …«

Es klingelte an der Tür.

»Ich geh dann mal wieder arbeiten.« Jaane winkte über die Schulter, verschwand in der Küche und schloss die Tür hinter sich.

Sanna ging zur Haustür.

Draußen auf den Stufen stand eine kleine Frau mit blauem Kostüm und weißer Bluse. In einem Arm hielt sie einen Mantel. Die Lockenfrisur musste sie sich mit Haarspray auftoupiert haben, jedenfalls wehte der Wind den Geruch danach zu Sanna herüber. Wie immer hatte Tyra Kortum ihr Markenzeichen bei sich, eine überdimensionierte Handtasche der Marke Großraumkoffer.

»Guten Abend, Frau Staatsanwältin.«

»Schön, dass Sie da sind«, erwiderte Sanna. »Kommen Sie rein.«

Sie nahm der Dame den Mantel ab und führte sie in die Bibliothek. Tyra Kortum setzte sich in den Ohrensessel schräg gegenüber von Sanna.

»Ein lauschiges Plätzchen«, meinte die ehemalige Oberstaatsanwältin. »Sie sind eine Leseratte?«

»Ich versuche es. Meistens fehlt mir die Zeit. Die Leseliste für meine Rentenjahre ist ziemlich lang.«

»Oh, meine Liebe, Sie werden aber doch wohl nicht an den Ruhestand denken. Die besten Jahre warten noch auf Sie.« Tyra Kortums Blick schweifte zu dem Whiskyglas. »Ich nehme auch einen.«

»Soll ich uns eine Kleinigkeit zu essen machen?«

»Ach was, damit wollen wir uns nicht aufhalten. Bloß der kleine Muntermacher. Dann kommen wir gleich zur Sache.«

Sanna ging in die Küche und schenkte ein Glas Whisky ein. Jaane hielt kurz mit dem Tippen inne und sah vom Laptop auf.

»Jedenfalls hat deine Besucherin einen guten Geschmack«, meinte sie.

»Ja, ich denke, den hat sie. Und es ist sicherlich nicht ihr einziges Talent.« Sanna biss sich auf die Zunge, aber Jaane hob bereits beschwichtigend eine Hand.

»Keine Sorge, ich frag gar nicht weiter nach.«

Sanna ging zurück in die Bibliothek und reichte Tyra Kortum den Whisky, die ihr im Gegenzug einen zusammengetackerten Ausdruck von zwei Seiten hinhielt.

»Lesen Sie.« Tyra Kortum trank einen Schluck. »Hm, guter Stoff. Den hätte ich früher gerne in meiner Schreibtischschublade gehabt.«

Sanna setzte sich in ihren Sessel und überflog den Text.

Offensichtlich handelte es sich um einen Zeitungsartikel.

»Wann ist der erschienen?«, fragte sie.

Tyra Kortum schüttelte den Kopf. »Noch gar nicht. Das kommt in der morgigen Ausgabe des *Flensburger Tageblatts.*«

»Und woher ...«

»Meine Liebe, fragen Sie nicht. Sie wissen doch, mit den Jahren lernt man in unserem Beruf allerhand Leute kennen. Auch bei der Zeitung.« Sie setzte ein Lächeln auf und trank noch einen Schluck.

Sanna vertiefte sich wieder in den Artikel.

Sein Gegenstand war Oberstaatsanwalt Bleicken, der Mann, der bei Tyra Kortums Frühpensionierung seine Finger im Spiel gehabt hatte und auf dessen persönlicher Abschussliste Sanna ganz oben stand.

Laut dem Zeitungsbericht bahnte sich in der Flensburger Staatsanwaltschaft eine Untersuchung gegen den Oberstaatsanwalt an. Man berief sich auf interne Quellen. Angeblich stand Bleicken im Verdacht, gegenüber einer Untergebenen ein unangebrachtes Verhalten an den Tag gelegt zu haben – indem er der Frau auf WhatsApp wiederholt Liebesbekundungen geschickt hatte. Diese hatte sich das zunächst gefallen lassen, vermutlich wegen des Machtgefüges, dann aber doch klar und deutlich abgelehnt. Bleicken hatte offenbar nicht lockergelassen, was darin gipfelte, dass er der Bedauernswerten ein Foto seines besten Stücks hatte zukommen lassen. Was allerdings nicht den gewünschten Erfolg gezeitigt hatte, eher im Gegenteil, die Dame hatte sich vertrauensvoll an den Betriebsrat gewendet.

»Wow«, stieß Sanna aus. Radio Flurfunk kolportierte üblicherweise jeglichen Klatsch und Tratsch. Doch das hier war neu. »Um wen geht es da? Wohl nicht Annabell Bergmann …«

Bei Annabell Bergmann handelte es sich um eine Referendarin, die gerade das zweite Staatsexamen geschafft hatte. Bleicken führte heimlich eine Beziehung mit ihr und förderte ihre Karriere.

Sanna hatte erfahren, dass er sie am liebsten gegen die Bergmann austauschen würde.

Sie hatte sich vor nun beinahe zwei Jahren aus München hierher versetzen lassen, und das hatte auch nur geklappt, weil der hiesige Generalstaatsanwalt ihrem Chef in der bayerischen Landeshauptstadt einen Gefallen geschuldet hatte.

Bleicken hatte das nicht vergessen. Er hatte die Stelle für sein Liebchen vorgesehen, und nun war Sanna im Weg. Er wollte sie loswerden, und zwar so schnell wie möglich. Dadurch, dass sie bei ihrer letzten Ermittlung in Friedrichstadt ihre Befangenheit nicht frühzeitig aufgedeckt hatte, hatte sie ihm Futter geliefert.

»Nein«, antwortete Tyra Kortum. »Mit der Bergmann hat das nichts zu tun. Bei der betroffenen Dame handelt es sich – *entre nous* – um Sibyll Larsen.«

»Die Larsen?« Sanna staunte nicht schlecht.

»Ich weiß. Sie ist nicht gerade ein Vorzeigemodell unserer Art.«

»Aber wann hat er sich denn an sie rangemacht? Davon hat niemand etwas mitbekommen.«

Tyra Kortum winkte ab. »Das liegt schon ewig zurück. Da waren beide noch grün hinter den Ohren. Ein unbedeutender, reichlich unappetitlicher Flirtversuch.«

»Und warum kommt die Larsen jetzt damit um die Ecke?«

»Nun ja …« Tyra Kortum lächelte über den Rand des Whiskyglases. »Ich habe ihrer Erinnerung ein wenig auf die Sprünge geholfen und ihr erklärt, dass man so etwas heute nicht mehr auf sich sitzen lassen muss. Auch rückwirkend nicht.«

Sanna konnte sich ein anerkennendes Grinsen nicht verkneifen. »Sie möchte ich nicht zur Feindin haben. Was ist mit den Fotos?«

Tyra Kortum hatte vor einiger Zeit kompromittierende Fotos aufgetrieben. Sie zeigten Bleicken und Annabell Bergmann beim Liebesakt. Offenbar hatte der Oberstaatsanwalt die Bilder höchstpersönlich mit seinem Handy geschossen. Dieses hatte er dann bei der EDV-Abteilung zur Reparatur abgegeben. Und unglücklicherweise vergessen, die Fotos vorher von dem Gerät zu löschen. Sein Pech, dass Tyra Kortum jahrelang die Naschsucht ebenjenes EDV-Kollegen mit Schokoladentafeln unterstützt hatte.

»Die Fotos sind Eskalationsstufe zwei«, erklärte Tyra Kortum. »Wir warten, bis sich die Sache mit Sibyll Larsen in den Medien breitgetreten hat. Er wird zweifellos die Opferrolle einnehmen, das tun die Typen in solchen Fällen immer. Aber damit wird er nicht durchkommen, so wie die Dinge derzeit stehen.«

»Was meinen Sie damit?«, fragte Sanna.

Tyra Kortum machte ein mitleidiges Gesicht. »Meine Liebe … Sie müssen Ihren Sender auf den Flurfunk einstellen und mehr an Ihrem internen Informantennetzwerk arbeiten.«

»Leichter gesagt als getan. Die meisten Kollegen betrachten mich noch immer als einen Fremdkörper …«

»Das kommt schon noch. Und wozu haben Sie mich?« Tyra Kortum rückte auf die Kante des Sessels vor. »Es hat ein Großreinemachen begonnen. Bei der Staatsanwaltschaft, aber auch auf dem Polizeipräsidium. Man will frisches Blut, mit der Zeit gehen und so weiter, blabla. Mir ist zu Ohren gekommen, dass sie dem armen alten Gödecke die Frühpensionierung aufzwingen wollen. Vor lauter Schreck hat er sich erst mal zwei Wochen Urlaub genommen und ist hier auf die Insel geflohen. Übrigens könnte das auch für die Ambitionen unseres guten John Benthien ein Problem werden. Er ist nicht mehr der Jüngste ... Nun, jedenfalls wird man genau hinsehen, wenn Bleicken wegen ungebührlichen Verhaltens in der Öffentlichkeit am Pranger steht. Wenn es so weit ist, lassen wir die große Bombe platzen.«

»Und Sie sind sicher, dass man das nicht zu uns zurückverfolgen kann?«

»Seien Sie ganz unbesorgt, meine Liebe. Wenn jemand ganz tief gräbt, dann stößt er vielleicht auf mich. Aber das soll mich nicht scheren. Ihren Namen werde ich mit keiner Silbe erwähnen. Außer ganz zum Schluss unserer Kampagne. Dann, wenn es um die Neubesetzung von Bleickens Posten geht.«

Sie hatten sich vor einiger Zeit bei ihrem ersten Treffen über diesen Aspekt unterhalten. Tyra Kortum betrachtete eine Frau als wahre Anwärterin ihrer Nachfolge. Und sie hatte Sanna auserkoren.

Nun drängte es Sanna nicht unbedingt danach, mehr Verantwortung zu übernehmen. Solange es aber dazu führte, dass sie ihren Job behielt, sollte ihr das recht sein.

»Wichtig ist, dass wir Sie in Position bringen.« Tyra Kortum beugte sich vor. »So ein Schnitzer wie im Fall Sonnekamp darf Ihnen nicht noch einmal passieren. Der Erfolg ist jetzt Ihr Verbündeter. Jede Niederlage aber zahlt auf das Konto von Bleicken ein. Und diese Nummer in Friedrichstadt ... Ich rechne es Ihnen ja hoch an, dass Sie Ihre Schwester von dieser Sekte weggeholt haben. Doch von nun an müssen Sie Ihre Familienangelegenheiten im Griff haben. Sie wären nicht die Erste, die von ihren vermeintlich liebsten Menschen ins Unheil gestürzt wird. Sehen Sie zu, dass Ihre Schwester nicht wieder Unfug treibt und Sie mit reinreißt.«

»Meine Sorge«, sagte Sanna. »Das habe ich unter Kontrolle.«

»Nun denn. Es war wie immer eine Freude, mit Ihnen zu plauschen.« Tyra Kortum erhob sich zum Gehen, und Sanna begleitete sie zur Tür hinaus.

»Das Beste wäre, wenn Sie bald neue Erfolge vorweisen könnten«, sagte die ehemalige Oberstaatsanwältin zum Abschied.

»Ich werde sehen, was sich machen lässt.«

»Tun Sie das. Und machen Sie nicht zu lange Urlaub.« Sie drückte Sanna links und rechts einen Kuss auf die Wange, dann machte sie sich mit ihrer Großraumhandtasche auf den Heimweg.

Sanna schloss die Tür hinter sich, holte die leeren Gläser aus der Bibliothek und brachte sie in die Küche. Jaane saß nach wie vor mit dem Laptop am Esstisch.

»Du arbeitest immer noch?«

»Dasselbe könnte ich dich auch fragen«, erwiderte ihre Schwester.

»Hast du … Hast du etwas mitbekommen?«

»Keine Angst. Ihr habt leise genug gesprochen.«

Sanna stellte die Gläser in die Spüle und deutete mit einem Nicken auf den Laptop. »Etwas sehr Dringendes?«

»Ein neuer Kunde. Er hat es ziemlich eilig und sitzt mir im Nacken.«

Jaane arbeitete schon seit vielen Jahren als freie Grafikerin. Die Auftragslage ließ manchmal zu wünschen übrig, sodass sich Leerlaufphasen ergaben. Jetzt schien es gut zu laufen. Und Sanna hatte den Eindruck, dass die Arbeit ihrer Schwester guttat. Sie hatte Jaane lange nicht mehr so energiegeladen gesehen.

»Worum geht es denn?«, fragte Sanna.

»Eine …« Jaane stockte. »Eigentlich … darf ich darüber nicht sprechen. Die Sache ist noch nicht offiziell. Du verstehst das sicherlich.«

»Kennt man die Firma?«

Jaane kniff die Augenbrauen zusammen, hörte mit dem Tippen auf und lehnte sich zurück. »Soll das jetzt ein Verhör werden?«

»Nein, ich ...«

»Wenn du mir nichts über deine Arbeit und deine konspirativen Treffen erzählst, brauch ich dir auch nicht Rede und Antwort zu stehen.«

»Schon gut.« Sanna machte eine entschuldigende Geste. »War nicht böse gemeint.«

Jaane widmete sich wieder dem Laptop. »Wenn ich dann jetzt weiterarbeiten dürfte?«

»Natürlich.« Sanna drehte sich um und ging wieder hinüber in die Bibliothek.

9 John

Der Strandhafer raschelte im Wind, der in Böen über die Lister Dünen und das Reetdach des Kapitänshauses strich. John Benthien saß auf einem Gartenstuhl in einer geschützten Ecke der Terrasse, eine Decke um die Schultern geschlungen und ein Glas Rotwein in der Hand. Der Vollmond stand hell am Himmel.

Ben und Juri waren früh zu Bett gegangen. Ersterer, weil ihn die Reha anstrengte, Letzterer, weil er froh war, dass John ihm die nächtliche Versorgung von Frouke abnahm und er Schlaf nachholen konnte. Celine lag mit einem Buch auf der Couch im Wohnzimmer.

Ruhe.

Sosehr er das familiäre Miteinander mochte, so schön war es auch, endlich ein paar Minuten für sich zu haben.

Es gab genug, worüber er sich den Kopf zerbrechen musste.

Wie zum Beispiel Kriminalrat Gödecke.

Sicher, sein alter Vorgesetzter hatte ihm nie etwas versprochen, und als John seinen Posten in Friedrichstadt quittiert hatte, war das ein Aufbruch zu unbekannten Ufern gewesen.

Dennoch machte ihm der plötzliche Wetterumschwung Sorgen. Bei ihren ersten Treffen hatte Gödecke sich noch sehr bedeckt gehalten. Dann aber hatte er deutlich durchblicken lassen, dass er Johns Erfahrung und Fähigkeiten zu schätzen wusste und es begrüßen würde, ihn wieder im Team zu haben. Von höherer Stelle schien dem auch nichts zu widersprechen.

Bis jetzt. Irgendjemand hatte Gödecke ein deutliches Stoppschild vor die Nase gesetzt.

John besaß zu wenig Informationen – genau genommen gar keine –, um sich ein Bild der Lage zu machen. Mindestens drei Möglichkeiten erschienen ihm plausibel:

Er selbst war das Problem. Man hatte entschieden, sich nicht mit einem zwar talentierten und altgedienten, aber auch mit einem skandalbehafteten Kollegen zu belasten. Wobei streng genommen lediglich Gödecke, Oberstaatsanwalt Bleicken und Sanna Harmstorf wussten, was John sich damals wirklich hatte zuschulden kommen lassen. Offiziell hatte er die Kripo verlassen, um mehr Zeit für die Familie zu haben.

Die zweite Möglichkeit war, dass Gödecke selbst es sich mit jemand Höherem verscherzt hatte und nun nicht mehr über die nötige Beinfreiheit verfügte, Posten nach Gutdünken zu besetzen.

Und dann blieben als Letztes natürlich noch interne Entwicklungen auf dem Präsidium, die John nicht kannte, die ihnen aber einen Strich durch die Rechnung machen konnten.

So oder so, er musste der Realität ins Auge sehen. Mit einer Rückkehr an seine alte Dienststelle und in seinen geliebten Job würde es, so wie die Dinge standen, wohl nichts werden. Er brauchte einen Plan B.

John wurde aus seinen Gedanken gerissen, als der Garten plötzlich mit taghellem Licht angestrahlt wurde. Das augenblicklich erlosch, nur, um dann wieder anzuspringen.

Er stellte das Weinglas auf dem Boden ab und stand auf. Das flackernde Licht kam vom Nachbarhaus.

John ging hinüber zur Hecke und blickte in den Garten des Ferienhauses. Die Lichtanlage rund um den Pool hatte wieder eine Störung. Wie ein Leuchtfeuer gingen die gesamten Außenleuchten im Sekundentakt an und aus.

Max Moser war vorhin mit einem Taxi weggefahren. John nahm an, dass er, wie er gesagt hatte, ins Krankenhaus gefahren war, um zu sehen, wie es der Frau ging, die vom Rettungsdienst abgeholt worden war.

Jedenfalls schien er noch nicht wieder zu Hause zu sein.

Wenn das Geblinke noch lange so ging, würden im Kapitänshaus bald alle wieder wach sein.

John betrachtete die Hecke. Remko Petersen, der Gärtner, war entgegen seinem Versprechen nicht mit neuen Rosenbüschen wiedergekommen. Immerhin hatte er das Loch mit dem Stromkabel wieder zugeschüttet. Dennoch gab es nun eine Lücke in der Hecke zum Nachbargrundstück.

Seitlich zwängte sich John zwischen den Ästen und Blättern hindurch. Im Nachbargarten ging er ein paar Schritte hinüber zum Schaltkasten, öffnete ihn und drückte, wie Celine es Moser gezeigt hatte, für einige Sekunden den Reset-Schalter. Es brauchte einen Augenblick, bis die Lichter ausgingen.

John wartete noch einen Moment, ob sie nicht wieder ansprangen, dann trat er zu der Lücke in der Hecke. Er wollte sich schon wieder hindurchschieben, als er plötzlich ein Knacken hörte.

Zuerst dachte John, er wäre selbst auf einen Ast getreten, doch dann erklang ein weiteres Knacken, gefolgt von einem Rascheln.

Das Geräusch war vom entfernten Ende des Grundstücks gekommen, dort, wo hinter der Hecke die mit Strandhafer bewachsenen Dünen anfingen.

John schlich am Pool entlang ans Ende des Grundstücks und spitzte die Ohren. Jetzt herrschte wieder Ruhe. Nur das Rauschen des Windes und das Rascheln des Strandhafers.

Er fuhr zusammen, als er aus dem Augenwinkel eine Bewegung in den Dünen wahrnahm. Ein Hase, der von einem Strandhaferbüschel zum nächsten wetzte.

Also nur ein Tier.

Oder?

John blieb noch einen Moment stehen. Seine Nackenhaare sträubten sich.

In seiner Berufslaufbahn hatte er vielfältige Instinkte entwickelt. Einer davon meldete sich in Gefahrensituationen und war früher nützlich gewesen, wenn sie im Laufe einer Ermittlung in eine Wohnung oder ein Haus hatten eindringen müssen, ohne die

Lage im Inneren genau zu kennen. Menschliche Nähe. Er konnte sie spüren.

Auch jetzt wurde er den Eindruck nicht los, dass er beobachtet wurde. Der Vollmond leuchtete die weite Dünenlandschaft aus, und obwohl John niemanden sehen konnte, sagte ihm sein Instinkt, dass dort draußen ein anderer Mensch war.

Er spähte mit zusammengekniffenen Augen über das Gelände. Nichts regte sich. Also vielleicht doch falscher Alarm.

Oder du kommst langsam ein wenig aus der Übung und lässt dich von einem Hasen ins Bockshorn jagen. Du siehst Gespenster, wo es keine gibt.

John entspannte sich und ging zurück zur Hecke.

Beim Strandkorb angekommen, schnappte er sich das Weinglas und die Decke. Inzwischen war es zu kalt geworden, um noch länger draußen zu sitzen.

Er hatte schon die Terrassentür geöffnet und wollte gerade hineingehen, als vor dem Ferienhaus ein Wagen vorfuhr.

John schlich ins Wohnzimmer, schloss die Terrassentür beinahe geräuschlos. Celine war auf dem Sofa eingeschlafen. Ihr Buch lag auf dem Teppich. John hob es auf, löschte das Licht der Stehlampe neben der Couch und deckte Celine richtig zu. Dann ging er hinüber in die Küche, stellte das Weinglas in die Spüle und schaltete die kleine Lampe der Abzugshaube aus, die sie nachts zur Orientierung brennen ließen.

Am Küchenfenster stellte sich John schräg hinter die Gardinen, sodass ihn von draußen niemand sehen konnte.

Ein Golf Kombi parkte vor dem Nachbarhaus. Im hellen Mondschein konnte er die Silhouetten eines Mannes und einer Frau ausmachen, die offenbar heftig miteinander stritten.

Es dauerte nicht lange, und der Mann stieg auf der Beifahrerseite aus und setzte sich einen Hut auf.

Max Moser.

Die Fahrertür flog ebenfalls auf, und die Frau sprang heraus. Sie diskutierten weiter. Etwas leiser, aber ihren Gesten nach zu urteilen, nicht minder energisch. Leider konnte John auf die Distanz nicht verstehen, worum es ging.

Schließlich verstummten beide.

Moser ging ins Haus, während die Frau wartete.

Als er wiederkam, hielt er einen Umschlag in der Hand, den er ihr reichte. Er sagte etwas, das sie zu besänftigen schien.

Schließlich stieg sie ein und fuhr davon.

Moser blickte ihr nach, dann ging er ins Haus.

John blieb noch einen Moment hinter der Gardine stehen.

Nicht schlecht. Für den ansonsten so stillen Nachbarn war das ein überaus turbulenter Tag gewesen. John hätte zu gerne gewusst, worüber die beiden sich da gerade gestritten hatten.

Plötzlich drang von oben das klägliche Jammern von Frouke an seine Ohren.

Mit ebenso leisen wie schnellen Schritten war er die Treppe hoch und schon im Schlafzimmer. Aber zu spät. Juri war bereits aufgewacht und hatte Frouke auf dem Arm.

»Was war denn da gerade los?«, fragte er.

»Ich weiß nicht. Moser hat sich vor der Haustür mit irgendeiner Frau gestritten.«

»Ich glaube, Frouke hat noch ein wenig Hunger ...«

»Ist gut, ich mach ihr noch eine Flasche.« John wollte wieder runter in die Küche gehen, als das Schlafzimmer plötzlich taghell beleuchtet wurde. »Nicht schon wieder ...«

Er ging ans Fenster und blickte hinüber. Von hier oben konnte er den Garten des Nachbarhauses nicht einsehen, doch es war zweifelsohne die Lichtanlage von Mosers Haus, die wieder angegangen war.

»Ich war gerade schon drüben und hab sie ausgeschaltet«, erklärte er Juri.

»Ohne Durchsuchungsbeschluss?« Er lächelte.

»Den hol ich mir später. Aber jetzt ist Moser ja wieder da. Ich hoffe, er kriegt das Ding alleine aus.«

John ging hinunter in die Küche und bereitete eine Flasche

Milch zu. Als er zurück ins Schlafzimmer kam, war die Gartenbeleuchtung bei Moser schon wieder erloschen.

»Du kannst das SEK wieder abbestellen«, meinte Juri. »Und vielleicht solltest du mal einen Rollladenkasten vor dem Fenster anbringen.«

»Zu Befehl.« Er deutete auf Frouke. »Lass mich das machen. Schlaf du weiter.«

Er ließ sich von Juri das Kind geben und setzte sich auf den Schwingstuhl in der Ecke des Schlafzimmers. Frouke saugte die Flasche gierig leer. Anschließend packte John sie wieder in das Beistellbettchen.

In der Küche trank er noch einen kleinen Absacker, dann legte auch er sich ins Bett. Es dauerte keine fünf Minuten, bis ihm die Augen zufielen.

Als er am frühen Morgen erwachte, drang im Dämmerlicht erneut flackerndes Licht durch das Schlafzimmerfenster.

Nur, dass es diesmal nicht das Licht aus dem Nachbargarten war, sondern das Blaulicht des Streifenwagens, der vor Mosers Haus vorfuhr.

Zweiter Teil
EIN MANN MIT VIELEN GESICHTERN

10   John

Im Osten erhob sich die Sonne mit einem Farbspektakel aus orangeroten Tönen aus ihrem Bett. Ihre Strahlen spiegelten sich glitzernd auf dem Wasser des Swimmingpools im Garten, dessen Oberfläche sich leicht im Wind kräuselte. Einige Möwen kreisten über den Dünen hinter dem Grundstück und stießen ab und an einen spitzen Schrei aus.

Unter normalen Umständen wäre es ein wunderbarer Moment gewesen, um am frühen Morgen ein paar Bahnen zu schwimmen und dann auf der Poolliege den ersten Kaffee zu genießen und Zeitung zu lesen.

Wäre da nicht der Mann gewesen, der mit dem Rücken nach oben im Pool trieb.

Im Wasser hatte sich sein Blut bereits weitgehend aufgelöst, aber hier und da waren um ihn herum noch blassrote Schlieren zu erkennen.

John stand mit Juri und Soni Kumari, der Polizeichefin der Insel, am Beckenrand.

Kumari hatte die Daumen im Ausrüstungsgürtel ihrer Uniform eingehakt.

»Damit das klar ist, sobald der Bereitschaftsdienst hier ist, sind Sie beide raus.«

»Natürlich«, bestätigte John.

Kumari hatte vor etwas über einem Jahr den altgedienten Arndt Schäfer als Leiterin der Sylter Polizei ersetzt.

Sie wusste, dass John nicht mehr bei der Kripo arbeitete und

Juri sich in Elternzeit befand. Dennoch hatte sie zwei helfende Hände von fachkundigem Personal nicht abgelehnt.

Sie machte mit ihrem Smartphone einige Fotos von der Situation.

»Na, dann holen wir ihn raus.« Kumari blickte John und Juri erwartungsvoll an.

John seufzte, konnte ihr Ansinnen aber nachvollziehen. Sie wollte wohl kaum in voller Montur ins Wasser steigen. »Etwas dagegen, wenn wir uns kurz die Badehosen anziehen?«

»Im Gegenteil, ich bitte darum.« Kumari schmunzelte.

»Ich leih dir eine«, meinte John und zog Juri mit sich.

Fünf Minuten später standen sie wieder am Beckenrand und gingen über die Stufen in den Pool, bis das Wasser ihnen zu den Hüften reichte. Es bestand kein Zweifel daran, dass der Mann im Pool tot war.

Dennoch konnten sie ihn nicht einfach so dort treiben lassen, bis der Bereitschaftsdienst und die Kriminaltechnik hier waren. Natürlich mussten sie bei der Bergung behutsam vorgehen, um etwaige Spuren nicht zu vernichten. Kumari hatte sie beide mit Schutzhandschuhen ausgestattet.

Gemeinsam zogen sie den Körper an Land und drehten ihn herum. Wie er bereits erwartet hatte, blickte John in das Gesicht von Max Moser.

Der Mann musste schon seit einigen Stunden im Wasser liegen. Seine Haut war aufgeweicht, das bärtige Gesicht aufgedunsen. Die blauen Augen starrten glasig ins Leere.

An seiner Todesursache bestand kein Zweifel. In Mosers Brust steckte ein Pfeil. Er war aus Metall und hatte vermutlich direkt ins Herz getroffen.

»Die Frau hat ihn gefunden?«, fragte John und deutete mit einem Nicken in Richtung Haus. Ein Streifenkollege kümmerte sich dort um die Dame, die die Polizei verständigt hatte.

»Ja«, antwortete Kumari. »Die Putzfrau.«

Juri reichte John einen der beiden Bademäntel, die sie mitgebracht hatten. »Es ist gerade kurz nach sieben. Ist das nicht ein wenig früh?«

»Sie kommt offenbar immer um diese Uhrzeit. Bei Dauergästen wie Moser gehört das Saubermachen wohl zum Service. Moser war Frühaufsteher, sagt sie, und er wollte später nicht bei der Arbeit gestört werden.«

»Sie kommt immer dienstags?«, fragte John.

»Ja.«

John stand auf, streifte den Bademantel über und blickte sich um. Im Garten waren keine Spuren einer Auseinandersetzung zu erkennen, und auch sonst hatte sich hier seit seinem Besuch am gestrigen Abend nichts verändert. »Ist ihr irgendetwas Ungewöhnliches aufgefallen?«

»Nein.« Kumari erhob sich ebenfalls und lächelte. »Sie sind schon wieder ganz im Ermittlungsmodus, was? Darf ich Sie daran erinnern, dass das hier nicht Ihre Sache ist.«

»Natürlich. Dann können wir wohl wieder gehen.«

Juri hatte sich bereits in Richtung Haus in Bewegung gesetzt, und John wollte ihm folgen, als er die Stimme seines Vaters hörte. »Was ist denn hier los? Ist der Mann ... Ist er etwa tot?«

Ben stand in dem Loch in der Hecke, neben ihm Celine. Sie hielt Frouke auf dem Arm und machte große Augen: »Ist das ... Das ist doch wohl nicht Max Moser?«

Soni Kumari breitete die Arme aus und bedeutete den beiden, von der Hecke zurückzutreten. »Wirklich, das ist hier kein Freilufttheater. Bitte, gehen Sie zurück ins Haus ...«

»John ist mein Sohn«, protestierte Ben, »ich bin schon bei vielen Ermittlungen Zaungast gewesen, Sie brauchen mir also nicht ...«

»Vater«, unterbrach John ihn. »Sie hat recht. Geht zurück ins Haus.«

Ben rümpfte die Nase, tat aber schließlich, wie ihm geheißen.

»Und Celine«, hielt John seine Tochter zurück, »kein Wort darüber zu deinen Freundinnen oder auf WhatsApp oder sonst wo.«

Sie warf ihm einen genervten Blick über die Schulter zu. »Nein, weißt du, ich wollte das gleich an die *Tagesschau* schicken.«

»Halte ich nicht für ausgeschlossen.«

Celine träumte davon, Journalistin zu werden. Über seinen letzten Fall hatte sie einen Artikel für die Tageszeitung geschrieben – ein Bericht, der für ihn zugegebenermaßen sehr schmeichelhaft gewesen war und seine Gespräche über eine Rückkehr mit Gödecke erst ins Rollen gebracht hatte. Daher konnte er sich vorstellen, dass diese Entdeckung hier Celines berufliche Fantasien beflügelte.

Juri war bereits ins Haus gegangen. John folgte ihm mit Soni Kumari. Im Wohnzimmer herrschte ein hübsches Durcheinander. Die Putzfrau war aus offensichtlichen Gründen nicht dazu gekommen, ihre Arbeit zu verrichten, und so wimmelte es überall von Spuren der missglückten Party vom gestrigen Abend. Wein- und Sektgläser auf der Küchenzeile, ebenso auf dem Wohnzimmertisch und noch ein paar auf der offenen Wendeltreppe, die ins Obergeschoss führte. Dazu ein Rotweinfleck auf den weißen Bodenfliesen. Vor einem der bodentiefen Fenster stand einsam und verlassen ein Tisch mit Fingerfood und Kanapees.

Johns Blick blieb an dem Schreibtisch hängen, der vor der Fensterfront zum Garten stand. Bei seinem gestrigen Besuch hatten dort noch unzählige Dokumente und Papiere gelegen, einige sogar auf dem Boden. Von alledem war jetzt nichts mehr zu sehen. Auch keine Spur von dem Paket, das gestern angekommen war und das Moser geöffnet hatte. Der Inhalt war John vage bekannt vorgekommen, wobei er noch immer nicht zu sagen vermochte, woher.

Möglich, dass der Mann wegen der Feier alles weggeräumt hatte. Allerdings waren seine Gäste so überfallartig und ganz offensichtlich unerwartet erschienen, dass ihm dazu kaum die Zeit geblieben sein durfte.

»Das ist jetzt vielleicht ein unwesentliches Detail«, meinte John zu Soni Kumari, »aber auf diesem Schreibtisch lagen gestern ...«

Weiter kam er nicht. Eine Frau in weißer Kochjacke stürmte

ins Haus. Der Streifenbeamte, der noch immer mit der Putzfrau redete, war nicht geistesgegenwärtig genug, sie aufzuhalten.

Soni Kumari trat ihr in den Weg. »Es tut mir leid, Sie dürfen hier nicht …« Mehr brauchte sie nicht zu sagen. Die Frau in der Kochmontur blieb wie zur Salzsäule erstarrt stehen, als sie durch die bodentiefen Fenster den Körper auf der Terrasse liegen sah.

»Oh, mein Gott«, entfuhr es ihr, und sie schlug sich die Hand vor dem Mund. »Ist er … ist er etwa tot?«

Nein, dachte John, er ruht sich nur aus.

Gleichzeitig wunderte er sich ein wenig, warum die Frau sofort auf einen Toten schloss. Denn durch die Scheibe konnte man zwar jemanden auf der Terrasse liegen sehen, da sie aber stark getönt war und zudem der Schreibtisch die Sicht zum Teil verdeckte, war unmöglich zu erkennen, ob derjenige noch atmete oder sich rührte.

»Wer sind Sie, wenn ich fragen darf?«, erkundigte sich Soni Kumari und schob die Dame sanft in Richtung Ausgang.

»Sünje Petersen. Ich wollte meine Sachen abholen.«

»Was meinen Sie damit?«

»Ich habe gestern Abend das Catering gestellt. Ich wollte die Reste abholen.« Sie fuhr sich mit der Hand durch die strubbelig kurzen schwarzen Haare. Auf ihrer rechten Wange hatte sie einen Schönheitsfleck, und die Kochmontur spannte ein wenig um ihre Hüften.

»Und warum haben Sie das nicht gleich gestern nach der Feier getan?«, schaltete sich John ein.

»Herr Moser hat mich nicht gelassen. Er … Wie soll ich sagen … Er hat seine Gäste ziemlich abrupt hinauskomplimentiert. Es hatte einen kleinen Zwischenfall gegeben. Eine Frau war anscheinend ohnmächtig geworden oder hatte zu viel getrunken.«

»Was war das eigentlich für eine Feier? Schien mir eine ziemlich spontane Angelegenheit zu sein.«

»Das ist richtig.« Sie hatten die Vordertür erreicht. »Es war eine Überraschungsparty. Allerdings hatte die Filmcrew sie von langer Hand geplant. Für mich kam das also nicht unerwartet. Ich stelle die Verpflegung am Set, daher hatten sie mich auch für den gestrigen Abend gebucht.«

»Und Herr Moser erlaubte Ihnen nicht, das Büfett abzuräumen?«

»Nein, nachdem die Gäste fort waren, wollte ich aufräumen, doch er komplimentierte mich dann ebenfalls zur Tür hinaus und meinte, ich solle heute Morgen wiederkommen. Ich bekam noch mit, wie er ein Taxi rief. Offenbar wollte er ins Krankenhaus, wo sie die Frau hingebracht hatten.«

Soni Kumari fasste John an der Schulter und begann, ihn ins Freie zu schieben. »So, und jetzt gehen Sie bitte beide …«

»Eine Frage noch«, beeilte er sich. »Diese Frau, die man ins Krankenhaus brachte … Wer war das?«

»Ich kannte sie vom Set. Jördis Svensen«, erklärte Sünje Petersen. »Sie spielt die weibliche Hauptrolle.«

»Und haben Sie mitbekommen, was ihr zugestoßen ist?«

»Nicht wirklich. Es ging ziemlich schnell. Wir hatten einen Sektumtrunk vorbereitet und teilten gerade die Gläser an die Gäste aus …«

»Sie sagen ›wir‹, Sie waren also nicht allein?«

»Nein, eine Mitarbeiterin half mir dabei.«

»Mein lieber Benthien«, intervenierte Soni Kumari, »ich darf Sie daran erinnern, dass das hier nicht …«

Er ließ sich nicht irritieren. »Was geschah dann?«

»Diese Jördis Svensen hob die Stimme, als wollte sie zu einer Rede ansetzen. Und dann«, Sünje Petersen zuckte mit den Schultern, »dann kippte sie einfach um.«

»Nun ist es aber genug. Bitte verlassen Sie jetzt den Tatort.« Kumari gab ihrem Kollegen ein Zeichen, dass er die Frau zu ihrem Transporter begleiten sollte. Es war derselbe Lieferwagen, den John gestern Abend vor dem Haus gesehen hatte. Sünje Petersen Catering, blaue Schrift, eine Nordseekrabbe als Logo.

»Das bedeutet, er ist wirklich tot?«, fragte Petersen im Gehen über die Schulter.

»Kein Kommentar«, erwiderte Kumari. »Wir verständigen Sie, sobald Sie Ihre Sachen hier einsammeln können. Bis dahin halten Sie sich bitte fern. Außerdem könnte es sein, dass die Kollegen von der Kripo mit Ihnen sprechen wollen. Halten Sie sich also bitte zur Verfügung, und teilen Sie meinem Kollegen Ihre Kontaktdaten mit.«

Der Streifenbeamte geleitete Sünje Petersen zu ihrem Wagen.

»Und Sie, mein lieber Benthien, verlassen jetzt auch den Tatort«, insistierte Soni Kumari.

»Zu Befehl.« Er salutierte mit zwei Fingern an der Stirn.

In dem Moment fuhr ein Taxi vor.

Es hielt vor den Stufen, die zum Eingang hinaufführten. Der Fahrer schien sich noch mit seinem Fahrgast zu unterhalten. Schließlich öffnete er die Tür und stieg mit säuerlichem Gesicht aus.

»Unglaublich. Erst pafft er mir die Kiste voll, und jetzt soll ich auch noch Privatchauffeur spielen. Was bildet der sich eigentlich ein«, moserte er.

Kopfschüttelnd umrundete er den Wagen und öffnete die hintere Tür auf der Beifahrerseite.

Eine massige Gestalt erhob sich in einer Qualmwolke aus dem Inneren. Der Mann bedeckte seinen weißen Haarkranz mit einer Melone, drückte dem Taxifahrer ein Trinkgeld in die Hand und stieg dann gemächlichen Schrittes die Stufen zum Eingang hinauf. Er trug einen beigen Sommeranzug aus Leinen mit hellblauer Fliege und Einstecktuch. Im Mundwinkel unter dem Walrossschnauzer steckte eine Zigarre.

»Sie machen jetzt einen Abgang«, befahl Soni Kumari noch einmal in Johns Richtung. Dann wandte sie sich dem Besucher zu. »Und was kann ich für Sie tun? Gehören Sie auch zur Filmcrew?«

Der Mann mit dem Schnauzer verengte die Augen zu Schlitzen, paffte ein paar Mal an seiner Zigarre und musterte Kumari. Schließlich zog er einen Ausweis aus der Innentasche seines Sakkos.

»Gödecke. Kriminalrat. Kripo Flensburg. Ich übernehme die Ermittlungen.«

Er zog ein weiteres Mal an der Zigarre, stieß den Rauch durch die Nase aus und deutete dann mit dem Stummel zwischen zwei Fingern auf John. »Und der gute Benthien bleibt hier. Er wird mir in dieser Sache zur Seite stehen. Als mein persönlicher Assistent.«

11 Lilly

Auf dem Flensburger Polizeipräsidium herrschte im Großraumbüro der Kriminalpolizei am frühen Morgen noch Ruhe. Die wenigen Kollegen, die bereits zum Dienst erschienen waren, standen in einem kleinen Pulk vor der Teeküche. Der Geruch von frisch gemahlenem Kaffee drang Lilly in die Nase, als sie den Raum betrat.

»Nach deinem Auftritt hättest du dir ein bisschen Ruhe gönnen können«, meinte ihr Kollege Leon Kessler, der mit einem Becher von der Kaffeemaschine kam. »Hast du übrigens prima gemacht.«

»Danke.«

»Wie immer?«, fragte Tommy Fitzen vom Kaffeeautomaten aus.

»Ja«, antwortete Lilly. »Milch und Zucker.«

»Geht klar.«

»Hat sich denn etwas ergeben?« Kessler lehnte sich in den Türrahmen und trank einen Schluck.

»Vielleicht. Ich will es nicht beschreien, aber ein guter Hinweis könnte tatsächlich dabei gewesen sein.«

»Na, das wäre doch schon ein Erfolg.«

Lilly und Tommy hatten der Auswertung der Zuschaueranrufe bis kurz nach Mitternacht beigewohnt. Und selbst danach waren noch weitere Hinweise eingegangen, die zur Stunde von der Fernsehredaktion ausgewertet und ans Präsidium weitergeleitet wurden. Wie bei solchen öffentlichen Aufrufen nicht anders zu erwarten, hatte es sich bei den meisten Meldungen um Blindgänger gehandelt. Menschen, die sich wichtigmachen wollten, einfache

Spinner, aber auch der eine oder andere Tipp, dem sie ernsthaft nachgegangen waren. Zwei Frauen und ein Ehepaar hatten in dem Jungen ihren vor Jahren verschollenen Sohn erkannt. Lilly und Tommy hatten umgehend mit den Leuten telefoniert und ihnen Fragen gestellt, mit denen sich falsche Fährten ausschließen ließen.

Bei ihrem Fernsehauftritt hatte Lilly einige relevante Informationen für sich behalten. Zum Beispiel den Umstand, dass der Junge an seinem linken Arm einen Bruch erlitten haben musste, der verheilt war, dessen Spuren die Rechtsmedizin aber hatte feststellen können. Das Ehepaar hatte jedoch nicht bestätigen können, dass ihr Kind sich jemals den Arm gebrochen hätte. So hatten sie die Anrufer nach und nach aussortieren können.

Bis auf einen.

»Hast du eigentlich mitbekommen, dass sie am Stuhl vom alten Gödecke sägen?«, fragte Leon Kessler unvermittelt.

»Nein, ist mir neu«, sagte Lilly. »Warum sollten sie? Er hat doch ohnehin nicht mehr lang bis zur Rente.«

Aus der Teeküche drang das Brummen der Kaffeemaschine. Leon trat einen Schritt auf Lilly zu, damit sie nicht so laut sprechen mussten. »Sechs Jahre hat er schon noch vor sich. Und in der oberen Etage will man der Kripo offenbar eine Frischzellenkur verpassen. Angeblich haben sie ihm schon die Frühverrentung angeboten.«

»Wenn das Angebot gut ist … warum nicht.«

Leon blickte kurz über seine Schulter, als wollte er sichergehen, dass niemand zuhörte. »Da wäre ich mir nicht so sicher. Das kann uns alle treffen. Die wollen die Schlagzahl erhöhen, es soll mehr gearbeitet werden. Sprich, die wollen auch an die Teilzeitler ran, und vor allem bei uns Männern wird es nicht mehr gern gesehen, wenn wir in Elternzeit gehen.«

»Also zurück in die Steinzeit, oder wie?« Lilly hob eine Augenbraue.

»Seh ich genauso. Hilft nur nichts, wenn die da oben solche Flausen im Kopf haben.« Leons Blick wanderte zur Zimmerdecke. Die Chefetage, unter anderem mit dem Büro des Polizeipräsidenten, befand sich über ihnen. »Habt ihr denn schon überlegt, wie ihr das in Zukunft machen wollt?«

»Wir wollten uns die Arbeit aufteilen. Juri wieder in Vollzeit, ich vielleicht Teilzeit ...« Einen genauen Plan hatten sie tatsächlich noch nicht. Sie wollten es auf sich zukommen lassen und erst mal sehen, wie Juri sich in seinem Jahr Elternzeit schlug.

»Dann pass bloß auf, dass sie dir am Ende nicht irgendeinen Schreibtischjob andrehen. Kommissare in Teilzeit wollen sie nicht mehr. Da besetzen sie deine Stelle lieber mit jemand Jungem, der Vollgas gibt.« Leon trank einen Schluck. »Am Ende ergeht es dir wie dem alten Tillermann, den sie ins Archiv verbannt haben. Ein paar Ermittlungserfolge stünden dir sicher gut zu Gesicht.«

Tommy kam aus der Küche und reicht Lilly einen dampfenden Becher Kaffee. »Bitte sehr. Wollen wir dann?«

»Kann losgehen. Danke, Leon. Und bis bald.«

Lilly folgte Tommy mit entschlossenen Schritten durch das Großraumbüro hinüber zum Aufzug. Die Türen öffneten sich mit einem leisen Glockenton. Tommy drückte die Taste für das zweite Untergeschoss, wo sich das Archiv befand.

Der Anruf, der sich hoffentlich als Treffer entpuppen würde, war nach Mitternacht in der Fernsehredaktion eingegangen. Der Anrufer oder die Anruferin hatte keinen Namen genannt. Eine Rückverfolgung war aussichtslos gewesen, da das Gespräch nicht lange genug gedauert hatte.

Lediglich einen Satz hatte die Person gesagt: »Bei dem Jungen, der gefunden wurde, handelt es sich um Torbjörn Svensen.«

Dann hatte die Person auch schon wieder aufgelegt.

Torbjörn Svensen.

Unter diesem Namen gab es eine Akte. Allerdings nicht digital. Der Fall lag lange zurück und gehörte zu den Letzten, die noch nicht den Weg ins Computersystem gefunden hatten. Bei der Digitalisierung alter Akten hatte man die besonders hoffnungslosen Fälle nach hinten geschoben. Eigentlich konnte man es nur als Farce bezeichnen, dass der Prozess im 21. Jahrhundert noch immer nicht abgeschlossen war. Tatsächlich hatte man irgendwann drängenderen Dingen Priorität eingeräumt und manch vergilbte Akte schlicht und einfach vergessen.

Lilly hatte dafür im Internet mit wenigen Klicks einige alte Artikel gefunden, die ihr genug Infos gegeben hatten, um den Hinweis ernst zu nehmen.

Torbjörn Svensen war im Jahr 1986 auf der Insel Sylt verschwunden und nie wiedergefunden worden.

Der Zeitrahmen passte also schon einmal.

Die Fahrstuhltüren öffneten sich, und sofort schlug Lilly beim Aussteigen der Geruch von Akten und Papier entgegen.

Das Archiv war über die Jahre zusammengeschrumpft, dennoch standen hier noch einige Regalmeter in einem gesicherten Käfig. Lilly ging an den Gittern vorbei. Die Leuchtstoffröhren an der Decke gaben nur ein schummriges Licht und hätten vermutlich schon vor Jahren einmal ausgetauscht gehört.

Neben der Eingangstür befand sich die Zugangskontrolle. Ein Schlitz im Gitterkäfig, durch den man seinen Ausweis reichte, dahinter ein Schreibtisch mit einer Lampe und einem Computer. Daran saß ein grauhaariger Mann, der aus der Zeit stammte, als man Aktenvermerke noch auf der Kugelkopfschreibmaschine getippt hatte.

Carsten Tillermann, ehemaliger Hauptkommissar, den man irgendwann auf einen ruhigeren Posten abgeschoben hatte, buchstäblich analog zu seiner Aufklärungsquote, die sich damals ebenfalls im Keller befunden hatte. Den Gerüchten nach hatte überbordender Alkoholgenuss dabei eine Rolle gespielt, und noch heute war es ein offenes Geheimnis, dass in der untersten Schublade von Tillermanns Schreibtischcontainer eine Flasche Hansen Rum lagerte. Die würde ihm auch niemand mehr abnehmen. Tillermann würde in einem halben Jahr endlich in Rente gehen. Seine Stelle war vakant, und insgeheim liefen die Wetten, ob sie gestrichen oder ob man jemanden finden würde, dem man den undankbaren Job aufs Auge drückte.

Tillermann hatte eine Kaffeetasse und eine Thermoskanne auf dem Schreibtisch stehen, daneben eine Butterbrotdose mit einem Heringsbrötchen. Er studierte gerade die jüngste Ausgabe der Tageszeitung.

»Die Kollegen Velasco und Fitzen«, meinte er, als er ihrer gewahr wurde. »Moin. Netter Auftritt gestern im Fernsehen.«

»Danke. Braucht aber nicht zur Gewohnheit werden«, entgegnete Lilly. »Allerdings sind wir deshalb hier. Es geht um den Fall Torbjörn Svensen.«

Tillermann ließ die Zeitung sinken und wandte sich dem Computer zu. »Das haben wir gleich.« Er kritzelte eine Ziffernfolge auf einen Zettel Papier, den er Lilly durch die Luke reichte. »Letzter Gang rechts, ganz hinten durch.«

»Danke.« Lilly nahm den Zettel entgegen.

Tillermann griff unter den Schreibtisch, und die Gittertür öffnete sich mit einem Summen.

Lilly folgte dem beschriebenen Weg, bis sie und Tommy schließlich vor einem grauen Aktenschrank in der hintersten Ecke standen. Die Schubladen waren mit Nummern versehen. Lilly glich sie mit dem Zettel ab, öffnete dann die unterste und blätterte mit zwei Fingern durch das Hängeregister. Als sie die betreffende Akte nicht fand, wiederholte sie den Vorgang.

»Nichts«, meinte sie schließlich.

»Kann ja nicht sein.« Tommy nahm ihr den Zettel ab und suchte seinerseits nach der Akte. Als auch er nicht fündig wurde, sahen sie die beiden oberen Schubladen durch und anschließend die Nachbarschränke links und rechts. Ohne Ergebnis.

Sie kehrten nach vorne zu Tillermann zurück, der gerade in sein Heringsbrötchen biss.

»Die Akte ist nicht da«, erklärte Lilly.

Tillermann legte das Brötchen in die Dose zurück und kaute den Bissen hinunter. »Kann nicht sein.«

»Ist aber so«, assistierte Tommy.

»Ist ja seltsam.« Tillermann beugte sich vor und widmete sich erneut dem Computer. »Hm«, machte er nach einer Weile. »Wirklich seltsam. Erinnere ich mich gar nicht dran. Hat vielleicht die Kollegin gemacht.«

»Was hat Ihre Kollegin gemacht?«, fragte Lilly.

Tillermann tippte mit dem Zeigefinger auf dem Bildschirm. »Also, laut System wurde die Akte vorgestern verschickt.«

»Verschickt?« Lilly wechselte einen Blick mit Tommy. »Warum und an wen?«

»Warum, das kann ich nicht sagen.« Tillermann hob die Schultern. »Aber das war auf schriftliche Weisung von Kriminalrat Gödecke persönlich. Ich hab's hier schwarz auf weiß.«

»Und wohin ging die Sendung?« Lilly stemmte die Hände in die Hüften, sie wurde langsam ungeduldig. Ermittlungsakten wurden höchst selten in der Gegend herumgeschickt, und schon gar nicht in einem so lange zurückliegenden Fall.

Tillermann klickte ein paarmal mit der Maus, dann kam ein Blatt Papier aus dem Drucker hinter ihm. Er nahm es heraus und reichte es Lilly. »Ich denke, Sie kennen den Herrn. Zumindest einen davon. Die Akte ging an einen Max Moser, wohnhaft in List auf Sylt bei Ihrem alten Freund John Benthien.«

12   John

Selbst bei geöffnetem Fahrerfenster und der altersschwachen Lüftung auf höchster Stufe nebelte der Zigarrenqualm von Gödecke den Innenraum von Johns Citroën ein.

Der Kriminalrat ließ das Fenster auf seiner Seite geschlossen, da er zugempfindlich war und einen steifen Nacken fürchtete.

Sie folgten der Keitumer Landstraße von Tinnum aus stadtauswärts.

»Ich habe mir vor einiger Zeit das Rauchen abgewöhnt«, startete John einen neuen Versuch, die Nebelmaschine auf dem Beifahrersitz zum Erliegen zu bringen.

Gödecke saß mit Anzug und Melone neben ihm, den linken Arm auf der nachträglich eingebauten Mittelarmlehne liegend. Er zog lange an der Zigarre, sah John von der Seite an und stieß den Rauch aus. »Jeder macht mal Fehler.«

John gab auf. Es war zwecklos mit dem Kerl.

»Noch mal von vorne«, meinte Gödecke. »Der Mann war also ein sehr stiller Vertreter. Verließ kaum das Haus, höchstens zu einem Spaziergang.«

»Richtig, wobei er ab und an mit seinem Mietwagen unterwegs war. Wohin, das weiß ich natürlich nicht.«

»Aber hätte er denn nicht am Filmset bei den Dreharbeiten sein müssen? Er war doch der Regisseur, oder nicht?«

»Ist mir auch schleierhaft.« John schüttelte den Kopf. »Vielleicht können die Filmleute es uns erklären.«

»Dann gab es gestern Abend diese Feier.«

»Ja. Eine Überraschungsparty ...«

John hatte dem Kriminalrat bereits in aller Ausführlichkeit vom gestrigen Abend und den Vorgängen bei Max Moser berichtet. Es gehörte zum professionellen Vorgehen, dass Gödecke ihn alles ein zweites Mal erzählen ließ, um zu prüfen, ob sich keine Ungereimtheiten in seine Beobachtungen und Erinnerungen eingeschlichen hatten.

Er wünschte nur, der Informationsfluss wäre in umgekehrter Richtung ebenso ergiebig gewesen. Gödecke hatte ihm noch mit keiner Silbe einen plausiblen Grund gegeben, weshalb er die Ermittlungen im Fall Moser persönlich an sich zog. Es musste Jahre, wenn nicht über ein Jahrzehnt her sein, dass der Alte selbst ermittelt hatte. Dafür musste es also einen besonders triftigen Grund geben. Möglicherweise langweilte er sich in seinem Urlaub einfach. Als wesentlich plausibler erschien John aber, dass Gödecke sich profilieren wollte. Und das bedeutete eventuell, dass er im Präsidium unter Druck stand, was bestens dazu passte, dass der Kriminalrat sich offenbar nicht hatte durchsetzen können, was Johns Rückkehr an seine alte Wirkstätte betraf.

Ein weiteres Rätsel: Welche Rolle sollte John als persönlicher Assistent des Kriminalrats einnehmen?

»Und als Sie die Lichtanlage ausgeschaltet haben und am Pool standen, da ... hatten Sie so ein Gefühl, als würden Sie beobachtet?«, fragte Gödecke und paffte ein weiteres Mal.

»Da war ein Geräusch, ein Knacken. Es kam mir vor, als wäre da jemand. Aber vielleicht habe ich mich getäuscht ...«

»Oder eben nicht.« Gödecke wies mit dem Finger auf die Seitenstraße, die hinter einer Tankstelle abzweigte. »Hier entlang. Sie haben eventuell großes Glück gehabt. Wenn der Mörder schon auf der Lauer lag, hätte er Sie mit Moser verwechseln können.«

»Wir wissen noch zu wenig über den Tathergang, mal abgesehen davon, dass der Mörder eine Armbrust verwendete. Es gibt Tausende Erklärungen, wie das abgelaufen sein könnte.«

»Vertrauen Sie auf Ihr Bauchgefühl. Das hat mich immer am

besten geleitet.« Gödecke wedelte erneut mit dem Finger. »Hier gleich wieder rechts.«

Sie fuhren vorbei an Blum's Fischmarkt, der nicht nur frischen Fisch verkaufte, sondern in dessen angeschlossenem Restaurant man überaus köstlich speisen konnte. Ben brachte die Wäsche immer zur Wäscherei gegenüber. John hatte erst vor wenigen Tagen mit ihm und Celine bei Blum's gesessen und Seezunge mit Nordseekrabben und Bratkartoffeln gegessen, vorab natürlich die hausgemachte Nordseekrabbensuppe, die ein absolutes Gedicht war.

»Ein ausgezeichnetes Geschäft«, erklärte Gödecke und deutete im Vorbeifahren auf den Fischmarkt. »Habe ich neulich entdeckt. Exquisit! Sollten Sie auch einmal versuchen.«

John drosselte unwillkürlich das Tempo, blickte zum Kriminalrat hinüber und wollte etwas erwidern. Doch Gödecke dirigierte schon wieder.

»Um die Kurve, noch ein Stück geradeaus und gleich links. Dann sollten wir auch schon da sein. Boy-Nielsen-Straße.«

Gödecke hatte seine Sekretärin im Präsidium herausfinden lassen, wo sie das Filmteam antreffen würden. Die Gute hatte ihm eine Straßenkarte mit Weganweisung noch ins Hotel gefaxt.

Die Crew verfügte offenbar über eine Art Basislager, von wo aus sie zu den einzelnen Drehorten auf der Insel aufbrach.

John fuhr weiter durch das Gewerbegebiet.

Sie gelangten schließlich zu einer größeren Freifläche zwischen den Lagerhallen. Dort parkten unzählige Lkw und Wohnwagen. Der Mitarbeiter einer Sicherheitsfirma bewachte an einer Schranke den Zugang zum Gelände.

John ließ den Wagen bis zur Schranke vorrollen und schaltete den Motor aus, schnallte sich ab und wollte aussteigen, als er bemerkte, dass Gödecke neben ihm keinerlei Anstalten machte, sich vom Fleck zu bewegen. John seufzte innerlich, als ihm der Taxifahrer in den Sinn kam, der Gödecke zu Max Mosers Haus chauffiert hatte.

Er stieg aus, ging um das Auto herum und öffnete die Beifahrertür. Der Kriminalrat erhob sich langsam vom Sitz, rückte dann Anzug und Melone zurecht und nickte John zu.

»Vielen Dank, Benthien.«

Gemeinsam gingen sie zur Schranke vor.

»Ich möchte gerne mit dem Verantwortlichen hier sprechen«, forderte Gödecke von dem Wachmann, ohne ihn zu begrüßen oder sich vorzustellen.

»Wenn Sie zum Filmteam gehörten, Ihre Ausweise bitte. Ansonsten brauchen Sie einen Termin, oder ich darf Sie nicht reinlassen.«

Gödecke griff in die Innentasche seines Sakkos und zog seinen Dienstausweis hervor. »Gödecke. Kriminalrat.« Er drehte sich zu John um und wies mit ausgestreckter Hand auf ihn. »Mein Assistent. Benthien.«

Der Wachmann prüfte den Ausweis und gab ihn mit einem Nicken zurück. »Trotzdem darf ich Sie nicht einfach hier auf dem Gelände herumlaufen lassen. Es sei denn, Sie haben einen Durchsuchungsbeschluss. Also, mit wem wollen Sie reden?«

»Mit dem Verantwortlichen«, wiederholte Gödecke.

»Wen meinen Sie damit?«

»Es muss doch jemanden geben, der hier das Sagen hat.«

Der Wachmann hob die Schultern. »Für was? Wollen Sie den Regisseur, den ausführenden Produzenten, den Leiter der Spezialeffekte ...? Es gibt hier Dutzende Leute, die irgendwas zu sagen haben.«

»McQueen«, schaltete sich John ein. »Wir wollen mit McQueen sprechen.« Er erinnerte sich vage an die Ausführungen von Celine am Mittagstisch. Sie hatte einen zweiten Regisseur erwähnt, mit dem Moser bei dieser Produktion offenbar zusammenarbeitete.

Der Wachmann griff zu seinem Funkgerät und ging ein paar Schritte zur Seite. »Hier sind zwei Herren von der Kripo. Sie wollen mit McQueen sprechen ... Aha ... Schon am Drehort ... Vielleicht kannst du dich um sie kümmern? Ja, danke.« Er wandte sich ihnen wieder zu. »Es kommt gleich jemand.«

Während sie warteten, beobachtete John das Treiben auf dem Gelände. Mehrere Männer in Arbeitskleidung beluden einen Lkw mit Kabeltrommeln und technischem Equipment. Aus einem Zelt kamen Leute mit Broten und Kaffeetassen. Sie setzten sich an die Holztische, die in einem Karree vor dem Zelt aufgebaut waren. In der Nähe konnte John einen Lieferwagen ausmachen, dessen Aufschrift ihm mittlerweile bestens bekannt war. Sünje Petersen Catering.

Auf der rechten Seite des Geländes standen in Zweierreihen Wohnwagen geparkt. Bei einem davon schwang die Tür auf. Der grauhaarige Strubbelkopf, den John im Hotel angerempelt hatte, trat in Jeans und T-Shirt heraus. Er streckte sich mit einem Gähnen und setzte sich dann auf die Stufen des Trailers, um sich die Stirn zu massieren, als hätte er Kopfschmerzen. In der Hand hielt er mehrere Seiten Papier, die er mit angestrengtem Blick zu lesen begann.

»Was kann ich denn für die Herren tun?«

John erkannte die Frau, die hinter der Schranke auf sie zukam, sofort. Baseballkappe, feuerrote Haare, Sommersprossen. Er hatte gestern Abend auf den Stufen vor Max Mosers Haus mit ihr gesprochen.

»Gödecke. Kriminalrat.« Gödecke zeigte der Dame seinen Ausweis und wies erneut mit den Worten »Mein Assistent. Benthien« auf John.

»Loki Mossby. Ich bin die leitende Produzentin.« Sie sah John an. »Greg McQueen ist leider schon am Drehort. Sie haben ohnehin Glück, dass Sie so früh hier aufkreuzen. Wir drehen heute unten in der Kersigsiedlung. Ich wäre auch gleich weg gewesen. Aber Moment mal … Sie kenne ich doch.« Sie zeigte mit dem Klemmbrett, das sie in der Hand hielt, auf John.

»Wir haben uns gestern Abend unterhalten.«

»Der Nachbar!«

»So ist es.«

»Was kann ich für Sie beide tun?«

»Wir müssen Ihnen leider eine sehr schlimme Mitteilung machen«, sagte Gödecke in sanftem Tonfall. »Max Moser ist tot.«

Loki Mossby sagte erst nichts. Ihr Mund stand ein Stück weit auf, und ihr Blick wanderte zwischen Gödecke und John hin und her. »Das ist jetzt nicht Ihr Ernst.«

»Ich fürchte doch«, bekräftigte Gödecke. »Er wurde ermordet. Wir haben ihn tot aufgefunden.«

Wieder sagte Mossby nichts. Dann schüttelte sie den Kopf: »Das darf doch nicht wahr sein. Hier geht alles schief. Ermordet auch noch, sagen Sie?«

»Davon gehen wir aus, ja.« Gödecke nickte.

Loki Mossby legte die Hand vor den Mund. Der Wachmann hatte die Szene natürlich mitbekommen. Auch aus seinem Gesicht war jegliche Farbe gewichen.

»Und … was jetzt?«, fragte die Produzentin.

Gödecke senkte leicht den Kopf und lugte unter der Krempe seiner Melone zu John herüber.

Er wusste den Blick zu deuten. »Wir werden Ermittlungen aufnehmen. Dazu werden wir mit allen Leuten reden müssen, die mit Herrn Moser in engerem Kontakt standen. Vor allem auch den Besuchern seiner Feier am gestrigen Abend. Ist Ihnen bekannt, ob Herr Moser Angehörige hat oder liiert ist?«

»Er hat eine Frau. Else Moser.«

»Wie können wir mit ihr in Kontakt treten?«

»Else ist hier in seinem Trailer.« Loki Mossby deutete auf die Wohnwagenkolonie.

»Dann bringen Sie uns doch bitte zu ihr«, forderte Gödecke.

Sie folgten Loki Mossby an der Schranke vorbei auf das Gelände des Filmteams. Der Lkw war inzwischen vollständig beladen und setzte sich in Bewegung, wobei er eine schwarze Dieselwolke hinter sich ausstieß. Als sie am Cateringstand und den zugehörigen Tischen vorübergingen, warf John einen flüchtigen Blick auf die Verpflegung. Während einige wenige Crewmitglieder mit Müsli und Obstsalat offenbar ein gesundes Frühstück bevorzugten, gönnten sich ihre Kollegen Lachsbrötchen und Graubrot mit Rührei und Krabben.

John deutete auf den Lieferwagen der Cateringfirma. »Sie beschäftigen hier denselben Service wie gestern Abend auf der Party?«

»Ja«, antwortete Mossby. »Die kommen auch tagsüber ans Set.«

»Dann kann die Überraschungsparty für Herrn Moser nicht allzu spontan gewesen sein.«

»Richtig. Wir hatten das schon etwas länger geplant.«

»Und er hat nichts davon mitbekommen?«, fragte John, der eigentlich auf etwas ganz anderes hinauswollte. »Ich meine, Herr Moser war doch sicher den ganzen Tag hier am Set ...«

»Na ja«, Mossby kratzte sich im Nacken, »er hat sich in letzter Zeit gewisse Freiheiten genommen.«

»Was genau meinen Sie damit?«

»Er hatte sich zu Nacharbeiten am Drehbuch zurückgezogen.«

»Und wer leitete dann die Dreharbeiten?«

»Greg McQueen«, erklärte Loki Mossby. »Die beiden teilten sich die Regie und das Schreiben des Drehbuchs ...«

Sie hob kurz die Hand mit dem Klammbrett, hielt dann mit der anderen den Kopfhörer des Headsets, das sie trug, enger ans Ohr und lauschte. Schließlich griff Mossby nach dem Funkgerät an ihrem Gürtel und drückte einen Knopf. »Bin auf dem Weg. Ich muss hier noch kurz etwas erledigen.«

»Ich habe Herrn Moser selten das Haus verlassen sehen ...«, wollte John den Faden wieder aufnehmen, kam aber nicht weit. Gödecke blieb abrupt stehen und schnitt ihm mit einem vernehmlichen Räuspern das Wort ab.

»Junger Mann, das habe ich jetzt nicht gesehen.« Er stemmte die Hände in die Hüften, die Zigarre im Mundwinkel.

Der Wohnwagen, an dem sie gerade vorbeikamen, gehörte dem Mann mit dem grauen Strubbelkopf. Er saß noch immer auf den Stufen vor der Tür. Allerdings hatte er sich inzwischen eine Sonnenbrille aufgesetzt und einen Joint angezündet, den er zwischen drei Fingern hielt. Er blickte zu ihnen auf und schob die Sonnenbrille mit dem Mittelfinger ein Stück herunter, sodass er über den Rand lugen konnte.

»Was geht dich das denn an, du laufender Meter?«, fragte er. »Bist du etwa von der Polizei oder was?«

»In der Tat. Gödecke. Kriminalrat. Und das ist mein Assi…«

»Ach, was.« Der Strubbelkopf nahm den Joint in den Mund und streckte dann beide Hände aus. »Legen Sie mich in Ketten und werfen Sie mich in den Kerker.«

John hakte sich bei Gödecke unter dem Arm ein und zog ihn sanft, aber unmissverständlich mit sich. »Ich fürchte, so etwas ist inzwischen legal. Zumindest hier. Und an den Orten, wo es das nicht ist, überlassen wir eine solche Angelegenheit doch lieber den Streifenkollegen, nicht wahr?«

Gödecke schnaubte, leistete aber keine Gegenwehr.

»Die Idee mit der Überraschungsparty kam übrigens von ihm«, sagte Loki Mossby im Weitergehen. »Er wollte Max aus seinem Schneckenhaus holen, aber … das hat wohl nicht ganz geklappt. Sie haben es ja miterlebt.«

»Wie heißt der Mann?«, wollte Gödecke wissen.

»Klaus Krieger. Er spielt eine der Hauptrollen. Max und er haben schon bei vielen Filmen zusammengearbeitet.«

»Die Frau, die die weibliche Hauptrolle spielt …«, warf John ein.

»Jördis Svensen.«

»Ja, wie geht es ihr?«

»Besser. Ich habe vorhin kurz mit ihr am Telefon sprechen können. Sie muss aber wohl noch ein, zwei Tage im Krankenhaus bleiben.«

»Hier auf Sylt?«

»Ja, sie ist in der Nordseeklinik. Ich musste den kompletten Drehplan umschmeißen. Wir machen jetzt erst mal die Szenen, in denen sie nicht dabei ist. So, da wären wir.«

Sie waren bei einem Trailer angekommen, der etwas größer war als die anderen. Mossby klopfte an die Tür.

Es dauerte einen Moment, bis ihnen eine untersetzte Dame mit Lockenwicklern auf dem Kopf öffnete. Sie trug einen Morgenmantel aus Seide. Dem gelblich braunen Teint ihres Gesichts nach zu urteilen, benutzte sie Selbstbräunungscreme. In der Hand hielt sie einen Föhn.

»Kindchen, wie oft muss ich dir noch sagen: So früh am Morgen nicht«, fuhr sie Mossby mit starkem Schweizer Akzent an.

»Else, tut mir leid, aber du solltest dir anhören, was die beiden Herren zu sagen haben«, antwortete die Produzentin. »Sie sind von der Kripo.«

»Gnä' Frau, bitte zu verzeihen«, Gödecke lüftete die Melone, »Ihr Herr Gemahl ist leider verstorben.«

Eine Todesnachricht zu überbringen gehörte wahrlich nicht zu den angenehmen Seiten ihres Berufs, und John wusste, dass sich nicht wenige Kollegen schwer damit taten. Allerdings hatte er schon lange niemanden mehr erlebt, der sich so ungelenk dabei anstellte wie der Kriminalrat. Allmählich konnte John sich des Eindrucks nicht erwehren, dass der Alte vielleicht mit den Jahren hinter seinem Schreibtisch eingerostet war.

Else Moser musste ob des etwas skurrilen Auftritts blinzeln. »Wie bitte? Solche Scherze verbitte ich mir!« Sie funkelte Loki Mossby an. »Wenn ihr mich noch mal reinlegen wollt, holt euch jemand Besseren als diese beiden Laienschauspieler.«

»Wir sind wirklich von der Kriminalpolizei«, schaltete sich John ein, bevor die Ehefrau des Verstorbenen ihnen die Tür vor der Nase zuwerfen konnte. »Kriminalrat Gödecke, und ich bin ... sein Assistent. John Benthien.«

Gödecke präsentierte bei dieser Gelegenheit endlich seinen Ausweis. Else Moser starrte ihn entgeistert an. »Soll das ... soll das heißen ...«

»Sie sind die Ehefrau von Max Moser?«, vergewisserte sich John.

»Ja, natürlich ...«

»Wir haben Ihren Mann heute Morgen tot in seiner Ferienwohnung aufgefunden.«

Ihr Kiefer klappte herunter, und der Föhn glitt ihr aus der Hand. »Aber ... das kann nicht sein. Nein, mein Maxerl ist nicht tot. Ganz bestimmt nicht.«

»Ich fürchte, an der Identität des Toten besteht kein Zweifel. Wir werden Sie dennoch bitten müssen, ihn zu identifizieren.«

»Mein Gott ...« Else Moser legte den Handrücken auf die Stirn und taumelte nach vorn. Gödecke war sofort zur Stelle und stützte sie.

»Am besten setzt du dich, Else«, meinte Loki Mossby.

Gödecke und Mossby bugsierten die Frau ins Innere des Trailers. John folgte ihnen.

Was von außen nach einem gewöhnlichen Wohnwagen aussah, entpuppte sich von innen als luxuriöse Wohlfühloase. Eine Küchenzeile mit Marmorarbeitsplatte, eine Sofaecke mit Bücherregal und Flachbildfernseher, weiter hinten ein separater Raum mit großem Bett.

Else Moser ließ sich auf das Sofa fallen. Mossby holte ihr ein Glas Wasser.

Nachdem sie einen Schluck getrunken und die Fassung wiedergewonnen hatte, fragte Else Moser: »Wie ... wie ist es passiert?«

Gödecke räusperte sich. »Ihr Mann wurde erschossen, Frau Moser. Mit einem Pfeil.«

Else Moser blickte ihn verständnislos an und schüttelte mit bleichem Gesicht den Kopf. »Um Gottes willen. Wie kann das sein?«

John blickte sich weiter um. Neben dem Bett konnte er einen offenen Kleiderschrank mit diversen Pullovern, Kleidern und Blusen sehen. Im Badezimmer, das links vor dem Schlafzimmer abging, brannte Licht, und ein Radio dudelte leise. Auch ansonsten machte der Trailer einen bewohnten Eindruck, überall lagen Dinge des Alltags herum. Ein Portemonnaie, eine Handtasche, Zeitungen und

Bücher, eine halb volle Box mit Taschentüchern, von denen Else Moser sich eines genommen hatte. Ein Smartphone hing auf der Küchentheke an einem Aufladekabel. Auf dem Couchtisch stand eine leere Flasche Rotwein nebst Glas, vermutlich noch vom Vorabend.

Dabei kam John ein Gedanke. »Waren Sie gestern Abend auf der Geburtstagsfeier Ihres Mannes?« Er konnte sich nicht erinnern, die Frau dort gesehen zu haben, was aber bei der Menge an Leuten, die Moser überfallen hatten, nichts bedeuten musste.

Else Moser blickte zu ihm auf, sie tupfte sich mit einem Stofftaschentuch die Tränen von den Wangen. »Nicht wirklich ... Ich wollte hin, hatte mich jedoch etwas verspätet. Aber da hatte mein Maxerl schon alle nach Hause geschickt und war zu Jördis ins Krankenhaus gefahren.«

War sie die Frau, mit der Moser in der Nacht gestritten hatte? »Folgten Sie ihm dorthin?«

»Ja, aber ... man ließ mich nicht vor.« Sie schluchzte. »Ich verstehe das noch immer nicht ... Wer sollte ihm etwas angetan haben, dafür gab es doch gar keinen Grund.«

»Das werden wir herausfinden.« John verschränkte die Arme und lehnte sich an die Küchenzeile. »Sie wohnen hier in diesem Trailer, Frau Moser?«

Ein zaghaftes Nicken.

»Wie lange schon?«

Sie hob die Schultern. »Eine ganze Weile.«

»Wie kommt es, dass Ihr Mann alleine ein Ferienhaus bewohnt und Sie in einem Wohnwagen leben?«

Als Else Moser nicht sofort antwortete, übernahm Loki Mossby das für sie. »Das hier ist praktisch unser Basislager. Wir alle wohnen für die Dauer der Dreharbeiten hier.«

»Außer Max Moser«, schob John ein.

»Das stimmt. Was ich meinte ... Wir wohnen alle hier, bis auf die beiden Regisseure und die Hauptdarsteller. Max hatte das Ferienhaus. Greg McQueen und Klaus Krieger residieren im Miramar. Jördis Svensen ebenso.«

»Eine ausgezeichnete Wahl«, lobte Gödecke. »Ich wohne ebenfalls dort.«

»Noch einmal zurück zu meiner Frage«, ließ John sich nicht beirren. »Warum sind Sie hier untergekommen, Frau Moser, wo Ihr Mann ein so schönes Haus hatte? Ich wohne direkt nebenan, müssen Sie wissen, und ich kann mich nicht erinnern, Sie ein einziges Mal dort gesehen zu haben.«

»Anfangs war ich einmal dort ...« Else Moser schluckte die Tränen hinunter und richtete sich auf. »Ich gehe vermutlich recht in der Annahme, dass Sie keine Ahnung von kreativen Prozessen haben? Jedenfalls hatte mein Maxerl sich zurückgezogen, um dem Drehbuch den letzten Feinschliff zu verpassen. Er brauchte seine Ruhe, und ich wollte ihn nicht stören. Und wenn Sie mich jetzt entschuldigen würden ... Ich möchte um meinen Mann trauern.«

Sie verabschiedeten sich und gingen nach draußen.

»Hat Herr Moser seine Frau im Trailer besucht oder sich während der Dreharbeiten hier aufgehalten?«, wandte John sich an Loki Mossby.

»Hin und wieder. Wie gesagt, die meiste Zeit verbrachte er zuletzt im Ferienhaus und arbeitete am Drehbuch.«

»Ich kenne mich wirklich nicht in Ihrem Metier aus, aber ist es nicht üblich, das Drehbuch fertigzustellen, bevor man mit dem Filmen anfängt?«

Mossby lachte. »Ja, schon. Wobei das ein laufender Prozess ist. Auch beim Dreh ändern sich hier und da noch Kleinigkeiten. Max waren allerdings einige neue Ideen gekommen, die eine aufwendigere Umarbeitung nötig machten.«

»Wir werden uns noch gründlich in dem Trailer umsehen.« John deutete mit dem Daumen auf den Wohnwagen. Gödecke würde einen Durchsuchungsbeschluss besorgen müssen. »Gibt es noch weitere Orte am Filmset, an denen sich Herr Moser aufgehalten und persönliche Dinge hinterlassen haben könnte?«

Mossby wischte sich den Schweiß von der Stirn und schob ihre Schirmmütze zurecht. Dann blickte sie sich suchend um. Ihr

Gesicht war blass geworden. John kannte diesen Schlag Mensch. Übertaktete Machertypen, die für alles einen Plan hatten und auch größere Probleme routiniert abservierten wie ein Tennisspieler, dem die Bälle aus der Ballmaschine entgegengeflogen kamen. Er erlebte nicht zum ersten Mal, dass jemand wie Loki Mossby auf eine Todesnachricht anfangs ganz nüchtern und geschäftsmäßig reagierte. Der Instinkt und die Gewohnheit sahen es zunächst lediglich als ein weiteres Problem an, das es zu bewältigen gab. Erst nach und nach sickerte die Realität durch. Und diesen Punkt hatte die leitende Produzentin nun wohl erreicht.

Sie deutete auf einen deutlich kleineren Wohnwagen schräg hinter dem des grauen Wuschelkopfs, der noch immer seinen Joint rauchte. »Dort drüben. Moser hat ihn sich mit McQueen geteilt. Ihr kleines mobiles Büro sozusagen. Sie haben sich während des Drehs oft dorthin zurückgezogen, um kleinere Änderungen am Skript vorzunehmen.«

»In Ordnung«, sagte John. »Ich möchte, dass niemand den Trailer betritt. Veranlassen Sie bitte, dass der Wachdienst ihn absperrt.«

»Das mache ich.«

»Wie kann ich Sie erreichen?«

Mossby gab ihm ihre Mobilnummer. »Wie gesagt, wir drehen heute in der Kersigsiedlung. Vermutlich sind wir gegen Abend wieder hier.«

Wenig später kehrte John mit Gödecke zum Wagen zurück.

John hielt Gödecke die Beifahrertür auf, damit er einsteigen konnte. Dann ging er hinüber auf die Fahrerseite. Als er sich setzte, hatte Gödecke bereits die nächste Zigarre angezündet. »Benthien, meinen Sie nicht, dass Sie die Gute ein wenig zu hart angegangen sind? Ich meine, eine Dame von Welt wie Frau Moser ...«

»Keinesfalls. Ich würde jede Wette eingehen, dass die Frau mit Moser über Kreuz lag. Oder fällt Ihnen eine bessere Erklärung ein, warum sie getrennt von ihm in diesem Wohnwagen hausen sollte?«

Gödecke paffte und machte ein nachdenkliches Gesicht. »Dafür spricht, dass sie nicht bei der Feier war. Aber wenn sie Streit hatten, warum ist sie dann überhaupt auf der Insel geblieben?«

»Wenn es eine nicht einvernehmliche Trennung war, hat sie vielleicht hier im Trailer auf ihn gewartet. In der Hoffnung, dass er es sich noch einmal anders überlegt.«

»Hm.« Noch ein Paffen, eine große Rauchwolke. »So oder so, die Dame hat uns angelogen.«

»Das würde ich auch so sehen.« John startete den Motor und fuhr langsam los.

»Sicher«, meinte Gödecke schließlich, »diesen Eindruck hatte ich von Anfang an.«

13 Sanna

Durch das geöffnete Fenster wehte frischer Wind herein, der die Luft im Schlafzimmer ein wenig abkühlte. Es war ein ungewöhnlich warmer Sommertag, und die Hitze ihrer Körper tat ihr Übriges.

Sanna rollte sich von Mario herunter und legte sich völlig verschwitzt auf das Kopfkissen. Er griff nach der Zigarettenpackung auf dem Nachttisch und zündete sich, wie er es immer nach vollzogenem Akt tat, einen Glimmstängel an. Wenn jemand derart talentiert war wie dieser Mann, dann ließ Sanna ihm auch solche Marotten durchgehen.

Mario wischte sich mit einer Hand das halblange schwarze Haar aus der Stirn. »Das kann so nicht weitergehen ...«

»Das glaube ich auch.« Sanna schmunzelte. »Sonst bekommt am Ende einer von uns noch einen Herzinfarkt.«

»Ich meine es ernst.«

Sanna schmiegte sich an ihn und kraulte mit einer Hand die Locken auf seiner Brust. »Ich auch.«

»Sanna.« Mario schob sie von sich und bedachte sie mit ernstem Blick. »Du weißt, wie sehr ich dich mag, wie sehr ... ich das hier mag. Aber ...«

»Du bist nicht mehr der Jüngste, schon klar.«

»Es ist mein Ernst. Ich bin verheiratet. Meine Frau. Meine Tochter ... ich liebe die beiden. Und uns war von Anfang an klar, dass das hier nur vorübergehend sein kann, auch wegen unserer Arbeit. Da waren wir uns doch einig. Dachte ich zumindest.«

Sanna löste sich von ihm. »Natürlich. Das weiß ich ja. Dann war das hier also das letzte Mal. Schon gut. Es war mir ein Vergnügen. Vielen Dank für den Service und auf Wiedersehen. Ich empfehle dich gerne weiter …«

»Sanna …« Er nahm ihr Kinn zwischen seine kräftigen Finger, drehte ihren Kopf zu sich und verzog die Mundwinkel. »Du hast dir etwas ausgerechnet. Das ist in Ordnung, das verstehe ich. Hör zu, du bist eine wunderbare Frau, du … Oh verdammt, was ist das?«

Mario berührte zuerst seine Nase, aus der plötzlich Blut lief. Dann fasste er sich an die Stirn. Dort hatte sich eine kleine, kreisrunde Wunde aufgetan.

»Was zum Teufel, Sanna, was passiert mit mir, was … was hast du getan?«

Im nächsten Moment explodierte Marios Hinterkopf. Ein Gemenge aus Blut, Hirnmasse und Knochensplittern verteilte sich auf die Laken, in denen sie sich eben noch geliebt hatten.

Sanna schrak aus dem Schlaf hoch.

Ihr Herz hämmerte, und ihre Kehle hatte sich zugeschnürt, sodass es sich anfühlte, als würde sie durch einen Strohhalm nach Atem ringen.

Sie sprang aus dem Bett, ging hinüber zum Fenster und riss es auf. Japsend lehnte sie sich auf das Fensterbrett.

Einatmen. Ausatmen. Angst ist ein natürliches Empfinden. Ein Urinstinkt. Die Reaktion, die unsere Vorfahren brauchten, um das Adrenalin durch ihren Körper schießen zu lassen, wenn sie einem Säbelzahntiger gegenüberstanden. Also lass die Angst zu, kämpfe nicht dagegen an. Du wirst nicht daran sterben. Frag dich, ob es einen echten Grund für das Gefühl gibt. Falls nicht, sag das deiner Angst. Es ist kein Säbelzahntiger im Raum. Du kannst dich wieder entspannen.

Sanna wiederholte in Gedanken mantraartig die Überlegungen, die sie wieder und wieder mit der Polizeipsychologin durchgegangen war.

Langsam wurde es besser. Ihr Herz beruhigte sich. Ihre Lungen weiteten sich und atmeten salzige Nordseeluft ein.

Das Rauschen des Meeres drang aus der Ferne zu ihr. Der Wind im Strandhafer. Das Krächzen der Möwen.

Kein Säbelzahntiger.

Munkmarsch.

Alles gut.

Sanna setzte sich auf die Holztruhe, die als Dekoration unter dem Fenster stand.

Mario Russo.

Er hörte nicht auf, sie in ihren Träumen heimzusuchen.

Über das Warum hatte sie ebenfalls lange mit der Psychologin geredet. Ohne Ergebnis. Sie sollte es nicht forcieren, hatte die Frau ihr geraten, ihr Unterbewusstsein verarbeite etwas, das sie vielleicht weit von sich geschoben habe, aus Selbstschutz, aber irgendwann würde sie erkennen, was sie derart plagte. Nur Geduld. Die Gefühle zulassen.

Mario Russo war Hauptkommissar der Münchner Kriminalpolizei gewesen. Bis Sanna ihn als Staatsanwältin und Leiterin der Ermittlungen in eine völlig ausweglose Situation geschickt hatte. Mario hatte mit dem Leben bezahlt, und das, weil Sanna die Regeln streng befolgt hatte. Hätte sie Fünfe gerade sein lassen, wäre Mario noch am Leben, seine Tochter hätte noch ihren Vater und seine Frau ihren Ehemann.

Sanna hatte eines Tages erfahren, dass Mario einen korrupten Ermittler in seiner Einheit gedeckt hatte, der zudem ein Freund von ihm gewesen war. Deshalb hatte er wohl gehofft, dass der Mann wieder auf den rechten Weg finden würde. Sanna hatte das anders gesehen. Sie war streng nach den Regeln vorgegangen, hatte eine interne Ermittlung in Gang gebracht und Mario erklärt, dass er seinen Freund und Kollegen ans Messer liefern müsse, wenn er seinen Kopf aus der Schlinge ziehen wolle. Daraufhin hatte sich Russo auf die Suche nach handfesten Beweisen begeben. Doch sein Kollege hatte gemeinsame Sache mit der italienischen Mafia gemacht. Mario war in ihre Fänge geraten. Das hatte ihn und seinen Freund das Leben gekostet.

Streng nach den Regeln.

Damit hatte sie sich ihr Vorgehen immer erklärt.

Hatte sie es sich damit vielleicht zu leicht gemacht?

Sie hatte diesen Mann geliebt wie noch nie jemanden in ihrem Leben. Dass er eine Frau und eine Tochter gehabt hatte … Natürlich hatte ihr das Gewissensbisse bereitet. Große sogar. Doch die Liebe, dieses brennende Verlangen nach ihm in ihrer Brust, war stärker gewesen.

Für Mario war es nur etwas Vorübergehendes gewesen. Ein kleiner Seitensprung, ein Luftholen vom Familienalltag.

Sanna erinnerte sich noch an den Schmerz, als sie das begriffen hatte. Sie waren verabredet gewesen, in ihrem Apartment. Sanna hatte auf Mario gewartet, doch er war nicht gekommen. Mit einer Mischung aus Wut und Verzweiflung war sie in ihr Auto gestiegen und war zu seinem Haus gefahren und hatte davor geparkt, obwohl sie ihm versprochen hatte, dies niemals zu tun. Sie hatte in ihrem Wagen gesessen und gewartet. Über eine Stunde lang, was sich wie eine Ewigkeit angefühlt hatte. Das Haus hatte im Dunkeln gelegen. Immer wieder war ihr Blick zu den leblosen Fenstern gewandert, als könnte sich dort doch plötzlich etwas tun. Dann war Mario die Straße heruntergeschlendert gekommen, Arm in Arm mit seiner Frau und seiner Tochter, die einen roten Luftballon getragen hatte. Sie hatten gelacht, sich amüsiert. Eine glückliche Familie. Ganz egal, wo sie gewesen waren, in jenem Moment war Sanna aufgegangen, dass Mario die beiden nie verlassen würde.

Sanna, was hast du getan? Seine Worte aus dem Traum hallten in ihren Gedanken nach.

Sie hatte nach Vorschrift gehandelt. Oder doch nicht? Es hätte vielleicht auch einen anderen Weg gegeben, wenn sie es gewollt hätte. Wie bei John Benthien. Als sie herausgefunden hatte, dass Benthien eine Ermittlung manipuliert und eine Mörderin gedeckt hatte, weil er sie liebte, hatte sie auch eine Möglichkeit gefunden.

Weil sie Benthiens Motive nachvollziehen konnte und weil er ein begnadeter Ermittler war. Sie hatte die Vorschriften geachtet und ihm gleichzeitig einen Ausweg aufgezeigt, indem er sich auf eine Versetzung nach Friedrichstadt einließ.

Warum hatte sie das nicht auch für Mario tun können?

Hatte sie ihn nicht vielmehr ins offene Messer laufen lassen, weil er sie absorviert hatte? Und wenn auch nur unterbewusst?

Vielleicht war das die bittere Wahrheit, der sie all die Jahre, die Marios Tod nun schon zurücklag, nicht ins Auge hatte sehen wollen.

Sanna blieb noch einen Moment sitzen. Von unten aus dem Erdgeschoss drang Tastaturgeklapper an ihre Ohren. Die fleißige Jaane arbeitete offenbar schon wieder.

Bleicken hatte die alte Geschichte mit Mario ausgegraben und für seine Zwecke verwendet, indem er die Information unter den Kollegen der Staatsanwaltschaft, aber auch bei der Kripo gestreut hatte. Natürlich alles mit dem Ziel, Sannas Ansehen zu beschädigen und seine Geliebte Annabell Bergmann in Position zu bringen.

Sanna lief hinüber ins Bad und tauchte ihr Gesicht in kaltes Wasser. Dann machte sie sich fertig, zog sich an und ging hinunter in die Küche, wo ihre Schwester zwischen Kaffee und dänischem Wienerbrød am Laptop saß.

»Bist du überhaupt ins Bett gegangen?«, fragte Sanna und ging hinüber zur Kaffeemaschine.

»Guten Morgen, große Schwester. Du … Mein Gott, du siehst ziemlich fertig aus. Hast du denn geschlafen?«

»Wie man's nimmt.« Sanna nahm eine Tasse aus dem Schrank und ließ sich einen Espresso einlaufen.

Dann setzte sie sich an den Tisch. Ein Exemplar der Tageszeitung lag darauf. Im Gegensatz zu ihr selbst – Sanna begnügte sich mit Nachrichtenschnipseln aus dem Internet – schätzte Jaane noch die gedruckte Information, auch wenn sie dem digitalen Tempo hinterherhinkte.

Sanna trank einen Schluck Espresso und begann in der Zeitung zu blättern. Rentendebatte, Wahlumfrage, der Bundeskanzler zu Besuch im Élysée-Palast … das Übliche.

Im Lokalteil stieß Sanna auf einen Bericht über die Dreharbeiten auf Sylt. Der Artikel erzählte von der Serie, die für einen großen Streamingdienst gedreht wurde, offenbar ein Krimi. Dazu gab es ein Foto vom Set, drei Männer und eine Frau. Sanna erkannte den Grauhaarigen, den Mann mit dem Tweedanzug und die blonde Frau, die sie bei den Filmaufnahmen gesehen hatte. Sie standen bei einem älteren Mann mit grauen Haaren, Bart und Hut. Die Bildunterzeile lautete: *Die Regisseure Max Moser und Greg McQueen zusammen mit Hauptdarstellerin Jördis Svensen und Star Klaus Krieger.*

Jaane hatte aufgehört zu tippen und lugte über den Laptoprand zu ihr herüber. »Die fahren hier richtige Hollywoodstars auf. Hast du das gelesen?«

»Bin gerade dabei.«

»Vielleicht sollte ich da mal gucken gehen, was meinst du?«

»Weiß nicht. Ich war gestern mittendrin, und so berauschend fand ich's nicht.«

»Ach, übrigens.« Jaane deutete auf Sannas Smartphone, das auf dem Tisch lag. »Hat ein paarmal geklingelt.«

Sanna legte die Zeitung weg und nahm das Gerät in die Hand. Fünf Anrufe in Abwesenheit. Sie kannte die Nummer und wusste augenblicklich, dass es wirklich dringend sein musste.

Sie startete den Rückruf und hörte zu, was der Generalstaatsanwalt zu sagen hatte. Dann legte sie auf und erhob sich.

»Was ist los?«, fragte Jaane.

»Ich muss weg …«

»Aber du hast doch Urlaub.«

»Jetzt nicht mehr.«

»Was? Warum denn das?«

Sanna deutete auf die Zeitung und das Bild der Filmcrew. »Ich fürchte, darüber wirst du bald noch viel mehr in der Zeitung lesen.«

Keine halbe Stunde später parkte Sanna ihren Wagen vor der Adresse, die der Generalstaatsanwalt ihr durchgegeben hatte. Ein Ferienhaus in den Dünen von List, ein besonders hübsches noch dazu. Reetdach, weiße Klinkersteine, moderne Architektur, ein gepflegter Vorgarten und, wie die lange Hecke erahnen ließ, eine ebenso imposante Grünfläche hinter dem Haus.

Das Nachbarhaus wirkte im Vergleich winzig. Ein altes Kapitänshaus, sehr gut gepflegt. Der Besitzer hatte erst vor Kurzem das Dach erneuern lassen, wie sie wusste. Auch der alte Citroën vor der Haustür war ihr bestens vertraut.

Sanna stieg aus und ging an den Wagen der Kriminaltechnik vorbei zu den Stufen, die zum Eingang hinaufführten. Zwei Forensiker in weißen Schutzanzügen kamen ihr entgegen. Sie hielt einen von ihnen an und zeigte ihm ihren Dienstausweis.

»Staatsanwaltschaft. Claudia Matthis ist im Haus?«

»Ja«, antwortete der Mann. »Die Kollegen von der Kripo und die Rechtsmedizin ebenfalls. Sie finden sie im Garten.«

»Wo bekomme ich einen Anzug?«

»Kommen Sie mit.«

Der Mann führte sie zu einem der Transporter und händigte ihr Schutzanzug, Schuhüberzieher und Handschuhe aus. Sanna zog die Sachen an und ging hinauf ins Haus.

Im Garten beugte sich eine zierliche Gestalt gerade über die Leiche, die auf der Terrasse lag. Um den Körper vor der Sonneneinstrahlung und anderen Umwelteinflüssen zu schützen, hatten die Kriminaltechniker ein zu beiden Seiten offenes Zeltdach errichtet.

Etwas abseits entdeckte sie Claudia Matthis, die Leiterin der Kriminaltechnik, und zu ihrer Überraschung John Benthien. Sie hatten beide die Kapuzen ihrer Overalls ausgezogen. Kriminalrat Gödecke stand bei ihnen. Er trug ebenfalls einen Schutzanzug, allerdings war der Reißverschluss über seinem Bauch gerissen und entblößte ein Stück Hemd. Gödecke hielt eine Zigarre zwischen zwei Fingern und paffte, während er den Ausführungen von Claudia Matthis lauschte, einer Frau Ende dreißig mit brauner Kurzhaarfrisur.

Sanna staunte nicht schlecht. Bislang hatte sie den alten Kriminalrat noch nie am Tatort gesehen.

Sie ging zu den dreien hinüber.

»Frau Staatsanwältin«, begrüßte die Kriminaltechnikerin sie. »Schön, dass Sie sich auch schon zu uns gesellen.«

»Tut mir leid«, erwiderte Sanna. »Eigentlich bin ich im Urlaub.«

»Keine Sorge«, Matthis winkte ab und deutet auf den Toten. »Der läuft uns ja nicht weg.«

»Sanna.« John Benthien nickte ihr zu, und seinem Gesicht war anzusehen, dass er sich aufrichtig freute, sie wiederzusehen. Seit ihrem letzten Fall und dem zwischenzeitlichen Urlaub, den sie mit Jaane verbracht hatte, war einige Zeit verstrichen.

John schien es derweil gut ergangen zu sein. Das Gesicht mit der Habichtnase war braun gebrannt, und seine braunen, strubbeligen Haare waren von der Sonne etwas heller als sonst – was die grauen Strähnen weniger deutlich hervorstechen und ihn jünger wirken ließ. Nicht, dass er für einen Mann Ende vierzig nicht in beachtlicher körperlicher Verfassung gewesen wäre. Nur ein kleiner Bauchansatz, breite Schultern, kräftige Arme. Dazu die blauen Augen, die sie anfunkelten.

»John.« Sanna wunderte sich, ihn hier zu sehen, schenkte ihm aber ein Lächeln und wurde von dem warmen Kribbeln überrascht, das sich in ihrer Magengegend entfaltete und das sie schnell unterdrückte. »Kriminalrat Gödecke.«

Der Kollege nahm die Zigarre kurz aus dem Mund und deutete einen Diener an. »Frau Staatsanwältin, Sie übernehmen die Ermittlungen in der Sache? Der Kollege Bleicken war sich heute Morgen, als ich mit ihm telefonierte, noch nicht sicher, wem er die Angelegenheit anvertraut.«

»So ist es. Der Generalstaatsanwalt hat entschieden.«

»Der Generalstaatsanwalt?« Gödecke schob sich die Zigarre zwischen die Lippen. »Interessant.«

Er blickte Sanna erwartungsvoll an, doch sie tat ihm nicht den Gefallen, das Gesagte weiter zu kommentieren.

Die Entscheidung des Generalstaatsanwalts war in der Tat interessant, ließ sie doch erahnen, dass Tyra Kortums Intrigen Wirkung zeigten. Der Generalstaatsanwalt hatte den Fall Max Moser persönlich an sich gezogen. Wegen des Bekanntheitsgrades des Opfers, wie er Sanna am Telefon erklärt hatte, aber auch, weil der Kollege Bleicken gerade sehr exponiert in der Öffentlichkeit stünde und man beides in den Schlagzeilen nicht miteinander vermischt sehen wollte.

»Was führt Sie beide hierher?«, fragte sie und meinte an John gerichtet: »Ich wusste nicht, dass du wieder bei der Kripo bist.«

»Bin ich auch nicht, ich …«, begann er, doch Gödecke vollendete den Satz: »Er agiert als mein Assistent. Ich kümmere mich persönlich um den Fall.«

»Tatsächlich?« Sanna hob fragend die Augenbrauen, doch Gödeckes Miene verriet, dass er nicht mehr dazu sagen wollte. »Also, wo stehen wir?«

John fasste mit knappen Sätzen zusammen, was sie bislang herausgefunden hatten. Dann übernahm Claudia Matthis. »Es gibt keine Spuren eines Einbruchs.«

»Moser ließ seinen Mörder also herein? Dann kannte er ihn vielleicht …«, begann Sanna, doch Matthis unterbrach sie und deutete in Richtung Dünen.

»Der Pfeil, der Moser in die Brust traf, wurde sehr wahrscheinlich aus der Distanz abgefeuert. Die Ballistik ist da auf etwas gestoßen. Kommen Sie mit.«

Sie gingen am Pool entlang zum Saum der Dünen. Die Ballistik hatte am oberen, dem Haus nahen Ende des Pools ein Stativ aufgestellt. Von dort führte ein roter Bindfaden quer über den Pool zu den Dünen und endete hinter einem dichten Busch aus Strandhafer.

Gödecke hing etwas hinterher und schien mit dem forschen Schritt der Kriminaltechnikerin nicht mithalten zu können.

Sanna blickte sich nach ihm um, und als sie sicher sein konnte, dass er außer Hörweite war, meinte sie im Flüsterton zu John: »Sag mal, was hat er hier zu suchen?«

John blickte ebenfalls über die Schulter, bevor er antwortete. »Ehrlich gesagt ... keine Ahnung. Er hat die Ermittlungen an sich gezogen.«

»Das wusste noch nicht mal der Generalstaatsanwalt.«

»Muss ein spontaner Entschluss gewesen sein.«

Claudia Matthis blieb stehen, wartete, bis sie alle zu ihr aufgeschlossen hatten, und zeigte dann auf die Stelle hinter dem Strandhafer. Sanna erkannte zertretenes Heidekraut, außerdem eine Kuhle, als hätte jemand hier gelegen. Außerdem Abdrücke, die von Schuhen stammen konnten. Sie führten hinaus in die Dünen.

»Der Wind und der Sand haben leider alles bereits so weit verwischt, dass es keine brauchbaren Spuren mehr gibt. Dennoch gehen wir davon aus, dass der Täter hier gelegen und den Pfeil auf Moser abgefeuert hat«, erklärte die Kriminaltechnikerin.

»Können Sie schon sagen, welche Art von Waffe der Täter verwendete?«, fragte John.

Matthis hob die Schultern. »Müssen wir uns im Labor noch genauer ansehen. Aber meiner Erfahrung nach würde ich sagen, dass so ein kleiner Pfeil eher mit einer Armbrust als mit einem Bogen abgeschossen wird.«

»Dann muss derjenige ein geübter Schütze sein.« Sanna schätzte die Distanz bis zum Pool. »Zweihundert Meter?«

»Etwas weniger«, bestätigte Matthis. »Die Flugbahn kommt hin, wenn wir davon ausgehen, dass Moser vor dem Pool stand, oben am Kopfende beim Haus, als ihn der Pfeil traf.«

»Hätte er nicht überall stehen können?«, wandte Gödecke ein.

»Nein. Hätte er seitlich am Pool gestanden, hätte ihn der Pfeil in einem völlig anderen Winkel getroffen. Er drang aber frontal, mit einem leichten Winkel von oben in die Brust ein. Hätte Moser an der Seite des Pools gestanden und der Täter von hier aus gefeuert, wäre der Pfeil seitlicher eingedrungen. Und hätte er direkt hier unten vor dem Pool gestanden, wäre der Winkel wieder ein anderer gewesen.«

»Verstehe.« Gödecke nickte. »Jedenfalls hat Sie Ihre Intuition nicht getrogen, Benthien. Hier draußen war wirklich jemand.«

Sanna warf John einen fragenden Blick zu, woraufhin er ihr von seinem nächtlichen Ausflug auf das Nachbargrundstück erzählte und dem Geräusch aus den Dünen, das er gehört hatte.

»Dann hast du vermutlich Glück gehabt«, schloss sie. »Hätte derjenige dich für Moser gehalten ...«

»Das hab ich ihm auch schon gesagt«, meinte Gödecke. »Großes Glück.«

»Wie auch immer, sehen wir, wie weit die Rechtsmedizin ist«, sagte John, und an Claudia Matthis gewandt: »Danke.«

Sanna folgte ihm zurück zum Pool, wo eine Gestalt im Schutzanzug die Leiche untersuchte. Gödecke kam ihnen in einigem Abstand hinterher.

»Können Sie schon etwas sagen?«, fragte John.

Die Gestalt im Schutzanzug stand auf und trat einen Schritt zur Seite, dann nahm sie Kapuze und Schutzbrille ab. Erst jetzt erkannte Sanna die Kollegin vom rechtsmedizinischen Institut in Kiel. Jassie Behnke.

»Er ist tot, so viel steht fest«, erwiderte Behnke, ohne eine Miene zu verziehen. »Für Details müssen Sie die Obduktion abwarten. Klar ist, dass der Pfeil direkt ins Herz getroffen hat. Der Tod trat unmittelbar ein. Wir überprüfen natürlich die Lunge auf Wasser, aber mein Bauchgefühl sagt mir, dass der Mann nicht ertrunken ist. Er war vermutlich bereits tot, als er im Wasser landete.«

Sanna ging zu dem Stativ hinüber, das nur wenige Schritte entfernt am Pool stand. »Er war also hier, als der Pfeil ihn traf.« Sie schloss ein Auge und folgte mit dem Blick der Linie des Bindfadens in die Dünen. »Mitten ins Herz. Er bricht zusammen und fällt in den Pool.«

»So könnte es gewesen sein«, bestätigte Behnke. Sie hob die

Hand vor den Mund und gähnte. »Tut mir leid. Ich hab nicht viel geschlafen.«

»Das hab ich mir schon gedacht.« John schenkte ihr ein aufmunterndes Lächeln. »Die Liveschalte ging ja bis nach Mitternacht.«

Behnke bekam rote Wangen. »Sie ... Sie haben die Sendung gesehen?«

»Ich würde meinen, das halbe Präsidium hat vor dem Fernseher gesessen. Sie haben Ihre Sache sehr gut gemacht.«

»Danke. Ich glaub, ich hab gerade mal drei Stunden geschlafen, da rief Dr. Radke mich an und beorderte mich hierher.« Dr. Radke, der Leiter des rechtsmedizinischen Instituts, war dafür bekannt, dass er nicht gerne an einen Tatort kam. Doch in diesem Fall hatte Gödecke vermutlich wegen des prominenten Opfers darauf bestanden, dass jemand herkam, um möglichst schnell erste Erkenntnisse zu sammeln.

»Wenn ich ihn das nächste Mal sehe, werde ich ihn darauf hinweisen, dass er mehr auf die Gesundheit seiner Mitarbeiter achten soll«, sagte Sanna.

Behnke winkte ab. »Bloß nicht, den Ärger bekomme dann nur ich wieder ab.«

Gödecke schnaufte. »Eines ... eines verstehe ich nicht.« Er deutete mit der Zigarre auf das Stativ. »Es war doch lausekalt gestern Abend. Was hat der Mann hier draußen zu suchen gehabt? Er wollte doch wohl nicht baden gehen.«

»Wohl kaum.« Sanna warf einen Blick auf den Leichnam. »Er ist vollständig bekleidet.«

»Moser kam gestern gegen Mitternacht nach Hause«, erzählte Benthien. »Er wurde von einer Frau gebracht, mit der er dann auf der Straße stritt. Ich konnte nicht genau hören, worum es dabei ging. Jedenfalls ...« John machte ein paar nachdenkliche Schritte, bis er bei einem Sicherungskasten an der Hecke seines Grundstücks stand. »Ich habe gestern Abend noch ein wenig draußen gesessen, bis mir irgendwann zu kalt wurde. Ich bin, wie gesagt, hier rüber, um die defekte Lichtanlage auszuschalten. Dann kam Moser heim. Ich ging hoch ins Schlafzimmer, Frouke hatte sich gemeldet. Als ich oben war, schaltete sich hier im Garten wieder kurz das Licht ein. Ich ging runter in die Küche, und als ich wieder hochkam, war das Licht aus.«

»Moment, Moment«, sagte Sanna. »Da komme ich jetzt nicht mit. Was war mit dem Licht ...?«

»Die Anlage ist defekt«, erklärte John. »Moser kam deshalb zu uns und bat um Hilfe. Celine hat einen Dreh gefunden, wie man die Anlage über den Schaltkasten resettet. Sie hat es Moser gezeigt.«

»Das heißt, als er heimkam, ist er möglicherweise hier raus, um an den Schaltkasten zu gehen?«

»Möglich. Das Licht begann aufs Neue zu flackern, erlosch dann aber bald wieder. Also wird Moser es ausgeschaltet haben. Von hier aus. Anschließend stand er am Pool, vielleicht nur kurz, um frische Luft zu schnappen und runterzukommen ... Das war ein recht turbulenter Abend für den Mann. Erst die Überraschungsparty, dann der Zwischenfall mit der Schauspielerin, die er wohl im Krankenhaus besucht hat. Anschließend der Streit mit der Frau.«

»So oder so ...« Gödecke zog an seiner Zigarre und sah hinüber in die Dünen. »Sein Mörder hat die ganze Zeit dort hinten gelegen und auf ihn gewartet.«

14 John

Der Rauch, den Gödeckes Zigarre verbreitete, stand binnen weniger Minuten im Wohnzimmer des kleinen Kapitänshauses bis zur Decke. Gegen das Öffnen eines Fensters hatte sich der Kriminalrat verwehrt, da er, wie er abermals festgestellt hatte, empfindlich auf Durchzug reagierte. Gödecke saß John am Esstisch gegenüber. Er hatte die Melone abgelegt und das kahle Haupt entblößt, das nur noch an den Seiten von grauen Haaren umrandet wurde. Sein beiges Leinensakko hing über der Lehne des Stuhls. Mit hochgekrempelten Hemdsärmeln wollte er wohl Tatendrang ausstrahlen. John wäre es lieber gewesen, er hätte die Klamotten anbehalten, damit sie zumindest ein Fenster auf Kipp hätten stellen können.

Als sie von nebenan rübergekommen waren, hatte er Gödecke durchaus zu verstehen gegeben, dass im Haus üblicherweise nicht geraucht wurde, doch daran störte sich der Kriminalrat ganz offensichtlich nicht.

Sanna, die neben John saß, hustete demonstrativ. Juri hatte sich mit Frouke bereits nach oben ins Schlafzimmer verzogen, damit das Kleinkind keine Rauchvergiftung bekam. Ben hatte seinerseits zum ersten Mal seit langer Zeit einen glücklichen Eindruck gemacht, als er sich zur täglichen Reha verabschiedet hatte.

»Sie wissen, dass das total ungesund ist?«, kommentierte Celine. Sie saß vor Kopf und arbeitete am Laptop an einem Referat über die gesundheitlichen Folgen des Klimawandels, das sie nach den Ferien in der Schule halten sollte.

Gödecke räusperte sich. »Bitte?«

»Sie haben mich schon verstanden.« Celine hörte auf zu tippen. »Wenn Sie sich unbedingt selbst vergiften wollen, ist das Ihr Problem. Aber so bekommen wir alle etwas ab. Außerdem ist das hier ein Nichtraucherhaushalt, wie mein Vater Ihnen bereits gesagt hat.«

»Was ist bloß aus der guten alten Gastfreundschaft geworden«, meinte Gödecke. »Man kann auch mal eine Ausnahme von der Regel machen.«

»Nicht, wenn man die Gesundheit anderer gefährdet.«

»Junges Fräulein ...« Gödecke schmunzelte und hielt die Zigarre hoch. »Ich genieße diese Dinger schon mein Lebtag und bin kerngesund ...«

»Entschuldigung, wenn ich das jetzt mal bezweifle«, warf Celine ein.

»... außerdem verstehe ich euch Gesundheitsapostel nicht.«

»Was gibt's daran nicht zu verstehen?« Celine hob beide Hände. »Ich will einfach gesund bleiben und nicht vorzeitig wegen Krebs abkratzen.«

Gödecke lehnte sich vor und machte ein gönnerhaftes Gesicht. »Es tut mir leid, wenn ich Sie jetzt vielleicht einer Illusion beraube, aber ... das Leben ist im Allgemeinen tödlich. Es ist noch niemand lebend davongekommen. Also genießen wir es doch in vollen Zügen, solange wir können.«

»Ich erinnere Sie gerne dran, wenn Sie irgendwann mit Lungenkrebs im Krankenhaus vor sich hin siechen.«

»Celine!«, unterbrach John. »Kriminalrat Gödecke ist ...«

»Schon gut, mein lieber Benthien. Die junge Dame hat ein Recht auf ihre eigene Meinung, so wie ich ein Recht auf meine Zigarre habe. Und ein klares Wort an rechter Stelle hat noch nie geschadet. Wir sind uns darin einig, dass wir uns nicht einig sind.«

»Allerdings.« Celine verschränkte die Arme vor der Brust.

»Was ein mühevolles Ableben betrifft, darf ich Sie übrigens beruhigen. Mein Berufsstand bringt es mit sich, dass ich Zugang zu Schusswaffen habe. Einer der wenigen Vorteile. Wenn es also so weit ist, werde ich mir zu helfen wissen.« Gödecke nahm die Kaffeetasse, die auf dem Tisch vor ihm stand, und trank einen Schluck. »So, nun aber zur Sache. Ich werde mit dem Polizeipräsidenten sprechen. Ob der außergewöhnlichen Bekanntheit des Toten sollten wir eine Sondermordkommission aufstellen. Wir brauchen mehr Leute als üblich, das muss ich mir absegnen lassen. Wo steht das Telefon, Benthien?«

Celine lachte. »Sie meinen das mit Wählscheibe und Schnur?«

John griff in die Hosentasche und holte sein Smartphone heraus. Er entsperrte es und schob es dem Kriminalrat über den Tisch zu. »Sie können das hier benutzen.«

»Vielen Dank.« Gödecke nahm das Gerät in die Hand und betrachtete es. »Wo wähle ich?«

»Echt jetzt?«, fragte Celine. »Sie haben noch nie ein Smartphone in der Hand gehabt?«

»Junges Fräulein, in meinem Alter muss man nicht mehr jedem Trend hinterherjagen.«

Celine seufzte und stand auf. »Geben Sie mal her. Die Nummer kennen Sie aber, ja?«

Gödecke nahm die Zigarre zwischen die Lippen und zog auffallend lang daran. »Meine Assistentin kennt die Nummer.«

»Und wie lautet die Nummer Ihrer Assistentin?«

»Die … ist auf dem roten Knopf abgespeichert, ganz oben links auf dem Telefon auf meinem Schreibtisch.«

»Ich habe Ihre Nummer im Präsidium«, sagte John. »Sie können sich dann von Ihrer Assistentin weiterverbinden lassen.«

Celine startete den Anruf und gab Gödecke dann das Smartphone zurück.

»Ich könnte noch einen Kaffee vertragen«, meinte Sanna und warf einen bedeutsamen Blick in Richtung Küche, den John zu deuten wusste.

»Wir lassen Sie mal in Ruhe telefonieren«, sagte John zu Gödecke. »Celine …«

»Ja, schon gut. Ich verzieh mich gleich. Lass mich gerade noch den Absatz zu Ende schreiben.«

John folgte Sanna in die Küche und schloss die Tür hinter sich. »Espresso oder normaler Kaffee?«

»Normal. Mit Milch bitte.«

»Soja oder Hafer?«

»Am liebsten Kuh, wenn ihr die noch habt.«

»Haben wir tatsächlich. Ben hat sie an Celine vorbeigeschmuggelt.« John ging zur Kaffeemaschine und schaltete sie ein.

»So langsam verstehe ich, warum sie ihn abservieren wollen«, sagte Sanna.

»Wen meinst du?«

»Gödecke natürlich. Der Mann wirkt ja völlig aus der Zeit gefallen.«

»Da hast du wohl recht.« Bislang hatte John seinen ehemaligen Chef vor allem auf dem Präsidium hinter seinem Schreibtisch erlebt. Ein Revier, in dem er sich wohlfühlte und von seiner Assistentin abgeschirmt wurde. Gleichzeitig sah er sich in seiner Annahme bestätigt: »Du denkst, dass da wirklich etwas dran ist ... dass sie an seinem Stuhl sägen?«

»Ja. Und genau das wollte ich mit dir besprechen. Er leitet seitens der Kripo also tatsächlich die Ermittlungen?«

»So ist es.«

»Hat er dir erklärt, weshalb?«

»Nicht wirklich. Angeblich wegen Mosers Bekanntheit und der zu erwartenden öffentlichen Aufmerksamkeit.« John berichtete Sanna von seinem Gespräch mit Gödecke und dem plötzlichen Sinneswandel, was seine Rückkehr nach Flensburg anging. »Und wieso macht er mich dann holterdiepolter zu seinem persönlichen Assistenten?«

Die Kaffeemaschine erwachte mit einem Brummen zum Leben, das sich zu einem lauten Getöse steigerte, als würde das Gerät gleich abheben, während der Kaffee langsam in die Tasse floss. John wartete, bis er fertig eingelaufen war, dann gab er einen Schluss Milch hinzu und reichte Sanna die Tasse.

»Vielleicht solltest du das als Kompliment auffassen.«

»Wie meinst du das?«, fragte John.

»Er glaubt an deine Fähigkeiten und hofft, dass du ihm den Hintern rettest. Und wenn du mich fragst, könnte sich das auch für dich auszahlen.«

John machte sich ebenfalls einen Kaffee und musterte Sanna währenddessen. Sie kannten sich inzwischen lange genug, sodass er den verschmitzten Ausdruck um ihre Lippen zu lesen wusste – ganz zu schweigen vom listigen Blick in den stahlblauen Augen.

»Du weißt mehr. Lass mich raten ...« Er trank einen Schluck und verzog das Gesicht, weil der Kaffee zu heiß war. »Tyra.«

»Bingo. Sie war gestern Abend bei mir. In erster Linie natürlich wegen Bleicken. Aber sie wusste auch über die neuesten Verwicklungen im Präsidium Bescheid.«

»Nun spann mich nicht auf die Folter.«

»Sie haben Gödecke die Frührente angeboten. Die Kripo soll eine Verjüngungskur durchlaufen. Und ich fürchte, das ist auch die Erklärung, weshalb sie Gödecke ein Stoppschild vor die Nase gesetzt haben, was deine Rückkehr angeht.«

»Aber ich bin doch erst Ende vierzig.«

Sanna musterte ihn mit einem Lächeln. »Ich muss sagen, dass die grauen Strähnen dir ziemlich gut stehen. Trotzdem gehören auch wir langsam zum alten Eisen.«

»Das bedeutet aber, Gödecke will nicht einfach aufstecken. Er kämpft ums Überleben.«

»Ganz genau. Und dabei hofft er wohl auf deine Hilfe.«

»Das kann aber auch komplett nach hinten losgehen. Der Fall wird Aufmerksamkeit auf sich ziehen. Und wenn Gödecke es versiebt, wird es ein Leichtes sein, ihn abzuservieren.«

»Darum ...« Sanna hob die Augenbrauen. »Hilfst du Gödecke, hilfst du dir selbst.«

»Dann sehen wir doch als Erstes mal, ob er noch Hilfe beim Telefonieren braucht.« John öffnete die Küchentür wieder und ging zurück ins Wohnzimmer.

Gödecke hat sein Telefonat offenbar gerade beendet und ließ

den Zeigefinger über dem Bildschirm des Smartphones kreisen. Als der Anruf von selbst endete, weil der Gesprächspartner aufgelegt hatte, machte er ein verdutztes Gesicht.

John nahm das Smartphone entgegen, ließ es wieder in der Hosentasche verschwinden und setzte sich. Celine war seiner Aufforderung nicht nachgekommen und tippte noch immer auf dem Laptop.

»Wie ist es gelaufen?«, erkundigte sich Sanna.

»Ausgezeichnet«, antwortete Gödecke, dem einige Schweißtropfen auf der Stirn standen. »Der Polizeipräsident vertraut voll und ganz meiner Expertise. Deshalb ist er auch der Meinung, dass es keiner Verstärkung bedarf.«

»Das bedeutet, wir sind allein?« John konnte es kaum glauben.

»Er hat mir freigestellt, den Kollegen Rabanus zeitweise von der Elternzeitregelung zu befreien. Es kommt ihm auch sehr gelegen, dass ich Sie als meinen Assistenten zur Seite habe.«

John benötigte keine weiteren Erklärungen. Man brauchte nicht einmal zwischen den Zeilen lesen, um zu verstehen, was das bedeutete. Gödecke hatte sich zu weit aus dem Fenster gelehnt und fand keine Unterstützung. Im Gegenteil, es verhielt sich wohl ganz so, wie Sanna vermutet hatte. Prominenter Toter hin oder her, man sah die Chance, Gödecke loszuwerden, wenn er den Fall gegen die Wand setzte. Und das Thema John Benthien konnte man bei der Gelegenheit gleich mit beerdigen. Was bedeutete: Ob es ihm nun gefiel oder nicht, seine berufliche Zukunft war voll und ganz von Gödeckes Schicksal abhängig.

Wie um alles in der Welt hatte er sich nur in diese Lage manövrieren können? Vielleicht wäre es doch besser gewesen, die Faust in der Tasche zu machen und weiter in Friedrichstadt kleine Brötchen zu backen, aber dafür ein solides Einkommen nebst Pension einzustreichen.

»Auf mich könnt ihr zählen.« Juri kam hinter ihnen die Treppe herunter und setzte sich neben Celine an den Tisch. Er blickte zur Decke hinauf. »Frouke schläft jetzt.«

»Ich bin fast so weit«, sagte Celine.

»Hast du denn etwas gefunden?«, fragte Juri, ohne dass John sich einen Reim darauf machen konnte, worüber die beiden sprachen.

»Und ob.« Celine klickte ein paar Mal mit der Maus, dann grinste sie zufrieden.

»Wollte ihr uns vielleicht aufklären, was ihr da treibt?«, bat John. »Ich dachte, du arbeitest an deinem Referat?«

»Dann denk lieber nicht so viel«, meinte Celine.

»Ein wenig Hintergrundrecherche kann nicht schaden«, erklärte Juri. »Außerdem war ich neugierig. Celine?«

Sie rückte den Laptop zurecht. »Also, Max Moser und Else Moser. Man weiß nicht allzu viel über sie. Über Else findet man fast genauso wenig wie über Moser.«

Gödecke zündete sich eine weitere Zigarre an.

Celine warf ihm einen missbilligenden Blick zu und fuhr fort: »Else Moser wurde in der Schweiz geboren, als Tochter eines wohlhabenden Bankiers. Bei Max Moser weiß man es nicht genau. Vermutlich ist er ebenfalls Schweizer. Else heiratete in jungen Jahren einen Börsenmakler. Als er einige Jahre später bei einem Flugzeugabsturz starb, erbte sie ein Millionenvermögen, zuzüglich dem, was ihre Eltern ihr später hinterließen. Offenbar hatte sie ein Faible für die Kunstwelt, speziell den Film. Sie wurde auf Max aufmerksam, als er mit seinem ersten Film in der Schweiz reüssierte. Damals noch unter dem Pseudonym Max Steiner. Else wurde seine Mäzenin, dann heirateten sie. Die beiden haben ein Chalet in den Alpen, eine Villa in Beverly Hills und ein Apartment in New York ...«

»Und trotzdem wohnt die Dame in einem Wohnwagen, während der Herr Gemahl in einem luxuriösen Ferienhaus angeblich über einem Drehbuch sinniert«, überlegte John laut und nickte Celine zu. »Mach weiter.«

»Das war's im Groben schon«, antwortete sie. »Die Mosers sind für einen zurückgezogenen, aber dafür recht ausschweifenden Lebensstil bekannt. Mehr war auf die Schnelle nicht zu finden ...«

»Bravo.« Gödecke klatschte in die Hände. »Ausgezeichnet, junges Fräulein. Und das haben Sie alles in der kurzen Zeit recherchiert, die wir hier saßen?«

Celine legte den Kopf zur Seite. »Na ja, war jetzt nicht gerade ein Kunststück. Für alles Weitere müssen wir tiefer graben.«

»Und das werden wir auch tun«, sagte Juri. »Etwas dagegen, John?«

Eigentlich sollte Celine die Zeit in ihr Schulreferat investieren. Doch John wusste, dass sie damit schon beinahe fertig war. Außerdem konnte er sich vorstellen, dass sie diese Art der Recherche wesentlich spannender fand. Eine ungefährliche Tätigkeit, und da die Ferien hier auf Sylt nicht gerade abenteuerlich gewesen waren, wollte er ein Auge zudrücken. »Einverstanden. Ihr kümmert euch hier um die Hintergrundrecherchen.«

»Und wir beide werden uns noch mal zu den Filmleuten begeben«, beschloss Gödecke. »Ich will mich in Max Mosers Trailer umsehen, außerdem reden wir mit den Gästen dieser Geburtstagsfeier.«

»Ich würde mich auch gerne mit der Schauspielerin unterhalten, die am Abend ins Krankenhaus gebracht wurde«, sagte John.

»Ausgezeichnet, die Sache kommt ins Rollen.« Gödecke erhob sich. »Benthien, fahren Sie den Wagen vor.«

John glaubte, sich wohl verhört zu haben. Hielt der Mann ihn jetzt für seinen Chauffeur?

»Wenn es nicht stört, komme ich mit«, schob Sanna nach.

John seufzte, stand auf, und Sanna folgte ihm. Über die Schulter meinte er: »Schön, dass du dabei bist. Du kannst dem Kriminalrat dann immer die Tür aufhalten, während ich das Chauffieren übernehme.«

»Das ist jetzt halt betreutes Ermitteln.«

John hatte die Türklinke schon in der Hand, als es klingelte. Durch die Milchglasscheibe in der Eingangstür sah er den Schatten einer Person.

Als er öffnete, blickte er ins Gesicht von Soni Kumari.

»Gut, dass ich Sie hier antreffe«, sagte die Inselpolizeichefin. »Wir müssen über Max Moser reden.«

»Was gibt es denn?«

»Wir haben routinemäßig die Personalien überprüft, und ...« Sie blickte zwischen John und Sanna hin und her. »Max Moser ist nicht Max Moser. Der Mann wurde unter dem Namen Maximilian Martein de Haan geboren. Hier auf Sylt.«

15   Lilly

Der Autozug ratterte in gemächlichem Tempo über den Hindenburgdamm auf Sylt zu. Lilly hatte das Fenster des Dienstwagens ein Stück weit geöffnet. Die Meeresbrise wehte ins Innere. Das Wasser war weit zurückgewichen und hatte das Watt freigegeben. In den salzigen Geruch des Meeres hatte sich der von Algen gemischt. Dazu kam noch eine etwas faulige Note, die – das hatte Lilly sich einmal von Johns Vater Ben erklären lassen, der in Heimatkunde bewandert war – von dem Schwefelwasserstoff stammte, den Bakterien unter der Oberfläche des weichen Schlicks bei der Verarbeitung von Plankton und Algen produzierten.

Tommy saß auf dem Beifahrersitz, die Hemdsärmel hochgekrempelt, sodass die Tätowierungen auf seinen Armen zu sehen waren. Er beendete gerade den Anruf auf seinem Smartphone.

»Und?«, fragte Lilly.

»Esther spricht mit den Kollegen in der IT-Leitstelle.« Tommy schob das Smartphone in seine Hosentasche und blickte zum Fenster hinaus.

Esther Talley, die Kollegin, mit der Tommy telefoniert hatte, schrieb im Innendienst Berichte und übernahm Recherchen. Sie sollte eine Theorie überprüfen, die Lilly gerade in den Sinn gekommen war.

»Oder denkst du, ich reime mir da etwas zusammen?«, fragte Lilly. »Ich meine, nur weil John …«

»Weil John scheinbar wieder irgendwie da mit drinhängt?«

Lilly nickte.

Die verschwundene Akte im Fall Torbjörn Svensen war zwar scheinbar ganz offiziell von Kriminalrat Gödecke an John geschickt worden, dennoch hatte ihr der Vorgang eines deutlich gemacht: Allein die Möglichkeit, dass hier etwas nicht mit rechten Dingen zuging und John Benthien damit zu tun hatte, zeigte ihr, warum sie ihm nach allem, was geschehen war, noch immer nicht wieder vertrauen konnte. Daran änderte auch ihr gemeinsames Kind nichts. Im Gegenteil, es machte ihren Argwohn vermutlich sogar noch größer.

»Gehen wir es gerne noch mal der Reihe nach durch«, schlug Tommy vor. »Es gibt da also diese Akte im Vermisstenfall Torbjörn Svensen. Das Ganze liegt lange zurück, einer jener hoffnungslosen Fälle, für die sich niemand mehr interessiert, die nach all den Jahren noch immer nicht digitalisiert wurden und die in der hintersten Ecke des Archivs vor sich hin modern.«

»Und nun gibt es plötzlich reges Interesse. Nicht nur von unserer Seite.«

»Genau.« Tommy zählte an den Fingern ab. »Irgendjemand treibt sich in unserem System herum und zieht sich die Fotos vom rekonstruierten Gesicht des Jungen. In der Fernsehsendung erkennt dann ein anonymer Anrufer Torbjörn Svensen. Und drei Tage vorher verschickt Kriminalrat Gödecke die Akte in diesem Fall, für die sich jahrelang niemand interessiert hat, ausgerechnet an Max Moser, einen Filmregisseur, der anscheinend bei John zu Gast ist oder etwas mit ihm zu tun hat.«

»Ein toter Filmregisseur noch dazu.« Der Tod von Max Moser hatte heute Morgen schnell die Runde auf dem Präsidium gemacht, wegen des prominenten Opfers, aber auch, weil Gödecke seinen Urlaub opferte und sich persönlich der Sache annahm.

»Gödecke weiß doch, dass wir an dem alten Fall arbeiten«, sagte Tommy. »Warum informiert er uns also nicht darüber?«

»Gute Frage, nächste Frage: Warum John? Was könnte er damit zu tun haben?«

Tommy schmunzelte. »Du traust ihm immer noch nicht wieder über den Weg, oder?«

»Inzwischen traue ich ihm alles zu.« Ein Teil von ihr wollte nicht, dass John sich schon wieder in irgendetwas hineingeritten hatte.

»Du solltest keine Gespenster sehen. John ist doch gar nicht der springende Punkt«, meinte Tommy. »Das Paket ging an Max Moser raus. Das impliziert erstens: Wenn Gödecke das Paket selbst verschickt hat, kannte er diesen Moser womöglich. Zweitens: Der Mann mag zwar ein international bekannter Regisseur gewesen sein, aber warum, zum Kuckuck, sollte Gödecke ihm eine Fallakte schicken?«

»Eben.«

»Da erscheint mir deine Theorie also nicht ganz abwegig«, schloss Tommy. »Wenn sich jemand unbefugt Daten aus unserem System zieht, könnte er vielleicht auch den Versand der Akte veranlasst haben. Warten wir ab, was die Kollegen von der IT dazu sagen.«

Der Zug hatte Westerland erreicht und kam mit quietschenden Bremsen zum Stehen. Lilly startete den Motor, als sich die Autos vor ihnen in Bewegung setzten, und steuerte den Wagen auf die Verladerampe.

John würde ihr erster Halt sein, der zweite eine Adresse in Keitum.

Obwohl die Fallakte zu Torbjörn Svensen fehlte, hatten sie im Internet weitere Informationen zusammentragen können, die zumindest einen ersten Ansatzpunkt lieferten.

Torbjörn Svensen wurde seit 1986 vermisst. Er verschwand spurlos in einer stürmischen Herbstnacht, als er auf dem Heimweg von einem Freund war. Seine Familie lebte damals in Keitum, und offenbar gab es noch heute Verwandte von ihm dort. Die Mutter des Jungen war erst vor wenigen Jahren verstorben. Doch es gab offenbar eine Schwester, Lemke Svensen. Sie wurde in einigen alten Zeitungsartikeln erwähnt, und eine kurze Recherche im Melderegister hatte ergeben, dass sie in Keitum registriert war.

Von Westerland aus folgte Lilly der Lister Straße. Hinter Kampen weitete sich die Landschaft und gab den Blick über den nördlichen Zipfel der Insel frei, der einen leichten Knick machte. Rechts das Wattenmeer, in der Ferne die ersten Häuser von List.

Den Weg zu Johns altem Kapitänshaus kannte Lilly im Schlaf, sie war schon so oft dort gewesen. Sie parkte in der Einfahrt. Ihr Blick wanderte sofort zu dem wesentlich moderneren Nachbarhaus. Wagen der Kriminaltechnik standen davor geparkt.

»Das könnte schon mal einiges erklären«, murmelte Tommy, der ebenfalls das Treiben dort drüben beobachtete. Offenbar waren die Kollegen im Abrücken begriffen. Sie verluden gerade die Koffer mit ihren Arbeitsutensilien in die Transporter.

Lilly erkannte Claudia Matthis, die sich den Schutzoverall abstreifte. »Du meinst, Moser hat dort gewohnt?«

»Zumindest ist er das einzige Mordopfer, das heute hier auf Sylt gefunden wurde, von dem ich weiß.«

»Trotzdem … Warum wurde das Paket mit der Fallakte dann an Johns Adresse geschickt?«

»Ja, in der Tat seltsam. Vielleicht weiß er mehr.« Tommy löste den Anschnallgurt und stieg aus.

Lilly folgte ihm zur Haustür des Kapitänshauses und betätigte die Klingel.

»Komme gleich«, hörten sie eine Stimme von drinnen. Das klang nach Celine.

Kurz darauf öffnete ihnen Johns Tochter. Sie hielt Frouke auf dem Arm, die einen Schlabberlatz um den Hals trug.

»Oh … euch hatte ich jetzt nicht erwartet.«

Frouke streckte die Arme nach Lilly aus. Celine gab ihr das Kind herüber, und Lilly wurde sogleich von einer kleinen Hand begrüßt, die klatschend in ihrem Gesicht landete. Frouke brabbelte etwas, das entfernt an Mama erinnerte.

»Hallo, meine Süße!«, sagte Lilly und lächelte unwillkürlich. »Ja, Mama hat dich auch sooo vermisst!«

Froukes Mund war mit Brei verschmiert. Lilly schmeckte Kartoffelpüree mit Möhren, als sie ihrer Tochter einen Kuss auf die Wange drückte.

»Die Kleine hat ganz schön Appetit«, kommentierte Celine.

»Das haben wir auch schon festgestellt«, bestätigte Lilly und stupste mit dem Zeigefinger gegen Froukes Nase. »Wenn du so weiterfutterst, wirst du bestimmt mal so groß wie dein …« Lilly brach den Satz ab, und das Lächeln verschwand aus ihrem Gesicht. »Wo ist er?«

»Wer, John? Oder Juri?«, fragte Celine.

»Beide. Aber vor allem John.«

»Er ist mit Gödecke ans Filmset.« Celine deutete mit einem Nicken auf das Nachbarhaus. »Hier ist einiges los …«

»Wir sind im Bilde«, sagte Lilly. »Und wo steckt Juri?«

»Ist mit Sanna Harmstorf unterwegs.«

»Mit der Staatsanwältin?« Lilly stutzte. »Aber er ist doch …«

»Er hat seine Elternzeit in Absprache mit Gödecke vorübergehend unterbrochen«, berichtete Celine. »Es ist wohl Not am Mann. Wie immer.«

»Und sie haben dich mit Frouke allein gelassen?«

»Ja. Wir kommen aber bestens miteinander klar …«

»Tut mir leid.« Lilly hob die freie Hand. »So war das nicht gemeint. Ich weiß, dass sie bei dir in besten Händen ist.« Zu ihrer Verwunderung stellte sie fest, dass die Tatsache, Frouke allein mit Celine zu wissen, ihr weniger ausmachte als die Vorstellung, sie mit John allein zu lassen. Celine konnte sie vertrauen, das wusste sie, und es bestand kein Zweifel, dass sie sich rührend um ihr kleines Halbgeschwister kümmern würde. Ihr Ärger galt daher auch vielmehr Juri, der sich offenbar mir nichts, dir nichts ins Abenteuer gestürzt hatte.

»Sag John doch einfach, dass er sich bei mir melden soll. Dann schauen wir später noch mal vorbei.« Lilly reichte Celine das Kind zurück und gab Frouke noch einen Kuss. »Und du bleibst schön artig.«

Sie hatte sich schon halb zum Gehen gewandt, als sie innehielt. »Sag mal, weißt du zufällig, ob in den letzten Tagen hier ein Paket angekommen ist? An einen …«

»Max Moser?« Celine hob die Augenbrauen. »In der Tat. Keine Ahnung, warum das an uns hier adressiert war. John hat es ihm gleich rübergebracht.«

»Danke. Wir sehen uns später.«

Lilly zog Tommy mit sich und ging hinüber zum Nachbarhaus. Claudia Matthis befand sich gerade im Gespräch mit einem ihrer Mitarbeiter. »Aha, also hat Gödecke doch noch Verstärkung auftreiben können«, sagte sie zur Begrüßung, als sie Lilly und Tommy kommen sah.

»Nicht ganz.« Lilly erklärte ihr, weshalb sie hier waren.

»Interessant.« Claudia Matthis kratzte sich an der Stirn. »Ein Paket mit einer Fallakte. Ich schätze, so etwas wäre uns sicherlich aufgefallen.«

»Das bedeutet, ihr habt die Akte nicht gefunden?« Lilly blickte zu dem Ferienhaus, das der ermordete Starregisseur bewohnt hatte.

»Nein. Leider nicht.« Matthis schüttelte den Kopf. »Der Tote hat aber offenbar auch am Filmset in einem Trailer gearbeitet. Den knöpfen wir uns als Nächstes vor. Benthien ist mit Gödecke schon mal vor, um sich umzusehen. Wenn wir die Akte finden, erfahrt ihr es als Erste.«

»Danke«, sagte Lilly. In dem Moment klingelte Tommys Smartphone. Er nahm den Anruf entgegen und hörte zu. Dann steckte er das Gerät wieder weg.

»Das war Esther.«

»Und?«

»Du solltest vielleicht mal Lotto spielen oder ins Casino gehen«, sagte Tommy. »Volltreffer.«

»Was heißt das?«

»Du hast richtiggelegen. Vor dem Datendiebstahl gestern hat es einen externen Zugriff auf Gödeckes Account gegeben, den niemand bemerkt hat. Offenbar hat der Angreifer dabei die Anweisung ans Archiv geschickt, dass die Fallakte an Moser und John rausgehen sollte.«

»Nicht dein Ernst? Wie konnte so etwas passieren?«

»Wissen sie noch nicht.« Tommy ging zurück in Richtung Auto. Lilly folgte ihm. »Aber es gibt einen ersten Anhaltspunkt. Beide Male hat sich der Hacker offenbar Zugriff über einen internen Account besorgt.«

»Was soll das heißen?«

»Er kannte den Zugangscode eines Mitarbeiters. Darüber ist er ins System gekommen, verschaffte sich dann Zugriff auf die Daten und eben auch auf Gödeckes persönliches Nutzerkonto, über das er die Weisung ans Archiv verschickte.«

»Wissen sie, wessen Account das war?«

»Das wollen sie noch nicht preisgeben.« Sie waren am Wagen angelangt, und Tommy öffnete die Beifahrertür. »Aber es war offenbar ein Account der Staatsanwaltschaft.«

16 John

Max Moser war nicht Max Moser.

Geboren als Maximilian Martein de Haan.

Hier auf Sylt.

Als er seinen Citroën durch die Straßen von Westerland dirigierte, dachte John erneut über das nach, was eine einfache Routineüberprüfung von Soni Kumari zutage gefördert hatte.

Der Autozug musste vor Kurzem eine neue Ladung Inselbesucher ausgespuckt haben. Ein langer Stau stand rund um den Bahnhof, dazwischen wuselten Fahrradfahrer, und die Passantenströme sorgten zusätzlich dafür, dass die Ampeln immer wieder auf Rot sprangen.

Gödecke beobachtete das Schauspiel vom Beifahrersitz aus mit einer frisch angezündeten Zigarre. Immerhin hatte er sich dazu überreden lassen, bei langsamer Fahrt das Fenster herunterzulassen.

Max Moser. Maximilian Martein de Haan.

Ein und dieselbe Person.

Mosers Namenswechsel musste nicht unbedingt etwas zu bedeuten haben. Als er Else Moser geheiratet hatte, hatte er deren Familiennamen angenommen. Maximilian Martein Moser lautete die Angabe in seinen Papieren. Der Filmwelt war die Kurzform des Namens bekannt.

Was die Sache interessant machte, war vielmehr seine Herkunft. Sylt. John hatte Celine das Internet absuchen lassen. Dass Max Moser – oder damals vielmehr Maximilan Martein de Haan – auf der Insel geboren worden war, wurde nirgends erwähnt. Weder auf Wikipedia noch in Artikeln über den Mann. Eine offizielle Homepage gab es nicht, und da er die Öffentlichkeit gemieden hatte wie der Teufel das Weihwasser, waren die Information ohnehin spärlich gesät.

Das machte John neugierig.

Wer war dieser Mann gewesen? Warum hatte er um sein Privatleben und seine Vergangenheit ein Geheimnis gemacht? Weil er ein schüchterner Zeitgenosse gewesen war? Möglich. Doch passte das für John wenig mit dem Showgeschäft zusammen. Besonders heute, wo es doch darum ging, sich auf möglichst vielen Kanälen in Szene zu setzen.

Was die Ermittlungen betraf, hatten sie sich fürs Erste aufgeteilt.

Über die Hintergründe und die Vergangenheit des Mannes wussten sie noch herzlich wenig. Sanna Harmstorf würde sich gemeinsam mit Juri um diesen Aspekt des Falls kümmern.

Gödecke durfte sich glücklich schätzen, dass Sanna mit dem Fall betraut worden war, dachte John. Sie war nicht nur als Staatsanwältin herausragend, sondern auch eine gute Rechercheurin. Wenn man schon mit einem kleinen Team agierte, wollte man sie dabeihaben.

John brachte den Wagen vor dem Gelände der Filmcrew zum Stehen. Er stieg aus, ging um den Wagen herum und öffnete die Beifahrertür. Gödecke folgte ihm zur Schranke, wo der Wachmann sie in Empfang nahm. Er erinnerte sich an sie und führte sie ohne Murren durch den Trailerpark. Als sie den Wohnwagen von Moser und McQueen erreichten, hielt John inne. Auch Gödecke hatte erkannt, dass etwas nicht stimmte, und nahm die Zigarre aus dem Mund.

»Hatten wir nicht Anweisung erteilt, niemandem Zutritt zu gewähren?«, fragte er den Wachmann und deutete auf den Wohnwagen, den Moser und sein Co-Regisseur für Arbeiten am Drehbuch genutzt hatten. Die Tür des Gefährts stand offen.

»Ich … hatte die Tür abgeschlossen«, entschuldigte sich der Wachmann.

»Sie beide bleiben hier«, sagte John. »Ich sehe mir das mal an.«

Er ging hinüber zu dem Trailer und warf einen vorsichtigen Blick durch die Eingangstür. Der Wohnwagen war deutlich kleiner als der, in dem sie sich mit Else Moser unterhalten hatten. Außerdem war er umgebaut worden. Dort, wo wohl ursprünglich eine Sitzecke und vielleicht ein kleiner Esstisch gewesen waren, befand sich jetzt ein fest verbauter Schreibtisch über die Breite des Wagens, direkt unter dem Heckfenster.

Klaus Krieger, der Mann mit der grauen Mähne, stand an dem Tisch und wühlte in den zahllosen Papieren, die darauf lagen.

John kletterte in den Wohnwagen und machte sich mit einem Räuspern bemerkbar. Krieger fuhr herum und griff sich mit einer Hand an die Brust. »Verdammt! Müssen Sie mich so erschrecken?«

»Pardon. Darf ich fragen, was Sie hier tun?«

»Wonach sieht es denn aus? Ich suche etwas. Und was geht Sie das an?« Seine Miene hellte sich auf. »Moment mal. Sie kenne ich doch. Sie waren vorhin schon mal mit dem Bullen hier.«

»Das habe ich jetzt nicht gehört. Aber richtig. John Benthien …« Kripo Flensburg, wollte er gewohnheitsmäßig anfügen. Doch so einfach war das nicht.

»Dürfte ich dann mal Ihren Ausweis sehen?«, forderte der Grauhaarige.

»Den …« Hatte er ebenso wenig wie eine offizielle Funktion. John bückte sich und deutete durch das niedrige Fenster nach draußen. Gödecke stand auf der Wiese und unterhielt sich mit dem Wachmann. »Habe ich im Auto vergessen. Aber Sie können gerne meinen Chef da draußen fragen.«

»Mit dem hatte ich bereits das Vergnügen, danke.«

»Herr Krieger, der Zutritt zum Trailer ist leider untersagt. Ich muss Sie daher bitten zu gehen …«

»McQueen hat mich gebeten, etwas für ihn zu suchen …«

John seufzte. »Ihnen ist bekannt, dass Herr Moser heute Morgen tot in seinem Ferienhaus aufgefunden wurde?«

»Allerdings. Das hat uns alle hart getroffen.«

»In welchem Verhältnis standen Sie zu Herrn Moser?«

»Wir waren verheiratet.«

»Bitte?«

»Erwischt.« Klaus Krieger grinste, hielt Zeigefinger und Daumen zu einer Pistole geformt und zielte auf John. »War ein Scherz. Max und ich waren sehr gute Freunde. Wir arbeiten schon seit vielen Jahren zusammen. Er ist der Einzige, der noch große Filme macht. Die anderen haben alle keine Ahnung mehr. Die sollten besser beim Zirkus als beim Film arbeiten.«

»Dafür, dass Sie sich so nahestanden, machen Sie mir keinen allzu traurigen Eindruck. Trotz des Mordes an Ihrem Freund geht die Arbeit einfach weiter für Sie?«

Krieger lehnte sich an den Schreibtisch und senkte den Blick. »Wissen Sie, wenn es nach mir ginge ... gefühlsmäßig ..., dann würden wir jetzt alle eine Woche Trauer schieben und uns volldröhnen. Aber so läuft das nicht in unserem Geschäft. Nicht mehr zumindest. Früher vielleicht. Heute sitzen uns die Erbsenzähler und Zahlenschubser von den Produktionsfirmen im Nacken. Das Budget ist eng. Der Zeitplan noch enger. Wir müssen einen Film abliefern. Wir haben uns vorhin alle darüber unterhalten, was wir jetzt machen sollen, und beschlossen, dass wir Max am besten ehren können, indem wir sein Werk vollenden.«

»Ging es darum auch gestern Abend? Moser zu ehren anlässlich seines Geburtstags?«

»Sie meinen die Party.«

»Ja, ich habe Sie dort gesehen.«

»Und was hatten Sie da zu suchen? Kann mich nicht erinnern, Sie eingeladen zu haben. Das Ganze war schließlich meine Idee.«

»Ich wohne nebenan. Ich kam wegen des Krankenwagens.«

»Oh, die Sache mit Jördis.«

»Sie haben mitbekommen, was mit ihr geschehen ist?«

»Jördis hatte sich verspätet, kam mit McQueen zusammen. Sie war schon reichlich angeschickert. Max wollte gerade das Wort an uns richten. Sie klappte einfach zusammen. Vermutlich der Alkohol ... Wer weiß, vielleicht hatte sie auch noch etwas anderes eingeschmissen.«

»Hatten Sie seither Kontakt mit ihr?«

»Nein.«

»Sie sagten, die Feier war Ihre Idee?«

»Ja. Ich wollte Max überraschen. Er ... war schon immer ein ziemlicher Eigenbrötler. Wissen Sie, in unserer Branche sind alle ganz geil danach, ihr Gesicht in Kameras zu halten und in den Medien präsent zu sein. Max hat sich da immer rausgehalten. Er hatte Phasen, in denen er sich regelrecht vor der Welt versteckte. Dann musste man ihn wieder aus seinem Kaninchenbau locken. So war das auch mit dem Drehbuch. Er hatte neue Ideen. Damit vergrub er sich. Und ... na ja, ich dachte, eine kleine Party zum Geburtstag, das bringt ihn wieder in Schwung. Tja, da hatte ich mich wohl getäuscht.«

»Wissen Sie, dass Max Moser hier auf Sylt geboren wurde?«

John stellte die Frage bewusst unvermittelt. Und er bekam die Reaktion, die er sich erhofft hatte.

Klaus Krieger machte ein überraschtes Gesicht und schien zum ersten Mal von der Rolle – oder vielleicht besser: aus der Rolle. Der Mann war professioneller Schauspieler, bei solchen Leuten konnte man nie ausschließen, dass sie einem die ganze Zeit nur etwas vormachten.

»Was?«

»Moser wurde hier auf Sylt geboren. Als Maximilian Martein de Haan. Wussten Sie das?«

»Ich ...« Krieger stieß sich vom Schreibtisch ab, ließ den Blick unsicher über die Unterlagen schweifen. »Ja, doch, kann sein, dass er das irgendwann mal erwähnt hat.«

Er schob sich an John vorbei in Richtung Ausgang. »Ich muss dann mal wieder.«

»Um noch mal auf meine Eingangsfrage zurückzukommen«, hielt John ihn auf. »Was haben Sie hier gesucht?«

Klaus Krieger deutete auf den Schreibtisch. »Die neuesten Drehbuchentwürfe. Wir wollten wissen, woran Max gearbeitet hat. Aber so, wie es ausschaut, müssen wir uns selbst was ausdenken. Falls Sie in seinem Haus noch etwas finden, geben Sie uns Bescheid.«

Damit verschwand Krieger zur Tür hinaus, ehe John noch ein Wort sagen konnte.

Er drehte sich um, zog aus der Jackentasche ein paar Handschuhe, die er sich überstreifte, und ging hinüber zum Schreibtisch. Es würde wohl eine Weile brauchen, Ordnung in das Durcheinander zu bringen. Der Tisch war übersät mit einzelnen Seiten, die meisten davon voller Dialogpassagen und Szenenbeschreibungen mit Kommentaren, Ergänzungen und Streichungen.

Eine Sache machte John stutzig. Alle Welt war offenbar davon ausgegangen, dass der tote Starregisseur in seinem Ferienhaus an dem neuen Drehbuch arbeitete. Doch die Unterlagen, die John dort auf dessen Schreibtisch gesehen hatte, waren gänzlich andere gewesen als diese hier. Er hatte den Schreibtisch im Ferienhaus noch bildlich vor Augen. Handschriftliche Notizen. Darunter allerdings keine Dialogpassagen. Außerdem alte Zeitungsartikel. Fast hatte es den Anschein, als hätte Moser sich in seinem Haus mit etwas ganz anderem befasst.

John widmete sich dem Mülleimer, der unter dem Schreibtisch stand. Neben zerknüllten Seiten fand er dort etwas Vertrautes. Das Paket, das gestern bei ihm abgegeben worden war. John nahm es aus dem Mülleimer und betrachtete es. Es war leer.

Moser hatte sein Haus nach der Feier gestern noch einmal verlassen. War er auf dem Weg ins Krankenhaus hier vorbeigefahren? Oder wie sonst war das Paket hergekommen? Und wo war der Inhalt?

17 Sanna

Vom Parkplatz aus war es ein ungefähr einen Kilometer langer Marsch quer durch die Dünen. Die Sonne stand hoch am Himmel und ließ die Luft über der Landschaft aus Heidekraut und Strandhafer flimmern. Der Wind wehte lau aus Westen über das Meer.

Sanna genoss die kleine Wanderung mit Juri Rabanus. Wären sie nicht beruflich unterwegs gewesen, hätte es ein wunderbarer Urlaubstag sein können.

Sie folgten einem Sandweg, der später in einen Gehsteig überging und sie zu ihrem Ziel führte.

Die Buhne 16, die berühmte Strandbar, lag am Saum der Dünen, dahinter der weite weiße Sandstrand.

Früher hatten sich hier Prominente wie Brigitte Bardot, Axel Springer oder Curd Jürgens ein Stelldichein gegeben.

Sanna erinnerte sich noch, dass sie als Kind mit ihrer Mutter das Lokal zu besonderen Anlässen besucht hatte.

Mutter hatte ihre wichtigen Autoren – sprich, die mit Bestsellern – entweder in die Sansibar oder hierher ausgeführt. Sanna wusste nicht mehr, wie alt sie damals gewesen war, als Mutter sich mit einem Mann getroffen hatte, der seine Biografie veröffentlichen wollte und in ihren kindlichen Augen von der Statur her dem Steinbeißer aus der »Unendlichen Geschichte« geähnelt hatte. Sanna hatte sich wenige Tage zuvor den Arm gebrochen und einen Gips getragen, auf den ihr der Mann seinen Namen gekritzelt hatte. Sie selbst hatte noch nie von ihm gehört, doch die ganze Schule hatte sie um das Autogramm von Bubi Scholz beneidet.

Der Glamour vergangener Tage mochte inzwischen ein wenig verraucht sein, dennoch erfreute sich die Strandbar weiterhin großer Beliebtheit.

An den Tischen auf der Terrasse saßen Damen in schicken Kleidern, Männer mit teuren Anzügen, dazwischen Familien mit Kindern, die um die Tische herumwuselten und am Strand tollten. Natürlich fehlten die Surfer mit ihren muskulösen Oberkörpern nicht, die Haut vom Salzwasser verkrustet. Schließlich war die Buhne 16 bis heute ein Anlaufpunkt für Wassersportler und das alljährliche Longboardfestival ein Höhepunkt der Saison.

Benannt worden war die Bar nach den Buhnen aus Stein und Holz, die rechtwinklig zum Strand verliefen und ihn vor den Wellen und Stürmen schützten. Rund einhundert solcher Buhnen hatte es ursprünglich entlang der Westküste von Sylt gegeben, und dieser Abschnitt hier war mit der Nummer sechzehn gekennzeichnet.

Sanna entdeckte Else Moser an einem Ecktisch im hinteren Teil der Terrasse, nahe der mit Strandhafer bewachsenen Dünen. Sie trug einen auffallenden Sommerhut mit breiter Krempe und ein weißes Kleid. Vor ihr stand ein Cocktailglas mit Strohhalm und einer Zitrone auf dem Rand.

Die Frau hatte Sanna vorhin am Telefon erklärt, dass sie sie hier antreffen würden. Sie setzten sich ihr gegenüber an den Tisch.

»Vielen Dank, dass Sie sich Zeit für uns nehmen«, begann Sanna. »Für Sie muss das gerade sehr schwierig …«

»Wollen Sie auch einen?« Else Moser deutete auf das Cocktailglas. Sie trug unter der Hutkrempe eine große Sonnenbrille mit Strasssteinen, sodass ihre Augen nicht zu sehen waren. »Er ist ausgezeichnet. Handcrafted von Daniel Mattern. Davon werden pro Jahr nur drei Chargen à einhundert Flaschen produziert. Das würde ich mir an Ihrer Stelle nicht entgehen lassen.«

»Wir sind im Dienst«, schlug Juri das Angebot für sie beide aus.

Else Moser lachte. »Wie bei einem Krimi.«

»Es geht uns noch mal um Ihren Mann«, nahm Sanna den Faden wieder auf, »speziell um seine Vergangenheit.«

»Ja, richtig.« Else Moser schob sich den Strohhalm in den Mund und trank einen Schluck. »Maxerls Geburtsname.«

»Daran muss nichts ungewöhnlich sein. Dennoch wirft es Fragen auf. Er stammte von Sylt, nun kam er wieder her und wurde ermordet ...«

»C'est la vie!« Else Moser zuckte mit den Schultern. »Der Zufall spielt die skurrilsten Streiche.«

»Vielleicht, vielleicht auch nicht.« Als der Kellner kam, bestellte Sanna ein alkoholfreies Pils, Juri tat es ihr gleich. »Ihr Mann trägt Ihren Familiennamen seit der Hochzeit?«

»So ist es.«

»Wie lange waren Sie verheiratet?«

»Nächstes Jahr wären es genau dreißig Jahre geworden.«

»Also haben Sie Mitte der Neunziger geheiratet. Da kam es noch eher selten vor, dass der Mann den Namen der Frau annahm. Warum wollte er nicht bei seinem eigenen bleiben? Zumal er doch damals mit seinen ersten Filmen einen gewissen Bekanntheitsgrad erreicht hatte ...«

»Er war im Kommen, ja. Aber noch nicht so prominent, dass alle Welt seinen Namen gekannt hätte. Ich glaube, er mochte ihn nie besonders.«

»Gab es dafür einen bestimmten Grund?«

»Das ist eine lange Geschichte, die ich zudem nicht in Gänze kenne.«

»Dann erzählen Sie uns den Teil, der Ihnen bekannt ist«, bekräftigte Juri.

Else Moser seufzte und setzte ihren Drink ab. Ihr Blick wanderte in Richtung Strand. »Dass Maxerl nicht mehr bei mir ist ... Ich kann es noch immer nicht begreifen.«

»Maximilian Martein de Haan«, ließ Sanna sich nicht beirren. »Warum legte er seinen Namen ab?«

Ein Moment des Schweigens, dann begann Else Moser zu erzählen: »Maxerl sprach wenig über seine Familie und seine Kindheit hier auf Sylt. Die de Haans waren wohl so etwas wie Sylter Inseladel, eine alteingesessene Kapitänsfamilie mit niederländischen Wurzeln. Maxerls Vorfahren gehörten zunächst ein Hof in Keitum und einige Ländereien, die quer über die Insel verstreut lagen. Über die Generationen wurden auf dem Land Ferienimmobilien errichtet. Einen Teil des daraus resultierenden Vermögens investierte die Familie an der Börse, wo es sich weiter vermehrte.«

»Das klingt, als hätte sich Ihr Mann zumindest keine finanziellen Sorgen machen müssen.«

»Wie man's nimmt.« Der Kellner brachte die Getränke, und Else Moser wartete, bis er gegangen war, ehe sie fortfuhr. »Soviel ich weiß, war Maxerl das einzige Kind seiner Eltern. Lydia und Thys de Haan. Sie lebten in Keitum auf dem Wendelhof. Das Anwesen war einst von Kapitän Wendel de Haan erbaut worden, der den Reichtum der Familie begründete. Jedenfalls war es keine besonders glückliche Kindheit, die Maxerl dort verbrachte. Er hat sich nie darüber ausgelassen, aber das Verhältnis zu seinen Eltern war wohl schlecht. Und sie schickten ihn schließlich weg.«

»Was soll das bedeuten, sie schickten ihn weg?«, hakte Juri nach.

»Auf eine Privatschule. Nach Zürich.«

»Und welchen Grund gab es dafür?«, fragte Sanna.

»Wie gesagt, darüber sprach er nicht viel. Ich nehme aber an, dass es an seiner Neigung zu den schönen Künsten lag. Maxerl liebte schon als Kind Filme, Theater und Bücher. Das passte seinem Vater, Thys de Haan, wohl gar nicht. Thys verbrachte die Tage mit Zahlen. Er wachte über das Familienvermögen, die Immobilien, die Börsenanlagen. Maxerl schlug so gar nicht nach ihm. Thys schickte ihn auf eine Privatschule, damit aus dem Jungen etwas Ordentliches werden sollte. Man kennt das ja aus solchen Familien …«

»Leben seine Eltern noch?«

»Nein. Sie sind vor Jahren gestorben. Da hatte Maxerl längst mit der Familie gebrochen. Das ... betraf dummerweise auch das Erbe. Er hatte es ausgeschlagen. Das Vermögen ...« Else Moser schüttelte den Kopf. »Seine Eltern waren gläubige Menschen. Das Vermögen floss zu einem Großteil der Kirche zu.«

Juri stieß einen leisen Pfiff aus.

»Ich komme da nicht ganz mit«, sagte Sanna. »Die Eltern finanzierten Max eine teure Privatschule. Dann enterbten sie ihn. Was ist dazwischen geschehen?«

»Max fühlte sich von seinen Eltern verstoßen und nicht geliebt. Wenn in den Ferien alle nach Hause fuhren, blieb er in Zürich. Ich glaube, die Eltern haben ihn einige Male besucht. Was aber keine herzlichen Wiedersehen waren. Als Maxerl den Abschluss machte und erwachsen war, sagte er sich endgültig von den Eltern los und ging seiner Wege. Er verzichtete sogar auf die finanzielle Unterstützung. Das waren sehr arme und beschwerliche Jahre für ihn.«

»Wie haben Sie ihn kennengelernt?«

»Bei der Premiere eines seiner ersten Filme. Maxerl hatte mit einem Studium der Filmwissenschaften begonnen, es aber bald wieder abgebrochen, als er erkannte, dass die Theoretiker an der Uni ihm nichts beibringen konnten. Er war Autodidakt. Maxerl kratzte Geld für Kurzfilme zusammen, mit denen er in der Szene auf sich aufmerksam machte.« Else Moser trank den letzten Schluck Gin Tonic und winkte dann mit dem Glas nach dem Kellner. »Es war damals noch nicht lange her, dass mein erster Mann gestorben war. Beim Klettern in den Bergen. Er hatte mir Geld hinterlassen, viel Geld. Mehr, als ich jemals alleine brauchen würde. Mein Herz schlug schon immer für die Kunst. Ich nahm mir vor, ein paar der armen Schlucker zu unterstützen. Und dazu gehörte auch Maxerl.«

»Das heißt, Sie wurden seine Mäzenin«, stellte Sanna klar.

»Ja. Erst war es die Kunst. Dann verliebten wir uns und heirateten. Maxerl nahm meinen Namen an.«

Sanna trank einen Schluck Pils. »Obwohl er im Showgeschäft arbeitete, hat Ihr Mann sich aus der Öffentlichkeit ferngehalten ...«

»Verständlicherweise.« Else Moser lachte. »Bei dem, was heute alles geschrieben wird … Das Internet ist ja noch schlimmer als die Klatschpresse. Wir zogen es vor, unser Privatleben als das zu behandeln, was es ist – privat.«

»Aber er mied selbst die Premieren seiner Filme.«

»Maxerl gab nichts auf den Ruhm und Glamour. Er liebte es einfach, hinter der Kamera zu stehen. Für den Rest zog er sich lieber zurück und arbeitete an neuen Ideen.«

»Kehrte er in all den Jahren eigentlich noch einmal nach Sylt zurück?«

»Nein, und ich denke, das ist bei der Familiengeschichte nachvollziehbar. Auch jetzt hat er lange mit sich gerungen, ob er herkommen sollte. Doch das Angebot des Streamingdienstes war für ihn zu verlockend …«

»Hatte Ihr Mann Feinde hier auf der Insel?«

»Feinde, die ihm nach dem Leben getrachtet hätten?« Else Moser schob die Brille mit einem Finger runter und lugte über den Rand. »Wie kommen Sie darauf? Er war jahrzehntelang nicht hier. Wie sollte er da Feinde haben. Nein.«

»Was ist mit der Filmcrew?«

»Das ist eine große Familie. Mit einigen der Leute arbeitete Maxerl schon seit Jahren zusammen …«

»Da können sich Animositäten aufstauen.«

»Nein. Von so etwas weiß ich nichts.«

»Frau Moser, wir danken Ihnen.« Sanna erhob sich.

Sie verabschiedeten sich und gingen durch die Dünen zurück zum Parkplatz. Im Gehen blickte Juri auf die Uhr an seinem Handgelenk. »Es ist jetzt kurz nach ein Uhr. Etwas mehr als sechs Stunden, seit Max Moser tot in seinem Haus gefunden wurde, und keine fünf, seit seine Frau es erfahren hat. Trotzdem sitzt sie hier in der Sonne und betrinkt sich.«

»Ja, bemerkenswert«, sagte Sanna. »Sie hat offensichtlich beschlossen, den Kummer zu ertränken.«

»Möglich. Dafür erschien sie mir aber zu aufgeräumt. Auch das genaue Gegenteil wäre möglich. Sie freut sich, dass sie Ihren Mann los ist.«

Sanna schmunzelte. »Vielleicht gar nicht so abwegig. Vergessen wir nicht, dass die beiden getrennt wohnten. Er im Ferienhaus, sie im Wohnwagen. Und dass das mit einer kreativen Phase zu tun hatte, kaufe ich der Frau nicht ab.«

Sie hatten den Wagen erreicht und stiegen ein. Juri schloss den Sicherheitsgurt um seine Brust. »Dass der Kerl sich aus der Öffentlichkeit fernhielt, mag mir ja noch einleuchten. Aber was seine Vergangenheit angeht …«

»Ich weiß, was du meinst. Die beiden sind fast dreißig Jahre miteinander verheiratet. Trotzdem hat sich Moser, was seine Vergangenheit anging, seiner Frau gegenüber offenbar ausgeschwiegen. Was sie erzählt hat, hätten wir auch bei Wikipedia nachlesen können.«

»Richtig.« Juri nickte. »Fragt sich doch, weshalb er das lieber für sich behielt?«

»Ja«, sagte Sanna nachdenklich. »Möglich ist natürlich auch, dass sie uns noch immer nicht alles preisgegeben hat.«

18 John

»Wo bleibt eigentlich Ben?« John lugte durch die Küchentür ins Wohnzimmer.

»Bei der Reha«, antwortete Celine, die mit dem Laptop am Esstisch im Wohnzimmer saß.

»Aber üblicherweise ist er um die Zeit doch schon längst zurück …«

»Keine Ahnung.« Celine tippte weiter.

»Hab ihn auch nicht gesehen«, fügte Sanna an, die neben Celine saß und einen Kaffee trank.

»Dass er bei Buhne 16 herumlungert, hatte ich auch nicht angenommen.« John widmete sich in der Küche wieder der Krabbensuppe. Da Celine den Vormittag über auf Frouke aufgepasst hatte, hatte er das Kochen des Mittagessens übernommen.

Juri war oben und legte Frouke zum Mittagsschlaf hin. Gemeinsam war es ihnen gelungen, Gödecke davon zu überzeugen, seine nebelwerfenden Zigarren doch draußen zu rauchen. Er hatte es sich im Strandkorb auf der Terrasse gemütlich gemacht. Lediglich seine ausgestreckten Beine waren aus dem Wohnzimmer zu sehen und die Rauchschwaden, die in regelmäßigen Abständen aufstiegen.

»Vielleicht hat das Taxi Verspätung«, überlegte John laut. Wobei das noch nie der Fall gewesen war. Im Kessel blubberte die Suppe, und der Geruch ließ ihm das Wasser im Mund zusammenlaufen. Er streute eine Prise Pfeffer in den Topf.

»Worum geht es eigentlich in dieser Serie, die Moser drehte?«, hörte er Sanna fragen.

»Soll wohl ein Krimi werden, hab ich gelesen«, meinte Celine, ohne mit dem Tippen aufzuhören. »Viel mehr ist nicht bekannt. Moser hat sich immer über seine neuen Projekte ausgeschwiegen. Aber wartet mal …« Das Tippen erstarb, gefolgt von ein paar Mausklicks. »Hier … Eine Krimiserie, wie gesagt. Jede Staffel ein in sich abgeschlossener Fall. Mit wechselnden Hauptfiguren. In Anlehnung an Serien wie *True Detective*. Allerdings basierend auf echten Fällen, die fiktionalisiert werden.«

»Interessant«, meinte Sanna. »Was noch?«

Wieder ein paar Klicks. Dann Celine: »Hier ist noch was. Moser soll auch bei weiteren Staffeln als Regisseur fungieren. Die Drehbuchautoren wechseln. In der ersten Staffel, also der, die gerade gedreht wird, stammt das Drehbuch von Greg McQueen, dem Co-Regisseur.«

»Das verstehe ich nicht ganz«, wandte Sanna ein. »McQueen soll für das Drehbuch verantwortlich sein?«

»Steht hier so.«

John drehte den Herd runter und schob den Topf mit der fertigen Suppe auf eine kalte Platte. Dann nahm er fünf Teller aus dem Schrank und trug sie rüber ins Wohnzimmer. »So ganz komme ich da nicht mit«, sagte er. »Ich dachte, Moser hätte sich im Ferienhaus verschanzt, um am Drehbuch zu arbeiten. Aber wenn McQueen das Drehbuch geschrieben hat …«

Celine hob die Schultern. »Was fragst du mich?«

»Seltsam.« John stellte die Teller auf den Tisch, als es an der Haustür klingelte, und ging durch den Flur zum Eingang. Er öffnete die Tür und blickte in die Gesichter von Lilly und Tommy. »Oh, was treibt euch denn her?«

»Hallo, John«, sagte Lilly. »Auch schön, dich zu sehen.«

»Wir müssen reden«, erklärte Tommy. »Uns ist zu Ohren gekommen, dass du dich neuerdings als Postannahmestelle betätigst.«

»Als was?«

»Reden wir drinnen.« Sein alter Freund schob sich an ihm vorbei in den Flur. Lilly folgte ihm.

Als sie ins Wohnzimmer kamen, schlug Celine sich mit der flachen Hand vor die Stirn. »Oh ... sorry, John, ich hatte vergessen, dir zu sagen, dass die beiden hier waren und du dich bei ihnen melden solltest.«

»Nicht schlimm«, meinte Lilly. »Wir wären ohnehin noch mal vorbeigekommen. Sieht aus, als würden wir ein wenig hier auf der Insel bleiben.«

Hinter ihnen kam Juri die Treppe aus dem Obergeschoss herunter. »Lilly ...«

Sie ging zu ihm hinüber und drückte ihm einen Kuss auf die Lippen. Was für John noch immer ein ungewohnter Anblick war, obwohl die beiden nun schon eine ganze Weile verheiratet waren. »Hab dich vermisst, Großer. Was macht die Kleine?«

»Sie schläft«, antwortete Juri. »Was treibt euch hierher?«

»Ein Paket«, erklärte Tommy.

»Verstehe ich nicht. Was für ein Paket?«

In dem Moment öffnete sich die Terrassentür, und Gödecke kam herein. »Man hat uns doch noch Verstärkung geschickt.«

»Nicht ganz«, sagte Lilly. »Wir ermitteln weiterhin in dem alten Fall ...«

»Ich erinnere mich.« Gödecke setzte sich an den Esstisch. »Die Sache mit dem Jungen.«

»Wir haben inzwischen einen Namen. Torbjörn Svensen. Ein anonymer Anruf nach der Fernsehsendung. Der Junge wird seit Mitte der Achtzigerjahre vermisst. Er stammt hier von der Insel.«

»Haben Sie die Identität schon bestätigen können?«

»Nein. Eine Schwester von Torbjörn lebt in Keitum. Wir haben es eben bei ihr versucht, sie aber nicht angetroffen. Nach dem Mittag unternehmen wir einen neuen Anlauf.«

»Und was hat das alles mit einem Paket und mit mir zu tun?«, fragte John und deutete auf den Esstisch. »Setzen wir uns doch.«

»Es riecht nach ... Krabbensuppe.« Während er sich an den Tisch setzte, reckte Tommy den Kopf nach der Küche.

»Hunger?« John hob eine Augenbraue.

»Die Cuisine Benthien lässt mir immer das Wasser im Mund zusammenlaufen.« Tommy lächelte. »Nach dem Rezept deines Großvaters?«

»Natürlich.«

»Da lass ich mich nicht zweimal bitten.«

»Was ist mit dir, Lilly?«

Sie setzte sich an den Tisch und hob die Hand. »Nein, danke.«

»Sicher?« John wusste, dass Lilly die Suppe nach dem alten Familienrezept eigentlich liebte und gerne zwei oder auch drei Teller davon verputzte.

»Nein, wirklich nicht.«

John ging in die Küche, holte einen weiteren Teller und trug ihnen Suppe auf.

Kaum hatte er sich an den Tisch gesetzt, hatte Tommy auch schon den ersten Löffel im Mund. »Mhmm ... die habe ich ganz schön vermisst. Das sollten wir öfter machen. Wird Zeit, dass du wieder zur Truppe stößt.« Tommys Blick wanderte zu Gödecke, der aber keine Miene verzog.

»Also, das Paket«, brachte John das Gespräch auf das eigentliche Thema zurück.

»Ein Paket, das an Max Moser ging, adressiert an dich«, erklärte Lilly.

»So eines ist tatsächlich gestern hier angekommen«, bestätigte John. »Ich habe es ihm gleich rübergebracht. War schon seltsam, dass es an meine Adresse ging. Leider stand kein Absender drauf.«

»Den kennen wir inzwischen.« Lilly sah Gödecke an. »Es kam von unserem Chef persönlich.«

»Potzblitz!«, prustete Gödecke los. »Ich soll was getan haben?« Lilly erklärte es ihm.

»Und dieses Paket soll ich verschickt haben?« Gödecke zog die buschigen Augenbrauen zusammen.

»So steht es zumindest im Computersystem«, sagte Tommy. »Wir wissen aber inzwischen, dass sich jemand Unbefugtes darin herumgetrieben hat. Er hat sich Ihres Kontos bemächtigt, Herr Gödecke, und die Sendung an Moser und John veranlasst.«

John entging nicht, wie Lilly einen fragenden Blick in Richtung Tommy warf, den dieser mit einem unscheinbaren Kopfschütteln quittierte. Verheimlichten die beiden etwas?

»Wie gesagt, das Paket habe ich Moser ausgehändigt«, wiederholte John.

»Von der Kriminaltechnik wissen wir, dass es drüben im Ferienhaus nicht gefunden wurde«, sagte Lilly.

»Kann ich mir vorstellen«, gab John zurück. »Es liegt in Mosers Trailer auf dem Gelände der Filmcrew. Allerdings ist das Paket leer. Keine Ahnung, was darin war.«

»Die Fallakte in der Sache Torbjörn Svensen«, sagte Lilly.

»Nicht dein Ernst?« John sah sich in der Runde um. Sanna, Gödecke und Juri machten ebenfalls überraschte Gesichter. »Jemand hat die Fallakte an Moser geschickt? Aber welches Interesse sollte er daran gehabt haben? Und … ich meine, er wird sich kaum selbst ins Computersystem des Präsidiums gehackt haben. Der Mann kam ja noch nicht mal mit der Lichtanlage in seinem Garten zurecht.«

»Alles gute Fragen«, sagte Lilly. »Auf die wir noch keine Antworten haben.«

»Glaubt ihr, es gibt einen Zusammenhang zwischen Moser und dem alten Fall? Vielleicht sogar mit Mosers Mord und diesem Torbjörn Svensen?«, fragte Juri.

»Die Vermutung liegt ja wohl auf der Hand«, meinte Tommy. »Was ist denn mit Moser? Habt ihr da schon eine Fährte?«

John brachte sie in aller Kürze auf den Stand der Dinge. »Unsere heißeste Spur ist noch seine Ehefrau, Else Moser. Aber das erzählt euch am besten Sanna.« Er nickte der Staatsanwältin zu, die von ihrem Treffen berichtete.

»Seltsam ist auf jeden Fall, dass Max und Else getrennt wohnten, er hier im Ferienhaus, sie im Wohnwagen«, schloss Sanna. »Ich glaube kaum, dass es da nur darum ging, Moser kreativen

Freiraum zu verschaffen. Und dass er sich vermutlich selbst seiner Ehefrau gegenüber über seine Vergangenheit ausgeschwiegen hat ... das spricht für sich. Da sollten wir auf jeden Fall weiter nachbohren.«

»Ich habe übrigens inzwischen mal im Krankenhaus angerufen«, schob Juri ein. »Die Hauptdarstellerin, Jördis Svensen, die gestern von der Party aus eingeliefert wurde. Sie wird eventuell heute schon entlassen. Der Arzt wollte allerdings am Telefon nicht darüber reden, was ihr zugestoßen ist. Jedenfalls erhielt sie gestern Besuch von Max Moser und ihrer Mutter ...«

»Moment mal ... wie heißt diese Hauptdarstellerin? Svensen?«, unterbrach ihn Tommy. »Hat die etwas mit unserem Torbjörn Svensen zu tun?«

»Die Schwester von Torbjörn, mit der wir reden wollen, heißt Lemke Svensen«, sagte Lilly, woraufhin Juri ein breites Grinsen aufsetzte und erklärte: »Und Lemke Svensen ist wiederum die Mutter von Jördis Svensen.«

»Nun wird es interessant«, meinte Sanna. »Die Schwester des unbekannten toten Jungen, bei dem es sich eventuell um Torbjörn Svensen handelt, ist die Mutter der Hauptdarstellerin in Max Mosers neuer Serie. Und aus unbekanntem Grund gerät ausgerechnet die Fallakte in der alten Sache in seine Hände. Noch dazu landet Jördis Svensen nach der Geburtstagsfeier von Moser im Krankenhaus ...«

»Wo Moser sie auch gestern Abend besucht hat«, wiederholte Juri. »Was sich damit erklären lässt, dass er sich vermutlich um seine Hauptdarstellerin gesorgt hat. Allerdings ...« Er hob einen Finger. »War jemand anderes nicht im Krankenhaus, obwohl er es behauptet hat ... oder besser, sie. Nämlich Else Moser.«

»Ich wusste sofort, dass die Frau uns anlügt«, sagte Gödecke und verschränkte die Arme vor der Brust. »Aber warum?«

John schwirrten die Gedanken. Er massierte sich das unrasierte Kinn. »Moser fuhr gestern mit dem Taxi ins Krankenhaus. Dann wurde er am späten Abend von einer Frau nach Hause gebracht.

Die beiden stritten sich heftig. Ob es sich bei der Frau vielleicht um Lemke Svensen handelte? Wenn die beiden sich im Krankenhaus getroffen haben ... «

»Hast du sie erkannt?«, wollte Tommy wissen.

»Nein. Sie waren zu weit weg.«

»Also Spekulation, aber eine durchaus interessante.« Gödecke zwirbelte seinen Schnurrbart.

»Was ist mit dem Auto?«, fragte Lilly.

»Es war ein Volvo. Der Schneewittchensarg, ein C30. Den sieht man nicht so häufig.«

John lehnte sich zurück und betrachtete seine Krabbensuppe, die inzwischen kalt geworden war. Außer Tommy hatte niemand seinen Teller angerührt. John ließ den Blick durch die Runde schweifen. »Herr Gödecke, ich möchte nicht vorpreschen, aber so wie die Dinge stehen, scheint mir, dass wir am besten unsere Kräfte vereinen.«

Gödecke machte den Eindruck, als würde er kurz überlegen, indem er die Stirn in Falten legte, dann meinte aber auch er: »Wenn diese beiden Fälle zusammenhängen, wäre es vernünftig, wenn wir gemeinsam daran arbeiten.«

Celine räusperte sich. »Wirklich spannend, und ist ja nicht so, als würde ich euch nicht gerne zuhören. Aber kurzer Themenwechsel ... Wollen wir nicht mal in der Rehaklinik anrufen?« Ihr Blick wanderte zu der alten Standuhr. »Ben ist jetzt schon eine Stunde überfällig.«

»Du hast recht.« John stand auf, ging in die Küche und wählte auf dem Festnetz die Nummer der Rehaklinik. Er ließ sich mit der zuständigen Station verbinden und hörte zu, was man ihm dort zu sagen hatte. Dann kehrte er ins Wohnzimmer zurück.

»Und?«, wollte Celine wissen.

»Dein Großvater hat die Reha beendet«, erzählte John, der selbst nicht glauben konnte, was er da eben gehört hatte. »Auf eigenen Wunsch. Er wurde vorhin von einer deutlich jüngeren blonden Frau in einem Cabrio vor der Klinik abgeholt.«

»Vivienne?« Celine machte große Augen.

John nickte. »So wie es aussieht, hat dein Großvater das Weite gesucht.«

19   Lilly

Nach Lillys Dafürhalten schlug in Keitum nicht nur das historische Herz der Insel, sondern auch das grüne. Malerische Gärten und alte Kapitäns- und Bauernhäuser mit Reetdächern, die sich hinter den typischen Friesenwällen aus dicken Backsteinen verbargen, teilweise mit Efeu umrankt, dazwischen enge Gässchen und im Hintergrund das Wattenmeer. Üblicherweise genoss sie einen Ausflug in das kleine Nest, das einmal die Hauptstadt von Sylt gewesen war, in einer Zeit, als der Walfang auf der Insel noch als wichtigste Broterwerbsquelle gedient hatte. Doch von Freude konnte heute keine Rede sein. Innerlich kochte sie förmlich vor Ärger.

Während Tommy den Wagen an Nielsens Kaffeegarten vorbeisteuerte, dessen Terrasse am Keitumer Kliff eine fantastische Aussicht bot und wo Lilly jetzt gerne ein Stück verdammt guten selbst gebackenen Kuchen genossen hätte, wanderten ihre Gedanken zu Juri und John.

Von John hatte sie nichts anderes erwartet. Er kämpfte um sein berufliches Überleben, außerdem ging bei ihm der Job immer vor – woraus sie ihm nicht unbedingt einen Vorwurf machte, sein Kriminalistenhirn konnte einfach nicht anders, als sich in einen Fall zu verbeißen.

Bei Juri war die Sache anders gelagert. Er hatte Elternzeit. Und das, weil er sich gewünscht hatte, für die Kinder da sein zu können. Was zum Kuckuck hatte ihn also geritten, diesen paradiesischen Zustand mir nichts, dir nichts aufzugeben und sich einzuschalten? Schön und gut, dass Johns altes Kapitänshaus wieder einmal zur

Schaltstelle einer Ermittlung geworden war. Doch Juri hätte einfach die Sachen packen und mit Frouke nach Hause fahren können.

Stattdessen hatten er und John das Kind Celine aufs Auge gedrückt. Im ersten Moment hatte Lilly das einfach so hingenommen – auch, weil sie Frouke bei Celine in guten Händen wusste –, doch jetzt wurde ihr langsam bewusst, wie sauer sie auf die beiden Kerle war.

Deshalb hatte sie Juri auch zum Nachsitzen verdonnert. Zumindest den Nachmittag sollte er sich um Frouke kümmern, damit Celine ihren Schularbeiten nachgehen konnte.

Natürlich hatte Gödecke etwas pikiert geguckt, als sie seinen Ermittler an den Wickeltisch zurückbeordert hatte. Doch was der Alte dachte, war ihr gerade herzlich egal.

»Ihr könnt mich hier rauslassen«, sagte Sanna von der Rückbank aus. »Es müsste gleich um die Ecke sein.«

Tommy hielt den Wagen an, und Lilly spingste in den mit hohen Bäumen bestandenen Weg gegenüber dem Kaffeegarten. Hinter einer mit Efeuranken bewachsenen Steinmauer konnte sie ein altes Bauernhaus mit Reetdach ausmachen, daneben die niedrigeren Dächer zweier kleinerer Häuser.

Der Wendelhof, auf dem Max Moser aufgewachsen war.

Die Staatsanwältin wollte sich ein wenig umhören und sehen, ob sie vielleicht etwas über die Familie des Regisseurs in Erfahrung bringen konnte. Auch, wenn die Leute schon lange fortgezogen waren, erwies sich die Nachbarschaft allzu oft als Fundgrube.

»Wir treffen uns wieder hier an der Ecke, wenn ihr fertig seid.« Sanna stieg aus und schloss die Tür hinter sich.

Tommy fuhr weiter bis an den Ortsausgang von Keitum, wo er schließlich vor dem letzten Haus in der Reihe direkt am Kliff hielt.

Lilly stieg aus und ging zu dem weißen Holztörchen. In die Mauer daneben war eine Gegensprechanlage mit Klingelknopf und einem Namensschild eingelassen: L. Svensen.

Lilly betätigte die Klingel zwei Mal, bis die Haustüre geöffnet wurde und eine Frau in Jeans und weißer Bluse zu ihnen ans Tor kam. Sie hatte lange graue Haare, die sie zu einem Zopf geknotet trug, und mochte schätzungsweise Anfang sechzig sein.

»Lemke Svensen?«, versicherte sich Lilly.

»Ja, was kann ich für Sie tun?«

»Kripo Flensburg.« Lilly zeigte ihren Dienstausweis, Tommy tat es ihr gleich. »Wir würden uns gerne mit Ihnen unterhalten.«

Lemke Svensen machte ein überraschtes Gesicht. »Worum geht es denn?«

»Das möchten wir ungern mit Ihnen am Gartentor besprechen. Wäre es in Ordnung, wenn wir reinkommen?«

Die Frau überlegte kurz, nickte aber dann. »Natürlich.«

Sie öffnete das Tor und ließ sie ein.

Lilly folgte ihr über den schmalen Pflasterweg zum Hauseingang. Dabei konnte sie einen Blick auf das Anwesen erhaschen. Im Blumenbeet an der rechten Seite des Hauses wuchsen hohe Rosen. Auf der weitläufigen Wiese, die am Kliff endete, standen einige Apfelbäume. Am Ende des Grundstücks erstreckte sich der Blick auf das Wattenmeer.

Nicht wenige der alten Häuser in Keitum waren inzwischen reine Ferienimmobilien, die das gesamte Jahr über an eine zahlungskräftige Klientel vermietet wurden. Wer permanent hier wohnte, wie es wohl bei Lemke Svensen der Fall war, musste also erst recht finanziell entsprechend gut ausgestattet sein.

Lemke Svensen führte sie durch den engen Hausflur in die Küche, die im Landhausstil mit weißen Holzschränken ausgestattet war. Sie verzichtete darauf, ihnen eine Sitzgelegenheit oder Kaffee anzubieten, wohl als dezenter Hinweis darauf, dass sie dieses Gespräch schnell hinter sich bringen wollte.

Lilly erklärte der Frau den Grund ihres Besuchs. »Es geht um Ihren Bruder Torbjörn Svensen.«

»Torbjörn?« Lemke Svensen sah sie verständnislos an. »Torbjörn ist vor langer Zeit verschwunden ... Da war ich selbst noch ein Kind.«

»Uns liegen neue Hinweise vor.«

»Nach so langer Zeit?«

»Ja, zugegeben, das ist eher selten«, sagte Lilly. »Sie sollten sich auch nicht zu viel versprechen, aber vielleicht tut sich uns eine neue Spur auf.«

Sie holte das Bild mit der Büste des rekonstruierten Jungengesichts hervor. Ehe sie es der Frau reichte, mahnte sie: »Das hier könnte Sie schockieren. Aber uns liegt ein Hinweis vor, dass es sich hierbei vielleicht um Ihren Bruder Torbjörn handeln könnte. Es wäre also nett, wenn Sie sich das ansehen könnten.«

Lemke Svensen nahm das Foto entgegen und betrachtete es.

Ihre Hand begann zu zittern, und ihr Gesicht wurde fahl. »Das ... ist wirklich Torbjörn.« Sie ließ das Bild sinken und lehnte sich gegen die Küchentheke. »Bedeutet das ... Sie haben ihn gefunden?«

»Wenn der Junge auf dem Foto Ihr Bruder ist, dann ist er leider schon seit langer Zeit tot«, erklärte Lilly. Es machte keinen Sinn, unnötig um den heißen Brei herumzureden. »Seine Überreste wurden von Fischern aus der Nordsee geborgen ...«

»Wann war das?«

»1987.«

»Aber das verstehe ich nicht. Es wurde doch damals nach Torbjörn gesucht. Warum ist das niemandem aufgefallen? Ich meine ...«

»Ich weiß, dass das schwer nachvollziehbar ist. Aber die Leiche Ihres Bruders war in einem Zustand, der eine Identifizierung unmöglich machte, zumindest mit den damaligen Mitteln.« Sie ersparte der Frau die brutalen Details. Die abgetrennten Fingerkuppen. Die herausgerissenen Zähne. Wer auch immer den Jungen ermordet hatte, er hatte gewusst, wie man es der Polizei so schwer wie möglich machte, ihn zu identifizieren.

Lemke Svensen blickte auf, und Lilly sah Tränen in ihren Augen. »Wissen Sie, was ihm zugestoßen ist?«

Lilly schüttelte den Kopf. »Das versuchen wir herauszufinden. Sicher ist nur, dass Ihr Bruder ermordet wurde.«

»Davon gingen damals am Ende auch Ihre Kollegen aus. Glauben Sie denn, dass es eine Chance gibt, nach all den Jahren seinen Mörder noch zu finden?«

»Das wird schwierig. Unmöglich ist es aber nicht«, sagte Tommy. »Sie können uns dabei helfen. Es gibt viele Fragen.«

»Wir verstehen allerdings, wenn Sie jetzt allein sein wollen«, fügte Lilly an, die nachvollziehen konnte, wie die Frau sich fühlen musste. Auch wenn sie und ihre Eltern von einem gewaltsamen Tod des Bruders ausgegangen waren, hatte doch noch lange die Hoffnung bestanden, dass er lebte. Die plötzliche Gewissheit musste ein Schock sein.

Lemke Svensen schüttelte den Kopf. »Ist schon in Ordnung.« Sie deutete auf den Küchentisch und die Stühle. »Setzen Sie sich.«

Lilly nahm mit Tommy am Tisch Platz. »Leben Ihre Eltern noch?« Natürlich kannte sie die Antwort, doch sie wollte der Frau nicht gleich offenbaren, dass sie bereits in ihrem Privatleben recherchiert hatten.

»Nein, sie sind schon vor Jahren verstorben. Leider ... oder vielleicht auch zum Glück, so mussten sie das hier nicht mehr miterleben.«

»Erzählen Sie uns von Ihrem Bruder«, bat Lilly. Erfahrungsgemäß half es in einer solchen Situation, die Betroffenen nicht sofort mit Fragen zu möglichen Konflikten oder den Umständen des Verbrechens zu belasten, sondern sie sich an den verlorenen Menschen erinnern zu lassen. Das senkte den Stress und öffnete Türen.

Lemke Svensen ging an das Küchenregal hinter ihnen und nahm das eingerahmte Foto, das dort stand. Sie betrachtete es und stellte es dann auf den Küchentisch.

Torbjörn Svensen. Ein Kinderbild.

Lilly musste zugeben, dass Jassie Behnke ganze Arbeit geleistet hatte. Die Büste, die sie von dem Jungen angefertigt hatte, kam seinem wahren Erscheinungsbild sehr nahe. Blaue Augen, ein blonder Bubikopf, kindliche Nase, sanfte Gesichtszüge.

»Torbjörn war anders als die meisten Jungs in seinem Alter«, begann Lemke Svensen. »Zierlich, schüchtern, schwächlich. Er war als Kleinkind oft krank gewesen, irgendetwas mit seinem Immunsystem stimmte nicht. Damals stocherten die Ärzte bei so etwas noch heillos im Nebel. Sobald am anderen Ende vom Ort jemand hustete, erwischte es Torbjörn prompt. Als größere Schwester hatte ich immer den Antrieb, auf ihn aufzupassen, fast wie bei einer meiner Puppen, so zerbrechlich kam er mir manchmal vor.« Sie hielt inne und blickte zur Kaffeemaschine. »Tut mir leid, ich habe Ihnen gar nichts zu trinken angeboten ...«

Lilly wiegelte mit einer Handbewegung ab. »Danke, ist nicht nötig. Reden Sie weiter. Hatte er Freunde?«

»Wenige. Wissen Sie, er mochte keinen Sport und war nicht gerne draußen. Das machte es mit den anderen Jungs etwas schwierig. Am liebsten vergrub er die Nase in Büchern ... Er hat immer Fantasy gelesen. Irgendwann fand er zwei Gleichgesinnte, mit denen er Rollenspiele spielte, diese Pen-and-Paper-Geschichten. Von einer dieser Runden ist er dann ...« Sie brach ab, presste eine Faust gegen die Lippen und versuchte, die Tränen zu unterdrücken.

»Schon in Ordnung«, sagte Lilly nach einem Moment der Stille. »Wir brauchen das nicht jetzt zu besprechen ...«

»Von einer dieser Spielerunden kam Torbjörn nicht zurück«, schluchzte Lemke Svensen. »Er hatte sich von seinen Freunden am frühen Abend verabschiedet und wollte nach Hause gehen. Vermutlich hier am Kliff entlang. Dann verlor sich seine Spur. Bis heute wissen wir nicht, was mit ihm geschehen ist. Und ich ... verstehe nicht, wie er von hier in eine Kiste auf der Nordsee kommt ...«

»Diese Frage stellen wir uns auch«, erklärte Tommy.

»Wissen Sie noch, wer sich damals von der Polizei mit dem Fall beschäftigt hat?«, fragte Lilly. Ohne die alte Fallakte war es schwierig, in einer so lange zurückliegenden Sache herauszufinden, welche Kollegen damals zuständig gewesen waren – die meisten genossen bereits ihren Ruhestand, wenn sie denn noch lebten.

»Das weiß ich nicht.« Lemke Svensen hob die Schultern. »Ich war zu der Zeit fünfzehn ...«

»Wie alt war Ihr Bruder, als er verschwand?«, hakte Tommy ein.

»Zwölf.«

Er wechselte einen kurzen Blick mit Lilly. Die Altersangabe passte zu den Überresten des Jungen. Ein weiterer Hinweis, dass es sich wohl wirklich um Torbjörn Svensen handelte.

»Jedenfalls versuchten meine Eltern, mich von allem fernzuhalten«, erinnerte sich Lemke Svensen. »Ich weiß noch, dass ich zwei oder drei Mal mit jemandem von der Kripo sprach. Seinen Namen habe ich vergessen. Aber hier von der Inselpolizei … da kümmerte sich Simon Petersen um das Ganze. Er war oft bei uns zu Hause und hat mit meinen Eltern gesprochen. Auch noch, als die Kripo den Fall bereits zu den Akten gelegt hatte.«

Lilly nickte Tommy zu, der daraufhin sein Notizbuch zückte und den Namen notierte. »Simon Petersen?«

»Ja.«

»Wissen Sie, ob er noch auf der Insel lebt?«

»Nein, keine Ahnung.«

»Da wäre noch etwas anderes«, wechselte Lilly das Thema. »Ist es richtig, dass Sie die Mutter von Jördis Svensen sind?«

»Ja. Wie kommen Sie jetzt darauf?«

»Ihre Tochter ist Schauspielerin und aktuell für Dreharbeiten auf der Insel, richtig?«

»Ja, aber ich …«

»Der Regisseur, mit dem Ihre Tochter zusammenarbeitet, Max Moser«, Lilly machte eine kurze Pause. Die arme Frau musste heute wirklich einige Schreckensnachrichten ertragen. »Herr Moser wurde ermordet.«

Lemke Svensen zuckte zurück. Es dauerte einen Moment, bis sie die Sprache wiederfand: »Bitte, was?«

»Herr Moser wurde heute Morgen tot in seinem Ferienhaus aufgefunden«, erklärte Lilly. »Wir wissen, dass Ihre Tochter gestern seine Geburtstagsfeier besuchte und von dort aus ins Krankenhaus eingeliefert wurde. Wir werden uns mit ihr unterhalten müssen.«

Lemke Svensen schüttelte den Kopf. »Das verstehe ich alles nicht. Erst Torbjörn, nun der Tod von Max Moser ... und was hat das mit Jördis zu tun?«

Tommy hob beschwichtigend die Hände. »Wir müssen nur routinemäßig mit Ihrer Tochter reden, da sie mit dem Mann zusammengearbeitet hat. Keine Sorge. Wie geht es Ihrer Tochter denn eigentlich?«

»Besser. Sie wird wohl bald entlassen.«

»Was ist ihr denn zugestoßen?«, fragte Lilly.

Lemke Svensen sah zu Boden. »Darf ich davon ausgehen, dass das unter uns bleibt? Ich meine, die Medien ...«

Lilly verstand die Sorge der Frau. »Keine Sorge, uns ist auch nicht daran gelegen, dass interne Informationen an die Öffentlichkeit dringen.«

Lemke Svensen schien noch einen Moment zu überlegen, ob sie ihnen wirklich die Wahrheit anvertrauen sollte. Dann meinte sie mit einem Seufzen: »Der Alkohol. Es war wohl etwas viel ... In Filmkreisen, na ja, Sie wissen schon, da gehört es fast schon zum guten Ton.«

»Herr Moser besuchte Ihre Tochter gestern Abend im Krankenhaus. Haben Sie ihn dort vielleicht getroffen?«

Wieder überlegte Lemke Svensen. »Herr Moser ... war im Krankenhaus, ja.«

»Sprachen Sie mit ihm?«

»Ein paar Worte.«

»Worüber?«

»Über Jördis' Zustand. Er war besorgt. Und dann über die Dreharbeiten ... belangloses Zeug.«

»Haben Sie ihn vom Krankenhaus nach Hause gebracht?«

Lemke Svensen schüttelte den Kopf, vielleicht ein wenig zu rasch.

»Da sind Sie sich sicher?« Lilly beugte sich vor und sah der Frau in die Augen. »Es gibt Zeugen, die gestern Abend einen Streit zwischen Herrn Moser und einer Frau beobachtet haben. Die

Dame fuhr einen ziemlich auffälligen Volvo C30. Welches Auto finden wir in Ihrer Garage, wenn wir jetzt dort nachsehen, Frau Svensen?«

Lemke Svensen wich ihrem Blick aus und blickte zum Fenster hinaus. »Ich ... ja, ich habe Herrn Moser heimgebracht.«

»Und warum sagen Sie uns das nicht gleich?«, fragte Tommy.

»Ich bin ... verwirrt. Tut mir leid.«

»Es ist wichtig, dass wir einander vertrauen können«, sagte Lilly. »Wenn Sie möchten, dass wir den Tod Ihres Bruders aufklären, müssen Sie offen und ehrlich zu uns sein. Haben wir uns da verstanden?«

Die Frau nickte.

»Warum haben Sie mit Moser gestritten?«

»Weil ... Es war einfach nicht zu fassen. Moser wollte die Ärzte und Schwestern dazu bringen, Jördis mit allen Mitteln wieder auf die Beine zu bekommen. So schnell wie möglich. Meiner Tochter hat er Druck gemacht, dass sie wieder ans Set kommen muss, damit der Dreh weitergeht. Das war seine einzige Sorge – die Dreharbeiten, das Budget. Wie es Jördis geht, interessierte ihn nicht im Geringsten.« Lemke Svensen bekam vor Wut rote Wangen. »Dieser Kerl hat mich zur Weißglut gebracht.«

20 John

Vom Parkplatz am südlichen Ortsrand von Hörnum, wo auch die Transporter des Filmteams standen, ging es den Greth-Skrabbel-Wai steil bergauf zum Anfang des Dünenpfads. Kriminalrat Gödecke begann bereits nach wenigen Schritten zu schnaufen, winkte John aber zu, dass er nicht auf ihn warten solle, was dieser natürlich trotzdem tat. Bei John angekommen, ließ Gödecke sich auf einer Bank nieder, um zu verschnaufen.

Auf dem Hügel gegenüber thronte der rot-weiß gestreifte Leuchtturm von Hörnum, umringt von niedrigen Häusern, die sich dicht an ihn drängten wie neugierige Zuhörer um jemanden, der etwas Wichtiges zu verkünden hatte. Dahinter lagen in der Ferne die Nachbarinseln Amrum und Föhr. Rosenhecken, in denen hier und da windschiefe Zaunpfähle steckten, säumten die schmale Straße hinunter in den Ort. Zur Meerseite hin erstreckte sich eine wellige Heidelandschaft, durch die sich ein Dünenweg zu den Häusern der Kersig-Siedlung schlängelte. Die niedrigen Reetdachhäuser erinnerten John immer wieder an die Hütten der Hobbits, die sich in Tolkiens »Herr der Ringe« in die Hügel des Auenlands schmiegten. Es roch nach Rosen und der rauen Nordsee. Der Wind wehte John frisch ins Gesicht.

Was zum Teufel war nur wieder in Ben gefahren?, ging es ihm durch den Kopf. Dass sein Vater die Reha äußerst widerwillig absolvierte, hatte dieser in den vergangenen Wochen nur allzu deutlich verkündet, und dass sein Arzt die Maßnahme um einen Monat verlängert hatte, machte es nicht besser.

War Ben deshalb mit Vivienne über alle Berge? Gut möglich. Das Reisen war der liebste Zeitvertreib der beiden. Und da Ben bei Vivienne in ihrer Wohnung in Flensburg lebte, stand dort sicherlich ein gepackter Koffer für ihn bereit.

John konnte seinen alten Herrn in gewisser Hinsicht verstehen. Er selbst ließ sich bei seinem Hausarzt allenfalls zu Routineuntersuchungen blicken, und das auch nur, wenn ihn rund um den Termin etwas zwickte. Warum also mehr Zeit in einem Rehazentrum verbringen als unbedingt notwendig. Hätte er ähnliche Absichten wie Ben gehegt, hätte er auch niemandem etwas davon erzählt, um sich Diskussionen zu ersparen.

Gödecke erhob sich wieder von der Bank und gab ein Zeichen, dass es weitergehen konnte.

Ihr Ziel war schon von Weitem zu erkennen. Eines der Häuser in den Dünen war von Filmleuten umzingelt. John konnte Außenleuchten und Kabelstränge erkennen und fragte sich unwillkürlich, wie es die Crew geschafft hatte, das ganze Equipment dorthin zu bugsieren.

Sie folgten dem Weg durch die Dünen, bis sie das Reetdachhaus erreicht hatten. Es stand etwas erhöht, sodass man von hier aus die heranrauschenden Wellen der Nordsee sehen konnte.

Das Filmteam schien gerade eine Pause zu machen. Techniker standen mit Kaffeebechern und Hot Dogs vor dem Haus. John sah Loki Mossby, die Produktionsleiterin, in ein Gespräch mit Greg McQueen vertieft, der wieder seinen Tweedanzug trug, was John unweigerlich zu der Frage führte, ob der Mann das Teil überhaupt einmal ablegte oder einfach mehrere solcher Anzüge besaß. Er ging mit Gödecke zu den beiden hinüber.

»Ich fürchte, wir müssen Sie noch einmal stören«, sagte John.

»Ihr Glück, Herr Kommissar«, erwiderte Mossby und biss in ein Plunderteilchen. »Ist gerade Pause.«

McQueen hob seinen Kaffeebecher in die Höhe. »Wollen Sie auch einen?«

»Danke, nein.«

»Haben Sie schon eine Idee, was geschehen sein könnte?«

»Wir stehen noch ganz am Anfang«, sagte John. »Apropos, wann haben Sie eigentlich mit den Dreharbeiten hier auf der Insel begonnen?«

»Vor etwa vier Wochen«, antwortete Loki Mossby.

»Und wie lange sollen sie insgesamt dauern?«

»Nach dem ursprünglichen Plan wollten wir Ende dieser Woche fertig sein. Doch ich fürchte, daraus wird nichts ...«

Sie warf Greg McQueen einen auffordernden Blick zu, woraufhin der Regisseur anfügte: »Durch Max' Änderungen am Drehbuch hat sich der gesamte Zeitplan nach hinten verschoben.«

»Ich schätze, das setzt Sie alle unter Druck«, meinte John, »auch finanziell.«

»Kann man so sagen.« McQueen trank einen Schluck Kaffee. »Die Produktionsfirma ist über so etwas nie begeistert.«

»Wie kommt es dann, dass Moser sich diese Freiheit nahm?«

Die Produktionsleiterin und der Regisseur tauschten einen kurzen Blick.

Mossby antwortete: »Änderungen am Drehbuch sind keine Seltenheit. So etwas kommt vor, auch wenn man es natürlich zu vermeiden versucht.«

»Ich kenne mich in Ihrem Metier nicht aus«, sagte John und fragte, an McQueen gerichtet: »Aber wenn ich es recht verstehe, war Max Moser der Regisseur, und Sie verantworteten das Drehbuch, korrekt?«

»Ja«, antwortete McQueen. »Die Grundidee und der erste Entwurf stammen von mir. Max als Regisseur hatte aber natürlich ebenfalls Einfluss. Zumal er ja noch weitere Staffeln der Serie machen sollte.«

»Das heißt, Sie ließen ihm bei den Änderungen freie Hand?«

»So ist es.« McQueen presste die Lippen aufeinander, und seine Miene konnte nicht verbergen, dass er dies möglicherweise eher widerwillig getan hatte.

»Herr Moser nahm also umfangreiche Änderungen am Drehbuch vor, obwohl Sie das zeitlich und finanziell schwer in die Bredouille brachte?«, fragte John weiter.

»Wir sind nicht in einer Schraubenfabrik«, rechtfertigte sich der Regisseur. »Filmemachen ist Kunst, da läuft es nie nach Plan.«

»Seit wann war Herr Moser eigentlich auf der Insel? Ab Beginn der Dreharbeiten?« John erinnerte sich nicht genau, wann er Moser zum ersten Mal im Ferienhaus nebenan bemerkt hatte.

»Nein, er kam schon früher nach Sylt«, antwortete Loki Mossby. »Das war seine Art der Vorbereitung. Er schaute sich immer die Schauplätze zu unterschiedlichen Tageszeiten an, um die perfekte Lichtstimmung einzufangen. Mit den Hauptdarstellern machte er einige Vorabaufnahmen ... und so weiter. Er war Perfektionist und kümmerte sich schon vor den eigentlichen Aufnahmen um jedes Detail.«

»Das bedeutet konkret?«

»Puh ...« Mossby blies die Backen auf. »Max müsste vor etwa zwei Monaten hier auf die Insel gekommen sein.«

»Und wann begann er, das Drehbuch umzuschreiben?«

»Vor etwa zwei Wochen«, sagte Mossby.

»Wie muss ich mir das eigentlich vorstellen? Bis dahin hatten Sie doch sicherlich schon allerhand Szenen gedreht. Landen die dann einfach im Mülleimer?«

Greg McQueen lachte. »Tja, das ist leider tatsächlich so. Manches kann man später im Schnitt noch retten. Aber bei den Änderungen, die Max vornahm ... Wir mussten tatsächlich vieles komplett neu drehen. Und jetzt ... Tja, wir wissen nicht, welche Vision Max für das Ende hatte. Wir müssen also improvisieren.«

Neben ihnen räusperte sich jemand. Klaus Krieger stand im Türrahmen und hielt eine Seite mit Dialogzeilen hoch. Er trug Jeans, Karohemd und eine Strickjacke. »Ich wäre dann so weit. Oder wollt ihr den ganzen Tag hier rumstehen und Maulaffen feilhalten?«

»Bist du denn mit dem neuen Text zufrieden?«, fragte McQueen.

Krieger setzte ein schiefes Lächeln auf. »Max hätte das nicht so geschrieben. Aber was soll's. Hab schon Schlimmeres von dir gelesen.«

»Dann wollen wir mal«, meinte Loki Mossby und begann, die Crew wieder auf Trab zu bringen.

»Sie können gerne zusehen«, lud Greg McQueen John und Gödecke ein.

John folgte den beiden ins Haus, Gödecke kam ihnen nach, weiterhin ohne einen Ton von sich zu geben. Vielleicht, weil er sich noch immer von der kurzen Wanderung erholen musste. Er schnaufte jedenfalls wie eine Dampflok, und bislang hatte er entgegen seiner Gewohnheit auch darauf verzichtet, sich eine Zigarre anzuzünden.

McQueen führte sie ins Wohnzimmer. Mossby erklärte John, dass das Haus, wie bei Filmdrehs üblich, angemietet worden sei. Die Möbel des eigentlichen Besitzers waren alle beiseitegeräumt und mit Stofftüchern abgedeckt worden. Lediglich ein einzelner Holzschreibtisch stand vor einem der Fenster, die den Blick auf die Heidelandschaft und das Meer in der Ferne freigaben. Um ihn herum waren Kameras und Strahler positioniert.

Klaus Krieger setzte sich an den Tisch, ging noch einmal den Dialog durch und reichte die Seiten dann Loki Mossby, die die Papiere an sich nahm. Eine Visagistin tupfte mit einem Pinsel über sein Gesicht. McQueen wartete in seinem Regiestuhl, bis alle auf ihren Positionen waren.

Loki Mossby stellte sich zu John. »Klaus spielt einen Buchautor, der eigenmächtig in einem alten Fall ermittelt.«

Sie blickte sich noch einmal um, ob alle bereit waren, dann gab sie Greg McQueen ein Zeichen, woraufhin dieser rief: »Ruhe! Und ... Action!«

Krieger begann auf dem Laptop zu tippen, der vor ihm auf dem Schreibtisch stand. Dann hielt er inne und ließ den Blick gedankenversunken aus dem Fenster schweifen. So verharrte er einen langen Moment, bis er schließlich nach dem Smartphone neben dem Laptop griff. Er wählte eine Nummer und sagte: »Horst Ziegler? Sie haben damals im Fall Ren Tornby ermittelt, ist das korrekt?« Er hörte zu, was sein Gegenüber zu sagen hatte. Dann: »Sind Sie immer noch an der Wahrheit interessiert? Dann treffen wir uns …«

Weiter kam er nicht.

Einem der Crewmitglieder entfuhr ein lautes Niesen, das Loki Mossby zusammenzucken ließ.

Klaus Krieger drehte schweigend den Kopf und blickte in Richtung der Kameraleute und Tontechniker.

»Cut!«, rief Greg McQueen entnervt.

Kriegers Gesichtsfarbe hatte sich inzwischen von gesundem Rosa in Dunkelrot verwandelt.

»Ich glaub's nicht. Das war perfekt! Aber ihr Idioten müsst es vermasseln!«

Krieger sprang auf, schmetterte den Laptop zu Boden und rannte wutentbrannt ins Freie.

»Ein fürchterlicher Mensch«, kommentierte Gödecke.

»Wie schafft man es, mit so jemandem zusammenzuarbeiten?«, wandte sich John an Loki Mossby.

»Er ist einer der talentiertesten Schauspieler, die ich kenne«, antwortete die Produktionsleiterin. »Genie und Wahnsinn liegen eben oft eng beisammen.«

Greg McQueen verließ den Regiestuhl und eilte seinem wütenden Star hinterher.

»Es hat schon einen Grund, weshalb Max Moser als einer der wenigen Regisseure galt, die ihn im Zaum halten konnten«, sagte Mossby. »Manch anderer musste den Dreh mit ihm komplett abbrechen … wobei wir erst neulich auch kurz davor standen.«

»Wie meinen Sie das?«

»Klaus hatte wieder einen seiner cholerischen Anfälle«, erzählte Mossby. »Max versuchte, ihn runterzukochen, aber es gelang ihm nicht. Die beiden schrien sich minutenlang an.«

Sie wurden von Gödecke unterbrochen, der ungehalten reagierte, als er einen Mann mit einer Handkamera in ihrer Nähe entdeckte, der ihre Unterhaltung zu filmen schien. »Sie da!«, sagte er im Befehlston. »Das unterlassen Sie bitte umgehend.«

John warf Mossby einen fragenden Blick zu.

»Wir machen parallel zu den Dreharbeiten ein Making-of. Später für die Blu-ray und für Social Media. Ich werde den Kollegen bitten, unser Gespräch zu löschen.«

Sie wollte schon zu dem Mann mit der Kamera hinübergehen, als John sie aufhielt. Er erinnerte sich, ihn auch auf der Geburtstagsparty von Moser gesehen zu haben. »Moment. Bedeutet das, diese Kamera läuft immer mit?«

»Mehr oder weniger.«

»Kann es sein, dass auch auf Mosers Geburtstagsfeier für das Making-of gefilmt wurde?«

»Ja, bestimmt.«

»Diese Aufnahmen würde ich mir gerne ansehen. Ist das machbar?«

»Sicher.«

»Und ... der Streit zwischen Moser und Krieger, von dem Sie gerade sprachen. Wurde der vielleicht auch festgehalten?«

»Möglich. Das lässt sich schnell herausfinden.« Loki Mossby sah sich nach dem verlassenen Schreibtisch und dem zertrümmerten Laptop um. »Hier geht es so schnell ohnehin nicht weiter. Kommen Sie.«

Eine Viertelstunde später saßen sie mit Loki Mossby und dem Kameramann in einem Technikwagen auf dem Parkplatz am Greth-Skrabbel-Wai. Es handelte sich um einen umgebauten Sprinter, der mit Technik vollgestopft war. Unzählige Monitore, Schaltpulte und Computer.

Der Mann hatte gerade die Aufnahme der Geburtstagsfeier auf einen USB-Stick gezogen. Er murmelte ein Dateiformat, das John nichts sagte, als er ihn überreichte und meinte: »Können Sie auf jedem Laptop abspielen.«

Es handelte sich um eine längere Aufnahme, die John sich in Ruhe ansehen wollte.

Dann widmete sich der Mann wieder dem Schaltpult und suchte nach der nächsten Aufnahme, die John interessierte. »Wann soll das gewesen sein?«, fragte er Loki Mossby.

»Etwa vor einer Woche«, antwortete die Regisseurin.

Nach einigem Suchen wurde der Mann schließlich fündig. »Hier.«

Er ließ den Film ablaufen, der offenbar im Trailerpark der Filmcrew in Tinnum aufgenommen worden war.

Die Kamera zeigte zunächst Crewmitglieder, die vor dem Cateringwagen von Sünje Petersen an den Tischen saßen und aßen. Dann schwenkte das Bild hinüber zu den Wohnwagen.

John erkannte den kleinen Trailer, den Moser und McQueen sich für Arbeiten am Drehbuch teilten.

Zwei Männer standen davor und stritten.

Die Kamera war zu weit entfernt, als dass man etwas verstehen konnte. Doch mit wackeligem Bild näherte sich der Kameramann den beiden, bis man schließlich hörte, was sie sagten.

Max Moser stand mit einem Packen Papier unter dem Arm einem fuchsteufelswilden Klaus Krieger gegenüber, der rief: »Du hast sie doch nicht mehr alle!«

»Das werden wir sehen«, entgegnete Moser mit ruhiger Stimme. »Ich denke, es ist an der Zeit.«

Krieger fasste sich in die grauen Haare. »Aber warum? Ist dir nicht klar, dass du mit dem Feuer spielst?«

Moser trat einen Schritt an Krieger heran, offenbar nicht im Geringsten von dessen Vorstellung beeindruckt. »Hältst du mich eigentlich für blöde, Klaus?«

»Allerdings!« Krieger stemmte die Hände in die Hüften. »So ein dummes Arschloch wie dich gibt es nur einmal auf diesem Planeten! Das wirst du nicht tun.«

Nun geriet auch Moser in Rage. »Du sagst mir nicht, was ich zu tun und zu lassen habe!«

»Wenn du das tust …«

»Was dann?« Moser warf die Papiere auf den Boden und reckte das Kinn. »Weißt du was? Ich habe von dir und deinen Faxen die Nase voll. Was willst du denn machen?«

»Wenn du das tust …« Krieger sprach nun plötzlich ganz bedacht. »Dann wirst du es bereuen.«

»Ach ja?« Moser setzte ein Lächeln auf. »Wir werden sehen.«

21 Sanna

Natürlich musste sie auf ein wenig Glück hoffen. Es war die sprichwörtliche Suche nach der Nadel im Heuhaufen. Die Chancen, dass sie hier auf dem Wendelhof oder in der Nachbarschaft noch auf Menschen treffen würde, die Max Moser oder vielmehr Maximilian Martein de Haan oder seine Familie gekannt hatten, konnte man nur als sehr gering bezeichnen. Dennoch war es einen Versuch wert.

Sanna ging an der schulterhohen Mauer entlang, die den Wendelhof umgab. Efeu wucherte an den Backsteinen, hier und da blühte ein Rosenstrauch. Das Wetter schien sich zu verschlechtern, von Westen her trieb der Wind graue Wolken heran. Ein Urlauberpaar, das ihr entgegenkam, blickte sorgenvoll zum Himmel hinauf und beschleunigte seine Schritte. Ein Radfahrer war am Wegesrand bereits damit beschäftigt, seine Regenkleidung anzulegen.

Sanna blieb vor dem schmiedeeisernen Tor des Wendelhofs stehen und blickte zwischen den Gitterstäben hindurch. Die gepflasterte Auffahrt führte zu einem alten, lang gestreckten Bauernhaus, dessen Reetdach dem Zustand nach zu urteilen erst vor Kurzem erneuert worden war. Es thronte wie eine übergroße Haube auf dem gedrungenen Erdgeschoss. An zwei Stellen hatte man nachträglich das Dach um Balkone erweitert.

Auf der rechten Seite des Anwesens stand ein deutlich kleineres Haus, in dem in früheren Zeiten vielleicht einmal Bedienstete gelebt hatten. Dazu gehörte ein Schuppen; Sanna hatte sein halb verfallenes Dach über die Mauer ragen sehen. Wenn man denn wirklich von einem Schuppen reden konnte – er hatte fast die Größe des alten Fischerhauses, in dem Jaane und sie in Munkmarsch lebten.

Das Anwesen schien verlassen. Keine Menschen, keine Autos, die Vorhänge vor den Fenstern zugezogen, und auch der Briefkasten musste ein paar Tage nicht geleert worden sein. Aus dem Schlitz lugte ein Packen Briefe und Werbeprospekte.

Sanna wandte sich um. Gegenüber dem Wendelhof gab es zwei deutlich bescheidenere Häuser, von denen jedes aber wohl auch schon mehrere Millionen Euro wert sein musste.

Sie versuchte ihr Glück. Das linke Haus war an eine Urlauberfamilie vermietet, die gerade dabei war, die Einkäufe aus dem Kofferraum ihres Autos zu laden. Die Kinder tollten den Eltern zwischen den Beinen herum. Hier würde sie kaum fragen müssen.

Stattdessen klingelte sie bei dem rechten der beiden Häuser. Eine ältere Dame öffnete.

»Tut mir leid«, antwortete sie auf Sannas Frage hin, ob sie die Familie de Haan gekannt habe. »Ich wohne seit meiner Pensionierung hier. Ist jetzt schon eine ganze Weile. Damals lebte nur noch Frau de Haan. Ihr Mann Thys war vor einigen Jahren verstorben. Und, nun ja, wie das im Alter mit Ehepaaren so oft ist … Geht der eine, folgt ihm der andere rasch nach.«

»Hat Frau de Haan mit Ihnen vielleicht einmal über ihren Sohn gesprochen?«

»Maximilian? Selten. Das Thema schnitt man am besten gar nicht an. Er hatte sich offenbar vor langer Zeit mit den Eltern überworfen …« Der Blick der alten Dame wanderte über Sannas Schulter zum Wendelhof hinüber. »Aber vielleicht fragen Sie ihn mal.«

Sanna wandte sich um und sah einen Minilaster vor dem Tor des gegenüberliegenden Anwesens halten. Der Motor knatterte wie der eines Mofas. Auf der Ladefläche des Gefährts stand ein Sitzrasenmäher.

In der Fahrerkabine saß gedrungen ein Mann mit Strohhut und grüner Latzhose. Er stieg aus und öffnete das Tor.

»Harm Kruse«, erklärte die alte Dame. »Er war schon zu Leb-zeiten der de Haans Gärtner auf dem Hof.«

Sanna bedankte sich bei ihr und ging hinüber.

Harm Kruse hatte wieder seinen Minilaster bestiegen und tuckerte damit auf den Vorplatz des Wendelhofs. Als er den Motor abstellte und ausstieg, hatte Sanna ihn eingeholt. »Harm Kruse?«

»Tut mir leid«, sagte Kruse, »aber das Betreten …«

Sanna hatte bereits ihren Dienstausweis gezückt. »Staatsan-waltschaft Flensburg.«

Der Mann kniff die Augen zusammen. Er trug eine runde Stahl-gestellbrille, und ein grauer Bart wucherte in seinem Gesicht, das vom Wetter gezeichnet und braun gebrannt war. Ein wenig erin-nerte er Sanna an Peter Lustig. »Ich verstehe nicht …«

Das sollst du auch nicht, dachte Sanna. Überraschte Menschen erzählten oft mehr, als sie eigentlich wollten. »Sie kannten die Fa-milie de Haan?«

»Allerdings.« Kruse nickte. »Thys de Haan, Gott hab ihn selig, hat mich damals noch persönlich eingestellt.«

»Dann arbeiten Sie schon ziemlich lange hier auf dem Wendel-hof, was?«

»Kann man so sagen. Bestimmt seit … oh …« Kruse kratzte sich an der Schläfe. »Über vierzig Jahre auf jeden Fall.«

»Waren Sie hier, als Maximilian de Haan noch auf dem Hof lebte?«

Kruse legte die Stirn in Falten und musterte Sanna argwöh-nisch. Seine anfängliche Überraschung schien überwunden. »Maxi. Ja, den habe ich noch als kleinen Buben kennengelernt. Jetzt ver-stehe ich, warum Sie hier sind … Was mit ihm geschehen ist … Ich habe vorhin im Internet davon gelesen. Furchtbar. Ich weiß noch, wie er hier rumgetollt ist.«

Harm Kruse sah sich auf dem Anwesen um und schien in alten Erinnerungen zu schwelgen. Deshalb wollte Sanna ihn auch nicht in seinem Redefluss bremsen.

»Hier in der Auffahrt hat er Radfahren gelernt. Und ich weiß noch«, er lachte und deutete auf den Geräteschuppen, »wie er sich einmal dort drüben versteckt hat, weil er Ärger mit den Eltern hatte. Wir haben ihn gesucht und wollten schon die Polizei benachrichtigen, da hab ich ihn in der Ecke neben der Werkbank entdeckt. Wie lange das schon her ist. Und nun ... ist hier kein Leben mehr.«

»Wem gehört das Anwesen denn jetzt?«

»Ein Münchner Ehepaar hat den Wendelhof nach dem Tod von Frau de Haan gekauft. Anwälte. Die lassen sich aber nur ein oder zwei Mal im Jahr hier blicken. Ansonsten steht das Haus leer. Eine verdammte Schande.«

»Sie halten alles in Schuss?«

»Ja, ich durfte bleiben. Die neuen Besitzer zahlen ganz ordentlich. Ich meine, Geld müssen sie haben. Das hier nicht zu vermieten, muss man sich auch erst mal leisten können.«

»Maximilian de Haan hatte also nie eigenes Interesse an dem Anwesen?«

»Oh, nein. Er hatte das Erbe schon längst ausgeschlagen. Sie müssen wissen, dass es zwischen ihm und seinen Eltern nicht zum Besten stand, also ... Die de Haans waren sehr gläubige Menschen. Lydia de Haan vermachte den Wendelhof der katholischen Kirche, und die verkaufte ihn. Dem Erlös hat die Gemeinde das neue Gemeindezentrum zu verdanken.«

»Wissen Sie, weshalb die Eltern Maximilian in die Schweiz schickten?«

Harm Kruse setzte ein bedauerndes Lächeln auf. »Ich war immer nur der Gärtner. Für so etwas habe ich mich nicht interessiert ...«

»Trotzdem schnappt man doch das eine oder andere auf.«

»Wirklich, ich weiß es nicht.«

»Aber es hat dazu geführt, dass Maximilian sich irgendwann vollends von seiner Familie lossagte und sogar das Erbe ausschlug. Sagen Sie, war Maximilian ein Einzelkind?«

»Bei seiner Geburt gab es Komplikationen. Die arme Lys de

Haan konnte danach keine Kinder mehr bekommen, dabei hatte sie sich das immer so gewünscht.«

Sanna deutete mit einem Nicken auf das Haupthaus. »Da hätte er also ein ganz schönes Vermögen geerbt. Er muss einen guten Grund gehabt haben, darauf zu verzichten.«

»Den gab es sicherlich.« Harm Kruse wandte sich ab und ging zur Ladefläche, von der er einen Besen nahm. Wohl als Zeichen, dass er mit seiner Arbeit beginnen wollte.

»Herr Kruse, woher wissen Sie von Maximilians Tod?«

»Ich sagte doch gerade, aus dem Internet.«

»Dort haben Sie vermutlich vom Tod des Starregisseurs Max Moser gelesen. Woher wissen Sie, dass es sich bei ihm um Maximilian Martein de Haan handelte?«

»Das ... also ...« Kruse fasste den Besen mit beiden Händen, als suche er nach Halt. »Frau de Haan hat ihren Jungen trotz allem sehr geliebt und verfolgte seinen Werdegang in den Zeitungen. Sie hat mir erzählt, dass er unter diesem Namen arbeitete.«

»Eben meinten Sie doch noch, Sie hätten sich für die privaten Belange der Familie nicht interessiert.«

»Habe ich auch nicht. Frau de Haan hat es mir einfach gesagt, und manches habe ich auch selbst gelesen. Ich meine, ein Mann wie Max Moser stand im Scheinwerferlicht, da bleibt das ja nicht aus.«

»Meinen Sie?« Sanna machte eine Pause und kniff die Augen zusammen. »Glaube ich kaum. Max Moser hielt sich aus den Medien fern. Es gibt bis heute nur sehr wenig über ihn zu lesen. Und dieses Wenige ist auch nur sehr oberflächlich. Schon gar nicht hat er von seiner Vergangenheit und seiner Herkunft erzählt. Also. Woher wissen Sie, dass er es war?«

»Nun, wie soll ich sagen ...« Harm Kruse fuhr sich mit einer Hand durch den Bart. »Er war hier.«

»Max Moser war hier auf dem Wendelhof? Wann?«

»Vor einer Woche.«

»Und warum sagen Sie das nicht gleich?«

»Er bat mich, niemandem etwas davon zu erzählen.«

»Warum?«

»Hat er nicht gesagt.«

»Was wollte er hier?«

»Ich habe ihn zuerst gar nicht erkannt.« Kruse deutete auf das schmiedeeiserne Tor. »Er stand dort drüben am Eingang und sah herüber. Ich war gerade dabei, im Vorgarten das Unkraut zu jäten. Ich bin zu ihm rüber. Und dann … Dann sah ich, dass es Max war. Er wollte sich noch einmal sein Elternhaus ansehen.«

»Hat er gesagt, weshalb ihn diese plötzliche Sehnsucht überkam?«

»Nein.«

»Aber Sie redeten mit ihm.«

»Ein paar Worte. Er erzählte von den Filmaufnahmen, die ihn auf die Insel trieben. Ansonsten gab er sich ziemlich zugeknöpft, wollte allein sein. Also ließ ich ihn rein, und er sah sich eine Weile im Haus um. Dann ist er wieder weg.« Kruse kniff die Mundwinkel zusammen.

»Wie erreiche ich Sie, falls ich noch Fragen habe?«

»Ich bin jeden Tag hier. Es gibt immer etwas zu tun.«

»Vielleicht eine Telefonnummer?«

»Habe ich nicht. Ich bessere mir hier die Rente auf. Und selbst damit muss ich mir einen schmalen Fuß machen.«

»Wo wohnen Sie?«

»Auf dem Campingplatz unten am Rantumbecken.«

Sanna kannte den Ort von einem zurückliegenden Fall. Auf dem Campingplatz wohnten einige einheimische Dauercamper, die sich das Leben auf der Insel ansonsten nicht mehr leisten konnten.

»Auf Wiedersehen, Frau Staatsanwältin«, sagte Kruse und wandte sich ab.

»Sagt Ihnen der Name Torbjörn Svensen etwas?«, fragte Sanna unvermittelt. Wenn der Mann damals hier gearbeitet hatte, hatte er vielleicht etwas mitbekommen.

»Torbjörn.« Kruse blieb zunächst über den Besen gebeugt stehen, dann drehte er sich langsam um. Sorgenfalten furchten seine Stirn.

»Der Junge ist 1986 hier auf Sylt verschwunden«, half Sanna seiner Erinnerung auf die Sprünge.

»Könnte sein, dass ich davon gehört habe.«

»Mit Sicherheit. Die Polizei suchte nach ihm.«

»Der verschwundene Junge. Ja … das war eine wirklich schlimme Geschichte. Ich glaube, er ist nie wieder aufgetaucht.«

»Doch, das ist er. In Einzelteile zerlegt in einer Kiste in der Nordsee.«

Harm Kruses Unterkiefer klappte herunter, ein untrügliches Zeichen, dass er davon gerade wirklich zum ersten Mal hörte. »Und … was bedeutet das?«

»Man konnte seine Leiche bis vor Kurzem nicht identifizieren«, erklärte Sanna. »Aber Kollegen von der Kripo ist es gelungen. Sie ermitteln jetzt wieder in dem alten Fall. Also … einen schönen Tag wünsche ich Ihnen noch.«

Mit den ersten Regentropfen, die prasselnd in den Bäumen und Hecken landeten, wandte Sanna sich ab und ließ einen Harm Kruse zurück, dessen Gesicht so aschfahl geworden war, als hätte er gerade ein Gespenst gesehen.

22   John

Der einsetzende Regen hatte das Filmteam aus der Pause gerissen und für allgemeine Geschäftigkeit, wenn nicht gar leichte Panik gesorgt. Kameras und Scheinwerfer, die wohl für spätere Außenaufnahmen vor dem Haus in Position gebracht worden waren, wurden hektisch mit Planen und Plastikfolien verhängt oder schnell hineingetragen. Sünje Petersen, die mit ihrem Catering für das leibliche Wohl der Filmleute sorgte, räumte ihren Verpflegungsstand gerade unter die überdachte Veranda. Dann kehrte allmählich wieder Ruhe ein, die Leute verteilten sich im Haus und warteten auf der Veranda den Schauer ab.

Dass es mit den Aufnahmen nicht weiterging, lag nach wie vor an einem einzigen Menschen: Klaus Krieger. Der cholerische Hauptdarsteller war nach der verpatzten Szene wutentbrannt in die Dünen davongestapft, gefolgt von Greg McQueen. John sah die beiden Männer in einiger Entfernung im strömenden Regen den Dünenpfad hinunterkommen. Sie blieben mehrmals stehen und unterhielten sich miteinander, wobei sie wild gestikulierten. Der Regisseur schien seinen Star noch immer nicht zur Weiterarbeit überredet zu haben.

John sollte es recht sein. Gödecke und er teilten sich auf und mischten sich unters Volk. Da gerade ohnehin wenig zu tun war, gaben sich die meisten Leute gesprächig. Schon bald hatte John einige aufschlussreiche Dinge erfahren.

Es gab einen Punkt – unter vielen –, der ihn schon den ganzen Vormittag wurmte.

Das Filmteam hatte erst heute Morgen erfahren, dass Max Moser tot war. Ermordet noch dazu. Der Meisterregisseur, eine, wenn nicht sogar die wichtigste Person dieser Serienproduktion brutal aus dem Leben gerissen.

Man stelle sich vor, dasselbe wäre in einer gewöhnlichen Firma geschehen. Ohne Frage hätten sich nicht wenige dazu entschieden, den laufenden Betrieb zu unterbrechen und die Belegschaft für den Tag nach Hause zu schicken.

Die Dreharbeiten aber gingen weiter, als wäre nichts gewesen. Vielleicht, um Mosers Werk zu ehren, wie Klaus Krieger behauptet hatte. Eventuell aber auch wegen des Zeit- und Budgetdrucks, der auf der Produktion lastete.

Vielleicht war aber auch alles ganz anders.

Denn als John Gödecke in einer ruhigen Ecke der Veranda wiedertraf, waren sie schnell einer Meinung. Der Tod von Max Moser hatte die Filmleute nicht so unbewegt gelassen, wie es den Anschein hatte.

Viele hatten Mühe, sich auf ihre Arbeit zu konzentrieren. Sie standen regelrecht unter Schock, und manch einer konnte noch immer nicht begreifen, was geschehen war. Einige hatten heute Morgen sogar offen gegen Greg McQueen opponiert, als dieser alle dazu aufrief, weiter ihrer Arbeit nachzugehen. Natürlich wollte man Mosers Werk ehren und zu Ende bringen. Doch wie John schon vermutet hatte, hinterließ ein Mord eben doch einen Eindruck.

Dass am Ende alle mitzogen, hatte wohl damit zu tun, dass auch für sie beruflich etwas auf dem Spiel stand. Der Zeitplan und das Budget mussten derart entgleist sein, dass der Geldgeber bereits damit gedroht hatte, der Produktion den Stecker zu ziehen. Und eine solche Blamage konnte sich hier niemand erlauben.

Die Ursache der Probleme, das hatte in allen Gesprächen durchgeschienen, war offensichtlich Max Mosers Entscheidung, das Drehbuch noch einmal zu überarbeiten, was dazu geführt hatte, dass Szenen verworfen und neu gedreht werden mussten.

Dazu der ständige Streit mit seinem Star Klaus Krieger, der je nach Laune die Dreharbeiten abbrach. John waren die Worte eines Kameramanns im Gedächtnis geblieben, der gemeint hatte, solch ein Chaos habe er noch bei keiner Produktion erlebt.

Inzwischen hatte es Greg McQueen geschafft, seinen Hauptdarsteller zumindest wieder an den Drehort zurückzulotsen. Klaus Krieger stapfte mit heruntergezogenen Mundwinkeln die Stufen zur Veranda herauf, hielt inne und stemmte die Hände in die Hüften. »Alle mal herhören!«

McQueen blieb vor dem Haus stehen und machte eine betrübte Miene, während sich die Filmcrew um Krieger versammelte.

»Wir werden jetzt das einzig Vernünftige tun«, richtete Krieger sich an seine Kollegen, wobei er sich kurz nach McQueen umblickte, der missbilligend den Kopf schüttelte. Doch der Filmstar gab sich unbeeindruckt: »Wir packen ein und lassen es für heute gut sein. Jeder ist doch in Gedanken bei Max. Was soll das also. Wir können morgen weitermachen. Wenn die Erbsenzähler in der Buchhaltung deshalb einen Herzkasper kriegen, sollen sie doch.«

Er erntete lauten Beifall.

»Und wenn ihr alle eine Minute habt … Heute Morgen war dafür ja auch keine Zeit.« Wieder ein Blick zu McQueen, der betreten die Augen niederschlug. »Ich schlage vor, dass wir jetzt alle mal den Sabbel halten und gemeinsam an Max denken. Er … war mir zeit meines Lebens ein treuer Freund. Ihr wisst, dass es mit mir schwierig sein kann. Max … hat das immer geregelt, und … ich wüsste nicht, wo ich heute ohne ihn wäre. Also. Mach's gut, mein Freund, wo immer du jetzt auch bist.«

Krieger wischte sich eine Träne von der Wange, faltete die Hände und blickte zu Boden. Stille trat ein.

John sah sich um. Dabei entgingen ihm die Blicke nicht, die Loki Mossby und Greg McQueen wechselten. Der Regisseur schüttelte kaum merklich den Kopf, und Mossby hob resigniert die Schultern. Offensichtlich waren beide mit dem Vorstoß ihres Hauptdarstellers nicht einverstanden.

»Und dann habe ich zum Schluss noch eine gute Nachricht«, erhob Krieger wieder das Wort. »Jördis geht es besser. Sie wird noch heute Nachmittag aus dem Krankenhaus entlassen. So, und nun packt den Krempel zusammen. Wir machen morgen in aller Frische weiter.«

Das Aufräumen begann.

John ging mit Gödecke im Schlepptau zu Krieger hinüber. »Wir müssen reden.«

Der Filmstar schüttelte den Kopf. »Müssen wir nicht. Sie haben doch gehört, was ich gerade gesagt habe. Für heute ist Schicht. Was ist mit Pietät und Anstand?«

»Damit können Sie sich noch den ganzen Nachmittag die Zeit vertreiben.« So, wie er sich bisher aufgeführt hatte, sah John keinen Grund, den Mann mit Samthandschuhen anzufassen. »Wir ermitteln in einem Mordfall. Und wir haben uns gerade Filmmaterial angesehen, das doch einige Fragen zum Verhältnis zwischen Ihnen und Max Moser aufwirft.«

Krieger zog die Stirn kraus. »Was für Filmmaterial?«

John erklärte es ihm. »Worum ging es da in diesem Streit zwischen Ihnen beiden?«

Krieger machte einen pfeifenden Laut. »Kreative Differenzen.«

»Was darf ich darunter verstehen?«

»Szenen. Dialoge. Kameraführung …«

John seufzte. »Wenn Sie Ihre Erinnerungen auffrischen wollen, können wir uns die Aufnahme gerne noch einmal anschauen. Aber es ist laut und deutlich zu hören, wie Sie Max Moser ernsthaft bedrohen.«

Krieger lachte. »Ehrlich? Das ist ja wie in den Scheißdrehbüchern von Greg McQueen. Keine Ahnung, was ich gesagt habe, aber daraus leiten Sie jetzt ab, dass ich Max das Licht ausgeknipst habe?«

»Sie bedrohten ihn. Wenig später liegt er tot in seinem Pool. Ermordet. Ist wohl nachvollziehbar, dass ich das nicht ignorieren kann, oder?«

»Hören Sie«, Krieger hob die Hände, »es ist vielleicht etwas heftig geworden. Aber das ist normal. Max und ich haben nie um den heißen Brei herumgeredet. Da sind schon mal die Fetzen geflogen.«

»Was ich gesehen habe, schien mir keine Plänkelei zwischen zwei guten Freunden.«

»Himmelherrgott! Ich bin Schauspieler! Ich werde dafür bezahlt, dass ich überzeugend klinge.«

»Wo waren Sie in der vergangenen Nacht?«

»Im Bett.«

»Wo?«

»In meinem Hotelzimmer im Miramar.«

»Alleine?«

»Ausnahmsweise ja. Die Zimmermädchen gefallen mir nicht, hier von der Crew habe ich schon alle durchgebumst, und ordentliche Nutten gibt's auf dieser öden Insel nicht.« Krieger grinste.

John musste sich alle Mühe geben, dem Mann nicht ansatzlos ins Gesicht zu schlagen. Er machte seiner Wut mit einem Seufzen Luft. »Wo sind Sie nach der Geburtstagsfeier von Max Moser hin?«

»Schnurstracks ins Hotel. Ich hab mich an die Bar gesetzt und mich besoffen. Fragen Sie den Barkeeper.« Krieger deutete eine Verbeugung an. »Danach bin ich ins Bett gefallen, und da begebe ich mich auch jetzt wieder hin. Vorher werd ich einen auf meinen alten Freund Max trinken. Wenn Sie mich also entschuldigen …«

Er wandte sich ab und ging davon.

Gödecke trat an Johns Seite und blickte dem Schauspieler hinterher, wie er über den Dünenpfad davonging. »Drei Dinge können wir schon einmal festhalten.« Er zwirbelte mit Daumen und Zeigefinger seinen Schnurrbart. »Erstens. Ich glaube dem Mann kein Wort, ergo haben wir nicht die blasseste Ahnung, worum es beim Streit zwischen ihm und Moser wirklich ging.«

»Das sehe ich auch so.«

»Zweitens. So, wie sich dieser Mensch bisher verhalten hat,

traue ich ihm durchaus zu, dass er es ernst mit dem meinte, was er gesagt hat. Was drittens bedeutet: Ich halte ihn durchaus für in der Lage, einem anderen Menschen das Leben zu nehmen.«

»Vermutlich«, stimmte John zu. »Allerdings sollten wir eines nicht außer Acht lassen. Krieger ist ein aufbrausender Typ, und wenn er in Fahrt ist, möchte ich ihm nicht in die Quere kommen. Der Mord an Max Moser aber war keine Tat im Affekt. Kaltblütig aus der Ferne mit einem Pfeil. Ich weiß nicht, ob das zu ihm passt.«

»Dennoch überprüfen wir sein Alibi.«

»Natürlich.«

John wollte sich schon zum Gehen wenden, als er einen Mann mit einer Sackkarre um die Ecke des Hauses biegen sah. Offenbar gab es noch eine andere Zuwegung als die, die Gödecke und er gewählt hatten, was nur logisch erschien, da das Filmteam seine Ausrüstung kaum durch die Dünen geschleppt haben dürfte. Es war Remko Petersen, der Gärtner, dem John ein Loch in seiner Hecke zu verdanken hatte. Er transportierte zwei Töpfe mit großen Zimmerpalmen.

»Weiß jemand, wo die hinmüssen?« Petersen blickte sich hilfesuchend um.

»Die hätten wir vor drei Stunden gebraucht«, nahm Loki Mossby ihn in Empfang. »Wo haben Sie gesteckt?«

»Ich hatte viel zu tun.«

»Was soll das heißen?« Die Produktionsleiterin warf die Hände in die Luft. »Wir bezahlen Ihnen eine Menge Geld dafür, dass Sie das Szenenbild ausstatten. Da wäre es ganz dufte, wenn Sie nicht auch noch auf anderen Baustellen herumturnen würden.«

Remko Petersen fuhr sich mit der Hand über den wasserstoffblonden Irokesenschnitt. »Tut mir ja leid. Wo soll ich die jetzt hinstellen?«

»Sie können die Pflanzen wieder mitnehmen.«

»Gibt es ein Problem?« Sünje Petersen, die gerade dabei gewesen war, ihren Cateringstand abzubauen, kam herüber.

John beobachtete die Szene weiterhin von der Veranda aus.

Aufgrund des Nachnamens hatte er bereits vermutet, dass es sich um Geschwister handeln musste, und als er die Frau nun neben Remko stehen sah, erübrigten sich alle Nachfragen, so ähnlich waren sich ihre Gesichter.

»Ihr Bruderherz ist mal wieder zu spät«, erklärte Loki Mossby. »Es wäre schön, wenn er sich an Termine halten könnte.«

»Sie meinen, so wie Sie mit der Produktion?«, gab Sünje Petersen zurück. »Sie sind jetzt bald zwei Wochen über Plan. Ich muss andere Kunden Ihretwegen vertrösten, und in der Küche schieben meine Leute Doppelschichten. Und jetzt wollen Sie morgen hier weiterdrehen?«

»Ich weiß noch nicht, wann es hier weitergeht. Wir hatten das Haus für heute angemietet. Ein Drehtag. Ich muss erst mit dem Eigentümer sprechen«, haspelte Loki Mossby.

»Wie auch immer, ich werde Ihnen einen weiteren Zusatztag berechnen, das ist nicht in unserer Pauschale drin.«

»Ähm, ja, natürlich.«

Sünje Petersen schien ihren Bruder mit ihrem Einschreiten tatsächlich gerettet zu haben. Loki Mossby kümmerte sich nicht weiter um ihn. Sie ging davon.

Ehe die beiden Geschwister ebenfalls das Weite suchen konnten, raffte John sich auf und eilte zu ihnen hinunter. »Ich hätte da eine Frage«, wandte er sich an Remko. »Wann gedenken Sie denn, die Arbeiten in meinem Garten zu beenden?«

»Oh, Herr Benthien ...«

»Sie hatten versprochen, das noch am selben Tag zu erledigen.«

»Ich weiß, aber Sie sehen ja, ich hab viel zu tun.«

»Ich würde meinen, Sie haben zu viele Baustellen gleichzeitig.«

»Geht es ... vielleicht übermorgen?«

John seufzte und versuchte sich an einem Lächeln. »Schon gut. Es gibt Wichtigeres auf der Welt. Sehen Sie erst mal zu, dass Sie hier zurechtkommen. Bis nächste Woche will ich das aber erledigt haben, sonst kümmere ich mich selbst und stell Ihnen das in Rechnung.«

»Ist gut.« Remko Petersen verabschiedete sich mit einem Nicken.

»Sie müssen entschuldigen«, sagte Sünje Petersen, als er weg war. »Er hatte schon immer ein wenig Schwierigkeiten mit den Terminen. Und so, wie die wirtschaftliche Lage gerade ist ... Er braucht die Aufträge, und da hat er sich vielleicht ein wenig viel aufgehalst.«

»Wie Sie schon selbst gesagt haben, ist er da wohl nicht der Einzige.« John blickte sich nach den Filmleuten um, die ihre Geräte abbauten.

»Das kann man wohl sagen.« Sünje Petersen trat einen Schritt auf ihn zu und sprach etwas leiser. »Unter uns ... So ein Chaos habe ich noch nie erlebt.«

»Das hör ich heute nicht zum ersten Mal.«

»Wenn ich meinen Laden so führen würde, wäre ich längst pleite.«

»Ich frage mich, ob das bei Dreharbeiten immer so ist.«

»Hoffentlich nicht. Am Anfang lief hier ja auch alles noch wunderbar unter Max Mosers Ägide.«

»Wie meinen Sie das?«

»Er hatte den Laden im Griff. Das ist erst so chaotisch geworden, seitdem er sich zurückgezogen hat und nicht mehr am Set auftauchte.«

»Sie meinen, McQueen und Mossby sind überfordert?«

»Wenn Sie mich fragen ... Dieser McQueen hat jedenfalls kein Händchen für die Leute, schon gar nicht für seinen garstigen Hauptdarsteller. Ich glaube, er kann von Glück reden, dass Loki Mossby für ihn die Fäden zusammenhält.«

»Wenn ich das recht verstanden habe, war er ursprünglich lediglich als Drehbuchautor engagiert.«

»Dann wäre er vielleicht am besten dabei geblieben«, sagte Sünje Petersen. »An seiner Story scheint ihm jedenfalls einiges zu liegen, so wie er Moser angegangen hat.«

»Was meinen Sie damit?«

»So manches bekommt man mit, wenn man jeden Tag am Set ist, das bleibt nicht aus. Jedenfalls haben sich McQueen und Moser ziemlich in den Haaren gelegen. Moser hatte wohl beschlossen, das Drehbuch umzuschreiben. Da waren Eitelkeiten im Spiel, wenn ich das richtig beobachtet habe. McQueen hat dann am Ende versucht, die Wogen mit der Überraschungsparty wieder ein wenig zu glätten.«

»Ja, das erwähnten Sie heute Morgen bereits, doch das scheint nicht geklappt zu haben.«

»Nein, absolut nicht. Nachdem Moser seine Gäste rausgeworfen hatte, bin ich nochmal rein, um meine Sachen abzubauen und wieder mitzunehmen ...«

»Ich dachte, Moser ließ das nicht zu, weshalb Sie heute Morgen in aller Frühe noch mal in sein Haus kamen.«

»Richtig. Er warf mich gestern Abend raus. Und mit mir McQueen«, erzählte Sünje Petersen. »Der war mit mir noch einmal reingegangen, um auf Moser einzureden. Dabei kamen sie dann wieder auf das Drehbuch zu sprechen. Am Ende ...«

Sie stockte und blickte sich um.

»Was?«, hakte John nach.

»Ich will hier niemanden reinreiten, vielleicht hatte Moser das gar nicht so gemeint und war nur in Rage ...«

»Das überlassen Sie mal mir. Was war gestern Abend los?«

»McQueen sagte ihm, dass er mit den Änderungen an seinem Skript nicht einverstanden sei, sie aber versuchen könnten, einen Mittelweg zu finden. Das sah Moser nicht ein. Er schien von seiner Idee überzeugt und meinte, McQueen hätte keine Ahnung von seinem Job. Und er sagte zu ihm, dass er den Produzenten anrufen und dafür sorgen würde, dass McQueen entlassen würde.«

23 Lilly

»Hier gleich links«, sagte Soni Kumari und deutete vom Beifahrersitz aus in die angegebene Richtung.

Sie hatten Sanna Harmstorf ein Stück nach Munkmarsch mitgenommen, waren dann von Westerland aus der Hörnumer Straße durch die Heidelandschaft gefolgt und befanden sich jetzt am südlichen Ende des Rantumbeckens.

Tommy setzte den Blinker und bog in die Hafenstraße ab.

Nach ihrem Besuch bei Lemke Svensen hatte Lilly zum Telefon gegriffen und Soni Kumari auf der Wache angerufen. Natürlich hatte sie von ihr nicht erwartet, dass sie Simon Petersen, der damals aufseiten der Inselkollegen in die Suche nach Torbjörn Svensen eingebunden gewesen war, persönlich kannte, schließlich war Kumari erst knappe zwei Jahre hier im Amt. Doch sie sollte sich bei älteren Kollegen umhören, was sie auch getan hatte. Mit Erfolg. Simon Petersen war schon lange nicht mehr im Polizeidienst, doch man kannte ihn noch und wusste, wo er die meiste Zeit über anzutreffen war. Nämlich auf seinem Segelboot.

Sie fuhren vorbei an Gewerbehallen, bis sie den Deich erreicht hatten. Lilly stieg mit Tommy aus, während Soni Kumari im Wagen wartete. Ein Überweg führte zum Rantumer Hafen, der seinen Namen streng genommen nicht verdient hatte, handelte es sich doch lediglich um einen langen Steg, an dem rechts wie links Segelschiffe und Motorboote lagen. Eine Mole hielt zur rechten Seite die Wellen ab. Die Flut war in den vergangenen Stunden wieder aufgelaufen.

Lilly zog die Kapuze ihrer Jacke über den Kopf, um sich vor dem Nieselregen zu schützen.

Über die rutschigen Planken des Stegs gingen sie bis zu einem der letzten Boote auf der linken Seite, einer knapp zehn Meter langen Segeljacht des belgischen Herstellers Etap. Beiger Rumpf mit roten Streifen und ein Teakdeck, alles schon sichtlich in die Jahre gekommen.

Durch die Luken sah Lilly Licht im Inneren brennen.

Tommy bückte sich und klopfte ein paarmal gegen den Rumpf der Jacht. Es dauerte einen Moment, bis sich mittschiffs eine der oberen Luken öffnete und ein Mann den Kopf herausstreckte.

»Sie wünschen?« Sein Gesicht war hager und von Falten durchzogen, die Wangen eingefallen und die kurzen grauen Haare so fettig, dass der Mann sie schon eine Weile nicht mehr gewaschen haben musste.

»Simon Petersen?«, fragte Lilly.

»Wer will das wissen?«

»Kripo Flensburg. Wir würden uns gerne über einen Fall unterhalten, an dem Sie früher gearbeitet haben.«

Petersen legte die Stirn in Falten. »Das muss aber schon verdammt lange her sein.«

»Es geht um Torbjörn Svensen.«

»Torbjörn?« Petersen kniff die Augen zusammen, sah abwechselnd zwischen Lilly und Tommy hin und her. Dann tauchte er ohne ein weiteres Wort wieder im Boot ab und schloss die Luke.

»Scheint, als hätte er kein Interesse, mit uns zu reden«, meinte Tommy.

Sie warteten noch einem Moment, und als sich nichts tat, griff Lilly kurz entschlossen nach der Reling des Bootes und hievte sich an Deck. Ihr stand nicht der Sinn nach Hinhaltespielchen. »Das haben wir gleich.«

»Aber du kannst doch nicht einfach ...«

»Doch, kann ich.«

Das Boot wackelte und bekam ein wenig Schräglage, als Lilly sich an der Seite zum Heck entlanghangelte.

Vom Cockpit aus führte wie bei den meisten Segeljachten ein Niedergang ins Schiffsinnere. Er war mit einer Holzflügeltür versperrt. Lilly klopfte. »Ich bin's noch mal, Herr Petersen. Sie brauchen sich nicht zu verstecken, ich will nur …«

Die Flügeltüren öffneten sich, und Lilly starrte in den Lauf eines Jagdgewehrs. Ein Kleinkaliber, das aber sicherlich ausreichte, ihr Gehirn auf dem Bootsdeck zu verteilen.

Für einen Moment ging ihr der Gedanke durch den Kopf, dass die kleine Frouke wohl ohne ihre Mama aufwachsen würde. Es schnürte ihr die Kehle zu, und sie spürte, wie ihre Knie weich wurden. Sie konnte nur hoffen, dass die Waffe nicht geladen war, und falls doch, dass Simon Petersen keinen nervösen Zeigefinger hatte.

Sie ließ sich die Furcht nicht anmerken, oder zumindest versuchte sie es. »Sie bedrohen eine Kommissarin der Kriminalpolizei nicht gerade mit einer Waffe, oder Herr Petersen?«

»Und Sie betreten mein Schiff nicht ohne Durchsuchungsbeschluss. Wenn Sie mich so dringend sprechen wollen, können Sie mich gerne offiziell vorladen. Und jetzt verschwinden Sie!«

Lilly roch den Alkohol im Atem des Mannes. »Nehmen Sie sofort die Waffe runter.«

»Runter von meinem Schiff.«

Lilly blickte zur Seite, obwohl dort nichts und niemand zu sehen war, und riss die Augen auf: »Tommy, nein, nicht schießen …«

Ein Bluff. Tommy stand noch immer auf dem Steg und hob verständnislos die Arme.

Doch es genügte, damit Simon Petersen für den Bruchteil einer Sekunde abgelenkt war und ebenfalls zur Seite blickte.

Lilly packte den Lauf des Gewehrs mit beiden Händen und riss es an sich. In einer fließenden Bewegung holte sie gleichzeitig damit aus und hämmerte Petersen den Kolben ins Gesicht.

Eine halbe Stunde später saßen sie unter Deck um einen klappbaren Esstisch versammelt, der zu beiden Seiten von Sitzecken umgeben war. Tommy hatte Soni Kumari verständigt, die den Verbandskasten aus dem Auto mitgebracht hatte. Sie saß Lilly und Tommy am anderen Ende des Tischs gegenüber und versorgte die Platzwunde auf Simon Petersens Stirn, die inzwischen nicht mehr so stark blutete.

»Sie werden das vermutlich nähen lassen müssen«, sagte sie. »Ich sorge dafür, dass uns auf der Wache gleich ein Arzt erwartet.«

»Sie sollten lieber Ihre Kollegin von der Kripo festnehmen«, knurrte Petersen und bedachte Lilly mit wütendem Blick. »Sie ist ohne Erlaubnis …«

»Herr Petersen.« Lilly lehnte sich zurück. »Ich mache Ihnen ein Angebot. Wir tun so, als wäre das hier nicht geschehen, und die Kollegin fährt Sie ins Krankenhaus statt auf die Wache.«

»Und im Gegenzug … was?«

»Reden Sie mit uns über Torbjörn Svensen. Ich verstehe ehrlich gesagt nicht, was daran so schlimm sein soll, dass Sie so eine Nummer hier riskieren.«

Petersen lachte und zuckte kurz zusammen, als Soni Kumari seine Wunde ein weiteres Mal mit Desinfektionslösung betupfte. »Wenn Sie damals an meiner Stelle gewesen wären, ginge es Ihnen vermutlich genauso.«

»Was ist denn da passiert, dass Sie heute derart reagieren?«

»Sie haben ja keine Ahnung, welchen Anfeindungen ich ausgesetzt war, als wir den Jungen nicht fanden. Auch meine Frau und die Kinder bekamen es ab. Ich wollte das alles vergessen und nie wieder darüber reden. Und bis gerade eben ist mir das auch gelungen. Ich weiß nicht, warum Sie sich dafür interessieren.«

»Ich nehme an, Sie sehen nicht oft fern?«

»Die Flimmerkiste habe ich schon lange aus meinem Leben verbannt. Ich lese lieber ein Buch.«

»Dann haben Sie nicht mitbekommen, dass wir im Fall Torbjörn Svensen wieder ermitteln. Es gibt neue Hinweise.«

»Tatsächlich?« Petersen klang nicht wirklich überrascht. Er richtete sich auf und schob Soni Kumaris Hand beiseite. »Erzählen Sie.«

»Darüber darf ich zum jetzigen Zeitpunkt nicht sprechen. Sie kennen das. Doch Sie könnten uns helfen, wenn Sie uns sagen, was damals geschehen ist.«

»Aber das haben Sie doch sicher schon alles in der Fallakte gelesen?«

»Natürlich«, sagte Lilly im Brustton der Überzeugung. »Trotzdem würde ich es gerne noch mal aus Ihrem Mund hören. Es sind die Details, auf die es ankommt. Vielleicht wissen Sie etwas oder haben etwas beobachtet, das nicht in der Akte festgehalten wurde.«

Simon Petersen schien zu überlegen, während Soni Kumari einen Verband um seinen Kopf legte. Schließlich sagte er: »Einverstanden. Wenn Sie mir auch einen Gefallen tun?«

»Sie meinen, einen zusätzlichen neben dem, dass ich das hier alles auf sich beruhen lasse?«

Er nickte. »Sie halten mich auf dem Laufenden, wenn sich etwas Neues ergibt. Die ganze Sache hat damals mein Leben durcheinandergewirbelt. Ich wüsste gerne, wie sie endet.«

»Also gut.«

Petersen lehnte sich zurück und legte die Arme über die Rückenlehne. »Torbjörn Svensen verschwand in einer stürmischen Oktobernacht des Jahres 1986. Wie Sie sicher schon wissen, spielte sich das alles in Keitum ab. Torbjörn war bei einem seiner Freunde gewesen. Ihre übliche Rollenspielrunde ...«

»Seine Freunde«, hakte Lilly ein, »wer waren die?«

»Soll ich das wirklich alles noch mal so detailliert wiederkäuen? Es steht doch in der Akte, wir haben die Jungen der Reihe nach verhört.«

»Die Akte ...« Lilly wusste nicht, was sie sagen sollte. Sie konnte dem Mann schlecht offenbaren, dass die Fallakte verschwunden war.

»... ist in Teilen nicht mehr vollständig«, kam ihr Tommy zur Hilfe. »Sie ist eine der Letzten, die noch nicht digitalisiert wurden und ... Nun ja, manche Seiten sind inzwischen vergilbt und kaum noch lesbar. Das Kellerarchiv ist nicht mehr im besten Zustand. Wir wissen von der Rollenspielrunde, aber einige der Verhörabschriften sind nicht mehr zu entziffern.«

»Schon gut«, Petersen lehnte sich mit den Ellbogen auf den Tisch. »Enno Holgersen, Piet Westerkamp und Fiete Barsbüttel. Das waren seine drei Freunde. Seine einzigen. Torbjörn war ansonsten ein Außenseiter. Eigentlich waren das alle vier, ein Club der Außenseiter, sozusagen. Der eine war fett, der andere ein Asiate und der dritte Asthmatiker. Torbjörn passte mit seiner dürren Gestalt gut in die Gruppe.«

»Wo trafen sie sich?«

»In Keitum bei Enno Holgersen. Damals konnten sich noch normale Familien ein Haus hier auf der Insel leisten. Jedenfalls spielten die vier im Keller Pen-and-Paper-Rollenspiele, Dungeon & Dragons, das war damals bei den Kids beliebt.« Petersens Blick wanderte zu einem der Bullaugen hinaus, an dem der Regen in langen Nasen wie ein Schwall Tränen hinablief. »Sie beendeten die Runde kurz nach achtzehn Uhr. Es war ein Sonntag, am nächsten Tag mussten die Jungen in die Schule. Torbjörn machte sich nach übereinstimmenden Aussagen seiner Freunde von den Holgersens aus zu Fuß auf den Heimweg. Sie wohnten am nördlichen Ende des Ortes. Welchen Weg Torbjörn genau nahm, konnten wir nie nachvollziehen. Jedenfalls kam er nicht zu Hause an. Seine Mutter verständigte uns noch am selben Abend.«

»Die Aussagen der Jungen waren glaubhaft?«, fragte Lilly.

»Ja. Sie verließen das Haus der Holgersens alle zur selben Zeit, und die beiden anderen kamen pünktlich zu Hause an. Sie waren mit den Fahrrädern unterwegs, und wir haben die Zeit für die Heimwege damals nachgemessen. Keine Chance, dass einer von ihnen Torbjörn etwas angetan haben könnte.«

»Sie sagten gerade, dass die vier ein Club der Außenseiter waren«, überlegte Tommy, »wie meinen Sie das genau? Außenseiter im Sinne, dass sie anders waren oder lieber unter sich? Oder in dem, dass sie gemobbt wurden?«

Petersen lachte. »Gemobbt, so hätte das damals niemand genannt. Aber ja. Sie bekamen in der Schule regelmäßig eins drüber von ihren Klassenkameraden und von älteren Jungs.«

»Haben Sie denen auf den Zahn gefühlt?«

»Durchaus. Einer von ihnen war auch eine ganze Weile unser Hauptverdächtiger.« Petersen machte eine relativierende Handbewegung.

»Darf ich fragen, welche Rolle Sie bei dem Ganzen spielten?«, erkundigte sich Tommy.

»Eine unglückliche. Ich mischte mich in Dinge ein, die mich nichts angingen. Es war ein Junge von der Insel, der vermisst wurde. Ich nahm das persönlich. Ich hatte selbst Kinder. Ich wollte ihn finden, um jeden Preis. Ihren Kollegen bin ich wohl ziemlich auf den Keks gegangen mit meiner eigenmächtigen Vorgehensweise. Das eine oder andere Mal habe ich auch einem Journalisten wohl zu viel gesagt. Jedenfalls wurde ich in den Medien so etwas wie die Galionsfigur für die Inselpolizei in dem Fall. Später habe ich deshalb auch den meisten Ärger abbekommen …«

»Zurück zu dem Verdächtigen«, fragte Lilly, die sich keine Selbstmitleidsarien anhören wollte. »Wer war das?«

»Olger Heinen. Er war ein Jahr älter als Torbjörn und seine Freunde. Er schikanierte die Gruppe ständig, aber aus irgendeinem Grund hatte er es besonders auf Torbjörn abgesehen. Er lauerte ihm nach der Schule auf und knöpfte ihm sein Taschengeld ab. Das ging so lange, bis Torbjörn dann irgendwann endlich einmal den Mumm hatte, sich zu wehren. Oh Mann …« Petersen schüttelte den Kopf. »Das trug sich ausgerechnet im Konfirmandenunterricht zu. Olger ging in die Gruppe der älteren Konfirmanden. Auf dem Nachhauseweg versuchte er wohl wieder, Torbjörn abzuziehen, der hatte aber kein Geld bei sich. Olger packte ihn am Schlafittchen, woraufhin Torbjörn seinen Mut zusammennahm und ihm die Bibel ins Gesicht knallte. Und zwar mit dem harten Buchrücken zuerst. Er brach Olger die Nase.«

»Und Sie nahmen an, dass sich Olger dafür bei ihm rächte.«

»So ist es. Diese Möglichkeit habe ich bis heute nie ganz ausgeschlossen, denn ...«

Draußen klopfte jemand an den Rumpf des Bootes, was hier im Inneren wie ein Donnerschlag klang.

»Sie müssen mich entschuldigen«, sagte Petersen und erhob sich. »Meine wöchentliche Skatrunde. Den Rest kennen Sie ja dann ohnehin aus der Fallakte, die kann ja nicht vollständig verblichen sein.«

Lilly brannte noch eine weitere Frage auf der Zunge, die sie ohne die alte Fallakte nicht beantworten konnte. Nämlich, wo Torbjörn Svensen gewohnt hatte. In den Zeitungsartikeln aus der damaligen Zeit hatte immer nur vage gestanden, dass er mit der Mutter in Keitum gelebt habe. Doch Petersen hatte ohnehin Verdacht geschöpft, dass an ihrer erfundenen Geschichte mit der Fallakte etwas nicht stimmte. Sie wollte ihr Glück nicht überstrapazieren.

Also stand sie ebenfalls auf. »Wo finden wir Sie, wenn wir noch mal mit Ihnen reden möchten?«

»Hier.« Er nahm sich Zettel und Kugelschreiber und kritzelte eine Zahlenfolge darauf. »Meine Handynummer. Halten Sie mich auf dem Laufenden.«

24　John

Auf der Listlandstraße stand ein Stau. Ein Traktor hatte seine Ladung verloren, Strohballen lagen auf der Straße verstreut, sodass lediglich eine Spur befahrbar war, und das auch nur, indem die Autos Slalom fuhren. Lange Warteschlangen auf beiden Seiten waren die Folge.

John trommelte mit den Fingern auf dem Lenkrad. Der Regen war abgezogen, und der Blick reichte von hier aus bis hinüber zum Festland und der dänischen Nachbarinsel Rømø. Die Dämmerung hatte eingesetzt, und in der Ferne brannten in den Häusern bereits einzelne Lichter.

Ihm gingen Tausende Fragen durch den Kopf. Nicht nur den Fall betreffend. Auch, was seine eigene Situation anging. Was trieb er hier als persönlicher Assistent von Gödecke? Brauchte der Alte ihn nur, damit er die Arbeit für ihn erledigte? Worauf sollte das hinauslaufen?

Und: Wohin war sein Vater mit Vivienne verschwunden?

John hatte es bereits zweimal erfolglos bei seinem alten Herrn versucht, startete aber trotzdem einen neuen Anlauf. Er nahm sein Smartphone und wählte die Nummer von Ben. Nichts. Wieder nur die Mailbox. Er hinterließ eine Nachricht und bat um Rückruf.

»Sie sollten ihn nicht wie ein kleines Kind behandeln.«

John blickte zur Seite. Die Bemerkung kam von Gödecke, der bei heruntergelassenem Fenster neben ihm saß und Zigarre paffte.

»Wenn Sie die Bemerkung gestatten, Ihr Vater ist alt genug, um selbst zu entscheiden, was er tut«, schob der Kriminalrat nach.

»Ich denke nicht, dass Sie ihm die ganze Zeit hinterhertelefonieren müssen.«

»Er hatte einen Herzinfarkt, und ich habe meine Zweifel, dass er wirklich weiß, was gut für ihn ist. Außerdem hatte ich nicht die Absicht, mit Ihnen meine Familienangelegenheiten zu diskutieren.«

»Was mir ebenfalls völlig fernliegt. War nur ein wohl gemeinter Rat.«

»Vielen Dank.« Zeit, den Spieß umzudrehen. »Was ist eigentlich seit unserer Unterhaltung im Miramar geschehen?«

»Hm?« Gödecke hob die Augenbrauen und steckte die Zigarre in den Mund.

»Sie haben mich schon verstanden. Erst sagen Sie mir, dass Sie in Flensburg keinen Bedarf für meine Dienste haben, dann finde ich mich plötzlich als Ihr persönlicher Assistent wieder und verrichte Ermittlungsarbeit, für die ich früher mal bezahlt wurde.«

»Ich dachte, das wäre es, was Sie wollen?«

»Allerdings. Nur nicht auf diese Weise, und mich verwundert die Kehrtwende.« John seufzte und schüttelte den Kopf. »Ach, was soll das, lassen wir die Spielchen. Die haben Ihnen die Pistole auf die Brust gesetzt, oder? Die wollen Sie abservieren, und für alte Weggefährten ist da schon gar kein Platz mehr, vor allem, wenn diese sich wie ich etwas zu Schulden haben kommen lassen.«

»Ihre Interpretation.«

»Also stimmt es. Und Sie wollen den Kopf aus der Schlinge ziehen, indem Sie den Fall lösen. Dazu brauchen Sie mich.«

»Habe ich so nicht gesagt.«

»Was ist da los auf dem Präsidium?«

Gödecke paffte dicke Rauchschwaden aus und schien die nächsten Worte abzuwägen. »Das Präsidium tut, was das Präsidium immer tut. Es selektiert.«

»Was soll das heißen?«

»Sie haben es mit den Raubtieren draußen auf der Straße zu tun. Ich mit denen auf den Bürofluren. An der Spitze ist es einsam, Benthien. Und es gibt jederzeit einen anderen, der nur darauf wartet, einem dem Job wegzunehmen. Manchmal muss man sich seiner Haut erwehren.« Gödecke drückte den Zigarrenstummel im Aschenbecher aus und schnippte ihn dann aus dem Fenster, was John ein weiteres Kopfschütteln entlockte. »Was ist mit Ihnen, Benthien? Es warten Dutzende junger Polizisten darauf, Ihren Job zu machen. Wenn Sie also Ihre alte Stelle wieder wollen ... Sind Sie bereit, darum zu kämpfen?«

»Ansonsten hätte ich mich wohl kaum auf diesen seltsamen Handel eingelassen.«

»Sehr schön.« Gödecke nickte und wandte den Blick auf die Straße. »Dann können wir ja weiterfahren.«

Vor ihnen tat sich eine Lücke auf. John gab Gas und zirkelte den Citroën zwischen den Strohballen hindurch.

Wenig später fuhren sie in die Auffahrt des alten Kapitänshauses in den Lister Dünen.

Kaum hatte John die Haustür aufgeschlossen, rief ihm Celine entgegen: »Prima, ihr kommt gerade rechtzeitig!«

John ging voraus ins Wohnzimmer. Gödecke folgte ihm.

»Rechtzeitig wofür?«

Celine saß mit Juri, der Frouke auf dem Arm hielt, im Wohnzimmer. Sie hatte den Laptop vor sich auf dem Tisch aufgeschlagen. »Für den Call mit Tim Endemann.«

»Was für ein Call und Tim wer?«

Celine rollte mit den Augen. »Tim Endemann. Der mit den Film Reviews auf YouTube.«

»Verzeihung.« Gödecke räusperte sich. »Wer oder was ist ein Rewiez?«

»Review«, erklärte John, der sich jetzt erinnerte, dass Celine ihm einmal ein Video von dem jungen Mann gezeigt hatte, bevor sie zuletzt gemeinsam ins Kino gegangen waren. »Eine Filmkritik. Als Video auf YouTube.«

»Aha.« Gödecke fummelte an der Innentasche seines Jacketts herum und holte das Etui mit Zigarren hervor.

John legte ihm die Hand auf den Arm und schüttelte den Kopf.

Gödecke verzog das Gesicht, verzichtete aber darauf, sich eine weitere Zigarre anzuzünden.

»Was ist mit Tim Endemann?«, wollte John wissen.

»Er ist einer der wenigen auf YouTube, die in einem Preview über die aktuelle Serie von Max Moser berichtet haben«, erklärte Celine.

Gödecke sah John hilfesuchend an. »Ist ein Preview dasselbe wie ein Review?«

»Eine Vorschau«, sagte Celine. »Tim scheint generell ein großer Fan von Moser zu sein.«

Juri fügte an: »Deshalb dachten wir, es wäre vielleicht interessant, sich mit ihm zu unterhalten.«

Aus den Laptoplautsprechern drang das Klingeln eines eingehenden Videoanrufs.

John ging um den Esstisch herum und stellte sich hinter Celine und Juri.

Auf dem Monitor erschien das Videobild eines jungen Mannes mit grün gefärbtem Wuschelkopf. »Hi. Ich meine, wow, wie komme ich zu der Ehre, mit der Kripo zu sprechen. Alter, das ist ja der totale Wahnsinn. Darf ich das Gespräch für meinen Kanal aufzeichnen?«

»Nein«, erklärte Juri. »Das hier ist vertraulich.«

»Ja, natürlich, geht klar!« Tim Endemann kam trotz Juris Ermahnung aus dem Grinsen nicht mehr raus. »Was kann ich denn für Sie tun? Sie schrieben, dass es um Max Moser geht.«

»So ist es. Sie sind auf dem Laufenden?«, fragte Juri, was wohl rhetorisch gemeint war. Das gewaltsame Ableben des Starregisseurs hatte es mittlerweile überall in die Schlagzeilen geschafft, und das Internet wimmelte schon vor Verschwörungstheorien. Daher lautete die Antwort des YouTubers wenig überraschend auch: »Ja, das ist der totale Hammer … also total schrecklich, meine ich. Stimmt es denn, dass die Mafia dahintersteckt?«

»Nein. Und bitte … beteiligen Sie sich nicht an der Verbreitung von Falschmeldungen. Ich darf Ihnen versichern, dass alles, was Sie im Netz an möglichen Erklärungen lesen, völliger Schwachsinn ist. Wir stehen mit den Ermittlungen noch ganz am Anfang.«

Tim Endemann hob die Hände. »Ej, keine Sorge, Brudi.«

Gödecke schlich sich an John heran und flüsterte ihm ins Ohr: »Der junge Mann ist der Bruder von Rabanus?«

»Nein«, flüsterte John. »Das sagen die jungen Leute heute nur so.«

Gödecke machte ein verdutztes Gesicht und schüttelte den Kopf.

»Was wissen Sie über Max Moser?«, schaltete sich John ein, um das Gespräch auf den eigentlichen Punkt zu bringen.

»Eine ganze Menge. Was interessiert Sie?«

»Fangen wir bei seinen Lebensumständen an. Wo verbrachte er die meiste Zeit?«

Tim Endemann lieferte ihnen zunächst eine Zusammenfassung dessen, was sie schon wussten. Ein Alpenchalet, eine Villa in Beverly Hills, eine Wohnung in New York. »Wenn im Studio gedreht wurde, waren er und seine Frau natürlich in L. A. In New York sah man ihn selten. Die meiste Zeit verbrachten sie also wohl in den Alpen. Alles sehr zurückgezogen.«

»Was wissen Sie über die Vergangenheit des Mannes?«

»Wenig. Aufgewachsen in der Schweiz. Abgebrochenes Filmstudium. Erste Erfolge mit Kurzfilmen. Dann der große Ruhm. Aber er hat sich von Anfang an immer sehr bedeckt gehalten.«

»Unser Eindruck, dass er die Öffentlichkeit mied und wenig über sein Privatleben bekannt ist, täuscht also nicht«, stellte John fest.

»So ist es. Ich glaube ehrlich gesagt, dass Moser vor allem aus diesem Grund in der Filmwelt und unter uns Nerds zu so einer Legende geworden ist.«

»Wie meinst du das?«, warf Celine ein. »Es sind doch in erster Linie die Filmerfolge, die zählen.«

»Normalerweise ja. Aber Moser hat in den vergangenen Jahren einen finanziellen Flop nach dem anderen abgeliefert.«

»Das verstehe ich nicht«, meinte Celine, »die Filme haben doch alle tolle Kritiken bekommen. Auch du hast sie auf deinem Kanal in den Himmel gelobt.«

»Sicher, aber was wir Kritiker sagen, ist das eine. Wo es wirklich zählt, ist an der Kinokasse. Und da hat Moser zuletzt ein Waterloo nach dem anderen erlebt. Schaut euch nur mal die Zuschauerkritiken bei Rotten Tomatoes an. Beim Publikum ist er komplett durchgesegelt.«

John sah Gödeckes fragenden Blick, also erklärte er im Flüsterton: »Rotten Tomatoes ist eine Internetplattform, wo die Leute eigene Filmkritiken schreiben können.«

»Was bedeutete das für Moser?«, fragte Juri. »Er war also eine Legende, aber eine eher erfolglose?«

»Kann man so sagen. Ein gewisser Ruf war noch da. Aber in Wirklichkeit war Moser beruflich so ziemlich am Ende. Bis vor Kurzem dann das Angebot von einem großen Streamingdienst kam, eine Krimiserie zu drehen.«

»Warum engagiert ein solcher Anbieter einen erfolglosen Regisseur?«, schaltete sich John wieder ein.

»In dem Business ist der Ruf manchmal alles. Bei den alteingesessenen Studios haben die Bosse sich hinter verschlossenen Türen sicherlich die Zahlen der letzten Moser-Filme angesehen und beschlossen, ihm keine Produktion mehr anzuvertrauen. Aber dass sein Stern im Sinken begriffen war, ist vermutlich noch nicht bei den Streamern angekommen. Glück für Moser, würde ich sagen. Er konnte gar nicht anders, als das Angebot anzunehmen.«

»Warum hätte er es denn überhaupt ablehnen sollen?«

Tim Endemann grinste. »Dafür gab es offenbar einige Gründe. Ich kann das noch nicht belegen, aber ich bin mit einigen Insidern in Hollywood im Gespräch. Ich werde später ein Video dazu machen, also wäre es total toll, wenn Sie damit nicht vor mir an die Öffentlichkeit gehen würden.«

»Keine Sorge«, versprach John. »Also, was munkelt man?«

»Unter anderem, dass Moser überhaupt keine Lust hatte, auf

Sylt zu drehen. Der Streamer will die Serie für den deutschen Markt pushen, deshalb das Setting. Aber Moser hatte darauf gedrungen, es in die USA zu verlegen, was nicht geklappt hat.«

John konnte sich insgeheim denken, weshalb Max Moser kein Interesse gehabt hatte, auf die Insel zurückzukehren. Seine Vergangenheit, um die er aus noch unbekanntem Grund ein Geheimnis gemacht hatte, hatte hier auf ihn gewartet. Doch das musste Tim Endemann nicht wissen.

»Man erzählt sich auch, dass er kein Interesse an einer Zusammenarbeit mit Greg McQueen hatte«, fuhr der junge Mann fort. »Das hat den Deal fast platzen lassen, basiert die erste Staffel doch auf einem Drehbuch von McQueen.«

»Sagen Sie«, fragte John, »ist es bei Filmdrehs normal, dass ein Regisseur mitten in der Produktion das Drehbuch umschreibt?«

»Das hat Moser getan?« Tim Endemann bekam große Augen.

John schwieg und tauschte einen Blick mit Gödecke.

»Ach, nun kommen Sie schon«, sagte Endemann, »Sie müssen mir auch ein bisschen was geben.«

»Also gut«, meinte John. »Moser schrieb das Drehbuch um, was etliche Nachdrehs nach sich zog, die Produktion verzögerte und wohl zu einem Zwist zwischen ihm und McQueen führte.«

»Zwist.« Endemann lachte. »Das haben Sie schön ausgedrückt. Ich kann mir vorstellen, dass McQueen ihm an die Gurgel ging. Ich habe den Kerl mal bei einem Pressetermin persönlich kennengelernt. Der ist dermaßen von sich und seinem Können eingenommen. Er ist Autorenfilmer und bildet sich mächtig was auf seine Skripte ein ... Undenkbar, dass er jemand anderen einfach darin herumfuhrwerken lässt. Aber das erklärt so manches Gerücht.«

»Welche denn?«

»Der Streamingdienst steht wohl kurz davor, den Stecker bei dem Projekt zu ziehen. Ich habe etwas von einem total überzogenen Budget gehört. Und auch, dass Moser und McQueen sich überworfen haben. Das würde ja passen.«

»Vielen Dank für das Gespräch«, sagte John. »Falls wir noch Fragen haben, können wir uns wieder bei Ihnen melden?«

»Klar, jederzeit.«

Celine beendete die Videoschalte und klappte den Laptop zu. »Wow, da scheint es ja wirklich heiß hergegangen zu sein.«

»Offenbar.« John fiel ein, dass er ganz vergessen hatte, sich nach dem Inhalt der Serie zu erkundigen. Doch angesichts der zwischenmenschlichen Gräben, die sich unter den Filmleuten auftaten, war das vielleicht eher nebensächlich. Er erzählte Juri – und damit auch Celine –, was sie am Filmset in Erfahrung gebracht hatten.

»Das bedeutet, wir können Greg McQueen auf unsere Liste der Verdächtigen setzen?«, fragte Juri.

»Wäre nicht das erste Mal, dass kreative Differenzen mit einer Leiche enden«, bestätigte John.

25 Sanna

Sie hatte sich von Lilly und Tommy ein Stück in Richtung Munk-marsch mitnehmen lassen. Vorbei am Friedhof von Keitum, auf dem Rudolf Augstein begraben war, weiter die Munkmarscher Chaussee entlang bis zu einem alten Bauernhof, der einsam am Straßenrand in der Heide lag. Dort war sie ausgestiegen, dem Drang nach Bewegung folgend, und war durch ein Wäldchen in Richtung Küste spaziert. Ein Pfad hatte sie am Wattenmeer ent-langgeführt, und schließlich war sie über die Oke-Boysen-Brücke an den Strand und bis nach Munkmarsch gelangt. Am Ortsrand ging sie durch die Dünen querfeldein zu dem kleinen Fischerhaus, in dem bereits Licht brannte. Die Dämmerung hatte eingesetzt und überzog den Himmel mit einem orangeroten Farbspiel, das aber wohl nur von kurzer Dauer sein würde. Weit im Westen kamen bereits die nächsten Regenwolken heran.

Sanna schloss die Haustür auf und hängte ihre Jacke im Flur an den Kleiderhaken. Aus der Küche drangen die Stimme ihrer Schwester und die eines Mannes. Letztere klang verzerrt, was wohl bedeutete, dass sie aus einem Lautsprecher kam.

Jaane zuckte zusammen, als Sanna die Küchentür öffnete. Ihre Schwester saß am Küchentisch, vor sich den aufgeklappten Lap-top, daneben das Smartphone, dessen Lautsprecher aktiviert war.

Jaane tippte augenblicklich auf den Bildschirm des Smartpho-nes und nahm es ans Ohr. »Verstehe … Hör zu, ich muss jetzt Schluss machen … Ja … Du auch.« Sie beendete das Gespräch und klappte gleichzeitig den Laptop zu.

»Alles gut?«, fragte Sanne. »Ich wollte dich nicht erschrecken.« Ihre Schwester war sichtlich weiß um die Nase und schien nervös. Vielleicht, weil es Probleme mit ihrer Arbeit gab.

Jaane gestikulierte mit dem Smartphone. »Nur ein Kunde, der mir ein wenig Ärger macht.«

»Worum geht es denn?«

»Ach … Ich … habe ihm die ersten Entwürfe für ein neues Corporate Design geschickt, und … unsere Vorstellungen gehen wohl ein wenig auseinander.«

»Und jetzt?«

»Muss ich noch mal von vorne anfangen.«

»Hast du Termindruck?« Sanna entging nicht, wie die Finger ihrer Schwester zitterten, als sie nach dem Weinglas auf dem Tisch griff und einen Schluck trank. Auf Stress regierte Jaane nicht gut.

»Ein wenig. Nicht schlimm. Wie war dein Tag?«

»Erkenntnisreich.« Sanna ging zum Küchenschrank, nahm sich ebenfalls ein Weinglas und schenkte sich ein.

»Und was heißt das genau?«

»Du weißt doch, ich kann nicht darüber reden.«

»Hör doch auf damit.« Jaane trank noch einen Schluck und beäugte sie über den Rand des Weinglases hinweg. »Der Starregisseur, oder? Du bist am Mord von Max Moser dran. Das Internet ist voll davon.«

»Ja.« Es war kein großes Geheimnis. »Wir ermitteln in der Sache.«

»Wow. Dass du es mal mit einem echten Promi zu tun bekommst …«

»Einem toten Promi.«

»Trotzdem. Ihr schnüffelt am Filmset rum?«

»Tun wir, klar.«

»Besorgst du mir ein Autogramm?«

»Von wem denn?«

»Egal, irgendjemand Bekanntes.«

»Ich sehe mal, was sich machen lässt.« Sanna ließ den Blick

zum Fenster hinausschweifen. Es begann wieder leicht zu regnen, und die Tropfen prasselten gegen die Scheibe. »Sagt dir die Familie de Haan etwas? Drüben aus Keitum. Oder erinnerst du dich, dass Mama sie mal erwähnt hat?«

Jaane schüttelte den Kopf. »Nein. Sollte der Name mir denn etwas sagen?«

»Nein, hätte nur sein können.«

»Hat es mit dem Fall zu tun?«

»Ja.«

»Dann frag ich lieber nicht weiter nach.«

»Die de Haans waren recht vermögend. Ihnen gehörten diverse Ländereien und Häuser. Ich schätze, sie hatten Einfluss und haben in ihrer Zeit eine gewisse Rolle hier auf der Insel gespielt. Das liegt nur alles schon eine ganze Weile zurück, und es ist gar nicht so einfach, jetzt noch etwas über sie herauszufinden …«

»Hast du es mal im Archiv versucht?«, fragte Jaane.

»Welchem Archiv?«

»Dem Sylter Inselarchiv in Westerland. Dort sammeln sie alte Zeitungen, Festschriften und Ähnliches. Wenn diese Leute hier wirklich eine Rolle gespielt haben, sollten sie da irgendwo mal auftauchen.«

Sanna blickte auf die Küchenuhr. »Wie lange hat das Archiv geöffnet?«

Es war bereits dunkel, und der Regen ging in Strömen nieder, als sie etwa zwanzig Minuten später in Westerland vor dem Bau aus rotem Klinkerstein parkten, der das Sylter Archiv beherbergte. Sanna zog die Jacke über den Kopf, als sie ausstieg und hinter Jaane her zum Hauseingang eilte.

Am Empfang erwartete sie eine ältere Dame mit grauem Dutt, die keinen Hehl daraus machte, dass der späte Besuch ihr gar nicht recht war. »Wir schließen in einer Stunde. Pünktlich. Bitte beeilen Sie sich.«

Sie erklärten der Dame ihr Anliegen und folgten ihr dann in

den Keller, wo sich in einem langen Gang unzählige Regale mit Aktenschubern und Ordnern mit Exemplaren alter Lokalzeitungen aneinanderreihten.

Die Archivarin tippte auf die Uhr an ihrem Handgelenk und wiederholte: »Eine Stunde.« Dann ging sie wieder nach oben.

Sanna schritt die scheinbar endlosen Reihen von Archivmaterial ab und überlegte, ob sie nicht lieber gleich kapitulieren sollte.

»Okay, packen wir es an.« Jaane klatschte in die Hände. »Da wir nicht so viel Zeit haben, würde ich vorschlagen, wir grenzen unsere Suche zeitlich ein. Geht das?«

»Mitte der Achtzigerjahre.«

»Noch etwas genauer?«

»1986 und 1987. Das reicht für den Anfang.«

Sie machten sich an die Arbeit. Der Gang, in dem sich die Zeitungen aus den beiden Jahren befanden, war schnell gefunden. Sie teilten sich auf. Jaane 1986, Sanna 1987.

Ihre Finger waren bald von der Druckerschwärze der alten Zeitungen verfärbt.

Der Familie de Haan konnte man in der Lokalpresse kaum entgehen. In regelmäßigen Abständen gab es etwas über Lys oder Thys de Haan zu lesen.

Lys hatte sich vor allem um die Kulturlandschaft auf der Insel verdient gemacht – wie viele vermögende Menschen hatte sie eine Ader für die Künste gehabt. Vernissagen, Theateraufführungen, Lesungen mit Autoren. Immer wieder tauchte sie auf Fotos mit prominenten Zeitgenossen auf, die der Insel einen Besuch abstatteten.

Thys hatte derweil seine Rolle als Geschäftsmann ausgefüllt. Vor allem als Gönner. Er trat als Sponsor von Vereinen auf, machte mit Großspenden von sich reden, und natürlich schob er mit der einen oder anderen Investition wichtige Projekte für den Inseltourismus an. Offenbar hatte er kurzzeitig auch Ambitionen in der Politik gehabt, doch die endeten mit dem Jahr 1987 ziemlich abrupt, ohne dass es dafür einen ersichtlichen Grund gab.

Trotz der regen Berichterstattung war es den de Haans gelungen, ihr Privatleben aus der Öffentlichkeit herauszuhalten. Darüber stand auf den teils angegilbten Seiten der Gazetten nichts zu lesen.

Sanna blickte auf die Uhr ihres Smartphones. Ihre Zeit lief langsam ab. Noch eine knappe Viertelstunde.

Sie wusste nicht, was sie hier zu finden gehofft hatte. Die bisherige Ausbeute konnte man nur als mager bezeichnen. Abgesehen von ein paar Fotos von Lys und Thys de Haan wusste sie kaum mehr über die Familie.

»Bei dir noch etwas Neues?«, fragte sie ihre Schwester.

Jaane schüttelte den Kopf. »Hier ist wieder etwas über eine Vernissage, bei der Lys de Haan Pate gestanden hat. Aber sonst … nichts.«

Sanna nahm sich die letzten Ausgaben der Lokalzeitung von 1987 vor und blätterte durch die Seiten. Hinter ihr näherten sich Schritte. Die Archivarin.

»So, ich muss Sie bitten, das Archiv zu verlassen …«

Sanna hielt inne.

Ein Artikel aus dem Frühjahr 1987. Ein Mal war es den de Haans nicht gelungen, die Presse aus ihren privaten Angelegenheiten herauszuhalten: THYS UND LYS DE HAAN SCHICKEN SÖHNE AUF PRIVATSCHULEN, lautete die Schlagzeile. Darunter war ein Foto von Lys und Thys de Haan bei einer Kulturveranstaltung abgebildet. Die Bildunterzeile lautete: *Hier noch glücklich vereint bei der Premiere von Theodor Storms »Schimmelreiter« im Alten Kultursaal – die de Haans und ihre Söhne Maximilan Martein und Klaus de Haan.*

Sanna betrachtete die beiden Jungen, und ihre Nackenhaare stellten sich auf.

Jaane schob sich neben sie. »Da laust mich doch der Affe. Der Knabe da sieht Max Moser aber verdammt ähnlich. In dünn und in jung natürlich. Und wer ist der andere?«

»Das ist offenbar sein Bruder«, sagte Sanna, wobei sie noch nicht ganz verstand, worauf sie da gestoßen war.

Die Archivarin schob sich neben Sanna und blickte auf den Artikel, den sie in der Hand hielt. »Sie interessieren sich für die Familie de Haan?«

»Ja.«

»Das hätten Sie gleich sagen sollen ...«

Wenn Ihre Begrüßung freundlicher und Ihr Interesse größer ausgefallen wären, hätte ich das vermutlich getan, hätte Sanna gerne erwidert. »Sie kennen die de Haans?«

»Ja.« Sie deutete mit einem Nicken auf das Foto. »Die beiden Jungen waren ein paar Klassen über mir in der Schule.«

»Martein und Klaus de Haan waren also Brüder?«

»Mehr oder weniger.«

»Was wollen Sie damit sagen?«

»Klaus war Marteins ... wie nennt man das ... die de Haans haben ihn adoptiert.«

»Sein Adoptivbruder also«, sprang Jaane ein.

»Richtig. Seine Eltern waren Freunde der de Haans und Thys der Patenonkel von Klaus. Das hat damals hier auf Insel viele schockiert, als dessen Eltern starben. Sie verunglückten beim Klettern in den Bergen. Klaus blieb allein zurück«, erzählte die Archivarin. »Die de Haans nahmen ihn bei sich auf dem Wendelhof auf. Ich meine, Platz genug hatten sie ja.«

»Die Eltern von Klaus«, fragte Sanna, »wie hießen sie?«

Die Archivarin zuckte mit den Schultern. »Krieger.«

Sanna spürte, wie es ihr kalt den Rücken hinunterlief. »Krieger? Dann hieß der Junge also Klaus Krieger?«

Die Archivarin schürzte die Lippen. »Das liegt nahe, oder?«

Sannas Blick wechselte zwischen der Frau und ihrer Schwester hin und her. Die beiden ahnten nicht, auf was für eine Bombe sie hier gestoßen waren.

Klaus Krieger war also der Bruder von Max Moser. Der extrovertierte Filmstar und der zurückgezogene Regisseur miteinander verwandt. Sanna fiel es schwer, diese neue Erkenntnis einzuordnen. Noch vermochte sie nicht zu sagen, wohin sie führen würde. »Klaus und Martein wuchsen also zusammen auf dem Wendelhof auf?«

»Ja. Sie waren wie Brüder. Ziemlich ungleiche allerdings. Martein war ein ruhiger Typ, Klaus ein Temperamentsbolzen, der sich nur schwer kontrollieren konnte. Martein war der Ruhepol, der ihn immer wieder zur Besinnung brachte«, sagte die Archivarin. »Zwei wie Feuer und Wasser.«

»Wissen Sie, weshalb die Eltern die beiden weggeschickt haben?«, fragte Sanna.

»Nein. Das hat viele damals ziemlich überrascht. Ich meine, Lys hatte sich immer ein zweites Kind gewünscht, das sie nun mit Klaus bekommen hatte. Warum also die Jungen in die Ferne schicken? Noch dazu in zwei unterschiedliche Länder.«

Sanna legte die Stirn in Falten, woraufhin die Archivarin ihr den Artikel aus der Hand nahm. »Hier steht es doch. Martein schickten sie in die Schweiz, Klaus in die USA.«

»Dürfen wir uns eine Kopie machen?«, bat Sanna.

»Natürlich. Kommen Sie, ich zeige Ihnen den Kopierer.«

Kurz darauf verließen sie das Archiv und gingen zurück zum Auto. Sanna hatte sich gerade auf dem Fahrersitz niedergelassen, als ihr Smartphone klingelte.

Es war Oberstaatsanwalt Bleicken.

»Wir müssen reden«, sagte er. »Sie haben vielleicht schon gehört, dass sich jemand unerlaubt Zugriff auf das System des Präsidiums verschafft hat.«

»Ja«, antwortete Sanna.

»Der Angriff erfolgte über Ihren Account, Frau Staatsanwältin.«

26 John

»Ach, hatte ich ganz vergessen. Ich soll dich schön von Grandpa grüßen«, sagte Celine, während sie die Teller für das Abendessen aus dem Küchenschrank holte und rüber ins Wohnzimmer trug, wo Juri gerade Frouke fütterte. Gödecke hatte sich ein Taxi bestellt und war ins Miramar gefahren, da er sich, wie er gemeint hatte, das vorzügliche À-la-carte-Diner nicht entgehen lassen wollte.

»Was?« John wäre vor Überraschung beinahe die Scholle vom Pfannenheber gerutscht, die er gerade paniert hatte und in die Pfanne gab.

»Ben lässt schön grüßen.«

»Aber ... wann hat er denn angerufen? Ich habe es dauernd bei ihm versucht.«

»Vorhin, als du nicht da warst.«

»Und warum ruft er nicht mich an?«

»Vermutlich, weil er sich keine Gardinenpredigt anhören wollte.«

»Was sagt er denn?«

»Er ist mit Vivienne unterwegs in die Alpen.«

»Die Alpen?«

»Wirst du langsam schwerhörig? Ja, in die Berge sind sie.«

»Warum das denn?«

Celine stöhnte, als sie in die Küche kam. »Was macht man da wohl. Wandern, essen, an irgendeinem See sitzen ... Sie lassen es sich gut gehen. Er meint, das würde ihm mehr helfen, als jeden Tag in der Kurklinik herumzugammeln. Und Bewegung hat er in den Bergen auch mehr.«

»Wann wollen sie denn zurückkommen?«

»Hat er nicht gesagt.« Sie deutete auf den Topf mit Kartoffeln. »Sind die fertig?«

»Ja, kannst du schon rüberbringen.«

John wendete die Scholle in der Pfanne.

Er gab sich Mühe, sich nicht über seinen Vater zu wundern. Sein alter Herr war immer für eine Überraschung gut, und er hatte sich schon vor Jahren abgewöhnt, jeder neuen Eskapade bis ins Detail auf den Grund zu gehen. Lediglich eine kurze Mitteilung über das Vorhaben hätte er sich gewünscht, als Zeichen des gegenseitigen Vertrauens. Doch offenbar betrachtete ihn sein Vater inzwischen als einen lästigen Moralapostel, der ihn allenthalben gängelte.

Es klingelte an der Haustür.

John ging in den Flur und öffnete.

»Da wären wir wieder«, sagte Lilly zur Begrüßung, während Tommy sich mit den Worten an John vorbeischob: »Junge, ich brauch jetzt erst mal ein Pils. Was für ein Tag.«

»Ja, kommt rein«, meinte John. »Das Abendessen ist gleich fertig.«

Lilly schenkte ihm ein Lächeln. »So, wie wir es in der Auberge Benthien gewohnt sind.«

»Wir servieren heute ein Drei-Gänge-Menü. Vorab eine leichte Gemüsesuppe, als Hauptspeise Scholle mit Kartoffeln und Salat … für die junge Veganerin unter uns mit Räuchertofu. Zum Nachtisch eine spritzige Zitronenjette.«

»Vorzüglich!« Lilly ging ins Wohnzimmer.

»Bitte, nehmen Sie schon Platz«, sagte John. »Ich serviere sogleich das Essen.«

»Da ist ja meine Süße!« Lilly drückte Frouke einen Kuss auf die Stirn und tat dasselbe bei Juri. »Darf ich übernehmen?«

»Nur zu.« Juri stand auf und überließ seinen Platz Lilly. Frouke begann ungeduldig mit beiden Armen zu wedeln, als die Essenszufuhr für einen Moment unterbrochen wurde.

»Es geht ja gleich weiter.« Lilly führte den Löffel an Froukes Mund. »Du bist ja ganz ausgehungert.«

»Schätze, sie freut sich mehr, ihre Mama wiederzusehen«, mutmaßte Juri.

»Hast du mich vermisst?«, fragte Lilly. Als Antwort bekam sie mit vollem Mund ein lautes »Mama!« entgegengeschleudert. Eine Portion Brei flog ihr ins Gesicht.

Lilly lachte, während Juri sich daranmachte, ihr die Wange abzutupfen. »Gut, dass wir ein Schlabberlätzchen haben.« Er stimmte in Lillys Lachen ein, und sie griff nach seiner Hand und küsste sie. »Dich habe ich auch vermisst. Aber bitte bewirf mich jetzt nicht auch noch mit deinem Essen …«

John stand halb in der Küchentür und beobachtete die Szene. Tja, mein Lieber, ging es ihm durch den Kopf. Das hätte deine heile, fröhliche Familie sein können, wenn du es nicht vermasselt hättest.

Er wandte den Blick ab und machte sich daran, das Essen fertig zu machen.

Eine gute Stunde später saßen sie alle satt und zufrieden um den Esstisch herum. John hatte eine Flasche Rotwein entkorkt. Lilly kam aus dem Obergeschoss, wo sie Frouke ins Bett gelegt hatte.

Tommy erzählte von ihrem Besuch bei Simon Petersen und Olger Heinen, dem Hauptverdächtigen, den es im Verschwinden von Torbjörn Svensen gegeben hatte. »Soni Kumari hat sich gleich mal auf die Pirsch begeben. Olger Heinen lebt noch hier auf der Insel. Wir werden uns morgen mal mit ihm unterhalten.«

»Interessant«, sagte John und trank einen Schluck. »Ich wüsste wirklich gerne, was in der alten Fallakte stand.«

»Tja, wir auch. Fragt sich, wo sie abgeblieben ist … und warum Max Moser daran ein Interesse gehabt haben könnte.«

»Zumindest wissen wir inzwischen, dass Moser als Maximilian Martein de Haan zu jener Zeit ebenfalls auf Sylt gelebt hat. Irgendeine Verbindung könnte da also tatsächlich bestehen.«

»Was sagt denn dieser Petersen?«, fragte John. »Hat er Max Moser oder Maximilian de Haan erwähnt?«

»Nein.«

»Und warum ist Petersen damals aus dem Polizeidienst ausgeschieden? Das war zeitnah zu den Ermittlungen, wenn ich das recht verstehe.«

»Warum und wann genau, das wissen wir nicht«, erzählte Lilly, die sich neben Juri an den Tisch setzte und sich ein Glas Wein einschenkte. »Aber offenbar hat er sich damals zu weit aus dem Fenster gelehnt und in der Öffentlichkeit die Prügel dafür eingesteckt, dass der Junge nicht gefunden wurde. Anscheinend war auch seine Familie betroffen. Also wollte er sich dem wohl nicht mehr aussetzen.«

»Petersen«, überlegte John laut. »Ob er wohl etwas mit Sünje und Remko Petersen zu tun hat?«

Sein Smartphone vibrierte. Es war Claudia Matthis, die Leiterin der Kriminaltechnik.

»Sie sitzen hoffentlich nicht unseretwegen noch im Labor«, sagte John.

»Warum wohl sonst?« Matthis lachte. »Nein, es gibt tatsächlich noch andere Fälle, die mich auf Trab halten. Aber ich habe hier eine erste Info, die für Sie sicherlich nicht ganz unwesentlich ist.«

»Ich bin gespannt.«

»Der Pfeil, mit dem das Opfer getötet wurde. Wir können nun mit Sicherheit sagen, dass es sich um einen Armbrustbolzen handelt.«

»Lässt sich der Typ spezifizieren?«

»Es ist ein 22' Executioner Armbrustpfeil. Ein Carbonpfeil, wie er bei Jagdarmbrüsten verwendet wird. Etwa 55 Zentimeter lang.«

»Vermutlich brauch ich gar nicht fragen. So was bekommt man wohl im Internet.«

»Natürlich. Die passende Armbrust dazu ebenfalls. Ist ja immer noch eine erlaubnisfreie Waffe«, bestätigte Claudia Matthis. »Allerdings ... ausgehend davon, aus welcher Distanz der Täter geschossen hat und mit welcher Wucht das Geschoss eingeschlagen ist, würde ich sagen, dass Sie kaum nach einem Spielzeug suchen. Das wird ein Hochleistungsgerät sein, das die Bolzen mit enormer Geschwindigkeit verschießt. Dazu mit großer Präzision, vermutlich mit einem Zielfernrohr ausgestattet. So etwas gibt es von Herstellern wie Ravin oder Carbon Express.«

»Klingt, als müsste man wissen, wie man so etwas bedient, damit man sein Ziel trifft.«

»Nun, schaden würde es auf keinen Fall.«

»Vielen Dank«, sagte John. »Eine ganze andere Frage. Eine Fallakte, wie wir sie früher auf dem Präsidium verwendet haben, ist Ihnen im Ferienhaus von Max Moser nicht untergekommen, richtig?«

»Nein. Hatte ich Ihren Kollegen bereits gesagt.«

»Ich wollte nur sichergehen. Was ist mit dem Laptop des Mordopfers?«

»Tja … das wäre das andere Thema, über das ich mit Ihnen reden wollte«, sagte Matthis. »Auf dem Laptop sind nämlich sämtliche Daten gelöscht worden.«

»Was?«

»Mit hoher Wahrscheinlichkeit hat sich jemand mit einem Magneten daran zu schaffen gemacht. Und, bevor Sie fragen, nein, da lässt sich nichts wiederherstellen.«

»Verdammt!« John hatte sein Smartphone inzwischen auf laut gestellt, sodass die anderen mithören konnten. Er sah ihren Gesichtern an, dass sie dasselbe dachten. Woran auch immer Max Moser da gearbeitet hatte, dieser neue Drehbuchentwurf – oder vielleicht etwas ganz anderes – schien so brisant zu sein, dass sich jemand die Mühe gemacht hatte, alles zu löschen.

»Was ist mit dem Smartphone des Mannes?«

»Da sind wir noch dran. Ich melde mich, sobald es etwas Neues gibt.«

John legte auf. Dann sah er nachdenklich in die Runde. »Max Moser zieht sich also zurück, um an einem alternativen Drehbuch zu arbeiten. Offenbar zum Ärger des ursprünglichen Drehbuchautors Greg McQueen. Außerdem hat Moser Interesse an einer alten Fallakte zum Verschwinden eines Jungen. Moser wird erschossen. Die Fallakte verschwindet spurlos, ebenso alle Daten auf seinem Laptop ...«

»Mal rein vom Ablauf her«, überlegte Tommy. »Der Täter lauert Moser in den Dünen auf. Er tötet ihn, dann geht er rein, nimmt die Fallakte an sich und löscht die Daten auf dem Computer.«

»Möglich«, meinte Lilly. »Da gab es aber vorher noch diese Party.«

»Ja«, sagte John. »Zumindest die Akte könnte einer der Gäste in einem unbeobachteten Moment an sich genommen haben, wenn sie offen herumlag. Um die Festplatte des Laptops zu löschen, braucht man vermutlich nicht lange. Allerdings ist da noch mehr. Als ich an jenem Abend drüben bei Moser wegen der Lichtanlage war, lagen allerhand Unterlagen auf seinem Schreibtisch. Die waren am nächsten Morgen ebenfalls weg.«

»Da hat jemand also groß reine gemacht. Was waren das für Unterlagen?«, fragte Tommy.

»Weiß ich nicht. Jedenfalls nicht nur Drehbuchseiten. Alte Zeitungsartikel ... Ich kann mich irren, aber ich glaube, auf einer der Seiten stand als Überschrift so etwas wie ›Recherchebericht‹.«

»Du hältst es also für möglich, dass Moser nicht nur am Drehbuch arbeitete, sondern noch an etwas ganz anderem?«

»Möglich wäre das. Ich frage mich ...« John massierte sich das stoppelige Kinn. »Wir wissen ja, dass Moser ein Interesse an dem Fall Torbjörn Svensen hatte. Dann diese alten Zeitungsartikel ... Ich meine, das ist jetzt sehr hypothetisch, aber vielleicht hat er tatsächlich in der alten Sache herumgeschnüffelt ...«

Er konnte den Gedanken nicht zu Ende bringen. Es klingelte abermals an der Tür.

»Johnnyboy«, lachte Tommy, »bei dir herrscht wirklich reger Durchgangsverkehr.«

Vor der Haustür standen Sanna Harmstorf und ihre Schwester.

»Es gibt Neuigkeiten.« Die Staatsanwältin stürmte an John vorbei ins Wohnzimmer.

»Hi.« Jaane kam ihr nach und lächelte John an. »Schön, dich wiederzusehen.«

»Ja ... was gibt es denn?«

Sanna legte die Kopie eines alten Zeitungsartikels auf den Esstisch. »Klaus Krieger ist der Bruder von Max Moser.«

»Was?« John konnte nicht glauben, was er da hörte.

Sanna berichtete, was sie im Archiv herausgefunden hatten.

John ließ sich auf seinen Stuhl fallen und trank das Weinglas in einem Schluck leer. »Das wird ja immer seltsamer. Jetzt haben wir zwei Leute, die aus ihrer Vergangenheit ein Geheimnis machen, noch dazu sind sie Brüder.«

»Und was schlussfolgern wir daraus?«, fragte Tommy.

»Im Moment gar nichts«, antwortete Lilly. »Mir reicht's für heute. Ich habe langsam einen Knoten im Kopf. Wollt ihr auch ein Glas Wein?« Die Frage ging an Sanna und Jaane.

Die beiden nahmen das Angebot gerne an und setzten sich zu ihnen an den Tisch. John stand auf und öffnete die Terrassentür ein Stück weit.

Dann setzte er sich wieder und nahm den Zeitungsartikel in die Hand, um das Bild eingehender zu betrachten. Martein und Klaus de Haan standen mit ihren Eltern vor einer breiten Marmortreppe, deren Stufen mit Teppich ausgelegt waren. Neben ihnen ein hüfthoher Tisch mit einer Blumenvase.

Die Eltern trugen Kleid und Anzug, die Jungen waren etwas legerer gekleidet, beide in Jeans und Hemd. Bei Martein de Haan standen die beiden oberen Knöpfe offen, weshalb sein Hals gut zu erkennen war. John hielt sich das Bild näher vor die Augen. Am Halsansatz, etwas oberhalb des Schlüsselbeins, war ein Muttermal zu erkennen.

Er überlegte kurz, dann griff er zu seinem Smartphone, nur um gleich wieder innezuhalten.

»Was ist?«, fragte Lilly.

»Ach, nur so ein Gedanke. Ich wollte Radke anrufen. Aber im rechtsmedizinischen Institut erreichen wir um diese Uhrzeit niemanden mehr.«

»Dann versuch es bei Jassie Behnke.« Sie gab ihm die Nummer. »Wir hatten in letzter Zeit viel miteinander zu tun, deshalb hat sie sie mir gegeben.«

John gab die Nummer in sein Gerät ein und startete den Anruf. Nach mehrmaligem Klingeln hörte er tatsächlich die Stimme der jungen Rechtsmedizinerin.

»Entschuldigung, ich hoffe, ich störe nicht.«

»Mmm, schon okay.« Es klang, als würde sie Chips essen. »Seh mir gerade einen Film an. Von dem Toten. Ist aber ziemlich öde.«

»Haben Sie schon mit der Obduktion begonnen?«

»Nein. Wollte ich. Radke hat mir aber erst ein paar andere Leichen aufs Auge gedrückt.«

»Vielleicht ist Ihnen das trotzdem aufgefallen ... Hat der Tote ein Muttermal am Hals? Etwas oberhalb des Schlüsselbeins?«

»Klar. Hat er. Daran erinnere ich mich. Soll ich morgen ein Foto machen und es Ihnen schicken?«

»Nicht nötig. Reicht mir, dass Sie es bestätigen. Vielen Dank.« Er legte auf und tippte auf den Zeitungsartikel. »Das hier ist wirklich Max Moser. Und dann besteht wohl kein Zweifel, dass er mit Klaus Krieger aufgewachsen ist.«

»Na ja«, meinte Sanna, »das würde zumindest erklären, warum er es im Gegensatz zu vielen anderen Regisseuren offenbar geschafft hat, diesen Querkopf im Zaum zu halten.«

»Ja, vielleicht sollten wir ihn gleich morgen ...«

Lilly stand abrupt auf. »Tut mir leid, aber mir reicht es wirklich für heute. Können wir das auf morgen verschieben? Tommy und ich müssen uns noch um eine Unterkunft kümmern ...«

»Müsst ihr nicht«, sagte John. »Ihr übernachtet hier.«

»Aber das Haus platzt aus allen Nähten.«

»Das passt schon.« Celine kam die Treppe herunter. Sie hatte kurz nach Frouke gesehen. »Ben ist doch ausgebüxt. Sein Bett ist frei. Das nimmst du. Lilly und Juri im großen Bett. Tommy in meinem. Und ich hier unten auf der Couch.«

»Kommt gar nicht in die Tüte, dass du wegen mir auf dem Sofa pennst«, warf Tommy ein.

»Sehe ich genauso«, sagte John.

Jaane räusperte sich und hielt den Zeigefinger in die Höhe. »Wenn ich auch einen Vorschlag machen dürfte?«

»Immer zu.« John nickte.

»Wir hätten bei uns noch ein Gästebett frei.«

Celine klatschte in die Hände. »Prima. Juri und Lilly in einem Bett. Tommy in Bens. Und ich bei mir. Passt.«

»Ähm, Moment mal ...« John blickte konsterniert in die Runde. »Ihr habt etwas vergessen. Mich.«

»Upsi.« Celine formte die Lippen zu einem O.

»Also ...« Jaane räusperte sich wieder. »Ich hätte nichts dagegen, wenn du mit zu uns kommst.«

John entging der überraschte Blick nicht, den Sanna ihrer Schwester schenkte. Dennoch meinte auch sie: »Du bist uns natürlich jederzeit willkommen. Und es würde uns die Möglichkeit geben, noch über das eine oder andere zu sprechen.«

John sah sich um und blickte in erwartungsvolle Gesichter. Irgendwie konnte er sich des Gefühls nicht erwehren, dass die Aussicht, ihn zumindest für eine Nacht loszuwerden, alle hier im Raum recht wohlgemut stimmte.

»Also ... dann ...«, stammelte er.

»Prima, dann ist es beschlossen.« Jaane packte ihn am Arm und zog ihn mit sich.

»Darf ich noch ein paar Sachen mitnehmen?«

»Aber natürlich. Ich leihe dir sonst auch gerne meinen Schlafanzug. Wir sind ja ungefähr gleich groß.« Jaane musterte ihn von oben bis unten und lächelte ihn mit roten Wangen an. Vermutlich von der Hitze des Bileggers, versuchte John sich einzureden.

27 Sanna

Sie hatte sich mit John unter die alte Buche im Garten gesetzt, in der sanft der Seewind rauschte. Im Mondschein meinte sie, eine Fledermaus vorbeihuschen zu sehen. Dies würde vielleicht einer der letzten lauen Sommerabende sein, der Wetterbericht hatte vorhin die ersten Herbsttage für die kommende Woche angekündigt. Sanna hatte ihnen eine Flasche Weißwein aufgemacht, ein Sölviin, der hier auf der Insel angebaut wurde.

Jaane hatte sich in ihr Schlafzimmer verzogen. Durch das offene Fenster im oberen Stockwerk kam Tastaturgeklapper.

»Du willst mit mir gar nicht über den Fall sprechen, oder?«, fragte John, der es sich neben ihr in einem der Deckchairs bequem gemacht hatte, die Jaane diesen Sommer angeschafft hatte.

Er schien die Ausquartierung aus dem eigenen Haus mit Humor zu nehmen.

»Nein«, antwortete Sanna. »Es geht um etwas anderes. Etwas Persönliches.«

»Dachte ich mir schon.«

»Dann danke, dass du trotzdem mitgekommen bist.«

»Ich war zu neugierig, sonst hätte ich das Theater gerade wohl nicht mitgemacht.« Er trank einen Schluck, stellte das Glas auf dem Beistelltisch ab und lehnte sich mit hinter dem Kopf verschränkten Armen zurück. »Also?«

»Das Präsidium wurde gehackt.«

»Habe ich inzwischen mitbekommen.«

»Der Angreifer hat sich gezielt für Torbjörn Svensen interessiert. Die neuesten Erkenntnisse von Lilly und Tommy, also die Büste und Rekonstruktion seines Gesichts. Aber auch die Fallakte. Der Hacker hat dafür gesorgt, dass sie aus dem Archiv an Max Moser verschickt wurde.«

»Ja. Wobei ich nicht weiß, was das soll. Woher wusste derjenige, dass Max Moser mein Nachbar ist?«

»Ganz einfach«, sagte Sanna. »Der Eindringling hat für Moser gearbeitet. Der wird ihm gesagt haben …«

»Aber Moser und ich sind uns bis dahin nur flüchtig begegnet. Woher sollte er wissen, dass ich mal bei der Kripo in Flensburg war?«

»Guter Punkt. Das muss der Hacker gewusst haben.« Sanna umfasste die Armlehnen ihres Stuhls. »Mein Problem ist ein ganz anderes.«

»Nämlich?«

»Bleicken hat mich vorhin angerufen. Sie wissen inzwischen, wie sich der Hacker Zugang zum System verschafft hat.«

»Tatsächlich?«

»Er kam über meinen Account rein.«

»Was?« John hob die Augenbrauen und setzte sich auf.

Sanna entging nicht, dass im oberen Stock das Tastaturgeklapper verstummt war. Egal, sie konnte unmöglich alles vor Jaane geheim halten, zumal es sich um ein persönliches Problem handelte, von dem sie ohnehin eher früher als später Wind bekommen würde, nämlich dann, wenn Sanna deshalb ihren Job verlor.

»Der Angreifer hat sich über meinen Account eingeloggt«, erzählte sie weiter, »dann ist er tiefer ins System vorgedrungen.«

»Okay. Das wirft mehrere Fragen auf.«

»Die erste kann ich dir gleich beantworten: Ich war es nicht.«

»Hatte ich auch nicht angenommen …«

»Bleicken und die Kollegen sind sich da nicht so sicher. Sie überprüfen jetzt meinen Dienstrechner, und vermutlich findet als Nächstes eine Hausdurchsuchung statt …«

»Mach dir darüber mal keine Sorgen«, John hob beruhigend

eine Hand. »Selbst wenn das so kommt, werden sie bei dir nichts finden. Vielmehr liegt doch die Frage auf der Hand: Wie kam der Angreifer an deine Zugangsdaten?«

»Keine Ahnung. Jedenfalls habe ich sie nirgendwo offen rumliegen lassen.«

»Vielleicht hat dir mal jemand über die Schulter gesehen?«

»Du meinst, von den Kollegen?«

»Zum Beispiel. Irgendjemand aus deinem Umfeld.«

»Nein, kann ich mir kaum vorstellen«, sagte Sanna. »Ich kenne mich da wirklich nicht aus, aber … es gibt doch vermutlich zig Möglichkeiten, sich in Accounts zu hacken. Das kann doch auch purer Zufall sein.«

»Möglich, ja.« John schenkte ihnen Wein nach. »Einen bestimmten Account verwendet ein solcher Angreifer wohl nur, wenn er schon die Zugangsdaten hat. Ansonsten würde sich ein Profihacker wohl ein anderes Einfallstor suchen.«

»Was meinst du mit Profihacker?«

»Dass es vielleicht eben kein Profi war. Sondern jemand, der sich nicht so gut auskennt, aber auf irgendeinem Weg an deine Zugangsdaten gekommen ist.« Er machte eine Pause und überlegte. »Jedenfalls bin ich inzwischen der Überzeugung, dass Max Moser nicht nur an einem neuen Drehbuch arbeitete. Er interessierte sich aus irgendeinem Grund für Torbjörn Svensen. Und offenbar stand er mit demjenigen in Verbindung, der ins Präsidium eindrang …«

Sie wurden von Jaane unterbrochen, die raus auf die Terrasse kam.

»Dein Bett ist fertig«, sagte sie zu John. »Willst du mal gucken kommen?«

»Klar.« Er stand auf und ging hinter ihr her ins Haus.

Sanna folgte den beiden.

Sie gingen durch das Wohnzimmer in den Hausflur und stiegen die schmale Wendeltreppe in den oberen Stock hinauf. Mutter hatte das Fischerhaus damals umbauen und modernen Wohngepflogenheiten anpassen lassen, dabei aber versucht, den alten friesischen Charme beizubehalten. Und dazu gehörte ein Alkoven, der in der Wand zwischen den beiden Schlafzimmern lag. In früheren Zeiten hatten die Leute dort in einer kauernden Position geschlafen oder es zumindest versucht. Mit der Modernisierung war der Alkoven aber gemütlicher geworden und bot genügend Platz, die Nachtruhe gemütlich im Liegen zu verbringen.

Der Einstieg befand sich etwa auf Hüfthöhe in der Wand und wurde von einem Vorhang verdeckt. Jaane zog ihn zur Seite.

»Bitte sehr. Wie zu Großvaters Zeiten. Nur bequemer.«

»Wohl eher wie bei Urgroßvater«, John lächelte und steckte den Kopf in den Alkoven. »Schaut gemütlich aus. Für eine Nacht wird das reichen.«

»Oh, du kannst auch gerne länger bleiben«, bot Jaane an.

»Danke. Aber ich glaube, morgen werde ich mir meinen Platz in meinem eigenen Haus zurückerobern.«

»Komm erst mal an und mach es dir bequem«, sagte Sanna. »Falls dir danach ist, kannst du ja noch mal runterkommen. Wir sind im Garten.«

»Könnte sein, dass ich nach dem Tag gleich einschlafe …«

»Ganz wie du magst.« Sie deutete über den Flur. »Das Bad ist dort drüben.«

Dann fasste sie Jaane am Arm und zog sie mit sich die Treppe runter. Im Erdgeschoss schob sie ihre Schwester in die Bibliothek und schloss die Tür hinter ihnen.

»Sag mal, was soll das eigentlich?«

»Was meinst du?« Jaane machte ein Engelsgesicht.

»Noch aufdringlicher geht es wohl kaum.«

»Ich weiß nicht, was du meinst.« Jaane lächelte.

»Oh doch.« Sanna kannte ihre Schwester bestens. Sie war schon früher immer direkt auf das Ziel losgegangen.

»Er ist doch ein richtiges Leckerchen, findest du nicht?«

»Bitte was?«

»Gib's zu, du magst ihn auch.«

»Er ist mein Kollege!«, protestierte Sanna.

»Psst.« Jaane legte den Zeigefinger vor die Lippen. »Sonst hört er uns noch.«

»Aber du kannst ihn doch nicht so nonchalant anbaggern.«

»Kann ich wohl.« Jaane zog die Augenbrauen zusammen. »Oh, ich verstehe. Die Frau Staatsanwältin ist eifersüchtig.«

»Du spinnst.«

»Du kannst gerne Anspruch anmelden, ein Vorkaufsrecht gibt's aber nicht.«

Sanna schüttelte den Kopf. »Ich habe beruflich mit dem Mann zu tun …«

Jaane lachte. »Großes Schwesterherz. Mir brauchst du nichts vormachen. Du magst ihn. Sehr sogar.«

»Ich …« Sanna seufzte und erwiderte nichts mehr. Eine kleine Schwester konnte manchmal entwaffnend sein.

Dritter Teil
DER WEG DES WASSERS

28   John

Er hatte eine Nacht schon wesentlich unbequemer zugebracht. Tatsächlich war es im Alkoven durchaus gemütlich, sodass er die Nacht durchgeschlafen hatte, was in letzter Zeit nicht mehr allzu häufig vorkam. John fühlte sich frisch und voller Tatendrang, als er am Morgen die knarzende Treppe im Fischerhaus in Munkmarsch hinabstieg. Aus der Küche roch es nach frischen Brötchen und Kaffee.

Jaane presste gerade Orangensaft. Sie begrüßte ihn mit einem Lächeln. »Setzt dich gern raus in den Garten. Ist schon gedeckt. Sanna kommt auch gleich. Kaffee?«

»Gerne.«

»Schwarz, Milch, Zucker?«

»Ein Schuss Milch gerne.«

»Normal, Hafer, Soja?«

»Ähm …« Celine, die sich vegan ernährte, hatte darauf bestanden, dass sie nur noch Milchersatz kauften. John hatte sich inzwischen an den anderen Geschmack von Hafer- und Sojamilch gewöhnt. Dennoch vermisste er den altbekannten Geschmack von Kaffee mit frischer Kuhmilch. Und da Celine nicht zugegen war, nutzte er die Gunst der Stunde: »Gerne normale Milch.«

»Geschäumt?«

»Das ist ja wie bei Starbucks hier.«

»Service wird bei uns großgeschrieben.« Jaane blickte John schmunzelnd an und legte den Kopf schief. »Also?«

»Aufgeschäumt. Aber nur, wenn es keine Umstände bereitet.«

Jaane winkte ab. »Ach was.«

»Ich kann das auch selbst machen.« John deutete mit einem Nicken auf die Kapselmaschine.

»Nein, nein. Setz dich raus.« Wieder ein Schmunzeln. »Das mach ich gerne für dich.«

»Danke.« John ging hinaus auf die Terrasse und setzte sich an den Esstisch. Das Polster war weich und tief. Er legte den Kopf in den Nacken und sah einem Blatt dabei zu, wie es von einem Ast der Buche zu Boden segelte.

Er musste innerlich schmunzeln. Jaane flirtete mit ihm. Wenn man das denn noch flirten nennen konnte. Es kam ihm eher so vor, als würde sie ihn mit einer Planierwalze überfahren.

Andererseits fühlte er sich geschmeichelt.

Immerhin ging er geradewegs auf die fünfzig zu, und auch, wenn er sich gut gehalten hatte – zumindest laut Aussage seines Hausarztes –, hinterließ das Alter langsam doch seine Spuren. Beim Blick in den Spiegel entdeckte er morgens immer häufiger Falten an Stellen, wo es zuvor keine gegeben hatte. Sein Bauchansatz wuchs, wobei er sich nicht sicher war, ob es überhaupt noch ein Ansatz oder nicht schon ein richtiger Bauch war. Über die vielen grauen Haare wollte er erst gar nicht nachdenken. Jedenfalls waren die Zeiten vorbei, als sich ihm die Frauen an den Hals geworfen hatten, wenn es solche denn überhaupt gegeben hatte. Da machte es Freude, so unverhohlen umworben zu werden.

Allerdings waren es nicht nur Jaanes Avancen gewesen, die ihn gestern Abend zum Mitgehen bewogen hatten – und das, obwohl ihm der Gedanke, sein eigenes Haus aufzugeben, idiotisch vorgekommen war. Tommy hätte ebenso gut in dem Alkoven übernachten können.

Auch Sanna hatte ihn bei sich haben wollen, das hatte er gespürt. Mittlerweile glaubte er, dass da mehr war als lediglich die Arbeit, das sie zusammenschweißte. Er mochte sie, trotz allem, was zwischen ihnen vorgefallen war, und ihr ging es genauso, wenn ihn sein Eindruck nicht völlig trog. Gestern Abend hatte ihr etwas auf der Seele gebrannt, und er hatte wissen wollen, was es war.

Seine Gedanken kehrten zum Fall zurück.

Else Moser, Greg McQueen, Klaus Krieger, es gab genügend Leute im Filmteam, deren Beziehung zu Max Moser belastet gewesen war. Dazu seine nebulöse Vergangenheit. Der Fakt, dass es sich offenbar bei Klaus Krieger um den Adoptivbruder von Moser handelte. Der alte Fall mit Torbjörn Svensen. Und nun auch noch der Datenklau im Präsidium, der von Sannas Account aus begangen worden war.

John hatte nicht die geringste Ahnung, was das alles miteinander zu tun hatte. Nur in einem war er sich sicher: Es hatte miteinander zu tun. Das sagte ihm sein Gefühl. Der Schlüssel lag womöglich in Mosers Vergangenheit und der Frage, weshalb er sich für das Verschwinden von Torbjörn Svensen interessiert hatte.

Gödeckes und seine berufliche Zukunft – und nun auch die von Sanna – hingen davon ab, dass sie dieses Rätsel lösten.

»Bitte sehr, da wäre dein Kaffee.« Jaane kam heraus und stellte einen Pott Kaffee und eine Karaffe mit Orangensaft vor ihn auf den Tisch.

»Danke.«

Sie setzte sich ihm gegenüber. »Sanna sagt, wir sollen schon mal anfangen. Sie muss sich noch föhnen.«

Auf dem Tisch standen ein Korb mit Brötchen, außerdem ein Teller mit Aufschnitt und Käse, dazu ein weiterer Teller mit Lachs und geräuchertem Forellenfilet, eine Schale mit frischem Rührei und eine Schüssel mit Nordseekrabben.

Es war lange her, dass John so fürstlich gefrühstückt hatte. Tatsächlich übertraf das hier beinahe die opulenten Frühstücke, die sein Vater zubereitet hatte, als sie sich noch die Altbauwohnung in Flensburg geteilt hatten.

»Das ist ja wie im Hotel«, sagte er. »Großartig.«

Jaane winkte ab, schnitt sich ein Brötchen auf und bestrich es mit Butter. »Ach was, wir lassen es uns gerne gut gehen. Ist wirklich nichts Besonderes.«

John konnte sich nicht recht zwischen dem Lachs und der Forelle entscheiden, beschloss daher, zunächst Rührei mit Krabben zu probieren und dabei in Ruhe über die weitere Speisenfolge nachzudenken.

Jaane nahm den Laptop, der neben ihr auf dem Stuhl lag, und klappte ihn auf. »Stört es dich, wenn ich kurz mal die Mails checke?«

»Nein«, antwortete John mit vollem Mund und sah zu, wie sich Jaanes Hände flink über die Tastatur bewegten. »Was machst du eigentlich?«

Sanna hatte ihm einmal gesagt, dass ihre Schwester irgendetwas mit Layout machte, mehr wusste er nicht.

»Grafikdesign«, antwortete sie. »Corporate Identities und Kundenmagazine. Hier und da eine Website, wobei das viele Leute heute lieber selbst mit einem Baukasten machen. Das meiste bringen immer noch Werbekampagnen ein.«

»Und davon lässt sich leben?«

»Na ja …« Jaane blickte am Haus hoch. »Wenn Mama uns das Haus nicht hinterlassen hätte, wäre es deutlich schwieriger. Ich komme über die Runden. Und den Studienkredit habe ich inzwischen auch endlich abbezahlt.«

»Was hast du denn studiert?«

»Na, Grafikdesign eben. Und ein bisschen Programmieren.«

John schenkte sich ein Glas Orangensaft ein und trank einen Schluck. Dann widmete er sich kurz entschlossen der Forelle. »Wenn du programmieren kannst …«

»Oh, von können kann da keine Rede sein.« Jaane schloss den Laptop wieder. »Das hab ich eher nebenher ein paar Semester gemacht, aus Interesse.«

»Wenn du dich in ein System hacken müsstest, wie würdest du das anstellen?«

Jaane verschluckte sich an dem Kaffee, den sie gerade trank. »Du hast was an den Ohren, oder? Ich sagte Programmieren, nicht Hacken. Da besteht ein kleiner Unterschied. Von Letzterem hab ich leider keine Ahnung.«

»Ich frage mich halt, wie man so etwas am cleversten angeht. Würde man nicht eine Schwachstelle im System suchen, irgendeine Hintertür?«

»Vermutlich. Wie gesagt, ich ...«

»Oder würde man sich die Zugangsdaten eines Accounts besorgen?«

Jaane hielt inne und stellte die Kaffeetasse ab. »Du meinst die Sache mit Sanna, oder?«

Also hatte sie gestern Abend alles mitbekommen. Zuerst hatte das Tastaturgeklapper in ihrem Zimmer aufgehört, dann war sie auf der Terrasse aufgetaucht, wobei John sich gewundert hatte, ob sie hinter der Tür gestanden und gelauscht hatte.

»Das war jetzt gerade ein Verhörtrick, richtig?« Jaane musterte ihn argwöhnisch. »Du wolltest wissen, ob ich euch belauscht habe. Habe ich tatsächlich. Ihr wart nicht zu überhören, schätze, die Nachbarn haben es auch mitbekommen. Ihr solltet vielleicht ...«

»Schon gut.« John hob eine Hand. »War nicht böse gemeint. Ich dachte nur, du könntest uns mit deinem Wissen vielleicht ein wenig auf die Sprünge helfen.«

»Kann ich nicht, weil ich, wie gesagt, von so etwas keine Ahnung habe. Ich bin inzwischen froh, wenn ich die Programme kapiere, mit denen ich die Layouts mache ...«

»Nun stell dein Licht mal nicht unter den Scheffel.« Sanna betrat die Terrasse. Sie band sich die weißen Haare zu einem Pferdeschwanz. »Du hast meinen Laptop wieder fit bekommen, den die IT im Präsidium schon aufgegeben hatte.«

John ließ die Gabel, auf der er ein Stück Forelle aufgespießt hatte, sinken und sah die beiden Schwestern wechselseitig an. Ein böser Verdacht huschte durch seinen Hinterkopf. »Darf ich fragen ...«

»Sag mal, seit wann fährst du denn morgens so groß auf?«, fragte Sanna ihre Schwester, während ihr Blick über den Tisch schweifte. »Sonst lässt du das Frühstück doch immer aus.«

»Mir war heute einfach danach.«

John entging das Schmunzeln nicht, das über Sannas Gesicht huschte. »Wie auch immer. John, mir ist etwas eingefallen.« Sie setzte sich auf den Stuhl vor Kopf. »Die Kriminaltechnik meinte gestern, sie sei sich sicher, was den Armbrustbolzen angeht.«

»So ist es.«

»Als ich hier auf der Insel ankam, da geriet ich unversehens in den Filmdreh.« Sanna deutete hinter sich. »Direkt hier drüben in Munkmarsch. Keine Ahnung, was für eine Szene sie da gerade drehten. Auf jeden Fall spielten Klaus Krieger und eine Frau darin mit ...«

»Blonde Haare, hageres Gesicht?«

»Ja.«

»Das dürfte Jördis Svensen gewesen sein.«

»Jedenfalls zielte sie in der Szene mit einer Armbrust auf Krieger.«

»Verdächtigst du Jördis deshalb?« John legte die Gabel auf den Teller und dachte nach. »Als Täterin kommt sie wohl kaum infrage. Sie lag in der Nacht, als Moser ermordet wurde, im Krankenhaus.«

»Richtig. Trotzdem sollten wir dem nachgehen. Es gibt eine Armbrust am Set, und Moser wurde mit einer solchen erschossen.«

»Da hast du recht. Am besten statten wir unseren Filmfreunden gleich mal einen Besuch ab ...« John griff nach seinem Smartphone und wollte Gödeckes Nummer wählen, als ihm aufging, dass der Kriminalrat kein Handy hatte. John hatte lediglich seine Büronummer abgespeichert, wo er ihn nicht erreichen würde. Also wählte er die Nummer des Miramar und fragte dort nach Gödecke, woraufhin man ihn mit dem Concierge verband.

»Wer war das?«, fragte Sanna, als er auflegte.

»Der Concierge des Miramar. Er wollte mich nicht zu Gödecke durchstellen. Der Herr Kriminalrat hat das Bitte-nicht-stören-Schild an der Tür hängen.«

»Und das bedeutet?«

John hob die Schultern. »Dass er wohl mal ausschlafen will. Immerhin hat er ja offiziell Urlaub. Ich schätze, wir beide fahren allein zum Filmset.«

Bei einem Abstecher zum Basiscamp des Filmteams in Tinnum erfuhren sie, dass heute am Roten Kliff gedreht wurde. Sie fuhren mit Johns altem Citroën von Munkmarsch aus nach Baderup und von dort über den Terp Wai nach Kampen. Im Ort folgte John der Kurhausstraße, die an der hohen Uwe-Düne vorbeiführte, auf der sich bereits die ersten Touristen versammelt hatten und die Weitsicht genossen. Dann bog er in den Riperstieg ab, der zum Parkplatz am Roten Kliff führte. Die Straße ging leicht bergab, sodass nicht weit entfernt Haus Kliffende zu sehen war, das einsam in der Heidelandschaft lag.

Die Parkfläche war belegt mit Wagen der Filmcrew. Ein gelbes Flatterband hielt Schaulustige fern, die sich trotzdem versammelt hatten, wohl in der Hoffnung, zumindest einen flüchtigen Blick auf einen der Stars werfen zu können.

Mehrere Männer eines Sicherheitsdienstes bewachten den Zugang und ließen sie passieren, als Sanna ihren Dienstausweis vorzeigte.

Es war nur ein kurzer Fußweg hinunter zu dem Holzsteg, der an den Strand führte.

Loki Mossby stand mit einem Megafon in der Hand auf dem Steg, überblickte den Strand und gab ihren Leuten Anweisungen. Auf dem Strand war ein langer Tisch aufgebaut. John schätzte, dass die Tafel zwischen zehn und zwanzig Meter lang sein musste. Das weiße Tischtuch flatterte im lauen Wind. Ein Teil der Filmcrew war dabei, ein Ende des Tischs mit Geschirr und Gläsern zu decken, während am anderen Ende noch weitere Tische hinzugestellt wurden.

»Ein Stück nach rechts«, rief Mossby durch das Megafon. »Das ist nicht gerade, passt bitte auf. Nach rechts!«

»Entschuldigen Sie die Störung«, machte John sich bemerkbar.

Loki Mossby wandte den Kopf zu ihnen. Sie trug ein Baseballcap und Sonnenbrille. »Nicht Sie schon wieder!«

»Danke für die Ehrlichkeit.«

»War nicht so gemeint. Aber Sie kommen immer, wenn ich gerade alle Hände voll zu tun habe.«

»Das haben wir auch«, sagte Sanna.

»Was kann ich für Sie tun?« Mossby drückte einem jungen Mann an ihrer Seite – vermutlich ein Assistent – das Megafon in die Hand. »Mach du weiter. Und sieh zu, dass das nicht wie Kraut und Rüben aussieht.«

Die Morgensonne kam gerade über die Abbruchkante, sodass das Kliff noch im Schatten lag und nicht in seiner typischen roten Färbung leuchtete, der es seinen Namen verdankte. »Sie filmen zur falschen Zeit«, sagte John.

Mossby deutete auf den langen Tisch. »Das wird eine Abendszene mit einem Galadinner am Strand. Damit alles für die Aufnahme parat ist, müssen wir schon jetzt mit dem Aufbau anfangen. Wir drehen auch noch ein paar Szenen, bei denen wir ein anderes Licht brauchen. Also, ich hab wirklich nicht viel Zeit.«

»Sie erinnern sich an unser erstes Treffen?«, fragte Sanna.

»Ja, drüben in Munkmarsch.«

»In der Szene, die gedreht wurde, kam eine Armbrust vor.«

»Stimmt.«

»Ich nehme an, die gehört fest zu Ihrem Requisitenfundus?«

»Zum Waffenfundus, ja.«

»Wie viele Waffen gibt es denn noch?«, schaltete John sich ein.

»Na ja, das ist ein Krimi, den wir hier drehen. Also ein paar Knarren für die guten und ein paar für die bösen Jungs. Außerdem die Armbrust.«

»Die würden wir uns gerne ansehen.«

»Ja …« Mossby rückte die Kappe zurecht und kniff die Mundwinkel zusammen. »Ich fürchte, das wird nicht möglich sein.«

»Was soll das heißen?«

»Dass ich Ihnen die Armbrust nicht zeigen kann.«

John schloss die Augen für einen Moment und atmete aus, um sich zu entspannen und nicht gleich am frühen Morgen in Wallung zu geraten. »Warum?«

»Sie ist verschwunden.«

John wechselte einen Blick mit Sanna, die sofort fragte: »Und wann gedachten Sie, uns das mitzuteilen?«

»Ich wusste ja nicht, dass die Armbrust wichtig für Sie ist. Warum auch? Außerdem hatte ich gestern anderes im Kopf. Die Sache mit Max ...« Sie hielt inne und schlug sich die Hand vor den Mund. »Verdammt! Deshalb fragen Sie. Natürlich. Max ... er wurde doch nicht ... Also, er wurde nicht etwa mit unserer Armbrust erschossen?«

»Darüber dürfen wir nicht mit Ihnen reden«, sagte John, »aber Sie können sich wohl selbst zusammenreimen, weshalb wir uns für die Armbrust interessieren. Seit wann ist das Ding verschwunden?«

»Der Waffenmeister hat es gestern Morgen festgestellt.«

»Wo wird die Waffe aufbewahrt?«

»Wir haben einen besonderen Trailer dafür, der extra gesichert ist.«

»Wann wurde sie zuletzt gesehen?«

»Vorgestern. Das war drüben in Munkmarsch, wie Ihre Kollegin schon sagte, da haben wir damit gedreht. Danach ist sie schnurstracks wieder im Waffenschrank verschwunden.«

»Wer hatte Zugang dazu?«

»Lediglich der Waffenmeister.«

»Wie lautet sein Name?«

»Arne Meyn.«

»Und wer hat am Set mit der Waffe herumhantiert?«

»Nur Jördis Svensen. Es gibt zwei Szenen, in denen sie die Armbrust hat. Und ... na ja, falls Sie jetzt denken, sie hat etwas damit zu tun ... Haut nicht hin, sie war im Krankenhaus.«

»Wissen wir«, sagte John. »Wie geht es ihr eigentlich?«

»Besser. Sie ist hier. Wollen Sie mir ihr reden?«

»Gerne.«

»Kommen Sie.« Mossby setzte sich in Bewegung und führte sie am Ende des Stegs die Treppe zum Strand hinunter.

»Weiß man inzwischen, weshalb sie ins Krankenhaus musste?«, fragte John ihm Gehen.

»Jördis?«

»Ja.«

»Wird wohl der Alkohol gewesen sein. Sie hat zu tief ins Glas geblickt.«

»Das muss dann aber ziemlich tief gewesen sein«, warf Sanna ein.

Mossby blieb stehen. »Bei Jördis hat das natürlich eine Vorgeschichte …«

»Inwiefern?«, fragte John.

»Hängt mit ihrem Werdegang zusammen. Sie wissen, dass sie mal ein Kinderstar war?«

»Nein.«

»Wanja, die Korsarentochter?« Mossby legte den Kopf fragend zur Seite. »War in den Nullern mal ein großes Ding.«

»Das ist dann wohl an mir vorbeigegangen«, sagte John.

»Egal«, fuhr Mossby fort. »Jedenfalls lief es bei ihr nicht anders als bei anderen Kinderstars vor ihr auch. Der Weg zu einer Erwachsenenkarriere ist mühsam. Der Kinderruhm verblasst irgendwann, das halten nicht viele aus. Als Teenagerin kam Jördis dann mit Drogen in Kontakt. Den Rest können Sie sich denken. Als sie ganz unten war, ist sie dann auf Entzug und wurde clean. Sie hat es geschafft, wieder an gute Rollen zu gelangen. In den vergangenen fünf Jahren ist ihr Stern wieder richtig aufgegangen. Zuletzt dann der Ruf nach Hollywood. Das schaffen die wenigsten … Aber mit dem Stress kamen auch alte Probleme zurück. Diesmal war es der Alkohol. Die ersten Drehtage waren prima. Aber dann erschien sie betrunken am Set, vergaß ihren Text, verpatzte die Einsätze und verschanzte sich in ihrem Trailer. Die Nummer auf der Party hat also wirklich niemanden überrascht.«

Sie waren bei einer Reihe von Strandkörben angelangt, die direkt unterhalb des Roten Kliffs standen.

Aus einem von ihnen lugten zwei nackte Beine hervor.

»Jördis«, sagte Loki Mossby, »die Herrschaften hier würden gerne mit dir reden. Der Kommissar und die Staatsanwältin, von denen ich erzählt habe.«

John war noch keinem Hollywoodstar persönlich begegnet, doch Jördis Svensen entsprach wohl dem Klischee, als sie aus dem Strandkorb hervorlugte. Die blonden Haare, die ihr auf die Schultern fielen, glänzten golden in der Sonne. Die Haut war braun gebrannt. Sie trug eine weiße Bluse und knappe Jeansshorts. Die Wangenknochen bildeten eine gerade Linie zur zierlichen Nase, darunter volle Lippen und ein Grübchen im Kinn. Auf der rechten Wange hatte sie einen kleinen Schönheitsfleck, ganz so, wie man es von Marylin Monroe kannte.

Jördis hatte den Strandkorb ein Stück zurückgelehnt und saß mit ein paar Drehbuchseiten darin, die sie offenbar studierte. In der Hand hielt sie ein Glas mit Strohhalm, Eiswürfeln, einer Limette und einer hellen Flüssigkeit, eine Kombination, die verdächtig nach Gin Tonic aussah.

»Wie geht es Ihnen?«, fragte John.

»Besser.«

»Wollen Sie mir erzählen, was da gestern vorgefallen ist?«

»Nein. Aber mir bleibt wohl keine Wahl, oder?«

»Sie kamen alkoholisiert auf die Party …«

»Natürlich. Sie wollten, dass ich eine Rede auf Max halte. So was mache ich nicht gern. Also hab ich mir Mut angetrunken. Waren wohl ein paar Wodka zu viel.«

»Herr Moser hat Sie noch am Abend in der Klinik besucht?«

»Offenbar. Der Arzt sagte es mir. Ich weiß es nicht, ich war weggetreten.« Sie nahm den Strohhalm in den Mund und schlürfte an ihrem Getränk.

»Wir haben gehört, dass die Armbrust verschwunden ist, die Sie in einigen Szenen verwenden.«

»Ach ja?« Sie blickte Loki Mossby fragend an. »Ist mir neu.«

»Die Armbrust ist gestern aus der Waffenkammer verschwunden«, erklärte die Produktionsleiterin.

»Wann haben Sie die Waffe zuletzt in der Hand gehabt?«, wollte John wissen.

»Vorgestern. Drüben in Munkmarsch. Danach habe ich sie gleich wieder abgegeben.«

»An den Waffenmeister?«

»Genau.«

John begriff, dass die Frau sie nicht weiterbringen würde, zumindest in diesem Punkt. Aber es gab noch etwas anderes, das ihn beschäftigte, seit Lilly und Tommy von ihren gestrigen Erkundigungen berichtet hatten. »Kollegen von uns haben gestern in Keitum Lemke Svensen befragt. Ihre Mutter, wenn wir recht informiert sind.«

Jördis Svensen nickte.

»Bedeutet das«, warf Sanna ein, »dass Sie hier auf Sylt aufgewachsen sind?«

»Ich bin hier geboren. Danach haben wir überall gewohnt. München, Berlin ... Wo die Rollen mich hingetrieben haben. Mama war immer an meiner Seite. Als Dankeschön hab ich ihr das Haus in Keitum gekauft, damit sie sich in ihrer alten Heimat einen netten Lebensabend machen kann.«

John mochte sich nicht vorstellen, welches Leben die Frau und ihre Mutter geführt haben mussten. Sie war wohl eines jener Kinder gewesen, die von ihren Eltern zum Erfolg getrieben wurden – nur, um später, wie sie eben gehört hatten, völlig abzustürzen. Aber vielleicht gab ihr der Erfolg am Ende recht. Wer seiner Mutter ein Häuschen in Keitum kaufen konnte, der hatte es definitiv zu etwas gebracht.

»Wenn Sie mich jetzt entschuldigen würden«, meinte Jördis Svensen. »Ich muss mich auf meine Rolle vorbereiten. Außerdem hat mein Teint gestern ein wenig gelitten.«

Sie lehnte sich zurück und rückte ihre Bluse zurecht, wobei sie den obersten Knopf öffnete und den Kragen zur Seite schlug.

Da sah John es.

Oberhalb des Schlüsselbeins am Halsansatz.

Ein großes Muttermal.

29 Lilly

Ein Morgen konnte schöner kaum beginnen. Lilly war vom Duft frischen Kaffees geweckt worden, und als sie hinunter ins Wohnzimmer ging, stand bereits das Frühstück auf dem Tisch. Tommy kam mit einem Brotkorb aus der Küche. Celine schlief noch, und Juri fütterte gerade Frouke. Lilly ging zu ihrer Tochter und drückte ihr einen Kuss auf die Stirn.

»Guten Morgen, meine Süße. Wie du duftest.«

»Frisch gewickelt und gepudert«, sagte Juri, dem sie ebenfalls einen Kuss gab.

»Du duftest nicht. Also schon, aber nicht so gut.«

»Für Restaurierungsmaßnahmen war noch keine Zeit.«

Sie setzte sich und schenkte sich eine Tasse schwarzen Kaffee ein.

»Wir waren gestern Abend nicht nett zu John«, meinte Tommy, während er nach dem Brotkorb angelte.

»Stimmt. Irgendwie war es aber auch lustig, ihn aus seinem eigenen Haus zu vertreiben.«

Tommy hob eine Augenbraue. »Du bist noch immer rachsüchtig.«

»Bin ich nicht.«

»Bist du wohl«, bekräftigte Juri.

»Also gut.« Lilly hob beide Hände. »Wie wäre es, wenn wir ihn entschädigen, wenn das hier vorbei ist … Mit einem gemeinsamen Kinobesuch.«

»Kino?«, fragte Juri.

»Ja, das mag er.« Lilly setzte eine mitleidige Miene auf und sah Juri an. »Allerdings müsste dann natürlich einer von uns auf das Kind aufpassen …«

»Wer sagt denn, dass wir keinen Herrenabend machen?«, hielt Tommy dagegen.

Juri nickte. »Genau. Wir beide gehen mit ihm ins Kino.«

»Wie auch immer«, meinte Tommy, »heute Abend rotieren wir durch. Ich gehe ins Hotel oder nach Munkmarsch, falls die beiden Damen mich dort aufnehmen.«

»Und du, mein Lieber«, sagte Lilly und lehnte sich mit einem Lächeln zu Juri hinüber, »kümmerst dich heute mal wieder um unsere Tochter, einverstanden?«

»Aber sicher …«

Sie wurden von der Türklingel unterbrochen.

Soni Kumari stand wie abgemacht und pünktlich auf die Minute auf der Matte, um sie abzuholen. Sie hatte schon gestern herausgefunden, dass Olger Heinen, der Verdächtige im Fall Torbjörn Svensen, im Kitesurf-Zentrum am Lister Ellenbogen arbeitete. Tommy überredete sie, noch auf eine Tasse Kaffee reinzukommen, was sie nicht ausschlug.

Wenig später machten sie sich auf den Weg. Soni Kumari mit dem Streifenwagen voraus, Lilly mit Tommy in ihrem Dienstwagen hinterher. Sie fuhren über die Möwenbergstraße an den Lister Dünen vorbei in Richtung Norden. Als sie die Mautstation Ellenbogen passierten, wurde es einsam. Links die Dünen und Heidelandschaft, rechts der Königshafen, die nördlichste Bucht Deutschlands. Hier und da grasten ein paar Schafe, und einmal mussten sie anhalten und eine Herde über die Straße passieren lassen. Lediglich zwei Autos und ein Rennradfahrer kamen ihnen auf dem Weg zum östlichen Eck des Ellenbogens entgegen, wo in der Ferne der rot-weiß gestreifte Leuchtturm List-Ost als Wegmarke zu sehen war.

Sie hielten schließlich auf dem sandigen Parkplatz gegenüber dem Kitesurf-Zentrum.

Der Wind hatte aufgefrischt und blies die bunten Kitedrachen über das Wasser. Eine Drohne schwirrte in der Luft und machte Aufnahmen von dem Treiben.

Sie gingen über die Straße zum Strand. Bei einem behelfsmäßig zusammengezimmerten Holzstand, der den Sommer über als Lager und Zentrale des Kitesurf-Zentrums diente, erkundigten sie sich bei einem jungen Mann mit Rastalocken und Neoprenanzug nach Olger Heinen. Er wies hinunter zum Wasser, wo einer seiner Kollegen einer Frau gerade an einer seichten Stelle beibrachte, wie man sich auf einem Kiteboard hielt.

Sie bedankten sich und gingen zu dritt über den Strand auf den Mann zu, Soni Kumari in ihrer Uniform.

Als sie nur noch wenige Meter von Olger Heinen entfernt waren, geschah etwas Unerwartetes.

Heinens Schülerin rutschte auf dem Kiteboard aus und landete im Wasser. Als sie wieder hochkam, lachte sie, und Heinen stimmte ein. In dem Moment wanderte sein Blick zufällig in ihre Richtung. Fast im selben Augenblick machte sich ein panischer Ausdruck auf seinem Gesicht breit. Heinen riss der Frau, die gerade wieder auf das Kiteboard steigen wollte, das Brett mehr oder weniger unter den Füßen weg, sodass sie abermals mit einem Bauchplatscher im Wasser landete, schnappte sich den Kitedrachen, befestigte ihn an seinem Sicherungsgeschirr und fuhr davon.

»Zum Teufel auch.« Lilly blieb stehen. »Was wird das, wenn's fertig ist?«

Tommy hob die Hand schützend vor die Augen und blinzelte gegen die Sonne aufs Wasser. »Wenn du mich fragst, versucht er gerade zu türmen.«

»Sehe ich auch so«, stimmte Soni Kumari zu.

»Aber warum?« Lilly konnte nicht fassen, was sich da vor ihren Augen abspielte.

Olger Heinen fuhr auf die offene Bucht hinaus, das Ziel klar erkennbar. Wenn er seinen Kurs beibehielt, würde er recht bald das gegenüberliegende Ufer erreichen. Wie es dort weitergehen sollte, blieb sein Geheimnis. Lilly konnte in der Ferne nur Sand, Heidekraut und Schafe erkennen. Zu Fuß würde er nicht weit kommen.

Das sah wohl auch Soni Kumari so. »Dann mache ich mich mal auf den Weg und nehme ihn drüben in Empfang.«

»Ich habe vielleicht eine bessere Idee«, sagte Tommy.

Er ging ans Ufer und winkte einer Frau zu, die mit einem Jetski zwischen den Kite-Anfängern patrouillierte und ihnen bei Bedarf Hilfe anbot. Als sie heran war, wechselte Tommy ein paar Worte mit ihr, bis sie ihm schließlich ihr Gefährt überließ.

»Für den Fall, dass er nicht aufgibt …«, rief Tommy zu Lilly herüber. »Ich bin die Angel. Du sorgst für den Haken!« Er deutete auf die Drohne, die über ihren Köpfen schwebte. Ihr Besitzer war schnell ausgemacht, er stand wenige Meter von Lilly entfernt mit einem Kontrollpult am Strand.

Sie verstand, was Tommy vorhatte. Ob es funktionierte, würde sich zeigen. Sie reckte den Daumen in die Luft.

Tommy schwang sich auf den Jetski und brauste Olger Heinen hinterher.

»Und was gibt das jetzt?«, fragte Soni Kumari.

»Freie Improvisation.« Lilly ging zu dem Drohnenlenker hinüber, zeigte ihm ihren Dienstausweis und erklärte, wozu sie sein Gerät mitsamt seiner Steuerkünste brauchte.

»Aber … dabei geht die Drohne drauf«, beschwerte sich der Mann.

»Die Polizei kauft Ihnen eine neue. Eine größere sogar. Sie dürfen sich den Typ frei aussuchen.«

Der Mann überlegte einen Moment. »Na gut. Ich weiß aber nicht, ob es funktioniert.«

»Das finden wir einfach raus.«

»Also genau in den Schirm da?« Er deutete auf Olger Heinen.

»Ja … schön mittig, wenn's geht.«

Tommy war inzwischen mit Heinen auf gleicher Höhe. Er schnitt ihm mehrere Male die Bahn, wovon der Flüchtende sich aber nicht irritieren ließ. Er sprang mit seinem Board über die Wellen, die Tommy auftürmte, und näherte sich dem gegenüberliegenden Ufer. Wenn Tommy ihm weiter folgte, würde er ihn spätestens dort stellen ... was in diesem Moment wohl auch Heinen in den Sinn kam. Er machte einen Schwenk und fuhr plötzlich auf das offene Meer hinaus. Dort waren die Wellen höher, was dem Jetski Probleme bereiten würde, außerdem würde Tommy früher oder später der Sprit ausgehen. Eine Sorge, die Heinen nicht hatte.

»Geben Sie Gas«, forderte Lilly den Drohnenlenker auf und sah zu, wie die Drohne raus in die Bucht surrte und bald darauf Heinen erreicht hatte. Das Fluggerät drehte mehrere Runden um den Kiteschirm, und Lilly dachte schon, ihr Plan würde in die Hose gehen, als der Mann mit dem Kontrollpult bei einem weiteren Versuch schließlich doch sein Ziel traf.

Die Drohne sauste mittig in den Kiteschirm und brachte ihn zum Kollabieren. Er fiel ins Wasser. Olger Heinen verlor an Fahrt und sank schließlich mit seinem Board in die Wellen.

Alle Versuche, den nun völlig durchnässten Schirm wieder in die Luft zu bekommen, scheiterten.

Als Tommy ihn erreichte, klammerte Heinen sich an seinem Brett fest und ergriff dankbar Tommys ausgestreckte Hand, mit der dieser ihn hinter sich auf den Jetski hievte.

Zwanzig Minuten später lehnte Olger Heinen, noch immer in einen Neoprenanzug gekleidet, am Heck des Streifenwagens. Er hatte eine Glatze, auf deren rechte Seite er sich eine Sonne mit zackigen Strahlen hatte tätowieren lassen. Auch seine Arme waren von Tattoos übersät. Ein Dreitagebart wucherte um sein kantiges Kinn.

»Was sollte das da gerade?«, fragte Lilly.

Heinen rieb sich den Kopf mit einem Handtuch trocken. »Sie meinen, dass Sie mich fast umgebracht hätten? Ich wüsste auch gerne, was das sollte!«

»Verkaufen Sie uns nicht für blöde.« Tommy setzte sich neben ihn auf den Kofferraum des Wagens. »Sie wollten die Fliege machen.«

»Sie sollten mal zum Arzt gehen, wenn Sie Wahnvorstellungen haben. Ich habe überhaupt nichts gemacht, außer friedlich zu surfen ...«

»Wie wäre es, wenn wir Ihre Schülerin befragen«, schlug Lilly vor und nickte über die Schulter in Richtung Strand. »Ich wette, sie war ziemlich verblüfft, dass ihre Stunde so abrupt endete und sich ihr Lehrer aus dem Staub machte.«

Olger Heinen erwiderte nichts, sondern reckte nur trotzig das Kinn vor.

»Also, warum haben Sie versucht zu türmen?«

»Ich spreche nicht gerne mit der Polizei.«

»Und woher wussten Sie, dass wir Polizeibeamte sind?«

Heinen deutete mit dem Daumen auf Soni Kumari, die auf dem Fahrersitz saß und mit ihren Kollegen funkte. »Ihre Kollegin in Uniform war nicht zu übersehen.«

»Normalerweise rennen die Leute nicht vor uns davon«, erklärte Tommy, »außer, sie haben etwas ausgefressen. Wie ist das bei Ihnen?«

»Sagen wir doch einfach, dass ich in der Vergangenheit mit der Polizei nicht die besten Erfahrungen gemacht habe.«

»Womit wir dann beim eigentlichen Thema wären«, meinte Lilly.

»Und das wäre?«

»Torbjörn Svensen.«

»Oh nein ...« Olger Heinen wandte den Kopf gen Himmel. »Wissen Sie, dass das einer meiner wiederkehrenden Albträume ist? Dass nach all den Jahren noch mal jemand kommt wegen dieser alten Sache.«

»Kann ich mir vorstellen. Sie waren damals der Hauptverdächtige.«

»Und man konnte mir nichts nachweisen. Hängen geblieben ist das trotzdem an mir. Hat 'ne ganze Weile gedauert, bis das bei den

Leuten in Vergessenheit geriet. Warum interessieren Sie sich jetzt dafür?«

»Torbjörns Verschwinden konnte nie geklärt werden. Jetzt gibt es neue Hinweise.«

»Würde mich freuen, wenn Sie Licht in die Sache bringen.«

»Dann helfen Sie uns dabei.«

»Wie?«

»Indem Sie uns von dem Abend erzählen, als Torbjörn verschwand.«

Olger Heinen legte sich das Handtuch um den Hals. »Ehrlich gesagt, denke ich nicht mehr gern an diese Zeit zurück. Ich bin nicht stolz darauf, was für ein Typ ich damals war ...«

»Sie meinen, dass Sie Ihre Mitschüler schikaniert haben, vor allem die Jüngeren?«, fragte Tommy.

»Ich war in der falschen Clique. Wir haben Dinge getan, die man nicht tun sollte. Die Sache mit Torbjörn hat mich zum Umdenken gebracht.«

»Warum verdächtigte man Sie?«

»Zwischen Torbjörn und mir gab es einen Streit ...«

»Sie zogen ihn ab, und er revanchierte sich dafür«, wiederholte Lilly, was sie von Simon Petersen erfahren hatten.

»Ja, und das wollte ich ihm wiederum heimzahlen. Wir wussten, dass Torbjörn sich an jenem Abend mit seinen Freunden zum Rollenspiel traf. Ich lauerte ihm mit zwei meiner Kumpels auf. Als er dann das Haus verließ und nach Hause ging und es ernst wurde ... Na ja, meine Kumpel ließen mich im Stich und verabschiedeten sich. Ich bin ihm dann alleine hinterher.«

»Wo ging er hin?«

»Er spazierte am Keitumer Kliff entlang.«

»Wo sie ihn verprügelten«, sagte Tommy.

»Nein, tat ich nicht. Ich weiß nicht, was es war. Die Dunkelheit, der Sturm und der einsetzende Regen ... Irgendwie kühlte mich das ab, und mein Ärger verrauchte. Ich bin dann unverrichteter Dinge nach Hause.«

»Das haben Sie damals so ausgesagt?«, fragte Lilly.

»Ja. Geglaubt hat mir das niemand so richtig …«

»Verständlicherweise«, schob Tommy ein. »Sie konnten nichts beweisen.«

»Nein. Aber genauso wenig konnten Ihre Kollegen mir nachweisen, dass ich ihm etwas angetan hatte.«

Und du weißt, dass wir es dir auch nicht nachweisen können, dachte Lilly, sonst hättest du schon längst Handschellen an. Sie glaubte kaum, dass der Mann ihnen alles offenbarte, was er über das Verschwinden von Torbjörn Svensen wusste.

»Wir sind bereit, über das hinwegzusehen, was sich da gerade abgespielt hat«, meinte sie. »Im Gegenzug sollten Sie uns die Wahrheit sagen.«

»Das tue ich. Ich habe Torbjörn Svensen nichts angetan.«

»Aber Sie wissen etwas über sein Verschwinden.«

»Nein, sonst hätte ich es Ihren Kollegen damals sicherlich erzählt.«

»Wo haben Sie Torbjörn an jenem Abend das letzte Mal gesehen?«

»Wie gesagt, er ging am Wanderweg das Kliff entlang. Ich glaube, irgendwo auf der Höhe vom Altfriesischen Haus habe ich ihn dann ziehen lassen.«

»Aber er war weiter auf dem Weg nach Hause?«

»Ja. Auf dem direkten Weg.«

»Wo wohnte er denn?«

»Das wissen Sie nicht?« Olger Heinen legte den Kopf schief. »Das sollten Ihnen die Kollegen doch verraten haben …«

»Sagen wir einfach, die Kommunikation ist nicht die beste«, erklärte Tommy. »Also, wo wohnte er?«

»Bei seiner Mutter. Nea Svensen. Auf dem Wendelhof.«

Lilly kniff die Augenbrauen zusammen. »Sie meinen den Wendelhof, das Anwesen der Familie de Haan?«

»Ja. Nea Svensen war das Hausmädchen der de Haans. Sie wohnte mit Torbjörn und Lemke in einem kleinen Nebenhaus.«

30   John

»Das bedeutet, Torbjörn Svensen lebte mit Max Moser und Klaus Krieger zusammen auf dem Wendelhof?« John beugte sich unwillkürlich vor und starrte das Smartphone an, das er mit aktiviertem Lautsprecher auf das Armaturenbrett seines Citroëns gelegt hatte, damit Sanna auf dem Beifahrersitz mithören konnte. Er mochte kaum glauben, was Lilly ihnen da soeben offenbarte, und ihrem Gesichtsausdruck nach zu urteilen, schien es Sanna nicht anders zu ergehen.

Sie standen noch immer auf dem Parkplatz am Roten Kliff. Auf der Nordsee zog in der Ferne ein Fischkutter seine Bahn, umringt von einem Schwarm Möwen. Eigentlich hatte John sich gerade auf den Weg nach Westerland machen wollen. Gödecke verlangte nach seiner Anwesenheit.

»Nea Svensen war das Hausmädchen der Familie de Haan«, erklärte Lilly. »Torbjörn und Max Moser müssen sich also gekannt haben. Wenn das kein direkter Bezug ist, weiß ich es auch nicht.«

»Allerdings.« Wobei es nicht schlussendlich erklärte, weshalb sich Max Moser kurz vor seinem Tod noch einmal für das Verschwinden von Torbjörn Svensen interessiert hatte und ob er damals vielleicht etwas damit zu tun gehabt hatte. Dennoch eröffnete diese Erkenntnis einige Möglichkeiten – auch in anderer Hinsicht.

»Ich möchte, dass ihr noch einmal mit Lemke Svensen sprecht.« John erklärte Lilly, was er bei ihrem Gespräch mit Jördis Svensen beobachtet hatte.

»Da wäre ich gerne dabei«, sagte Sanna.

»Kein Problem. Wir kommen von List runter und können dich einsammeln«, schlug Lilly vor.

»Gut. Ich lass mich von John hier in Kampen im Café Manne Pahl absetzen, direkt an der Hauptstraße.«

John wollte schon auflegen, als Lilly fragte: »Was ist mit Klaus Krieger?«

»Den knöpfen wir uns später vor«, antwortete John. »Eins nach dem anderen.«

Der Motor des alten Citroëns erwachte beim dritten Versuch hustend und rappelnd zum Leben. John fuhr nach Kampen hinein und setzte Sanna wie besprochen ab. Dann nahm er den direkten Weg nach Westerland und hielt wenig später vor dem Miramar.

Er schloss gerade die Autotür ab, als ein Angestellter des Hotels in Uniform aus dem Gebäude kam und ihn höflich bat, seinen Wagen woanders zu parken. John wollte instinktiv seinen Dienstausweis zücken, griff aber ins Leere. Auch der Hinweis, dass er einen Bewohner des Hotels besuchte, half nicht. Also stieg er wieder ein, fuhr mehrere Runden um den Block, bis er schließlich auf einem öffentlichen Parkplatz eine freie Lücke gefunden hatte.

Gödecke saß bereits auf der Terrasse des Hotels, als John leicht verschwitzt an seinen Tisch trat.

»Sie kommen spät«, sagte der Kriminalrat, den Blick auf das offene Meer gerichtet, dessen Wellen im Sonnenlicht glitzerten.

»Entschuldigung«, antwortete John und setzte sich. »Sie sagten, es geht Ihnen um die Finanzen der Mosers. Sanna Harmstorf wird sich um einen entsprechenden Beschluss kümmern, damit wir Einsicht nehmen können. Wir müssen uns aber etwas gedulden, sie ist gerade …«

Gödecke hob die Hand. »Wir sparen uns den formellen Weg. Das geht auch anders. Ah … da kommt sie auch schon.« Seine Augen weiteten sich, und er setzte ein Lächeln auf. »Zusehen und lernen, Benthien, zusehen und lernen.«

Er erhob sich und reichte Else Moser mit einer leichten Verbeugung die Hand, als sie auf die Terrasse heraustrat und zu ihnen kam. John stand ebenfalls zur Begrüßung auf.

»Nehmen Sie doch Platz, meine Teuerste«, sagte Gödecke und deutete auf den freien Stuhl.

Else Moser kam er Aufforderung nach. Sie trug ein geblümtes Sommerkleid. Die Haare hatte sie zu einer Hochsteckfrisur aufgetürmt, und auf ihrer Nase saß eine große Sonnenbrille. »Wie komme ich zu dieser Einladung?«, fragte sie, und ihr Blick wanderte zu dem Kübel mit eisgekühltem Champagner, der neben dem Tisch stand.

»Es gibt Dinge, die sollte man in entsprechender Atmosphäre besprechen.« Gödecke winkte den Kellner heran. »Wir können jetzt gerne beginnen.«

»Jetzt haben Sie meine Neugierde geweckt«, sagte Else Moser, und John konnte ihr im Stillen nur zustimmen. Auch er war gespannt, was der Alte im Schilde führte.

Während das Frühstück aufgetischt wurde – Lachs, Kaviar, Toast und vieles andere, was das Leben leicht und vergnüglich machte –, verlegte sich Gödecke allerdings darauf, Allgemeinplätze zu verhandeln. Das Wetter, die Schönheit der Insel, und einige Male drückte er sein Mitgefühl und sein tiefes Bedauern über den Verlust von Frau Mosers Gatten aus, dessen Filme er stets geschätzt habe.

John begann schon, sich zu langweilen, als sie beim Kaffee angelangten und Gödecke endlich ans Eingemachte ging. »Frau Moser, zwei lebenserfahrene Menschen wie Sie und ich wissen, dass sich die Dinge manchmal nicht zu unseren Gunsten entwickeln, ohne dass wir selbst etwas dafür können. Das Leben ist ein holpriger Pfad und das Schicksal ein mieser Verräter.«

Else Moser rückte ihre Sonnenbrille zurecht. »Ich fürchte, ich kann Ihnen nicht recht folgen, Herr Kriminalrat.«

»Meine Teuerste«, Gödecke zwirbelte seinen Schnauzer, »eine Frau von Welt wie Sie in einem Wohnwagen darben zu lassen, das halte ich für wirklich schlechten Stil. Und mich würde der Grund dafür interessieren.«

»Wie ich schon sagte, mein Maxerl brauchte seine kreative Freiheit.«

»Sicherlich. Doch stand ihm zum Schreiben ja ein gesonderter Wohnwagen zur Verfügung, den er offensichtlich auch nutzte.«

Else Moser griff nach ihrer Kaffeetasse, wobei ihre Hand leicht zitterte. »Wenn man mit einem Freigeist zusammenlebt, muss man Kompromisse eingehen.«

»Mir ist die Unbill einer Ehe bestens vertraut.« Gödecke räusperte sich. »Meine Frau und ich sind seit über dreißig Jahren verheiratet. Und obwohl wir uns in all den Jahren stets sehr zugetan waren, habe ich doch manches Mal auf der Couch übernachten müssen …«

»Sie fragen, ob wir Streit hatten?«

»So muss man es ja nicht gleich nennen. Es sind doch lediglich kurze Phasen der Disharmonie, die an der gegenseitigen Liebe nichts ändern. Wenn also eine solche vorgelegen hat, heißt das ja nicht …«

»Nein«, sagte Else Moser kurz angebunden, »wir haben uns nicht gestritten.«

»Das freut mich über die Maßen für Sie.« Gödecke winkte abermals den Kellner heran. »Der Champagner ist alle. Nehmen wir denselben noch einmal?«

Die Gattin des Meisterregisseurs nickte.

»Wie ich schon sagte, meine Teuerste«, fuhr der Kriminalrat fort, »bin ich mit dem Werk Ihres Gatten bestens vertraut und zähle es zu den cineastischen Meisterleistungen. Dennoch ist mir nicht entgangen, dass gerade die letzten Filme beim Publikum auf wenig Gegenliebe stießen …«

Else Moser rümpfte die Nase. »Was wollen Sie damit sagen?«

»Nun, ich meinte …«

Während Gödecke weiterredete, nippte John an seinem Kaffee und ließ den Blick aufs Meer hinausschweifen. Wenn er Pech hatte, würde das Geschwafel noch den ganzen Tag so weitergehen. Immerhin konnte er sich mit der Aussicht trösten. Und der Kaffee war auch nicht schlecht …

Sein Smartphone klingelte. »Bitte mich zu entschuldigen.«

John stand auf und ging nach vorne ins Foyer des Hotels.

»Hey, Daddy«, hörte er Celines Stimme.

»Was gibt es? Ich bin gerade in …«

»Ben hat sich gemeldet.«

»Oh Gott, ihm ist hoffentlich nichts zugestoßen?«

»Reg dich ab. Er hat Fotos aus dem Urlaub geschickt. Schau dir das mal an …«

Das Smartphone gab ein leises Pling von sich. John wechselte auf dem Bildschirm zum Kurznachrichtendienst und besah sich das Foto, das Celine ihm gerade gesendet hatte.

Ben und Vivienne vor einem Chalet, im Hintergrund die Berge.

John nahm das Telefon wieder ans Ohr. »Wunderbar. Sie haben eine schöne Zeit in den Alpen.«

»Darum geht es nicht. Schau doch mal genauer hin.«

John rief erneut das Bild auf und betrachtete es eingehender. Schließlich vergrößerte er es mit zwei Fingern.

Das Chalet befand sich in einiger Entfernung hinter Ben und Vivienne, deshalb hatte er das Detail nicht sofort gesehen. An dem schmiedeeisernen Flügeltor, das den Weg zu einer mit weißem Kies bestreuten Einfahrt freigab, hing ein kleines Schild. »Zu verkaufen«, stand darauf.

»Und?«, fragte John. »Was soll mir das jetzt sagen? Wollen die beiden in die Alpen ziehen?«

»Nein. Aber ich habe mir gedacht, wenn Ben schon eine unangekündigte Spritztour macht, kann er uns doch einen Gefallen tun.«

»Und welcher wäre das? Nach Ferienimmobilien suchen?«

»Das Chalet, vor dem sie da stehen, gehört den Mosers.«

»Max Moser?«

»Klar, wem denn sonst? Du bist echt am Verkalken«, sagte Celine. »Juri hat sich bei dem entsprechenden Makler erkundigt. Es steht schon eine ganze Weile zum Verkauf. Ein Ladenhüter, weil in schlechtem baulichem Zustand.«

»Sag Ben, er hat mir gerade einen echten Gefallen getan. Außerdem soll er sich mal bei mir melden ...«

»Da ist noch mehr. Die ganze Fassade der Mosers fängt an zu bröckeln, wenn man sie auch nur zu scharf anguckt. Wir haben uns auch über die Wohnung in New York erkundigt. Die gehört einer Art Genossenschaft. Man kauft sich ein und bekommt lediglich ein paar Wochen im Jahr zugeteilt, in denen man sie nutzen darf. Das Einzige, was den Mosers vielleicht wirklich gehört, ist das Haus in Beverly Hills. Aber wer weiß, was da noch rauskommt, wenn man mal genauer nachfragt.«

»Danke, Celine. Du hast mir gerade den Tag gerettet. Gibt es von dem Chalet noch ein Foto ohne Ben und Vivienne drauf?«

»Ja, schicke ich dir.«

John legte auf und ging wieder hinaus auf die Hotelterrasse. Gödecke und Else Moser ließen gerade die Champagnergläser klingen.

»Auf Ihr Wohl, meine Teuerste«, sagte Gödecke. »Was ich schon immer einmal wissen wollte ...«

»Frau Moser.« John setzte sich und legte sein Smartphone auf den Tisch. »Ist das Ihr Haus?«

Die Dame sah ihn zunächst verwirrt an, nahm aber nach erstem Zögern das Smartphone in die Hand und betrachtete das Bild von dem Chalet in den Alpen. Sie nickte stumm.

»Es steht schon seit geraumer Zeit zum Verkauf und findet keinen Abnehmer. Die letzten Filme Ihres Gatten waren finanzielle Desaster an den Kinokassen. Darf ich davon ausgehen, dass Sie und Ihr Mann in monetären Schwierigkeiten stecken?«

Er hatte bewusst laut gesprochen, sodass sich die anderen Gäste nach ihnen umsahen. Else Moser machte ein indigniertes Gesicht, die Situation schien ihr sichtlich peinlich.

»Benthien!«, fuhr Gödecke auf. »Ich darf doch sehr bitten. Entschuldigen Sie bitte die ungestüme Art meines jungen Kollegen.«

»Ich denke, diese Frage brauche ich nicht zu beantworten«, sagte Else Moser. »Meine Finanzen haben Sie nicht zu interessieren.«

»In diesem Punkt irren Sie sich, meine Teuerste«, sagte John. »Da es sich hier um eine Mordermittlung handelt, sind wir sehr wohl befugt, uns Einsicht in Ihre finanziellen Verhältnisse zu verschaffen. Und falls Sie eine passendere Umgebung für dieses Gespräch bevorzugen, können wir das auch ganz offiziell auf dem Polizeipräsidium in Flensburg erledigen.«

Wieder hatte er laut gesprochen, und die Stichworte Mordermittlung und Polizeipräsidium hatten ihnen nun endgültig die Aufmerksamkeit der anderen Gäste gesichert. Sie wandten die Köpfe nach ihnen um, hinter vorgehaltener Hand wurde geflüstert.

Else Moser senkte den Blick. »Das ist nicht nötig. Ich habe nichts zu verbergen ...«

»Dann verhalten Sie sich auch dementsprechend. Warum haben Sie uns zum Beispiel angelogen, als Sie sagten, Sie seien in der Tatnacht Ihrem Mann ins Krankenhaus zu Jördis Svensen gefolgt? Wir wissen, dass Sie niemals dort aufgetaucht sind.«

»Ich ... dachte, das macht einen guten Eindruck.«

»Einen guten Eindruck machen. Ist es das, worum es Ihnen geht? Dann sollten Sie wissen, dass es gar keinen guten Eindruck macht, wenn Ihr Mann in einer Ferienvilla residiert, während Sie in einem Wohnwagen hausen ...«

Der Kellner war an ihren Tisch getreten und räusperte sich. »Dürfte ich Sie bitten, Ihre Unterhaltung in einem etwas gedämpfteren Ton zu führen?«

»Dürfen Sie«, sagte John, ohne ihn eines Blickes zu würdigen und seine Lautstärke zu senken. »Für mich sieht es so aus, als hätten Sie einen handfesten Streit mit Ihrem Mann gehabt, Frau Moser. Und mich würde es nicht wundern, wenn er finanzielle Gründe hatte.«

Der Kellner räusperte sich abermals, trollte sich aber von dannen, als er realisierte, dass John sich nicht um ihn scherte.

Gödecke hob an, um etwas zu sagen, doch John ließ ihn nicht zu Wort kommen: »Entschuldigen Sie, wenn ich so direkt frage, doch könnte es sein, dass Ihr Mann plötzlich das Interesse an Ihnen verlor, als Sie in finanzielle Engpässe gerieten und damit seine Geldquelle versiegte?«

»Also wirklich, Benthien«, polterte Gödecke los, »ich darf doch wohl sehr bitten!«

Else Moser brachte ihn zum Schweigen: »Lassen Sie nur. Er hat ja recht, warum noch weiter um den heißen Brei herumreden.« Sie deutete auf die Überreste des Frühstücks und den Kübel mit der Champagnerflasche. »So etwas könnte ich mir derzeit nicht leisten.«

»Wann hat das alles angefangen?«, wollte John wissen.

»Vor vielen Jahren. Da hatten wir den ersten Flop. So etwas war noch mit keinem von Maxerls Filmen passiert. Und von da an ging es bergab.« Else Moser hielt Gödecke das Champagnerglas hin, damit er es auffüllte, dann trank sie es in einem Schluck leer. »Es folgten weitere Pleiten. Das Feuilleton hielt seinen Namen zwar noch hoch, aber die Zuschauer schienen mit Maxerl abgeschlossen zu haben. Solche Phasen gibt es halt, dachten wir, da muss man durch. Ich verkaufte mein Elternhaus in der Schweiz und eine Wohnung, die ich geerbt hatte. Doch das genügte nicht. Wir beliehen das Haus in Beverly Hills. Dann noch ein Flop. Zuletzt haben wir dann das Chalet zum Verkauf freigegeben.«

»Eines verstehe ich noch nicht ganz«, sagte John. »Ihr Mann muss mit seinen Erfolgsfilmen doch vorher ein Vermögen gemacht haben ...«

»Das stellt man sich landläufig so vor. Die Realität ist anders«, erklärte Else Moser. »Die ersten Filme hatte er auf Pump finanziert, buchstäblich in Eigenregie, ohne ein Studio oder einen Produzenten im Rücken. Das Geld kam von Freunden, und er musste es erst mal zurückzahlen. Auch mir gab er einen Teil meiner Förderung zurück ... Das war, bevor wir heirateten. Den Rest steckte er in neue Projekte. Dann kamen die ersten Filme für große Studios. Man muss aber wissen, dass vom Gewinn der Großteil eben beim Studio hängen bleibt, besonders, wenn man noch nicht zu den ganz Großen zählt und entsprechende Verträge aushandelt. Max mochte erste Achtungserfolge erzielt haben, doch die Produzenten hielten ihn klein. Das große Geld kam später. Und das hat er dann eben in Projekte gesteckt, die niemand finanzieren wollte – aus gutem Grund, wie wir schließlich gelernt haben. Es waren wie gesagt alles Flops. Deshalb bin ich mit meinem Vermögen eingesprungen. Und als das meiste davon verbraucht war ...«

Else Moser griff mit einem Finger unter ihre Sonnenbrille und wischte sich eine Träne weg.

»Was dann?«, insistierte John.

»Dann ... wollte er nichts mehr von mir wissen. Er setzte mich vor die Tür.«

»So ein unverschämter Sauhund!«, schimpfte Gödecke. »Bitte meine Ausdrucksweise zu entschuldigen.«

»Was haben Sie in dem Fall hier auf der Insel verloren?«, fragte John.

»Ich bin ihm nachgereist. In der Hoffnung, dass sich das noch irgendwie kitten lässt.«

»Aber er hat Sie vor die Tür gesetzt ... beziehungsweise in einen Wohnwagen. Wann sind Sie angereist, Frau Moser?«

»Vor vier Tagen.«

»Und nach seiner erneuten Abfuhr hatten Sie vermutlich vor, bald wieder abzureisen.«

»Das mit seiner kreativen Phase mussten wir nicht erfinden. Er arbeitete wirklich hart an einer Überarbeitung des Drehbuchs. Deshalb stellte auch erst mal niemand Fragen. Und ... nun ja, ein Hotel wollte ich mir nicht leisten. So weit war es schon gekommen. Ich brauchte aber etwas Zeit, um zu überlegen, wo ich jetzt hinwollte ... Also nahm ich mit diesem Wohnwagen vorlieb.«

»Eines verstehe ich noch nicht. Ihr Mann hatte doch nun diesen großen Auftrag des Streamingdienstes. Es sollen wohl mehrere Staffeln der Serie gedreht werden«, sagte John, »also gab es doch Licht am Ende des Tunnels.«

»Von dem Honorar konnten wir gerade die Zinsen unserer Kredite bedienen. Und ob die Serie ein Erfolg und es weitere Staffeln geben würde, stand völlig in den Sternen. Dennoch haben Sie natürlich recht. Das Angebot war eine Rettungsleine. Deshalb habe ich ja auch nicht verstanden, warum Maxerl so lange gezögert hat.«

»Was heißt das?«

»Er wollte die Serie zuerst gar nicht machen. Dabei hat das Honorar uns wie gesagt sehr geholfen. Außerdem lockte eine Gewinnbeteiligung im Erfolgsfall. Aber Maxerl ...« Else Moser überlegte und richtete den Blick auf die See. »Er hatte immer schon eine dunkle Seite. Es gab Phasen, da verfiel er tagelang in eine Art Depression, sprach mit niemandem. Als das Angebot des Streamingdienstes kam, war er zunächst recht frohgemut und interessiert. Dann las er das Drehbuch und verfiel plötzlich in eine dieser Phasen. Ich weiß noch, dass er einen Ausdruck des Skripts buchstäblich in der Luft zerriss und ins Kaminfeuer warf. Aber schlussendlich hat er dann doch unterschrieben, wir brauchten das Geld ...«

In John keimte ein Gedanke auf, eine Idee in seinem Hinterkopf, die er aber noch nicht richtig festmachen konnte. »Gehen wir einen Schritt zurück, Frau Moser. Dieses Drehbuch ... worum geht es eigentlich in der Serie?«

»Es ist ein Krimi.«

»So viel haben wir auch schon herausgefunden. Mich interessiert die genaue Handlung.«

Sie hob die Schultern. »Ein Mord geschieht. Ein Kommissar kommt und ermittelt. Ein paar falsche Fährten. Noch ein Toter. Dann wird der Täter gefasst. Etwas in der Art.«

John begriff, dass er an dem Punkt hier nicht weiterkommen würde. Er musste die Frage anderweitig klären. Welche Geschichte brachte einen gestandenen Regisseur dermaßen in Rage, dass er das Drehbuch zerriss und in eine Depression verfiel?

»Sagen Sie, Frau Moser«, Gödecke lehnte sich vor, »wollte sich Ihr Mann scheiden lassen?«

»Darüber hatten wir noch nicht gesprochen.«

»Hassten Sie ihn?«

»Ich fragte mich, was all unsere gemeinsamen Jahre wert waren. Hatte er mich wirklich geliebt oder nur wegen meines Geldes geheiratet? Ich kam mir ausgenutzt vor. Ja, das habe ich ihm übelgenommen. Trotzdem liebte ich ihn, und ich habe bis zum Schluss gehofft, dass er wieder zu mir zurückkommt.«

Gödecke warf John einen Blick zu und kniff die Augen zusammen. Vermutlich ging ihm in diesem Moment dieselbe Frage durch den Sinn. Hatte Else Moser am Ende ihren Mann loswerden wollen?

Der Kriminalrat erhob sich. »Frau Moser, ich bitte Sie, bis auf Weiteres die Insel nicht zu verlassen.«

31 Sanna

Sanna stand im Wohnzimmer von Lemke Svensens Haus, das von der Größe her auch als Ballsaal hätte dienen können. Das alte friesische Bauernhaus wirkte von außen traditionell, war im Inneren aber aufwendig umgebaut worden. Die Enge, in der die Menschen früher gelebt hatten, war offenen Räumen gewichen. Eine bodentiefe Fensterfront gab den Blick auf das Wattenmeer frei. Das Wasser war weit zurückgewichen. In der Ferne konnte man das Festland erkennen.

»Wunderschön«, sagte Sanna.

»Danke«, erwiderte Lemke Svensen, die neben ihr stand. »So etwas habe ich mir immer erträumt.«

Wer nicht, dachte Sanna im Stillen. »Es gibt ein paar Dinge, über die wir uns unterhalten müssen.«

»Wenn es um meinen Bruder geht, helfe ich gerne«, Svensen drehte sich zu Lilly herum, die hinter ihnen stand. Tommy war im Auto geblieben, da es wenig Sinn machte, der Frau zu dritt auf den Zahn zu fühlen. »Ich habe Ihrer Kollegin …«

»… nicht alles erzählt«, kam Sanna auf den Punkt. »Wir haben erfahren, dass Sie zu der Zeit, als Ihr Bruder verschwand, mit ihm und Ihrer Mutter auf dem Wendelhof wohnten. Ist das korrekt?«

»Ja. Aber ich verstehe Ihre Frage nicht ganz, ich meine, das ist kein Geheimnis. Das wussten damals schon Ihre Kollegen, die in Torbjörns Verschwinden ermittelt haben.«

Sanna warf Lilly einen kurzen Seitenblick zu. Die verlorene Fallakte ließ sie wie Amateure aussehen.

»Natürlich«, ging Lilly darüber hinweg. »Die Frage ist auch vielmehr, weshalb Sie uns nicht sagten, dass Sie über die Vergangenheit von Max Moser bestens Bescheid wissen. Zum Beispiel, dass sein wahrer Name Maximilian Martein de Haan lautete und Sie eben mehr oder weniger gemeinsam mit ihm aufgewachsen sind.«

»So war das nicht. Wir hatten nicht viel miteinander zu tun.« Lemke Svensen blickte zu Boden. »Unsere Mutter war das Hausmädchen der de Haans.«

»Was war eigentlich mit Ihrem Vater?«, hakte Sanna nach.

»Der hatte sich aus dem Staub gemacht, als Mutter schwanger mit mir war. Sie hatte keinen Schulabschluss. Sie konnte froh sein, dass die de Haans sie einstellten.«

»Wie müssen wir uns das Zusammenleben auf dem Wendelhof damals vorstellen? Sie und Max sind sich doch sicher jeden Tag begegnet?«

»Wir wohnten in einem Nebenhaus. Separiert. Torbjörn und ich waren angewiesen, uns möglichst von Max und Klaus fernzuhalten. Der Umgang mit uns galt als nicht schicklich. Aber natürlich sahen wir uns, nur darf man sich das nicht so vorstellen, als wären wir wie Freunde oder Gleichgestellte aufgewachsen.«

»Die de Haans schickten ihre Söhne Mitte der Achtzigerjahre ins Ausland auf Internate ...«

»Ja, das war 1987, gleich zu Beginn des Jahres. Im Jahr davor war Torbjörn verschwunden.« Lemke Svensen trat ans Fenster und blickte in die Ferne. »Es wurde plötzlich sehr einsam auf dem Wendelhof. Und ... die de Haans benötigten die Dienste meiner Mutter nicht mehr. Wir zogen weg.«

»Hier auf der Insel?«

»Ja, in eine viel zu kleine und schimmelige Wohnung in Westerland.«

»Wissen Sie, weshalb die de Haans die Jungen damals fortschickten?«

»Nicht wirklich. Aber es war ein offenes Geheimnis, dass Thys de Haan nicht mit der Entwicklung der Jungen einverstanden war. Die beiden lernten ihm nicht genug, wobei er die Schuld der Schule gab. Er war wohl der Ansicht, dass sie auf Privatschulen besser aufgehoben wären.«

»Aber weshalb schickte er sie auf getrennte Schulen?«, fragte Lilly. »Max in die Schweiz, Klaus in die USA?«

»Thys und Lys hatten Klaus damals nach dem Unfall seiner Eltern adoptiert. Das sahen sie als ihre Pflicht an. Doch Klaus war ein Rabauke. Und er hatte ihrer Meinung nach einen schlechten Einfluss auf Max. Also trennten sie die beiden.«

»Sagen Sie, wann kam Ihre Tochter zur Welt?«, fragte Sanna.

»Jördis wurde im Frühjahr 1987 geboren.« Lemke Svensen hielt den Blick auf das Wattenmeer gerichtet.

Sanna seufzte und lehnte sich gegen die Fensterfront, sodass sie die Frau von der Seite betrachten konnte. »Sie sind nicht ehrlich zu uns, Frau Svensen.«

»Wie kommen Sie darauf? Ich habe Ihnen doch offen und ehrlich …«

»Da sind drei Dinge«, begann Sanna. »Sie sagten meinen Kollegen, dass Sie in der Nacht von Max Mosers Tod mit ihm vor seinem Haus gestritten hätten, weil er Jördis schnellstmöglich wieder am Set sehen wollte. Ihre gemeinsame Vergangenheit und Ihre Nähe zu ihm lassen das doch in einem etwas anderen Licht erscheinen. Ging es bei Ihrem Streit wirklich nur um eine solch berufliche Auseinandersetzung?«

»Warum sollte ich lügen?« Lemke Svensen sah Sanna an. Sie wirkte nervös. »Jördis war gerade erst ins Krankenhaus eingeliefert worden, und er wollte sie am liebsten am nächsten Tag wieder vor der Kamera haben.«

»Sie bleiben in dem Punkt also bei Ihrer Aussage?«

»Natürlich.«

»Reden wir noch einmal über den Grund, weshalb die de Haans ihre Jungen fortschickten. 1986 verschwand Ihr Bruder Torbjörn spurlos. Im Jahr darauf wurde Ihre Tochter Jördis geboren. Etwa zur selben Zeit müssen Max und Klaus den Wendelhof verlassen.« Sanna machte eine Kunstpause. »Sie verstehen, dass sich der Eindruck aufdrängt, da könnte ein Zusammenhang bestehen.«

»Ehrlich gesagt, nein.« Lemke Svensen verschränkte die Arme vor der Brust. »Was soll das eine mit dem anderen zu tun haben?«

Sanna warf Lilly einen Blick zu, als Zeichen für ihren Einsatz. Während sie im Café darauf gewartet hatte, dass Lilly und Tommy sie abholten, hatte Sanna sich Bilder von Max Moser und Jördis Svensen angesehen. Es war einer dieser Fälle – besonders, nachdem Moser sich derart aus der Öffentlichkeit fern gehalten hatte –, in denen die Wahrheit nicht sofort ersichtlich war. Doch wenn man wusste, wonach man suchte und worauf man achten musste, dann war es plötzlich offensichtlich.

Lilly stellte sich hinter Lemke Svensen. »Wer ist der Vater von Jördis?«

Lemke Svensen schwieg einen Moment, dann antwortete sie leise: »Niemand.«

Sanna entfuhr ein Lachen. »Niemand? Das ist wohl kaum möglich, wenn wir unbefleckte Empfängnis mal ausschließen.«

»Ihr Vater ist unbekannt. Das können Sie in der Geburtsurkunde nachsehen, es ist amtlich ...«

»Es ist mir völlig egal, was in irgendwelchen Unterlagen steht«, sagte Lilly. »Wenn Sie nicht mit jedem, der Ihnen über den Weg gelaufen ist, hinter den Busch gesprungen sind oder als Prostituierte gearbeitet haben, dann wissen Sie sehr wohl, mit wem Sie Ihr Kind gezeugt haben.«

»Ich mache es Ihnen leicht. Die Ähnlichkeit zwischen Max und Jördis ist nicht zu verkennen, wenn man sich Fotos von den beiden ansieht. Und wenn man weiß, worauf man achten muss«, sagte Sanna. Wobei sie selbst erstaunt darüber war, dass John dieses Detail aufgefallen war. »Jördis hat am Halsansatz dasselbe Muttermal wie Max Moser. Jördis wird 1987 geboren, noch im Frühjahr desselben Jahres muss Max sein Elternhaus verlassen – das Elternhaus, in dem das Hausmädchen mit ihrer Tochter lebte, die eben gerade ein Kind bekommen hatte.«

Es dauerte einen Augenblick, dann vernahm Sanna ein Schluchzen. Lemke Svensen senkte den Kopf, dann nickte sie. »Ja ... Max war ihr Vater.«

»Vielen Dank für Ihre Ehrlichkeit. Ich finde, das war doch gar nicht so schwer«, sagte Lilly. »Und nun reden wir darüber, wie das passiert ist. Sie brauchen natürlich nicht auf Details einzugehen.«

»Das war 1986«, begann Lemke Svensen zu erzählen. »Eine laue Sommernacht. Ich war bei einer Freundin. Sie wohnte drüben, wo heute das Kontorhaus ist. Als ich nach Hause kam, war der Wendelhof verlassen. Die de Haans waren zu einem Konzert in Westerland, meine Mutter bei einer Freundin und Torbjörn bei seiner Rollenspielgruppe. Ich ging in unser Haus, machte mich bettfertig ... Dann kam Max vorbei. Er fragte, ob wir noch Butter hätten.« Sie lachte. »Heute ist mir klar, dass das nur vorgeschoben war. Jedenfalls ... kam er rein, und wir unterhielten uns. Dann hat er sich mir genähert und ...«

Sie verstummte. Sanna gab ihr einen Moment und meinte dann: »Wie gesagt, Details interessieren uns nicht. War es freiwillig?«

Lemke Svensen schüttelte den Kopf. »Max war damals ein ansehnlicher Kerl. Vielleicht habe ich ihm auch mal schöne Augen gemacht, ein falsches Signal gesendet, ich weiß es nicht. Er war immer der Ansicht, es sei einvernehmlich geschehen, doch das war es nicht. Ich meine ... er war der Sohn der de Haans. Wie hätte ich ihn ablehnen können.«

»Also hat er seine Machtposition ausgenutzt und Sie vergewaltigt«, schloss Lilly.

Lemke Svensen nickte abermals und brach in Tränen aus. Sanna erkannte, dass der Punkt erreicht war, wo sie nicht mehr viel aus der Frau herausbekommen würden. Dabei gab es noch so viele Fragen, auf die sie gerne eine Antwort gehabt hätte.

»Wussten die de Haans, dass Sie ein Kind von Max erwarteten?«

»Ja«, gestand sie mit tränenerstickter Stimme.

»Und sie versuchten nicht, Sie zu einer Abtreibung zu bringen?«

»Doch, aber ... dieses Leben in mir ... egal, wie es zustande gekommen war, ich wollte es zur Welt bringen.«

»War dies der wahre Grund, weshalb die Eltern Max fortschickten?«

»Ich denke schon.«

»Eine letzte Frage, Frau Svensen, und bleiben Sie bitte weiter bei der Wahrheit«, sagte Sanna. »Bei Ihrem Streit mit Max in der Mordnacht. Worum ging es da wirklich?«

32   John

»Und was hat die Svensen darauf geantwortet?«, fragte John, während er sich im Gehen das Smartphone ans Ohr presste.

Es war das zweite Mal an diesem Tag, dass er vom Parkplatz an der Sturmhaube hinunter zum Roten Kliff marschierte. Die Mittagssonne brannte vom wolkenlosen Himmel herab und trieb ihm die Schweißperlen auf die Stirn.

»Sie ist bei ihrer Aussage geblieben«, antwortete Sanna. »Moser wollte Jördis so schnell wie möglich wieder am Set haben. Deshalb las Lemke Svensen ihm als besorgte Mutter die Leviten.«

»Glaubst du ihr?«

»Bin mir nicht sicher. Wir mussten ihr alles aus der Nase ziehen. Möglich, dass da noch mehr ist.«

»Jedenfalls haben wir es jetzt wohl mit einer Familiengeschichte zu tun …«

»Die meisten Morde geschehen im Familienkreis, oder?«

»Schon. Ich frage mich, ob Klaus Krieger und Max Moser aus allgemeiner Aversion gegen die Öffentlichkeit mit ihrer Verwandtschaft hinter dem Berg gehalten haben oder ob es noch einen anderen Grund dafür gibt«, überlegte John. »Und dass Moser der Vater von Jördis war, scheint ja allgemein auch nicht bekannt zu sein …«

Hinter sich hörte John ein Röcheln, gefolgt von einem Husten. »Ben…thien!«

Er blickte über die Schulter und sah Gödecke hinter sich angewatschelt kommen. Der Kriminalrat hatte sein Jackett abgelegt, und große Schweißflecken zeichneten sich auf seinem Hemd ab.

Sein Kopf war hochrot. Er hielt eine Hand in die Höhe, als Zeichen, dass er eine Pause brauchte.

Sie waren auf dem Steg angekommen, der zum Strandabschnitt vor dem Roten Kliff führte. Zum Glück gab es Sitzgelegenheiten. Gödecke ließ sich auf eine freie Bank fallen.

»Wir reden später«, sagte John zu Sanna. »Ich muss schauen, dass mir der Gute hier nicht zusammenbricht.«

»Gib ihm viel zu trinken.« Sanna lachte.

»Bis dann.« John legte auf und blieb am Geländer stehen, um den Blick über den Strand schweifen zu lassen.

An dem langen Tisch, der für die Dreharbeiten aufgebaut worden war, saßen nun unzählige Komparsen. Loki Mossby war bei ihnen und schien sie in ihre Aufgabe einzuweisen. Am rechten Ende standen Jördis Svensen und Klaus Krieger vor Kopf mit Greg McQueen und einer Kamera und spielten offenbar einen Probedurchlauf der Szene.

»Benthien«, krächzte Gödecke. Er saß noch immer auf der Bank und tupfte sich die Stirn mit einem Stofftaschentuch ab. »Neue Erkenntnisse?«

John ging zu ihm hinüber. »Nicht wirklich. Geht es Ihnen gut?«

»Sie hätten die Frau vorhin nicht so hart anfassen dürfen.«

»Else Moser?«

»Eine Frau von Welt bedarf einer behutsamen Behandlung ... Ich hätte sie schon noch zum Reden gebracht. Wer weiß, ob sie sich uns jetzt noch einmal öffnen wird.«

John überlegte, was er darauf erwidern sollte. War dies der Moment für Diplomatie oder ungeschminkte Wahrheit?

Sie waren die Einzigen hier auf dem Steg. Das Filmteam hatte ihn abgesperrt, um Schaulustige fernzuhalten.

John setzte sich neben Gödecke auf die Bank. »Mal von Mann zu Mann. Worauf soll das hier eigentlich hinauslaufen?«

»Ich verstehe nicht, was Sie meinen?«

»Auf gut Deutsch gesagt: Ihnen geht doch gerade der Arsch auf Grundeis, oder?«

Gödecke hob die buschigen Augenbrauen. »Also, Benthien! Ihre Ausdrucksweise ...«

»Wann haben Sie das letzte Mal Ihr Büro verlassen und an einer Mordermittlung teilgenommen, geschweige denn eine geleitet?«

Gödecke räusperte sich und blickte sich um, als wollte er sicherstellen, dass keine ungebetenen Zuhörer zugegen waren. Dann meinte er mit gebrochener Stimme: »Ist schon eine Weile her.«

»Wie wäre es dann, wenn Sie mich einfach meine Arbeit machen lassen?«, fragte John. »So kommen wir am schnellsten voran. Wie ich das sehe, hängt nicht nur Ihr Job daran, sondern auch meine berufliche Zukunft. Und die habe ich gerne selbst in der Hand.«

Gödecke faltete nachdenklich sein Taschentuch, bis er es schließlich in die Brusttasche seines Hemds steckte. »So machen wir es, Benthien. Sie übernehmen ab jetzt die Führung. Aber das bleibt unter uns, einverstanden?«

John nickte. »Abgemacht.«

»Also gut. Was haben Sie als Nächstes vor?«

»Ein kleines Detail ergründen, das mir schon die ganze Zeit Rätsel aufgibt. Und ein paar Leuten auf die Füße steigen.« Er stand auf. »Kommen Sie mit?«

Gödecke deutete mit einem Nicken auf das Meer. »Ist ein schöner Ausblick hier. Vielleicht bleibe ich noch einen Moment sitzen.«

»Ist recht.« John ging hinunter zum Strand.

Was ihr leibliches Wohl anging, schienen die Filmleute auch hier nichts anbrennen zu lassen. Am Fuß des Stegs hatte Sünje Petersen mit ihrem Catering zwei Tisch aufgestellt, an denen sich das Team mit Häppchen versorgen konnte – heute gab es Herings- und Lachsbrötchen.

»Möchten Sie auch eines, Herr Kommissar?«, fragte sie, als John näher kam.

»Danke, nein. Ich hatte gerade erst ein ausführliches Frühstück«, lehnte John ab. »Haben Sie Verstärkung mitgebracht?«

Sünje Petersen arbeitete heute nicht allein, sondern hatte eine

Mitarbeiterin dabei, die ihr hinter dem Brötchenstand zur Hand ging. Zwei weitere Damen in weißer Cateringmontur konnte John am Tisch bei den Komparsen ausmachen.

»Sie drehen heute ein Dinner am Strand. Wir stellen sozusagen die Requisite.« Sie nickte in Richtung des langen Tischs, wo ihre Mitarbeiterinnen Teller mit Essen vor die Leute drapierten.

John wollte schon weitergehen, als er innehielt. »Sagen Sie, meine Kollegen haben sich jüngst mit einem Simon Petersen unterhalten. Sie sind nicht zufällig mit ihm verwandt?«

Sünje Petersen lächelte. »Aber so was von … Er ist mein Vater.«

In Johns Gedanken verwandelten sich die Unbekannten einer komplizierten Rechnung in Zahlen, die nun eine Lösung der Gleichung erlaubten. »Ihr Vater war bei der Inselpolizei. Er ermittelte Mitte der Achtzigerjahre in einem Vermisstenfall.«

»Torbjörn Svensen. Das werde ich wohl nie vergessen.«

»Wie alt waren Sie damals?«

»Vierzehn.« Ihr Blick wanderte über Johns Schulter, weshalb er sich umdrehte. Hinter ihm kam Remko Petersen mit einer Sackkarre die Treppe des Stegs hinunter. Er transportierte zwei kleine Buchsbäume. »Mein Bruder war gerade elf Jahre alt geworden, als Torbjörn verschwand. Ich weiß noch, dass meine Mutter solche Angst um ihn hatte, dass sie ihn am liebsten gar nicht mehr vor die Tür lassen wollte.«

Remko Petersen stellte seine schwere Last ab. »Weißt du, wo die hinsollen?«

Seine Schwester schüttelte den Kopf. Bevor sie etwas sagen konnte, war Loki Mossby zur Stelle. Sie wirkte heute noch gehetzter als sonst, und ihre Stimme klang heiser. »Haben Sie nur die beiden dabei?«

»Ich …« Remko Petersen blickte verdutzt zwischen ihr und den beiden Buchsbäumen hin und her. »Sie haben doch nur zwei bestellt.«

Loki Mossby sah gen Himmel und faltete die Hände wie zum Gebet. »Himmel, Arsch und Zwirn!« Sie streckte ihm eine Hand mit vier Fingern entgegen. »Vier! Lesen Sie es von meinen Lippen ab: V.I.E.R. Vier hatte ich gesagt. Zwei an jedem Ende des Tischs. Ach, was rede ich hier überhaupt ... Das war's. Sie sind raus!«

Remko Petersen blickte hilfesuchend zu seiner Schwester.

»Schaffen Sie die beiden Bäume hoch ans andere Ende des Tischs, dort, wo wir drehen«, meinte Loki Mossby. »Und dann verschwinden Sie auf Nimmerwiedersehen.«

»Moment ...«, sprang Sünje Petersen ein. Sie schien händeringend nach einem Ausweg zu suchen und blickte sich hektisch um, als läge die Lösung für die Probleme ihres Bruders hier irgendwo im Sand.

Remko Petersen tat John fast ein bisschen leid. Er schien sich durchaus Mühe zu geben, hatte aber ganz offensichtlich Probleme mit dem Gedächtnis oder dem Verständnis. Wie ein tapsiger Hundewelpe, der gerade eine kostbare Vase umgestoßen hatte, blickte er seine Schwester an.

»Oben im Ort ist ein Blumenladen«, kam John ihm zur Hilfe. »Ich bin gerade daran vorbeigefahren. Die haben Buchsbäume vor der Tür stehen. Vielleicht bekommen Sie da noch zwei.«

Loki Mossby zeigte ihm einem Vogel. »Ich habe schon dafür bezahlt. Noch mehr Geld bekommt der Stümper nicht von mir. Also, verzieh dich, Junge.«

»Geben Sie ihm noch eine Chance«, sagte John. Er holte sein Portemonnaie hervor und drückte Remko Petersen einen Fünfziger in die Hand. »Mein Beitrag zum Gelingen der Produktion.« Und zu Remko sagte er: »Die ziehen Sie dann später von meiner Rechnung ab.«

Loki Mossby stemmte die Hände in die Hüften. »Sie haben vielleicht Nerven.«

»Ist in meinem Beruf unerlässlich. Die Polizei, dein Freund und Helfer.«

»Okay, dieses eine Mal noch.« Sie richtete den Zeigefinger auf Remko Petersen. »Allerletzte Chance, Freundchen. Vermassel sie nicht.«

»Eine Bitte noch«, sagte John. »Könnte ich mit Greg McQueen sprechen?«

»Klar. Müssen Sie aber warten, bis wir mit dem Dreh durch sind. Und du, bring die Buchsbäume schnell da hoch.« Damit drehte sie sich um und ging zu dem langen Tisch zurück. John hörte sie rufen: »Okay, Leute, es geht los. Alle auf Position!«

»Vielen Dank«, sagte Remko Petersen und packte seine Sackkarre.

»Gerne. Dafür tun Sie mir aber auch einen Gefallen.«

»Sicher.«

»Dann kommen Sie morgen endlich zu mir und schließen das Loch in meiner Hecke.«

»Klar, mache ich.« Er zog mit der Sackkarre davon.

John wandte sich wieder Sünje Petersen zu, die ein erleichtertes Gesicht machte. »Das war wirklich nett von Ihnen, Herr Kommissar.«

»Stets zu Diensten.«

»Remko … hatte es nie leicht. Er ist ein wenig zurückgeblieben, müssen Sie wissen. Ich musste schon immer auf ihn aufpassen.«

»Wo hat Ihre Familie damals gewohnt, als sich die Sache mit Torbjörn Svensen ereignete?«

»In Keitum.«

»Keitum?« John stutzte. »Dann sagt Ihnen der Wendelhof etwas?«

»Durchaus. Die Familie de Haan. Kannte damals jeder.«

Johns Blick wanderte zu Klaus Krieger, der am entfernten Ende des Tischs mit Greg McQueen zusammenstand und von ihm offenbar gezeigt bekam, wie sich der Regisseur den Ablauf der Szene vorstellte. »Dann dürften Ihnen einige der Beteiligten hier vertraut sein. Lebende wie Verstorbene.«

»In der Tat«, antwortete Sünje Petersen. »Sie sprechen von Klaus Krieger und Max Moser – oder eben Maximilian Martein de Haan.«

»So ist es.«

»Klaus habe ich gleich wiedererkannt. Bei Maximilian musste ich zweimal hinsehen. Nicht nur wegen des anderen Namens, er hatte sich auch äußerlich ziemlich verändert.«

»Hatten Sie damals mit den beiden Kontakt?«

»Nein. Die de Haans waren viel zu abgehoben, um sich mit dem einfachen Volk abzugeben. Mein Vater hatte natürlich im Zuge der Ermittlungen mit ihnen zu tun.«

»Und haben Sie die beiden hier bei den Dreharbeiten einmal angesprochen?«

»Hab's anfangs mal versucht. Von wegen gemeinsame Kindheit in Keitum und so …« Sünje Petersen schob die Lippe vor. »Da haben sie abgeblockt. Vielleicht auch verständlich, dass sie davon nichts mehr wissen wollen.«

»Warum?«

»Na ja, bei den Gerüchten, die damals so kursierten …«

»Welche Gerüchte?«

»Na, über Max und Klaus.«

Plötzlich hörte John einen Schrei: »Benthien! Vorsicht, er hat eine Waffe!«

Das war Gödecke. Er stand oben am Geländer des Stegs und gestikulierte wild.

John fuhr herum. Hinter ihm kam ein Mann heran. In den Händen hielt er eine Armbrust. »Verdammtes Ding.«

John entspannte sich und signalisierte Gödecke, dass er sich wieder setzen solle. »Sie sind der Waffenmeister?«, fragte er den Mann, der mit der Armbrust offenbar auf dem Weg zur langen Tafel war.

»Ja.« Der Mann sah ihn verdutzt an. »Und Sie?«

»John Benthien … Kripo Flensburg. Kann man Ihnen helfen?«

»Ach … ich habe eine neue besorgt. Nur irgendwie lässt sich das Ding nicht spannen.«

»Zeigen Sie mal.« John nahm die Armbrust entgegen. Obwohl er wenig Verstand davon hatte, sah er, dass es sich um ein ausgeklügelteres Modell handeln musste. Sie besaß ein Zielfernrohr und offenbar einen automatischen Spannmechanismus, der sich ihm aber ebenfalls nicht erschloss. »Tut mir leid. Da bin ich Ihnen wohl keine große Hilfe.«

»Hm.« Der Waffenmeister zuckte die Achseln.

»Ist das hier dasselbe Modell wie die verschwundene Armbrust?«

»Ja.«

»Wofür wird sie im Film benötigt?«

Der Mann deutete mit einem Nicken zu den Schauspielern hinüber. »In dieser Szene wird die Armbrust Jördis – also, der Figur, die sie spielt – feierlich als Geschenk überreicht. Später wird sie damit den Mörder ihrer Schwester töten.« Er setzte sich in Bewegung und ging hoch zu Greg McQueen.

John wandte sich wieder Sünje Petersen zu. »Was waren das für Gerüchte, von denen Sie sprachen?«

»Ich weiß nicht, ob das hier der richtige Ort ist.«

»Warum nicht?«

»Weil ich gerade zu tun habe, falls es Ihnen entgangen ist. Macht sich vor den Mitarbeitern nicht gut, wenn die Chefin die Zeit mit Privatgesprächen vertrödelt. Wir können später reden.«

»Wären Sie auch bereit, sich mit einer Kollegin von mir zu unterhalten?«

»Gerne. Wenn ich hier fertig bin, fahre ich in meinen Laden zurück. Ich muss mich noch um ein paar andere Aufträge kümmern. Sie oder Ihre Kollegin können gerne vorbeikommen.«

»Das ist nett, danke.«

John hörte Loki Mossby rufen: »Ruhe! Es geht gleich los!«

Greg McQueen erteilte ein paar letzte Anweisungen und setzte sich dann auf seinen Regiestuhl. Die Schauspieler und Komparsen begaben sich auf ihre Position.

Remko Petersen wurde gerade damit fertig, die beiden Buchsbäume in Position zu bringen. Er trat ein paar Schritte zur Seite.

John ging weiter vor, um die Szene besser beobachten zu können.

»Und Action!«, rief McQueen.

Klaus Krieger und Jördis Svensen standen vor Kopf am anderen Ende des Tischs. Krieger ließ ein Weinglas mit einer Gabel klingen und hob zu einer Rede an. John konnte die Worte nicht verstehen, doch es war offensichtlich, dass es sich um einen feierlichen Anlass handelte, offenbar zu Ehren von Jördis, beziehungsweise der Figur, die sie spielte.

Die Komparsen am gedeckten Tisch hörten aufmerksam zu.

Am Ende seiner Ansprache blickte Klaus Krieger auf die Armbrust, die vor ihm auf dem Tisch lag. Ein leichtes Zögern war ihm anzumerken, doch dann griff er danach und hielt sie Jördis hin, wobei er ein paar Worte an sie richtete.

Jördis starrte die Waffe an. Als Krieger sie ihr hinhielt, streckte sie beide Hände aus, um sie in Empfang zu nehmen. Doch dann ließ sie die Waffe plötzlich fallen.

Greg McQueen rief ein gequältes »Cut!«. Jördis wandte sich ab und ging hinüber ans Wasser.

John machte sich auf den Weg am langen Tisch entlang zu Greg McQueen, der sich kopfschüttelnd aus dem Regiestuhl erhob. Klaus Krieger war zu Jördis gegangen, hielt ihre Schultern von hinten mit beiden Händen und sprach mit ihr. Dem Beben ihres Körpers nach zu urteilen, weinte sie.

»Oh, boy«, meinte McQueen und betrachtete das Paar. »Was ist denn jetzt schon wieder los?«

»Gib ihr einfach einen Moment«, sagte Loki Mossby, die neben ihm stand. »Max ist mit so einem Ding erschossen worden. Du weißt ...« Sie verstummte kurz, als sie John bemerkte, meinte dann: »Das gibt uns Zeit, das blöde Ding in Gang zu bekommen.«

Sie gab dem Waffenmeister einen Wink, ihr zu folgen, und sie gingen hinüber zum Tisch, um sich der widerspenstigen Armbrust zu widmen.

John schossen in diesem Moment zahlreiche Fragen durch den Kopf. Zum Beispiel, warum sowohl Klaus Krieger als auch Jördis Svensen Schwierigkeiten damit gehabt hatten, die Waffe in die

Hand zu nehmen. Oder wie der Satz von Loki Mossby wohl geendet hätte. McQueen schien seine fragende Miene zu bemerken, interpretierte sie aber völlig falsch.

»Jördis soll mit der Armbrust noch schießen«, erklärte er und deutete auf eine Zielscheibe aus Stroh, die im Hintergrund stand. »In der Szene wird ihre Figur als gute Schützin etabliert, was dann später noch wichtig wird.«

»Sagen Sie mal, worum geht es in Ihrem Krimi eigentlich?«, stellte John die Frage, die ihn schon lange interessierte.

»Oh«, McQueen bekam leuchtende Augen. »Jördis spielt eine Rächerin, die nach vielen Jahren den Mörder ihrer Schwester ausfindig macht und ihn stellt. Sie erschießt ihn am Ende mit der Armbrust.«

»Interessant«, murmelte John. Gefühlt hatte er solch eine Geschichte schon unzählige Male im Sonntagabendkrimi gesehen. Überraschend, dass sich ein großer Streamingdienst auf so ein Drehbuch gestürzt hatte.

»Das Besondere ist«, McQueen hob einen Finger, »dass die Geschichte auf einem wahren Fall beruht.«

»Tatsächlich?« Nun war Johns Aufmerksamkeit geweckt.

»Aua!«

John blickte sich um.

Der Schrei war von Loki Mossby gekommen. Sie hatte selbst mit der Armbrust herumhantiert und hielt sich jetzt einen Finger in den Mund. Offenbar hatte sie sich verletzt.

Remko Petersen, der die ganze Zeit abseits gestanden hatte, kam zu ihnen herüber. »Zeigen Sie mal her.« Er nahm sich der Waffe an. Mit wenigen Handgriffen hatte er sie gespannt. »Hier, bitte sehr.«

Er reichte Mossby die Armbrust zurück, und der Waffenmeister kommentierte anerkennend: »Alles, was man braucht, ist ein kräftiger Bursche!«

Remko Petersen schüttelte den Kopf. »Nein, Sie brauchen gar keine Kraft. Sehen Sie hier …« Er demonstrierte noch einmal den

Mechanismus, wie der Bogen zu spannen war, was offenbar ohne große Kraftanstrengung bewerkstelligt werden konnte. Insgeheim dachte John, dass Loki Mossby sich vielleicht einen anderen Waffenmeister suchen sollte, der sein Handwerk auch wirklich verstand.

»Na, vielleicht sind Sie ja doch noch zu etwas nütze«, meinte sie dann auch zu Remko Petersen.

»... der einzige Unterschied ist«, hörte John Greg McQueen sagen, »dass es bei uns eben ein Mädchen ist und kein Junge.«

»Was? Ich kann nicht ganz folgen«, sagte John, der einen Teil von McQueens Ausführungen nicht mitbekommen hatte.

»Der Fall, auf dem mein Drehbuch beruht ...«

»Ein wahrer Fall, sagten Sie.«

»Ja, die Sache hat sich Mitte der Achtzigerjahre ereignet. Hier auf der Insel. Ein Junge verschwand spurlos und konnte bis heute nicht gefunden werden ...«

33 Lilly

Manchmal konnte es so einfach sein. Sonne, blauer Himmel und ein Nordseekrabbenbrötchen mit Cocktailtunke. Dazu ein alkoholfreies Pils. Mehr brauchte Lilly in diesem Moment zu ihrem Glück gar nicht.

Sie hatten es sich auf der Terrasse von Gosch, Deutschlands nördlichster Fischbude im Hafen von List, gemütlich gemacht. Links die Masten der Segeljachten, die am Steg festgemacht hatten und deren Wanten im Wind klapperten. Gegenüber das Einkaufszentrum in der alten Tonnenhalle, das die Besucher anzog und für Leben auf dem Vorplatz sorgte. Rechts einige Boutiquen in bunten Holzhäusern mit skandinavischem Flair. Mittendrin, und doch fühlte Lilly sich der Welt ein wenig entrückt, ein Miniurlaub in der verspäteten Mittagspause.

Sie hatten darauf verzichtet, Frouke, Juri und Celine dazuzuholen. Gödecke hatte sich zu einem kleinen Spaziergang verzogen, er hatte keinen Hunger und wollte einigen Theorien nachgehen, was er seiner Meinung nach am Strand am besten konnte. Also waren noch John, Tommy, Sanna und sie geblieben. So kamen sie am besten voran.

Lilly spülte den letzten Bissen Krabbenbrot mit einem Schluck Pils herunter. »Ich kann das noch immer nicht glauben. In dieser Krimiserie, die sie drehen, geht es also tatsächlich um unseren alten Fall?«

»Nicht exakt«, sagte John. »McQueen meinte lediglich, dass seine Geschichte darauf basiert. Aber ja, das Verschwinden von

Torbjörn Svensen hat ihm wohl als Inspiration gedient.« John hatte sich bereits einen Kaffee bestellt und rührte nachdenklich darin herum.

»Immerhin könnte das erklären, weshalb sich Max Moser offenbar für die alte Sache interessierte«, meinte Tommy.

»Und warum hat er sich dann nicht offiziell an unsere Pressestelle gewandt?«, fragte Lilly. »Weshalb lässt er sich auf Umwegen und vor allem illegal die alte Fallakte zusenden?«

»Wenn er das denn getan hat«, wandte John ein. »Es kann alle möglichen Gründe geben, weshalb der Hacker die Akte entwendet und an ihn geschickt hat. Wir haben in dem Punkt noch zu wenig Fakten, um Schlussfolgerungen ziehen zu können.«

»Interessant ist, dass Moser die Serie anfangs offenbar gar nicht machen wollte«, schaltete sich Sanna ein. »Er hat sich dann aus finanziellen Gründen breitschlagen lassen. Aber weshalb diese Aversion gegen den Stoff?«

»Er und Klaus Krieger müssen das damals hautnah miterlebt haben auf dem Wendelhof. Vielleicht war ihm das zu nah an seiner persönlichen Geschichte und seiner Familie dran.« Tommy schürzte die Lippen. »Oder er mochte das Drehbuch einfach nicht. Er hat sich ja drangesetzt, um es komplett zu überarbeiten ...«

»... was ihm den Zorn von Greg McQueen eingebracht hat«, fügte John an. »Das originale Skript stammte von ihm, und er sah es gar nicht gerne, dass Moser es umarbeitete.«

»Mord aus künstlerischer Eitelkeit?«, mutmaßte Tommy.

»Möglich wäre es«, meinte Lilly. Sie winkte die Kellnerin heran und bestellte sich einen Friesentee. »Da wäre auch noch Else Moser. Eine wohlhabende Witwe, die sich als Kunstgönnerin versucht und den aufstrebenden Max Moser unter ihre Fittiche nimmt, ihn später heiratet. Die Liaison funktioniert bestens, bis Mosers Filme einer nach dem anderen floppen und Else bald ohne Geld dasteht. Plötzlich verliert Moser das Interesse an ihr.«

»Sie wäre nicht die erste abservierte Ehefrau, die wegen dieser Kränkung ihren Gatten ins Jenseits befördert«, stimmte Tommy zu. »Aber glaubt ihr denn, dass sie überhaupt in der Lage gewesen wäre, die Tat zu begehen?«

»Der Mord wurde mit einer Armbrust begangen, so viel steht fest«, sagte John. »Eine Armbrust wurde aus dem Waffenarsenal der Filmproduktion entwendet. Vielleicht ist das die Tatwaffe. Ich habe heute jedenfalls am Set beobachtet, wie damit hantiert wurde. Der Waffenmeister kriegte das Ding zuerst nicht gespannt, doch Remko Petersen kam ihm zu Hilfe. Er hatte den Mechanismus offenbar schnell durchschaut, und es gelang ihm ohne große Mühe, die Waffe zu spannen. Der Typ ist nicht die hellste Kerze auf der Torte. Wenn man also weiß, wie es funktioniert, könnte das wohl jeder getan haben.«

»Zum Beispiel Klaus Krieger, der ständig zu cholerischen Anfällen neigt.« Sannas Stimme war anzumerken, wie groß ihre Abneigung gegen den Mann war. »Wir wissen, dass er sich mit Max Moser kurz vor dessen Tod gestritten hat. Er drohte ihm sogar, ihn zu töten. Das kann dahergesagt sein, zuzutrauen wäre es ihm aber.«

»Definitiv«, pflichtete Lilly ihr bei. Ihr Tee wurde serviert. Sie gab ein wenig braunen Zucker hinein und rührte um. »Dabei wäre zu bedenken, dass die beiden eine gemeinsame Vergangenheit haben ... eine, über die sie nicht gerne sprechen. Sie sind Adoptivbrüder ...«

»... und lebten mit ihren Eltern damals auf dem Wendelhof, wo Nea Svensen als Dienstmädchen arbeitete, mit ihren Kindern Lemke und Torbjörn.« Sanna schüttelte den Kopf. »Ich bin übrigens der Ansicht, dass Lemke uns noch immer nicht alles preisgegeben hat. Vor allem, was ihren nächtlichen Streit mit Max Moser angeht.«

»Der der Vater ihrer Tochter Jördis war. Moser hatte Lemke damals vergewaltigt«, sagte John. »Und Lemke ist der letzte Mensch, der Moser lebend gesehen hat. Übrigens ... Sünje Petersen erwähnte irgendwelche Gerüchte, die sich damals um Maximilian und Klaus rankten.« John warf Lilly und Tommy einen Blick zu. »Ihr solltet ihr einen Besuch abstatten.«

»Und du?«, fragte Lilly.

»Ich will mir Klaus Krieger vornehmen. Und mit Jördis Svensen bin ich auch noch nicht fertig.« John stand auf, als Gödecke von seinem Spaziergang an ihren Tisch kam.

»Benthien«, sagte der Kriminalrat, »mir ist da etwas aufgefallen, als ich vorhin das Treiben am Drehort beobachtete …«

»Sehr schön, das können Sie mir gleich im Auto erzählen«, sagte John. Seiner Stimme war anzumerken, wie genervt er von Gödecke war. Er legte ein paar Geldscheine auf den Tisch. »Ihr seid eingeladen. Bis später.«

Kaum waren Gödecke und er davongegangen, klingelte das Smartphone von Sanna Harmstorf. Sie ging ran, hörte zu und legte wieder auf. »Ihr müsst mich entschuldigen, es gibt eine dringende Angelegenheit, um die ich mich kümmern muss.«

Sie stand auf und verabschiedete sich.

Lilly sah Tommy an und hob die Augenbrauen. »Und so schnell sind wir beide schon wieder allein.«

Sünje Petersen entpuppte sich als überaus geschäftstüchtige Frau, wobei man wohl kaum etwas anderes von jemandem erwarten konnte, der den Auftrag zur Versorgung einer Filmcrew an Land gezogen hatte. Ihr Cateringbetrieb bestand nicht nur aus einem Gebäude, das die Küche und ein Lager beherbergte, sondern es gab nach vorne raus zusätzlich ein Restaurant. Die Cuisine Petersen erreichte man, wenn man in Westerland vom Bahnhof kommend ein Stück der Friedrichstraße folgte, dann in die Bismarckstraße abbog, abermals rechts in die Käpt'n-Christiansen-Straße ging und sich schließlich in eine schmale Gasse traute, die bei einem alten Reetdachhaus endete, dessen Dach so niedrig war, dass man es mit der Hand berühren konnte. In der Kate befand sich das Restaurant. Ging man an ihm vorbei, entdeckte man den dahinterliegenden länglichen Bau, nüchtern und modern, der den Cateringbetrieb beherbergte.

Lilly und Tommy klingelten an der Eingangstür.

Es dauerte einen Moment, bis ihnen eine junge Dame in Kochmontur öffnete. Auf dem Kopf trug sie ein Haarnetz.

»Wir würden gerne mit Sünje Petersen sprechen«, erklärte Lilly und zeigte ihren Dienstausweis vor. »Kripo Flensburg. Sie erwartet uns.«

Die junge Dame verschwand wieder, und es dauerte einen Moment, bis Sünje Petersen erschien. Sie knöpfte den obersten Knopf ihrer Kochjacke auf und fächelte sich mit der Hand Luft zu. »Es tut mir leid ... Ich hatte Ihrem Kollegen gesagt, dass Sie vorbeischauen können. Nun ist mir jedoch etwas dazwischengekommen ...«

»Holen Sie erst mal Luft«, schlug Lilly vor. »Kein Grund zur Hektik.«

»Haben Sie eine Ahnung. Ein Kunde hat gerade kurzfristig entschieden, dass er bei einem Büfett heute Abend die doppelte Menge möchte. Dazu noch die Filmleute ...«

»Klingt, als könnten Sie sich über Arbeit gerade nicht beklagen. Wie viele Leute beschäftigen Sie denn hier?«, erkundigte sich Tommy.

»Allein in der Küche sind es sechs.« Sünje Petersen blickte hinter sich und schien zu überlegen. »Geben Sie mir noch eine halbe Stunde? Dann habe ich das Gröbste geregelt.«

»Kein Problem«, sagte Lilly. »Wir kommen dann wieder ...«

»Nein, nein. Das wäre ja noch schöner. Ich versetze Sie, und dann müssen Sie dumm in der Gegend rumfahren ... Gehen Sie doch vorne ins Restaurant. Dann bekommen Sie eine kleine Kostprobe.« Sünje Petersen winkte die junge Dame heran, die ihnen geöffnet hatte. »Gib den Herrschaften einen hübschen Tisch.«

Lilly überlegte kurz, ob sie die Einladung annehmen sollten, und kam zu der Feststellung, dass ein Krabbenbrötchen allein sie wohl nicht über den Nachmittag retten würde. Sie warf Tommy einen Blick zu, der aber nur die Schultern hob und lächelte. Gegen ein zweites Mittagessen schien auch er nichts einzuwenden zu haben.

Sie ließen sich von der jungen Dame nach vorne in das Restaurant führen. Das Lokal hatte noch geschlossen, also waren sie die einzigen Gäste.

»Bitte, nehmen Sie Platz.« Sie wies ihnen einen Tisch am Fenster zu. »Was möchten Sie trinken?«

»Eine Flasche Wasser für uns beide«, sagte Lilly.

Die junge Dame verschwand wieder nach hinten. Lilly sah sich um. An der Decke verliefen dicke Eichenholzbalken, an denen Utensilien aus der Seefahrt hingen. Taue, Fender, Netze. Das Stück einer Want, das von der Decke in eine Ecke des Raums gespannt war. An den Wänden alte Öllampen und Zeichnungen von Rahseglern im Sturm. Von der Decke hing mittig ein Steuerrad, das zu einem Kronleuchter umfunktioniert worden war.

Lilly konnte sich gut vorstellen, einen gemütlichen Abend hier zu verbringen.

Die Flasche Wasser kam mit einem Gruß aus der Küche. »Gebratene Jakobsmuscheln mit roter Zwiebelmarmelade und Krustentierschaum«, erklärte die junge Dame.

»Das ist wirklich nicht nötig«, sagte Lilly.

»Frau Petersen besteht darauf.«

»Aber ich denke, sie hat so viel zu tun«, wandte Tommy ein.

»Kein Problem. Das hier ist Teil des Büfetts, das wir für heute Abend zubereiten.«

»Da lässt es sich aber jemand gut gehen.« Lilly probierte einen Bissen und schloss vor Genuss die Augen. »Ausgezeichnet.«

»Vielen Dank. Und einen guten Appetit.«

Tommy sah der jungen Dame nach, wie sie zurück in die Küche ging. »Schon etwas seltsam, oder?«

»Doch, ja.« Lilly konnte sich nicht mehr bremsen und aß die beiden Jakobsmuscheln im Eiltempo. »Was denkst du?«

»Vielleicht will sie uns wirklich etwas Gutes tun und unsere Wartezeit verkürzen. Oder …«

»Oder was?«

»Sie will uns Honig beziehungsweise Krustentierschaum um den Bart schmieren.«

»Auch möglich. Wir werden es herausfinden.«

Es folgten ein Krabbencocktail und Pannfisch mit Senfsoße und warmem Gurkensalat. Dann kam Sünje Petersen und setzte sich zu ihnen an den Tisch.

»Nochmals Entschuldigung, dass Sie warten mussten«, sagte sie, während sie sich das Haarnetz vom Kopf zog. »Ich hoffe, es hat Ihnen geschmeckt.«

»Ausgezeichnet«, antwortete Lily, »und es wäre wirklich nicht nötig gewesen.«

»Kein Problem, wir haben das ja ohnehin fertig gemacht.«

»Dann brauchen wir es nicht als Bestechungsversuch zu werten«, meinte Tommy mit einem Lächeln.

Sünje Petersen hob die Augenbrauen. »Herr Kommissar, wo denken Sie hin. Welchen Grund hätte ich denn dazu?«

»Gute Frage«, meinte Lily. »Sie erwähnten unserem Kollegen gegenüber Gerüchte, die sich im Zuge des Verschwindens von Torbjörn Svensen um Maximilian de Haan und seinen Adoptivbruder Klaus rankten.«

»Ja, die gab es tatsächlich.« Sie hatte sich ein Glas mitgebracht und schenkte sich aus der Flasche Wasser ein, die auf dem Tisch stand. »Ich weiß ja nicht, auf welchem Wissensstand Sie sind ... Aber die Familie de Haan hatte ein Dienstmädchen.«

»Nea Svensen. Die Mutter von Torbjörn. Sie lebte mit ihm und Lemke auf dem Wendelhof.«

»So ist es. Und Lemke erwartete ein Kind.«

»Wissen wir«, sagte Lily, die sich nicht mit Altbekanntem aufhalten wollte. »Jördis Svensen ist die Tochter von Max Moser beziehungsweise Maximilian de Haan.«

»Interessant, dann stimmt es also.« Sünje Petersen lächelte. »Das erklärt manches. Über die Identität des Vaters hat nämlich damals die ganze Insel gerätselt, ohne dass die Wahrheit je ans Licht gekommen wäre. Später hieß es – gerüchteweise natürlich –, dass die de Haans und Nea Svensen sich anfangs große Mühe gaben, die Schwangerschaft geheim zu halten. Thys und Lys de Haan boten Nea und ihrer Tochter viel Geld, damit Lemke das Kind abtreiben ließ. Lemke wollte aber nicht, und irgendwann konnten sie es nicht mehr verschweigen. Ab da profilierten die de Haans sich als Wohltäter, dass sie in einer so schwierigen Situation weiter zu der Frau und ihrer offenbar recht verdorbenen Tochter hielten. Denn der Vater des Kindes galt offiziell als unbekannt, weshalb Lemke bald als kleines Luder dastand, das mit den Jungs hinter den Büschen lag. Einmal war es eben schiefgegangen, wie man allgemeinhin erzählte.«

»Das bedeutet, niemand hatte den Verdacht, dass das Kind von Maximilian de Haan sein konnte?«

»Moment, ich bin ja noch nicht fertig …« Wieder spielte ein süffisantes Lächeln um Sünje Petersens Lippen. »1987 explodierte nämlich die Gerüchteküche.«

»Lassen Sie mich raten«, sagte Lilly, »zu dem Zeitpunkt, als die de Haans ihre Jungen auf Privatschulen im Ausland schickten, fort von der Insel.«

»Bingo. Die Tochter des Hausmädchens hatte ein Kind bekommen, konnte sich nicht an den Vater erinnern, und kurz davor wurden die Jungs weggeschickt? Das konnte doch kein Zufall sein.«

»Und welchen der beiden hatten die Leute im Verdacht?«, fragte Tommy.

»Klaus. Den Unbeherrschten von den beiden. Er gab uns Mädchen schon mal gerne einen Klaps auf den Hintern, und der einen oder anderen fasste er auch ungefragt an die Brüste. Natürlich mutmaßte man auch, ob Martein der Vater sein könnte, allgemein kam man aber zu dem Schluss, dass er für so etwas viel zu harmlos und gut erzogen war.«

»Stille Wasser gründen wirklich tief, wie wir jetzt wissen«, sagte Lilly. »Eines verstehe ich noch nicht. Hat sich denn niemand gefragt, weshalb dann beide Jungen fortgeschickt wurden? Das hätte doch nur Sinn ergeben, wenn … die zwei über Lemke hergefallen wären.«

»Richtig. Das schloss die Gerüchteküche auch nicht vollends

aus, doch wie gesagt, dem lieben Maximilian traute niemand eine solche Missetat wirklich zu.« Sünje Petersen trank einen Schluck Wasser. »Aber das war ja auch nur die erste, fast noch harmlose Gerüchtewelle. Maximilian und Klaus verließen die Insel etwa ein Jahr, nachdem Torbjörn Svensen verschwunden war. Man hatte lange und aufwendig nach dem Jungen gesucht, ohne Erfolg. Es gab einen Verdächtigen, Olger Heinen, den man aber laufen ließ. Und kurz nachdem Maximilian und Klaus weg waren, erklärte die Polizei die Suche für beendet, und der Fall landete bei den Akten.«

Lilly setzte sich auf. »Also dachte man …«

»Genau.« Sünje Petersen nickte. »Gerüchte machten die Runde, dass die beiden mit dem Verschwinden von Torbjörn zu tun hatten. Man schloss sogar nicht aus, dass die reichen de Haans einen Handel mit der Polizei abgeschlossen hatten.«

»Aber welchen Grund hätten die beiden denn gehabt, dem Jungen etwas anzutun?«, wandte Tommy ein.

»Nun ja … da kommen die beiden Geschichten nun zusammen.« Sünje Petersen drehte das Wasserglas in ihrer Hand. »Torbjörn lebte ja auf dem Wendelhof, war also praktisch ein Insider, was die de Haans und seine Schwester betraf. In den Wochen vor seinem Verschwinden war er so unvernünftig und rannte durch die Gegend und erzählte jedem, der es nicht wissen wollte, von wem das Kind stammte, das seine Schwester erwartete. Nämlich von Klaus de Haan.«

34   John

Nach getaner Arbeit genoss der Star der Serienproduktion das süße Leben und beabsichtigte, den Nachmittag standesgemäß an einem der renommiertesten Orte der Insel zu verbringen. Der Sansibar. So viel hatte John aus Loki Mossby herausgekitzelt.

Die Sonne stand tief am Himmel, als er seinen Citroën auf dem Parkplatz an der Hörnumer Straße abstellte und den Rest des Weges zur Sansibar durch die Dünen zu Fuß zurücklegte. Gödecke hatte es vorgezogen, sich im Hotel Miramar absetzen zu lassen, um sich für den restlichen Tag zurückzuziehen und die Erkenntnisse der Ermittlungen in Ruhe zu evaluieren, wie er es ausgedrückt hatte. John hatte es im Stillen für sich so übersetzt, dass der Kriminalrat wohl ein wenig erschöpft war und sich eine Pause gönnte. Was ihm nur recht sein sollte.

Die wohl bekannteste Strandbar des Landes, wo sich die Prominenz seit jeher ein Stelldichein gab, war wie immer gut besucht. John hielt zunächst bei den Tischen auf der Terrasse vor dem Haus Ausschau. Als er nicht fündig wurde, widmete er sich den Strandkörben, die hintereinander links entlang des Weges standen, der über die Düne zum Strand hinunterführte.

Er entdeckte Klaus Krieger schließlich im letzten Strandkorb in der Reihe. Der Schauspieler trug ein Baseballcap und Sonnenbrille. Doch John hatte ihn inzwischen oft genug gesehen, um nicht auf die Maskerade reinzufallen.

Krieger blickte zu ihm auf. »Herr Kommissar, sind Sie gekommen, um mir den verdienten Feierabend zu versauen?«

»Ja«, antwortete John und setzte sich, ohne auf eine Einladung zu warten, neben ihn in den Strandkorb. »Ich möchte mit Ihnen über ein paar Dinge reden, die Sie sicherlich nicht vor Ihren Kollegen besprechen wollen.«

»Wir sind eine große, glückliche Filmfamilie, wie Max immer zu sagen pflegte.« Krieger entblößte die weißen Zähne.

»Das glaube ich kaum, nach allem, was ich inzwischen herausgefunden habe.«

»Wie gesagt, die Worte von Max, nicht meine.«

»Womit wir beim Thema wären«, sagte John. »Max Moser war ihr Bruder. Genauer, Ihr Adoptivbruder.«

Das Lächeln in Kriegers Gesicht erstarb. »Wer sagt das?«

»Verkaufen Sie mich nicht für blöde«, sagte John in scharfem Ton. Ihm stand nicht die Lust nach Spielchen. »Das hier läuft nicht wie bei Ihnen im Film ...«

»Ach was?«

»Martein Maximilian de Haan, das war der Name, unter dem er geboren und unter dem er mit Ihnen auf dem Wendelhof groß wurde.«

»Der Wendelhof.« Verachtung lag in Kriegers Stimme. »Erinnern Sie mich bloß nicht an dieses Drecksloch.«

»Dann sind wir uns also einig. Max Moser war Ihr Bruder. Warum machten Sie beide daraus ein Geheimnis?«

»Haben wir doch gar nicht. Es hat nur niemals jemand danach gefragt.«

»Vielleicht wegen Jördis?«

»Was soll mit ihr sein?«

»Sie ist die Tochter von Max ...«

»Nein!« Klaus Krieger machte große Augen und ein erstauntes Gesicht. »Das wusste ich nicht. Das ist ja ungeheuerlich!«

»Das können Sie bestimmt besser«, kommentierte John die offensichtliche Schauspieleinlage. »Versuchen Sie es ruhig noch einmal.«

»Ich weiß nicht, was das hier soll. Das ist doch alles kalter Kaffee. Interessiert niemanden mehr. Und geht auch keinen etwas an.« Klaus Krieger schickte sich an aufzustehen. »Also dann, Columbo, einen schönen Aben...«

Weiter kam er nicht.

Sie waren allein hier, keine Passanten in Sicht, und von hinten konnte niemand den Strandkorb einsehen. Also streckte John blitzschnell die linke Hand aus, griff in Kriegers Schritt und drückte zu.

Dem Schauspieler entwich ein hoher, kläglicher Ton. »Au, Scheiße, meine ...«

»Ja, ich weiß«, sagte John in mitfühlendem Ton. »Sind gleich Rühreier, aber das interessiert hier niemanden.«

»Sie können doch nicht ...«

»Und ob ich das kann.« John verstärkte seinen Griff. »Du hörst mir jetzt gut zu, Freundchen. Wenn du meinst, dich deinen Kollegen und Mitmenschen gegenüber wie eine offene Hose benehmen zu können, mit mir nicht. Hast du das verstanden?«

Krieger winselte etwas von Polizeigewalt.

John lachte. »Das hier ist lediglich eine handfeste Argumentation. Und falls du meinst, deswegen eine Welle machen zu können: Die Medien würden sich bestimmt für eure familiären Konstellationen interessieren und auch für das eine oder andere Gerücht, das Max und dich mit dem Verschwinden von Torbjörn Svensen in Verbindung bringt.«

Bei dem Stichwort wurde Klaus Kriegers Gesicht noch fahler, als es ohnehin schon war.

»Oh«, schauspielerte John nun seinerseits und ließ los, »Sie wissen, wovon ich rede? Wollen wir dann jetzt eine gepflegte Unterhaltung unter zwei Erwachsenen führen? Was meinen Sie, mein Freund?«

Klaus Krieger nickte. Tränen standen ihm in den Augen.

»Fein. Also dann.« John legte ihm in groben Zügen dar, was Lilly ihm soeben am Telefon berichtet hatte, natürlich, ohne ihren Namen oder den ihrer Quelle zu nennen.

»Es stimmt.« Krieger kam langsam wieder zu Atem. »Solche

Gerüchte gab es damals. Aber da war selbstverständlich nichts dran. Warum hätten wir dem Jungen etwas antun sollen?«

»Weil er überall erzählte, dass das Kind, das Jördis erwartete, von Ihnen stammte?«

Krieger seufzte und schien einen Moment zu überlegen. »Erstens stimmte das nicht, das wissen Sie ja. Zweitens ... Torbjörn machte sich gerne wichtig. Er rannte immer herum und erzählte die wildesten Dinge. Wär bestimmt ein guter Journalist geworden ...«

»Trotzdem ist es bemerkenswert, dass Ihre Eltern Sie und Max so kurz nach seinem Verschwinden ins Ausland schickten.«

»Bitte, nennen Sie die beiden nicht meine Eltern. Meine wahren Eltern waren da schon lange tot, und nichts und niemand konnte sie ersetzen.« Krieger trank einen großen Schluck aus dem Weißweinglas, das neben ihm auf dem Getränkehalter des Strandkorbs stand. »Dass sie uns fortschickten ... das hatte mit Jördis zu tun.«

»Das mag zutreffen, was Max angeht. Er schwängerte Lemke. Aber was hatten Sie damit zu tun?«

»Mit Lemke und Jördis? Nichts. Aber es war eine gute Gelegenheit, mich ebenfalls loszuwerden. Darauf hatte Thys schon lange gewartet.«

»Das müssen Sie mir erklären.«

»Thys de Haan war mein Patenonkel, aber wohl nur aus Freundschaft zu meinem Vater. Er interessierte sich nicht wirklich für mich. Seine Welt war die des Business und der Finanzen. Familie, das war nur Firlefanz für ihn. Als meine Eltern starben, überredete ihn Lys, mich zu adoptieren und bei ihnen auf dem Wendelhof aufzunehmen. Er tat das nur widerwillig und ihr zum Gefallen. Wir kamen nie miteinander klar. Thys meinte, dass ich einen schlechten Einfluss auf Max, seinen Goldjungen, hätte. Er schlug Lys einige Male vor, mich auf ein Internat zu schicken.« Krieger trank noch einen Schluck und lachte. »Ich glaube, er war ziemlich erstaunt, als er herausfand, dass es sein Maxi gewesen war, der Lemke gebumst hatte. Das war ganz schön peinlich, und weder Lemke noch ihre Mutter wollten sein Geld akzeptieren und das Kind abtreiben lassen. Kohle löst eben doch nicht alle Probleme. Die Gerüchte schossen ins Kraut, und Thys hatte damals politische Ambitionen. Also machte er Tabula rasa. Max sollte auf ein Internat in der Schweiz gehen, als Strafe und damit er aus meinem Einflussbereich kam. Mich schickten sie in die USA. Klar, dass sie für meine weitere Aufbringung weniger Geld aufwandten.«

»Haben Sie sich deshalb wieder nach Ihren leiblichen Eltern benannt, den Kriegers?«

»Ja. Ich hab mich auf den Hosenboden gesetzt und zugesehen, dass ich mein eigenes Ding mache. Dass Max und ich uns dann später wieder über den Weg liefen … das war schon ein besonderer Streich des Schicksals.«

»Weiß Jördis, dass Sie der Adoptivbruder Ihres Vaters sind?«

»Ihre Mutter hat es ihr inzwischen erzählt. Ich habe mich erst zurückgehalten. Das arme Ding war schockiert genug, als sie erfuhr, dass Max ihr Vater ist und wie sie gezeugt wurde …«

Ein älteres Ehepaar, das neben ihren Strandkorb getreten war, unterbrach sie. Die Frau fragte: »Entschuldigung, aber sind Sie nicht … Klaus Krieger?«

Der Schauspieler ging nur allzu gerne darauf ein. »Höchstpersönlich. Ein Autogramm gefällig?«

»Also, wenn Sie würden … Ich habe nur kein …«

»No problemo!« Krieger zauberte einen Kugelschreiber aus der Innentasche seines Jacketts und schrieb ein Autogramm auf einen Bierdeckel. »Bitte sehr. Wenn Sie wollen, können Sie auch den Strandkorb haben. Wir wollten sowieso gerade gehen.«

»Oh, das ist aber nett!«

Krieger ergriff die Gelegenheit beim Schopf, stand auf und machte dem Ehepaar Platz. John folgte ihm widerwillig. Die Unterhaltung war für ihn noch nicht beendet.

Krieger ging nach vorne zum Shuttlebus, der ausgewählte Gäste und jene, die dafür zahlten, runter zum Parkplatz fuhr.

»Ich nehme die Expressverbindung. Sie gehen wohl zu Fuß«, verabschiedete er sich und wollte in den Bus steigen.

»Das Drehbuch«, sagte John.

»Was?« Krieger drehte sich mit genervter Miene um.

»Die Serie, die Sie drehen, basiert auf dem ungeklärten Verschwinden von Torbjörn Svensen. Ihr Bruder wollte die Regie zuerst nicht übernehmen. Warum?«

»Ganz einfach. Weil das Drehbuch kacke war. Und das ist es in weiten Teilen immer noch.« Krieger nahm seine Basecap ab, und der Wind fuhr ihm durch die grauen Haare. »Der gute Greg hatte bislang einfach Glück. Die Filme, die er gemacht hat, basierten alle auf erfolgreichen Büchern, die er nur adaptieren musste. Irgendein verfehlter Schreiberling hat ihm den Titel ›Autorenfilmer‹ verpasst, was natürlich nicht stimmt. Er hat jetzt zum ersten Mal ein Drehbuch selbst geschrieben und bewiesen, dass er es nicht draufhat. Was allerdings niemand erfahren darf, deshalb wurde er auch so fuchsig, als Max sich der Sache annahm, um Schadensbegrenzung zu betreiben.«

»Aber Ihnen schien auch nicht zu gefallen, was Max da tat«, erinnerte John sich. »Sie haben mir erzählt, es ging um kreative Differenzen, als Sie sich mit Max stritten und ihm den Tod wünschten.«

»Wie gesagt ... das war dahergeredet, im Zorn. Sie wissen ja jetzt, dass wir uns schon länger kannten. Da geht man etwas salopper miteinander um. Er wusste das zu nehmen.«

»Worum ging es bei Ihrem Streit wirklich?«, insistierte John.

Krieger sah sich nach dem Shuttle um, in das bereits die ersten Fahrgäste einstiegen. Er überlegte einen Moment und sagte dann: »Ich wollte, dass er sich auf seine Arbeit konzentrierte.«

»Tat er das denn nicht? Ich dachte, er arbeitete das Drehbuch um.«

»Das war der ursprüngliche Plan, ja. Aber Max hatte ein neues Interesse.«

John dämmerte, worauf das hinauslief. »Torbjörn Svensen. Sicher, das Drehbuch war von dem alten, ungelösten Fall inspiriert, aber ... es war für Max zu einer Obsession geworden. Als ich bei ihm im Ferienhaus war, lagen dort allerhand alte Zeitungsartikel und Berichte über die Sache herum.«

»Ja, er hatte sich da in etwas verbissen.«

»Er ließ sich sogar die Fallakte kommen.«

»Tatsächlich? Wusste ich gar nicht.« Krieger schob die Hände in die Hosentaschen und wandte sich halb zum Gehen. »Ich sagte ihm, er soll die Finger davon lassen und keinen Staub aufwirbeln. Wir warteten alle auf seine neue Drehbuchfassung, damit es weitergehen konnte. Aber …«

»Aber was?« John trat einen Schritt auf ihn zu. »Sie sind wegen Behinderung der Ermittlungen dran, wenn Sie mir etwas verschweigen, das zur Ergreifung vom Mörder Ihres Bruders beitragen kann.«

»Max recherchierte.« Krieger hob die Schultern. »Er hatte sich in den Kopf gesetzt, die Wahrheit über Torbjörn herauszufinden.«

35 Sanna

Wenn jemand einen an den entlegensten Winkel des Landes, besser gesagt, an den nördlichen Punkt Deutschlands bestellte, dann war ihm wirklich daran gelegen, dass das Treffen unter Ausschluss der Öffentlichkeit stattfand. Und das bedeutete nichts Gutes, darüber war sich Sanna im Klaren, als sie ihren Wagen auf dem Parkplatz am nördlichsten Ende des Lister Ellenbogens parkte.

Außer ihr stand lediglich ein weiteres Fahrzeug hier.

Sie wusste, wem es gehörte.

Sanna blieb noch einen Moment bei heruntergelassenem Fenster sitzen und ließ die beinahe absolute Ruhe auf sich wirken. Nur der Wind, der über die Dünen und das Gras strich, das Rascheln des Strandhafers und aus der Ferne das Blöken einer Schafherde.

Leider übertrug sich die Ruhe nicht automatisch auf sie selbst. Als sie der Anruf vorhin auf der Terrasse von Gosch erreicht hatte, war ihr sofort bewusst gewesen, dass es Probleme gab, und sie konnte sich ungefähr vorstellen, worum es ging. Wenn da nicht sogar noch mehr war, was eine solche Heimlichtuerei rechtfertigte.

Zeit, es herauszufinden.

Sie ließ das Fenster hochfahren und stieg aus.

Vorbei an einem Schild, das die besondere Lage des Ortes als nördlichsten Punkt Deutschlands kennzeichnete, ging Sanna über einen sandigen Dünenweg an den endlosen Strand. Links und rechts war keine Menschenseele zu sehen, außer der Frau mit der Großraumtasche, die ihr Lieblingsutensil auch jetzt bei sich trug und Sanna bereits erwartete.

Auf dem Wasser nahm die Fähre Kurs auf Rømø. Tyra Kortum deutete auf die dänische Nachbarinsel von Sylt, deren Silhouette sich voraus aus dem Meer erhob. »Man kann sie nicht jeden Tag so gut sehen.«

»Vielleicht verirren sich deshalb so wenige Leute hierher.«

»Sie sind fünf Minuten zu spät.«

»Warum hier? Heute kein Appetit auf Kaffee und Kuchen?«

Tyra Kortum machte keine Anstalten, Sanna die Hand zu reichen. Sie blieb stehen, das Gesicht hinter einer großen Sonnenbrille unergründlich auf das aufgeschäumte Wasser gerichtet. »Das hier wird unser letztes Treffen sein.«

»Warum?«

»Es gibt Schwierigkeiten. Große Schwierigkeiten.«

»Wenn Sie den Datenklau über meinen Account meinen, davon weiß ich bereits. Bleicken …«

»Um Bleicken brauchen Sie sich keine Sorgen mehr zu machen.« Tyra Kortum griff in ihre Handtasche und holte ein gefaltetes Papier hervor, das sie Sanna reichte.

Sie schlug es auf und las, was dort geschrieben stand. Es war die Kopie eines Zeitungsartikels, oder besser der Ausdruck des Textes.

»Der betreffende Redakteur schuldete mir noch einen kleinen Gefallen. Ein privater Vorababdruck für uns beide«, erklärte Tyra Kortum. »Die Bombe platzt heute Abend.«

Der Artikel befasste sich mit Oberstaatsanwalt Bleicken und der Liebschaft, die er offenbar zu einer Untergebenen pflegte. Eindeutige Fotos seien der Zeitung zugegangen, die die Liaison belegten. Der Betroffene hatte sich nicht äußern wollen, höhere Dienststellen hüllten sich ebenfalls in Schweigen und wollten die Angelegenheit zunächst intern überprüfen.

»Herr Bleicken ist bis auf Weiteres beschäftigt«, sagte Tyra Kortum. »Und wenn alles seinen Gang geht, wird er sich bald als Fahrer bei einem Lieferdienst verdingen können. Er wird Ihnen keine Schwierigkeiten mehr machen, meine Liebe.«

»Aber dafür hätten wir uns nicht hier treffen müssen.«

»Es gibt etwas anderes, über das Sie sich mehr Sorgen machen sollten. Es hat mit dem Datendiebstahl zu tun.« Sie machte eine Pause. »Ich habe mich heute für Sie sehr weit aus dem Fenster gelehnt. Weiter, als ich es je tun wollte. Und das hier ...« Tyra Kortum holte ein weiteres Blatt aus ihrer Handtasche und betrachtete es missmutig. »Es könnte mir mächtig die Rente versauen, wenn rauskommt, dass ich mich eingemischt habe. Aber ich dachte, Sie sollten es erfahren, bevor es richtig hochkocht. Ein letzter Freundschaftsdienst. Von nun an muss jeder von uns auf sich selbst aufpassen.«

Sanna hatte zwar geahnt, dass dies hier nicht eines ihrer mittlerweile fast üblichen Treffen werden würde. Doch wie es sich entwickelte, gefiel ihr gar nicht. Und sie konnte den plötzlichen Stimmungswandel nicht nachvollziehen. Weshalb ging die ehemalige Staatsanwältin auf Distanz zu ihr?

»Was ist aus Ihren großen Plänen geworden?«, fragte Sanna. »Von wegen eine neue, starke Frau an der Spitze der Staatsanwaltschaft.«

»Die Zukunft wird zeigen, ob das überhaupt noch eine Option ist. Das hier wird mir zu heiß.« Tyra Kortum hielt das Stück Papier in die Höhe. »Ich habe mich heute Morgen mit Claudia Matthis von der Kriminaltechnik getroffen. Ich hatte erfahren, dass der Einbruch ins System über Ihren Account erfolgt war und wollte auf den Busch klopfen. Dabei ist das hier herausgekommen.«

Sanna schüttelte den Kopf. »Könnten Sie aufhören, in Rätseln zu sprechen? Dann begreife ich vielleicht endlich, was das alles soll.«

»Die KT hat das Smartphone von Max Moser ausgelesen. Mails, Telefonnummern, auch ein paar Dateien, die er auf das Gerät heruntergeladen hat. Der Mann hat sich intensiv mit dem Fall Torbjörn Svensen beschäftigt ...«

»Das wissen wir bereits.«

»Haben Sie sich auch schon die Frage gestellt, woher er die ganzen Infos hat?«

»Wie Sie schon sagten, aus alten Zeitungsberichten.«

»Nicht nur. Ihm sind per Mail ganze Dossiers über den Fall und die damals Beteiligten zugegangen. Moser hat das alles nicht selbst zusammengetragen.«

»Was wollen Sie damit sagen? Hat er eine Detektei beschäftigt?«

»Etwas in der Art. Er beauftragte Secrets Keepers.«

Sanna legte die Stirn in Falten. »Wovon reden Sie da? Sollte mir das etwas sagen?«

»Nicht unbedingt. Secrets Keepers ist ein Recherchedienst. Ein überaus diskreter. Er arbeitet für Menschen, die es sich leisten können und die auf keinen Fall möchten, dass ihre Erkundigungen publik werden.« Tyra Kortum schmunzelte kurz. »Ich habe Secrets Keepers früher bei manchem Prozess für Hintergrundrecherchen beschäftigt, mit denen ich die Kollegen von der Polizei nicht behelligen wollte.«

»Okay«, Sanna suchte noch immer nach einem Anfang, um das Knäuel zu entwirren, das Tyra Kortum ihr da zuwarf. »Moser interessierte sich für den alten Fall. Er hatte genug Geld, um einen besonders diskreten Recherchedienst zu beschäftigen.«

»Nicht nur besonders diskret, sondern auch besonders fähig. Niemand weiß wirklich, wer hinter Secrets Keepers steckt. Der Kontakt verläuft ausschließlich online und anonym. Das Einzige, was ich mal in Erfahrung gebracht habe, ist, dass die Besitzer von Secrets Keepers ihrerseits sehr talentierte Rechercheure beschäftigen. Leute, die an Informationen kommen, die anderen verborgen bleiben.«

Langsam fiel bei Sanna der Groschen. »Und Sie glauben, dass einer von denen hinter dem Hack auf das Präsidium steckt?«

»Ich glaube es nicht, ich weiß es. Moser war leider unvorsichtig und hat genügend Spuren hinterlassen.«

»Aber was hat das alles mit mir zu tun?« Sanna schob die Hände in die Taschen. Das mulmige Gefühl, das sie auf ihrem Weg hierher begleitet hatte, wollte nicht weichen. Im Gegenteil, es war mit jedem Satz von Tyra Kortum größer geworden.

Die ehemalige Staatsanwältin hielt ihr das Papier hin. »Üblicherweise haben die Klienten niemals direkten Kontakt mit den Rechercheuren. In diesem Fall scheint das anders gewesen zu sein. Max Moser hat um Kontakt gebeten, und diese Nummer wurde ihm gesendet. Er hat sie mehrere Male angerufen.«

Sanna nahm das Papier entgegen und faltete es auf.

Eine Handynummer stand in Handschrift darauf geschrieben.

Sie war ihr nur allzu vertraut.

Der Sand schien unter ihren Füßen nachzugeben, und das Rauschen der Brandung wurde in ihren Ohren so laut, dass es sich anfühlte, als würden die Wellen sie überrollen.

»Claudia Matthis wird das noch bis morgen früh zurückhalten. Ein letzter Gefallen. So haben Sie wenigstens Zeit, sich vorzubereiten.« Tyra Kortum wandte sich zum Gehen. »Ich wünsche Ihnen viel Glück, meine Liebe. Sie werden es brauchen.«

Sanna blieb wie betäubt am Strand stehen. Wie lange, das mochte sie nicht sagen. Die Sonne versank am Horizont, als sie sich schließlich aus ihrer Starre löste und zurück zu ihrem Wagen ging.

Sie fuhr die Strecke bis nach Munkmarsch wie in Trance. In dem kleinen Fischerhaus, das ihre Schwester bewohnte, brannte Licht im Obergeschoss, als Sanna die Haustür aufschloss.

Von oben kam Tastengeklapper. Jaane, so fleißig wie selten.

Sanna schloss die Tür leise hinter sich.

Mit zitternden Fingern zog sie das Papier, das Tyra Kortum ihr gegeben hatte, aus der Hosentasche. Obwohl sie die Nummer auswendig kannte und sie in ihrem Kontaktverzeichnis gespeichert war, tippte sie die Zahlenfolge in ihr Smartphone. Vielleicht, weil sie es noch immer nicht wahrhaben wollte, vielleicht aus einem letzten Quäntchen Hoffnung heraus, dass alles doch nur ein großer Irrtum war.

Ihr Daumen schwebte einen Moment unsicher über dem grünen Button mit dem Symbol eines Telefonhörers.

Dann startete sie den Anruf.

Wenige Sekunden später klingelte im Obergeschoss das Smartphone ihrer Schwester.

36   John

Die Nordseeklinik musste mit ihrer Lage unweit des Westerländer Strands definitiv zu den am idyllischsten gelegenen Krankenhäusern des Landes gehören. John hatte sich mit Lilly und Tommy auf dem Parkplatz vor dem Haupteingang getroffen. Es war lediglich eine Routinebefragung, die er in der Klinik durchführen wollte, doch ohne Dienstausweis und offizielle Funktion benötigte er dazu Hilfe. Glücklicherweise waren die beiden ohnehin in Westerland gewesen.

»Max Moser wollte herausfinden, was mit Torbjörn Svensen in Wahrheit geschehen war«, fasste John sein Gespräch mit Klaus Krieger zusammen. Sie waren vom Parkplatz aus ein paar Schritte in die Dünen gegangen. Die Sonne war inzwischen am Horizont verschwunden, und die ersten Sterne zeigten sich am Himmel. Die heranbrandende Flut rauschte laut. »Was ich mir nicht erklären kann, sind mindestens zwei Dinge. Erstens, warum vergrub er sich so verbissen in dem alten Fall, nachdem er die Produktion der Serie zuerst ablehnen wollte? Zweitens, warum ging er nicht die offiziellen Wege?«

»Das können wir vielleicht erklären«, sagte Tommy. »Moser mag weniger an der Wahrheit interessiert gewesen sein, als dass er Angst um die eigene Haut hatte.«

»Wir haben mit Sünje Petersen über die Gerüchte gesprochen, die damals aufkamen«, erklärte Lilly. »Man erzählte sich wohl, dass die de Haans ihre Söhne fortschickten, weil sie mit dem Verschwinden von Torbjörn Svensen in Verbindung standen.«

»Weshalb sollten sie dem Jungen etwas angetan haben?«

»Weil er herumlief und erzählte, dass das Kind, das Lemke Svensen erwartete, von Klaus stammte«, antwortete Tommy. »Möglicherweise haben die de Haans auch Einfluss auf den Ausgang der Ermittlungen genommen. Geld genug hatten sie. Die schickten die Jungen zur Strafe ins Ausland, im Gegenzug wurden die Ermittlungen eingestellt.«

»Das waren natürlich alles Gerüchte«, Lilly hob beschwichtigend eine Hand. »Da stehen mehrere Fragezeichen drüber, etwa, ob man den Jungen überhaupt etwas hätte nachweisen können, wo es doch noch nicht mal eine Leiche gab.«

»Dennoch könnte da etwas gewesen sein. Wenn wir nämlich für den Moment einfach mal annehmen, dass Max und Klaus tatsächlich in irgendeiner Form damit zu tun hatten, fügen sich einige Puzzleteile zusammen.«

»Wir wissen, dass Max Moser die Arbeit an der Krimiserie zunächst ablehnen wollte«, nahm Lilly den Faden auf. »Sein Schreck muss groß gewesen sein, als er realisierte, dass Greg McQueens Skript auf dem realen Fall von Torbjörn Svensen basierte. Schließlich nahm er wegen finanziellen Engpässen den Job dann doch an.«

»Und nun wird es interessant«, meinte Tommy. »Moser und McQueen gingen nämlich zunächst tatsächlich den offiziellen Weg. Nach unserer Unterhaltung mit Sünje Petersen haben wir uns dieselben Fragen gestellt wie du. Und wir haben uns in der Pressestelle des Präsidiums erkundigt.«

»Jetzt sag bloß nicht …« John konnte nicht glauben, dass ihnen dieser Punkt entgangen war. Die einfachste Erklärung war manchmal eben doch noch die beste.

»Es gab einen Kontakt mit Moser und McQueen«, erzählte Lilly. »Vor Produktionsbeginn haben die beiden eine Anfrage zu Torbjörn Svensen gestellt. Üblicherweise zeigen sich die Kollegen von der Pressestelle ja sehr kooperativ. In diesem Fall haben sie aber die Herausgabe jeglicher Informationen verweigert, mit dem Hinweis, dass in der Sache wieder ermittelt werde.«

»Das würde tatsächlich so manches erklären.« John dachte nach. »Moser bekam es mit der Angst zu tun, als er erfuhr, dass es neue Ermittlungen gab. Er musste herausfinden, was wir wussten. Also begann er eigene Nachforschungen anzustellen.«

»Der Hack im Präsidium«, fragte Lilly. »Meinst du, Moser hatte damit zu tun?«

»Allenfalls, wenn er sich Hilfe geholt hat.« John drehte sich um und ging entschlossenen Schritts in Richtung Klinikum zurück. »Moser kam nach Sylt und wurde von seiner Vergangenheit eingeholt. Und dabei war der Fall Torbjörn Svensen nur ein Teil.«

»Jördis Svensen.« Die Ärztin im weißem Kittel und mit Stethoskop, die auf den Namen Tönnis hörte, musterte John und Lilly nachdenklich. »Offensichtlich wissen Sie ja bereits, dass die Dame unsere Patientin war und auch, in welchem Zeitraum … Damit endet meine gesetzliche Auskunftsverpflichtung gegenüber der Polizei.«

Sie saßen der Medizinerin in ihrem Besprechungszimmer an einem nüchternen beigen Kunststoffschreibtisch gegenüber. Hinter ihr reihten sich in einem Regal Medikamentenschachteln, Verbandsmaterial und medizinische Fachliteratur. Es hatte sie fast eine Dreiviertelstunde gekostet, um über den Empfang und die zuständige Stationsleitung an Frau Doktorin Tönnis heranzukommen.

»Uns interessiert vielmehr der Grund, weshalb Frau Svensen hier eingeliefert wurde«, erklärte John. »Wir ermitteln in einem Mord, und Frau Svensen stand mit dem Opfer in einem, sagen wir mal, nicht unproblematischen Verhältnis.«

»Ihnen ist schon klar, dass ich der ärztlichen Schweigepflicht unterliege, was das angeht?«

»Natürlich. Und Ihnen ist sicherlich klar, dass Sie diese Schweigepflicht brechen können, wenn ein rechtfertigender Notstand oder ein gesetzlicher Ausnahmetatbestand vorliegen, etwa wenn Ihre Offenbarung ein höherwertiges Rechtsgut schützen würde.«

Die Doktorin hob die Hand. »Ich weiß, ich weiß, aber ersparen wir uns doch das bürokratische Klein-Klein. Ich hatte tatsächlich überlegt, ob ein solcher Umstand vorliegt. Doch Frau Svensen und ihre Mutter baten mich um absolute Verschwiegenheit wegen ihrer Prominenz.«

John beugte sich vor. »Wie genau sollen wir das verstehen?«

»Nur, um es klarzustellen. Alles Weitere, was ich sage, erzähle ich aus Furcht, dass Frau Svensen etwas zustoßen könnte«, erklärte die Ärztin. »Was ist Ihr Stand, warum sie hier eingeliefert wurde?«

John warf Lilly einen flüchtigen Blick zu. »Alkoholvergiftung.«

»Das ist so weit korrekt, wenn auch ein bisschen ungenau. Frau Svensen hatte getankt, sehr viel sogar. Über zwei Promille. Das war der Hauptgrund für ihren Zustand und ihren Zusammenbruch auf der Geburtstagsfeier, zu welcher der Notarzt gerufen wurde.«

»Das bedeutet, ihr Zustand war nicht so kritisch wie angenommen?«, vergewisserte sich John.

»Hätte sie weitergetrunken, wäre es definitiv kritisch geworden. So aber retteten ihr Zustand und die damit einhergehende Einlieferung in unsere Klinik ihr wohl das Leben«, erklärte die Ärztin. »Weit schwerer wog nämlich die Vergiftung, unter der Frau Svensen litt.«

»Sie wurde vergiftet?«, platzte es aus Lilly heraus.

»Cyanid.« Frau Tönnies machte eine Pause, die gerade lang genug war, dass bei John die Gewissheit einsickerte, dass sich ihr Fall soeben um einen weiteren Aspekt verkomplizierte hatte. »Wie Sie sicherlich wissen, macht die Dosis das Gift. Im Fall von Frau Svensen war die Dosis Cyanid nicht hoch genug, um sofort letal zu wirken. Die typischen Symptome wie Kopfschmerzen, Schwindel, Verwirrtheit oder ein Mangel an Koordination wurden vermutlich durch den Alkoholrausch übertüncht, sodass sie es gar nicht bemerkte.«

»Wie hoch war die Dosis genau?«, wollte John wissen. »Und ab wann wäre sie tödlich gewesen?«

»Ein halbes Gramm aufgenommenes Cyanid tötet einen Erwachsenen. Bei Frau Svensen waren es etwas mehr als einhundert Milligramm.«

»Sie sagen ›aufgenommen‹«, fragte Lilly, »das bedeutet, sie hat das Gift zu sich genommen?«

»Ja, vermutlich über Nahrung oder ein Getränk. Sie hat es nicht eingeatmet.« Die Ärztin stand auf und trat zum mit Jalousien verhangenen Fenster. »Cyanid kommt natürlich in einigen Lebensmitteln vor, Haselnüssen zum Beispiel. Man kann sich also auch versehentlich eine Vergiftung einhandeln. Die Dosis lag aber deutlich über dem, was man durch Nahrung zu sich nehmen kann. Ich machte mir daher Sorgen, dass jemand versucht hatte, Frau Svensen zu vergiften. Das sagte ich ihr auch. Sie wollte davon aber nichts wissen und bat mich, wie gesagt, darüber zu schweigen, damit nichts an die Öffentlichkeit dringt.«

»Sie entließen Frau Svensen bereits am nächsten Tag aus Ihrer Klinik«, sagte John.

»Auf eigenen Wunsch und gegen meinen ärztlichen Rat. Die Dosis war niedrig genug, dass wir durch die Verabreichung eines Gegenmittels Schlimmeres verhindern konnten. Dennoch hätte ich sie gerne zur Beobachtung noch einen Tag hierbehalten.«

»Wie schnell wirkt Cyanid?«, erkundigte sich Lilly.

»Sehr rasch.«

»Das bedeutet, sie muss es kurz vor ihrem Zusammenbruch und der Einlieferung in die Klinik zu sich genommen haben?«

»So ist es.«

Lilly wandte sich John zu und sprach den Gedanken aus, der ihm gerade durch den Kopf ging: »Die Geburtstagsfeier.«

37 Lilly

Lilly beendete den Anruf und legte das Smartphone auf der dicken Holzplatte des Wohnzimmertischs in Johns Friesenhaus ab. »Ebenfalls Fehlanzeige«, sagte sie zu John, der ihr gegenübersaß. »Jördis ist nicht bei den Filmleuten. Man hat sie zuletzt gesehen, wie sie mit Greg McQueen in einem roten Cabrio davonbrauste. Wohin, das weiß niemand.« Bei ihrer Mutter Lemke in Keitum hatte Lilly es zuerst versucht, ebenfalls vergeblich.

»Okay, dann vertagen wir wohl ein persönliches Gespräch mit ihr auf morgen.« John trommelte mit den Fingern auf der Tischplatte. »Bis dahin können wir wohl nur hoffen, dass die Cyanidvergiftung doch nur ein Unfall war und es niemand ernsthaft auf sie abgesehen hat.«

»Das werden wir vielleicht gleich herausfinden«, sagte Tommy, der am Tisch Platz genommen hatte. Er hatte den Stick mit den Filmaufnahmen von Max Mosers Geburtstagsfeier, den John von der Filmcrew erhalten hatte, in den USB-Slot des Geräts geschoben.

»Aber nicht, ohne euch zu stärken«, ertönte Juris Stimme. Er kam mit drei Gläsern aus der Küche, die er auf den Tisch stellte. »Voilà. Krabbencocktail à la Rabanus. Mit einem Extraschuss Madeira. Wohl bekomm's.«

Lilly schob sich eine Gabel davon in den Mund und schloss die Augen, als der Geschmack der Krabben und der Cocktailsauce in ihrem Gaumen explodierte. »Mmmh. Der ist dir aber besonders gut gelungen.«

»Bekomme ich auch was?« Celine kam mit einem Buch unter dem Arm, aus dessen Seiten Post-it-Zettel ragten, die Treppe herunter.

»Klar, ich mach dir schnell noch einen. Setzt dich schon mal«, sagte Juri.

»Wollt ihr in Ruhe essen oder den Film gucken?«, fragte Tommy.

Lilly rutschte zu ihm rüber. »Bin zu neugierig. Film ab!«

John und Celine scharten sich ebenfalls um Tommy, Juri kam mit einem weiteren Cocktailglas für Celine dazu.

Tommy ließ den Film abspielen.

Die ersten Minuten, die auf dem Laptopmonitor flimmerten, zeigten den Anfang der Geburtstagsfeier. Die Gäste trudelten ein und versammelten sich vor der Ferienvilla. Klaus Krieger und Greg McQueen gingen voraus und klingelten. Ein völlig verdutzter Max Moser öffnete mit einer Lesebrille auf der Nase.

»Was zum Teufel?«, konnte er noch hervorbringen, bevor alle im Chor riefen: »Überraschung! Herzlichen Glückwunsch!«

Moser starrte entgeistert in die Kamera. »So eine Scheiße.«

Während der Rest der Filmcrew ins Haus ging, lieferte sich Max Moser ein Wortgefecht mit Klaus Krieger und Greg Mc-Queen, bei dem er offenkundig versuchte, sie wieder zum Gehen zu bewegen. Natürlich ohne Erfolg.

Im Hintergrund war Sünje Petersen zu sehen, wie sie Verpflegung und Getränke auf dem Tisch aufbaute.

Moser regte sich schließlich für den Moment ab, und die Kamera verlor das Interesse an ihm. Es folgte ein Rundgang durch die Gäste, die sich trotz der Schelte ihres obersten Chefs prächtig zu amüsieren schienen. Die Leute holten sich Häppchen, stießen miteinander an und waren guter Laune.

»Halt mal an«, sagte Lilly und tippte mit dem Zeigefinger auf eine Stelle im Bildhintergrund, wo ein Schreibtisch am Fenster zu sehen war. »Sind das die Unterlagen, die du gesehen hast?«

»Ja«, antwortete John. »Lass mal ein Stück weiterlaufen.«

Der Kameramann ging durch die Menge, bis er nahe genug am Schreibtisch vorbeischwenkte. Tommy hielt das Bild erneut an.

»Das sind sie«, sagte John. »Die Unterlagen. Sie waren am nächsten Tag weg. Es muss das Recherchematerial sein, das Moser gesammelt hatte. Und da sieht man auch das Päckchen, das an dem Tag für ihn bei uns abgegeben worden ist.« Er tippte mit dem Finger auf die entsprechende Stelle auf dem Bildschirm.

»Wenn wir nur wüssten, was drin war«, kommentierte Lilly.

John lehnte sich näher an den Bildschirm heran. »Eine Art Aktendeckel steckte drin. Kam mir vage bekannt vor. Ich weiß nur nicht …« Er hielt inne und kniff die Augen zusammen. »Oh … mein Gott. Wie konnte ich nur so dämlich sein.«

»Da stimme ich dir gerne zu«, meinte Lilly mit einem Lächeln. »Woher die plötzliche Selbsterkenntnis?«

John wirkte nun wie im Fieber. »Ist euch nicht klar, woher wir diese Aktenrücken kennen? Aus dem Präsidium! Das da ist die Fallakte, die wir die ganze Zeit suchen!«

Lilly betrachtete das Paket auf dem Bildschirm und seinen verpixelten Inhalt. »Schwer zu sagen, aber … du könntest tatsächlich recht haben.«

»Die Unterlagen und die Akte muss der Mörder mitgenommen haben«, meinte John.

»Das«, ergänzte Lilly, »oder jemand auf der Feier hat sich bedient, als niemand hinsah.«

»Wie soll er das denn hinbekommen haben?« Tommy deutete auf das pausierte Bild. »Der Raum ist voller Leute.«

»Später, als Jördis zusammenbrach, im allgemeinen Trubel. Zumindest die Fallakte könnte sich jemand schnell geschnappt haben. Wir wissen auch, dass McQueen noch einmal reinging, als alle weg waren. Sünje Petersen hat das erzählt.«

Tommy ließ den Film weiterspielen.

Es dauerte noch eine Weile, bis Jördis Svensen ihren Auftritt hatte. Die Kamera schwenkte unvermittelt auf sie, als sie das große offene Wohnzimmer betrat, in dem sich alle versammelt hatten.

Mit Küsschen links, Küsschen rechts arbeitete sie sich zu Max Moser vor. Ihrem Gang war anzusehen, dass sie bereits ziemlich angetrunken sein musste. Sie konnte kaum zwei gerade Schritte machen. Hätte sie sich nicht jedem zur Begrüßung an den Hals geworfen, wäre sie vermutlich über die eigenen Füße gestolpert.

Bevor sie Moser erreichte, stellte sich ihr Greg McQueen in den Weg. Die Kamera war zu weit weg, um zu verstehen, was er sagte, doch es machte den Eindruck, als wollte er sie von etwas abhalten. Jördis drückte ihm einen langen Kuss auf den Mund und schob ihn zur Seite.

»Sieh an«, murmelte Lilly. »Da verstehen sich zwei aber sehr gut.«

Jördis hatte Max Moser erreicht, der ein Sektglas hielt. Sie legte ihm eine Hand auf die Schulter – vermutlich, um sich abzustützen –, die andere streckte sie in die Luft.

»Mal alle herhören!«, rief sie. »He, seid mal still!«

Die Kamera ging an sie heran, nahe genug, um die Worte von Greg McQueen zu verstehen, der an Jördis' Seite trat. »Jördis … nicht.«

Moser sah sie argwöhnisch an. »Was hast du vor?«

»Kommt alle her«, machte Jördis weiter. Bald hatten sich sämtliche Anwesenden um sie herum versammelt. »Ich … habe euch eine wichtige Mitteilung zu machen!«

»Du lieber Himmel«, meinte John. »Die ist ja voll wie eine Strandhaubitze.«

Jördis schnappte sich das Sektglas von Max Moser und trank einen Schluck. Greg McQueen flüsterte ihr etwas ins Ohr, woraufhin sie ihn anlächelte, über seine Wange streichelte und ihn dann von sich schob. Es war nicht zu verstehen, was sie erwiderte.

Dann hob Jördis beide Hände, drehte sich wie eine Tänzerin im Kreis und torkelte in die Mitte der versammelten Gesellschaft. »Es ist Zeit … Zeit, dass ihr endlich die Wahrheit erfahrt … Wo wir doch alle so eine große glückliche Familie sind! Nicht wahr, Maxerl?« Sie drehte sich zu Moser um, wobei ihr linkes Bein nachgab und sie sich nur mühsam aufrecht halten konnte. Dann richtete sie den Finger auf ihn. »Dieser Mann ... Max Moser ... Er ist ... «

Weiter kam sie nicht.

Die Kamera hatte während ihrer Rede an sie herangezoomt. Jördis stieß kurz auf, als müsste sie sich übergeben oder als bekäme sie keine Luft mehr. Sie blinzelte ein paar Mal, ließ das Sektglas fallen, das auf dem Fliesenboden zersprang, und suchte nach Halt. Doch ihre Hände fassten ins Leere, und im nächsten Moment sackten ihre Beine weg, und sie schlug der Länge nach auf den Fußboden.

Es folgte ein allgemeines Durcheinander. Moser, McQueen und Krieger beugten sich über Jördis und versuchten, ihr zu helfen, während Loki Mossby mit einem Handy am Ohr den Notruf verständigte.

Der weitere Verlauf war ebenfalls auf Film festgehalten – wie die Sanitäter und der Notarzt kamen und Jördis hinaustrugen, bis hin zum unrühmlichen Finale, als Max Moser seine Gäste nonchalant hinausschmiss. Auch Johns Gesicht tauchte kurz auf.

»Noch mal ab der Stelle, wo Jördis hereinkommt«, wies Lilly Tommy an.

Sie schauten sich den kompletten Ablauf erneut an und dann noch ein drittes Mal.

»Als sie auf den Plan tritt, ist sie reichlich angeschickert«, zog Lilly ihr Resümee. »Aber sie ist noch einigermaßen bei Sinnen, kann sich gerade so auf den Beinen halten und mit den Leuten sprechen.«

»Richtig«, stimmte John zu. »Die Ärztin meinte, das Gift wirke schnell. Hätte sie es also zu sich genommen, bevor sie auf die Feier kam, hätte sie es wahrscheinlich gar nicht so weit geschafft.«

»Also muss sie hier auf der Feier vergiftet worden sein.« Lilly blickte in die Runde. Ihnen war wohl allen klar, in welchem Moment das geschehen sein musste.

»Das Glas«, warf Celine ein, die ebenfalls alles gesehen hatte. »Sie trinkt den Sekt aus dem Glas von Max Moser.«

»Spiel es noch einmal ab«, sagte Lilly, und Tommy suchte die entsprechende Szene.

Wieder sahen sie, wie Jördis Max Moser das Glas aus der Hand schnappte und einen Schluck trank.

»Ihr Glück, dass sie es nicht ganz leer getrunken hat«, meinte John.

»Allerdings«, stimmte Lilly zu. »Und das hier ist auch noch in anderer Hinsicht ein verdammt erkenntnisreicher Film. Erstens: Jördis und McQueen scheinen sich sehr zugetan. Ich wette, die haben eine Beziehung. Zweitens: Jördis will eine Ansprache halten, eine große Ankündigung. Ich wüsste zu gern, was sie den Leuten sagen wollte.«

»Klingt nach einer großen Offenbarung, so wie sie es sagt«, überlegte John. »Und augenscheinlich hat es mit Max Moser zu tun.«

»Der ihr Vater ist«, nahm Lilly den Faden auf. »Ob sie …«

»… das vor allen Leuten öffentlich machen wollte?« John lächelte sie an. Da war sie wieder. Die instinktive Gedankenübertragung, die sie schon bei so vielen Fällen auf eine interessante Fährte gebracht hatte. Trotz allem, was in jüngster Zeit gewesen war, funktionierte sie also noch.

»Und ich würde sagen, ihr habt ein weiteres Problem.« Celine rieb sich nachdenklich das Kinn. »Wenn das Gift in Mosers Glas war, ist wohl klar, was das bedeutet.«

»Der Anschlag galt nicht Jördis, sondern ihm«, sagte Lilly.

»Und das heißt, euer Mörder hat es hier zum ersten Mal versucht und sein Werk dann später mit rustikaleren Mitteln beendet«, fuhr Celine fort. »Oder es gibt einen zweiten Täter.«

»Einen erfolglosen Giftmörder und einen erfolgreichen Armbrustmörder«, meinte John. »Gut kombiniert, Watson.«

Sein Smartphone klingelte.

»Das ist Soni Kumari«, sagte John und stellte auf laut. »Was gibt es?«

»Sie suchen doch nach diesen beiden Filmleuten«, hörten sie die Stimme der Inselpolizistin.

»Ja, Jördis Svensen. Sie ist vermutlich in Begleitung von Greg McQueen unterwegs.«

»Dann habe ich die zwei gefunden. Sie sind in einen Autounfall verwickelt.«

»Geht es Ihnen gut?«, fragte John.

Wie zur Antwort hörten sie im Hintergrund eine Frauenstimme schreien: »Sie sind tot! Sie sind alle tot!«

38 John

Es war ein übles Massaker. Die Opfer lagen im Vorgarten des Reetdachhauses verstreut. Hier ein Arm, dort ein Bein auf dem akkurat gepflegten Rasen. Ein Körper ohne Kopf. Andere hatte es so derbe erwischt, dass sie in kleine Einzelteile zersprungen waren.

John betrachtete das Fiasko, das Jördis Svensen und Greg McQueen angerichtet hatten, als sie mit ihrem Cabrio ungebremst in den Garten des Hauses an einer wenig befahrenen Kreuzung mitten im Nirgendwo zwischen Tinnum und Keitum gerast waren. Sein Blick wanderte zu der Besitzerin des Hauses, einer alten Dame, die von den Rettungssanitätern im Krankenwagen versorgt wurde. Abgesehen von Prellungen, einer Schürfwunde und ein paar blauen Flecken war sie mit dem Schrecken davongekommen. Doch ihre Sorge galt weniger ihr selbst als ihren Lieben. Immer wieder jammerte sie: »Sie sind tot ... alle tot.«

Daran bestand kein Zweifel.

Die Gartenzwergkolonie, die den Vorgarten mit dem getrimmten Rasen, dem Blumenbeet und dem Teich mit Springbrunnen geschmückt hatte, würde nicht wieder von den Toten auferstehen. Kein Kleber der Welt und noch so viel Geduld konnten den Scherbenhaufen kitten, in den sie sich verwandelt hatten.

»Erzählen Sie es mir noch einmal von vorne«, bat John. Er wollte sichergehen, dass sich in die Darstellung der Frau wegen der Aufregung keine Ungereimtheiten schlichen.

Lilly stand neben ihr an eine Seite des Krankenwagens gelehnt. Die alte Dame saß auf der Untersuchungsliege im Innenraum.

»Vielleicht können Sie das auf morgen verschieben?«, bat einer der Sanitäter. »Sie könnte jetzt wirklich etwas Ruhe gebrauchen.«

»Die werden wir ihr gleich gönnen«, beharrte John. »Bitte.«

»Also … wie schon gesagt«, begann die alte Frau. »Ich stand im Vorgarten und wässerte die Blumen und den Rasen. Das mache ich immer erst, wenn die Sonne weg ist. Damit nicht alles verbrennt …«

»Eine gute Idee«, lobte Lilly. »Sie standen also in Ihrem Vorgarten. Was geschah dann?«

»Na ja, es war schon duster. Also hörte ich zuerst den Motor, bevor ich das Auto sah.«

»Hatte es die Scheinwerfer eingeschaltet?«, fragte John.

»Ich denke schon, ja. Es ging alles so schnell. Ich stehe also da, gieße die Blumen, höre den Motor, und plötzlich rast das Auto heran.« Die Hände der Dame zitterten. »Ich dachte noch, der wird ja wohl gleich bremsen. Aber das tat er nicht. Erst im letzten Moment hat er eine Vollbremsung gemacht. Zu spät. Er raste mit voller Wucht in meinen Garten. Ich konnte gerade noch zur Seite springen …«

Was der alten Dame nicht vollends gelungen war, wie sie wussten. Der Wagen von McQueen und Jördis Svensen hatte sie noch leicht gestreift und zur Seite geschleudert, bevor er die Gartenzwerge umgemäht und dann in den Teich mit Springbrunnen gerast war. Glück im Unglück, dass der alten Dame, abgesehen von einer Prellung und blauen Flecken, nichts Schlimmeres zugestoßen war.

John blickte zu Jördis und McQueen hinüber. Jördis lag mehr auf der Motorhaube des Streifenwagens, als dass sie lehnte. Abermals voll wie eine Strandhaubitze. McQueen hielt sich an der Hintertür des Wagens fest, während er mit Soni Kumari redete. Die Blutuntersuchung würde weiteren Aufschluss geben. Doch augenscheinlich stand er unter Drogeneinfluss, nach seinen eigenen Angaben ein, zwei Züge an einem Joint. John wäre jede Wette eingegangen, dass es deutlich mehr gewesen waren. Jedenfalls hatte keiner der beiden hinter das Steuer eines Autos gehört.

»Konnten Sie erkennen, ob es irgendeine Erklärung dafür gab, warum der Wagen erst so spät bremste?«, fragte John. »War der Fahrer vielleicht abgelenkt? War noch ein anderes Fahrzeug beteiligt?«

»Abgelenkt?« Die alte Dame bekam ein rotes Gesicht. »Das kann man wohl sagen. Unerhört war das.«

»Könnten Sie das vielleicht etwas präzisieren?«, fragte Lilly.

»Nun ja ... es war wirklich eine ganz unerhörte Sache ...«

John setzte ein Lächeln auf. »Sie können darauf vertrauen, dass wir in unseren Dienstjahren schon mit vielen unerhörten Sachen konfrontiert worden sind, so ziemlich alles, was man sich vorstellen kann. Wir wissen das also einzuordnen, egal, was es ist.«

»Also ...« Die alte Dame räusperte sich und blickte verstohlen zu McQueen und Jördis hinüber. »Der Kopf der jungen Dame da war in seinem Schoß. Und als er ausstieg, musste der Herr sich erst mal die Hose zuknöpfen. Ich meine ... sein ... nun ja, Sie wissen schon ... Er baumelte noch aus dem Hosenschlitz.«

John sah Lillys Gesicht an, dass sie sich das Lachen nur mit größter Mühe verkneifen konnte.

»Vielen Dank«, sagte John. »Und jetzt ruhen Sie sich aus.«

Soni Kumari kam zu ihnen herüber.

»Und, noch neue Erkenntnisse?«, fragte sie.

John blickte sich kurz um. Die Rettungssanitäter begleiteten die alte Dame ins Haus. Also brauchte auch er das Lachen nicht weiter zu unterdrücken. »Ein Klassiker«, sagte er. »Die beiden waren völlig zugedröhnt. Außerdem gab es ein Blaskonzert. Das hat den Fahrer wohl zusätzlich abgelenkt. Auf Wolke sieben hat er die Kreuzung einfach nicht kommen sehen.«

»Was soll ich mit den beiden machen?«, wollte Kumari wissen.

»Bringen Sie sie nach Westerland zum Ausnüchtern. Wir haben noch ein paar Fragen an sie.«

39 Sanna

In manchen Situationen kam man nur weiter, wenn man sich zusammennahm, die Ruhe bewahrte und die Dinge methodisch anging – auch, wenn man vor Wut am liebsten aus dem Anzug gesprungen wäre.

Sanna hatte auf die Schnelle eine Pizza mit Krabben, Lachs und Spinat gemacht und dazu eine Flasche Weißwein geöffnet. Jaane setzte sich ihr gegenüber an den Gartentisch unter der Buche im Garten des alten Fischerhauses. Sanna zündete eine Kerze an. Es wurde nun schon früh dunkel, und der Vollmond stand über ihnen am Himmel. Dennoch war es noch angenehm warm. Ein schon fast romantischer Moment, völlig unpassend für das, was es zu besprechen gab.

Jaane nahm ein Stück Pizza in den Mund. »Hm, wunderbar.«

Sanna bekam keinen Bissen herunter. Sie schob sich ein Stück auf den Teller und ließ es dort liegen.

»Iss«, forderte Jaane sie auf, »ist lecker.«

»Gleich.« Sanna trank einen Schluck Wein, dann faltete sie die Hände wie zum Gebet. »Wir müssen reden. Über etwas sehr Unangenehmes …«

Jaane winkte mit vollem Mund ab. »Geht schon klar, große Schwester. Mir kannst du alles erzählen.«

»Ich möchte, dass du weißt … Das, worüber wir sprechen, was auch immer nun weiter geschieht – es ändert nichts daran, dass ich dich liebe. Verstehst du das?«

Jaane hörte auf zu kauen. »Jetzt wird es aber grundsätzlich.«

»Secrets Keepers.«

»Was?« Jaane fiel beinahe der Bissen Pizza aus dem Mund, trotzdem gab sie die Unwissende »Was ... soll das sein?«

»Tu mir einen Gefallen, bitte. Ich weiß Bescheid. Also erspar dir die Schwindelei. Wir haben jetzt beide ein Riesenproblem an der Backe. Und das können wir nur lösen, wenn du offen zu mir bist.«

»Was für ein Problem denn?« Jaane legte das Besteck ab. Die Farbe war aus ihrem Gesicht gewichen. »Brauche ich einen Anwalt, Frau Staatsanwältin?«

»Bitte, sei nicht albern. Das ist nicht mehr lustig.«

»Also gut.« Jaane zog die Mundwinkel nach unten. »Bin ganz ernst.«

»Das mit dem Anwalt kann ich nicht ausschließen. Ich sitze hier aber nicht als Staatsanwältin, sondern als deine Schwester. Möglich, dass ich meinen Job nicht mehr lange habe.«

»Ach, komm. Was hast du denn schon wieder angestellt? Du bist doch immer überkorrekt ...«

»Es geht nicht um mich. Du weißt, dass ich mich zuletzt für dich schon weit aus dem Fenster gelehnt habe und mir noch immer Ärger deswegen droht. Das hier ...«, Sanna tippte mit dem Zeigefinger auf den Tisch, »ist eine ganz andere Nummer. Du hast eine Straftat begangen. Und das mithilfe meines Accounts.«

»Deines ... was?«

»Jaane.« Sanna seufzte.

»Ich versteh nicht, worauf du hinauswillst.« Jaane hob die Augenbrauen. »Und findest du das nicht ein wenig unverschämt? Ich meine ... was soll ich getan haben?«

»Das hier ist mir unangenehm genug. Also bitte, erspar uns diese Spielchen und mach es nicht schwieriger für uns beide, als es sein muss.«

Jaane überlegte eine Weile. »Auf einer Ernstskala von ein bis zehn. Wo stehen wir?«

Sanna schürzte die Lippen. »Elf?«

»Elf. Verstehe.«

»Du weißt, wovon ich rede. Ich kann dir nicht versprechen, dass es mir gelingt, dich da rauszuhauen. Tatsächlich sieht es ziemlich mies aus. Aber wenn du zumindest noch eine Chance haben willst, mit einem blauen Auge davonzukommen, müssen wir zusammenarbeiten.«

Jaane trank einen Schluck Wein und wurde ernst. »Also schön. Secrets Keepers.«

»Seit wann?«

»Eine ganze Weile schon. Anderthalb, zwei Jahre, so um den Dreh.«

»Was hast du für sie gemacht?«

»Recherche. Hier vom Computer aus. Sie haben gut dafür bezahlt. Besser als meine üblichen Kunden.«

»Aber illegal.«

Jaane ließ den Zeigefinger wie das Pendel einer Uhr hin und her schwingen. »Nein, nein. Es ging bislang darum, Informationen aus legal zugänglichen Quellen zu sammeln. Zeitungen, Archive, Videos, Audioaufnahmen. Hier und da auch mal ein Telefonat oder ein Call, um Hintergründe zu erfragen. Das mit dem Präsidium … das war das erste Mal.«

»Warum?«

»Ich wollte das nicht machen, aber … der Mann …«

»Max Moser«, sagte Sanna. »Ich weiß, wer dein Klient war.«

»Ja, also dieser Moser, ich meine, es war das erste Mal, dass ich mit so einem Promi zu tun hatte und überhaupt … Normalerweise hat man bei Secrets Keepers keinen Kontakt mit dem Kunden.«

»Komm zum Punkt, Jaane.«

»Moser wollte persönlich mit mir sprechen. Er hatte viele Fragen. Die Polizei erteilte in dem alten Fall keine Auskunft, wegen der laufenden Ermittlungen. Ich sammelte zuerst alte Artikel über den Fall für ihn. Ich redete auch mit einem Reporter, der damals ausführlich über die Sache berichtet hatte. Und noch so einiges mehr. Aber das reichte Moser nicht. Er wollte wissen, warum die Polizei sich den Fall wieder vorgeknöpft hatte.«

»Also bist du ins System des Präsidiums eingebrochen.«

»Er bestand darauf, und er zahlte mir einen Bonus. Ich meine …« Jaane sah zum Haus. »Wir müssen hier mal renovieren, ist also nicht so, als könnten wir das Geld nicht gebrauchen.«

»Warum mein Account?«

»Ist lange her, dass ich was programmiert, geschweige denn, mich in ein System gehackt habe. Weißt du, in Studienzeiten, da haben wir so was zum Spaß gemacht, aber mir fehlte die Übung. Dein Account war der einfachste Weg hinein.«

»Wie bist du an meine Zugangsdaten gekommen?«

Jaane lächelte. »Du hast sie mir selbst gegeben. Mehr oder weniger.«

Nun fiel es Sanna wie Schuppen von den Augen. »Als du meinen Laptop repariert hast.«

»Richtig. Da wusste ich natürlich nicht, dass ich sie mal für so was brauchen würde. Ich habe mir deinen Benutzernamen und das Passwort nur für den Fall gemerkt, dass du mal wieder meine Hilfe brauchst.« Jaane lehnte sich zurück. »Jetzt habe ich wohl ein echtes Problem, was?«

»Kann man so sagen.«

»Nimmst du mich fest?«

Sanna winkte ab. »Auf dem Präsidium wissen sie es bereits. Gödecke und Benthien werden bestimmt morgen hier auftauchen. Besser wäre es, wenn du zu ihnen gehst und dich geständig und kooperativ zeigst.«

»Was ist mit dir? Droht dir großer Ärger deswegen?«

»Vermutlich. Ich kann das überhaupt nicht absehen.« Sanna lehnte sich zurück und richtete den Blick in den Nachthimmel, im Versuch, sich ein wenig zu entspannen. Von nun an hatte sie es nicht mehr in der Hand, wie sich die Dinge entwickeln würden.

»Vielleicht kann ich helfen«, meinte Jaane.

»Was?« Sanna kehrte aus ihren Gedanken zurück.

»Du sagtest, ich soll kooperationsbereit sein. Bin ich.« Jaane nickte ihr zu. »Da war nämlich etwas in der Fallakte, das Moser und mir Rätsel aufgegeben hat.«

»Du hast die Fallakte gelesen?«

»Nein. Die hab ich doch über John an Moser geschickt. Aber Moser hat mit mir darüber geredet, nachdem er sie gelesen hatte.«

»Und was stand so Brisantes darin?«

Jaane beugte sich vor und lehnte sich mit den Armen auf den Tisch. »Die alten Zeitungsberichte über das Verschwinden von Torbjörn griffen ein Gerücht auf, das auf der Insel bald die Runde machte. Der Junge sei auf dem Heimweg in der Sturmnacht am Keitumer Kliff entlanggegangen. Wahrscheinlich sei er gestolpert, oder eine Windböe habe ihn erwischt, so oder so sei er das Kliff hinuntergefallen. Dort unten holten ihn sich dann die tosenden Wellen und trugen ihn mit sich auf das offene Meer hinaus, wo er für immer verschwand. Sogar die Polizei griff das Gerücht auf. Als sie die Suche nach ihm beendete, erklärte sie es offiziell zum wahrscheinlichen Ablauf und der plausibelsten Erklärung für sein Verschwinden.«

»Und so steht es auch in der Fallakte?«

»Ja. Aber da steht noch mehr. Nämlich, dass das gar nicht stimmen kann. Die haben das Gerücht damals genau unter die Lupe genommen und überprüft, ob das überhaupt möglich gewesen wäre. In jener Nacht zog ein Sturm aus Osten über die Insel. Die Brandung lief also am Kliff tatsächlich hoch auf. Doch man hat sich die Strömungsverhältnisse, die Gezeiten und alles angesehen und kam zu dem Schluss, dass der Junge niemals raus aufs Meer getrieben wäre. So oder so wäre sein Körper wieder an Land angespült worden. Die Polizei hat also damals absichtlich die Unwahrheit gestützt. Sie schien ihr überaus gelegen zu kommen.«

40 John

Als er zuletzt auf der Westerländer Wache zu tun gehabt hatte, war diese wegen Renovierungsarbeiten geschlossen gewesen. Die Kollegen hatten eine Zeit lang mit einem provisorischen Containerbau vorliebnehmen müssen. Nun waren die Umbauten endlich abgeschlossen. Die Polizeistation der Insel befand sich wieder in ihrer angestammten Heimat, einem alten rotbraunen Backsteinbau in der Nähe des Westerländer Zentrums. Mit dem seitlichen Eingangsportal, der breiten Fassade, die von einem hohen Spitzgiebel gekrönt wurde, und den vielen Rundbogenfenstern wohnte dem Gebäude beinahe etwas Sakrales inne.

John stand im Hauptraum der Wache, wo sich neben dem Empfangstresen und den Schreibtischen der Streifenkollegen auch die Teeküche befand. Soni Kumari hatte ihm und Lilly einen Kaffee gemacht.

»Ihnen ist schon klar, dass die beiden zugedröhnt sind?«, fragte Soni Kumari. »Ihre Aussage ist damit wertlos.«

»Deshalb wird das auch kein Verhör, sondern eine unverfängliche Plauderei«, erwiderte John. »Ich möchte lediglich die Gunst der Stunde nutzen. Kinder und Betrunkene sagen bekanntermaßen die Wahrheit. Vielleicht bekommen wir aus den beiden also etwas heraus, das uns weiterbringt.«

»Wie Sie meinen. Sollen wir sie nacheinander in den Verhörraum bringen?«

»Nein. McQueen kann in der Zelle bleiben. Jördis soll es ein wenig bequemer haben. Gibt es hier Alkohol?«

»Ich weiß nicht, ob mir gefällt, was hier abläuft.« Soni Kumari hob die Augenbrauen.

»Ich nehm das auf meine Kappe«, sagte John.

»Soweit ich weiß, sind Sie nur der Assistent des Kriminalrats ...«

»Nun haben Sie sich nicht so«, kam Lilly ihm zur Hilfe. »Dann geht es eben auf mein Konto. Wir hängen in der Ermittlung ziemlich in der Luft. Wenn die beiden irgendetwas wissen, das uns hilft, müssen wir es herausbekommen. Selbst ein kleines Detail kann schon hilfreich sein. Und wir wollen sie schließlich nicht waterboarden.«

Kumari seufzte. »Wir haben noch ein paar Flaschen Bier hier. Ein Kollege hat neulich Geburtstag gefeiert. Finden Sie drüben im Kühlschrank.« Sie deutete mit einem Nicken auf die Teeküche.

»Vielen Dank«, sagte John. »Dann geleiten Sie die Dame doch bitte in den Verhörraum.«

»Ich übernehme McQueen.« Lilly machte sich auf den Weg zu den Zellen.

John ging hinüber in die Teeküche und nahm zwei Flaschen Pils aus dem Kühlschrank. Einen Flaschenöffner fand er in der Besteckschublade. Dermaßen ausgestattet, betrat er den Verhörraum und setzte sich an den Tisch, mit dem Blick zur Tür. Er öffnete gerade die beiden Flaschen, als Soni Kumari mit Jördis Svensen hereinkam und die Schauspielerin auf den Stuhl ihm gegenüber Platz nahm.

Soni Kumari ließ sie allein.

»Kann ich jetzt nach Hause gehen?«, fragte Jördis mit schwerer Zunge.

»Warum so eilig«, erwiderte John. »Sie können noch die ganze Nacht den Zimmerservice der Kollegen genießen. Und ich dachte, wir verkürzen die Zeit, plaudern ein wenig und stoßen an. Sogar gratis, auf Staatskosten.« Er schob ihr eine Flasche Pils über den Tisch. Jördis schnappte sie sich und trank einen Schluck. John ließ seine Flasche unangerührt stehen.

»Wie lange sind Sie schon mit McQueen zusammen?«, fragte er.

Jördis sah ihn irritiert an. »Was?«

»Nun kommen Sie.« John lachte. »Sie beide geben ein tolles Paar ab. Und ... nun ja, wir wissen, wie es zu Ihrem kleinen Unfall kam.«

»Wir haben uns hier bei den Dreharbeiten kennengelernt.« Sie zuckte mit den Schultern. »Inzwischen ahnen es am Set wohl die meisten.«

»Kennt er die Wahrheit?«

Jördis trank noch einen Schluck. »Was meinen Sie?«

»Die Wahrheit über Sie und Ihren Vater.«

»Ja, das weiß er.«

»Und was denkt er darüber?«

»Ist ihm egal.«

John schwieg einen Moment und drehte die Pilsflasche auf dem Tisch zwischen Daumen und Zeigefinger. »Wann haben Sie eigentlich herausgefunden, dass Max Moser Ihr Vater ist?«

»Kurz nachdem wir uns hier auf Sylt das erste Mal begegnet sind. Bei den Vordrehs. Er hatte da so einen Spleen.«

»Ihre Mutter hatte es Ihnen bis dahin verschwiegen.«

»Ja. Aber irgendwas hat sie dann zum Umdenken bewegt, als wir hier auf der Insel zusammenkamen. Sie meinte, sie wollte mir nicht länger etwas vormachen.«

John musterte die Schauspielerin. Für jemanden, der deutlich einen über den Durst getrunken hatte, hatte sie sich erstaunlich gut unter Kontrolle. Wenn sie regelmäßig trank, durfte das auch nicht verwundern, viele Alkoholiker mussten erst einen gewissen Pegel erreichen, damit sie normal funktionierten. Das hier wird wohl nicht so leicht, wie du geglaubt hast, dämmerte ihm im Stillen. Sie weiß genau, was sie sagt.

»Wer wusste am Set davon?«

»Dass er mein Vater ist? Niemand.«

»Ich kann mir vorstellen, dass das nicht einfach ist, seinen Vater erst nach so vielen Jahren kennenzulernen. Und dann wird er plötzlich ermordet. Wie kommen Sie damit klar?«

Sie betrachtete die Pilsflasche und schürzte die Lippen. »Ganz gut. Ich meine, wir kannten uns ja kaum. Da war emotional nicht viel. Und nach allem, was er getan …«

Sie hielt abrupt inne, und ihrem Gesicht war anzusehen, dass ihr nun doch unabsichtlich etwas über die Lippen gerutscht war.

»Was hat er getan?«, hakte John nach.

Jördis senkte den Blick. »Nichts. Er … hat mich verleugnet. Ich meine, warum hat er sich in all den Jahren nicht einmal gemeldet, wenn er wusste, dass es mich gibt?«

Sie schluchzte, und Tränen liefen ihr über die Wangen.

John wusste nicht, ob er ihr glauben sollte. Ihre Gefühle mochten wahrhaftig sein, andererseits war sie eine talentierte Schauspielerin. Und er hatte den sicheren Verdacht, dass sie bei ihren Worten zunächst etwas völlig anderes im Sinn gehabt hatte.

»Ihre Mutter scheint ihm auch so einiges nachzutragen. Sie hatte einen heftigen Streit mit ihm in der Nacht, als er ermordet wurde.«

Jördis winkte ab. »Sie war doch nur sauer, dass er mich so rasch wieder am Set haben wollte nach meinem Zusammenbruch.«

»Der kein einfacher Zusammenbruch war. Sie wurden vergiftet.«

Nun hatte er sie wohl endgültig aus dem Konzept gebracht. Sie starrte ihn alarmiert an. »Woher wissen Sie das? Wir hatten die Ärztin zu absolutem Stillschweigen verpflichtet.«

»Wir ermitteln in einer Mordsache. Da haben wir weitreichende Befugnisse.«

»Kein Wort zur Presse darüber!«

John stützte sich mit den Ellbogen auf den Tisch. »Ich habe nicht die Absicht, die Regenbogenpresse zu füttern, keine Sorge. Ich mache mir vielmehr Gedanken um Ihre Sicherheit. Wer sagt, dass derjenige, der das getan hat, es nicht noch ein zweites Mal versucht?«

»Sie glauben, ich bin in Gefahr?« Sie lachte. »Sie übertreiben.«

»Ich weiß es nicht.« John schüttelte den Kopf. »Wir vermuten, dass das Gift sich in dem Glas befand, aus dem Sie auf der Geburtstagsfeier Ihres Vaters getrunken haben. Sie haben es ihm förmlich aus der Hand gerissen.«

Ihre Augen weiteten sich. »Das würde aber doch bedeuten, dass es da schon jemand auf ihn abgesehen hatte.«

»Möglicherweise, ja. Auf der Geburtstagsfeier … Sie griffen nach dem Glas und wollten eine Ansprache halten. Eine große Ankündigung, wie Sie sagten. Was wollten Sie den Leuten erzählen?«

»Ich weiß es nicht mehr.«

John ließ sich zurück in den Stuhl sinken. »Damit Sie sich darüber im Klaren sind: Wegen des Unfalls heute drohen Ihnen zivil- und strafrechtliche Konsequenzen. Ein wenig Kooperationsbereitschaft könnte sich also auszahlen.«

»Wie gesagt«, sie leerte die Flasche, »ich hatte einen kompletten Filmriss. An die Feier erinnere ich mich überhaupt nicht mehr.«

41 Lilly

Sie konnte das, was John getan hatte, nicht gutheißen. Doch das hatte sie sich vor Soni Kumari nicht anmerken lassen wollen. Nicht nur, dass die Aussage von Jördis und McQueen nicht verwertbar wäre. Auch aus moralischen Gründen fand Lilly Johns Vorgehen fragwürdig. Andererseits hatten solche Eigenmächtigkeiten und Grenzüberschreitungen sie schon in vielen Fällen der Lösung ein Stück nähergebracht. Also spielte sie das Spiel mit. Notgedrungen.

Lilly betrat den Zellentrakt der Westerländer Wache. Auch er war renoviert worden. Wo es ehemals nur zwei nebeneinanderliegende Zellen gegeben hatte, war nun Platz für vier.

Greg McQueen hockte in der letzten auf der rechten Seite mit hängendem Kopf auf der Pritsche. Sein Rausch schien zu einem Gutteil verflogen zu sein. Als Lilly an die Gitter trat, hob er mit verkaterten Augen den Blick. »Wie lange muss ich hierbleiben? Ich muss einen Film drehen und morgen pünktlich am Set sein.«

Lilly zog sich den Hocker heran, der an der Wand zwischen den gegenüberliegenden Zellen stand. »Das hätten Sie sich vor der kleinen Sause mit Ihrer Freundin überlegen sollen. Zugedröhnt in anderer Leute Vorgarten zu rasen, zieht für gewöhnlich unangenehme Konsequenzen nach sich.«

»Brauche ich einen Anwalt?«

»Das hängt von der Besitzerin der Gartenzwerge ab, die Sie umgenietet haben. Sie wirkte auf mich doch nachhaltig verstimmt. Und ich könnte mir vorstellen, dass die Kollegin Kumari noch das eine oder andere Wort mit Ihnen wechseln wird. Der Führerschein dürfte einstweilen weg sein. Auch zivil- und strafrechtlich mag da noch manches auf Sie zukommen.« Lilly hob die Schultern, als Zeichen, dass ihr seine Lage herzlich egal war. »Darum geht es mir auch nicht.«

»Sondern?«

»Ich möchte die Gelegenheit nutzen und mit Ihnen mal eine ehrliche Unterhaltung unter vier Augen führen. Und wer weiß? Vielleicht lege ich an geeigneter Stelle ein gutes Wort für Sie ein.«

McQueen schwieg.

»Fangen wir von vorne an«, sagte Lilly. »Der Streamingdienst, für den Sie arbeiten, war begeistert von Ihrem Drehbuch und gab der Serienproduktion grünes Licht. Dann kam Max Moser auf die Idee, Ihr Skript komplett über den Haufen zu werfen. Darüber haben Sie sich mit ihm prächtig in die Haare bekommen.«

»Das haben wir doch schon besprochen. Hören Sie, ich habe Kopfschmerzen ...«

»Ist mir völlig egal. Was ist das mit Jördis? Sind Sie ernsthaft in sie verliebt? Oder haben Sie sich an Mosers Tochter rangemacht, sozusagen als Retourkutsche?«

»Unfug. Ich mag die Kleine. Wirklich.«

»Also wissen Sie, dass Moser ihr Vater war.«

McQueen antwortete nicht sofort. »Was soll's. Sie wollte es ja ohnehin allen sagen.«

»Was meinen Sie damit?«

»Jördis. Sie wollte auf der Feier allen kundtun, dass Max ihr Vater war.«

»Das war also die große Offenbarung, die sie machen wollte, als sie plötzlich zusammenbrach?«

»Ja.«

»Weshalb wollte sie das tun?«

McQueen machte große Augen und hob die Hände. »Warum wohl? Weil der Arsch sich nie um sie gekümmert hat. Sie wollte damit sogar an die Presse gehen.«

»Was Max Moser bestimmt nicht gefallen hätte.«

»Nein, das kann ich mir auch nicht vorstellen. Das wäre sicherlich so ein Me-too-Ding für ihn geworden. Die Tochter des Dienstmädchens schwängern, und das wohl nicht ganz freiwillig.«

»Sie meinen Lemke?«

»Natürlich. Jördis wusste von ihrer Mutter, dass der Zeugungsakt nicht freiwillig erfolgt war. Moser oder Maximilian Martein, wie er ja wirklich hieß, nutzte seine Machtposition aus. Lemke wehrte sich nicht ...« McQueen ließ den Kopf wieder hängen. »Nachdem sie diese Details über ihre Herkunft erfahren hatte, fing Jördis wieder mit dem Trinken an. Sie hätte es wohl besser nie erfahren.«

»Ein weiterer Grund für Sie, auf Moser sauer zu sein.«

»Worauf wollen Sie hinaus?«

»Gehe ich recht in der Annahme, dass Sie wissen, dass Jördis wegen einer Vergiftung im Krankenhaus landete?«

»Nein. Davon hat sie mir nichts erzählt.« Das klang aufrichtig. Also hatte Jördis wirklich an absoluter Verschwiegenheit in dieser Sache gelegen.

Lilly offenbarte McQueen, was sich zugetragen hatte. »Das Gift befand sich sehr wahrscheinlich in dem Glas, das sie Max Moser aus der Hand schnappte.«

»Also war es für ihn bestimmt.«

»Vermutlich. Sie haben die Feier organisiert, richtig?«

»Stimmt. Die Getränke ließ ich vom Cateringservice kommen.«

»Sünje Petersen.«

»Ja. Der Sektumtrunk war übrigens ihre Idee, als Höhepunkt des Abends sozusagen. Jördis hat ihn dann ziemlich verdorben.«

»Wer hat die Gläser eingeschenkt?«

»Die Leute vom Cateringservice natürlich.«

Lilly musterte den Mann durch die Gitterstäbe hindurch. »Könnte es sein, dass Sie diese Gelegenheit genutzt haben, um Ihren Streit mit Max Moser endgültig zu Ihren Gunsten zu entscheiden?«

42 John

Ein dezent seliges Schnarchen empfing John, als er die Haustür des Kapitänshauses aufschloss. Er drehte sich zu Lilly um und legte den Zeigefinger auf die Lippen. Ohne Licht zu machen, schlichen sie im Dunkeln durch den Flur. Während Lilly auf Zehenspitzen die Treppe hinaufging, tastete sich John ins Wohnzimmer vor. Tommy schlief vollständig angezogen auf der Couch, sein linkes Bein baumelte auf den Boden, auf seiner Brust lag ein Buch. John legte es leise auf den Wohnzimmertisch, dann hob er das Bein vorsichtig an und schob es in eine bequemere Position. Auf dem anderen Sofa lag eine Decke über der Armlehne. John holte sie und breitete sie über seinem Freund aus.

Eine Treppenstufe knarzte, als Lilly wieder herunterkam. John traf sich mit ihr in der Küche und zog die Tür hinter sich zu.

»Juri ist neben Frouke eingeschlafen«, sagte Lilly im Flüsterton. »Celine sitzt mit Kopfhörern am Schreibtisch und lernt noch für ihre Prüfungen. Sie hat mich gar nicht kommen hören.«

»War ein langer Tag. Willst du dich gleich hinlegen?«, fragte John.

Es war kurz nach zehn Uhr, dennoch verspürte er nicht den Hauch von Müdigkeit, zu aufgekratzt war er von den jüngsten Erkenntnissen. Seine Gedanken rasten auf Hochtouren, und er würde erst noch einen mittelgroßen Absacker brauchen, um sich die nötige Bettschwere zu erarbeiten.

»Ich bin nicht wirklich müde«, erwiderte Lilly. »Trinken wir noch was?«

»Gerne.« John öffnete den Kühlschrank. »Pils. Weißwein. Aperol Spritz. Was darf es sein?«

»Ein Pils.«

»Sehr wohl, die Dame.« John öffnete zwei Flaschen mit einem Ploppen und reichte eine davon Lilly.

»Wie wäre es mit einem kleinen Spaziergang durch die Dünen?«, fragte sie.

»Warum nicht.«

Sie gingen ins Wohnzimmer und öffneten leise die Terrassentür. Aus dem Garten führte ein schmaler Pfad in die Dünen hinter dem Haus. Nach wenigen Hundert Metern erreichten sie den mittlerweile etwas verwitterten Schuppen, den John früher einmal für sein Hobby, die Steinbildhauerei, errichtet hatte. In letzter Zeit kam er nur noch selten hierher, dabei mochte er diesen Ort. Mitten in den Dünen, umgeben von Strandhafer und einer großen Menge nichts, hatte er seine Ruhe und konnte zu sich finden.

Lilly ließ sich in den Sand nieder und lehnte sich gegen die Holzwand des Schuppens. Erinnerungen an längst vergangene Tage, als sie die Sommer hier zusammen verbracht hatten, brandeten in John auf, als er sich neben sie setzte. Damals hatte eine farbenfrohe Zukunft vor ihnen gelegen, eine gemeinsame Zukunft. Vielleicht gehörte es mit zum Altern, dass solche Träume verwelkten wie Blumen, denen man zu wenig Wasser gab – oder die man aus Versehen zertrampelte, weil man sich zu dumm anstellte.

John stieß mit Lilly an und trank einen großen Schluck.

Er blickte in den Nachthimmel hinauf, an dem der Vollmond hell leuchtete. Der Wind rauschte durch den Strandhafer, und das leise Rieseln von Sand war zu hören.

Ihm war klar gewesen, dass er viel aufs Spiel gesetzt hatte, als er eine andere Frau Lilly vorgezogen hatte, sowohl privat als auch beruflich. Dafür hatte er einen Preis gezahlt, zahlte ihn noch immer. Doch erst mit der Zeit war ihm bewusst geworden, wie hoch dieser wirklich war und was er alles verloren hatte.

Er mochte Lilly noch immer. Und vielleicht war da sogar mehr.

Wenn er sie Arm in Arm mit Juri sah, konnte er sich des Gedankens nicht erwehren, dass er derjenige an ihrer Seite sein könnte. Das kupferbraune Haar, ein Blick, der ihm noch immer die Knie weich werden ließ ... Er hatte sich wirklich alle Mühe gegeben, die Gefühle für sie tief unter einem Berg aus rationalen Erwägungen zu vergraben und sich gesagt, dass er allein die Schuld am Ende ihrer Beziehung trug und ein Wiederbeleben ihrer Romanze bis in alle Ewigkeit unmöglich war. Doch in diesem Moment musste er feststellen, dass er sich unweigerlich zu Lilly Velasco hingezogen fühlte. Vielleicht sogar noch mehr als früher. Denn war das nicht immer so? Man begehrte am meisten, was man nicht bekommen konnte.

Allerdings war dies nicht der Moment für Selbstmitleid, das brachte einen ohnehin nicht weiter. Es gab nun einen kleinen Menschen, den er über alles liebte und für den er da sein wollte. Und die wichtigste Voraussetzung dafür war, etwas zu tun, was er schon lange hätte angehen sollen und wollen, wofür er aber nie den perfekten Moment gefunden hatte.

»Es tut mir leid«, sagte John und sah Lilly an.

»Was tut dir leid?« Sie wirkte überrascht.

»Alles. Dass ich dich betrogen habe ... dass ich alles kaputtgemacht habe. Ich wusste damals nicht, was ich da wegwerfe. Wenn ich könnte, würde ich es ungeschehen machen. Geht aber leider nicht ...«

»Du meinst es wohl ernst?«

John nickte. Die Worte kamen ihm leichter über die Lippen, als er gedacht hatte – weil sie ehrlich gemeint waren. »Ich bitte dich um Entschuldigung. Natürlich erwarte ich nicht, dass du es einfach vergisst, wir können es nicht vergessen machen. Was geschehen ist, ist geschehen. Doch ich möchte, dass wir wieder miteinander im Reinen sind.«

»Hast aber ziemlich viel Zeit dafür gebraucht.«

»Ich weiß. Aber das liegt mir schon lange auf dem Herzen.«

»Mir ebenfalls.«

»Ich möchte es für Frouke, Lilly. Sie braucht eine Mutter und einen Vater. Und ich möchte für sie da sein und dich unterstützen.« Er schluckte und nahm seinen Mut zusammen. »Und ich möchte es für dich. Ich weiß, was ich getan habe. Aber … das ändert nichts an meinen Gefühlen. Lilly Velasco, du bist noch immer …«

Sie hob eine Hand. »Hör auf.« Dann wandte sie den Blick ab, trank einen Schluck und sah zu den Sternen auf. Eine Weile saßen sie schweigend nebeneinander, während der Wind weiter den Sand raschelnd durch die Dünen trieb. Schließlich meinte Lilly: »Entschuldigung akzeptiert. Ich hoffe, du hast was daraus gelernt.«

»Danke. Ich … will versuchen, mich zu bessern.«

»Ich glaube, das hast du schon. Allerdings solltest du dir solche Nummern wie vorhin auf der Wache mit den beiden in Zukunft besser verkneifen. Ich werde dich bei so etwas nicht immer decken.«

»Verstanden. Aber es hat uns weitergebracht, oder?«

»Wie man's nimmt«, meinte Lilly. »McQueen hat alle Verdächtigungen gegen ihn abgestritten. Ich glaube, dass er sehr wohl ein Motiv hatte. Berufliche Eifersucht, die gekränkte Künstlerseele, weil Moser sein Drehbuch komplett verwarf und ein eigenes schrieb – von dem wir noch immer nicht wissen, wo es geblieben ist.«

»Jedenfalls hätte er die Gelegenheit zur Tat gehabt. Zuerst bei dem Sektumtrunk, den er bestellt hatte. Er konnte Moser etwas ins Glas mischen …«

»Aber hätte er Jördis dann nicht vom Trinken abgehalten, als sie sich das Glas schnappte?«

»Ich glaube, das ging zu schnell für ihn«, sagte John.

»Was ist mit ihr? Sie wollte ihren Vater bloßstellen, alles öffentlich machen.«

»Und? Denkst du, er hätte ihr deshalb Gift ins Glas gemischt?«

»Nein«, Lilly schüttelte den Kopf, »das macht ja keinen Sinn. Sie hat sich das Glas zufällig geschnappt. Aber ihre Mutter, Lemke, die könnte so etwas gedacht haben.«

»Vielleicht ging es bei dem Streit zwischen ihr und Moser in der Nacht ja genau darum. Jördis landete mit einer Vergiftung im Krankenhaus. Wenn Lemke wusste, dass Jördis die Wahrheit herausposaunen wollte, hat sie vielleicht tatsächlich gedacht, dass Moser das verhindern wollte, indem er sie vergiftete.«

»Möglich, aber schon etwas weit hergeholt, oder? Sie scheint mir nicht der Typ, der danach im Dunkeln in die Dünen schleicht und den Kerl mit einer Armbrust erlegt.«

»Nein, nicht wirklich«, gab John zu. »Klaus Krieger würde ich das hingegen sehr wohl zutrauen. Moser stocherte in der alten Sache mit Torbjörn Svensen herum. Falls Krieger damals mit dessen Verschwinden zu tun hatte, wird ihm das nicht gefallen haben.«

»Jedenfalls hätte er sich am Set Zugriff auf die Waffe verschaffen können«, überlegte Lilly. »Wie auch McQueen und Jördis ...«

»Wir übersehen etwas.« John trank seine Flasche leer. »In beiden Fällen.«

»Der dunkle Fleck, ja?«

»Ganz genau.« John lächelte. Das war seine Überzeugung. In jeder Ermittlung gab es einen dunklen Fleck, in dem sich die Wahrheit versteckte wie ein scheues Tier, das man behutsam ans Licht locken musste.

Sein Smartphone klingelte. Es war Sanna Harmstorf.

John nahm den Anruf an und hörte zu, was die Staatsanwältin zu sagen hatte. Nachdem er das Gespräch beendet hatte, rang nach er Luft. »Verdammte Scheiße«, sagte er und blickte hoch in den Sternhimmel.

»Was für eine Katastrophe gibt es denn um die Uhrzeit?«, fragte Lilly.

John seufzte. »Ich fürchte, wir haben ein Riesenproblem.«

Vierter Teil

DER JUNGE, DER STERBEN MUSSTE

43 Sanna

Aus der Ferne hörte sie das Nebelhorn eines Schiffs. Sie musste jetzt ziemlich weit draußen sein, wobei sie sich nicht entsinnen konnte, wie sie hierhergelangt war. Wenn sie stehen blieb, sanken ihre nackten Füße im weichen Wattboden ein. Setzte sie sich wieder in Bewegung, fiel ihr das Gehen mit jedem Schritt schwerer. Sie drehte sich im Kreis. Der Nebel hatte sich um sie herum so dicht geschlossen, dass sie die Finger nicht mehr sehen konnte, wenn sie die Hand ausstreckte.

Sie ging ein paar Schritte weiter, blieb wieder stehen und kniff die Augen zusammen. Keine Chance, in dieser Waschküche einen Orientierungspunkt auszumachen.

Dann erkannte sie einen Schatten. Die Silhouette eines Menschen, die sich langsam aus der Nebelwand herausschälte.

»Sanna.«

Sie kannte die Stimme. Und als der Mann nahe genug heran war, sah sie auch das Gesicht.

Mario.

Er trug Jeans, T-Shirt und Lederjacke. Sein Gesicht und sein Kopf waren unversehrt. Keine Schusswunde in der Stirn, kein aufgeplatzter Hinterkopf. Der Mario, wie sie ihn kannte. Volles schwarzes Haar. Dreitagebart um das kantige Kinn.

»Wo ... wo bin ich?«, fragte Sanna.

Mario lächelte. »In dem, was dazwischenliegt.«

»Was soll das bedeuten?«

»Du wirst es bald herausfinden.«

»Was geschehen ist ... mit dir, mit uns ... Es tut mir so leid.«

»Das weiß ich doch.«

»Wenn ich könnte, würde ich es ungeschehen machen.«

»Darüber zerbrich dir nicht den Kopf. Das wird bald alles keine Rolle mehr spielen. Komm her.«

Mario nahm sie in seine Arme, und Sanna schmiegte den Kopf an seine Brust. Sie konnte sein Aftershave riechen. Zedernholz.

»Ich habe mich an die Regeln gehalten«, sagte Sanna. »Ich dachte, das wäre das Richtige.«

»Das war egal. So oder so wäre das nicht gut für mich ausgegangen. Das tut es nie, wenn man sich mit den falschen Leuten einlässt. Ich hätte es besser wissen müssen. Dich trifft keine Schuld.«

Sanna spürte, wie ihre Waden nass wurden. Sie blickte an sich hinab und sah, wie das Wasser langsam stieg.

»Wir müssen hier weg, Mario.«

»Ich bleibe hier. Du musst weg. Du hast noch etwas zu erledigen.«

»Jaane.«

»Richtig.«

»Ich weiß nicht, was ich tun soll. Wenn ich mich an die Regeln halte, setze ich meine Schwester den Wölfen zum Fraß vor. Aber ich kann sie nicht schützen. Sie wissen schon Bescheid ...«

»Scht.« Mario legte ihr den Zeigefinger auf die Lippen. Das Wasser erreichte bereits ihre Hüfte. »Das hier wird nicht so laufen, wie du denkst. Du kannst es nicht kontrollieren. Unser Weg ist uns vorherbestimmt. Und wenn deiner sein Ende findet, werde ich dort auf dich warten.«

Das Wasser stieg nun schnell, erreichte ihre Brust, und mit dem Tosen der Flut rollte eine Welle weißer Gischt über ihren Kopf und begrub sie unter sich.

Sanna riss die Augen auf und fuhr aus dem Schlaf hoch.

Ihre Kehle hatte sich derart zusammengezogen, dass sie nur pfeifend atmen konnte. Ihr Herz raste, das Blut rauschte in ihren Ohren.

44 John

Der nächste Morgen begann für John mit einem steifen Nacken. Er hatte die Nacht in Bens Bett verbracht, dessen Matratze völlig durchgelegen war.

Er massierte sich den Nacken, als er am Kaffeeautomaten der Westerländer Wache stand.

Was ihm zusätzlich Kopfschmerzen bereitete, waren die beiden Briefe, die er vorhin beim Verlassen des Hauses aus dem Briefkasten geangelt hatte.

Er zog sie aus der hinteren Tasche seiner Jeans und faltete sie auf, während der Kaffee sprotzelnd und brummend in seine Tasse floss.

Beides waren Rechnungen.

Die eine kam von dem Dachdeckermeister, der das Reetdach des Kapitänshauses neu eingedeckt hatte. Wie so oft übertrafen die wahren Kosten den ursprünglichen Voranschlag. Dreißigtausend Euro. John schüttelte den Kopf. Ben und er würden sich den Betrag teilen, dennoch wären danach seine Reserven aufgebraucht.

Die zweite Rechnung machte den Kohl nicht fett, ärgerte John aber fast noch mehr. Sie stammte von Remko Petersen. Obwohl er seine – schlampig durchgeführte – Arbeit noch nicht beendet hatte, erdreistete er sich, schon einmal zweitausend Euro in Rechnung zu stellen.

Zweitausend! Wofür?

Beruhig dich. Vielleicht ist ihm auch da ein Fehler unterlaufen – oder der Person, die für ihn die Buchhaltung macht. Sieh lieber zu, dass du deine eigenen Probleme in den Griff bekommst. Wenn du nicht bald in einem Wohnwagen auf dem Campingplatz hausen willst, brauchst du schleunigst einen neuen Job.

»Benthien, auf ein Wort.« Gödecke schob sich zu ihm in die Teeküche. Er trug wieder seinen beigen Sommeranzug. Aus der Brusttasche des Sakkos ragte eine Zigarre.

John ließ die Briefe wieder in seiner Hosentasche verschwinden.

»Nur zum besseren Verständnis, bevor wir mit der Befragung beginnen …« Gödeckes Blick wanderte hinüber zum Verhörzimmer, wo Jaane Harmstorf auf sie wartete. »Die junge Dame hat also ihre Schwester bestohlen, um sich in unser System zu hacken?«

Sanna hatte ihnen soeben in groben Zügen berichtet, was vorgefallen war. »Korrekt«, antwortete John.

»Und das tat sie mithilfe dieses Accounts?«

»Richtig. Es geht letztendlich um das persönliche Passwort, mit dem wir uns jeden Morgen ins System einloggen. Das ist Ihnen sicher geläufig?« Es war bekannt, dass der Kriminalrat sich von seiner Assistentin immer noch gerne E-Mails ausdrucken und in einer Mappe auf den Schreibtisch legen ließ.

»Aber sicher.« Gödecke zog sich ebenfalls einen Kaffee. »Mit welcher Strafe muss sie rechnen?«

John hob die Schultern. »Das liegt im Ermessen des Gerichts. Sie hat sich immerhin ins Präsidium gehackt – wenn man das denn hacken nennen kann. Jedenfalls hat sie Daten und eine Fallakte entwendet. Mit einer Geldstrafe wird es also vielleicht nicht getan sein. In schweren Fällen können Freiheitsstrafen von bis zu zehn Jahren verhängt werden.«

»Wirklich schade um ein so hübsches junges Ding«, brummte Gödecke, und John war ganz froh, dass sie nicht auf dem Präsidium und keine jüngeren Kolleginnen zugegen waren, um ihn darauf aufmerksam zu machen, dass man eine Frau, gleich welchen Alters, heutzutage nicht mehr als Ding bezeichnete.

Lilly würde die Vernehmung führen, als Erste Hauptkommissarin war sie neben Gödecke die Ranghöchste. Der Kriminalrat hatte seinerseits darauf bestanden, zugegen zu sein, und John fungierte als sein Assistent.

»Wollen wir?«, fragte John.

»Ja.« Gödecke nahm sich seine Kaffeetasse. »Wenn es recht ist, werde ich mich allerdings im Hintergrund halten. Dieses Digitalgedöns ist mir doch ein wenig fremd.«

John ging voraus zum Vernehmungszimmer. Lilly wartete bereits davor. Tommy und Sanna hatten in einem Nebenraum Platz genommen und verfolgten die Befragung auf einem Monitor.

Lilly öffnete die Tür und betrat als Erste das Zimmer. Jaane saß zusammengekauert, blass im Gesicht und wie ein Häufchen Elend am Tisch.

Immerhin, dachte John, sie scheint sich im Klaren darüber, dass sie eine Straftat begangen hat, und offenbar tut es ihr leid.

Lilly setzte sich Jaane gegenüber, John nahm neben ihr Platz. Gödecke begnügte sich mit einem Stehplatz in der Ecke.

John aktivierte sein Smartphone, startete die Audioaufzeichnung und legte es auf den Tisch.

Lilly diktierte fürs Protokoll Datum, Uhrzeit und die Namen der Anwesenden. Dann kam sie ohne Umschweife zur Sache. »Jaane Harmstorf, Sie geben also zu, dass Sie sich widerrechtlich Zugriff auf das Computersystem des Polizeipräsidiums Flensburg verschafft haben.«

Jaane nickte.

»Ja oder nein, bitte.«

»Ja.«

»Sie luden sich Dateien im Fall Torbjörn Svensen herunter und entwendeten die Akte in selbigem Fall.«

»Das ist richtig.«

»Den Zugriff verschafften Sie sich über den Account Ihrer Schwester, Staatsanwältin Sanna Harmstorf.«

»Ja. Ich hatte mir ihr Passwort gemerkt, als sie mich bat, ihren Laptop zu reparieren ...«

John war sich ziemlich sicher, dass man Sanna daraus einen Strick drehen konnte. Das Gerät wurde vom Präsidium gestellt, und alle Reparaturen daran hatten über die IT-Abteilung zu erfolgen. Sanna hätte ihrer Schwester nie Zugriff darauf geben dürfen, geschweige denn, dass sie ihr das Passwort für ihren Account verriet und es anschließend nicht mal änderte.

Was folgte, war eine Zusammenfassung dessen, was Sanna ihnen bereits berichtet hatte.

»Warum haben Sie das überhaupt getan?«, fragte Lilly, als sich die Vernehmung dem Ende zuneigte.

Jaane schob die Unterlippe vor. »Weil ich Geld brauchte. Und weil es Spaß machte.«

»Sie meinen, es machte Spaß, das System des Präsidiums zu hacken? Weil Sie etwas Verbotenes taten?«

»Nein. Nicht das Hacken. Die Arbeit für den Recherchedienst ...«

»Secrets Keepers.«

»Das war mal etwas anderes. Interessant und abwechslungsreich. Und, wie gesagt, es wurde gut bezahlt.«

»Vielen Dank. Wir beenden die Vernehmung um ...« Lilly sagte die Uhrzeit und nickte John dann zu, dass er die Aufzeichnung ausschalten konnte. Jaane war anzusehen, dass sie sich in dem Moment ein klein wenig entspannte.

»Wie ... wie geht es nun weiter?«, fragte sie.

Gödecke schaltete sich ein. »Der Fall wird nicht bei uns bleiben. Kollegen aus dem digitalen Fach werden sich darum kümmern. Sie werden Sie abholen und nach Flensburg überstellen.«

»Das ... das heißt, ich komme ins Gefängnis?« Sie blickte John hilfesuchend an, und er konnte nicht verhindern, dass er in diesem Moment einen Stich im Herzen spürte und Mitleid mit ihr hatte.

»Das ist nicht gesagt.« John beugte sich vor. Es gab keinen Grund mehr, beim offiziellen Sie zu bleiben. »Jaane ... das hier ist kein Kavaliersdelikt.«

»Sanna sagt, dass es vielleicht glimpflich für mich ausgehen könnte, wenn ich kooperiere«, meinte sie. »Ich habe auf einen Anwalt verzichtet und mich geständig gezeigt.«

»Und das wird man dir auch anrechnen«, sagte John. »Ohne Strafe wirst du aber nicht davonkommen. Wenn du Glück hast, wird das eine Geldbuße sein. Eine Haftstrafe ist aber nicht ausgeschlossen.«

Tränen liefen ihr über die Wangen.

»Jaane.« John legte seine Hand auf ihren Unterarm, um sie zu besänftigen. »Wir müssen noch über etwas anderes reden. Du hattest Kontakt mit Max Moser und hast für ihn recherchiert. Hat er dir verraten, aus welchem Grund er sich für das Verschwinden von Torbjörn Svensen interessierte?«

»Nicht so wirklich.« Sie wischte sich die Tränen aus dem Gesicht. »Ich glaube, es hatte mit der Serie zu tun, an der er arbeitete. Und ich kenne ja auch nur die halbe Wahrheit. Ich habe ihm zugearbeitet, doch er stellte auch eigene Recherchen an. Redete mit Leuten.«

»Mit wem redete er denn?«

»Das weiß ich nicht genau. Nur einmal, da hat er einen Namen fallen lassen. Olger Heinen.«

»Olger Heinen?«, fragte Lilly in überraschtem Ton.

»Ja, er galt wohl damals als Verdächtiger. Und Moser waren Gerüchte zu Ohren gekommen, dass jemand ihn zum Schweigen gebracht hatte. Nachdem die Ermittlungen eingestellt wurden, prahlte Heinen wohl gegenüber seinen Freunden mit Dingen, die er sich plötzlich leisten konnte. Eine teure Stereoanlage, ein neues Fahrrad. Alle fragten sich, woher er auf einmal das Geld dafür hatte. Moser glaubte, dass Heinen mehr wusste, als er preisgegeben hatte.«

»Und er sprach mit ihm?«, fragte John.

»Vermutlich. Er hat mir davon nichts erzählt. Aber …«

»Was?«

»Habt ihr den Drehbuchentwurf, an dem er arbeitete?«

»Nein. Der ist verschwunden. Warum, ist er wichtig?«

»Moser sagte mir, dass er endlich die Wahrheit ans Licht bringen wollte«, erklärte Jaane. »Und wenn ich das recht verstanden habe, wollte er in dem neuen Drehbuch alles schildern, wie es sich wirklich zugetragen hatte. Die Serie sollte eine Sensation werden.«

»Moment mal«, hakte Lilly ein. »Du willst damit sagen, dass Moser vielleicht den Mörder von Torbjörn Svensen gefunden und das in seinem Drehbuch niedergeschrieben hat?«

Jaane schüttelte den Kopf. »Ich weiß es nicht.«

John lehnte sich zurück. Möglicherweise war Max Moser bei seinen Recherchen etwas zu erfolgreich gewesen und war auf etwas gestoßen, das ihn das Leben gekostet hatte. »Du hast uns da vielleicht gerade wirklich weitergeholfen ...«

»Und was jetzt?«, fragte Jaane.

Gödecke erhob sich und trat neben Jaane. »Wir gehen das alles ganz in Ruhe an. Sie haben sich wirklich überaus kooperativ gezeigt, und ich werde bei den Kollegen ein gutes Wort für Sie einlegen. Wir werden noch ein wenig warten müssen, bis sie auf der Insel eintreffen, um Sie abzuholen. Da ich keine akute Fluchtgefahr sehe, schlage ich vor, Ihre Schwester und meine Wenigkeit begleiten Sie zurück zu Ihrem Haus in Munkmarsch, und wir warten dort gemeinsam mit Ihnen. Das wäre doch auf jeden Fall schöner, als länger hierzubleiben. Und vielleicht lassen wir uns etwas Leckeres zu Essen kommen. Was meinen Sie?«

Bevor Jaane etwas sagen konnte, flog die Zimmertür auf, und Tommy platzte herein. »Die Armbrust wurde gefunden!«

Gödecke fuhr herum. »Die Tatwaffe?«

»Ja.«

»Wo?«, fragte John.

»Unter dem Wohnwagen von Jördis Svensen.«

45 Lilly

»Darf ich mich nach dem Grund für die Heiterkeit erkundigen?«, fragte Tommy vom Fahrersitz aus. Sie passierten gerade Kampen und fuhren weiter in Richtung Braderup.

Lilly lehnte den Kopf ein Stück zur Seite und genoss den frischen Fahrtwind, der durch das offene Fenster hereinwehte und ihr Haar verwirbelte.

»Darfst du«, antwortete sie und grinste.

»Ich meine … du kommst ja heute Morgen aus dem Lächeln gar nicht mehr raus.«

Lilly kniff die Augenbrauen zusammen. »Auch bei der Befragung von Jaane?«

»Nein, da natürlich nicht. Aber sonst. Du rennst die ganze Zeit rum wie Elliot, das Schmunzelmonster.«

»Und, findest du das schlimm?«

»Ach was. Ich wüsste nur gerne, warum. Lass mich an deiner Freude teilhaben.«

»Vielleicht ein andermal.« Weiterhin ein Lächeln auf den Lippen, schloss Lilly die Augen und lehnte sich zurück.

Die Aussprache mit John gestern Abend war unerwartet gekommen. Und ebenso unerwartet hatte sich ihre Laune gebessert. Es waren beinahe magische Worte gewesen, die John da gesprochen hatte, um sich bei ihr zu entschuldigen, zumindest hatte es sich für Lilly so angefühlt. Eine Last hatte die ganze Zeit auf ihr gelegen, seit John sie mit einer anderen, einer Mörderin betrogen und diese hatte laufen lassen, seit sie sein Kind zur Welt gebracht hatte, seit das Schicksal sie auf kreativen Wegen wieder zusammengeführt und immer etwas zwischen ihnen gestanden hatte. Ihr war es nicht wirklich bewusst gewesen, vielleicht hatte sie es auch einfach nicht wahrhaben wollen, doch jetzt war es, als hätte sich der eiserne Gurt endlich gelöst, der um ihre Brust gelegen und sie zusammengedrückt hatte. Sie bekam wieder Luft. Das Leben fühlte sich mit einem Mal leicht an.

John Benthien. Sie kannten sich nun schon so lange, und doch steckte der Mann voller Überraschungen. Die Entschuldigung war ihm sicher nicht leicht über die Lippen gekommen. Dafür aber hatte sie aufrichtig geklungen. Er hatte recht, was geschehen war, konnte er nicht ungeschehen machen. Dennoch war es schon viel wert, dass er erkannt hatte, auf welch falschem Pfad er sich da bewegt hatte. Was seine Entscheidungen für seine Mitmenschen bedeutet hatten, durfte ihm inzwischen nur allzu klar geworden sein. Und er selbst zahlte noch immer einen hohen Preis. Lilly hoffte, dass er einen Weg finden würde, sein Leben wieder ins Lot zu bringen. Frouke und Celine brauchten ihren Daddy – und der funktionierte nun mal am besten, wenn er das tat, was er so gut konnte, nämlich Verbrecher jagen. Blieb zu hoffen, dass man ihm dazu auch offiziell wieder die Chance geben würde.

»Was denkst du, wie sich die Lage für John entwickeln wird?«, fragte Tommy, als könnte er Gedanken lesen.

»Kommt drauf an. Wenn er hilft, diesen Fall zu einem erfolgreichen Abschluss zu führen, rechnet man ihm das vielleicht an.«

»Aber nur, wenn Gödecke die Lorbeeren nicht allein einheimst.«

»Wohl wahr. Und von Sanna wird er auch keine Schützenhilfe mehr erwarten können. Nach der Sache mit ihrer Schwester geht es für sie ums nackte Überleben. Ich kann mir nicht vorstellen, dass sie ihr diesen Lapsus durchgehen lassen, das wird Konsequenzen haben.«

»Vermutlich.«

»Hier vorne müssen wir rechts«, sagte Lilly und deutete in die

Richtung. Sie hatten Braderup erreicht und bogen auf den Terp Wai ab.

Lilly blickte auf die Navigationsapp ihres Smartphones. »In achthundert Metern dann wieder rechts.«

»Wie viel sind denn achthundert Meter? Ich war noch nie gut darin, so was abzuschätzen.«

»Da vorne, hinter dem Bauernhof rechts.«

Vor dem alten Gehöft hielt Tommy den Wagen kurz an, als ein Traktor aus dessen Einfahrt auf die Landstraße zuhielt. Er ließ ihn passieren und bog dann auf eine schmale Straße ein, deren Asphalt an vielen Stellen aufgerissen und löchrig war. Sie führte zwischen Feldern und Heidelandschaft zu einer einsamen Kate, umringt von ein paar Bäumen und hohen Sträuchern. Die Straße endete einige Hundert Meter vor dem Haus und ging in eine Schotterpiste über. Tommy ließ den Wagen langsam auf dem Hof ausrollen.

»Ich wusste gar nicht, dass es so ein Kleinod hier auf der Insel noch gibt«, wunderte er sich.

»Wie man's nimmt.« Lilly betrachtete die Behausung. Von einem Schmuckstück konnte man wahrlich nicht sprechen. Das Haus wirkte mit dem hohen Spitzdach, das direkt auf dem Erdgeschoss saß, gedrungen, beinahe wie eine Zwergenhütte. Wind und Wetter hatten der ehemals wohl weißen Fassade zugesetzt. Der Putz war an vielen Stellen abgeplatzt und von dunklen Flecken besetzt, vermutlich Algen oder gar Schimmel. Auf dem Dach gab es zwei defekte Stellen, die notdürftig mit einer Plane und ein paar Holzlatten geflickt worden waren. Auf den Fenstern hatte sich so viel Patina angesammelt, dass man keinen Blick hineinwerfen konnte und man sich fragen musste, ob die Bewohner überhaupt noch hinaussehen konnten.

Sie hatten die Adresse vom Inhaber des Kitesurf-Zentrums am Lister Ellenbogen erhalten. Olger Heinen wohnte hier. Die kleine Actioneinlage, die er sich gestern bei der Flucht vor ihnen geleistet hatte, war nicht unbemerkt geblieben. Vor allem auch, weil die Schülerin, mit der er zugange gewesen war, sich bitterlich über ihn beklagt hatte. Der Inhaber hatte nicht lange gefackelt und Heinen auf der Stelle gekündigt.

Lilly stieg aus. Der Wind wirbelte eine dünne Staubwolke auf, die über den Hof vor dem Haus wehte und den bunten Plastikball ins Rollen brachte, der neben einem Kinderdreirad lag. Sie ging daran vorbei zur Haustür. Tommy schloss hinter ihr die Autotür und kam ihr nach.

Sie brauchte nicht zu klingeln. Olger Heinen hatte sie wohl kommen sehen, er öffnete die Tür einen Spaltbreit. »Was wollen Sie?«, fragte er ohne Umschweife.

»Mit Ihnen reden«, erwiderte Lilly. »Uns sind Dinge zu Ohren gekommen, die das, was Sie uns erzählt haben, in anderem Licht erscheinen lassen.«

»Wer ist das, Schatz?« Hinter Olger Heinen lugte eine rothaarige Frau aus dem Türrahmen. Sie hielt einen Teller und ein Trockentuch in der Hand.

»Beruflich«, gab er knapp zurück.

»Aber ich dachte, du hast heute frei?«

»Es dauert nicht lange.« Heinen nickte Lilly zu. »Unterhalten wir uns draußen.«

Sie folgten ihm auf den Hof hinaus, bis sie außer Hörweite des Hauses waren.

»Klingt, als wüsste Ihre Frau noch nicht, dass Sie sich einen neuen Job suchen müssen«, sagte Lilly.

»Und das soll auch erst mal so bleiben«, antwortete Heinen mit grimmigem Blick. »Ich will sie nicht unnötig beunruhigen. Wir haben auch so schon Sorgen genug und sind froh, dass wir überhaupt ein Dach über dem Kopf haben ...«

»Wenn man das noch ein Dach nennen kann«, meinte Tommy mit Blick auf das Haus.

»Es gehört meiner Frau. Ihr Elternhaus. Sonst wären wir schon lange nicht mehr hier auf der Insel.« Heinen stemmte die Hände in die Hüften. »Also?«

»Wir wollten Ihnen Gelegenheit geben, Ihre Aussage noch einmal zu überdenken«, sagte Lilly. »Die Nacht, in der Torbjörn Svensen verschwand ... Hat sich da wirklich alles so zugetragen, wie Sie es uns erzählt haben?«

»Natürlich. Ich habe nichts weiter dazu zu sagen.«

»Max Moser hatten Sie offenbar deutlich mehr zu erzählen. Wir wissen, dass er Sie aufgesucht hat.«

»Da liegt Ihnen wohl eine Fehlinformation vor«, behauptete Heinen. »Jemand mit dem Namen war nicht hier. Wer soll das überhaupt sein?«

»Sie gehen offenbar nicht oft ins Kino«, stellte Tommy fest.

»Was?«

»Einen Martein Maximilian de Haan kennen Sie aber sehr wohl, nehme ich an«, meinte Lilly.

»Ja ... natürlich.«

»Fein. Dann dürfte Max Moser Ihnen ja kein Fremder gewesen ein.«

»Ich sag doch, der war nicht hier.« Heinens Gesicht lief rot an. Lilly sah zum Haus hinüber und erkannte hinter einem der schmutzigen Fenster die Gestalt der Rothaarigen wie durch eine Milchglasscheibe.

»Jetzt passen Sie mal auf«, sagte sie und ging ein paar Schritte auf das verwaiste Kinderrad zu. »Sie waren damals der Hauptverdächtige in diesem Fall. Die Ermittlungen wurden eingestellt. Wenig später machten dann Gerüchte die Runde, dass Sie plötzlich zu Geld gekommen wären, mit dem Sie sich ein paar Träume verwirklichten. Träume eines Jugendlichen, wie eine Stereoanlage, ein schickes Fahrrad ...«

»So ein Blödsinn.« Heinen setzte ein schiefes Lächeln auf. »Warum saugen Sie sich diesen Mist aus den Fingern? Wollen Sie mir am Ende die ganze Sache wieder in die Schuhe schieben?«

»Es könnte sogar noch etwas dazukommen. Sehen Sie, Max Moser, der ja eigentlich Maximilian Martein de Haan hieß, wollte herausfinden, wer damals für das Verschwinden und den Tod von Torbjörn Svensen verantwortlich war. Die Spur führte zu Ihnen.

Und daraufhin haben Sie sich entschieden, ihm das Licht auszuknipsen und die Wahrheit für immer zu begraben.«

Heinen trat auf Lilly zu, bis er nur noch eine Armlänge von ihr entfernt war. Speichel flog von seinen Lippen, als er brüllte: »Sie sind doch irre! Das ist nicht wahr! Wehe, Sie setzen diesen Schwachsinn in die Welt!« Er drohte ihr mit der Faust.

Tommy war mit zwei schnellen Schritten bei ihm und drehte ihm den Arm auf den Rücken. Heinen schrie auf.

»Jetzt mal ganz sachte, mein Lieber. So redet man nicht mit einer Frau. Du wirst dich jetzt beruhigen und zuhören, was sie zu sagen hat.«

Heinen schnaufte und versuchte, sich aus Tommys Griff zu befreien, was ihm aber nicht gelang.

Die Rothaarige erschien in der Haustür. »Olger? Alles in Ordnung?«

»Ja. Geh wieder rein. Wir klären nur gerade ein Missverständnis.«

Die Frau hörte auf ihn und schloss die Tür hinter sich.

Heinen gab Tommy mit einem Nicken zu verstehen, dass er keinen weiteren Ärger machen würde.

»Benimm dich«, warnte Tommy und entließ ihn aus seinem Griff.

»Eine Tochter oder ein Sohn?«, fragte Lilly und deutete auf das Kinderfahrrad.

»Was? Das geht Sie doch überhaupt nichts an.«

»Hm. Es ist rosa. Also tippe ich mal auf ein Mädchen.« Lilly wandte sich Heinen zu und musterte ihn einen Moment lang. »Sie scheinen damals nicht ganz verstanden zu haben, wie solche Dinge laufen. Was verständlich ist, schließlich waren Sie noch jung. Also werde ich es Ihnen noch mal erklären. Wir von der Polizei halten uns an die Fakten. Die Medien und die Leute im Allgemeinen nicht. Es wird nicht lange dauern, bis die Gerüchte und Theorien in diesem Fall ins Kraut schießen. Früher oder später wird dabei auch Ihr Name fallen. Wenn man sich mit dem Schicksal des kleinen

Torbjörn beschäftigt, kommt man ja nicht an Ihnen vorbei. Ihre Frau wird davon erfahren. Und auch Ihre Tochter wird es hören, dass man Papi damals des Mordes verdächtigt hat. Und was Papi heute vielleicht mit diesem bekannten Regisseur angestellt hat. Sie brauchen dann gar nicht mehr zu versuchen, hier auf der Insel einen neuen Job zu finden. Vermutlich werden Ihre Frau und Ihre Tochter in der Schule, auf der Arbeit und sonst wo keine ruhige Minute mehr haben.«

»Sie drohen mir?« Heinen reckte das Kinn vor.

»Nein«, Lilly lachte. »Ich zeige Ihnen nur Ihre Möglichkeiten auf. Das alles wird geschehen, wenn Sie weiter schweigen. Muss es aber nicht. Denn Sie können auch reden. Wenn Sie die Morde begangen haben, geben Sie es zu. Auch dann wird es für Ihre Familie nicht einfach, aber sie haben zumindest die Möglichkeit, einen klaren Strich zu ziehen und neu anzufangen. Oder Sie reden, wenn Sie es nicht waren, und sagen uns, was damals wirklich geschehen ist. Damit wir den oder die wahren Mörder stellen können. Bei der Gelegenheit würden wir dann übrigens, falls Sie es noch nicht durchschaut haben, so ganz nebenbei auch Ihren Namen für alle Ewigkeit reinwaschen. Denken Sie in Ruhe nach. Zwei Minuten gebe ich Ihnen.«

Lilly ließ Heinen stehen, ging mit Tommy hinüber zum Auto und setzte sich auf die Kühlerhaube.

Heinen verharrte wie angewurzelt an Ort und Stelle. Sein Blick wanderte zwischen Lilly und seinem Haus hin und her.

Die Zeit verging gefühlt in Zeitlupe. Schließlich warf Lilly einen Blick auf die Uhr ihres Smartphones. Die zwei Minuten waren um. Sie öffnete die Beifahrertür und schickte sich an, in den Wagen zu steigen.

»Warten Sie!«, rief Heinen. Er kam zu ihnen herüber. »Fahren Sie nicht.«

»Nun bin ich gespannt«, sagte Lilly und schloss die Tür wieder.

»Ich hatte Ihnen ja gesagt, dass ich Torbjörn an jenem Abend nachging ...«

»So weit waren wir schon«, bestätigte Tommy. »Sie verfolgten ihn in der Absicht, ihm eine Abreibung zu verpassen.«

»Was ich aber nicht tat. Torbjörn lief am Keitumer Kliff entlang. Es war bereits dunkel. Mit dem Sturm kam der Regen. Ich weiß nicht, woher die beiden plötzlich auftauchten, auf jeden Fall ...«

»Moment, nicht so schnell«, bremste Lilly seinen Redefluss. »Wen meinen Sie mit die beiden?«

»Martein Maximilian de Haan und sein Adoptivbruder Klaus.«

»Nun wird es wirklich interessant«, meinte Tommy, kam um das Auto herum und lehnte sich neben Lilly an die Motorhaube.

»Die beiden nahmen ihn in die Mangel. Zuerst schubsten sie ihn nur herum. Dann ... packte einer von ihnen Torbjörn von hinten. Der andere versetzte ihm einen Schlag in den Bauch ...«

»Wer von den beiden tat was?«, fragte Lilly. »Erinnern Sie sich daran?«

»Ich habe es nicht genau erkannt. Wie gesagt, es stürmte und regnete. Von der Statur her war es Klaus, der ihn verprügelte. Ich glaube auch nicht, dass Martein das hinbekommen hätte.«

»Wie ging es weiter?«

»Martein ließ Torbjörn los. Aber Klaus – wenn es denn Klaus war – schlug noch einmal zu. Auf den Kopf. Torbjörn taumelte und fiel dann das Kliff hinunter.«

»Von wo aus haben Sie das denn alles beobachtet?«, wollte Tommy wissen.

»Ich hatte mich hinter einem Baum in der Nähe versteckt«, antwortete Heinen. »Die beiden stiegen das Kliff hinunter. Vermutlich, um nach ihm zu sehen. Kurz darauf kamen sie wieder hoch und nahmen die Beine in die Hand.«

»Machen Sie es sich da gerade nicht zu einfach, Herr Heinen?« Lilly bedachte ihn mit einem forschenden Blick. »Sie wälzen die Schuld auf Klaus und Martein ab. Ich könnte mir vorstellen, dass Sie damals auch die Gerüchte aufgeschnappt haben, dass die beiden etwas mit der Sache zu tun gehabt haben könnten ...«

»Nein«, sagte Heinen in bestimmtem Ton. »Sie haben meine Geschichte ja auch noch nicht zu Ende gehört.«

»Sie haben meine ungeteilte Aufmerksamkeit.«

»Als die beiden fort waren, bin ich zu Torbjörn hinunter. Ich weiß noch, dass ich ausrutschte und mir meine neue Jeans versaute. Der Junge ... er lag dort unten am Fuß des Kliffs. Bewusstlos. Er hatte sich im Fallen den Kopf an einem Stein aufgeschlagen. Er blutete. Ich fühlte seinen Puls.«

»Er lebte noch?«

»Ja. Sein Puls war schwach, aber er atmete. Da sah ich oben auf dem Kliff einen Kerl mit einem Fahrrad. Aus der Ferne konnte ich bei dem Wetter nicht erkennen, wer es war. Ich rief um Hilfe. Als er dann aber zu mir herunterkam, sah ich, dass ich einen Fehler begangen hatte.«

»Weshalb?«, fragte Lilly.

»Weil es Harm Kruse war.«

»Der Gärtner der de Haans?« Lilly erinnerte sich, dass Sanna Harmstorf mit ihm gesprochen hatte.

»Ja. Er roch nach Alkohol, kam wohl gerade aus dem Dorfkrug und war auf dem Weg nach Hause. Ich geriet in Panik und wollte wegrennen, doch er packte mich am Arm. Harm dachte, dass ich das getan hätte. Also blieb mir nichts anderes übrig, als die Wahrheit zu sagen, auch wenn er sie nicht hören wollte. Ich erzählte ihm, dass dies das Werk von Klaus und Martein war.«

»Und wie reagierte er darauf?«

»›Zu niemandem ein Wort‹, sagte er zu mir. Er würde das regeln. Wir würden später noch darüber reden. Dann sollte ich verschwinden, was ich auch tat. Ich rannte nach Hause, in mein Zimmer, aus dem ich bis zum nächsten Morgen nicht mehr hervorkam.«

Lilly wischte eine rostbraune Strähne aus ihrem Gesicht und tauschte aus dem Augenwinkel einen Blick mit Tommy. »Das sind schwere Anschuldigungen, die Sie hier erheben. Ist Ihnen das klar?«

»Absolut.«

»Warum haben Sie nie mit jemandem darüber gesprochen?«

»Weil ich es nicht durfte. Max Moser ... Er war tatsächlich bei mir. Er war älter geworden, wie wir alle, aber ich erkannte ihn sofort. Ihm waren Gerüchte zu Ohren gekommen, dieselben wie Ihnen. Meine Freunde waren damals wohl etwas zu geschwätzig, und ich in meinem jugendlichen Leichtsinn warf mit dem Geld um mich.«

»Mit welchem Geld? Woher kam es?«

»Das wollte Max ebenfalls wissen, und die Antwort hat ihm nicht gefallen.« Heinen grinste. »Es war gleich am nächsten Tag. Die ganze Insel war in hellem Aufruhr, und die Polizei suchte nach Torbjörn. Harm Kruse passte mich nach der Schule ab. Er hatte ein Auto. Ich musste einsteigen, und wir fuhren raus zum Lister Ellenbogen. Das ganze Stück, bis es nicht mehr weitergeht. Dort wartete Thys de Haan mit seinem Jaguar. In Anzug, Trenchcoat und Hut. Kam mir wie in einem Agentenfilm vor. Thys sagte, dass ich niemals wieder über das reden durfte, was am Abend zuvor geschehen war. Mit niemandem. Am besten sollte ich einfach alles vergessen. Er gab mir Geld dafür. Fünftausend Mark. Das war für mich damals ein Vermögen.«

»Also hielten Sie die Klappe, selbst, als Sie unter Verdacht gerieten«, sagte Tommy.

»Dafür bekam ich weitere fünftausend. Und die beiden machten mir klar, dass sie mich ebenso belasten könnten, da Harm mich neben dem bewusstlosen und blutenden Torbjörn gesehen hatte. Wem würde man wohl eher Glauben schenken?«

»Und das erzählten Sie Max Moser?«, fragte Lilly.

»So ist es.«

»Wie reagierte er?«

»Verblüfft. Er wusste nichts davon. Weder, dass ich alles beobachtet hatte, noch, dass sein alter Herr hinter ihm und Klaus die Scherben aufgelesen und Torbjörn Svensen hatte verschwinden lassen.«

46 John

»Ich habe nichts angefasst und nichts verändert«, versicherte der Waffenmeister.

John bückte sich und lugte unter den Wohnwagen. Etwa auf Höhe der Vorderachse hing eine Armbrust halb auf dem Boden. Der Kolben steckte noch hinter der Achse fest, der Wurfarm mit der Sehne reichte ins Gras hinab.

»Der Gärtner hat sie gefunden«, redete der Waffenmeister weiter. »Heute Morgen. Als er die Blumen gegossen hat.« Der Mann deutete auf die drei etwa kniehohen Hochbeete vor dem Eingang des Trailers. Üppige Geranien in unterschiedlichen Farben wuchsen darin.

John stand auf und gab Soni Kumari ein Zeichen, dass sie die Waffe bergen solle. Die Inselkollegin streifte sich Handschuhe über und machte sich daran, die Armbrust unter dem Wohnwagen hervorzuholen.

Währenddessen sah John sich auf dem Trailerpark des Filmteams um. »Die Dame mag es wohl extravagant. Ich sehe hier keinen anderen Wohnwagen mit eigenem Vorgarten.«

Der Waffenmeister zuckte die Schultern. »Sie ist eben die Hauptdarstellerin. Was will man da erwarten.«

»Sie sagten, der Gärtner habe die Waffe gefunden. Wer ist das?«

»Der Bruder von der Dame, die sich hier um unser leibliches Wohl kümmert.«

»Sie meinen Remko Petersen?«

»Ja, ich glaube, so heißt er. Ich habe es nicht so mit Namen. Er bringt jedenfalls auch das ganze Grünzeug ans Set, wenn dort welches für die Kulisse gebraucht wird.«

»Remko war also heute Morgen hier, hat die Blumen von Jördis Svensson gegossen und dabei die Waffe entdeckt, korrekt?«

»Genau so war es.«

John sah sich nach Juri um, den er gebeten hatte, etwas zu überprüfen. Da Lilly und Tommy wie auch Gödecke und Sanna anderweitig beschäftigt waren, hatte er außer der Polizeichefin der Insel kurzerhand noch Juri mitgenommen. Ein drittes Paar Augen sah immer mehr.

»Bitte sehr.« Soni Kumari kam unter dem Wohnwagen hervor und hielt ihnen die Armbrust hin.

»Ist das die Waffe, die aus Ihrem Fundus entwendet wurde?«, fragte John den Waffenmeister.

Der Mann betrachtete die Armbrust aus der Nähe und bat Soni Kumari, sie zu drehen, sodass er sie von allen Seiten in Augenschein nehmen konnte. Schließlich meinte er: »Ja, das ist die Armbrust.«

John musterte das Stück. Es handelte sich um die gleiche Hochleistungswaffe, die der Waffenmeister ihm jüngst beim Dreh am Strand als Ersatz für die verlorene Armbrust präsentiert hatte. Inklusive Zielfernrohr für Schüsse aus großer Distanz.

»Haben Sie eine Erklärung, wie sie hierhergekommen ist?«, fragte er.

Der Waffenmeister prustete. »Woher zum Kuckuck soll ich das wissen. Denken Sie etwa, ich hätte sie selbst unter den Wagen gelegt?«

»Nein, davon gehe ich nicht aus. Aber ich wundere mich nach wie vor, dass so ein Gerät aus Ihrem Fundus verschwinden kann.«

»Wenn ich das wüsste, hätte ich es Ihnen wohl gesagt.«

»Die Waffenkammer ist immer abgeschlossen?«

»Sicher. Wenn eine Waffe für eine Szene gebraucht wird, stelle ich sie zur Verfügung. Natürlich erst, nachdem ich die einwandfreie Funktion überprüft habe. Ich weise die Schauspieler in die Handhabung ein und achte auf die Sicherheit aller Beteiligten.

Danach schließe ich die Waffe wieder weg. Und ich führe penibel Buch über das Inventar.«

»Das bedeutet, auch jetzt in diesem Moment ist die Waffenkammer gesichert, und niemand kann sich unbefugt Zutritt verschaffen?«, vergewisserte sich John.

»Natürlich ...« Der Waffenmeister brach mitten im Satz ab und versteifte sich. Dann hob er langsam die Hände.

»Machen Sie sich nicht lächerlich«, beruhigte John den Mann. »Nehmen Sie die Hände runter.«

Der Waffenmeister tat, wie ihm geheißen, dann drehte er sich langsam um. Hinter ihm stand Juri, in der Hand eine Schrotflinte, die er dem Mann in den Rücken gepresst hatte.

»Ein schönes Stück«, Juri grinste und drückte ihm die Waffe in die Hand. »Sie sollten aber besser darauf aufpassen. Die Tür Ihres Arsenals war nicht verschlossen.«

John nickte Juri anerkennend zu. Er hatte ihn gebeten, die Waffenkammer zu überprüfen, während er mit dem Waffenmeister sprach. Es zahlte sich eben aus, wenn man den Leuten nicht einfach alles glaubte, was sie sagten.

»Also noch einmal von vorne«, meinte er. »Die Waffenkammer ist immer abgeschlossen, ja?«

»Nun ja ...« Der Waffenmeister richtete den Blick betreten zu Boden. »Kann sein, dass ich vorhin abgelenkt war. Ich war gerade dabei, eine Pistole zu reinigen, als der Gärtner zu mir kam und mir von der Armbrust hier unter dem Wohnwagen berichtete. Möglicherweise ... habe ich in der Aufregung vergessen abzuschließen.«

»Könnte es sein, dass so etwas schon mal vorgekommen ist?«, fragte John. »Ich meine, hier ist allerhand los. Ziemlich aufregend, so ein Filmset.«

»Nein, nein, das ist mir zum ersten Mal passiert.«

John seufzte. »Jetzt passen Sie mal auf. Ein Mensch ist sehr wahrscheinlich mit dieser Armbrust ermordet worden. Sie trugen die Verantwortung dafür, dass die Waffe nicht in falsche Hände geriet. Ich kann Ihnen also nicht versprechen, dass das keine Folgen für Sie haben wird. Aber die Staatsanwaltschaft wird bei der Bemessung des Strafmaßes sicherlich um einiges schärfer vorgehen, wenn Sie durch Ihre nicht wahrheitsgemäße Aussage die Ergreifung des Täters behindern. Also?«

Der Waffenmeister hob beschwichtigend die Hände. »Ich lasse hier wirklich größte Sorgfalt walten, das müssen Sie mir glauben. Ich möchte doch nicht, dass jemand zu Schaden kommt, und das mit der Armbrust ... um Gottes willen, das habe ich doch nicht gewollt.«

»Davon bin ich auch nicht ausgegangen. Beantworten Sie mir einfach folgende Frage. Wäre es möglich, dass die Waffenkammer zu irgendeinem Zeitpunkt vor dem Mordanschlag auf Herrn Moser offen stand und sich jemand Zutritt verschaffen konnte? So wie gerade eben?«

Der Waffenmeister stemmte die Hände in die Seiten und blickte in den Himmel. »Wenn Sie so fragen ... Ich kann es nicht ausschließen. Sie sagen es ja selbst, hier ist viel los. Möglich, dass ich abgelenkt war und einmal vergessen habe zuzuschließen.«

»Vielen Dank. Mehr wollte ich doch gar nicht wissen.«

Johns Smartphone klingelte. Er ging ein paar Schritte zur Seite und nahm den Anruf entgegen.

»Lilly. Was kann ich für dich tun?«

Als er hörte, was sie zu sagen hatte, breitete sich plötzlich ein Kribbeln in seiner Brust aus. Das wohlige Gefühl eines Adrenalinschubs, ausgelöst von der Ahnung, dass sie auf etwas gestoßen waren, was sie endlich weiterbringen konnte. »Überaus interessant«, antwortete er. »Heinen hat Moser alles erzählt ... ja ... Und er ist sich sicher, dass er Moser und Krieger in jener Nacht gesehen hat? ... Natürlich, den wollte ich mir ohnehin vorknöpfen. Ich melde mich dann.«

Er legte auf und wandte sich zum Waffenmeister um. »Wo Sie gerade so auskunftsfreudig sind, sagen Sie mir doch bitte, wo heute gedreht wird.«

Eine Viertelstunde später fuhren sie mit Johns altem Citroën die Rantumer Straße in Richtung Süden, umgeben von Heidelandschaft und sanft geschwungenen Dünen. In der Ferne war bereits der rot-weiß gestreifte Leuchtturm von Hörnum zu sehen.

»Weißt du, dass ich es manchmal vermisse?«, sagte Juri vom Beifahrersitz aus. Er hatte einen Arm lässig zum Fenster hinausgelehnt.

»Was meinst du?«

»Unseren Job. Ich vermisse ihn. Könnte mir vorstellen, dir geht es ähnlich.«

»In der Tat. Allerdings dachte ich, du bist mit deiner Situation ganz zufrieden.«

»Bin ich auch. Es gibt nichts Schöneres, als die Kinder aufwachsen zu sehen. Mit einem Kleinkind und einer Teenagerin ist es nur manchmal ... Wie soll ich das sagen ...«

»Dir fällt die Decke auf den Kopf.«

»Vermutlich. Man kommt gar nicht mehr raus, weißt du. Und für sich selbst hat man schon gar keine Zeit mehr. Füttern, Wickeln und Bespaßen, zwischendrin noch Hausaufgaben mit der Großen machen und zusehen, dass sie keinen Unfug baut. Und wenn Lilly nach Hause kommt, fordert sie auch ihre Aufmerksamkeit ein.«

John lachte. »Du klingst wie eine Hausfrau.«

»Bin ich ja auch.« Juri stimmte in sein Lachen ein. »Ein bisschen Abwechslung würde mir gefallen. Aber sag bitte Lilly nichts davon!«

»Natürlich nicht.« John fuhr sich mit Daumen und Zeigefinger über den Mund, als wäre er ein Reißverschluss. »Kein Wort.« Dabei fühlte es sich nicht richtig an, Lilly schon wieder etwas zu verheimlichen, nachdem sie sich gerade erst ausgesprochen hatten, doch in die ehelichen Angelegenheiten der beiden wollte er sich nun wirklich nicht einmischen.

»Übrigens schön, dass ihr euch wieder vertragen habt«, sagte Juri.

»Sie hat es dir erzählt?«

»Nein, doch wenn man verheiratet ist, bekommt man eine ziemlich sensible Antenne für die Befindlichkeit des anderen. Lilly war heute Morgen so gut gelaunt wie schon lange nicht mehr. Das mit euch beiden hat ihr die ganze Zeit ziemlich auf der Leber gelegen.«

»Mir auch«, gab John zu. »Ich habe mich bei ihr entschuldigt. Das habe ich viel zu lange vor mir hergeschoben.«

»Wohl wahr. Ist es dir schwergefallen?«

»Tatsächlich war es leichter, als ich dachte.«

»Wunderbar.« Juri atmete erleichtert aus, schloss die Augen und ließ sich den Fahrtwind ins Gesicht wehen. »Dann steht einer kinderfreien Sause ja jetzt nichts mehr im Weg.«

»Was hast du vor?«

»Mit Lilly ein Wochenende verbringen. Allein. Ohne Kinder. Irgendwohin. Meinetwegen nach Dänemark. Amélie kann zu ihrer Oma. Und du darfst dich dann jetzt auch offiziell von Regierungsseite um Frouke kümmern.«

»Mit Regierung ist Lilly gemeint, nehme ich an?«

»So ist es. Nachdem nichts mehr zwischen euch steht …« Juri hob die Augenbrauen. »Ich überfahre dich doch jetzt hoffentlich nicht?«

»Nein, überhaupt nicht. Du weißt, das tue ich gerne. Und …«

»Was?«

»Ich möchte dir danken.«

»Wofür?«

»Dass wir uns die Vaterrolle teilen. Ist ja nicht selbstverständlich.«

»Ach, sei mal nicht so altfränkisch. Das ist doch heutzutage normal. Wir wuppen das zusammen. Ich meine, wir zwei Papas könnten ja auch mal mit ihr einen Ausflug machen. Frouke macht ein langes Mittagsschläfchen, abends ist sie recht früh im Bett. Da bleibt durchaus Zeit für anderes.«

John sah aus dem Augenwinkel zu ihm rüber. »Klingt gut. Nehmen wir Tommy auch mit?«

»Deal.«

Sie hatten den Hafen von Hörnum erreicht. Eigentlich hatte John direkt am Strand unterhalb des Leuchtturms parken wollen, doch die Zufahrt war abgesperrt. Auf dem Parkplatz standen die Wagen des Filmteams. John suchte eine freie Lücke in einer Seitenstraße, von dort aus liefen sie zu Fuß zum Hafen. Ein Security-Mitarbeiter bewachte an einem Flatterband den Zugang zum Filmset. Auf Johns Geheiß hin nahm er über Funk Kontakt mit Loki Mossby auf, dann durften sie passieren.

Von der Strandpromenade aus war das Filmteam in der Ferne zu sehen. Sie drehten am östlichen Rand der Hörnumer Odde, wo der Strand sichelförmig ins Meer hinausragte.

»Das sieht nach einem kleinen Fußmarsch aus«, sagte John.

Juri setzte sich auf eine Bank und zog sich die Schuhe aus. »Willst du Jördis Svensen jetzt direkt am Set festnehmen?«

»Das kann ich gar nicht. Ich bin doch nur Assistent, schon vergessen?«

»Aber du könntest es Gödecke empfehlen, und der schickt uns Soni Kumari hinterher, wenn sie die Armbrust auf die Wache geschafft hat.«

»Nein«, sagte John. »Jördis Svensen hat die Armbrust nicht abgefeuert. Und sie hat sie auch nicht unter ihrem Wohnwagen versteckt.«

»Was macht dich da so sicher?«

»Sie hat ein bombenfestes Alibi. In der Nacht, als Moser ermordet wurde, lag sie mit einer Vergiftung im Krankenhaus.« John setzte sich ebenfalls und zog sich Schuhe und Socken aus. »Sie hätte vielleicht noch die Armbrust aus der Waffenkammer entwenden können, aber sie hat sicher nicht auf Moser geschossen und die Waffe dann unter ihrem eigenen Trailer versteckt.«

»Also nimmst du an, der wahre Täter hat sie dort platziert, um eine falsche Fährte zu legen?«

»Ja. Allerdings scheint mir das sehr fragwürdig. Gehen wir es mal der Reihe nach durch. So schlampig, wie der Waffenmeister arbeitet, kann sich so ziemlich jeder aus dem Filmteam die Waffe aus dem Arsenal geholt haben. Natürlich könnte Jördis das auch getan und sie dann dem wahren Täter übergeben haben. Das halte ich aber für unwahrscheinlich. Nehmen wir sie also mal aus der Gleichung raus. Außerdem hat sie, wie gesagt, ein Alibi. Davon weiß unser Täter aber nichts. Dennoch hätte es Sinn gemacht, die Tatwaffe bei ihr zu verstecken. Denn ein Motiv hätte sie ja gehabt: Moser, der sich als ihr Vater entpuppt hat. Moser, der ihre Mutter vergewaltigt hat. Moser, über den Gerüchte besagen, dass er am Verschwinden von Torbjörn Svensen beteiligt gewesen ist, immerhin dem Onkel von Jördis. Der Täter muss davon gewusst und sich ausgerechnet haben, dass wir Jördis deshalb ins Visier nehmen. Nur von ihrem Krankenhausaufenthalt in der Tatnacht hat er nichts gewusst.«

»Da hat er einen Fehler gemacht. Und wenn er die Waffe absichtlich dort platziert hat, um den Verdacht auf Jördis zu lenken, war sein zweiter Fehler, zu denken, dass wir alsbald eine Durchsuchung einleiten würde, entweder des gesamten Trailerparks oder gezielt von Jördis' Wohnwagen. Haben wir aber nicht, und deshalb ist die Tatwaffe erst jetzt ans Licht gekommen. Reiner Zufall.« Juri stand auf, band die Schuhe an den Schnürsenkeln zusammen und hängte sie sich über die Schulter. »Ich würde sagen, unser Täter macht ziemlich viele Denkfehler ...«

»Fehler«, murmelte John nachdenklich vor sich hin.

»Was?«

»Fehler. Du sagtest, er macht Fehler ...« John tippte sich an die Schläfe. »Ich weiß nicht ...«

John erhob sich und blickte aufs Meer hinaus.

Der Täter machte zu viele Fehler.

Irgendwo in seinem Hinterkopf hatten sich gerade die Zahnräder in Bewegung gesetzt, ohne dass er sagen konnte, welches Ergebnis diese Gedankenmaschinerie ausspucken würde.

Die Szene, die sich ihnen bot, glich einer jener Aquarellmalereien eines idyllischen Tages am Meer. Dort, wo der Strand der Odde wie eine lange Zunge hinaus in die Nordsee ragte, saß Jördis Svensen auf einer Decke im Sand. Sie trug ein geblümtes weißes Sommerkleid, dazu einen Strohhut. Über sich hatte sie einen Sonnenschirm aufgespannt. Sie blickte hinaus auf das Wasser, wo die Nachbarinseln Amrum und Föhr zu sehen waren und als kleine Tupfer am Horizont auch einige der Halligen. Neben Jördis stand Klaus Krieger. Die beiden führten einen hitzigen Dialog. John konnte nicht verstehen, worum es ging, so nahe kamen sie nicht heran. In direkter Nähe des Schauspielerpärchens saß Greg McQueen mit dem Kameramann auf dem Kamerawagen. Ein Tonmann hielt ein Mikrofon an einem langen Stativ zu ihnen hinüber, gerade so, dass es vom Kameraauge nicht eingefangen werden konnte. Zwei Frauen sorgten mit Spots und Faltreflektoren für das richtige Licht. Der Rest der Filmcrew hielt sich während des Drehs im Hintergrund.

»Sie kommen immer zu den ungünstigsten Zeitpunkten«, nahm Loki Mossby sie in Empfang. Sie trug wie üblich eine Baseballkappe und ein Mikrofon mit Headset. »Warum besuchen Sie uns nicht mal am Abend, wenn die Arbeit getan ist. Dann gebe ich Ihnen auch ein Glas Wein oder ein Pils aus.«

»Danke für die Einladung«, erwiderte John. »Doch ich fürchte, das hier kann nicht warten.«

»Sie werden aber warten müssen. Wir drehen gerade ...«

»Was ist eigentlich aktuell die Grundlage für die Dreharbeiten?«

»Wie meinen Sie das?«

»Max Moser ist offenbar nicht dazu gekommen, seinen neuen Drehbuchentwurf zu beenden. Wonach drehen Sie also gerade, nach dem alten Drehbuch?«

Mossby schüttelte den Kopf. »Nein. Greg hat improvisiert und die Lücken geschlossen. Er ist jetzt ganz zufrieden damit.«

»Das freut mich für ihn.« John machte sich eine Gedankennotiz. Er hatte den Drehbuchautor und Regisseur noch nicht von seiner Liste der Verdächtigen gestrichen. »Trotzdem muss ich ihn ärgern und den Dreh unterbrechen. Wir wollen mit Klaus Krieger sprechen.«

John hatte die Stimme erhoben. »Scht«, machte Loki Mossby und schaute zum Aufnahmeteam hinüber. »Das ist gerade eine Schlüsselszene, die wir drehen. Jördis – also ihre Figur – erfährt die Wahrheit, oder zumindest erhält sie den Schlüssel, der sie ihr näherbringt.«

»Die Wahrheit. Gutes Stichwort. Wird auch Zeit dafür«, sagte John, dann brüllte er quer über den Strand: »Cut! Cut!«

»Was zum Teufel soll das?«, entfuhr es Loki Mossby.

Der Schaden war angerichtet. Johns Rufe versetzten die komplette Filmcrew in hellen Aufruhr. Die Leute wandten sich zu ihm herum. Manche schlugen bestürzt die Hände über den Kopf.

Greg McQueen sprang vom Kamerawagen, kam zu ihnen herübergeeilt und sah sich mit hochrotem Kopf suchend um. »Wer war das? Wer hat hier rumgebrüllt?«

John hob die Hand. »Hier drüben. Ich war das.«

McQueen blieb stehen. »Sie? Was bilden Sie sich ein? Die Szene lief perfekt, einfach perfekt. Das werden Sie mir teuer bezahlen, Herr Kommissar.«

»Sicher. Schicken Sie die Rechnung an die Buchhaltung. Aber nicht vergessen, Steuer- und Rechnungsnummer anzugeben. Und jetzt würde ich gerne ...« John musste den Satz nicht zu Ende bringen.

Hinter McQueen kam Klaus Krieger angestürmt. »Welche Arschsau hat mir da gerade die Tour vermasselt?« Als er John sah, blieb er stehen und verdrehte die Augen. »Oh nein, nicht der schon wieder.«

John hob eine Hand und winkte mit den Fingern. »Freut mich ebenfalls. Wir müssen uns unterhalten.«

»Nein, müssen wir nicht. Vor allem nach dem, was Sie gestern getan haben.«

»Was hat er denn getan?«, erkundigte sich Loki Mossby, und Juri stimmte ein: »Ja, würde mich auch interessieren.«

Krieger musterte Juri, und sein Blick blieb an dessen Händen hängen, die das Format von Schaufeln hatten. Es brauchte nicht viel, um zu erahnen, was ihm gerade durch den Kopf ging. Vermutlich fragte er sich, wie es wohl gewesen wäre, wenn Juri sich gestern seiner Kronjuwelen angenommen hatte. »Wir haben … also …«

»Wir haben ein sehr nettes Gespräch geführt«, kam John ihm zur Hilfe. »Von Mann zu Mann.«

»Das klingt doch schön«, meinte Juri. »Vielleicht sollten wir es wiederholen.«

»Ähm … nein danke«, stammelte Krieger.

John wandte sich Greg McQueen und der Filmcrew zu und sprach laut, sodass alle ihn hören konnten: »Sie machen jetzt eine schöne lange Pause. Genießen Sie die Sonne, gehen Sie schwimmen … Das hier wird einen Moment dauern.« Dann fasste er Klaus Krieger am Arm und schob ihn vor sich her: »Und wir machen einen kleinen Spaziergang.«

»Was soll das?« Krieger wehrte sich. »Bin ich jetzt verhaftet, oder was?«

Nach allem, was Lilly in Erfahrung gebracht hatte, hätte John unter normalen Umständen wohl genug Verdachtsmomente gegen den Mann in der Hand gehabt, um genau das zu tun. Nur waren ihm in seiner jetzigen Position die Hände gebunden.

Zum Glück hatte er Juri an seiner Seite. Der legte eine seiner Schaufelhände auf Kriegers linke Schulter und drückte zu. »Klappe halten und mitkommen.«

Krieger gab ein Wimmern von sich und ging kurz in die Knie. Ohne weiteren Widerstand zu leisten, kam er mit ihnen mit.

Sie folgten dem Strandverlauf, bis die Landzunge, auf der sich die Filmcrew aufhielt, hinter den mit Strandhafer und Heidekraut bewachsenen Dünen verschwand.

Hier waren sie alleine.

»Die Nacht, in der Torbjörn Svensen verschwand«, begann John.

»Jetzt kommen Sie mir nicht schon wieder damit.«

»Sie haben mir nicht die Wahrheit gesagt, zumindest nicht alles.«

»Ach, wundert Sie das? Sie haben mir verflucht noch mal die Eier zerquetscht.«

»Hat er garantiert nicht«, wandte Juri ein. »Ich habe mal erlebt, wie er das gemacht hat, der Typ sprach danach mit einer Fistelstimme. Tun Sie nicht. Kann also so schlimm nicht gewesen sein.«

Krieger sah zu Juri auf, der fast zwei Köpfe größer war als er. Sein Ärger und seine Aufmüpfigkeit verschwanden. »Ich habe Ihnen alles gesagt, was ich weiß.«

»In der Nacht, als Torbjörn verschwand, wurden Sie und Maximilian dabei gesehen, wie Sie dem Jungen zusetzten und ihn das Keitum Kliff hinabstießen«, sagte John.

Krieger blickte ihn ungläubig an. »Das erfinden Sie gerade.«

»Nein. Tatsächlich gibt es zwei voneinander unabhängige Zeugenaussagen, die das bestätigen.« Damit lehnte er sich natürlich ein wenig aus dem Fenster. Lilly und Tommy waren gerade auf dem Weg zu Harm Kruse, dem ehemaligen Gärtner der de Haans, in der Hoffnung, dass er die Aussage von Olger Heinen bezeugte. Ob er das aber tatsächlich tun würde, war natürlich offen.

»Und wer behauptet das?«

John stieß ein kurzes Lachen aus, das Juri brummend kommentierte: »Das wird er dir doch nicht verraten, Erbsenhirn.«

»Ihnen ist wohl klar, dass diese beiden Aussagen den Fall Torbjörn Svensen in einem neuen Licht erscheinen lassen und Sie schwer belasten«, erklärte John. »Ich könnte mir Folgendes vorstellen. Lemke Svensen erwartete damals ein Kind, nachdem Maximilian sich an ihr vergangen hatte. Torbjörn Svensen rannte herum und erzählte überall, dass dieses Kind von Ihnen stammte.«

Von Krieger kam keine Reaktion. Was daran liegen mochte,

dass der Mann ein professioneller Schauspieler war, der seine Emotionen und sein Mienenspiel unter Kontrolle hatte.

John fuhr fort: »Die Svensens lebten zwar damals auf dem Wendelhof, aber ich kann mir denken, dass es schwierig war, sich das kleine Lästermaul unter den Augen der Eltern vorzuknöpfen. Also taten Sie es buchstäblich bei Nacht und Nebel. So etwas kann schnell schiefgehen, wenn man solche Umgangsformen nicht gewohnt ist.«

Krieger hob die Augenbrauen. »Ich fürchte, ich kann Ihnen nicht ganz folgen.«

»Sie und Maximilian kannten Torbjörns Gewohnheiten und wussten von der Rollenspielgruppe, die er mit seinen Freunden hatte. Sie lauerten ihm in der fraglichen Nacht auf dem Heimweg auf. Dann verpassten Sie ihm eine Tracht Prügel, damit er endlich die Klappe hielt. Ein Schlag war vielleicht etwas zu heftig. Der Junge stürzte das Kliff hinunter.«

»Das ... denken Sie sich aus.« Krieger wirkte mit einem Mal weniger selbstsicher.

»Nein«, erwiderte John. »So weit deckt sich das mit unseren Zeugenaussagen. Was danach geschah, ist noch vage.«

»Also raten Sie ...«

»Wir wissen, dass Torbjörn in kleine Stücke zerteilt in einer Kiste auf See landete. Nun habe ich Max Moser nicht gut gekannt, er machte auf mich aber nicht den Eindruck eines Menschen, der zu so etwas in der Lage wäre. Bei Ihnen sieht das anders aus.« John musterte Krieger, dem die Farbe aus dem Gesicht wich. »Vielleicht haben Sie es also allein getan, und Max wusste nichts davon. Sie haben Ihren Bruder fortgeschickt oder haben ihn heimgebracht und sind dann noch einmal alleine an den Ort des Geschehens, um die Tat zu vollenden.«

»So etwas würde ich nie tun.« Krieger schluckte und schien sich langsam wieder zu fangen. »Und ich schätze, dass Sie keinen Beweis für Ihre gewagte These haben, stimmt's?«

John zuckte mit den Schultern. »Ich kann mir jedenfalls vorstellen, dass es ein ziemlicher Schock für Sie beide gewesen sein muss, als Greg McQueen mit einem Drehbuch auftauchte, das just auf diesem realen Fall basierte. Das Schicksal kann ein ganz schöner Schlingel sein. Noch schlimmer wurde alles, als Max sich in den Kopf setzte, die Wahrheit herauszufinden, wie Sie mir selbst erzählt haben. Er muss sein Leben lang mit der Last verbracht haben, dass er wohl am Verschwinden und dem mutmaßlichen Tod von Torbjörn beteiligt war. Doch er hat nie gewusst, was genau mit dem Jungen geschehen ist. Denn Sie beide haben ihn lediglich das Kliff hinuntergestürzt, und vermutlich haben Sie ihn dort unten liegen sehen. Das war das Letzte, was Max wusste. Und nun wollte er herausfinden, wie die Geschichte zu Ende gegangen war. Ich könnte mir vorstellen, dass auch das Wiedersehen mit Lemke Svensen und die Begegnung mit seiner Tochter Jördis dabei eine Rolle gespielt haben. Vielleicht empfand er es als eine Art Wiedergutmachung, dass er Licht in das Schicksal von deren Bruder und Onkel brachte. Eines ist indes gewiss. Ihnen kann ganz und gar nicht gefallen haben, dass er in der alten Sache herumstocherte. Die Suche nach der Wahrheit könnte ihn zu Ihnen geführt haben und dem, was Sie damals taten. Also räumten Sie ihn aus dem Weg, damit die Wahrheit für immer begraben blieb. Zuerst versuchten Sie es mit einem Giftanschlag auf der Geburtstagsfeier. Als das nicht klappte, schnappten Sie sich die Armbrust aus der schlecht gesicherten Waffenkammer. Die Handhabung haben Sie sich am Set vermutlich unzählige Male ansehen dürfen. Sie wussten, dass Jördis ebenso einen Grund hatte, Max zu hassen. Sie wollte ihm einen Skandal bereiten. Der Versuch, Max zu vergiften, schlug fehl, weil Jördis ihm das Glas aus der Hand riss. Andererseits verstärkte das Ihr Motiv, ihn zu töten, sah es doch so aus, als hätte er seinerseits versucht, ihr das Leben zu nehmen, bevor sie ihn bloßstellen konnte. Also versteckten Sie später die Armbrust unter ihrem Wohnwagen, vermutlich noch in der Mordnacht, denn Sie ahnten wohl nicht, dass Jördis im Krankenhaus bleiben würde und keine Gelegenheit zur Tat hatte.«

Klaus Krieger schüttelte langsam den Kopf und deutete mit

dem Zeigefinger auf John. »Mann, Sie sind echt mit dem Klammerbeutel gepudert. Sie haben 'ne Macke, wissen Sie das?«

»Möglicherweise«, entgegnete John. »Aber das können Sie gerne mit der Staatsanwaltschaft auf dem Präsidium klären. Ich schlage vor, Sie suchen sich einen Anwalt. Die Fahrt nach Flensburg geht dann auf Staatskosten.«

»Wir sind hier mitten in einem Dreh. Da kann ich nicht einfach so verschwinden ...«

»Nicht mein Problem.«

»Verdammte Scheiße!« Krieger trat wütend in den Sand, der hochspritzte und vom Wind davongetragen wurde. Dann wandte er sich ab. »Oh Mann. Harm, dieses blöde Arschloch.«

»Wie war das bitte?«, fragte John.

»Wir hätten nie hierherkommen dürfen, ich war von Anfang an dagegen.« Krieger wandte sich wieder zu ihnen um. »Aber Max meinte, wir dürften es nicht dem Zufall überlassen. Wenn wir die Produktion der Serie in die Hand nähmen, hätten wir die Kontrolle, meinte er. Aber ...«

»Es tauchten zu viele alte Geister wieder auf.«

»Ja. Genau das hatte ich befürchtet.« Krieger strich sich die grauen Haare mit einer Hand nach hinten. »Ach, scheiß drauf. Noch mehr reinreiten kann ich mich eh nicht. Also, was soll's. Es war nicht so, wie Sie denken. Ich werde Ihnen jetzt erzählen, was damals geschehen ist. Eines müssen Sie mir aber glauben. Ich habe Max nichts angetan. Er war mein Bruder. Ich habe ihn geliebt.« Krieger verzog das Gesicht und fasste sich mit einer theatralischen Geste an die Brust. »Und das mit Torbjörn ... Max hat sich immer Vorwürfe gemacht, aber ich habe nie geglaubt, dass wir für das verantwortlich waren, was mit ihm geschah. Wir hatten den Ball ins Rollen gebracht, aber da muss noch mehr gewesen sein.«

»Am besten erzählen Sie uns einfach der Reihe nach, was sich damals zugetragen hat«, schlug John vor. »Wenn Sie sich nichts vorzuwerfen haben, bringen wir vielleicht gemeinsam Licht ins Dunkel.«

»Nach dem, was Max zugestoßen ist, sollten wir damit vielleicht lieber vorsichtig sein«, meinte Krieger. »Aber gut, sei's drum. Sie liegen schon ganz richtig mit Ihrer Annahme. Wir verpassten Torbjörn am Keitumer Kliff eine Abreibung. Nur, dass wir ihm nicht aufgelauert haben.«

»Sondern?«

»Wir waren wegen Sünje dort.«

»Sünje?« John legte die Stirn in Falten. »Sie meinen doch nicht etwa ...«

»Sünje Petersen. Doch, doch. Die war damals ein richtiger Feger. Viele Jungs standen auf sie. Wenn ich sie mir heute so ansehe ... Catering, was für ein öder Job. Vielleicht ganz gut, dass es damals mit uns nicht geklappt hat. Andererseits auch wieder lustig, wie das Schicksal so spielt und uns ausgerechnet hier am Set wieder zusammenbringt.«

Oder auch nicht, dachte John instinktiv. Das Räderwerk in seinem Hinterkopf hatte sich wieder in Bewegung gesetzt. Nicht alles im Leben war Schicksal oder Zufall.

Der blinde Fleck. Das, was die ganze Zeit offen vor dir liegt, was du aber nicht siehst.

»Bleiben wir bei der Sache«, forte John ihn auf. »Wie ging es weiter?«

»Wir lagen in den Büschen vor dem Haus der Petersens. Sünje war mit ihrem kleinen Bruder Remko allein zu Hause. In Westerland gab es an dem Abend eine große Theaterpremiere. Ihre Eltern waren dorthin gegangen.« Ein Lächeln trat auf Kriegers Gesicht, als er sich erinnerte. »Max hatte ein Fernglas dabei, das wir uns teilten. Sünje hatte die Vorhänge ihres Fensters nicht zugezogen, warum auch, das nächste Nachbarhaus war ja ein ganzes Stück weg. Oh, Mann, Sie können sich gar nicht vorstellen, was die für ihr Alter schon für Apparate hatte. Sie zog sich um, und bei dem Anblick habe ich sofort einen ...«

John hob eine Hand. »So genau will ich es gar nicht wissen. Torbjörn. Wann kam er ins Spiel?«

»Er lief irgendwann über den Wanderpfad am Kliff entlang. Es hatte schon leicht zu regnen begonnen, und Max und ich wollten uns eigentlich auf den Heimweg machen. Doch die Gelegenheit ließen wir uns nicht entgehen. Sie wissen ja, was er über mich erzählte, und Max hatte seinerseits Angst, dass der kleine Wichtigtuer eines Tages doch noch die Wahrheit über ihn und Lemke ausplaudern würde. Also knöpften wir uns Torbjörn vor und machten ihm klar, dass er die Schnauze halten soll. Wir schubsten ihn nur ein wenig herum, aber na ja, der Trottel ist gestolpert und das Kliff runter. Und dann lag er da unten.«

»Lebte er noch?«

»Das Keitumer Kliff ist ja nicht besonders steil, vor allem an der Stelle. Aber er hatte sich im Fallen den Kopf an einem Stein aufgeschlagen«, erzählte Krieger. »Wir sahen ihn also da unten liegen. Max wollte abhauen, aber ich bin zu Torbjörn runter. Er war bewusstlos und blutete am Kopf. Doch er atmete noch. Da rief mir Max von oben zu, dass jemand im Anmarsch wäre. Also machten wir, dass wir davonkamen.«

»Wo liefen Sie hin?«

»Nach Hause auf den Wendelhof. Wir ließen uns nichts anmerken und verschanzten uns auf unseren Zimmern. Dann kam Thys mit Harm Kruse und stellte uns zur Rede. Ausgerechnet Harm hatte uns bei der Sache mit Torbjörn beobachtet.«

Und nicht nur der, dachte John im Stillen. »Was geschah dann?«

»Thys wies uns an, auf den Zimmern zu bleiben und bis zum Morgen nicht mehr rauszukommen. Er und Harm würden sich um den Jungen kümmern.«

»Was taten die beiden?«

»Ich weiß es nicht. Darüber haben sie nie ein Wort verloren.« Krieger kniff die Mundwinkel zusammen und zog eine bedauernde Miene. »Am nächsten Tag begann dann die Suche nach Torbjörn. Natürlich konnten wir eins und eins zusammenzählen. Max hatte großen Respekt vor seinem Vater, er traute sich nicht, aber ich stellte Thys zur Rede. Das heißt, ich versuchte es zumindest. Er verpasste mir eine Backpfeife. Ich sollte ihn nie wieder danach fragen oder auch nur den Namen Torbjörn Svensen in den Mund nehmen. Wenig später, Anfang 1987, schickte er uns dann fort ins Ausland.«

John trat neben Klaus Krieger, schob die Hände in die Hosentasche und richtete den Blick hinaus aufs Meer, wo sich am Horizont hohe Gewitterwolken auftürmten. Etwas an dieser Geschichte stimmte noch nicht. Er konnte nur nicht festmachen, was. »Als Sie zu Torbjörn runterkletterten, da lebte er noch. Sind Sie sich da sicher?«

»Absolut. Deshalb bin ich auch immer davon ausgegangen, dass Thys und Harm ihn verschwinden ließen«, sagte Krieger. »Max hat das nie geglaubt. Er traute seinem Vater eine solche Tat nicht zu. Deshalb suchte er nach der Wahrheit, was wirklich mit dem Jungen geschehen war. Tja, vielleicht hatte er recht, und da war doch noch mehr. Ansonsten würde ich mich an Ihrer Stelle mal mit Harm Kruse unterhalten.«

47 Sanna

Sanna schloss die Tür des alten Fischerhauses in Munkmarsch auf und betrat die Diele. Jaane und Gödecke folgten ihr.

»Kaffee?«, bot sie dem Kriminalrat an.

»Danke. Lieber einen Tee.«

Sie gingen in die Küche.

»Schwarz, grün oder Kräuter?« Sanna öffnete den Schrank mit den Teedosen.

»Ein kräftiger Friesentee.« Gödecke nahm am Küchentisch Platz.

Jaane stand zunächst etwas unentschlossen da, setzte sich dann aber dem Kriminaler gegenüber. »Für mich einen Kaffee.«

Schweigen machte sich breit, während Sanna die Getränke zubereitete.

Hatte sie einen Fehler begangen?

Seit der Befragung von Jaane marterte sie ihr Gewissen. Dabei hatte sie die Regeln befolgt – so, wie sie es immer tat, denn Regeln verschafften einem das gute Gefühl, das Richtige zu tun.

In diesem Fall aber war es anders.

Sie hatte ihre Schwester den Löwen zum Fraß vorgeworfen. Zumindest fühlte es sich so an.

Doch was hätte sie stattdessen tun sollen?

Auf dem Präsidium wussten sie bereits über Jaanes Täterschaft Bescheid. Hätte sie mit ihr Hals über Kopf türmen sollen?

Dabei hatte sich ihre Schwester doch selbst reingeritten, als sie ihre Zugangsdaten dazu missbraucht hatte, in das Computersystem des Präsidiums einzudringen, wohl wissend, dass sie damit eine schwere Straftat beging.

Hätte es also überhaupt einen Weg gegeben, sie zu schützen?

Sanna machte sich ebenfalls einen Tee, stellte die Tassen sowie Zucker und Milch auf den Küchentisch und setzte sich.

Jaane goss Milch in ihren Kaffee. »Wie geht es weiter?«

Sanna spürte einen Kloß im Hals. Dankenswerterweise übernahm Gödecke die Antwort. »Wir warten auf die Kollegen aus Flensburg. Das kann ein wenig dauern.«

»Das weiß ich«, sagte Jaane. »Ich meinte danach, wie geht es danach weiter?«

Sanna tauschte einen Blick mit Gödecke. An dessen Miene war abzulesen, dass er es für angebracht hielt, dass sie selbst ihre Schwester aufklärte.

Sanna räusperte sich. »Man wird dich auf dem Präsidium weiter befragen. Sie werden viele Details wissen wollen ...«

»Ich komme also nicht wieder nach Hause?«

Sanna begriff, wie wenig Jaane ihre Situation verstand. »Heute vermutlich nicht.«

»Ich muss auf dem Präsidium bleiben. Stecken sie mich in eine Zelle?«

»Das liegt in der Hand der Kollegen. Es könnte auch möglich sein ...« Sie griff nach der Teetasse und trank schnell einen Schluck, um die aufkommenden Tränen zu unterdrücken. »... dass sie dich dem Haftrichter vorführen.«

Jaane wurde bleich. »Dem Haftrichter ...«

»Das ist aber nicht automatisch gesagt«, schob Sanna ein. »Es besteht dringender Tatverdacht gegen dich. Eine Untersuchungshaft wird in der Regel verhängt, wenn Fluchtgefahr oder Verdunklungsgefahr bestehen.«

»Aber ich habe doch nicht vor, irgendwelche Beweise verschwinden zu lassen oder Zeugen zu beeinflussen. Ich habe ausgesagt und mich kooperativ gezeigt!«

Sanna hob beschwichtigend die Hände. »Ich weiß. Ich sage

dir auch nur, was passieren könnte, damit du darauf vorbereitet bist.«

»Auf keinen Fall habe ich vor zu fliehen. Ich habe Mist gebaut, das sehe ich ein, und ich werde meine Strafe akzeptieren. Und ich hoffe, dass ich dir damit helfen kann, damit sie dir keinen Strick aus der Sache drehen.«

»Danke«, sagte Sanna. »Trotzdem würde ich dir raten, dich vorzubereiten. Pack ein paar Sachen ein. Nur für den Fall.«

»Ja, natürlich.« Jaane ließ den Kopf hängen. »Ich räume auch noch ein wenig auf, damit ich alles ordentlich hinterlasse.«

»Das brauchst du nicht. Ich kümmere mich hier um alles.«

Plötzlich sah Jaane auf. »Oh, verdammt!«

»Was ist?«

»Heute kommt doch der Gärtner. Das hatte ich ganz vergessen.«

»Welcher Gärtner?«

»Für die Sträucher im Garten. Die müssen geschnitten werden. Die Nachbarn haben sich neulich beschwert.«

»Aha.«

»Ich habe ihn vorgestern über MyHammer gefunden. Er ist sehr günstig und hat direkt zugesagt.«

»Das ist schön.« Die Unterhaltung kam Sanna surreal vor. In ihrer jetzigen Lage war der Garten nun wirklich das Letzte, worüber Jaane sich Gedanken machen brauchte. Andererseits mochte ein wenig belanglose Normalität helfen, mit der Situation umzugehen. »Wann kommt er denn?«

Jaane blickte zur Küchenuhr an der Wand. »In der nächsten Stunde. Du weißt ja, Handwerker und Termine. Man weiß nie genau, wann sie aufschlagen.«

»Vielleicht sagen wir ihm lieber ab, und er kommt an einem anderen Tag? Ich kann mich dann darum kümmern.«

»Nein, nein«, beharrte Jaane. »Ich will ihm schon noch sagen, was genau zu tun ist.«

Ist ja nicht so, als würde ich damit nicht auch klarkommen,

dachte Sanna, biss sich aber auf die Zunge. »Natürlich. So schnell sind die Flensburger Kollegen ja nicht hier. Dafür ist bestimmt noch Zeit. Vielleicht packst du bis dahin schon mal ein paar Sachen.«

Jaane nickte. »Ja, das mach ich.«

Sie stand auf und ging nach oben in ihr Zimmer.

Sanna blieb mit Gödecke in der Küche sitzen. Der Kriminalrat sprach kein Wort, sondern verharrte in einer Buddha-haften Starre, beide Hände auf dem umfangreichen Bauch liegend. Er schien über irgendetwas zu grübeln. Hin und wieder griff er nach seinem Tee und trank einen Schluck. Nur das Ticken der Küchenuhr und die knarzenden Dielen im Obergeschoss, wo Jaane ihre Sachen zusammenräumte, waren zu hören.

Bald wurde Sanna die Stille unangenehm. »Was geschehen ist, tut mir sehr leid.«

Gödecke hob eine Hand. »Ich mache Ihnen keine Vorwürfe. Familie ist schön und gut. Aber manchmal reitet sie uns in Probleme, ohne dass wir etwas dafürkönnen.«

»Da haben Sie wohl recht.«

Wieder verfiel Gödecke ins Nachdenken.

Die Küchenuhr. Tick-tack.

Jaanes Schritte über ihrem Kopf. Knarzende Dielen.

Vogelgezwitscher aus dem Garten. Das leise Rauschen des Windes, der gegen die alten Holzfenster drückte.

Schließlich brach Gödecke das Schweigen. »Ich möchte gerne etwas herausfinden.«

»Und das wäre?«

»Etwas über eine Person … und seine Familie.«

»Dem steht nichts im Weg.«

»Würden Sie mir dabei helfen? Ich bin mir etwas unschlüssig, wie ich vorgehen sollte.«

»Natürlich. Was genau wollen Sie denn wissen?«

»Es geht vor allem um die Vergangenheit der Personen.«

Sanna kam das Sylter Archiv in den Sinn, das sie bereits mit

Jaane besucht hatte. »Ich glaube, ich kenne einen Ort, wo wir anfangen könnten.«

Gödecke blickte zur Decke hinauf. »Können wir Ihrer Schwester vertrauen, dass Sie keinen Fluchtversuch unternimmt?«

Sanna zögerte, meinte dann aber: »Absolut.« Wobei sie sich gar nicht mal so sicher war. Üblicherweise hielt Jaane ihr Wort. Und wenn nicht – dann hatte Sanna vielleicht doch noch eine Möglichkeit gefunden, ihr zu helfen.

»Gut«, meinte Gödecke. »Dann soll sie hier auf die Kollegen aus Flensburg warten. Machen wir uns auf den Weg.«

Gödecke stand auf und bewegte sich für seine Verhältnisse erstaunlich schnell zur Haustür.

Sanna folgte ihm. »Verraten Sie mir, um wen es geht?«

48 John

Als die Rücklichter des Wagens vor ihm ohne einen ersichtlichen Grund aufleuchteten, kam John mit einer Vollbremsung zum Stehen und hämmerte instinktiv auf die Hupe. Eine Frau stieg auf der Beifahrerseite aus, eine Kamera in der Hand, und entschuldigte sich mit erhobener Hand bei ihm. John erwiderte die Geste und beobachtete, wie die Frau ein Foto des langen Christian machte, des Leuchtturms oberhalb des Golf-Clubs Sylt. Das Motiv hatte tatsächlich seinen Reiz. Der Leuchtturm stand auf einer weiten Wiese, auf der eine Schafherde graste. Am Himmel hinter ihm brauten sich grauschwarze Gewitterwolken zusammen.

In langsamem Tempo setzte John die Fahrt fort, entschuldigte sich im Vorbeifahren noch einmal für seinen Wutausbruch und folgte dann weiter dem Braderuper Weg in Richtung Keitum. Immer schön freundlich zu den Touristen sein, mahnte er sich.

Er hatte Juri in List abgesetzt. Sie wollten Celines Dienste als Babysitter nicht über Gebühr in Anspruch nehmen, schließlich sollte sie sich auf die Schule und ihr Referat konzentrieren.

Lilly und Tommy hatten Harm Kruse ausfindig gemacht, und John wollte bei seiner Befragung dabei sein.

Im Radio kündigte der Wetterbericht an, was auch mit bloßem Auge zu erkennen war. Von Westen eine aufkommende Gewitterfront mit Sturmböen und Starkregen, die nur langsam weiterzog und eine ganze Weile über der Insel hängen würde. Im Anschluss begann passenderweise Leonard Cohens Lied »You Want it Darker« zu spielen.

Johns Gedanken kehrten zu Max Moser zurück und dem, was er selbst aus Klaus Krieger herausbekommen hatte. Krieger war ein unbequemer Charakter. John konnte sich vorstellen, wie er als Jugendlicher gewesen sein musste, nämlich einer jener Typen, die er selbst in der Schulzeit gehasst hatte und am liebsten vermöbelt hätte, wäre da nicht immer Bens mäßigender Einfluss gewesen, der Gewalt ablehnte. Nach Kriegers Ausbrüchen zu urteilen, die John am Filmset hatte beobachten dürfen – und die in jüngeren Jahren vermutlich noch schlimmer und unkontrollierter ausgefallen waren –, traute er ihm jedenfalls zu, dass er den Jungen damals das Kliff hinunterbefördert hatte.

Doch die wesentlich wichtigere Frage lautete: Wäre der junge Klaus Krieger auch imstande gewesen, Torbjörn Svensen in Einzelteile zu zersägen, diese in eine Kiste zu packen und dann im Meer zu versenken?

Daran hegte John Zweifel.

So etwas bedurfte einer ganz anderen kriminellen Energie. Einer, wie sie vielleicht Thys de Haan aufgebracht hatte. In diesem Punkt stimmte John der Vermutung von Klaus Krieger zu. Der Patron der Familie hatte viel zu verlieren gehabt, wäre publik geworden, was die beiden Jungen Torbjörn Svensen angetan hatten. Besonders, wo ohnehin Gerüchte kursierten, dass einer der beiden die Tochter des Dienstmädchens geschwängert hatte.

Laut Olger Heinen und Klaus Krieger war Torbjörn Svensen schwer verletzt, aber noch am Leben gewesen, als sie ihn am Ufer des Keitumer Kliffs zurückgelassen hatten.

Was hatten Thys de Haan und Harm Kruse vorgefunden, als sie bei Sturm und Dunkelheit zu der Stelle geeilt waren?

Lebte Torbjörn noch, oder war er in der Zwischenzeit gestorben?

So oder so, John erschien es durchaus denkbar, dass die beiden ihn hatten verschwinden lassen, um das Ansehen der Familie de Haan zu schützen.

Doch am Ende entband das Max Moser und Klaus Krieger

nicht von einer Mitschuld. Ob direkt oder indirekt, sie waren am Tod von Torbjörn Svensen beteiligt gewesen.

John kamen Worte von Else Moser in den Sinn, die sie bei einer ihrer Befragungen gesagt hatte. Dass ihr Mann ihren Namen angenommen habe, um die Erinnerung endgültig auszulöschen.

Anfangs hatte John angenommen, dass es sich um den Entschluss eines wütenden jungen Mannes gehandelt hatte, der mit seiner Familie gebrochen hatte.

Im Licht der jüngsten Erkenntnisse bekam der Satz einen anderen Sinn. Max Moser hatte sich zeit seines Lebens dafür verantwortlich gefühlt, was mit Torbjörn Svensen geschehen war. Und das zu Recht. Da die Leiche des Jungen offiziell nie gefunden worden war, musste die Ungewissheit an ihm genagt haben.

Das Schicksal hatte Max Moser zurück auf die Insel geführt. Dort hatte ihn die Geschichte gleich in mehrfacher Hinsicht eingeholt. Unter anderem in Person seiner Tochter Jördis Svensen. Als junger Mann war er über ihre Mutter, Lemke Svensen, hergefallen, eine Tat, die in gewisser Hinsicht erst alles ins Rollen gebracht und beim Tod von Torbjörn Svensen geendet hatte, weil dieser, um sich wichtigzutun, herumposaunt hatte, dass Klaus Krieger der Vater des Mädchens sei.

Jördis hatte ihrer Mutter wohl zu später Genugtuung verhelfen und die Wahrheit an die Öffentlichkeit bringen wollen. Dabei rettete sie ihrem Vater unwissentlich das Leben, als sie ihm das Glas mit vergiftetem Sekt aus der Hand riss und es trank.

Sie landete mit einer Vergiftung im Krankenhaus. Hatten sie und ihre Mutter angenommen, dass dies Mosers Versuch gewesen war, sie mundtot zu machen? Es hätte den beiden einen weiteren Grund gegeben, ihm nach dem Leben zu trachten.

Doch Jördis hatte ein wasserdichtes Alibi. Und ihre Mutter hatte keinen Zugang zur Tatwaffe gehabt. Außer, Jördis hätte ihr dabei geholfen und sie zudem im Umgang mit der Waffe geschult, was John alles zu weit hergeholt erschien, weshalb er die beiden Frauen von seiner Liste der Verdächtigen gestrichen hatte.

Ebenso wie Else Moser. Abserviert, nachdem ihr Mann ihr viele Jahre lang das Geld für seine zuletzt wenig erfolgreichen Filme aus der Tasche geleiert hatte. Frauen hatten schon aus niederen Gründen getötet. Aber Else war nicht der Typ Mensch, der nachts mit der Armbrust in den Dünen lag, um ihren Ehemann zu erschießen.

Nein. Der Schlüssel zum Mord an Max Moser lag eindeutig in seiner Vergangenheit und den Recherchen, die er angestellt hatte, um die Wahrheit über das Schicksal von Torbjörn Svensen herauszufinden.

Obwohl Klaus Krieger seine Unschuld beteuerte, mochte ihm nicht gefallen haben, dass Moser in der alten Sache herumstocherte. Vielleicht wusste er mehr, als er John offenbart hatte.

Und dann war da eben Harm Kruse, der Thys de Haan möglicherweise dabei geholfen hatte, hinter seinen Söhnen aufzuräumen und Torbjörn zu beseitigen.

Eine Unbekannte in der ganzen Gleichung war für John noch Greg McQueen. Sicher, seine gekränkte Künstlerseele konnte auch ihn zu der Tat verleitet haben. Dafür gab es aber weder klare Indizien noch Beweise. Interessanter war vielmehr der neue Drehbuchentwurf, an dem Moser gearbeitet und der McQueen sicher eifersüchtig gemacht hatte. Mosers Absicht war gewesen, die Wahrheit über den Fall Torbjörn Svensen in der Krimiserie ans Licht zu bringen. Was hatte also in seinem Entwurf gestanden – und hatte McQueen diesen zu Gesicht bekommen? Wusste er, was Moser alles herausgefunden hatte, vielleicht bis hin zum Namen des Mörders von Torbjörn Svensen? Der möglicherweise auch der Mörder von Max Moser war?

John erreichte den Wendelhof in Keitum.

Als er den Wagen an der hohen, mit Efeu und Rosen bewachsenen Bruchsteinmauer parkte, die das alte Reetdachanwesen umgab, hatte sich bereits eine kleine Zuschauermenge am Zaun des Nachbarhauses auf der gegenüberliegenden Straßenseite gebildet, angezogen von Soni Kumaris Streifenwagen, der in der Auffahrt stand.

John stellte den Motor ab. Just in dem Moment fuhr eine schwarze Mercedeslimousine heran. Der Fahrer wollte in die Einfahrt einbiegen, kam aber zum Stehen, als er des Streifenwagens gewahr wurde. Er setzte ein Stück zurück, fuhr weiter, drehte und parkte schließlich hinter John.

Im Rückspiegel sah er, wie der Fahrer die Tür öffnete. Ein Mittvierziger mit gegelten Haaren und Sonnenbrille. Er trug eine beige Baumwollhose, Segelschuhe und Polohemd. Der Mann eilte an Johns Wagen vorbei. »Was ist denn hier los?«, hörte er ihn durch das halb geöffnete Fenster sagen.

John stieg aus und folgte ihm am Streifenwagen vorbei in die Auffahrt des Wendelhofs.

»Was ist hier los?«, wiederholte er seine Frage an Soni Kumari, die mit Lilly und Tommy neben Harm Kruse vor der Eingangstür des Haupthauses stand. Kumari war wegen ihrer Uniform eindeutig als Polizistin zu erkennen, weshalb der Mann sich wohl zuerst an sie richtete. Harm Kruse trug eine grüne Latzhose, an deren rechtem Bein ein wenig Rasenschnitt hängte, was nahelegte, dass Lilly und Tommy ihn bei der Gartenarbeit überrascht hatten.

Lilly zeigte dem Mann ihren Dienstausweis. »Kripo Flensburg. Und Sie sind bitte?«

»Jerome Benedict Levebvre. Mir gehört das Anwesen.«

»Sie wohnen hier?«

»Nein. Ich vermiete den Hof. Ich bin für ein paar Tage auf der Insel und wollte nach dem Rechten schauen.« Der Mann stemmte selbstbewusst die Hände in die Hüften. »Wenn Sie nun die Güte hätten, mir zu erklären, was Sie hier wollen.«

»Wir möchten uns mit Herrn Kruse unterhalten«, sagte Lilly.

»Und deshalb müssen Sie hier solch einen Aufruhr veranstalten ... mit Streifenwagen und allem Tamtam?« Levebvre wandte sich zu den neugierigen Nachbarn um. »Wir haben hier Feriengäste, die ungestört ihren Urlaub verbringen wollen. Schaulustige können wir gar nicht gebrauchen ...« Sein Blick fiel auf John, der sich in gemächlichem Tempo der Gruppe näherte.

»Herr Benthien ist ein Kollege von uns«, erklärte Lilly.

»Das wird ja immer bunter!«, Levebvre schüttelte den Kopf. »Warum kommen Sie nicht direkt mit einem Sondereinsatzkommando!«

»Gute Idee«, meinte John und dachte im Stillen: Dich, mein lieber Junge, schickt uns der Herrgott persönlich. So viel Glück muss man erst mal haben. Ihre Gesprächssituation mit Harm Kruse hatte sich soeben um einhundert Prozent verbessert.

»Worum geht es denn hier überhaupt?«, fragte Levebvre.

»Ich bin nicht befugt, Ihnen darüber Auskunft zu geben«, sagte Lilly.

»Eine Bagatelle«, kam John ihr zur Hilfe und legte Harm Kruse kameradschaftlich die Hand auf die Schulter. »Herr Kruse hier ist ein wichtiger Zeuge und könnte uns sehr hilfreich sein.« Er schob Kruse mit sanftem Druck in Richtung Streifenwagen. Im Vorbeigehen hob er eine Augenbraue und sagte in verschwörerischem Ton zu Levebvre: »Nachbarschaftliche Gartenzaunstreitigkeiten ... Sie kennen das bestimmt.«

Levebvre atmete erleichtert aus. »Ach so. Wenn es weiter nichts ist ... Dann sorgen Sie aber bitte auch nicht für mehr Aufsehen als unbedingt notwendig.«

»Natürlich.« John bedeutete Lilly mit einem Nicken, dass sie ihm folgen sollte.

Während er Kruse auf die Rückbank des Streifenwagens verfrachtete und sich neben ihn setzte, sah er Levebvre zu den neugierigen Nachbarn hinübertigern, vermutlich, um ihnen zu versichern, dass es sich um eine harmlose Lappalie handelte und der Gärtner der Polizei gerade einen Dienst erwies.

»Vielen Dank, dass Sie ...«, begann Kruse, doch John legte die Hand auf die Lippen. »Pst. Danken Sie mir lieber nicht zu früh.«

Lilly stieg auf der Beifahrerseite ein und setzte sich so auf den Sitz, dass sie nach hinten zu ihnen blicken konnte. »Wer fängt an?«

»Ladies first«, ließ John ihr den Vortritt.

Lilly konfrontierte Harm Kruse damit, was sie von Olger Heinen erfahren hatten, ohne dessen Namen zu nennen, im Anschluss referierte John, ebenfalls unter Wahrung von dessen Anonymität, über die Aussagen von Klaus Krieger.

Harm Kruse wurde während dieser Zeit immer blasser, und ihm traten Schweißperlen auf die Stirn. Dennoch versuchte er sich anschließend an einer Unschuldsmiene. »Wir ... Wir sollen was getan haben?«

»So weit waren wir noch gar nicht«, meinte John. »Wir haben lediglich festgestellt, dass, laut Zeugenaussage, Sie und Thys de Haan am fraglichen Abend zum Keitumer Kliff gingen, um nach Torbjörn Svensen zu sehen. Natürlich gehen wir davon aus, dass Sie ihm helfen wollten.«

Kruse öffnete den Mund, um etwas zu sagen – vielleicht wollte er John zustimmen, womit er sich verraten hätte, was auch Sinn dieser Bemerkung gewesen war, man konnte es ja mal versuchen –, doch leider schloss er ihn ebenso schnell wieder.

»Sie dürfen ruhig sprechen«, ermunterte Lilly ihn.

Kruse zögerte, dann meinte er: »Ich sage nichts dazu. Das ist doch frei erfunden. Ich ... ich war an dem Abend in der Kneipe. Das können alle bezeugen.«

John lehnte sich vor, sodass er an Kruse vorbei durch das Seitenfenster Levebvre und die Nachbarn sehen konnte. Er deutete mit dem Zeigefinger auf die Gruppe. »Der Kerl dort drüben ist ihr Chef, richtig?«

Kruse nickte.

»Was meinen Sie, was denkt er wohl über Sie, wenn er erfährt, dass Sie damals daran beteiligt waren, Olger Heinen, einen wichtigen Zeugen in einem Vermisstenfall, zu bestechen und mundtot zu machen? Und dass Sie eventuell sogar am Verschwinden des betreffenden Jungen beteiligt waren, ja, vielleicht sogar an dem Mord an ihm und der Beseitigung seiner sterblichen Überreste? Nicht zu vergessen, dass Sie damit einen guten Grund gehabt hätten, einen Mann zu töten, der viele Jahrzehnte später begann, wieder in der alten Sache herumzuschnüffeln.« John lehnte sich wieder zurück. »Wenn Sie mich fragen ... Dieser Herr Levebvre scheint mir nicht der Typ, dem so etwas gleichgültig ist. Sagen Sie, Herr Kruse, sind Sie auf Ihren Job angewiesen?«

»Sicher, sonst komme ich nicht über die Runden.«

»Dann sollten Sie Ihre nächsten Worte gut abwägen. Es ist doch so – und verzeihen Sie, wenn ich das so direkt sage: Wenn Sie wirklich der Mörder von Torbjörn Svensen und Max Moser sind, werden wir das früher oder später herausfinden. Wenn Sie sich aber nichts vorzuwerfen haben, kooperieren Sie besser mit uns. Dann bleibt es bei unserer offiziellen Geschichte, und niemand erfährt je, worüber wir hier wirklich gesprochen haben.«

Kruse starrte ihn einen Moment lang unbewegt an, dann brach er zu Johns Überraschung in schallendes Gelächter aus. »Ich soll diesen Regisseur ermordet haben? Nein. Ganz sicher nicht.«

»Und Torbjörn Svensen?«, setzte Lilly nach.

»Nein ...« Er wurde wieder ernst und schien nachzudenken. »Nein, wahrscheinlich nicht.«

»Was soll das denn heißen?«, wunderte sich John.

»Wissen Sie ... Was soll's. Ich habe dem alten Thys de Haan sein Leben lang die Stange gehalten und die Klappe gehalten. Gedankt hat er mir das nie wirklich.« Er blickte noch einmal zu Levebvre hinüber. »Der Kerl da mag zwar ein arroganter Schnösel sein. Aber er ist ein arroganter Schnösel, der gut bezahlt und ab und an einen Bonus rüberwachsen lässt. Thys hat das noch nicht einmal für nötig erachtet, als ich damals hinter seinem missratenen Nachwuchs hergeräumt habe.«

John legte einen Arm über die Rückenlehne. »Verraten Sie uns auch, was Sie genau mit ›hinter ihm herräumen‹ meinen?«

»Thys wies mich damals an, Olger Heinen Geld zuzustecken, damit er die Klappe hält. Er bekam aber den Hals nicht voll und kam noch einmal auf mich zu, als er die Kohle verprasst hatte. Er wollte mehr. Thys zahlte wieder, obwohl ich ihm riet, er solle es besser nicht tun, Kerle wie Olger wird man sonst nicht mehr los.

Und so kam es auch. Olger wollte erneut Geld, und wieder sollte Thys zahlen. Also regelte ich das auf die einzig richtige Art. Ich zimmerte Olger eine und machte ihm klar, dass Schicht im Schacht war. Das Geld habe ich dann für mich behalten, als kleine Aufwandsentschädigung sozusagen.«

Eine durchaus interessante und aufschlussreiche Geschichte, fand John, zumindest, was das Geschäftsgebaren einer feinen Sylter Unternehmerfamilie anging. Außerdem bestätigte es die Aussage von Olger Heinen. Doch das war nicht der springende Punkt. »Warum erzählen Sie uns nicht, was damals in der fraglichen Nacht geschehen ist? Wir wissen, dass Sie Olger Heinen am Keitumer Kliff bei Torbjörn Svensen sahen.«

»Ich kam gerade aus dem Dorfkrug und wollte mit dem Rad nach Hause. Ein Schietwetter war das. Ich bemerkte aus der Ferne ein Handgemenge am Kliff. Jemand fiel über die Kante. Ich konnte nur Schatten ausmachen. Trotzdem bin ich hin, um nachzusehen. Dieser Junge, Torbjörn, er lag unten am Ufer. Olger Heinen kniete über ihm.«

»Sie konnten aber nicht sehen, ob er es war, der ihn hinuntergestoßen hatte?«, fragte Lilly.

»Nein … aber da waren zwei andere, die weggelaufen waren. Martein und Klaus, wie Olger schwor, als ich zu ihm runterstieg. Er wollte dem Jungen angeblich nur helfen.« Kruse kratzte sich an der Schläfe. »Wenn das Martein und Klaus waren, würde es ein Problem geben, so viel war mir gleich klar. Das musste man regeln. Ich sagte Olger, dass er die Klappe halten sollte und wir später noch darüber sprechen würden. Er nahm die Beine in die Hand.«

»Was war mit Torbjörn?«, fragte John. »War er verletzt?«

»Ja, er musste im Fallen mit dem Kopf an einen Stein gestoßen sein. Er blutete am Kopf.«

»Aber er lebte noch?«

»Er atmete, ja. Ich sprach ihn an, aber er reagierte nicht.«

»Was haben Sie dann getan?«

»Ich bin sofort zum Wendelhof und habe Thys Bescheid gegeben ...«

»Moment«, bat Lilly. »Wenn Sie Hilfe holen wollten, warum sind Sie dann nicht zum nächsten Haus gelaufen?«

»Na ja, so viel weiter war es mit dem Rad nicht zum Wendelhof.«

Außerdem ging es dir in erster Linie gar nicht darum, dem Jungen zu helfen, dachte John. Du wolltest Thys de Haan warnen und von ihm wissen, was nun zu tun war. »Wie ging es weiter?«

»Thys stellte Martein und Klaus zur Rede. Die Jungen saßen mit klatschnassen Sachen in ihren Zimmern. Sie gaben zu, dass sie den Jungen geschubst hatten, natürlich ohne die Absicht, ihn zu verletzen. Thys wies die beiden an, auf ihren Zimmern zu bleiben. Dann bin ich mit ihm los.«

»Das bedeutet, Sie gingen mit Thys de Haan zum Keitumer Kliff«, vergewisserte sich John.

»Nein, wir fuhren. Mit den Fahrrädern.«

»Warum nahmen Sie nicht das Auto?«, fragte Lilly. »Wäre doch schneller gegangen.«

Kruse zögerte. »Nicht unbedingt ...«

Auf jeden Fall hätte es wohl mehr Aufmerksamkeit auf sich gezogen, als in der Dunkelheit mit dem Fahrrad zu fahren, überlegte John. Wenn die beiden wirklich hätten helfen wollen, wäre ihnen so etwas reichlich egal gewesen.

»Verständigten Sie einen Krankenwagen?«, wollte er wissen.

»Nein.«

»Warum nicht?«

»Weil Thys erst selbst sehen wollte, wie es dem Jungen ging. Er ...«

»... wollte dem Jungen gar nicht helfen«, brachte John den Satz zu Ende. »Sie und er hätte jede Gelegenheit dazu gehabt, schnell Hilfe zu holen. Schon an Ort und Stelle hätten Sie um Hilfe rufen oder zu einem der Nachbarhäuser eilen können. Spätestens auf dem Wendelhof hätte es ein Telefon gegeben, um den Notruf zu wählen.«

Harm Kruse senkte den Blick. »Glauben Sie mal nicht, dass ich stolz darauf bin. Ich habe mich später immer wieder gefragt, was gewesen wäre, wenn ich bei Torbjörn geblieben wäre. Aber so etwas kann man im Nachhinein nicht ungeschehen machen. Ohnehin war es nicht mehr meine Entscheidung, sobald ich auf dem Wendelhof war. Thys wollte kein großes Aufheben um die Sache machen. Ich meine, es ging hier um den Sohn von Nea Svensen. Und ... nun ja ...«

»Martein hatte kurz vorher ihre Tochter Lemke geschwängert«, warf Lilly ein. »Das wissen wir. Also wollte Thys de Haan nicht noch mehr Ärger heraufbeschwören.«

»So ist es. Das war ja dann auch der Grund, weshalb er Martein und Klaus fortschickte. Ich hab die beiden nie wirklich leiden können, doch als sie fort waren, wurde es auf dem Wendelhof still.«

»Schweifen Sie nicht ab«, sagte John. »Zurück zu dem Abend. Sie fuhren mit Thys de Haan zum Kliff. Und dort entschieden Sie dann, Torbjörn für immer verschwinden zu lassen. So konnte er nicht erzählen, was Martein und Klaus ihm angetan hatten, und schon gar nicht konnte er weiterhin Gerüchte in die Welt setzen, dass einer der beiden Lemke ein Kind gemacht hatte. Lebte er noch, als Sie beide bei ihm ankamen, oder war er in der Zwischenzeit schon an seinen Verletzungen gestorben?«

»Weder noch.« Kruse schüttelte mit düsterem Blick den Kopf.

»Was soll das heißen?«

»Wir haben ihm nichts angetan«, schwor er. »Wir kamen am Kliff an. Der Sturm und der Regen waren noch schlimmer geworden. Von oben konnte man den Fuß des Kliffs gar nicht mehr erkennen. Thys rutschte einige Male aus, als wir hinunterstiegen. Vom Meer her spritzte die Gischt auf, dazu der Regen ... Ich fand die Stelle nicht sofort. Aber dann entdeckte ich den Stein, auf dem das Blut klebte.«

»Der Stein mit dem Blut«, wiederholte John, dem langsam der Geduldsfaden riss. »Und was war mit Torbjörn? Wo war er?«

»Nirgendwo«, sagte Harm Kruse. »Torbjörn war verschwunden. Wie vom Erdboden verschluckt … oder besser, wie von der See verschlungen, wie wir bald den Leuten weismachten.«

49 Lilly

Der Himmel hatte sich verdunkelt, und die ersten Böen des aufziehenden Sturms brachten die Baumwipfel am Rand des Keitumer Kliffs zum Tanzen.

Lilly spürte leichten Nieselregen auf dem Gesicht, als sie sich gemeinsam mit John und Tommy von Harm Kruse hinab zu dem Ort führen ließ, an dem er damals den schwerverletzten Torbjörn Svensen zurückgelassen hatte.

Es dauerte eine ganze Weile, bis er ihn gefunden hatte. Immer wieder sah er sich um, auf der Suche nach Landmarken, die ihm halfen, die genaue Position zu bestimmen, was nicht so einfach war, wie er erklärte, denn in jener Nacht habe bekanntermaßen Schietwetter geherrscht. Schließlich schien er sich aber sicher. Er blieb bei einer Ansammlung von kleineren und größeren Steinen stehen, die am Fuß des sanft abfallenden Kliffs lagen.

»Hier ungefähr müsste es gewesen sein«, meinte Kruse. »Ob die Steine damals auch so hier lagen ... Wohl eher nicht. Aber die Stelle ist die richtige.«

»Wie sind Sie sich da so sicher?«, fragte Lilly.

Kruse deutete auf den Giebel eines Reetdachhauses, der oben hinter der Kliffkante hervorragte. »Ich erinnere mich an das Haus.«

»Hier ließen Sie also Torbjörn zurück, und als Sie mit Thys de Haan zurückkehrten, war er verschwunden?«, fasste sie zusammen.

Kruse nickte. »So war es.«

»Und es gab keine Hinweise, was mit ihm geschehen sein konnte?«

»Soweit ich weiß, haben Ihre Kollegen damals keine Spur von ihm entdeckt.«

»Mich interessieren nicht meine Kollegen, sondern, was Thys de Haan und Sie beobachtet haben.«

»Da war nichts«, sagte Kruse. »Er war einfach weg. Lediglich da, wo er an den Stein geschlagen war, klebte noch Blut.«

»In Ordnung.« Lilly blickte kurz zu John und Tommy, die ihr signalisierten, dass sie auch keine Fragen mehr hatten. »Herr Kruse, Sie verlassen bitte die Insel nicht und halten sich zu unserer Verfügung. Haben Sie das verstanden?«

»Natürlich. Heißt das, Sie verdächtigen mich jetzt …«

»Es heißt erst mal genau das, was ich gesagt habe. Alles Weitere wird sich dann zeigen.«

Harm Kruse verabschiedete sich und ging davon.

Lilly sah sich um.

Das Kliff, an dessen Hang Gras und Strandhafer wuchsen. Die Steine zu ihren Füßen. Dahinter das Wattenmeer, das bei Flut hoch aufgelaufen war. Der Wind in den Baumkronen. Regentropfen, die auf das Wasser und die Steine fielen.

Lilly zog die Kapuze der Regenjacke über den Kopf, die sie in weiser Voraussicht mitgenommen hatte.

Das Wetter passte zu ihrer Stimmung.

Wenn Harm Kruse die Wahrheit sagte, standen sie mehr oder weniger wieder am Anfang.

Torbjörn Svensen war verschwunden, und niemand wusste, wohin. Immerhin hatten sie herausgefunden, dass er nicht aus freien Stücken das Kliff hinuntergefallen war.

Großartig.

Und dem Mörder von Max Moser waren sie trotz aller Mühe auch noch keinen Schritt näher gekommen.

Johns Gesicht konnte sie ansehen, dass er gerade dieselbe Niedergeschlagenheit empfand. Als er vorhin hier angekommen war, nach seinem Gespräch mit Klaus Krieger, hatte ein Glanz in seinen Augen gelegen, der ihr wohlbekannt war. Er hatte Zuversicht ausgestrahlt, offenbar überzeugt davon, dass sie endlich an etwas dran wären, was sie der Lösung beider Fälle näherbringen würde. Doch Harm Kruse hatte nicht das offenbart, was sie alle erwartet hatten.

Natürlich bestand die Möglichkeit, dass der Mann log. Das wäre sogar nachzuvollziehen, warum sollte er sich selbst belasten? Doch in ihren vielen Berufsjahren hatte Lilly eine gute Antenne dafür entwickelt, ob die Menschen die Wahrheit sagten. Und bei Harm Kruse fühlte es sich an, als wäre er aufrichtig zu ihnen.

Was die Sache nur noch kniffliger machte.

Besonders für John.

Sie hatte ihn einmal geliebt. Dass er sie betrogen hatte, hatte daran eigentlich nie etwas geändert. Natürlich, sie würde nie vergessen, wie es sich angefühlt hatte, dieser Schmerz, der sich in ihr Herz gebrannt hatte und den sie noch heute fühlen konnte. Sie waren verlobt gewesen und sie mit seinem Kind schwanger. Und dann hatte er sich einer anderen zugewandt. Nicht irgendeiner anderen. Einer Mörderin. Lilly erinnerte sich an die vielen schlaflosen Nächte, in denen sie weinend und allein in ihrem Bett gelegen hatte. Gekränkt, verzweifelt, unsicher, was nun werden würde. Doch selbst in jener Zeit hatte irgendwo in den Tiefen ihres Herzens John Benthien immer noch zu ihren Lieblingsmenschen gehört. Und nach ihrer Aussprache kam dieses Gefühl nun mit aller Macht wieder an die Oberfläche. Das bedeutete für sie zunächst vor allem eines: Sie wünschte ihm alles Glück der Welt. Auch John hatte gelitten, zwar zu Recht, doch es war ein ziemlich tiefer Sumpf, den er da durchschritt. Sie wollte ihn wieder glücklich sehen. Zufrieden, mit sich und den Dingen im Gleichgewicht. Sie kannte – mal abgesehen von seinem Segelschiff und dem Friesenhaus – lediglich einen Ort, an dem er das wirklich war: auf dem Präsidium in Flensburg als Kriminalkommissar. Nur, dass eine Rückkehr dorthin, so wie die Dinge gerade standen, in noch weitere Ferne gerückt war.

Lilly schloss für einen Moment die Augen und atmete die salzige Meeresluft ein, in die sich der Geruch von feuchter Erde mischte.

Verzweiflung und Pessimismus hatten noch keinen Fall gelöst. Das Einzige, was half, war kühler Pragmatismus. Alle Puzzleteile noch einmal einzeln von beiden Seiten betrachten. Sehen, ob sie sich in neuen Konstellationen zusammenführen ließen. Nach weiteren Teilen suchen.

Wenn sie dann am Ende erfolgreich waren, mussten sie diesen Erfolg auch für sich, besonders für John verbuchen.

Denn das war der andere Punkt, der Lilly Sorgen bereitete.

Gödecke.

Der Alte kochte sein eigenes Süppchen, da war sie sich sicher. Ihm stand intern das Wasser bis zum Hals, auf dem Präsidium wollte man junge Gesichter an die Spitze bringen. John war sein Notnagel. Er wusste um seine Fähigkeiten, die er oft genug unter Beweis gestellt hatte. John sollte den Karren für ihn aus dem Dreck ziehen und ihm einen Ermittlungserfolg bringen. Und wenn es dann am Ende drauf ankam, wäre Gödecke mit all seinen Dienstjahren abgebrüht genug, die Meriten für sich einzuheimsen und John einfach fallen zu lassen wie eine heiße Kartoffel, wenn es die Situation erforderte.

Dem mussten sie zuvorkommen.

Fall lösen. John in den Mittelpunkt stellen.

Also, streng dich an, Lilly Velasco.

Sie öffnete die Augen wieder und klatschte in die Hände. »Leute, gehen wir das mal der Reihe nach durch. Harm Kruse und Thys de Haan kommen also hier an, und Torbjörn ist verschwunden.«

»Wenn denn stimmt, was der Kerl sagt«, wandte Tommy ein.

»Gehen wir für den Moment einfach mal davon aus.« Lilly zählte an den Fingern ab. »Am nächsten Morgen beginnt die Suche nach Torbjörn. Sie bleibt erfolglos. Thys und Harm wissen, dass Martein und Klaus den Jungen hier runtergestoßen haben.

Sie fürchten, dass das publik wird und man sie zur Verantwortung zieht – mit den entsprechenden Folgen auch für Thys und sein Geschäft. Sie bestechen Olger Heinen, damit er die Klappe hält. Dennoch fürchtet Thys, dass etwas rauskommt, wohl auch über Martein und Lemke, solange die Jungen auf der Insel sind. Er schickt die beiden auf Internate im Ausland. Schlussendlich wird die Suche nach Torbjörn eingestellt. Die Leichenteile in der Kiste, die Fischer ungefähr ein Jahr später aus der Nordsee bergen, bringt auch ob des Verwesungsgrades niemand mit dem Fall in Verbindung.«

»Und was schließt du daraus?«, fragte Tommy.

»Erst mal nichts. Wir müssen den Fakten folgen …«

»Wir übersehen etwas«, warf John ein. Er hatte die Hände in die Taschen seiner Lederjacke geschoben, seine Haare waren vom Regen inzwischen klatschnass. »Das Offensichtliche.«

»Und das wäre?« Tommy hob die Augenbrauen.

John ging zu einigen der größeren Steine und betrachtete sie. »Alle, die Torbjörn Svensen in der Nacht hier liegen sahen – Klaus Krieger, Olger Heinen, Harm Kruse –, sagten, dass der Junge noch lebte. Verletzt und bewusstlos, aber er lebte.« John wandte sich wieder ihnen zu. »Harm hat ausgesagt, dass er und Thys de Haan das Gerücht, das Meer hätte den Jungen geholt, bewusst in die Welt gesetzt hätten. Und alle, selbst die Polizei, glaubten daran, weil es eine bequeme Erklärung war. Tatsächlich muss sich aber etwas ganz anderes zugetragen haben. Wenn Torbjörn noch lebte, wer sagt denn, dass er nicht wieder zu Bewusstsein kam, sich aufraffte und nach Hilfe suchte?«

»Klar«, stimmte Lilly zu. Diese Überlegung war so einfach und naheliegend, dass sie selbst darauf hätte kommen können. »Die Sache ist doch nur … Wenn das so war, dann wäre er doch wieder aufgetaucht. Ist er aber nicht. Er kam nie nach Hause, wurde nicht gesehen, und die Suche blieb erfolglos. Weil er in dieser Kiste endete.«

»Genau«, sagte John. »Und das bedeutet, dass ihm noch etwas

ganz anderes zugestoßen sein muss. Wir haben die ganze Zeit an der falschen Stelle gesucht.«

»Falls Harm Kruse uns nicht doch die Hucke vollgelogen und er und Thys de Haan den Jungen zerstückelt und in die Kiste gepackt haben«, zweifelte Tommy. »Was wir aber nicht beweisen können. Also folgen wir mal aus Spaß deinem Gedankengang. Wo, meint du, sollten wir stattdessen suchen?«

»Die Frage ist doch eher: Wo hat Torbjörn gesucht? Also, nach Hilfe«, beantwortete Lilly die Frage an Johns Stelle. »Ich an seiner Stelle wäre wohl dorthin gegangen.« Sie deutete mit einem Nicken auf den Giebel des Reetdachhauses, das Harm Kruse vorhin bereits als Orientierungspunkt gedient hatte.

»Also dann«, John hob die Schultern, »folgen wir einfach seinem Weg.«

»Du denkst, dort oben hat damals jemand etwas beobachtet und es nie gesagt?«, meinte Tommy.

John hob die Schultern. »Was weiß ich denn. Manchmal muss man dem Glück einfach eine Chance geben.«

Lilly ging hinter den beiden her den Weg das Kliff hinauf und von dort zu dem Haus hinüber. Durch ein blaues Holztörchen kamen sie über einen Kiesweg zur Eingangstür. Das Haus war von einer Bruchsteinmauer umgeben, ringsum standen hohe alte Bäume. Der gepflegte Rasen endete an der Abbruchkante des Kliffs, von wo aus der Blick auf das Wattenmeer hinausging.

Als Lilly den Türklopfer betätigte, krachte der erste Donner, dessen Druckwelle ihr durch den Magen ging. Es musste ein ähnliches Wetter geherrscht haben, als Torbjörn Svensen einst an diese Tür geklopft hatte, wenn er es denn tatsächlich bis hierher geschafft hatte.

Lilly musste ein weiteres Mal klopfen, dann öffnete ihnen eine Dame im Sportdress. Sie hatte kurzes graues Haar und eine trainierte Figur. Neben ihr in der Diele standen zwei Walkingstöcke. Vielleicht hatte sie sich kurz vor dem Aufbruch befunden, als ihr das Wetter einen Strich durch die Rechnung gemacht hatte.

»Was kann ich für Sie tun?«, fragte sie.

Lilly zeigte ihren Dienstausweis und stellte sich vor, was, wie üblich, große Augen und einen erschrockenen Blick hervorrief. Jene Leute, die sich selbst nichts vorzuwerfen hatten, fürchteten in solchen Momenten immer als Erstes um ihre Angehörigen. Deshalb schob Lilly nach: »Keine Sorge, Ihren Leuten geht es gut. Das hier hat nichts mit Ihnen persönlich zu tun. Wir sind in einer alten Sache unterwegs, in der Sie uns vielleicht helfen können. Vielleicht auch nicht. Wir werden sehen.«

»Worum geht es denn?«

Tja, überlegte Lilly, wie erkläre ich das der guten Frau, ohne ihr einen Blumenkohl ans Ohr zu quasseln und ihr Dinge offenzulegen, die sie nichts angehen und sie am Ende unnötig beunruhigen? Halt dich am besten einfach kurz.

»Wie lange wohnen Sie schon in diesem Haus?«

Die Dame schützte die Lippen. »Oh, schon eine ganze Weile. Seit Mitte der Achtziger. Mein Mann und ich haben die Kinder hier großgezogen.«

»Wissen Sie es vielleicht noch etwas genauer? Was war 1986, lebten Sie da bereits hier?«

»Oh nein«, die alte Dame lächelte, »wir sind erst 1988 eingezogen.«

»Kennen Sie noch die Vorbesitzer?«, fragte Lilly.

»Natürlich. Sie haben uns das Haus ja damals verkauft. Für einen äußerst günstigen Preis.«

»Erinnern Sie sich an den Namen?«

»Ja. Das waren wirklich nette Leute.« Die Dame legte die Stirn in Falten. »Sie hatten selbst zwei Kinder. Deshalb haben wir gar nicht verstanden, was sie hier weggetrieben hat.«

»Wie hieß die Familie?«

»Petersen.«

50 Sanna

»Die Familie Petersen ist es, für die wir uns interessieren«, antwortete Gödecke auf die Frage der Archivarin nach dem Anlass ihres Besuchs im Sylter Inselarchiv.

Wie an dem Abend, als Sanna mit Jaane hier gewesen war, trug die alte Dame hinter dem Empfangstresen einen grauen Dutt und begutachtete ihre Gäste mit kritischem Blick, als betrachtete sie diese als ungebetene Eindringlinge, die Unordnung in ihre über viele Jahre gepflegte Sammlung bringen würden.

»Sie meinen doch nicht die Familie von Simon Petersen?«, vergewisserte sie sich.

»Doch«, erwiderte Sanna. »Sie kennen ihn?«

»Natürlich kenne ich Simon. Er war lange Jahre hier bei der Polizei. Er hat mir einmal geholfen, als sich mein Kater Karlo auf einen Baum verirrt hatte, von dem er nicht mehr herunterkam. Das werde ich ihm nie vergessen ...« Sie zog die Augenbrauen zusammen. »Ich verstehe nur nicht, warum sich plötzlich alle für ihn interessieren.«

»Wer hat denn noch nach ihm gefragt?«

»Ein reizender älterer Herr war neulich hier. Er durchforstete unser Archiv ebenfalls nach alten Artikeln über die Petersens.«

Sanna wechselte einen Blick mit Gödecke, der daraufhin fragte: »Ein Mann mit schwarzem Hut und grauem Vollbart? Blau getönte Brille?«

»Ja. Und wissen Sie was?« Die Archivarin griemelte. »Er sagte, er sei der Regisseur dieser Fernsehserie, die sie gerade auf der Insel drehen.«

»Und Sie hielten es nicht für angebracht, sich deshalb mit der Polizei in Verbindung zu setzen?«, fragte der Kriminalrat.

»Aber weshalb denn? Der Besuch unseres Archivs ist ja schließlich kein Verbrechen.«

»Weil der reizende ältere Herr inzwischen tot ist«, sagte Sanna, der das hier alles viel zu lange dauerte. »Sein Name war Max Moser, und er wurde vor wenigen Tagen ermordet.«

Die Archivarin formte mit den Lippen ein O und sah sie bestürzt an. Ihrer Reaktion nach zu urteilen, pflegte sie wohl lieber alte Publikationen, als sich mit aktuellen Nachrichten zu befassen.

»Können wir dann mal loslegen?« Das kam von Celine, die hinter ihnen stand. Sanna hatte kurz entschlossen einen Abstecher zum Kapitänshaus in List gemacht, um sich Unterstützung zu holen. Gödecke traute sich nicht allzu viel zu, wenn es darum ging, ein Archiv zu durchforsten. Außerdem hatte sich Benthiens Tochter schon in einem vorherigen Fall als sehr fähige Recherchehilfe erwiesen. Sanna konnte nur hoffen, dass John ihr das spontane Engagement von Celine nicht übel nehmen würde. Wobei – im Gegensatz zu ihrem früheren Einsatz für die Staatsanwaltschaft – hier nun wirklich keine Gefahr für sie bestand. Und was die kleine Frouke anging, hatte Juri Rabanus inzwischen wieder die Betreuung übernommen. Celine freute sich über ein wenig Abwechslung von Babybetreuung und Referat.

»Muss ich Ihnen noch den Weg weisen?«, fragte die Archivarin.

»Ich denke, wir finden ihn«, antwortete Sanna und setzte sich in Bewegung. Während es draußen immer dunkler wurde, der Regen gegen die Fensterscheiben klatschte und der Donner grollte, ging Sanna voraus und die Treppe hinab ins Zeitungsarchiv. Dort schritt sie die Regalreihen ab, bis sie bei den Ausgaben der Regionalpresse aus dem passenden Zeitraum angelangt waren.

»Uns interessieren Artikel aus den Jahren 1986 und danach«, erklärte Sanna Celine.

»Nun denn«, Gödecke krempelte die Hemdsärmel hoch und rieb sich die Hände. »Dann machen wir uns mal ans Werk.«

Er zog einen grauen Ordner mit Zeitungen aus den Monaten Januar bis März 1986 aus dem Regal und ging damit hinüber zu einem der Arbeitsplätze vor dem Oberlicht. Dort knipste er eine antike Bankerlampe mit grünem Schirm an, klappte den Ordner auf, benetzte den Zeigefinger mit der Zunge und begann mit der Lektüre.

Celine warf Sanna einen bedeutungsschwangeren Blick zu, der wohl sagen sollte, dass sie in dem Tempo erst gegen Weihnachten mit der Arbeit fertig wären.

Sanna nickte ihr mit einem Lächeln zu. »Dann gib mal Gas. Fang bei 1987 an.«

Sie selbst schnappte sich die drei restlichen Ordner des Jahres 1986 und nahm an dem Tisch neben Gödecke Platz. Der Kriminalrat benetzte gerade erneut seinen Zeigefinger und schlug Seite zwei in seinem Ordner auf.

Immerhin hatte er wohl den richtigen Riecher gehabt. Auch wenn Gödecke ihr bislang nicht erklärt hatte, was ihn auf den Gedanken gebracht hatte, sich mit den Petersens zu beschäftigen, so zeigte doch allein der Umstand, dass Max Moser ebenfalls mit diesem Ansinnen hier gewesen war, dass sie auf der richtigen Fährte waren. Dass Moser ganz offensichtlich zusätzlich zu den Recherchen von Jaane eigene Erkundigungen eingeholt hatte, bedeutete obendrein, dass er eventuell auf Informationen gestoßen war, von denen sie noch keine Kenntnis hatten.

Während das Unwetter sich draußen zu einem ausgewachsenen Gewittersturm entwickelte, arbeiteten sie sich durch die Zeitungsartikel. Es war mühsamer, als Sanna sich gedacht hatte. Während Gödecke noch nicht einmal die Hälfte seines Ordners durchgearbeitet hatte, kamen Celine und sie zwar schneller voran, ohne jedoch etwas wirklich Neues zu entdecken.

Wie sie schon wussten, war Simon Petersen bei der Suche nach dem verschwundenen Torbjörn Svensen das Gesicht der Inselpolizei gewesen. Trotz seines niedrigen Rangs hatte er sich sehr um den Fall bemüht und über seiner Gewichtsklasse gespielt. Sanna konnte sich denken, dass die damalige Staatsanwaltschaft und die Kollegen der Kripo nicht sonderlich erpicht auf die Einmischung des Inselkollegen gewesen waren.

Einige wenige Artikel gingen etwas mehr in die Tiefe, beschrieben Petersen als einen Familienmenschen, der selbst zwei Kinder hatte, Sünje und Remko, weshalb er sich das Verschwinden des Jungen so sehr zu Herzen nahm und alles daransetzte, ihn zu finden, sogar noch, als bei den Kriminalern aus Flensburg allmählich die Hoffnung schwand. In einer Zeitungsausgabe wurde die Theorie durchgespielt, dass Torbjörn nach seinem Sturz vom Kliff von den Wellen mitgerissen wurde. Offenbar verbreitete sich diese Ansicht damals auf der Insel. Wieder kam Simon Petersen als Vertreter der Polizei zu Wort, aber diesmal auch seine Frau Britta. Sie war Ärztin und führte eine Praxis in Keitum. Sie wurde nach den Überlebenschancen des Jungen unter diesen Umständen befragt, die sie erwartungsgemäß als äußerst gering einstufte.

Als ihr die Augen vom Lesen brannten, machte Sanna eine Pause und rief Jaane an. Ihre Schwester klang den Umständen entsprechend niedergeschlagen, versicherte ihr aber, dass sie weiter zu Hause auf die Kollegen aus Flensburg wartete.

»Den Kontrollanruf hättest du dir auch sparen können«, hörte Sanna ihre Stimme. »Ich meine, was denkst du von mir? Ich will ja nicht alles noch schlimmer machen.«

»Entschuldige, es ist nur ... «

»Schon gut. Keine Sorge, ich stelle keinen Unfug an. So, und jetzt muss ich mich um meinen Gast kümmern.«

»Deinen Gast?«

»Schon vergessen? Der Gärtner. Bei dem Wetter kann ich ihn ja nicht draußen rumhantieren lassen. Ich hab ihn auf einen Kaffee reingebeten.«

Damit legte Jaane auf.

Sanna stutzte kurz, wandte sich dann aber wieder ihrer Arbeit zu.

Nach einer weiteren Stunde hatten Celine und sie die relevanten Zeitungsjahrgänge durchgearbeitet. Gödecke klappte mit erschöpfter Miene seinen Ordner zu und rieb sich die Augen. »Das wäre geschafft«, meinte er. »Was haben wir?«

»Ich fürchte, nicht viel«, sagte Sanna. »Abgesehen von der Berichterstattung in dem Vermisstenfall habe ich in meinen Ausgaben lediglich noch eine bemerkenswerte Meldung in Verbindung mit den Petersens entdeckt. Es gab einen Autounfall, in den Sünje Petersen verwickelt war. Sie überschlug sich mit ihrem Wagen, als sie bei Dunkelheit zwischen Hörnum und Westerland von der Straße abkam. Zum Glück wurde niemand anderes dabei verletzt. Sie selbst erlitt einige Prellungen und eine Platzwunde. Sünje war auf dem Heimweg von einer Preisverleihung eines Kochwettbewerbs, bei dem sie den ersten Platz belegt hatte. Offenbar fuhr sie unter Drogeneinfluss.«

»Hm.« Gödecke zwirbelte an seinem Schnurrbart. »Was noch?«

»Ich denke, ich habe etwas Interessantes gefunden«, sagte Celine.

Gödecke hob die Augenbrauen. »Ich bin ganz Ohr, junges Fräulein.«

»Im Dezember 1987 quittierte Simon Petersen den Polizeidienst.«

»Wir wissen bereits, dass er das getan hat«, wandte Sanna ein.

»Mag sein. Allerdings kam das wohl für alle sehr überraschend. Denn er galt zu jenem Zeitpunkt als designierter Nachfolger des Sylter Polizeichefs.«

»Tragisch, aber belanglos.« Gödecke blies die Backen auf. »Das bringt uns nicht wirklich weiter. Ich lag wohl falsch …«

Sannas Smartphone vibrierte, sie hatte es auf lautlos gestellt. Es war John Benthien. Sie hörte zu, was er zu sagen hatte, und berichtete ihrerseits, was sie herausgefunden hatten.

Als sie auflegte, sah sie Celine und dann Gödecke an: »Ich glaube, so belanglos ist das ganz und gar nicht.«

51 John

Während er zuhörte, was Sanna Harmstorf zu berichten hatte, rubbelte sich John mit einem Handtuch die Haare trocken.

Sie waren von Keitum aus zunächst ins Friesenhaus nach List zurückgekehrt, um sich trockene Sachen anzuziehen, der Regen hatte sie völlig durchnässt. Lilly saß mit einer Tasse heißem Tee am Esstisch im Wohnzimmer, unweit des alten Bileggers, den John angeworfen hatte, damit sie sich aufwärmen konnten. Draußen war es inzwischen fast stockdunkel, dabei war es erst früher Nachmittag. Tommy schaltete die Stehlampe in der Ecke neben dem Sofa ein und setzte sich dann zu ihnen an den Tisch. Als die Staatsanwältin auflegte, blickte John fragend in die Runde. »Und, was machen wir jetzt daraus?«

»Nichts.« Lilly schloss beide Hände um ihre Tasse und nippte daran. »Das wissen wir doch schon alles, Simon Petersen hat es uns persönlich erzählt. Die ganze Sache hat ihn damals derart mitgenommen, dass er den Dienst quittierte.«

»Wobei er das kleine, aber nicht unwesentliche Detail vergaß, dass er kurz davorstand, zum Polizeichef der Insel befördert zu werden«, wandte Tommy ein.

»Vielleicht hat er noch mehr weggelassen.« John legte das Handtuch in den Nacken und sah nachdenklich zum Fenster hinaus, an dem der Regen in langen Nasen hinablief. Hier passte etwas nicht zusammen. Und das machte ihn neugierig. »Gehen wir das mal durch ... Das Haus der Petersens liegt direkt am Keitumer Kliff. Wir wissen, dass die kleinen Spanner Klaus und Maximilian

Martein de Haan irgendwo in den Büschen lagen und Sünje Petersen beim Umziehen zusahen. Nachdem Torbjörn das Kliff hinuntergestürzt war, raffte er sich eventuell auf und suchte Hilfe bei den Petersens, da es sich um das nächstgelegene Haus handelte. Von Klaus Krieger wissen wir auch, dass Simon Petersen und seine Frau Britta an jenem Abend nicht zu Hause waren. Sünje war mit ihrem kleinen Bruder Remko allein. Torbjörn schleppt sich bis an die Haustür und klingelt ...«

Nach einem Moment des Schweigens führte Lilly die Geschichte fort: »Dennoch kommt er an dem Abend nicht nach Hause. Seine Mutter meldet ihn bei der Polizei als vermisst. Simon Petersen ist einer der zuständigen Kollegen. Am nächsten Tag beginnt die Suche nach dem Jungen. Simon Petersen engagiert sich über die Maßen in dem Fall. Die Suche bleibt aber ergebnislos. Am Ende quittiert Petersen den Dienst, weil ihm die ganze Sache angeblich zu nahegegangen ist.«

»Glaubt ihr ...«, begann Tommy, doch John unterbrach sie.

»Lasst uns noch keine Theorien aufstellen und bei den Fakten bleiben. Die ergeben zwar keinen Sinn, aber ...« John kam ein Gedanke. »Wann hat Petersen noch mal den Dienst quittiert?«

»Irgendwann Ende 1987«, sagte Lilly. »Zumindest, wenn Sanna das richtig recherchiert hat.«

Wenn Celine das richtig recherchiert hat, korrigierte John in Gedanken. Ihm gefiel nicht, dass die Staatsanwältin seine Tochter schon wieder für ihre Belange eingespannt hatte. Andererseits war Celine erwachsen, und er wusste, welche Freude sie an solch detektivischer Arbeit hatte. Sie mochte zwar seine Stieftochter sein, dennoch kam ihm in letzter Zeit immer öfter das alte Sprichwort in den Sinn, dass der Apfel nicht weit vom Stamm fiel.

»1987«, wiederholte er nachdenklich. »Was wir immerhin sicher wissen, ist, wer damals an Petersens Stelle die Leitung der Westerländer Wache übernahm.«

Wie aus einem Mund sagten sie alle drei den Namen des Mannes: »Arndt Schäfer.«

Ohne Zögern nahm John sein Smartphone in die Hand, suchte den Kontakt heraus und startete den Anruf. Arndt Schäfer war der Vorgänger von Soni Kumari, und sie hatten während seiner Dienstjahre in vielen Fällen auf der Insel zusammengearbeitet.

Als der Anruf abgewiesen wurde, versuchte John es ein zweites Mal, jetzt mit Erfolg. »Benthien, alter Knabe«, hörte er die altvertraute Stimme. »Mensch, bei dir muss es aber ganz schön eilig sein.«

»Ist es das nicht immer?«, frotzelte John zurück. »Wobei störe ich dich gerade?«

»Beim verzweifelten Versuch, meiner Enkelin den Dreisatz zu erklären.«

»Dann fasse ich mich wohl mal kurz, was?«

»Das wäre ganz hübsch.« Etwas leiser sagte Arndt Schäfer: »Opa muss gerade mal telefonieren … Ja, mach das. So, da bin ich wieder. Also, was gibt's?«

»Simon Petersen.«

»Simon Petersen. Und?«

»Du erinnerst dich an ihn?«

»Natürlich tue ich das«, sagte Schäfer. »Der Knabe hat mich damals karrieretechnisch links in der Kurve überholt. Und das, obwohl er einige Dienstjahre weniger als ich auf dem Buckel hatte.«

»Sie wollten ihn zum Polizeichef machen.«

»Richtig. Er hatte sich damals in einem Vermisstenfall ziemlich reingehängt.«

»Torbjörn Svensen.«

»Eine ziemlich unerquickliche Sache.«

»Wir ermitteln wieder in dem Fall.«

»Tatsächlich?« Schäfer klang aufrichtig überrascht.

»Liest du denn keine Zeitungen oder schaust Fernsehen?«

»Ich habe keine Lust mehr auf die täglichen Weltuntergangsmeldungen. Verschon mich also bitte mit Einzelheiten, ich will von alledem nichts mehr wissen.«

»Erzähl mir von Simon Petersen. Was war er für ein Typ?«

»Sehr umgänglich und kollegial. Außerdem pfiffig in der Birne. Der konnte den anderen die Hose im Gehen flicken. Ich bin mit ihm öfter zum Angeln raus. Er hatte ein kleines Boot im Lister Hafen liegen.«

»Wie reell waren seine Chancen auf den Leitungsposten?«

»Das war eigentlich beschlossene Sache. Aber dann hat er überraschend gekündigt.«

»Weißt du, warum?«

»Die offizielle Sprachregelung war, dass er mehr Zeit für die Familie wollte. Er war tatsächlich ein ausgesprochener Familienmensch.« Schäfer räusperte sich und sprach etwas leiser weiter: »Ich habe dann später hintenrum erfahren, dass sie bei ihm eine posttraumatische Belastungsstörung diagnostiziert haben. Dass wir den Jungen damals nie gefunden haben, hat ihm wohl mehr zugesetzt, als wir alle dachten. Ich meine – er hatte selbst zwei Kinder in dem Alter, schätze, das macht etwas mit einem. Danach ging es jedenfalls bergab mit ihm.«

»Was genau meinst du damit?«

»Er fing mit dem Trinken an. Ich glaube, das führte zur Scheidung von seiner Frau. Sie verkauften das Haus, die Kinder blieben bei ihr. Das machte ihn nur noch mehr fertig. Er gehörte dann irgendwann zu den Typen, die du schon frühmorgens im Keitumer Dorfkrug antriffst.«

»Hattest du weiter Kontakt mit ihm?«

»Anfangs. Das hat sich dann aber verlaufen, als er die Finger nicht von der Flasche lassen konnte. Er verkaufte irgendwann auch sein Motorboot, womit die gemeinsamen Angelausflüge passé waren.«

»Was ist mit den Kindern? Wie nahmen die das auf? Ich weiß, dass Sünje heute einen Cateringbetrieb hat und Remko sich als Gärtner verdingt.«

»Tja«, meinte Schäfer. »Das war ein langer Weg. Scheidungskinder halt. Sünje hatte als Jugendliche eine Drogenphase, was erst rauskam, als sie sich mit dem Auto in den Acker verabschiedet hat.

Remko war ein Musterschüler. Nach der Scheidung ging es aber mit ihm bergab. Ich glaube, es hat am Ende gerade für den Hauptschulabschluss gereicht. Doch das ist alles nur Hörensagen. Der Draht zu Simon ist, wie schon gesagt, bald abgerissen.«

»Gab es mit ihm mal Ärger?«

»Du meinst, als er trank? Wie man's nimmt. Nichts Außergewöhnliches. Er zog schon mal laut pöbelnd um die Häuser, und ich glaube, ein Mal hat er jemandem in der Kneipe eine gezimmert, was ihm eine Nacht in der Ausnüchterungszelle einbrachte. Aber sonst ...«

»Und während seiner Dienstjahre?«

»Nein. Wobei ...« Schäfer hielt inne. »Da gab es einen Vorfall. Das war wirklich eine seltsame Nummer. Er hatte am Wochenende seinen Sohn mit auf den Schießstand gebracht. Remko wollte ihm wohl nacheifern und auch Polizist werden, wie Kinder in dem Alter so sind. Jedenfalls hielt Simon es für eine prima Idee, ihm schon mal das Schießen beizubringen. Es setzte einen Riesenanschiss vom Chef, inklusive Abmahnung. Später hat ihm das aber niemand mehr nachgetragen.«

»Danke, Arndt. Ich glaube, du hast mir geholfen«, sagte John und beendete das Gespräch.

»Was sagt er?«, fragte Lilly, und erst jetzt realisierte John, dass er vergessen hatte, den Lautsprecher seines Smartphones einzuschalten.

Ohne zu antworten, trat er ans Fenster und blickte hinaus in die Dünen, über denen die Blitze durch die schwarzen Gewitterwolken zuckten. Der Wind peitschte den Regen gegen das Glas.

Petersens Kündigung. Die Scheidung. Der Hausverkauf. Die Trennung von seinem Boot. Die Probleme der Kinder.

All das hatte sich zeitlich wohl bald nach dem Verschwinden von Torbjörn Svensen ereignet.

Der kleine Remko auf dem Schießstand ...

Das Smartphone glitt John aus der Hand und landete krachend auf dem Fliesenboden.

Wie in drei Teufels Namen hatte er das übersehen können?

John riss die Terrassentür auf, stürmte hinaus in den Regen und holte sich eine Schaufel aus dem Gartenschuppen.

Dann begann er zu graben.

52 Lilly

»Was sagt er?« Lilly erwartete Johns Antwort, die aber nicht kam. Stattdessen ging er zum Fenster und starrte in Gedanken versunken hinaus.

»Erde an John, bitte kommen!« Wieder keine Reaktion.

Dafür fiel ihm sein Smartphone aus der Hand und landete auf dem Boden. Obwohl es in Strömen regnete, Blitze und Donner sich im Sekundentakt abwechselten, riss er die Terrassentür auf, stürmte hinaus in den Garten und rannte um die Ecke in Richtung Gartenschuppen.

Nun gab es zwei Möglichkeiten. Entweder hatte John endgültig der Hafer gestochen. Oder ihn hatte einer seiner berühmten Geistesblitze ereilt. Lilly wollte hoffen, dass Letzteres der Fall war.

Draußen lief John wie von der Tarantel gestochen aus dem Gartenschuppen zur Hecke am Nachbargrundstück hinüber. In der Hand hielt er eine Schaufel.

Lilly warf Tommy einen besorgten Blick zu, woraufhin er nur die Schultern hob. »Hat er eigentlich mal gesagt, wie er beerdigt werden möchte?«, meinte er. »Feuer, Erde oder See? Nur für den Fall, dass er vom Blitz getroffen wird.«

»Sehr hilfreich.« Lilly stand auf und schloss die Terrassentür, damit es nicht hereinregnete.

Durch die Sprossenscheiben sah sie John an der Grenze zum Nachbarhaus schaufeln, direkt gegenüber von dem Schaltkasten, mit dem die Lichtanlage gesteuert wurde. Die Erde flog links und rechts hinter ihn. Dass er bereits vollständig vom Regen durchnässt war, schien ihn nicht im Geringsten zu stören.

Die Minuten vergingen für Lilly wie in Zeitlupe, sie konnte nicht sagen, wie lange sie an der Terrassentür gestanden hatte, als John die Schaufel beiseitewarf und sich über das Loch kniete, das er ausgehoben hatte.

Er hantierte mit beiden Händen darin, schien an etwas zu zerren und holte schließlich einen eckigen Gegenstand aus der Erde. Lilly konnte auf die Distanz nicht erkennen, was es war. John betrachtete es einen Moment, dann stand er auf und kam wieder ins Haus.

Lilly öffnete ihm die Terrassentür und schloss sie hinter ihm direkt wieder, was sie sich im Grunde auch hätte sparen können, denn rund um den klatschnassen John sammelte sich sofort eine Pfütze auf dem Boden.

Er warf Tommy die kleine Kiste zu. Kabel hingen links und rechts daran. »Sieh dir das mal an.«

»Ich hole dann wohl mal einen Aufnehmer«, meinte Lilly. »Vielleicht ziehst du die nassen Klamotten …«

»Das ist jetzt nicht wichtig«, schnitt er ihr das Wort ab. »Und, was sagst du?«

Tommy drehte die kleine Kiste in der Hand und besah sie von allen Seiten. Verwundert meinte er: »Das scheint eine Art Funkschalter zu sein.«

»Das ist auch meine Vermutung.«

»Du meinst, so ein Ding, mit dem man das Licht aus der Ferne ein- und ausschaltet?«, fragte Lilly.

»So ist es«, bestätigte John und wandte sich dem Fenster zu. »Max Moser ist dort drüben auf der Terrasse erschossen worden. Unsere Vermutung war, dass es geschah, als er hinausging, um die defekte Lichtanlage auszuschalten.«

»Moment, Moment«, bremste Lilly John, der seine Gedankensprünge zu schnell gingen.

»Der Täter muss Moser in den Dünen aufgelauert haben«,

419

sagte John betont langsam, als wäre sie begriffsstutzig. »Darin sind wir uns doch einig?«

»Natürlich.«

»Und er wird sich nicht einfach aufs Geratewohl dorthin gelegt und gewartet haben, ob Moser zufällig rauskommt oder nicht. Er hat sich bewusst für diese Form des Tötens entschieden und nicht etwa dafür, in das Haus einzubrechen und ihn dann zu erledigen.«

»Also denkst du …«, Lilly ging zu Tommy und betrachtete den kleinen Schaltkasten aus der Nähe, »dass er dieses Ding wozu genau benutzt hat? Und warum ist es in deinem Garten – und wie bist du überhaupt darauf gekommen, danach zu graben?« Sie fühlte sich in ihre Schulzeit zurückversetzt, als sie wieder einmal den Lösungsweg einer Gleichung, die der Lehrer an die Tafel gekritzelt hatte, nicht verstand.

»In der Mordnacht hatte die Lichtanlage erneut einen Fehler. Sie ging plötzlich am späten Abend an, das habe ich selbst gesehen. Vorher gab es so etwas schon einmal, da habe ich Moser gezeigt, wie er die Anlage draußen im Garten ausschaltet«, erzählte John, der noch immer vor sich hin tropfte. »Und bevor das alles geschah, war Remko Petersen hier in unserem Garten, um die Hecke zu stutzen. Dabei hat er einen von Bens geliebten Rosensträuchern herausgerissen, was gar nicht abgesprochen war. Jetzt ist mir klar, weshalb er das gemacht hat.«

»Du meinst, er hat den Strauch ausgegraben, um …« Sie schüttelte den Kopf. »Sorry, ich kapier's immer noch nicht.«

»Dort, wo der Strauch stand, verläuft die Leitung der Lichtanlage. Auch der Schaltkasten der Anlage ist gegenüber auf dem Nachbargrundstück an dieser Stelle.«

»Und woher wusste Remko, dass die Leitung genau dort liegt?«

»Solche Stromleitungen kann man mit einem Ortungsgerät recht leicht finden«, erklärte Tommy und hielt den Funksender in die Höhe. »Außerdem liegt nahe, dass sie sich nicht allzu weit vom Schaltkasten entfernt befindet. Und so einen Sender hier kannst du im Internet bestellen.«

»Also hat er den Funksender an die Leitung der Lichtanlage angeschlossen«, versuchte Lilly, den Gedankengang nachzuvollziehen. »Um sie aus der Ferne auszulösen und Moser so nach draußen zu locken?«

John nickte. »Ja, so könnte es gewesen sein. Und dann hat er abgedrückt.«

»Aber das würde bedeuten, dass er das von langer Hand geplant hat. Er musste sich dafür Zugang zu deinem Garten verschaffen. Schöner Zufall, dass hier gerade etwas zu tun war und du einen Gärtner gesucht hast.«

»Oder auch nicht«, sagte John. »Wir hatten einen Flyer von ihm im Briefkasten, mit dem er seine Arbeit anbot. Und er tauchte sogar einmal hier auf, als Ben im Vorgarten arbeitete. Er erzählte Ben, was man alles Schönes aus dem Garten machen könnte, und bot seine Dienste an, falls wir mal Hilfe brauchten. Das hat Ben überhaupt auf den Gedanken gebracht. Und von da war es nicht mehr weit, Remko hat deutlich weniger Geld verlangt als andere.«

»Aber ...« Lilly legte die Stirn in Falten. »Warum sollte er das getan haben?«

»Ich habe da so eine Theorie«, meinte John. »Wenn wir davon ausgehen, dass Torbjörn in der Nacht seines Verschwindens wirklich an der Haustür der Petersens klingelte und später zerstückelt in einer Kiste auf dem Meeresgrund endete – dann muss dazwischen etwas geschehen sein. Ich weiß noch nicht, was, aber nicht auszuschließen, dass Remko und Sünje, die allein zu Hause waren, damit zu tun hatten.«

Lilly spürte, wie ihre Brust zu glühen begann, als ihr ein Gedanke kam. Sie ging ein paar Schritte im Raum auf und ab, während sie überlegte, ob das wirklich sein konnte.

»Was ist?«, fragte John.

»Sünje Petersen.« Lilly kniff die Augen zusammen. »Sie hat auf Mosers Geburtstagsparty das Catering gestellt. Und auch den Sekt, mit dem alle auf ihn anstoßen wollten.«

»Darunter das vergiftete Sektglas, das Jördis ins Krankenhaus brachte«, ergänzte Tommy.

»Das könnte Sünje gewesen sein«, brachte Lilly den Gedanken zu Ende. »Die beiden Geschwister zusammen. Sie wollten es nicht dem Zufall überlassen. Wenn der eine Versuch fehlschlug, hatte der andere noch eine Chance.«

»Auf jeden Fall …«, hob John an, kam aber nicht weit, da sein Smartphone klingelte.

Er nahm ab, hörte zu, und Lilly beobachtete, wie schlagartig die Farbe aus seinem Gesicht wich, das von Wind und Regen gerötet war. »Was ist mit Celine?« Er wartete die Antwort ab und versteifte sich dabei vor Anspannung noch mehr. »In Ordnung. Bleibt im Auto. Geht unter keinen Umständen ins Haus! Wir sind unterwegs.«

John legte auf und rannte in den Flur zur Haustür. »Los, kommt mit!«

»Wohin?« Lilly lief hinterher. »Zieh dir erst mal ein paar trockene Sachen an, sonst holst du dir noch eine Lungenentzündung.«

»Keine Zeit.« Er war schon halb zur Tür hinaus. »Das war Sanna. Wir müssen sofort nach Munkmarsch!«

53 Sanna

Sanna beendete das Telefongespräch und legte ihr Smartphone in die Mittelkonsole. Die Regentropfen trommelten auf das Dach ihres Wagens. Obwohl es erst später Nachmittag war, hatte sich der Himmel mit dem Gewitter so weit verfinstert, dass man meinen konnte, es wäre Abend. Die Scheibenwischer kamen kaum noch gegen die Wassermassen an. Sanna spähte durch die verwaschene Windschutzscheibe auf den Lieferwagen im Scheinwerferkegel, der in der Einfahrt vor Jaanes Haus in Munkmarsch stand. Auf der Seite prangte ein großer Schriftzug. Grüne Lettern, umrandet von jeweils einem stilisierten Baum auf der linken und rechten Seite.

REMKO PETERSEN GARTENBAU

»Ich gehe jetzt rein«, beschloss Sanna und packte den Türgriff.

»Tun Sie das nicht.« Gödecke fasste vom Beifahrersitz ihren Arm und hielt sie zurück. »Sie haben gehört, was Benthien gesagt hat. Er ist gleich hier, und dann …«

»… ist es vielleicht schon zu spät. Ich werde meine Schwester keine Sekunde länger mit diesem Mörder allein lassen.«

»Einem mutmaßlichen Mörder. Es ist bislang nicht viel mehr als eine Theorie.«

»Eine verdammt gute Theorie, wenn Sie mich fragen.« Sanna sah Gödecke an. »Ich wünschte, Sie hätten mir früher gesagt, was in Ihrem Kopf vorgeht. Dann hätte ich Jaane vielleicht gefragt, welchen Gärtner sie engagiert hat.«

Wobei sie sich nicht sicher war, ob sie der These des Kriminalrats, dass die Petersens etwas mit den Morden zu tun hatten, überhaupt Glauben geschenkt hätte – zumindest nicht ohne die Erkenntnisse, die sie beide und Benthien in der Zwischenzeit zutage gefördert hatten.

»Mein Fehler.« Gödecke machte eine entschuldigende Geste. »Aber ich war mir nicht sicher. Und ich bin es noch immer nicht ...«

»Dann finden wir es heraus.« Sanna wandte sich zu Celine auf dem Rücksitz um. Eigentlich hatte sie Gödecke nur hier absetzen wollen, damit Jaane nicht allein war, um dann Benthiens Tochter nach Hause zu bringen. »Du bleibst hier im Wagen. Egal, was geschieht. Dein Vater ist auf dem Weg.«

Celine nickte. »Ich bin aber ganz beim Herrn Kriminalrat. Das ist bestimmt keine gute Idee, da jetzt reinzugehen.«

»Vermutlich«, stimmte Sanna zu. »Aber Jaane ist nun mal meine Schwester.«

Sie öffnete die Fahrertür und eilte dann durch den strömenden Regen zum Eingang. Mit zitternden Fingern holte sie ihren Schlüssel aus der Hosentasche und schloss auf.

Ihr Herz schlug so heftig in ihrer Brust, als würde es zerspringen. Gleichzeitig schnürte sich ihre Kehle zu, und ihr brach der Schweiß aus.

Der denkbar ungünstigste Zeitpunkt für eine Panikattacke.

Sanna hielt inne und atmete tief ein und aus.

Beruhige dich. Jaane braucht dich. Ja, sie ist deine geliebte kleine Schwester und alles, was dir von deiner Familie geblieben ist. Es ist normal, dass du dich um sie sorgst, du willst nicht, dass ihr etwas zustößt. Also hat deine Angst einen Grund. Nimm sie an. Kämpfe nicht dagegen. Geh hinein und beurteile die Lage. Für jedes Problem gibt es eine Lösung. Du hast es selbst in der Hand.

Ein weiteres Mal atmete sie tief ein, hielt die Luft an und ließ sie mit geschlossenen Augen langsam entweichen.

Dann trat sie in den Flur, ohne die Haustür hinter sich zu schließen.

Es war dunkel im Haus. Lediglich aus der Küche kam ein

Lichtschein. Sanna ging auf ihn zu. Als sie die Küchentür erreichte, blickte sie vorsichtig um die Ecke.

Jaane saß am Küchentisch. Vor ihr der Laptop. Neben ihr Remko Petersen, der sie an einem Arm festhielt.

»Kommen Sie doch rein«, bat er.

Sanna betrat die Küche. »Remko ...«

»Warum müssen Sie ausgerechnet jetzt hier auftauchen?« Er schüttelte den Kopf. »Ihre Schwester ist wirklich nett. Sie hatte mich gerade fast so weit, dass ich sie laufen lasse.«

»Ich hab ihm versprochen, dass ich weggehe und niemandem etwas sage«, hob Jaane an.

»Klappe!«, fuhr Remko sie an.

»Remko«, wagte Sanna einen neuen Anlauf, »was auch immer Sie vorhaben, dadurch wird es nicht besser.«

Er zog mit der freien Hand einen Revolver unter dem Küchentisch hervor und deutete damit auf den Laptop. »Ich wollte doch nur den hier. Und Ihre Schwester ... Nun ja, sie weiß halt zu viel. Aber Sie, Frau Staatsanwältin, wollte ich wirklich nicht mit hineinziehen.«

»Die Polizei ist unterwegs!«, sagte Jaane und brach in Tränen aus. »Sie sind bestimmt bald hier.«

Das würden sie garantiert nicht sein, dachte Sanna. Das Wetter hielt die Kollegen vom Festland fern. Und Benthien und Lilly allein würden keine große Verstärkung sein. Eine solche Situation erforderte Spezialisten, Unterhändler ... So oder so trug die Drohung, dass bald noch mehr Polizei erscheinen würde, nicht zur Entspannung der Lage bei.

Wut brannte in Sanna auf. Auf sich selbst, dass sie die Gefahr nicht rechtzeitig erkannt hatte. Auf Gödecke, der sie nicht ins Bild gesetzt oder selbst reagiert hatte. Auf Remko, der ihrer Schwester etwas antun wollte. Vielleicht war es ganz gut, dass sie keine Waffe bei sich führte. Sie hätte nicht gewusst, was sie ansonsten getan hätte.

»Stimmt das?«, Remko sah Sanna fragend an.

»Ja«, antwortete sie. »Die Kollegen kommen wegen Jaane. Sie

ist in das System des Präsidiums eingedrungen, im Zuge ihrer Recherchen für Max Moser. Aber das brauche ich Ihnen vermutlich nicht zu erzählen.«

»Nein.« Remko lächelte. »Das ging aus den Unterlagen hervor, die sie für Max zusammenstellte. Sonst wäre ich ja nicht hier.«

»Also haben Sie die Rechercheunterlagen aus seinem Ferienhaus entwendet?«

Sie bekam keine Antwort. Stattdessen stand Remko auf, zog Jaane ebenfalls hoch und richtete den Revolver abwechselnd auf sie und Sanna. »So wie ich das sehe, haben wir nicht viel Zeit. Also, wer von euch beiden Hübschen will als Erste dran sein?«

»Die Waffe runter!«, rief plötzlich jemand hinter Sanna.

Sie fuhr herum.

Gödecke stand im Türrahmen, mit beiden Händen seine Dienstwaffe vor sich ausgestreckt.

Gar nicht gut, fluchte Sanna innerlich. Was zum Teufel ritt den Alten da bloß? Nun drohte die Lage völlig außer Kontrolle zu geraten.

Remko blickte überrascht zu Gödecke, den er ganz offensichtlich ebenso wenig erwartet hatte wie Sanna.

Dieser kurze Moment der Ablenkung genügte. Jaane stieß ihm einen Ellenbogen in die Seite und riss sich von ihm los. Sie versuchte, um den Tisch herum zu Sanna zu laufen.

Remko brauchte nicht lange, um sich wieder zu fangen.

Er richtete den Revolver auf Jaane.

»Die Waffe runter!«, brüllte Gödecke erneut.

Der Albtraum lief vor Sannas Augen in Zeitlupe ab. Ihre Gedanken rasten derweil mit doppelter Geschwindigkeit.

Warum? Warum hast du Jaane überhaupt in diese Lage gebracht? Du hättest ihr dabei helfen sollen, unterzutauchen. Egal, was dann mit deiner Karriere gewesen wäre. Scheiß doch auf die Regeln, den Job und alles. Deine Schwester ist das Einzige, was zählt. Und du hast sie im Stich gelassen. Weil du dich wieder mal an die Regeln halten musstest.

Wie bei Mario Russo.

Jaane hatte es fast geschafft. Sie war nur noch eine Armlänge von Sanna entfernt.

Remko spannte den Bügel des Revolvers.

Auf die geringe Distanz bestand kein Zweifel, dass er Jaane erwischen würde. Ganz egal, ob Gödecke vorher auf ihn schoss. Wenn Remko jetzt abdrückte …

Sanna riss sich aus ihrer Starre los.

Sie machte einen Satz, brachte sich zwischen Remko und Jaane und stieß ihre Schwester zu Boden.

In dem Moment krachte der Schuss.

Sanna spürte kurz ein Brennen und einen wahnsinnigen Schmerz.

Dann stürzte sie in die Dunkelheit.

54 John

John brachte den Wagen hinter dem von Sanna gegenüber dem kleinen Fischerhaus in Munkmarsch zum Stehen. Im Scheinwerferkegel sah er Celine in der Hintertür des Autos stehen. Er stieg aus, Tommy und Lilly folgten ihm. Celine kam zu ihm herübergelaufen und fiel ihm in die Arme. Ihre Haare und ihre Kleidung waren durchnässt.

Sie wandte sich mit angsterfülltem Blick zum Haus um. »Da sind gerade Schüsse gefallen.«

»Wie viele?«

»Zwei.«

»Wer ist drin?«

»Sanna. Gödecke ist ihr hinterher. Und natürlich Jaane.«

»Okay. Du bleibst hier.« Er warf Lilly einen Blick zu, dass sie sich um Celine kümmern sollte, was sie mit einem Nicken quittierte.

Hinter ihnen hielten drei Streifenwagen. Aus dem vorderen stieg Soni Kumari. John hatte sie von unterwegs aus verständigt, und dankenswerterweise waren sie und ihre Kollegen seinem Rat gefolgt und hatten auf Blaulicht und Sirene verzichtet.

Kumari ging an den Kofferraum und kam mit zwei kugelsicheren Westen zu ihnen. Sie reichte Tommy und John jeweils eine. Sie und ihre Kollegen waren bereits mit Schutzwesten ausgestattet.

»Unübersichtliche Lage«, berichtete John, während er die Weste überzog. »Sanna und ihre Schwester, außerdem Gödecke. Zwei Schüsse. Wir müssen davon ausgehen, dass es eine Geiselsituation gibt. Der Täter, Remko Petersen, ist sehr wahrscheinlich bewaffnet.«

Kumari kontrollierte ihre Dienstwaffe, gab ihren vier Kollegen Anweisungen und meinte dann zu John und Tommy: »Sie beide bleiben hinter uns.«

»Verstanden.« John eilte hinter Kumari und den Uniformierten durch den Regen hinüber zur Haustür, die offen stand. Die drei Streifenbeamten gingen voraus. John legte eine Hand auf Kumaris Schulter, blieb dicht an ihr dran und folgte ihr in den Hausflur.

»Hier ist die Polizei!«, rief Kumari, woraufhin sofort Jaanes Stimme erklang.

»Hier in der Küche. Kommt schnell!«

Sie wagten sich weiter vor.

»Oh, mein Gott«, keuchte Kumari, die vor John die Küche betrat. Als sie den Weg freimachte, bot sich ihm ein albtraumhafter Anblick.

Remko Petersen lehnte an der Terrassentür und presste eine Hand auf die Schussverletzung an seiner Schulter, aus der Blut quoll. Über ihm stand Gödecke mit gezogener Waffe.

Auf der anderen Seite des Raums kauerte Jaane neben dem Küchentisch auf dem Boden und beugte sich über ihre Schwester.

Sanna lag in einer Blutlache, die sich um sie herum auf den Fliesen ausgebreitet hatte. Sie blutete aus einer Wunde unterhalb ihrer Brust.

Jaane sah mit panischem Gesichtsausdruck zu John auf. Die Tränen hatten ihre Schminke verwischt. »Er ... hat sie erschossen.«

John kniete sich hin und nahm Sanna in den Arm. Eine Hand presste er auf die blutende Wunde. Ihre Augenlider flackerten. »Sanna? Bleib bei uns, hörst du?«

Er sah zu Kumari auf, die schnell geschaltet hatte. Sie hielt bereits das Funkgerät in der Hand und forderte einen Krankenwagen an.

»Er ... er hat auf mich geschossen«, sagte Jaane mit tränenerstickter Stimme und zeigte auf Remko. »Sanna ist dazwischenge-sprungen. Sie ... sie hat mir das Leben gerettet.«

Tommy kniete sich neben Jaane und legte ihr den Arm um die Schulter. »Ein Arzt ist unterwegs. Komm ...«

»Ich will bei ihr bleiben.«

»Schon gut«, sagte John.

Jaane griff nach der Hand ihrer Schwester.

Sanna wollte etwas sagen, doch Blut floss ihr aus dem Mund und erstickte ihre Stimme.

»Nicht reden«, versuchte John, sie zu beruhigen. »Das wird schon wieder. Hilfe ist unterwegs. Halt durch.«

Obwohl er seine Hand fest auf die Wunde presste, sickerte das Blut unentwegt zwischen seinen Fingern durch.

Sanna versuchte wieder, etwas zu sagen. Doch ihre Stimme war zu schwach.

John beugte sich zu ihr hinab. Für einen Moment gelang es ihr, die Lider offen zu halten. »Es ... ist in Ordnung«, flüsterte sie und sah mit ihren tiefblauen Augen zu ihm auf. »Tu ... mir einen Ge-fallen, ja?«

»Natürlich.«

»Kümmer dich ... kümmer dich um Jaane.«

»Sanna, du darfst nicht aufgeben, das ...«

»Versprich es.« Die blauen Augen sahen ihn eindringlich an, und er konnte den Blick nicht abwenden.

»In Ordnung.«

»Versprich es.«

John nickte und hatte Mühe, die Tränen zu unterdrücken. »Ich verspreche es dir, Sanna. Ich kümmere mich um Jaane.«

Ein Lächeln wanderte über ihre Lippen. »Gut.« Sie wandte den Kopf zu ihrer Schwester. »Jaane, du bist ...«

Sie brachte den Satz nicht zu Ende.

Ihr Körper bäumte sich auf, erschlaffte dann gleich wieder. Er-neut rann Blut aus ihrem Mund.

Dann brachen ihre Augen.

55 Sanna

Sie war wieder in dem langen Flur mit weiß gefliestem Boden und Wänden. An seinem Ende befand sich eine Flügeltür.

In ihren Träumen war sie unzählige Male an diesem Ort gewesen. Sie wusste, was hinter der Tür lag. Der Obduktionssaal mit der Leiche von Mario Russo.

Doch diesmal war etwas anders.

Ein helles Licht schien durch die Fugen der Tür.

Auch sie selbst war anders.

Sie trug weder Kleidung noch Schuhe.

Sie war nackt.

Die Flügeltür öffnete sich.

Das Licht wurde so grell, dass sie eine Hand schützend vor die Augen hob.

Zunächst konnte sie nur eine menschliche Silhouette im Lichtschein erkennen. Als sie näher kam, schälten sich die Umrisse eines Mannes heraus.

Sanna ließ die Hand sinken, als er vor ihr stand und das Licht ein wenig schwächer wurde.

»Mario?« Auch er war nackt. Und anders als in ihren üblichen Träumen lebte er. Von seiner tödlichen Kopfwunde keine Spur.

Er lächelte. »Sanna.«

»Wo bin ich, was soll das hier?«

»Das musst du schon selbst herausfinden. Hab keine Angst, ich bin bei dir.«

Sanna blickte hinter sich, doch dort war nur der Flur zu sehen, der sich scheinbar ins Unendliche erstreckte. »Ich ... ich muss zurück. Jaane braucht mich.«

Mario legte ihr eine Hand auf die Schulter. »Nein, das tut sie nicht. Sie kommt jetzt alleine klar.«

»Aber nein. Ich habe sie in Gefahr gebracht. Dieser Kerl ... Er hat auf sie geschossen. Es ist meine Schuld ...«

»Das ist es nicht.« Mario seufzte und blickte sie mit seinen dunkelbraunen Augen an. »So wie es auch nicht deine Schuld war, dass ich gestorben bin. Ich hatte eine Entscheidung getroffen, und das waren die Folgen. Du konntest nichts dafür.«

»Aber ich ...« Sie schüttelte den Kopf. Das hier war ein Traum. Ein verdammt seltsamer Traum zu einem verdammt schlechten Zeitpunkt. »Ich muss zurück!«

»Jaane hat Freunde. Du hast Freunde. Sie werden sich kümmern«, sagte Mario. »Deine Reise ist jetzt zu Ende. Du hast das Ehrenvollste getan, wozu ein Mensch in der Lage ist. Du hast dein Leben gegen das eines anderen getauscht. Du hast Jaane gerettet, Sanna. Der Kreis hat sich geschlossen.«

»Soll das heißen ...«

»Komm mit.« Mario nahm sie an der Hand. »Es ist wunderbar, du wirst sehen.«

Sanna folgte ihm zur Tür.

Plötzlich spürte sie keine Furcht mehr. Alles war vergessen. Eine wohlige Wärme breitete sich in ihrem Körper aus. Und dann war alles, was sie war und was sie fühlte, Licht.

Fünfter Teil
DAS BUCH DER WAHRHEIT

56 John

»Sie ist tot.«

John hatte das Gefühl, die Worte aussprechen zu müssen, um endlich akzeptieren zu können, was geschehen war.

»Sanna ist tot.«

Wieder spielte sich alles vor seinem inneren Auge ab.

Die Bahre mit ihrem zugedeckten Leichnam, die an ihm vorbei nach draußen getragen wurde. Jaane, die einen tränenerstickten Schrei ausstieß und sich an ihre tote Schwester klammern wollte. Lilly, die sie zurückhielt, obwohl ihr selbst noch der Schock ins Gesicht geschrieben stand. Gödecke, der kreidebleich auf einen Stuhl sank und nichts mehr sagte. Wie die Türen der Ambulanz zuschlugen, die Sannas sterbliche Überreste in die Leichenhalle brachten.

John stand am Schlafzimmerfenster im ersten Stock des Kapitänshauses. Das Gewitter war inzwischen abgezogen. Im Schein der Straßenlaterne vor dem Nachbarhaus sah er den letzten Regen in einem dünnen Schleier niedergehen.

Vier Uhr, mitten in der Nacht. Keine zwei Stunden her, dass er sich ins Bett gelegt hatte. An Schlaf war seitdem nicht zu denken gewesen.

Er hatte wach dagelegen und dem zufriedenen Schnaufen der kleine Frouke zugehört, die neben ihm im Kinderbettchen schlief.

Sannas Tod hatte sie alle mitgenommen, aber Lilly wohl am meisten. Auf der Fahrt hierher hatte sie keinen Ton von sich gegeben. Erst nach einem Glas Whisky war sie in Tränen ausgebrochen, woraufhin Juri sie in den Arm genommen hatte.

John hatte deshalb die Babywache übernommen. Ihm war klar gewesen, dass er ohnehin kein Auge zutun würde. Trotz des Alkohols. Sie hatten getrunken, nicht viel, aber genug, um den Schmerz und den Kummer kurz zu verdrängen.

Nun kehrte beides umso vehementer zurück.

Dass er Sanna nie wiedersehen würde, nie wieder ein Wort mit ihr wechseln würde, war ihm so unbegreiflich, wie es das bislang bei jedem Tod eines geliebten Menschen gewesen war.

In diesem Fall kam hinzu, dass dieses Gefühl ihn überraschte. Immerhin hatte Sanna ihren Teil dazu beigetragen, dass er seine Stelle verloren hatte – ganz abgesehen von seinen eigenen Verfehlungen, die Schuld lag eindeutig bei ihm selbst. Dennoch hatte sie gegen ihn ermittelt und ihn zu Fall gebracht. Doch die Wut darüber war mit der Zeit verflogen und einem anderen Gefühl gewichen. John wusste nicht, wie er es nennen sollte. Freundschaft? Nicht wirklich. Aber etwas Artverwandtes. Und jetzt spürte er, dass da vielleicht noch mehr gewesen war. Er hatte Sanna wirklich gemocht …

Hinter ihm begann Frouke in ihrem Bettchen leise zu wimmern. John ging hinüber und nahm sie auf den Arm.

»Na, was ist denn, meine Kleine?« Er roch an ihrem Allerwertesten. »Verstehe.«

Er schnappte sich die Wickelutensilien, verrichtete sein Werk, warf die volle Windel in den Mülleimer und trat dann mit Frouke auf dem Arm wieder ans Fenster.

Sannas Tod hatte noch etwas anderes in ihm geweckt, wie immer, wenn eine Kollegin oder ein Kollege im Dienst ums Leben kam.

Wollte er diesen Job wirklich machen?

Polizeiarbeit war gefährlich. Das verdrängte man gerne, denn anders konnte man im Alltag nicht funktionieren. Doch so war es nun einmal. Die Möglichkeit, nicht von der Arbeit nach Hause zu kommen, bestand immer.

Er blickte auf Frouke hinab, die in seinen Armen bereits wieder eingeschlafen war. Der Mond, der hinter den Wolken hervorbrach, verlieh ihrem Gesicht einen engelsgleichen Schein.

Was, wenn er eines Tages nicht zurückkam?

Frouke brauchte ihn. Celine brauchte ihn.

Und was hatte Celine heute Abend miterleben müssen? Nicht auszudenken, wenn sie mit Sanna und Gödecke ins Haus gegangen wäre. Sie hatte die Schüsse gehört, gesehen, wie der schwerverletzte Remko Petersen herausgetragen wurde, nach ihm die tote Sanna. Sie hatte sich cool gegeben. Doch für John bestand kein Zweifel, dass sie das Erlebnis verstört haben musste. Es gab viel aufzuarbeiten.

Wollte er das seinen Lieben weiter antun?

Warum zog es ihn zurück zur Kripo nach Flensburg?

Es gab Tausende andere Jobs, mit denen man sich ebenfalls über Wasser halten konnte. Zeit für die Familie. Abends lebend nach Hause kommen und den Nachwuchs aufwachsen sehen.

John spürte, wie sich in seiner Magengegend ein Brennen ausbreitete. Wieder sah er Sanna. Wie ihre Augen brachen und sie ihren letzten Atemzug tat. Max Moser, wie er im Pool trieb, mit einem Pfeil in der Brust. Das rekonstruierte Gesicht von Torbjörn Svensen, dessen zerstückelte Überreste in einer Kiste gefunden wurden. Dann Remko Petersen. Schwer verletzt, aber lebend.

Remko hatte Sanna auf dem Gewissen. Max Moser und Torbjörn Svensen ebenfalls?

Darum ging es. Die Täter zur Rechenschaft ziehen, den Toten Gerechtigkeit verschaffen.

Diesen Trieb konnte er nicht unterdrücken.

John atmete tief ein. Er wollte sich schon vom Fenster abwenden und Frouke wieder in ihr Bettchen legen, als er innehielt.

Mit zusammengekniffenen Augen spähte er in die Nacht hinaus. Drüben vor dem Nachbarhaus fuhr ein Wagen vor. Ein Mann stieg aus, ging hinüber zum Briefkasten und warf etwas ein.

Der Zeitungsbote.

Ben hatte die Tageszeitung gefühlt schon vor Jahren abbestellt, seitdem es die Nachrichten gratis im Internet gab. Die Nachbarn mochten es wohl traditioneller.

Der Zeitungsmann fuhr weiter, vorüber am Ferienhaus, in dem Max Moser gewohnt hatte, hielt dann wieder beim übernächsten Haus.

Eine Erinnerung keimte in John auf.

Er stand wieder unten in der Küche, ebenfalls mitten in der Nacht, und machte eine Flasche für Frouke.

Drüben vor dem Ferienhaus fuhr ein Wagen vor. Ein Mann und eine Frau stiegen aus, stritten sich heftig.

Max Moser und Lemke Svensen, wie er heute wusste.

Der Streit verstummte.

Moser ging ins Haus. Lemke wartete.

Als er zurückkam, hielt Moser etwas in der Hand. Einen Umschlag. Er reichte ihn Lemke, sagte ein paar Worte dazu, die sie zu besänftigen schienen.

Dann stieg sie ins Auto und fuhr davon.

John kehrte aus seinen Gedanken ins Hier und Jetzt zurück.

Der Wagen des Zeitungsboten war um die nächste Ecke gebogen, das Ferienhaus lag wieder im Dunkeln.

John lief es kalt den Rücken hinunter.

Wie hatte er das nur übersehen können?

57 Lilly

»Bist du sicher, dass du dir das antun willst?«, fragte Juri.

Lilly nickte und umfasste seinen Arm. »Ich muss sie noch einmal sehen. Um es zu begreifen. Und um mich zu verabschieden.«

»Soll ich mit reingehen?«

Lilly nickte abermals, und sie setzten ihren Weg über den weiß gefliesten Krankenhausflur fort. Eine Schwester ging voraus und öffnete ihnen die Flügeltür, die zur Leichenhalle im Kellergeschoss des Westerländer Klinikums führte.

Das Fach, in dem sie lag, trug die Nummer 012.

Die Schwester schob den Verschlussriegel zur Seite, öffnete die Tür des Fachs und zog die Bahre heraus, auf der der zugedeckte Leichnam lag.

Die Frau blickte Lilly und Juri fragend an, und auf ihr Nicken hin hob sie das Tuch an und faltete es über die Brust der Toten.

Sannas Gesicht, mit geschlossenen Augen und umrahmt von ihren weißen Haaren, wirkte beinahe friedlich, als schliefe sie, wären da nicht die blaue Marmorierung der Haut und die blauen Lippen gewesen.

»Ich lasse Sie einen Moment allein«, sagte die Schwester.

»Danke«, antwortete Lilly.

Stille trat ein.

Sie wusste nicht, was sie empfinden sollte. Ihre Gefühle schwankten zwischen Trauer, Verwirrung und unbändiger Wut.

Trauer um Sanna.

Verwirrung, wie das hatte geschehen können.

Wut auf ihren Mörder.

Sie hatten sich nicht lange gekannt. Dennoch war in dieser kurzen Zeit bei den Fällen, an denen sie gemeinsam gearbeitet hatten, ein Band zwischen ihnen gewachsen. Ein unterschwelliges, instinktives Verstehen, dass sie beide am selben Strang zogen und für dieselbe Sache stritten.

Sanna hatte das Herz am rechten Fleck gehabt. Mit ihrer Regelbeflissenheit hatte sie sich mehr als einmal selbst im Weg gestanden. Doch am Ende hatte sie meistens richtig entschieden.

Lilly wusste, dass ihr der Tod eines ehemaligen Kollegen sehr zu Herzen gegangen war. Mario Russo hatte der Mann geheißen. Und Sanna hatte selbst die Schuld an seinem Ableben auf sich genommen. Lilly fragte sich, ob es ihr Gewissen erleichtert hätte, wenn sie zu Lebzeiten gewusst hätte, dass sie einmal ihr Leben für das eines anderen Menschen geben würde, noch dazu für ihre Schwester, die sie geliebt hatte.

Andererseits, ging es ihr durch den Kopf, war es schon ganz gut, dass man nicht wusste, wann, wie und wo es einen erwischte.

Jaane.

John hatte der sterbenden Sanna versprochen, dass er sich um ihre Schwester kümmern würde. Lilly hatte keinen Zweifel, dass er sich an dieses Versprechen halten würde, und obwohl sie selbst es nicht abgelegt hatte, fühlte sie sich dennoch ebenfalls daran gebunden.

Als sich gestern Abend das Gewitter gelegt hatte, war der Hubschrauber mit den Flensburger Kollegen gekommen. Die Kriminaltechnik und Kollegen, die den Vorfall untersuchen würden – und ebenso die Kollegen, die Jaane mitnahmen.

Lilly hatte ihnen die besondere Situation erklärt. Natürlich folgten sie lediglich ihren Anweisungen, und Jaane würde für das, was sie getan hatte, geradestehen müssen.

Dennoch hatte sie eben erst miterlebt, wie ihre Schwester erschossen wurde. Lilly hatte sich dafür eingesetzt, dass man behutsam mit ihr umging, eine Psychologin hinzuzog und ihr im Präsidium eine Vorzugsbehandlung zuteilwerden ließ.

Alles Weitere lag erst mal nicht in ihrer Hand.

Sie würde gemeinsam mit John überlegen, wie sie Jaane am besten helfen konnten. Das Mindeste war, ihr einen vernünftigen Anwalt zu besorgen und an den entsprechenden Stellen ein gutes Wort für sie einzulegen.

Darauf hatte sie sich heute Morgen mit John verständigt.

Auch er hatte in der Nacht kaum geschlafen. Für viele Worte war allerdings keine Zeit gewesen. Gödecke hatte John ins Miramar zitiert, um etwas Wichtiges mit ihm zu besprechen.

Kaum war er zur Tür hinaus gewesen, war Celine die Treppe hinuntergekommen. Völlig übernächtigt, immer noch verwirrt, die Augen tränenverquollen. Lilly hatte sie in den Arm genommen.

Es war das erste Mal, dass Celine hautnah miterlebt hatte, wie eine Kollegin ihres Vaters in Ausübung ihres Dienstes ermordet wurde. Und es war sonnenklar, was ihr durch den Kopf ging: Was, wenn es John erwischt hätte?

Dieselbe Frage stellte sich Lilly.

Die Kinder.

Was würde aus ihnen werden? Es hätte jeden von ihnen erwischen können. Und es konnte weiterhin jeden von ihnen erwischen. Das lag nun einmal in der Natur ihres Berufs.

Was, wenn Juri wieder in den Dienst ging und es ihn traf? Oder gar sie beide gemeinsam? Dann wäre da immer noch John. Aber was, wenn es auch ihn erwischte?

Das ist albern, rief Lilly sich zur Räson. Das wäre schon ein großer Zufall, so viel Pech konnte man gar nicht haben.

Oder doch?

Juri schien zu ahnen, was in ihr vorging. »Tu das nicht«, sagte er. »Zermartere dir jetzt nicht das Hirn.«

»Findest du das denn so abwegig?« Lilly hob den Blick und sah ihn an. »Was ist, wenn wir beide eines Tages nicht nach Hause kommen?«

»Lilly ...«

»Wollen wir das Risiko wirklich weiter eingehen?«

»Das ist weder der richtige Ort noch der richtige Zeitpunkt für solche Überlegungen. Lass uns darüber reden, wenn wir wieder zu Hause sind. In Ruhe, einverstanden?«

Lilly hielt die Luft an, um sich zu entspannen, und ließ sie dann langsam entweichen. »Klar. Machen wir. Wir bereden das ... ganz rational ... wie erwachsene Menschen ...«

»Hör zu, ich verstehe, was in dir vorgehen muss. Ist bei mir ja nicht anders. Aber nimm dir Zeit. Jeder versteht wohl, wenn du den Fall jetzt abgibst ...«

»Was?«

Juri runzelte die Stirn. »Du wirst ja wohl kaum weitermachen. Du stehst unter Schock ... Ich meine, selbst Tommy ist völlig von der Rolle.«

Da hatte er wohl recht. Tommy war mit Soni Kumari und ihren Kollegen auf dem Weg zu Remko Petersen Haus, das sich auf dem Gelände seines Gartenbaubetriebs befand, um es zu durchsuchen. Er hatte nicht mit hierherkommen wollen. Sannas Tod hatte böse Erinnerungen in ihm aufkommen lassen, an seine Zeit als verdeckter Ermittler. Damals hatte er ebenfalls den Tod eines nahen Kollegen verkraften müssen, der im Dienst ums Leben gekommen war.

»Wenn du dich also jetzt zurückziehst ...«, sprach Juri weiter, doch Lilly ließ ihn nicht ausreden.

»Du glaubst doch nicht, dass ich jetzt einfach so hinwerfe.«

Er blickte sie verdutzt an. »Aber eben hast du doch noch darüber nachgedacht, wegen der Kinder den Dienst zu quittieren.«

»Das ist etwas völlig anderes.« Sie blickte auf Sanna hinab und spürte alte Entschlossenheit in sich aufkeimen. »Ich werde diesen Fall zu Ende bringen.«

»Aber es ist doch klar, dass Remko sie erschossen hat.«

»Mir geht es auch um Moser und Torbjörn. Ich will, dass Remko auch für den Mord an ihnen seine gerechte Strafe erhält.«

»Was macht dich eigentlich so sicher, dass er es war?«, fragte

Juri. »Soweit ich das sehe, habt ihr keinen hieb- und stichfesten Beweis gegen ihn in der Hand.«

»Abgesehen davon, dass er bei Jaane eindringt, um sich ihres Laptops zu bemächtigen und sie umzubringen?«

»Auch darüber wissen wir noch zu wenig. Es ist unklar, wie das alles genau abgelaufen ist.«

»Jaane hat genug gesagt.« Tatsächlich hatte sie so viel Stärke bewiesen, den Kollegen noch an Ort und Stelle Rede und Antwort zu stehen. »Remko kam zu ihr, weil er alle Ergebnisse der Recherche wollte, die Jaane für Moser angestellt hatte. Die waren auf ihrem Laptop. Anschließend wollte er sie beseitigen. Vermutlich, weil er glaubte, dass Jaane wüsste, was damals mit Torbjörn Svensen geschehen war. Was nahelegt, dass Remko an dessen Tod beteiligt war. Aus demselben Grund ermordete er auch Moser. Damit die Wahrheit nicht ans Licht kommt.«

Juri setzte ein schiefes Grinsen auf. »Das entscheidende Stichwort ist: vermutlich. Dass es so gelaufen ist, sagt Jaane. Wir haben aber noch keine Aussage von Gödecke.«

Auch da hatte er wieder recht. Gödecke hatte keinen Ton von sich gegeben. Er hatte wie in Schockstarre dagesessen. Und noch bevor die Kollegen vom Festland eingetroffen waren, hatte er sich ins Hotel verabschiedet. Bevor er gegangen war, hatte er die einzigen Worte am gestrigen Abend an John gerichtet: Es ist meine Schuld.

»Dennoch bin ich mir sicher«, bekräftigte Lilly. »Was auch immer genau in jener Nacht geschah, als Torbjörn in seiner Not an die Tür der Petersens klopfte … Remko war allein zu Hause. Mit seiner Schwester Sünje.«

»Sünje?«

»Ja, Sünje Petersen. Die mit dem Cateringbetrieb.«

»Und du glaubst, dass sie ebenfalls mit drinsteckt?«

»Möglicherweise.« Lilly hob das Leichentuch an und streifte es behutsam wieder über Sannas Gesicht. »Überleg doch mal. Sünje ergattert den Job für das Catering am Filmset. Sie ist jeden

Tag dort. Sie hat selbst zugegeben, dass sie Max Moser wiedererkannte. Was, wenn sie mitbekommen hat, dass er in Torbjörns Verschwinden herumstochert? Ich meine, Moser und McQueen haben sich trefflich über das Drehbuch gestritten. Moser wollte alles über den Haufen werfen. Offenbar war sein Plan, die Wahrheit ans Licht zu bringen. Dann dieses Essen, das sie Tommy und mir ausgegeben hat … Ich hatte das Gefühl, dass sie versucht hat, uns zu beeinflussen. Außerdem die Sache mit Olger Heinen. Ich habe mich gefragt, warum der Kerl die Flucht vor uns ergriffen hat. Was, wenn ihn jemand warnte? Zum Beispiel Sünje. Vielleicht bekam sie auf irgendeinem Weg spitz, was er weiß, und wollte nicht, dass er mit der Polizei redet …«

»Also, das erscheint mir nun doch etwas sehr weit hergeholt«, sagte Juri.

»Mag sein. Klar ist aber, dass sie Zugang zum Filmset hatte. Genauso wie ihr Bruder Remko. Beide hatten die Möglichkeit, sich der Armbrust zu bemächtigen. Und die Armbrust später unter Jördis' Trailer zu platzieren. Wenn sie die Gerüchte von damals kannten, haben sie vielleicht geahnt, dass sie die Tochter von Moser ist und eventuell ein Motiv hätte, ihm nach dem Leben zu trachten.«

Diesmal nickte Juri. »Ja, das könnte sein.«

»Und ganz evident ist doch der versuchte Giftmord. Sünje stellte das Catering auf Mosers Überraschungsparty. Sie schenkte die Gläser für den Sektumtrunk ein. Was, wenn sie da schon versuchte, Moser zu töten, indem sie etwas in sein Glas mischte. Es hat nur nicht geklappt, weil Jördis es unbewusst vereitelte …«

Juri stützte sich mit den Armen auf der Bahre ab und ließ den Blick über das Leichentuch schweben. »Ich sehe schon. Du gibst nicht auf.«

»Niemals.«

Er schmunzelte, und Lilly entging nicht, dass sich seine Augen mit Wasser füllten. »Ich glaube, das hätte Sanna gefallen. Entschuldige …«

Er wischte sich mit der Hand über die Augen.

Lilly ging zu ihm hinüber und nahm ihn in den Arm.

In dem Moment öffnete sich die Tür der Leichenhalle, und zwei Männer kamen herein.

58 John

Irgendwann in den frühen Morgenstunden war er dann doch noch eingeschlafen. Für anderthalb Stunden, vielleicht sogar weniger. John fühlte sich wie gerädert, als er seinen Wagen auf dem Parkplatz in der Nähe des Hotels Miramar abstellte. Er rieb sich die Augen und massierte seine Nasenwurzel. In seinen Schläfen begann wieder ein stechender Schmerz zu pochen. John öffnete das Handschuhfach, wo er für solche Eventualitäten eine Packung Kopfschmerztabletten aufbewahrte. Der Datumsaufdruck verriet, dass sie kurz vor dem Verfallsdatum waren. Er spülte eine Tablette mit dem Kaffee herunter, den er von zu Hause mitgenommen hatte, und stellte den Becher im Halter an der Mittelkonsole ab. Dann stieg er aus und sog die frische Seeluft ein.

Als er vorhin aufgewacht war, hatte ihn auf der Mailbox eine Nachricht von Gödecke erwartet. Der Uhrzeit nach zu urteilen, als sie aufgesprochen worden war, hatte der Kriminalrat sich ebenfalls die Nacht um die Ohren geschlagen.

Ohne die Angabe eines Grundes hatte Gödecke ihn schnellstmöglich zu sich ins Hotel bestellt.

Nach dem, was gestern geschehen war, hätte John den Tag gerne etwas ruhiger angehen lassen. Ihm war nicht einmal Zeit geblieben, mit Lilly und den anderen zu reden, geschweige denn, in Ruhe mit Celine über das Erlebnis zu sprechen.

Andererseits war er das von seinem Job her gewohnt. Das Verbrechen schlief nie, also hatte man im Zweifel keine Zeit, seine Wunden zu lecken.

John betrat das Hotel und ging durch den Speisesaal hinaus auf die Terrasse, wo der Kriminalrat das Frühstück einzunehmen pflegte. Gödecke saß an einem Tisch in der Ecke, den Blick auf den Strand gerichtet, wo um diese Stunde noch nicht viele Menschen unterwegs waren, abgesehen von ein paar frühen Spaziergängern und Joggern. Gödecke hatte John nicht bemerkt und schrak zusammen, als er zu ihm an den Tisch kam.

John nahm auf einem der freien Stühle Platz. »Wie geht es Ihnen?«

Obwohl seine Gedanken bei Sanna waren, durfte er nicht vergessen, dass der Kriminalrat gestern Remko Petersen angeschossen hatte, der nach ihrem letzten Wissensstand im Krankenhaus noch immer mit dem Leben rang. So etwas ging an einem normal gepolten Menschen nicht spurlos vorbei, ganz gleich, ob es ein Verbrecher war, den man derart zugerichtet hatte.

»Den Umständen entsprechend«, antwortete Gödecke. »An Schlafen war jedenfalls nicht zu denken.«

»Das ging mir ähnlich ...«

»Kaffee?«

»Immer.«

Gödecke winkte den Kellner heran, der Johns Notlage bereits erkannt hatte und prophylaktisch eine Kaffeekanne mitbrachte, aus der er ihm einschenkte. »Milch und Zucker, der Herr?«

»Beides gerne. Danke.«

»Jedenfalls«, fuhr Gödecke fort, als der Kellner gegangen war, »habe ich die Zeit genutzt, um nachzudenken. Ich habe eine Entscheidung getroffen.«

»Und deshalb haben Sie mich in aller Frühe hierherbestellt? Um sie mir kundzutun?«

»Selbstverständlich.« Gödecke räusperte sich. »Ich wollte, dass Sie es von mir erfahren. Schließlich betrifft es ja auch Sie persönlich.«

»Was soll das bedeuten?«

»Ich werde diesen Fall und mein Amt mit sofortiger Wirkung

niederlegen. Meine Entscheidung werde ich gleich heute Morgen dem Polizeipräsidenten ...«

»Was?« John wusste nicht, womit er gerechnet hatte, aber sicherlich nicht damit.

Gödecke stieß einen Seufzer aus. »Die arme Kollegin Harmstorf wäre ohne meinen folgenschweren Aussetzer wohl noch am Leben. Ich hatte den Verdacht, dass die Petersens etwas mit der Sache zu tun haben könnten, insbesondere Remko. Ich meine, mir war wieder in den Sinn gekommen, wie er bei den Filmaufnahmen geschickt mit der Armbrust herumhantiert hatte, mit der selbst der Waffenmeister nicht zurechtkam. Jedenfalls habe ich nicht schnell genug geschaltet, dass es sich bei dem Gärtner, den Jaane Harmstorf einbestellt hatte, um ihn handeln könnte. Ein unentschuldbares Versäumnis.«

John sah sich nach den anderen Gästen um, von denen einige bereits in ihre Richtung blickten, und hob beschwichtigend die Hand. Die Sache beschäftigte Gödecke derart, dass er laut geworden war. »Nun beruhigen Sie sich mal wieder. Natürlich ist das eine schlimme Sache. Aber daran tragen doch Sie nicht die Schuld. Wer wäre denn schon auf einen solchen Gedanken gekommen ... Es gibt ein Dutzend Gartenbaubetriebe hier auf der Insel. Wer ahnt denn, dass sie sich den Mörder praktisch ins Haus bestellt hat.«

»Wie auch immer«, ließ Gödecke sich nicht umstimmen. »Ich ziehe daraus meine Konsequenzen. Offensichtlich gehöre ich wirklich zum alten Eisen. Da ist es nur folgerichtig, dass ich meinen Posten für einen Jüngeren räume. Ungeachtet irgendwelcher persönlichen Folgen ist das für unser Dezernat das Beste.«

»Hören Sie, so viel Uneigennützigkeit ehrt Sie ja, aber ...«

»Mit diesem Schritt ist natürlich auch Ihr Status als mein persönlicher Assistent aufgehoben und damit Ihre Zuständigkeit in dieser Angelegenheit.« Erneut seufzte Gödecke. »Ich weiß, wie sehr Ihnen an einer Rückkehr an Ihre alte Wirkstätte gelegen ist, doch ich fürchte, da kann ich jetzt nichts mehr für Sie tun.«

Gödecke griff nach seiner Kaffeetasse und trank einen Schluck, während John ihn entgeistert anstarrte. Er hatte sich schon lange nicht mehr derart vor den Kopf gestoßen gefühlt.

Andererseits …

Hast du nicht vorhin noch selbst überlegt, ob es nicht an der Zeit wäre, diesen Beruf an den Nagel zu hängen? Dann wäre das jetzt einer der wenigen Momente im Leben, wo du einfach schweigen musst, um eine radikale Veränderung einzuläuten.

John ließ den Blick hinaus aufs Meer schweifen, wo die frühe Morgensonne auf den Wellen glitzerte.

Etwas an diesem Gedanken ging ihm gewaltig gegen den Strich. Und es waren nicht die Konsequenzen für sein persönliches Schicksal, die Gödeckes Entscheidung mit sich brachte.

Da war wieder dieses Brennen. Diese unbändige Wut auf Menschen wie Remko Petersen. Das Verlangen, ihren Opfern Gerechtigkeit zu verschaffen.

»Sie wollen also einfach aufgeben?«, sagte er, ohne den Blick vom Meer zu nehmen.

»So würde ich das nicht nennen …«, stammelte Gödecke, doch John hörte ihm nicht zu.

Dies war ein Moment, in dem man nichts sagte und sich seinem Schicksal fügte. Oder man traf eine Entscheidung. Die Entscheidung, für andere zu kämpfen, die es selbst nicht mehr konnten.

Und manchmal erforderte das radikale Maßnahmen.

John stand mit einem Ruck auf. »Mitkommen.«

Gödecke sah verdattert zu ihm auf. »Was?«

»Mitkommen, sagte ich.«

Nun sah sich auch Gödecke um und flüsterte: »Benthien, die Leute … Machen Sie mir jetzt keine Szene.«

»Ist mir schnurzpiepe. Mitkommen.«

»Wohin denn?«

»Das werden Sie schon sehen.«

Keine zehn Minuten später stieß John die Flügeltür der Leichenhalle im Westerländer Klinikum auf.

Trotz aller Eile heute Morgen hatte Lilly ihm noch anvertraut, dass sie mit Juri hierherfahren wollte, um sich von Sanna zu verabschieden, bevor ihre Leiche zur routinemäßigen Obduktion in die Rechtsmedizin verbracht wurde. Er hatte Verständnis für ihren Wunsch. Ein stiller Moment mit der Toten konnte helfen, das Unbegreifliche doch zu begreifen und es in seiner letzten Konsequenz zu akzeptieren.

Daher war er nicht überrascht, Lilly und Juri hier anzutreffen. Sie schienen sich gerade in den Armen gelegen zu haben, jedenfalls wichen sie erschrocken auseinander, als er mit Gödecke im Schlepptau in die Leichenhalle ging.

»John ... Herrn Gödecke«, sagte Lilly. »Was gibt es?«

»Klärungsbedarf.« John trat an die Bahre mit Sannas sterblichen Überresten. Er schlug das Leichentuch behutsam zurück und nahm sich einen Moment, das Gesicht der toten Kollegin zu betrachten, und musste gegen die Emotionen kämpfen, die augenblicklich wieder hochkamen. Doch dafür war jetzt keine Zeit. Er sah Gödecke an, der bei der Tür stehen geblieben war. »Herkommen.«

Der Kriminalrat näherte sich zögerlich.

»Und jetzt sagen Sie, was Sie zu sagen haben«, bat John.

»Was?«

Er deutete mit einem Nicken auf Sanna. »Sagen Sie es ihr. Dass Sie es verbockt haben.«

Gödecke starrte ihn irritiert an. Ohne Zweifel gehörte er zu jener Generation von Männern, die nicht über ihre Gefühle sprachen, schon gar nicht, wenn sie mit einem vermeintlichen persönlichen Versagen zu ringen hatten. Doch da half manchmal nur eine Rosskur.

»Es wird Ihnen danach besser gehen«, versicherte John. »Wenn Sie wollen, gehen wir auch raus.«

Gödecke blickte zu Lilly und Juri, die, ihren Gesichtern nach zu urteilen, mindestens ebenso verwundert waren.

Der Kriminalrat zögerte. Doch als die beiden sich auf Johns Zeichen anschickten, zu gehen, hob Gödecke die Hand. »Schon gut. Bleiben Sie.«

Er trat an die Bahre, verschränkte die Hände vor dem Bauch wie zum Gebet und schluckte vernehmbar. »Es …« Er stockte und sah zu John. »Ich … weiß nicht, wie ich mit ihr reden soll.«

John hob die Schultern. »Ganz normal.«

Gödecke räusperte sich. »Es … tut mir leid, werte Kollegin Harmstorf. Ich wollte das nicht. Wenn ich könnte, würde ich es ungeschehen machen. Ich … hoffe jedenfalls, dass Sie nun an einem besseren Ort sind …«

Gödecke verstummte, und John ließ einen Moment der Stille einkehren. Der alte Mann schien mit den Tränen zu ringen.

Schließlich fragte er: »Besser?«

»Ein wenig.« Gödecke nickte.

»Gut. Und wenn Sie jetzt noch immer zurücktreten wollen, dann sagen Sie ihr auch das. Sagen Sie Sanna, dass Sie den Schwanz einziehen und ihren Mörder davonkommen lassen. Auch für die anderen Morde, die er vermutlich begangen hat, wird er nicht büßen müssen. Sagen Sie ihr, dass Sie die Arbeit, wegen der sie gestorben ist, nicht zu Ende bringen werden.«

Gödecke presste die Lippen aufeinander und blickte zwischen Sanna und John hin und her. Schließlich meinte er leise: »Das kann ich nicht.«

»Dachte ich mir.« John blickte auf Sanna hinab, ihr Gesicht mit den ebenen Zügen, dem weißen Haar. Die Frau, die ihm am Ende vielleicht mehr bedeutet hatte, als ihm zu ihren Lebzeiten bewusst gewesen war. »Dann möchte ich, dass wir alle hier und jetzt gemeinsam ein Versprechen ablegen. Wir werden diesen Fall lösen. Für Sanna. Denn wenn wir alle zusammen das nicht schaffen – wer dann?«

Gödecke nickte, und Juri tat es ihm gleich.

»Einverstanden«, sagte Lilly und lächelte. »Für Sanna.«

»Also«, meinte John, »dann legen wir los.«

»Aber wo sollen wir ansetzen?«, fragte Gödecke. »Wir haben doch bislang ...«

John deckte das Leichentuch wieder über Sannas Gesicht. Dann sagte er: »Wenn meine Intuition mich nicht ganz verlassen hat, weiß ich endlich, wo wir suchen müssen.«

59 Lilly

Es war nicht das erste Mal, dass sich John mehr von einer Intuition denn von Tatsachen leiten ließ. Manches Mal hatte dieser Riecher sie schon zum Erfolg geführt. Lilly kannte dieses Gefühl selbst. Ihre Arbeit beruhte auf Beweisen und Indizien. Doch hin und wieder konnten einem die Fakten den Blick verstellen. Dann war es gut, seinem Bauch zu folgen.

Völlig von der Hand zu weisen war Johns Überlegung nicht.

Es existierten nach wie vor zwei blinde Flecke in ihrer Ermittlung, zwei Dinge, nach denen sie gesucht, die sie aber nicht gefunden hatten.

Die alte Fallakte. Und der neue Drehbuchentwurf.

Beides war abhandengekommen.

Wer hatte außer Moser noch Interesse an dem alten Fall, dass er die Fallakte an sich genommen hatte?

Da kamen gleich mehrere Leute infrage.

Greg McQueen, dessen ursprünglicher Entwurf des Drehbuchs lose auf dem Verschwinden von Torbjörn Svensen beruhte. In Flensburg hatte man ihm die Kooperation verweigert. Vielleicht hatte er sich also die Akte geschnappt, als er sie im Trailer bei Mosers Unterlagen liegen gesehen hatte.

Doch es gab noch andere Möglichkeiten.

Zum Beispiel Jördis Svensen oder ihre Mutter Lemke. Beide konnten ein Interesse daran gehabt haben, herauszufinden, was mit Torbjörn wirklich geschehen war. Die Fallakte war ein Teil des Puzzles. Zumal Lilly durchaus der These etwas abgewinnen konnte, dass Lemke Moser dazu angetrieben hatte, in der Sache Nachforschungen anzustellen. Moser, den zeit seines Lebens Gewissensbisse plagten, der gerade seine Tochter kennengelernt hatte und der tief in Lemkes Schuld stand.

Insofern konnte Johns Beobachtung tatsächlich von Belang sein. Was hatte Moser in der Mordnacht Lemke Svensen vor seinem Haus in die Hand gedrückt? Etwa das neue Drehbuch? Das Buch, in dem er die Wahrheit aufgeschrieben hatte?

So oder so mochte der Weg zur Lösung des Falls tatsächlich über jene Frau gehen, die Lilly jetzt an der Terrassentür ihres Hauses am Keitumer Kliff gegenüberstand.

Lemke Svensen hatte die Arme vor der Brust verschränkt und den Blick hinaus aufs Wattenmeer gerichtet. Eine warme Brise wehte durch die offene Tür herein.

»Ich habe Ihnen alles gesagt.«

»Es geht uns um die Nacht, als Sie Max Moser vom Krankenhaus nach Hause fuhren«, sagte Lilly. »Er hat Ihnen etwas gegeben. Was war das?«

»Ich weiß nicht, wovon Sie sprechen.«

John schaltete sich ein. Er und Gödecke hatten sich bislang im Hintergrund gehalten. »Ich habe Sie beide in jener Nacht zufällig beobachtet. Sie stritten miteinander. Schließlich überreichte Moser Ihnen einen Umschlag, was Sie milde zu stimmen schien. Was hat er Ihnen gegeben?«

Lemke Svensen lehnte den Kopf an die Scheibe der Tür, als plagten sie schwere Kopfschmerzen. »Hören Sie doch auf, was soll das alles? Verdächtigen Sie mich am Ende, dass ich ihm etwas angetan habe?«

Lilly antwortete nicht darauf und ließ die Vermutung im Raum stehen. Sollte Lemke Svensen ruhig denken, dass ihr Ungemach drohte, vielleicht brachte sie das doch noch zum Reden.

Sie wandte sich zu John um und gab ihm ein Zeichen, dass er es noch einmal versuchen sollte. Er trat neben die Frau und begann die Befragung von vorne.

Während Lilly mit einem Ohr zuhörte – Lemke Svensen gab weiterhin die Unwissende –, ging sie zu Gödecke hinüber. Er stand vor einem der beiden Sofas und betrachtete die Bilder an der Wand dahinter. Sie waren Lilly bei ihrem ersten Besuch hier nicht aufgefallen.

Es waren Fotos von Jördis, eine Collage ihrer Laufbahn. Beginnend in der Zeit, als sie ein Kinderstar gewesen war. Bilder von ihr und ihrer Mutter an Filmsets, später von Preisverleihungen oder auf dem Roten Teppich der Berlinale. Die Reihe endete im Jugendalter. Danach, so viel wusste Lilly inzwischen über das Leben des Filmsternchens, hatte die Zeit des Drogen- und Alkoholexzesses begonnen, bevor Jördis eine zweite Karriere als Erwachsene gelang.

Lemke Svensen hatte ohne Frage zu jenen Eltern gehört, die ihr Leben der Karriere ihrer Kinder verschrieben hatten.

Das erkannte wohl auch Gödecke. »Eine überaus beachtliche Leistung von Ihnen.«

Lemke Svensen drehte sich zu ihm herum. »Bitte?«

Gödecke ging, die Arme hinter dem Rücken verschränkt, zu ihr hinüber und deutete mit einem Nicken auf die Bilder. »Ihre Tochter so weit zu bringen. Und das als alleinerziehende Mutter ... mein Respekt.«

»Das meiste hat Jördis selbst geschafft. Ich konnte nur fördern, was ohnehin schon da war.«

»Dennoch.« Gödecke blieb neben ihr in der offenen Tür stehen. »Es muss schwer gewesen sein, als Jördis in jungen Jahren ihren Zusammenbruch erlitt ...«

»Da hat sich die ganze Verlogenheit der Branche gezeigt«, sagte Lemke Svensen. »Als Kind haben sich alle um sie gerissen, doch als sie zur Frau heranwuchs, blieben plötzlich die Angebote aus. Niemand wollte mehr etwas von ihr wissen.«

»Dennoch hat Jördis sich wieder aufgerappelt. Wie der Phönix aus der Asche.«

Das Lächeln einer stolzen Mutter huschte über Lemke Svensens Gesicht.

Lilly rätselte, worauf Gödecke hinauswollte. Ein kurzer Blick zu John verriet ihr, dass auch er im Dunkeln tappte.

»Jördis hat sich selbst an den Haaren aus dem Sumpf gezogen«, sagte Lemke Svensen. »Es hat sie noch stärker gemacht. Ich glaube, da ist sie erst so richtig erwachsen geworden.«

»Ja.« Gödecke schien seine nächsten Worte abzuwägen. »Da wäre es doch bedauerlich, wenn sie erneut einen solche Krise durchmachen müsste, nicht wahr?«

Lemke Svensen legte den Kopf zur Seite. »Wie meinen Sie das?«

Gödecke zwirbelte seinen Schnauzer. »Das ist doch offensichtlich, nach allem, was uns zu Ohren gekommen ist. Sie ist unkonzentriert am Set, ruft nicht ihre beste Leistung ab, und sie neigt wieder dem Alkohol zu. Sie erschien volltrunken bei der Geburtstagsfeier von Max Moser. Ihrem Vater. Und ich denke, darin liegt auch der Grund für ihre jüngste Krise. Diese ganze Geschichte. Die Umstände ihrer Zeugung, das Kind einer Vergewaltigung. Den eigenen Vater erst so spät und mehr oder weniger durch Zufall kennenzulernen. Die Erkenntnis, dass Sie, ihre Mutter und bis dahin die wichtigste Bezugs- und Vertrauensperson, ihr etwas vorenthalten, ja, sie angelogen haben. Und dann wird ihr Vater, den sie gerade erst gefunden hat, gewaltsam aus dem Leben gerissen.« Gödecke machte eine Pause und sah zu Lemke Svensen auf, die mindestens einen Kopf größer war als er. »Das könnte Jördis wieder in eine ernste Lebenskrise stürzen. Ich bin kein Psychologe, ich weiß nicht, ob man das noch verhindern kann. Doch ich könnte mir vorstellen, dass es helfen würde, wenn sie erfährt, wer ihren Vater ermordet hat und weshalb ... und dass ihr Vater entgegen mancher Gerüchte nichts mit dem Mord an Torbjörn zu tun hatte.«

Mit seinen Worten schien Gödecke bei der Frau einen Nerv getroffen zu haben. »Sie irren sich.«

»Wenn Sie die Wahrheit kennen, halten Sie damit nicht länger hinter dem Berg, Frau Svensen. Sie haben Ihrer Tochter schon zu viel vorenthalten. Lassen Sie sie wissen, dass ihr Vater kein ...«

»Sie irren sich, was Max angeht«, sagte Lemke Svensen. »Er

war ein Mörder. Ohne das Zutun von ihm und Klaus wäre Torbjörn heute noch am Leben.«

»Nach unseren Erkenntnissen liegen Sie da falsch«, sagte Gödecke. »Wir wissen, dass Max und Klaus Ihrem Bruder auflauerten ...«

»Das hat er mir erzählt. Wie sie ihn herumstießen, schlugen und ihn schließlich das Kliff hinunterstießen. Sie haben ihn getötet.«

»Das muss nicht stimmen, Frau Svensen«, schaltete sich Lilly ein, um Gödecke zu unterstützen. »Ihr Bruder überlebte den Sturz, dafür haben sich inzwischen mehrere Zeugen gefunden. Was wir nicht wissen, ist, was danach geschah.«

Lemke Svensen zögerte. »Dann ... dann ist es wahr?«

»Was ist wahr?«

»Warten Sie einen Moment.« Lemke Svensen wandte sich ab und verließ das Wohnzimmer. Lilly hörte ihre Stöckelschuhe die Treppe hinaufgehen. Als sie wiederkam, hielt sie einen Umschlag in der Hand. »Er hat mir das hier gegeben. Aber ich habe ihm nicht geglaubt. Ich dachte, es wäre ein billiger Versuch von ihm, seine Haut reinzuwaschen. Ich meine, ich hatte ihm ziemlich zugesetzt ...«

»Vielleicht erzählen Sie der Reihe nach«, bat Lilly.

»Sie wissen ja, dass Max und ich über Jördis wieder in Kontakt kamen, als sie die Rolle in dieser Serie annahm«, berichtete Lemke Svensen. »Damals ... als Jördis geboren wurde, da hatten die de Haans die beiden Jungen von der Insel fortgeschickt. Bald darauf kursierten Gerüchte, dass sie vielleicht etwas mit Torbjörns Verschwinden zu tun gehabt hatten. Also wollte ich jetzt von Max die Wahrheit erfahren. Er eröffnete mir, dass sie meinen Bruder das Kliff hinuntergestoßen hatten. Er behauptete ebenfalls, dass Torbjörn noch lebte, als sie ihn zurückließen. Was ich ihm aber nicht glaubte. Er versprach mir, dass er die Wahrheit herausfinden würde. Und dann kam er hiermit an – ein Produkt seiner Fantasie, mit dem er sich aus der Affäre ziehen wollte. Zumindest dachte ich das bislang.«

»Darf ich?« Lilly deutete auf den Umschlag.

Lemke Svensen reichte ihn ihr.

Lilly öffnete dem Umschlag. Er enthielt die Seiten eines Manuskripts. Dialoge, Regieanweisungen, Szenenbild.

Lilly überflog die Seiten.

Moser hatte seinen Figuren andere Namen gegeben, dennoch erkannte Lilly die realen Menschen, die sich hinter ihnen verbargen.

Was sie in Händen hielt, war viel mehr als nur der vermisste neue Drehbuchentwurf, an dem Max Moser gearbeitet hatte. Es war das Ergebnis seiner persönlichen Recherchen.

Der minutiöse Ablauf des Mordes an Torbjörn Svensen.

60   John

»Glaubst du, er schreibt hier die Wahrheit?« Lilly hatte die letzte
Seite des Drehbuchentwurfs gelesen. Sie legte den Papiersta-
pel ordentlich zusammen und schob ihn John über den Tisch herüber.

Sie saßen an einem Ecktisch in Nielsens Kaffeegarten, direkt
am Keitumer Kliff. John rührte ein Stück Kandiszucker in seinen
Friesentee und blickte auf die See hinaus, wo eine Segeljacht ihre
Bahnen zog.

Gödecke beschäftigte sich mit der Sahnehaube auf seinem Kaffee mit einem Schuss Rum und hing seinen Gedanken nach.

»Möglicherweise«, sagte er. »Es würde ja zu unserer These
passen. Torbjörn lebte nach dem Sturz noch. Er raffte sich auf,
schleppte sich hilfesuchend zum Haus der Petersens und dann …
das.« Er deutete mit einem Nicken auf den Drehbuchentwurf.

»Aber es stellt sich doch die Frage, wo Moser diese Informationen herhat?«, wandte Lilly ein und nippte an ihrem Milchkaffee.
»So lange wir das nicht wissen, könnte er sich das ebenso gut ausgedacht haben, da stimme ich Lemke Svensen zu.«

»Die Darstellung ist sehr detailliert. Außerdem verwendet er
zwar andere Namen, aber für mich scheint doch sonnenklar, wer
die handelnden Personen sind.«

»Allerdings.«

»Dann kann er eigentlich nur von einem von ihnen erfahren
haben, was in jener Nacht wirklich geschah.«

Lilly schürzte die Lippen. »Und wer von den Petersens sollte ihm das erzählt haben? Remko, Sünje, Simon ... Ich meine, die liefern sich doch nicht gegenseitig ans Messer.«

»Das müssen wir herausfinden.«

»Hallo, Leute.« Tommy kam durch den Kaffeegarten zu ihnen herüberspaziert. Er legte die Autoschlüssel auf den Tisch, setzte sich und sah sich demonstrativ um. »Ihr sucht euch aber auch immer die schönsten Plätze aus.«

»Warum nicht die Pflicht mit dem Angenehmen verbinden?«, meinte John. »Habt ihr etwas gefunden?«

Tommy hatte mit Soni Kumari und ihren Leuten das Betriebsgelände von Remko Petersen durchsucht.

»Allerdings«, sagte Tommy. »Der Betriebshof liegt etwas außerhalb von Archsum. Ein alter Bauernhof. Alles da, was der Landschaftsbauer so braucht. Gartengeräte, eine Kettensäge, ein kleiner Bagger ... Doch da waren auch noch ein paar andere Dinge. Zum Beispiel ein kleiner, improvisierter Schießstand, wo man auf Blechbüchsen und Pappkameraden aus Holz zielen kann. Außerdem ein Jagdgewehr, ein Revolver und eine Schrotflinte.«

»Habt ihr geprüft, ob er ...«

»Nein«, meinte Tommy, »er hat keine Erlaubnis dafür.«

»Ist das denn niemandem aufgefallen, wenn er da rumballert?«, fragte Lilly.

»Kann ich dir nicht sagen, da wir noch keine Zeit hatten, die Bewohner von Archsum zu befragen.« Tommy schnitt eine Grimasse.

»Kein Grund, gleich eingeschnappt zu sein«, gab Lilly zurück.

»Wie schon gesagt, der Hof liegt außerhalb. Möglich, dass das keiner mitbekommen hat. Sonis Leute befragen natürlich trotzdem die Archsumer.«

»Sonst noch etwas?«, fragte John.

»Nein. Oder ...« Tommy zuckte mit den Schultern. »Eine Menge Zeitschriften und Magazine, das meiste Verschwörungskram. Außerdem haben wir eine alte Tonne entdeckt, in der er offenbar Zeugs verbrannt hat. Darunter ziemlich viel Papier.«

»Die Rechercheunterlagen von Moser?«, mutmaßte Lilly.

»Das muss die Kriminaltechnik rausfinden«, antwortete Tommy. »Ich habe Claudia Matthis schon verständigt. Sie meint, sie nimmt sich lieber gleich ein Hotelzimmer, so oft, wie sie hier rauskommen muss.«

»Wie geht es Remko?«, wollte John wissen. Er hatte Tommy aufgetragen, mit dem Krankenhaus in Kontakt zu bleiben.

»Nichts Neues. Sie halten ihn weiter im künstlichen Koma.«

»Und jetzt?« Lilly blickte sie beide abwechselnd mit fragendem Blick an. »Wir haben nicht besonders viel in der Hand. Und das hier …«, sie deutete auf den Drehbuchentwurf, »können wir nicht wirklich als Beweis heranziehen.«

»Was ist das?«, fragte Tommy.

John erklärte es ihm. Dann stand er auf. »Machen wir einen Schritt nach dem anderen. Es fehlt uns noch ein wichtiges Puzzleteil. Die Fallakte.«

Tommy rückte seinen Stuhl nach hinten und stand ebenfalls auf. »Und wo willst du sie finden?«

»Es gibt zwei Möglichkeiten. Entweder hat jemand auf der Geburtstagsparty die Akte entwendet, als sie auf dem Schreibtisch mit den anderen Rechercheunterlagen lag. Oder jemand hat sie aus dem Trailer genommen, den Moser und McQueen für ihre Arbeiten nutzten. So oder so, wir müssen sie beim Filmteam suchen. Und dort sehe ich nur drei Personen, die Interesse an der Akte hatten: McQueen, Jördis und Klaus Krieger. Wir knöpfen sie uns noch einmal vor.«

»Wo man vom Teufel spricht …« Lilly blieb stehen.

Auf dem Weg nach draußen hatten sie das Ladenlokal halb durchquert. Auf der Straße vor dem Haus rollten mehrere Laster des Filmteams vorbei.

»Tommy, du fährst«, sagte John. »Ich schlage vor, wir folgen ihnen einfach.«

Die Dreharbeiten fanden heute ganz in der Nähe statt. Die Lastwagen hielten vor einem Haus am südlichen Ortsrand, das sich unweit des Keitumer Kliffs befand. Eine alte Friesenkate, so gedrungen und niedrig, dass man im Stehen das lang heruntergezogene Reetdach berühren konnte.

Die Laster, denen sie gefolgt waren, bildeten offenbar nur die Nachhut. Diverse Transporter parkten bereits vor dem Haus, Kabel verliefen auf dem Boden, und John sah eine hektische Loki Mossby die Leute dirigieren.

Als Tommy den Wagen anhielt und sie ausstiegen, fiel Johns Blick auf einen Anhänger, bei dem es sich offenbar um einen transportablen Essensstand handelte, auf der Seite die Aufschrift: Sünje Petersen Catering.

Langsam kommen die Dinge zusammen, dachte John. Eins nach dem anderen.

John sah Loki Mossby über den Kiesweg zu dem kleinen Reetdachhaus gehen und dann um die Ecke auf den dahinterliegenden Rasen verschwinden.

Er folgte ihr mit Lilly und Tommy im Schlepptau.

Das Grundstück hinter dem Haus war mit hohen, alten Bäumen bestanden. Die Terrassentür führte heraus in den Garten, der an der Abbruchkante des Kliffs endete.

Angesichts der Drehorte wunderte es John mittlerweile nicht mehr, dass die Finanzierung der Fernsehserie offenbar aus dem Ruder lief. Er wollte gar nicht wissen, was es kostete, allein ein solches Haus anzumieten.

Mossby stand in der offenen Terrassentür und unterhielt sich mit einem Mann, der ein puscheliges Mikrofon an einem langen Stab in der Hand hielt.

»Wenn ich kurz stören dürfte«, machte John auf sich aufmerksam.

Mossby legte den Kopf in den Nacken und stieß einen Seufzer aus. »Nicht Sie schon wieder!«

»Tut mir leid. Wir machen auch nur unsere Arbeit.«

»Schon klar.« Mossby hob beide Hände. »Sie haben allerdings einen besonders miesen Tag erwischt.«

»Ich würde gerne mit Jördis Svensen sprechen.«

Mossby stieß ein schallendes Lachen aus. »Das würden wir alle gern. Ich fürchte, da müssen Sie sich ganz hinten in der Reihe anstellen.«

»Und der Grund dafür wäre?«

Mossby deutete in einer kreisförmigen Bewegung auf die Filmleute um sie herum. »Weil wir hier alle auf Jördis warten. Das ist doch mein verdammtes Problem! Wenn sie nicht auftaucht, können wir den Dreh hier abblasen und haben mal wieder Geld zum Fenster rausgeschmissen.«

»Wo steckt die Gute denn?«, schaltete sich Lilly ein.

»In ihrem Trailer in Tinnum. Unser Dornröschen meint mal wieder, eine Schaffenskrise zu haben.« Mossby schüttelte den Kopf. »Ich glaube eher, dass sie einfach stinkbesoffen ist. Die roch schon heute Morgen zehn Meter gegen den Wind nach Alkohol.«

»Wie stehen die Chancen, dass sie hier auftaucht?«, fragte John.

»Wenn Sie mich fragen – schlecht. Die muss erst mal ausnüchtern, bevor sie einen geraden Satz in die Kamera sprechen kann. Aber man darf ja auf Wunder hoffen. Vielleicht bekommt Greg es doch noch hin?«

»Greg McQueen ist bei ihr?«

»Ja. Er gibt sein Bestes, sie wieder auf Vordermann zu bringen. Der alte Optimist …«

»Okay, danke.« John wollte schon gehen, hielt dann aber inne. »Ich fürchte, ich werde Ihnen noch mehr Kummer bereiten müssen.«

»Wie das?«

»Sie müssen sich Ihre Pausenbrote heute selbst schmieren.« John wandte sich Lilly und Tommy zu. »Lilly, du schnappst dir Sünje Petersen und bringst sie auf die Wache in Westerland. Nimm sie in die Mangel. Tommy, du machst dasselbe mit Simon Petersen.«

»Und du?«, fragte Lilly.

»Ich schaue, ob ich Rapunzel von ihrem Turm herunterbekomme.«

Etwa eine Viertelstunde später parkte John seinen Wagen vor dem Trailerpark des Filmteams in Tinnum. Vom Wachmann an der Schranke, der ihn wiedererkannte, ließ er sich zum Wohnwagen von Jördis Svensen führen.

»Vielen Dank, das genügt«, sagte er zu dem Mann, als sie nahe genug heran waren, und drückte ihm zwanzig Euro für seine Dienste in die Hand – und dafür, dass er John in Ruhe ließ und kommentarlos auf seinen Posten zurückkehrte.

Als der Wachmann weit genug weg war, näherte sich John vorsichtig dem Wohnwagen. Auf dem Gelände herrschte Ruhe. Die meisten Mitglieder des Teams schienen sich in Keitum aufzuhalten. Er mied die kleine Holzterrasse vor dem Eingang, um nicht unnötig auf sich aufmerksam zu machen; auf den behelfsmäßig zusammengezimmerten Balken würde man seine Schritte sicherlich hören.

Auf leisen Sohlen schlich er um den Wohnwagen herum. Eines der Fenster auf der Rückseite stand einen Spalt offen. John lehnte sich an die Wand.

»… ehrlich, so geht es nicht«, hörte er die Stimme von Greg McQueen.

Darauf ein unverständliches Murmeln von Jördis Svensen.

Dann wieder McQueen: »Du musst dir schon Mühe geben. Außerdem hatten wir eine Vereinbarung. Kein Alkohol. Keine Drogen.«

»… Spießer.«

»Das hat damit nichts zu tun. Und das weißt du. Das ganze Team wartet auf dich. Von dir hängt alles ab. Wie kannst du dich nur so gehen lassen?«

»Lassmissinruhe.«

»Werde ich nicht. Und wenn ich noch fünf Stunden hier bei dir hocke. Wir schauen jetzt gemeinsam zu, dass du wieder fit wirst. Zehn Sätze ... zehn lausige Sätze. Mehr musst du heute gar nicht von dir geben. Das bekommst du doch wohl noch hin.«

»Vapissich.«

Es hörte sich an, als würde etwas durch den Raum geschleudert. Ein lautes Krachen. »Shit!« Dann, nach einem Moment, wieder McQueens Stimme, diesmal besonnener: »Ist es noch immer wegen deines Vaters? Hör zu, ich verstehe, dass das schwierig für dich ist. Ich glaube, so etwas würde niemand von uns einfach wegstecken ... Es ist aber auch so, dass wir alle in unserem Leben Schicksalsschläge verkraften müssen. Deshalb können wir uns aber nicht aus der Verantwortung ziehen, den Kopf hängen lassen und uns einfach zudröhnen ...«

»Dieverdammdesau ...«, rief Jördis laut. »Verdammdesau ... Mörder!«

»Jördis, das weiß doch niemand. Ich habe es dir schon gesagt, das sind alles nur Gerüchte.«

»Er hat es ... Er hat's meiner Mutter erzählt!«

John räusperte sich laut und klopfte an die Wand. »Ich glaube, ich kann Ihnen helfen.«

Einen Moment herrschte im Wohnwagen Stille. Dann wurde das Fenster aufgerissen, und Greg McQueen steckte den mit einer braunen Schiebermütze bedeckten Kopf heraus. »Was zum Teufel?«

»Guten Morgen«, grüßte John mit einem Lächeln. »Ich kam gerade zufällig vorbei und hörte, dass Sie Ärger mit Ihrer Freundin haben.«

»Wohl kaum. Was haben Sie hier zu suchen?«

»Erlauben Sie, dass ich reinkomme?«

»Warum sollte ich.«

»Weil ich vielleicht Ihr kleines Problem lösen kann. Und Sie ... Wer weiß, vielleicht können Sie im Gegenzug mir einen Gefallen tun.«

»Wovon zum Teufel reden Sie?«

Ohne zu antworten, ging John zur Vordertür und klopfte an. McQueen öffnete ihm. »Sie kommen wirklich zu einem schrecklich schlechten Moment ...«

»Warten wir es ab.« John schob sich an ihm vorbei in den Wohnwagen. Ein stechender, Übelkeit erregender Geruch nach Alkohol, Zigaretten und Erbrochenem empfing ihn.

Jördis Svensen saß in einen weißen Morgenmantel gekleidet auf dem Bett. Ihre blonden Haare klebten ihr fettig und verstrubbelt am Kopf. Die blutunterlaufenen Augen taxierten John mit wütendem Blick. »Was ... wollen Sie?«

»Glauben Sie mir, ich weiß, wie sich das anfühlt. Mein letzter Kater ist schon ein wenig her, aber trotzdem ...«, sagte John. »Ich mach es daher kurz, einverstanden?«

John ging ein paar Schritte auf Jördis zu, gerade so weit, dass er nicht völlig in ihre Dunstwolke eintauchen musste, in die sich nun auch noch der Geruch von Schweiß mischte.

»Ihr Vater war kein Mörder.«

»Woher wollen Sie das wissen?«

»Unsere Ermittlungen haben uns zu diesem Schluss gebracht. Max und Klaus stießen Torbjörn – Ihren Onkel – zwar das Kliff herunter. Doch er überlebte den Sturz.«

»Kann nicht sein. Meine Mutter ...«

John hob eine Hand. »Ich weiß, was Ihre Mutter Ihnen erzählt hat. Wir waren gerade bei ihr. Sie hat Ihnen nicht alles gesagt, was sie wusste, weil sie dachte, Max belüge sie und wolle sich lediglich herausreden.« John zog den Drehbuchentwurf hervor, den er in seiner Jacke versteckt hatte. »Aber Ihr Vater hat die Wahrheit aufgeschrieben. Wenn es stimmt, was er schreibt, wenn wir das verifizieren können, ist seine Unschuld bewiesen. Dann ... sind Sie nicht die Tochter eines Mörders, Jördis.«

Sie sah ihn ungläubig an und suchte wieder Hilfe bei McQueen. »Kann das sein?«

»Zeigen Sie mal her.« McQueen streckte die Hand nach dem Manuskript aus.

John gab es ihm, und der Regisseur überflog es kurz. »Das ... ist ja nicht zu glauben. Sie haben es gefunden. Das ist Max' neuer Entwurf!«

»So ist es«, bestätigte John. »Ich muss wissen, ob er die Wahrheit geschrieben hat. Und dazu muss ich herausfinden, woher er die Informationen hat, auf denen seine Geschichte beruht.«

»Und wie wollen Sie das anstellen?«

»Ganz ehrlich?« John hob die Augenbrauen. »Keine Ahnung.«

»Haben Sie denn einen Verdacht, wer diese Leute in Wirklichkeit sind, die Max hier in dem Entwurf agieren lässt?«

John überlegte, was er antworten sollte. Ermittlungsdetails hatten den Mann nicht zu interessieren, der Name von unbestätigten Verdächtigen schon gar nicht. Andererseits drohte der Fall wieder in einer Sackgasse zu enden ...

»Wir nehmen an, dass es um die Familie Petersen geht. Genauer gesagt, Remko und Sünje Petersen.«

McQueen machte große Augen. »Sünje Petersen ... die unser Catering macht? Und Remko ... Das ist doch der Knabe, den Loki für das Grünzeug in der Kulisse engagiert hat.«

»So ist es. Der Knabe für das Grünzeug hat gestern eine Kollegin von mir erschossen. Er liegt jetzt im künstlichen Koma im Krankenhaus.«

»Oh ... verdammter Mist, das wusste ich nicht.« McQueen klang aufrichtig betroffen. »Mein Beileid, das ist ja absolut schockierend.«

»Das ist es. Und Sie können sich wohl vorstellen, wie viel mir daran liegt, diesen Fall zu lösen.«

McQueen stand einen Moment schweigend da und schien zu überlegen. Er blickte zu Jördis, dann wieder zu John. Am Ende lehnte er den Kopf zur Seite. »Petersen, ja? Oh boy ... Warten Sie hier. Ich komme gleich zurück.«

McQueen verschwand und ließ John mit Jördis allein.

Sie war inzwischen aufgestanden und zum Kühlschrank hinübergewankt, wo sie sich eine kalte Dose Cola nahm und sie ohne abzusetzen leer trank. »Und wissen Sie auch, wer meinen Vater ermordet hat?«

»Wir vermuten, der- oder dieselbe, die Torbjörn auf dem Gewissen hat. Max war der Wahrheit zu nahegekommen.«

Jördis deutete mit der Coladose auf John und schwankte beträchtlich. Sie stützte sich mit der freien Hand am Kühlschrank ab. »Finden Sie das Schwein!«

»Ich gebe mein Bestes ...«

»Hier.« McQueen kam wieder zu Tür herein. Nun war es an John, überrascht zu sein, obwohl er es eigentlich bereits vermutet hatte. McQueen hielt einen grauen Aktendeckel in der Hand, der John aus dem Präsidium bestens vertraut war.

Die verschwundene Fallakte.

John nahm sie entgegen und schlug sie auf. Wenige Blicke genügten. Es war die Akte im Fall Torbjörn Svensen.

»Ich weiß, dass mich das vermutlich in den Knast bringt ...«, begann McQueen.

»Wo haben Sie die her?«, fragte John.

»Von Max' Geburtstagsfeier. Sie lag unter den anderen Papieren auf dem Schreibtisch.« McQueen versuchte sich an einem bedauernden Gesicht. »Max machte ein großes Geheimnis daraus, woran er arbeitete. Sie wissen ja, dass ich nicht besonders erfreut darüber war, dass er mein Drehbuch umschrieb. Da wollte ich zumindest wissen, was er vorhatte. Das Einzige, was er zu mir sagte, war etwas in der Art: Wenn man schon eine Serie machte, die auf Tatsachen beruhte, dann richtig. Na ja ... Ich habe dann das Durcheinander auf der Party genutzt, um mir ein paar seiner Unterlagen zu schnappen.«

»Und Sie kamen nicht auf die Idee, dass es illegal ist, sich eine Polizeiakte zu besorgen?«

»Ich wusste ja nicht, wo Max das Ding herhatte. Ich konnte es kaum glauben – mir hatten Ihre Kollegen die Zusammenarbeit verweigert. Offenbar hatte er bessere Kontakte. Und später, als Sie und Ihr Team hier aufkreuzten, da war es zu spät, ich dachte, ich handle mir nur Ärger damit ein. Also habe ich sie versteckt.«

»Womit Sie nicht so falschlagen.«

McQueen hob einen Zeigefinger. »Bevor Sie mich festnehmen ... Da ist etwas, das Sie interessieren dürfte. Diese Akte ist eigentlich stinklangweilig. Man kann lediglich nachlesen, was ohnehin alle Welt weiß – dass die Suche nach dem Jungen eingestellt und nie ermittelt wurde, was ihm zustieß. Es gab einen Verdächtigen, Olger Heinen, den man schnell wieder von der Angel ließ. Aber hier ...« McQueen nahm John die Akte wieder aus der Hand und blätterte darin, ohne die Stelle zu finden, nach der er suchte. »Irgendwo hier hinten habe ich einen interessanten Vermerk gesehen. Es war etwa ein Jahr nach dem Verschwinden des Jungen. Eine Frau hatte sich bei der Kripo gemeldet und mit dem zuständigen Beamten in der Sache geredet. Er hat das Telefonat mit ihr protokolliert. Es war sehr kurz und kryptisch. Sie meinte lediglich, dass sie Informationen über den Verbleib des Jungen habe. Der Kommissar verabredete ein Treffen mit ihr, zu dem sie aber nicht erschien.«

»Nannte sie ihren Namen?«, fragte John.

»Nein. Allerdings kam dem Kommissar wohl die Stimme bekannt vor. In dem Aktenvermerk schreibt er, dass er der Ansicht war, sich mit der Frau im Zuge der Ermittlungen auf der Insel einige Male unterhalten zu haben. Er hielt sie für die Ehefrau eines hiesigen Inselkollegen ... Britta Petersen.«

»Die Frau von Simon Petersen.«

»Der Kommissar nahm Kontakt mit Britta Petersen auf, doch sie stritt ab, den Anruf getätigt zu haben. Auch Simon Petersen wollte nichts davon wissen.«

»Natürlich nicht ...« In Johns Gedanken setzte sich das Puzzle endlich zusammen. »Warum haben Sie uns das nicht früher erzählt?«

»Ich hielt es nicht für bedeutsam. Außerdem ... dachte ich, Sie und Ihre Kollegen kennen die Details des Falls.«

»Ist es denkbar, dass Max Kontakt zu Britta Petersen aufnahm?«, fragte John eher an sich selbst gerichtet.

Er wandte sich ab und ging aus dem Wohnwagen ins Freie. Dann rief er mit seinem Smartphone Soni Kumari an. »Ich brauche Ihre Hilfe«, sagte er. »Britta Petersen …«

Kumari versprach, sich umgehend um die Sache zu kümmern.

John wartete eine Viertelstunde auf der Terrasse vor dem Wohnwagen, in den er wegen des penetranten Geruchs lieber keinen Fuß mehr setzte. McQueen war so fürsorglich, für Jördis einen starken Kaffee zu machen, von dem er John eine Tasse rausbrachte.

Schließlich rief Soni Kumari zurück. Sie hatte Britta Petersen ausfindig gemacht. Oder besser gesagt, ihre Wohnung. Diese befand sich noch immer über der Hausarztpraxis, die sie über viele Jahrzehnte geführt und vor einigen Jahren an eine jüngere Kollegin abgetreten hatte.

Britta Petersen war nicht zu sprechen. Auf ihrem Handy ging niemand ran, und auf dem Festnetz meldete sich lediglich der Anrufbeantworter.

Doch Kumari hatte so schnell nicht aufgegeben. In der Arztpraxis wusste man durch eine der Assistentinnen, die noch regen Kontakt zu ihrer alten Chefin unterhielt, dass Britta Petersen vor einigen Tagen die Insel verlassen hatte. Offenbar recht überraschend und nachdem sie Besuch von einem älteren Herrn gehabt hatte, der sich an der Rezeption der Praxis nach ihr erkundigt hatte. Kumari hatte der Assistentin schnell ein Foto von Max Moser aufs Smartphone geschickt und eine Bestätigung erhalten.

John beendete den Anruf.

Er blieb noch einige Minuten auf der Holzveranda sitzen, mit einem schwarzen Kaffee, der zwar sein Herz, aber auch seine Gedanken zum Rasen brachte.

Schließlich stand er auf und ging zu McQueen in den Wohnwagen. »Wollen Sie es wiedergutmachen?«

Der Regisseur wirkte zunächst überrascht, nickte dann aber. »Wenn ich Ihnen irgendwie helfen kann ...«

John nahm den Drehbuchentwurf in die Hand. »Wie lange brauchen Sie, um eine solche Szene auf die Beine zu stellen?«

61 Lilly

»Sie wissen, dass das eine Unverschämtheit ist, oder?« Sünje Petersen saß Lilly im Verhörraum der Westerländer Wache gegenüber, das Gesicht vor Zorn gerötet. Sie trug nach wie vor ihre Kochmontur. Lilly hatte sie vom Drehort aus direkt hierhergebracht, während Tommy Simon Petersen aufgesucht hatte, mit dem er im Zimmer nebenan saß.

»Wie ich schon gesagt habe ...«, hob Lilly an.

»Amtsanmaßung ist das. Sie haben keinen Grund, mich festzuhalten, geschweige denn, dass Sie mir eine Vorladung hätten zukommen lassen. Ich bin aus freien Stücken mitgegangen, um meinen guten Willen zu beweisen«, polterte Sünje Petersen weiter. »Ich habe meine Arbeit stehen und liegen lassen. Mein Bruder schwebt in Lebensgefahr, nachdem einer Ihrer Kollegen ihn angeschossen hat ...«

»Weil Ihr Bruder die Staatsanwältin erschossen hat.« Lilly hatte sich angewöhnt, bei Befragungen stets die Contenance zu wahren, doch nun platzte ihr der Kragen. »Sanna Harmstorf hieß die Frau übrigens.«

Sünje Petersen sank in sich zusammen. »Das tut mir sehr leid. Trotzdem ... Mein Bruder liegt im Koma und konnte sich noch nicht zum Hergang äußern. Bislang kenne ich nur die Version von Ihnen und Ihren Kollegen. Wer weiß also schon, was wirklich geschehen ist.«

»Remko wollte die Schwester der Staatsanwältin erschießen, weil sie Max Moser bei seinen Recherchen geholfen hatte. Wir gehen deshalb davon aus, dass Ihr Bruder auch für den Mord an Herrn Moser verantwortlich sein könnte.«

»Könnte.« Sünje Petersen schnitt eine Grimasse. »Haben Sie einen handfesten Beweis für Ihre Theorie?«

Lilly seufzte innerlich und lehnte sich zurück.

Die Frau hatte den wunden Punkt getroffen.

Natürlich gab es mit Jaane und Gödecke zwei Zeugen, die gesehen hatten, wie Remko auf Sanna geschossen hatte. Was die genauen Gründe dafür anging, gab es aber lediglich Jaanes Aussage, weshalb Remko sie aufgesucht und wie er sie bedroht hatte. Alles andere, dass er und vielleicht auch seine Schwester in die Morde an Moser und Torbjörn verstrickt waren, blieb bis auf Weiteres bloße Theorie.

Und mit einer Theorie allein konnte man jemanden nur schwierig unter Druck setzen.

Ihr blieb lediglich die Hoffnung, dass John mit seiner Vermutung richtiglag, die im Grunde auf einer Mutmaßung von Gödecke beruhte. Und was dessen Fähigkeiten anging, hatte Lilly nun mal ihre Zweifel.

Sie musste wieder an Sanna denken. Ihr kaltes, marmoriertes, lebloses Gesicht in der Leichenhalle. Es wäre bedauerlich, sollte ihr Mörder wegen irgendeines Verfahrensfehlers davonkommen.

Also mussten sie auf der Hut sein.

Lilly verstand Johns Ansinnen, die beiden Petersens ein wenig aus der Komfortzone zu bringen, indem sie sie hier in die Mangel nahmen. Allerdings bewegten sie sich dabei auf dünnem Eis …

Kann es sein, dass das gar nicht dein eigentliches Problem ist?, ging es Lilly plötzlich durch den Kopf. Klar, du würdest dich wegen Sanna am liebsten in einer Ecke verkriechen und heulen. Doch da ist noch mehr, stimmt's? Es geht um John. Er zieht jetzt die Fäden. Alles hängt von ihm ab. Dir ist dieser Fall nach und nach entglitten. Er hat die Kontrolle übernommen. So, wie das seine Art ist. Bist du dazu schon bereit? Du hast dich zwar mit ihm versöhnt, aber willst du wirklich dein berufliches Schicksal in seine Hände legen? Das ist es doch, was dich wurmt. Dass du John Benthien, dem Mann, der sich zwar entschuldigt, dich aber nach Strich und Faden betrogen hat, schlicht vertrauen musst.

Ja, so war es, gestand Lilly sich ein.

Sie hing hier in der Warteschlange und spielte ein Spiel, das sie selbst nicht verstand, während John …

»Hallo?« Sünje Petersen holte sie aus den Gedanken zurück. »Haben Sie mir noch etwas zu sagen? Sonst würde ich nämlich jetzt gerne gehen und mich wieder meiner Arbeit widmen.«

Lilly taxierte die Frau. »Wie kommt es eigentlich, dass Sie heute Morgen schon wieder am Filmset sind, wo Ihr Bruder doch in Lebensgefahr schwebt? Hätten Sie nicht mit Ihrem Vater bei ihm im Krankenhaus sein sollen?«

»Das Geschäft ruht leider nicht. Und die Filmleute zahlen zu viel Geld, als dass ich ihnen einfach absagen könnte. Für Remko kann ich ohnehin nichts tun. Ob ich an seinem Bett sitze oder nicht, das ist für ihn im Moment egal.«

Da war es wieder. Das, was Lilly unterschwellig vom ersten Moment an dieser Frau aufgefallen war.

Da waren keine Emotionen. Sie war kalt. Kühl und berechnend.

»Der Abend von Mosers Geburtstagsfeier«, setzte Lilly neu an. »Sie haben beim Sektumtrunk die Gläser eingeschenkt. Wir wissen, dass sich in einem davon Cyanid befand …«

Sünje Petersen lächelte. »Ach so, darauf läuft das hinaus. Sie wollen mir unterstellen, dass ich Max Moser etwas ins Glas gemischt habe.«

»Das habe ich nicht gesagt.«

»Bitte, verkaufen Sie mich nicht für dumm.« Sünje Petersen stützte sich mit den Händen auf den Tisch. »Ich bin wie gesagt ohne Vorladung mit Ihnen gegangen, um guten Willen zu beweisen und Ihnen in dem Vorfall mit meinem Bruder Rede und Antwort zu stehen. Ich habe mir nichts vorzuwerfen. Und schon gar nicht habe ich etwas mit dem Tod von Max Moser zu tun oder dieser alten Sache mit Torbjörn Svensen.«

Nun lehnte sich Lilly ebenfalls vor. Sünje Petersen mochte sich für ausgekocht halten, was sie sicherlich auch war. Dennoch war sie vor Fehlern nicht gefeit. »Ich habe Torbjörn Svensen mit keinem Wort erwähnt.«

Sünje Petersen öffnete den Mund, aber kein Laut kam über ihre Lippen. Sie sah Lilly ausdruckslos an. Dann: »Sie lassen mich jetzt gehen, oder ich will einen Anwalt.«

»Was geschah in der Nacht, als Torbjörn verschwand?«

»Was soll da schon geschehen sein?«

»Sie waren mit Remko allein zu Hause.«

»Das ist verdammt lange her, das ist Ihnen schon klar, oder?« Sünje Petersen schien einen Moment zu überlegen. Lilly konnte nicht einschätzen, ob sie wirklich versuchte, sich zu erinnern, oder ob sie lediglich Zeit schinden wollte. »Aber ja, Remko und ich waren allein, wenn ich mich recht entsinne.«

»Torbjörn hatte den Sturz das Kliff hinunter überlebt. Er kam zu Ihrem Haus und suchte Hilfe ...«

»Woher wollen Sie das wissen?«

»Wir haben Zeugenaussagen aus jeder Nacht. Sie waren zu Hause. Haben Sie Torbjörn zu sich hereingelassen?«

Sünje Petersen schüttelte den Kopf. »Ich werde mich nicht auf solche Spinnereien einlassen. Was soll das? Ich gehe jetzt, sonst will ich einen Anwalt.«

»Warten Sie einen Moment.« Lilly stand auf und verließ den Raum.

Auf dem Flur lehnte sie sich gegen die Wand und atmete durch. Schließlich raffte sie sich auf und ging hinunter in den Hauptraum der Wache, wo Gödecke mit Tommy bei einer Tasse Kaffee saß.

»Und?«, fragte Tommy.

»Nichts. Bei dir?«

»Ebenfalls Fehlanzeige. Der Kerl ergeht sich in Selbstmitleid. Aber sonst ... schweigt er wie ein Grab und beruft sich auf seine Rechte.«

»Herr Petersen war selbst Polizist«, meinte Gödecke. »Er kennt das System zu gut. Ein Wunder, dass er überhaupt mit uns mitgegangen ist. Die beiden sind jetzt schon zwei Stunden hier. Petersen weiß ganz genau, dass wir ihn hier nicht ewig festhalten können.«

»Sieht bei seiner Tochter nicht anders aus«, erklärte Lilly. »Dann wird es wohl Zeit für einen letzten Versuch.«

Sie ging in den zweiten Verhörraum, wo Simon Petersen wartend am Tisch saß. Lilly schloss die Tür hinter sich.

Der Mann, der sie auf seinem Segelschiff im Rantumer Hafen mit einem Gewehr bedroht hatte, wirkte kraftlos. Mit hängendem Kopf saß er auf den Tisch gebeugt da. Ein müder Blick aus dunkel umrandeten Augen begegnete Lilly, als sie sich ihm gegenübersetzte. Seine Wangen waren eingefallen, sein Haar zerwühlt.

»Ich möchte jetzt gerne zurück zu meinem Jungen. Das habe ich Ihrem Kollegen bereits gesagt«, meinte er mit brüchiger Stimme und sah sich demonstrativ im Raum um. »Falls Sie es vergessen haben … Ich habe hier früher gearbeitet. Ich kenne die Spielregeln. Der Bitte Ihrer Kollegen hierherzukommen bin ich gefolgt, weil ich behilflich sein möchte. Was Remko getan hat … Es tut mir wirklich sehr leid, und ich wünschte, ich könnte es ungeschehen machen. Ich kann mir vorstellen, wie Ihnen zumute sein muss. Eine Kollegin zu verlieren, auf diese Weise … Eine furchtbare Sache. Aber er ist auch mein Sohn. Ich möchte …«

»War es das, was Sie auch damals angetrieben hat?«, fragte Lilly.

»Was meinen Sie damit?«

»Ich weiß nicht genau, was geschehen ist. Aber Torbjörn suchte in der Nacht seines Verschwindens bei Ihrem Haus Hilfe. Sünje und Remko waren allein, Sie und Ihre Frau in Westerland bei einer Veranstaltung. Was ist geschehen? Was fanden Sie vor, als Sie nach Hause kamen?«

»Nichts.« Simon Petersen blickte zu Boden. »Die beiden … lagen in ihren Betten und schliefen.«

»Vielleicht aber auch nicht. Vielleicht haben sie Torbjörn etwas angetan. War das der Grund, weshalb Sie sich dermaßen in den

Fall einbrachten? Damit Sie die Ermittlungen beeinflussen und Ihre Familie schützen konnten?«

»Meine Familie …« Petersen vergrub das Gesicht in den Händen. »Die ist vor vielen Jahren an diesem Fall zerbrochen. Sie kennen die Geschichte. Mir ist nicht viel geblieben. Remko … Ich möchte bei ihm sein. Wenn Sie mich also jetzt bitte gehen lassen würden.«

Die Tür des Vernehmungsraums öffnete sich, und Tommy streckte den Kopf herein. »Telefon. Es ist John.«

Lilly ging hinaus und nahm das Smartphone entgegen, das Tommy ihr reichte. »Was gibt es?«

»Ich brauche Sünje und ihren Vater hier in Keitum.«

»Was?«

»Ihr müsst die beiden herbringen.«

»Wozu?« Lilly spürte Wut in sich aufsteigen. »Ich bin kein Taxiunternehmen. Außerdem können wir die beiden nicht länger …«

»Es ist wichtig. Bitte.«

»Und wohin genau hätten Sie die Lieferung gerne?«

»In das Haus, das die Filmcrew angemietet hat.«

»John, was soll das? Wir stochern hier völlig im Dunkeln und haben nichts in der Hand. Wir reiten uns nur noch …«

»Lilly.« Johns Stimme klang sanft und verständnisvoll, so beruhigend, wie Lilly sie aus den glücklichen Tagen ihrer Beziehung in Erinnerung hatte.

Fall nicht auf ihn herein, mahnte sie sich. Halte dich an die Fakten, übernimm wieder das Ruder und bring die Sache auf eine gerade Schiene.

»Lilly«, wiederholte John. »Ich weiß, dass es viel verlangt ist. Aber … du musst mir vertrauen. Kannst du das?«

Sie atmete tief ein und hielt die Luft an.

Er hatte sich verändert. Der alte John hätte gar nicht erst gefragt, er hätte ihr Vertrauen vorausgesetzt. Möglich, dass er etwas gelernt hatte, bei allem, was er hatte durchmachen müssen. Und war es nicht auch sein Schicksal, das auf er Kippe stand? Vielleicht noch mehr als ihr eigenes? Wenn er sich hier einen Fehler erlaubte, war er für immer weg vom Fenster, und Gödecke gleich mit. Und wollte sie nicht, dass sein Leben wieder in geraden Bahnen verlief? Auch für Frouke? Dann musste sie ihm die Chance geben, den Kopf eigenhändig aus der Schlinge zu ziehen.

»Also gut«, sagte sie. »Wir kommen. Aber sag mir, was du vorhast.«

»Also …«, meinte John. »Ich dachte an eine kleine Theateraufführung.«

62   John

»Wollen Sie auch eine?« Loki Mossby hielt ihm die Packung Zigaretten hin. Eigentlich hatte er sich das Rauchen vor einiger Zeit abgewöhnt – mal wieder –, doch in Zeiten wie diesen konnte er nur schwerlich widerstehen. John griff zu und ließ sich von der Produktionsleiterin Feuer geben.

Sie standen auf der Terrasse hinter der Friesenkate in Keitum. Der Wind strich sanft durch die Baumkronen. Hinter ihnen traf die Filmcrew die letzten Vorbereitungen. Unter anderem wurde die Regenmaschine in Stellung gebracht, und die Scheinwerfer wurden positioniert. Dankenswerterweise spielte das Wetter mit, doch der Himmel hatte sich in der letzten halben Stunde zugezogen, und neue Gewitterwolken bildeten sich.

Klaus Krieger saß in einem der Regiestühle und studierte den Drehbuchentwurf. Die Rolle, die er übernahm, hatte kaum Text. Doch John ahnte, dass die Lektüre für ihn aus einem ganz anderen Grund so fesselnd war. Nicht nur wegen der Einzelheiten, die dort geschildert wurden, sondern auch, weil sie ihn zu einem Großteil von der Schuld an dem, was mit Torbjörn geschehen war, befreiten. Wobei John zweifelte, ob den Mann überhaupt ähnliche Gewissensbisse geplagt hatten wie Max Moser.

Für Greg McQueen, der auf einen Kaffee mit Jördis zusammenstand, hatte Johns ungewöhnlicher Wunsch einen praktischen Nebeneffekt gehabt. Als Jördis im Wohnwagen das Skript von Moser überflogen hatte, hatten sich ihre Sinne geklärt. Sie hatte sich sogar bereit erklärt, neben Krieger einen kleinen Part zu übernehmen, wenn sie damit half, die Mörder ihres Onkels zur Strecke zu bringen und ihrer Mutter späte Genugtuung und Gewissheit zu verschaffen. McQueen schien überaus glücklich, sein Starlet auf diese Weise doch noch an das Set bekommen zu haben.

»Ich hoffe, nach dieser Nummer bin ich Sie endlich los«, meinte Loki Mossby mit einem Schmunzeln und zog an ihrer Zigarette.

»Keine Sorge«, erwiderte John, »das werden Sie. So oder so.« Entweder würde sein Plan aufgehen, und sie würden den Fall zu einem erfolgreichen Abschluss bringen. Oder, andernfalls, würde er nie wieder in irgendeiner Form an einer polizeilichen Ermittlung beteiligt sein.

Aus dem Augenwinkel sah John zwei Autos über die schmale Straße zum Haus herankommen. Im vorderen erkannte er Tommy am Steuer. Dahinter folgte ein Streifenwagen mit Soni Kumari.

John zog noch einmal an der Zigarette und drückte sie dann aus. »Sagen Sie McQueen, dass die Show gleich startet«, meinte er zu Loki Mossby. »Drücken Sie uns die Daumen.«

Er ging um das Haus herum zum Eingang. Lilly stieg auf der Beifahrerseite aus dem vorderen Wagen, Gödecke mühte sich aus der Hintertür. Soni Kumari parkte den Streifenwagen unweit des Eingangs. Simon Petersen und seine Tochter saßen auf der Rückbank und mussten warten, bis Kumari ihnen öffnete.

Lilly kam mit Gödecke zu John herüber.

»Ich weiß nicht, welchen Plan Sie verfolgen«, sagte Gödecke, während er sich eine Zigarre anzündete. »Aber ich hoffe, es ist ein guter.«

»Dem stimme ich zu.« Lilly warf ihm einen mahnenden Blick zu.

»Danke für das Vertrauen«, erwiderte John. Er hätte Lilly gerne noch gesagt, wie hoch er ihr das anrechnete, doch er bekam keine Gelegenheit dazu. Sünje Petersen stieg aus dem Streifenwagen und kam mit wütendem Gesicht zu ihnen herüber.

»Wie zwei Verbrecher müssen wir uns hier herumkutschieren lassen!«, ereiferte sie sich. »Wenn die Leute das sehen ... Ist Ihnen eigentlich klar, was das für meinen Ruf und mein Geschäft bedeuten kann?«

»Verzeihen Sie die Unannehmlichkeiten«, sagte John, während er beobachtete, wie Simon Petersen ausstieg. Im Gegensatz zu seiner Tochter machte er eher einen besorgten Eindruck. Sein Blick wanderte zu John. Argwohn und Furcht lagen darin. John konnte sich vorstellen, was in dem Mann vorgehen mochte. Petersen war selbst Polizist gewesen. Er wusste, wie die Kripo arbeitete. Doch ein solches Vorgehen hatte er noch nicht erlebt. Vermutlich spürte er, dass sie etwas vorbereitet hatten, doch er wusste nicht, was. Und das verunsicherte ihn. Wie ein Tier, das man in die Enge getrieben hatte.

Genau so soll es sein, dachte John. Er ist das schwache Glied in der Kette.

»Entschuldigen Sie die Geheimniskrämerei.« Er lächelte. »Ich werde gleich alles aufklären. Es wird sich lohnen, glauben Sie mir. Wenn Sie mir bitte folgen würden.«

John machte eine einladende Geste und betrat das Haus.

Im Wohnzimmer hatten Mossby und McQueen alles vorbereitet. Die Tonleute standen bereit, ebenso die Kamera und das Licht.

Greg McQueen hatte sich vorbehalten, die Szene tatsächlich zu filmen. Ob er sie später verwenden würde, wusste er noch nicht, aber immerhin hatte Moser sie als große Enthüllung am Ende seines Drehbuchs vorgesehen.

»Kommen Sie her«, sagte John und bat die anderen, sich mit ihm hinter den Regiestuhl von McQueen zu stellen. »Von hier aus sehen wir alles am besten.«

Mossby gab zweien ihrer Mitarbeiter ein Zeichen, damit sie die Jalousien der Fenster schlossen. Die Szene spielte am späten Abend. Moser hatte das Geschehen in seinem Entwurf auf zwanzig Uhr dreißig festgelegt, was ungefähr der Uhrzeit entsprach, zu der sich diese Szene vor vielen Jahren in Wirklichkeit zugetragen hatte.

»Alle auf Position!«, rief Loki Mossby.

Greg McQueen wandte sich zu John um und verzog den Mundwinkel zu einem schiefen Grinsen. »Ihre Show, Maestro. Also, bitte …«

John räusperte sich und ließ den Blick durch die Runde schweifen. Das Filmteam sah ihn erwartungsvoll an.

Also sprach er die magischen Worte: »Action!«

Später Abend. Draußen tobte ein ausgewachsener Sturm, der an den Fensterläden zerrte und den Regen in Böen gegen die Scheiben trieb. Blitze erhellten die Nacht.

Im Wohnzimmer des Friesenhauses, unweit der Abbruchkante des Keitumer Kliffs, saß eine junge Frau. Bei ihr handelte es sich um eine Schauspielerin, die eigentlich eine der vielen Nebenrollen spielte. Greg McQueen hatte sie gebeten, den Part spontan zu übernehmen. Obwohl sie zehn Jahre älter war als die Person, die sie spielte, damals gewesen war, hatte die Visagistin ein kleines Wunder bewirkt. Die Nebendarstellerin sah Sünje Petersen in jungen Jahren tatsächlich ein wenig ähnlich. Sie war damals sechzehn gewesen.

Im Fernsehen lief ein Horrorstreifen. So hatte Max Moser es in seiner Regieanweisung geschrieben. *The Fog – Nebel des Grauens* von John Carpenter aus dem Jahr 1980. Dies war eines der vielen Details, die John davon überzeugt hatten, dass Moser mit jemandem gesprochen haben musste, der ganz genau wusste, was sich im Haus der Petersens in jeder Nacht, als Torbjörn Svensen verschwand, zugetragen hatte. Die Alternative war natürlich, dass der Meisterregisseur in den Details einfach kreative Freiheit hatte walten lassen, und es bestand nach wie vor die Möglichkeit, dass er sich alles ausgedacht hatte. Doch das würden sie in wenigen Minuten erfahren.

Loki Mossby hatte sich jedenfalls alle Mühe gegeben, den alten Streifen bei einem Streamer aufzutreiben, damit sie ihn auf dem Fernseher abspielen konnten.

John warf aus dem Augenwinkel einen Blick auf die echte Sünje

Petersen und ihren Vater, die schräg hinter ihm standen. Sünje war die Farbe aus dem Gesicht gewichen, Simon Petersen beobachtete die Szene mit ungläubigem Blick.

Die beiden erkannten wieder, was hier gespielt wurde.

Die Sünje-Petersen-Darstellerin hatte sich eine Decke übergeworfen und die Knie an die Brust gezogen. In der Hand hielt sie eine Chipstüte.

Von hinten schlich sich auf leisen Sohlen ihr Bruder Remko heran, ebenfalls verkörpert von einem Nebendarsteller. Einen Dreizehnjährigen kaufte man ihm in keinem Fall ab, dazu war er zu groß. Doch er wirkte immer noch jung genug, und im Zweifel kam es darauf nicht an, wie McQueen gemeint hatte.

In der Hand hielt der Remko-Darsteller eine Armbrust. Allerdings weder gespannt noch mit einem eingelegten Pfeil. Er schlich hinter Sünje und erschreckte sie mit einem lauten »BUH!«

Sie sprang auf und fuhr auf dem Sofa herum. »Verdammt, was soll das!« Ihr Blick fiel auf die Armbrust. »Leg das verfluchte Ding sofort wieder in den Schrank. Wie bist du überhaupt daran gekommen?«

»Er war offen …«

»Papa hat gesagt, du sollst da nicht rangehen!«

»Aber er hat mir doch beigebracht, wie man damit umgeht.«

»Wenn Papa dabei ist, ist das etwas anderes. Los, jetzt zisch ab!«

»Was guckst du da?«

»Nichts für dich. Verschwinde!«

Der Remko-Darsteller trottete davon, während die junge Frau zischte: »Das nächste Mal sollen sie sich einen Babysitter holen!«

Dann widmete sie sich wieder dem Film und den Chips. Im Fernseher erschien gerade ein Piratenzombie aus dem Nebel und klopfte mit einer Hakenhand an ein Fenster.

»Mehr Regen!«, kam die leise Anweisung von McQueen.

Die Regenmaschine draußen auf der Terrasse ließ das Wasser noch heftiger gegen die Fensterfront prasseln.

Blitze zuckten.

Wieder McQueen im Flüsterton: »Jetzt die Kamera auf die Terrassentür.«

Über den Rasen kam eine Gestalt auf die Terrasse zugewankt. Man konnte zunächst nur eine dunkle Silhouette erkennen.

McQueen: »Kamera zwei bleibt auf der Frau.«

Die Sünje-Darstellerin hatte den Blick noch auf den Fernseher gerichtet, doch als draußen auf den Fliesen vor der Terrassentür schlurfende Schritte zu hören waren, wandte sie den Kopf. Die Chipstüte glitt ihr aus der Hand, und ihre Augen weiteten sich vor Schreck.

Vor der Tür war nun ein Mann zu erkennen.

Die Maske hatte ganze Arbeit geleistet. Sowohl die Platzwunde an seiner Stirn als auch das daraus hervortretende Blut, das sich über das gesamte Gesicht verteilt hatte, wirkten absolut echt. Der Mann, der den Hilfe suchenden Torbjörn Svensen verkörperte, stützte sich mit einer Hand gegen das Glas der Terrassentür, glitt daran ab und hinterließ einen langen Blutstriemen.

Die Sünje-Darstellerin gab einen spitzen Schrei von sich.

»Oh Gott!«

Draußen berappelte sich der Mann wieder. Er kam auf die Knie und griff nach der Terrassentür, die nicht abgeschlossen war. Sie schwang auf, und der Sturm wehte den Regen herein.

Während der Untote im Fernsehen gerade eine Frau massakrierte, sprang die Sünje-Darstellerin vom Sofa auf und wich zurück.

Der verletzte Torbjörn taumelte ins Wohnzimmer.

In dem Moment kam aus dem Nebenraum Remko. Er hielt die Armbrust in der Hand. Diesmal gespannt und mit einem eingelegten Pfeil.

Er schrie: »Lass meine Schwester in Ruhe!«

Dann drückte er ab.

Natürlich tat er nur so. Der Pfeil flog nicht wirklich. Auch das würde man später entsprechend am Computer arrangieren. Stattdessen platzte der Blutbeutel unter dem T-Shirt des Torbjörn-Darstellers durch eine Fernzündung des Special-Effects-Experten.

Blut verteilte sich auf Torbjörns Brust. Er griff mit beiden Händen nach dem imaginären Pfeil, der sein Herz durchbohrt hatte. Dann sank er auf die Knie und fiel der Länge nach auf den Wohnzimmerteppich.

Sünje und Remko standen für eine gefühlte Ewigkeit starr vor Schreck da und blickten auf den Toten, während der Regen durch die Tür prasselte und Blitze zuckten.

Dann öffnete sich die Wohnzimmertür.

Simon Petersen und seine Frau Britta kamen herein, gespielt von Klaus Krieger und Jördis Svensen, die man zur Unkenntlichkeit verkleidet und geschminkt hatte.

Britta Petersen ließ den Blumenstrauß fallen, den sie in der Hand hielt. Simon Petersens Blick schweifte über das Schlachtfeld, das sich ihm bot.

Seine Augen suchten Sünje, dann Remko, der noch immer mit der Armbrust in der Hand dastand. »Was zur Hölle ist hier passiert?«

»Cut!«, rief Greg McQueen und klatschte in die Hände. »Leute, das war das Beste, was wir bisher gedreht haben. Fabelhaft!«

John wandte sich um und beobachtete die Reaktion der echten Sünje Petersen und ihres Vaters.

Sünje stand da, völlig starr, mit kreidebleichem Gesicht. Ohne Frage gab sie sich größte Mühe, sich nichts anmerken zu lassen, was ihr aber nicht gelang. John wusste, wie Menschen aussahen, die einen Schock erlitten.

Doch selbst eine perfekte Schauspieleinlage hätte ihr nichts gebracht. Denn die Reaktion ihres Vaters war entlarvend.

Simon Petersen wich an die Wand zurück. Dort sank er in sich zusammen, klammerte auf dem Boden hockend die Arme um die Knie und begann zu weinen.

John ging zu ihm hinüber. Nun musste er ihm nur noch den letzten Stoß versetzen.

Lilly kam neben ihn. Sie warf John einen bittenden Blick zu. John wusste ihn zu deuten. Jetzt forderte sie sein Vertrauen ein. Er nickte.

Lilly kniete sich vor Simon Petersen und legte ihm die Hand auf die Schulter.

Simon Petersen hob den Kopf. Die Tränen liefen ihm über die Wangen. Und der Schmerz vieler Jahre, der Schock der Erinnerung standen ihm ins Gesicht geschrieben.

In mitfühlendem Ton sagte Lilly: »Das war der Moment, als damals Ihre Familie für immer zerbrach. Ist es nicht so?«

Simon Petersen nickte.

63 Lilly

Während die Filmcrew die Regenmaschine abbaute, braute sich am Himmel über der alten Friesenkate ein echtes Gewitter zusammen. Schwarze Wolkentürme schoben sich heran, die in der Höhe zu Ambossformen aufwuchsen. Die Windböen fuhren in die Baumkronen und ließen Blätter herabrieseln.

Lilly stand mit Simon Petersen an der Abbruchkante des Kliffs. Er hatte die Hände in die Hosentaschen geschoben und blickte mit herunterhängenden Schultern auf das Watt hinaus.

Sie hatte sich entschieden, noch hier an Ort und Stelle mit dem Mann zu sprechen, wo er unter dem Eindruck der Erinnerung stand. Es bestand immer die Möglichkeit, dass er sich später, wenn er nicht mehr so aufgewühlt wäre, weniger redselig zeigte. Petersen hatte sich damit einverstanden erklärt, dass Lilly ihr Gespräch mit dem Smartphone aufzeichnete, und er wollte seine Aussage auch auf dem Revier offiziell zu Protokoll geben.

John und Gödecke hielten sich derweil im Hintergrund und bedankten sich bei Greg McQueen und dem Filmteam. Tommy hatte Sünje Petersen in Gewahrsam genommen und brachte sie mit Soni Kumari auf die Wache. Sie verweigerte die Aussage. Umso wichtiger waren jetzt die Angaben ihres Vaters.

Simon Petersen deutete mit einem Nicken auf die Friesenkate. »Unser altes Haus ... es war ganz ähnlich gelegen. Direkt am Kliff. In jener Nacht suchte Torbjörn Zuflucht bei uns. Aber die Kinder ... Sie bekamen es mit der Angst zu tun, brachen in Panik aus. Es war ... ein schreckliches Missverständnis.«

»Herr Petersen«, sagte Lilly, »warum erzählen Sie mir nicht, wie sich alles zugetragen hat.«

»Ja, natürlich.« Petersen räusperte sich und wischte sich mit der Hand über die Augen. »Meine Frau und ich kamen an dem Abend von einer Veranstaltung in Westerland heim. Wir fanden die Kinder und den toten Torbjörn vor, als wir das Wohnzimmer betraten. Was sich zuvor ereignet hat, kenne ich nur aus der Erzählung meiner Tochter ...«

»Sünje Petersen.«

»Sünje, ja. Sie hatte im Wohnzimmer vor dem Fernseher gesessen und schaute einen dieser Horrorfilme, von denen sie sich eigentlich fernhalten sollte. Jedenfalls ...«

Die weitere Schilderung entsprach ziemlich exakt der Szene aus Max Mosers Drehbuchentwurf, die das Filmteam soeben nachgestellt hatte. Der Meisterregisseur hatte ganze Arbeit geleistet.

»Woher hatte Remko die Waffe?«, wollte Lilly wissen.

»Aus meinem Waffenschrank. Das alles war letztendlich meine Schuld. Remko ... er wollte mir nacheifern und ebenfalls Polizist werden. Als er alt genug war – oder als ich dachte, er wäre es, ich war damals zu naiv –, da brachte ich ihm das Schießen bei. Die Armbrust ... Ich hatte sie einmal von meinem Großvater bekommen. Also wollte auch ich etwas weitergeben. Wie gesagt, heute weiß ich, wie entsetzlich dumm das war ...«

»Torbjörn lag also tot auf dem Teppich, nachdem Remko ihn mit der Armbrust erschossen hatte. Und Sie sind sich sicher, dass es wirklich Remko war, der den tödlichen Pfeil abfeuerte?« Lilly wollte sichergehen.

»Ja. Sünje hätte gar nicht gewusst, wie man mit der Waffe umgeht, sie hatte nie Interesse daran. Nicht, dass Remko in seinem Alter ein guter Schütze gewesen wäre. Aber er wusste, wie man die Armbrust spannte und einen Pfeil einlegte. Wenn man dann nur nahe genug an sein Ziel herankommt – dann wird es schwierig, nicht zu treffen.«

»Was taten Sie dann?«

»Britta …«

»Ihre Frau.«

»Ja, meiner Frau und mir war nach dem ersten Schock sofort bewusst, was das bedeutete. Ich meine, die Folgen, wenn es publik würde. Für Britta und ihre Praxis. Für die Kinder. Für meine Laufbahn … Wenn wir die Polizei riefen, wären wir alle erledigt.«

»Also entschieden Sie sich, die Leiche verschwinden zu lassen.«

»So war es. Als Ärztin hatte Britta entsprechende Kenntnisse und Gerätschaften, um … nun, Sie wissen schon.«

»Ich denke, die Details können wir uns für den Moment sparen. Das Endergebnis kenne ich.«

»Wir packten seine Teile in eine Kiste. Ich fuhr mit dem Boot hinaus auf die Nordsee und versenkte sie.«

»Und damit, dachten Sie, wäre die Sache aus der Welt.«

»Natürlich nicht. Mir war klar, dass man nach dem Jungen suchen würde. Doch ich nutzte meine Position, um die Ermittlungen zu beeinflussen.« Petersen machte eine kurze Pause. »Was ich nicht erwartet hatte, waren die Folgen für meine Familie. Britta kam nicht damit klar, was wir getan hatten. Als Ärztin war es doch ihre Aufgabe, Menschenleben zu retten. Sie haderte mit sich – hätte sie dem Jungen vielleicht noch helfen können? Natürlich nicht, sagte ich ihr immer wieder, er war tot … Sie steigerte sich da in was rein.«

»Ihre Frau hatte an einem Punkt offenbar Kontakt mit der Polizei aufgenommen und wollte aussagen.«

»Ja. Das konnte ich zum Glück verhindern«, meinte Petersen. »Was ich nicht verhindern konnte, war, was mit unseren Kindern geschah. Sünje fing mit den Drogen an. Ihr schlimmer Autounfall … Remko stürzte völlig ab, schmiss die Schule. Meine Frau gab mir die Schuld. Deshalb ließen wir uns scheiden. Die Kinder blieben bei ihr. Und mir … blieb die Flasche.«

»Doch Torbjörn Svensen geriet in Vergessenheit. Der Fall landete bei den Akten. Sie hatten Ihr Ziel erreicht.«

Simon Petersen lachte kurz. »Ja, wenn man es so sieht … Dennoch blieb das Schuldgefühl. Das Wissen, dass unser Kind einen

Menschen getötet hatte. Aber ja, niemand fragte mehr nach dem Jungen. Bis vor Kurzem.«

»Als Max Moser wieder auf der Insel auftauchte.«

»Das Schicksal schlägt manchmal seltsame Volten, finden Sie nicht auch?« Petersen sah Lilly von der Seite an. »Sünje kam zu mir, kurz nachdem sie mit der Arbeit am Filmset begonnen hatte. Der Auftrag war ein großer Fang für sie. Doch sie hatte Moser wiedererkannt. Sie war sich erst nicht sicher. Er war älter, dazu der andere Name, doch es war Maximilian Martein de Haan. Und er hatte sogar Klaus Krieger mitgebracht. Alle waren wieder hier auf der Insel vereint.«

»Wann dämmerte Ihnen oder Ihren Kindern, dass Ihnen Ärger drohte?«

»Als Sünje herausfand, worum es in dieser Fernsehserie ging, die gedreht wurde. Sie beruhte auf einem alten, ungelösten Fall. Torbjörns Verschwinden.« Petersen hob die Augenbrauen. »Sie können sich denken, dass bei uns alle Alarmglocken angingen. Wir überlegten, was das bedeutete. Ich riet ihr und Remko, die Füße stillzuhalten und nicht in Panik zu geraten. Die Filmleute wussten ja nichts. Natürlich, die Kiste mit Torbjörn war wieder aufgetaucht, das hatten wir damals mitbekommen, doch niemand zog eine Verbindung zu uns. Das änderte sich, als Sünje ein Telefonat von Greg McQueen mithörte. Er suchte Kontakt zur Kripo in Flensburg, offenbar gab es neue Ermittlungsansätze. Und dann der große Knall auf dem Set. Moser und der Drehbuchautor bekamen sich in die Wolle. Weil Moser etwas ändern wollte. So kam Sünje ihm auf die Schliche, dass er selbst Nachforschungen anstellte. Und die ... führten Moser zu Britta. Sie rief mich an. Sie hatte ihm alles erzählt. Offenbar konnte sie nicht anders. Nach all den Jahren hatte sie den Ballast endlich loswerden wollen. Sie sagte, es fühlte sich gut an. Jetzt verstehe ich sie ...«

»Sie trugen ihr auf zu verschwinden, so, wie Sie es schon mal getan hatten, als sie damals Kontakt mit der Polizei aufgenommen hatte.«

»Nein. Das tat ich nicht. Ich war so weit, mit der Sache abzuschließen. Was hatte ich denn zu verlieren? Ich war ganz unten angekommen. Warum also nicht reinen Tisch machen? Ich war bereit, alles zu gestehen, aber ...«

»Aber was?«

»Sünje. Remko.« Petersen hob die Hände. »Ich konnte doch nicht meine Kinder ans Messer liefern. Sünje brachte mich wieder zur Besinnung. Sie versprach, sich um das Problem zu kümmern. Ich versuchte, sie zurückzuhalten, aber ... Sie wissen, wie es ausgegangen ist.«

»Warum zwei Mordanschläge?«, fragte Lilly. »Erst das Gift, dann die Armbrust?«

Er zuckte mit den Schultern. »Ich weiß es nicht. Das waren die Kinder. Sünje ... Sie hatte einen Plan, doch es kam etwas dazwischen. Ich schätze, Remko tat das, was er schon damals getan hatte – seine große Schwester beschützen. Er beschloss, Moser auf eigene Faust aus dem Weg zu räumen und alle Spuren seiner Recherchen zu beseitigen.«

Lilly schaltete die Aufnahme auf dem Smartphone aus. »Sie werden das später alles noch einmal im Detail zu Protokoll geben müssen, Herr Petersen.«

»Natürlich.«

Sie machte einem der beiden Streifenbeamten, die Kumari ihnen dagelassen hatte, ein Zeichen, und er legte Petersen Handschellen an und führte ihn zum Streifenwagen.

John und Gödecke kamen zu ihr herüber.

»Ganz hervorragend!«, lobte der Kriminalrat. Er zwirbelte seinen Schnurrbart und nickte anerkennend. Dann zog er zwei Zigarren aus der Innentasche seines Jacketts. »Benthien, die haben Sie sich verdient.«

Johns Blick wanderte zu Lilly, eine Geste, die Gödecke wohl zu deuten wusste. Er räusperte sich. »Verzeihung. Ich wollte Ihre Leistung nicht schmälern.« Er reichte Lilly seine Zigarre. »Bitte sehr, wenn Sie mögen ...«

Lilly hasste die alten Stinkbalken. Doch sie griff allein aus Trotz zu.

John lächelte sie an. »Friedenspfeife?«

Lilly ließ sich von Gödecke Feuer geben und konnte sich ein Grinsen nicht verkneifen. »Friedenspfeife. Ich finde, wir sind noch immer ein ausgezeichnetes Team.«

»Dem kann ich nur zustimmen«, meinte Gödecke und winkte Loki Mossby zu sich heran. »Sagen Sie, hätten Sie vielleicht eine Zigarette für mich? Mir sind gerade die Zigarren ausgegangen.«

Epilog

64 John

Die Beerdigung fand anderthalb Wochen später an einem Freitagmorgen statt. Der Herbst schickte seine ersten Vorboten und ließ keinen Zweifel daran, dass der Sommer sich seinem baldigen Ende entgegenneigte. Bleiern hingen die Wolken am Himmel über der Stadt. Leichter Nieselregen ging auf den alten Flensburger Friedhof nieder, der unweit des Landgerichts lag.

John trat aus der kleinen Gruppe von Menschen mit Regenschirmen hervor an das Grab. Seine Haare und sein schwarzer Anzug waren inzwischen gründlich durchnässt.

Er nahm eine Handvoll Erde und ließ sie in die Grube rieseln, in der der dunkelbraune Sarg mit Sannas sterblichen Überresten lag.

»Danke«, sagte er leise. »Für alles. Ich werde dich vermissen.« Er schluckte und hielt die Luft einen Moment an, um die Tränen zu unterdrücken.

Noch vor anderthalb Jahren wäre er wohl jede Wette eingegangen, dass er dieser Frau niemals eine Träne nachweinen würde. Sie hatte ihn zu Fall gebracht. Natürlich hatte er selbst sich den Fehler zuzuschreiben, doch Sanna war eine unerbittliche Jägerin gewesen.

Aber sie hatte eben auch eine andere Seite gehabt. Sie hatte ihm einen Ausweg gelassen. Keinen bequemen, aber eine Möglichkeit, sein Leben wieder auf die Reihe zu bekommen. Ohne sie stünde er heute wohl nicht hier, sondern wäre hinter Gittern. Das würde er ihr nie vergessen. Und ... hatte sie ihn vielleicht am Ende sogar zu einem besseren Menschen gemacht? Einem, der wusste, wo seine Prioritäten zu liegen hatten – als Vater zweier Kinder.

Johns Blick wanderte zu dem Holzkreuz.

Sanna Harmstorf.

Darunter ihr Geburtsdatum und der Tag ihres Todes.

Ruhe in Frieden, dachte John. Dafür werden die Kolleginnen und Kollegen bei der Staatsanwaltschaft schon sorgen.

John hatte beim Frühstück mit Oberstaatsanwalt Bleicken telefoniert. Remko Petersen war inzwischen wieder bei Bewusstsein. Er hatte ein umfassendes Geständnis abgelegt. Ebenso seine Schwester Sünje. Nach der Aussage ihres Vaters war sie eingeknickt. Beide würden angeklagt, ebenso wie Simon Petersen und seine Frau Britta, nach der eine länderübergreifende Fahndung lief. Bleicken hatte John versichert, dass die Staatsanwaltschaft in allen Fällen die Höchststrafe verlangen würde.

Allerdings würde der Oberstaatsanwalt sich nicht mehr persönlich mit diesem Prozess befassen. Bleicken hatte sein Amt niedergelegt. Der öffentliche Druck durch die publik gewordene Affäre hatte ihm das Genick gebrochen.

Ein Lächeln huschte über Johns Gesicht. »Du hast es ihm gezeigt«, sagte er zu Sanna.

Jaane trat neben ihn. Sie zitterte am ganzen Leib. John ließ sich einen Regenschirm geben, den er über sie hielt, und fasste sie unter dem Arm, um sie zu stützen.

Sie warf ein wenig Sand in das Grab und brach augenblicklich in Tränen aus. »Sanna ...«

»Schon gut. Ich bin da. Es wird alles gut ...« John strich sanft über Jaanes bebenden Rücken.

Ob wirklich alles gut würde, musste sich erst noch zeigen. Aufgrund der besonderen Umstände und wegen Jaanes uneingeschränkter Kooperationsbereitschaft hatte der Richter auf eine Untersuchungshaft verzichtet. Unter der Auflage, dass Jaane im Hausarrest mit einer Fußfessel in ihrem Fischerhaus auf Sylt auf den Gerichtstermin wartete.

Jaane wandte sich noch einmal dem Grab zu und flüsterte: »Mach es gut, große Schwester.«

John gab ihr noch einen Augenblick, dann legte er den Arm um ihre Schulter und führte sie behutsam zu den beiden Kollegen, die am Rand der Trauergemeinde warteten, um Jaane wieder auf die Insel zu bringen.

»Wir sehen uns dann«, verabschiedete er sich von ihr und drückte sie ein letztes Mal an sich. »Und ich werde mich um alles kümmern, versprochen.«

Sannas Hausboot musste ausgeräumt, Rechnungen bezahlt und allerhand Papierkram erledigt werden.

Er blickte Jaane nach, wie sie mit den beiden Kollegen davonging.

Lilly und Tommy traten an seine Seite.

»Glaubst du, sie wird es schaffen?«, fragte Lilly.

»Wir werden ein Auge auf sie haben«, antwortete John. Jaane hatte eine labile Persönlichkeit. Niemand konnte voraussehen, wie sie auf den tragischen Verlust ihrer Schwester und den Druck, der während des drohenden Prozesses auf ihr lasten würde, reagieren würde.

»Wir lassen dich mit der Aufgabe nicht allein«, versprach Tommy.

»Dem schließe ich mich an«, bekräftigte Lilly. »Wir sehen uns dann gleich auf dem Präsidium?«

»Klar.« John deutete auf seinen durchnässten Anzug. »Ich werde mich nur kurz trockenlegen gehen.«

Eine Stunde später öffnete John die Eingangstür und betrat das Foyer des Flensburger Polizeipräsidiums. Den Beerdigungsanzug hatte er gegen Jeans, Hemd und Lederjacke getauscht. Den Kollegen am Empfangsschalter nickte er zur Begrüßung zu.

»John Benthien«, kam es von einem zurück. »Das ist lange her.«

»Allerdings«, antwortete John im Vorübergehen.

»Sehen wir Sie jetzt wieder öfter hier?«

»Davon können Sie ausgehen.«

John nahm den Aufzug hoch zu den Räumen der Kriminalpolizei. Die Türen glitten mit einem leisen Glockenton auf und gaben den Weg in das Großraumbüro der Kripo frei.

Er sah sich um.

Dort, wo um diese Uhrzeit für gewöhnlich geschäftige Hektik an der Tagesordnung war, herrschte Stille. Keine Menschenseele zu sehen. Die Schreibtische unbesetzt.

Johns Blick wanderte zu dem Glaskasten hinüber, in dem sich Gödeckes Büro befand. Ebenfalls leer.

Er stemmte die Hände in die Hüften und lachte.

»Okay, Leute, sehr lustig. Ich lach mich gleich tot. Dann habt ihr noch eine Leiche mehr, um die ihr euch kümmern müsst. Also kommt lieber raus!«

Hinter den Trennwänden der Schreibtische erhoben sich die Köpfe. Jubel brandete auf, Konfetti und Papierschlangen wurden in die Luft geschleudert.

In Windeseile hatten sich die Kollegen zu einem Spalier formiert, an dessen Ende Kriminalrat Gödecke in Erscheinung trat. Im Mundwinkel eine qualmende Zigarre, obwohl dies auch hier inzwischen mit Sicherheit untersagt war. An seiner Seite stand der Polizeipräsident.

Lilly und Tommy reihten sich am Anfang der Kollegenschlange ein und winkten John hindurch, während sie im Chor seinen Vornamen skandierten.

John gab sich keine Eile.

Er schritt die Reihen langsam ab, genoss den Moment wie eine warme Dusche, auf die er in einer kalten Nacht viel zu lange gewartet hatte. Hier und da schüttelte er eine Hand, kassierte ein Schulterklopfen und den einen oder anderen Kuss auf die Wangen von einer Kollegin.

Als er bei Gödecke und ihrem obersten Vorgesetzten angelangt war, verstummte die Menge.

Der Polizeipräsident räusperte sich. »Mein lieber Benthien, ich möchte Ihnen im Namen von uns allen großen Dank aussprechen.

Sie haben der Truppe in diesem aufsehenerregenden Fall einen großen Dienst erwiesen. Ich denke, Sie haben die Medienberichterstat-
tung in den vergangenen Tagen verfolgt ...«

John nickte. »Aber natürlich.«

Hatte er in Wirklichkeit nicht. Was in den Nachrichten über
ihn und seine Arbeit geschrieben und fantasiert wurde, interessierte ihn nicht. Die Leute erzählten viel, wenn der Tag lang war,
und letztendlich änderte es nichts an dem, was er tat. Doch weshalb sollte er das dem Polizeipräsidenten erklären und ihm die
Laune verderben?

»Selbst über den Großen Teich hinweg hat es Wellen geschlagen, dass wir den Mörder des Meisterregisseurs dingfest gemacht
haben. Eine große Ehre für unsere Institution, und ich möchte mich
persönlich bei Ihnen bedanken.« Er schüttelte John die Hand.

»Keine Ursache«, erwiderte er. »Jederzeit wieder.«

Der Polizeipräsident nickte Gödecke zu, der an John herantrat
und ihm eine kleine Holzschachtel reichte.

John öffnete sie. Darin lagen sein neuer Dienstausweis, der ihn
als Ersten Hauptkommissar auswies, und eine ebenso nagelneue
Dienstwaffe.

Ohne die Zigarre aus dem Mund zu nehmen, murmelte Gödecke unter dem Applaus der Kollegen: »Willkommen zu Hause,
alter Freund.«

John schloss die Tür seiner Altbauwohnung im Stadtteil Jürgensby
auf, und der Geruch frischer Farbe wehte ihm entgegen. Die Maler
hatten es gerade noch rechtzeitig vor ihrem Einzug geschafft.

»Wow!« Celine schob sich an ihm vorbei und sah sich um. »So
kann das also aussehen.«

»Nicht schlecht, was?« John zog die Tür zu und hängte seine
Jacke an den Kleiderhaken. »Es fehlen noch ein paar Möbel, aber
die können wir ja gemeinsam aussuchen.«

»Ich habe bei Ikea ein Bett gesehen ...«

»Machen wir morgen, einverstanden?«

Celine grinste. »Ist der alte Mann etwa ein wenig müde? Und das nach noch nicht mal einem halben Tag in Präsidium.«

»Ich konnte mich nicht in der Schule ausschlafen.« Er hatte Celine auf dem Heimweg am Gymnasium aufgegabelt, was ihr natürlich hochnotpeinlich gegenüber ihren Freundinnen gewesen war.

»Blödmann«, bekam er als Antwort.

Celine ging in ihr Zimmer, das neben der Küche lag – Johns altes Schlafzimmer –, das sie sich vermutlich deshalb ausgesucht hatte, weil der Weg zum Kühlschrank von dort aus am kürzesten war. Eine alte Schlafcouch musste fürs Erste reichen, alles andere würden sie noch zusammenkaufen. John hatte den Neubezug dazu genutzt, sich von altem Tand zu trennen.

Er ging in die Küche und setzte einen Tee auf.

Da klingelte es an der Wohnungstür.

John nahm den Hörer der Gegensprechanlage ab. »Ja?«

»Hallo«, hörte er eine altvertraute Stimme. »Ich habe hier ein kleines Paket für John Benthien.«

John lächelte. »Stellen Sie es doch in den Flur.«

»Hmm, nein, es ist eine persönliche Zustellung.«

»Dann kommen Sie doch rauf.«

Er aktivierte den Türöffner, und kurz darauf stiegen Juri und Lilly die Treppe hoch. Lilly streckte ihm Frouke entgegen. »Dein Papa wollte dich einfach im Flur parken.«

»Aber nicht doch.« John nahm das kleine Bündel entgegen und drückte seiner Tochter einen Kuss auf die Stirn. »Das Geschrei wollen wir den Nachbarn nicht antun. Kommt rein. Ihr seid ja von der ganz schnellen Truppe.«

»Wir wollen jede Minute unseres gemeinsamen Wochenendes genießen«, erklärte Juri. »Also, wir haben keine Zeit zu verlieren. Danke, dass du auf sie aufpasst. Kommst du, Lilly?«

»Ja, geh schon mal vor.«

Juri gab John zum Abschied einen Klaps auf die Schulter, der ihn kurz ins Wanken brachte.

Als sie allein waren, sagte Lilly: »Danke, John.«

»Dafür doch nicht. Ich danke dir ... für dein Vertrauen. Und dafür, dass ich ein Wochenende mit der Kleinen genießen darf.«

Lilly lächelte verlegen, dann stellte sie sich unerwartet auf die Zehenspitzen und drückte John einen Kuss auf die Wange. »Schön, dass du wieder da bist.«

Ohne ein weiteres Wort wandte sie sich ab und verschwand mit schnellen Schritten die Treppe hinunter.

John berührte die Stelle, wo ihre Lippen seine Wange berührt hatten. »Ja ... freut mich auch.«

»Sag mal, willst du da im Durchzug Wurzeln schlagen?«, kam Celines Stimme von hinten.

»Was?« Er drehte sich um.

»Die Kleine hat bestimmt Hunger.«

»Oh, natürlich ...«

Er wollte in die Küche gehen, als es abermals an der Tür klingelte.

»Übernimmst du mal?« John gab Frouke an Celine und griff nach dem Hörer der Gegensprechanlage. »Hallo?«

»Wir sind schon hier«, kam die Antwort aus dem Treppenhaus.

John trat nach draußen und zog die Tür hinter sich zu.

Zwei Gestalten kamen die Treppe hinauf. Zunächst erkannte er nur einen Haarschopf und eine Schiebermütze. Als die beiden das Zwischenpodest erreichten und die letzten Stufen zu ihm nahmen, wusste er, mit wem er es zu tun hatte.

Greg McQueen und Loki Mossby.

»Ich dachte, Sie waren froh, mich los zu sein«, sagte John.

Mossby schürzte die Lippen. »Da haben Sie recht. Aber der Chef sieht das anders.«

John streckte den beiden zur Begrüßung die Hand hin. »Woher wissen Sie, wo ich wohne?«

»Telefonbuch«, erklärte Mossby.

Natürlich. Ben hatte vor langer Zeit mal darauf bestanden. Wegen alter Freunde und Bekannter. Nachdem sein Vater ausgezogen war, hatte John den Eintrag löschen lassen wollen, was aber auf seiner To-do-Liste nach unten gewandert war, bei allem, was in letzter Zeit geschehen war.

»Was kann ich für Sie tun?«, wollte John wissen.

McQueen schielte nach der Wohnungstür, doch John machte keine Anstalten, die beiden hereinzubitten. Er mochte keinen unangekündigten Besuch.

»Wir, ähm …« Der Regisseur nahm die Mütze vom Kopf und faltete sie vor der Brust. »Wir sind auf das Buch aufmerksam geworden, das Ihr Vater über Ihre Fälle verfasst hat. Ein richtiger Bestseller, wenn ich recht informiert bin.«

»Kann man so sagen. Ist aber schon eine Weile her, dass das Buch erschienen ist.«

»Das spielt keine Rolle«, meinte McQueen. »Im Gegenteil. Im Zweifelsfall hat es in der Zwischenzeit noch mehr Leser gewonnen. Wir wollten uns erkundigen, ob Sie und Ihr Vater vielleicht Interesse an einer Verfilmung hätten.«

»Bitte?« John konnte seinen Ohren nicht recht trauen.

»Eine Verfilmung«, setzte Mossby nach. »Als Serie. Der Streamer, mit dem wir zusammenarbeiten, hat bereits großes Interesse signalisiert. Was meinen Sie?«

John wusste nicht recht, wie er auf das Ansinnen reagieren sollte. Mit solcherlei Öffentlichkeit hatte er vor langer Zeit abgeschlossen. Das Gefühl, im Scheinwerferlicht zu stehen, hatte ihm nicht sonderlich behagt.

»Ich … weiß nicht«, stammelte er, bis ihm schließlich ein Einfall kam. »Am besten reden Sie mit meinem Agenten darüber. Ich meine natürlich … dem Agenten meines Vaters, er hat das Buch ja schließlich verfasst. Er wird am besten wissen, wie es um die Rechte bestellt ist. Ich glaube nämlich, es gab vor Kurzem erst eine Anfrage.«

McQueen und Mossby sahen sich an. »Dann sollte sich Ihr Vater unser Angebot unbedingt anhören, bevor er sich entscheidet«, sagte Mossby. »Es steht eine hohe Summe im Raum.«

»Na, das wird mein alter Herr sicherlich gerne hören. Lassen Sie mir doch Ihre Nummer da, dann kann er sich melden.«

Greg McQueen reichte ihm seine Visitenkarte.

John wollte sich schon verabschieden und hatte den Türgriff in der Hand, als er sich noch einmal umwandte. »Und noch etwas.«

»Ja?« McQueen blickte ihn erwartungsvoll an.

»Klaus Krieger spielt nicht die Hauptrolle.«

McQueen lächelte. »Ich denke, das sollte sich einrichten lassen.«

»Das freut mich. Also dann …« John ging in die Wohnung und schloss die Tür hinter sich.

»Wer war das?«, fragte Celine aus dem Wohnzimmer.

»Die Filmfritzen.«

»Du meinst doch nicht etwa die von der Insel, die mit Moser gedreht haben?«

»Doch, doch.«

»Und was wollten die?«

»Bens Buch verfilmen.«

»Krass! Nicht dein Ernst!«

»Doch, mein Ernst.«

Celine lächelte. »Dann steht dem neuen Bett ja nichts im Wege.«

»Ich denke, Kingsize geht in Ordnung.«

John ließ sich im Wohnzimmer in den Ohrensessel an der Balkontür fallen. Der Blick ging über die verblühten Geranien hinaus in den Innenhof, wo zwei hohe Bäume wuchsen.

Celine legte Frouke auf das Sofa neben dem Stuhl. »Die Kleine ist jetzt ein wenig müde …«

»Ich pass schon auf«, sagte John. »Kümmer du dich um deine Schulaufgaben.«

Celine verzog sich in ihr Zimmer.

John genoss die frische Luft, die hereinwehte. Auf dem Sofa lagen zwei karierte Decken. Mit einer davon deckte er Frouke zu, die andere nahm er für sich selbst und setzte sich damit zurück in den Sessel.

Ben und Vivienne waren aus dem Urlaub zurück und hatten

sich für den späteren Nachmittag auf Kaffee und Kuchen angekündigt. Doch bis dahin waren noch ein paar Stunden Zeit.

John streichelte mit einer Hand über Froukes Rücken, die bereits selig schlief. In den Bäumen zwitscherten die Vögel, irgendwo in der Nachbarschaft bellte ein Hund. Aus dem Nebenzimmer kam Celines Stimme, die natürlich lieber mit ihren Freundinnen chattete, anstatt zu lernen.

Ein ganz normaler Nachmittag. Endlich mal wieder.

John legte den Kopf zurück und schloss mit einem zufriedenen Seufzen die Augen.

Schon bald darauf erfüllte ein seliges Schnarchen die Altbauwohnung am Sankt-Jürgen-Platz.

65 Lilly

Sie setzte sich zu Juri ins Auto und schloss die Tür.

»Und, gut?« Er sah sie erwartungsvoll von der Seite an.

Lilly nickte. »Sehr gut.«

Zugegeben, sie war einigermaßen nervös gewesen. Schließlich hatten sie Frouke noch nie abgegeben. Doch nun fühlte es sich wirklich gut an. Bei John wusste sie das Kind in besten Händen. Es war schön, ihm wieder voll und ganz vertrauen zu können. Fast ein wenig so wie früher.

Das war das Einzige, was vielleicht nicht so gut war, obwohl es sich schön anfühlte. Die Schmetterlinge, die neuerdings wieder in ihrem Bauch zu tanzen begannen, wenn sie John gegenüberstand. Doch davon brauchte Juri nichts zu wissen.

»Also«, fragte sie mit einem Lächeln. »Wo geht es hin?«

Es war ihr erstes gemeinsames Wochenende, das sie ohne Kinder verbrachten, seit Frouke auf die Welt gekommen war. Und Juri hatte bis jetzt ein Geheimnis um das Ziel ihrer Reise gemacht.

»Skagen«, sagt er knapp.

»Skagen?« Lilly ob die Augenbrauen. »Aber da ist … nichts.«

»Eben drum. Wir werden die Füße hochlegen, am Strand spazieren, Bücher lesen und einfach nichts tun. Die Seele baumeln lassen. Vielleicht die eine oder andere Flasche Wein köpfen.«

»Juri Rabanus.« Lilly küsste ihn. »Das klingt ganz nach meinem Geschmack …«

Ihr Smartphone klingelte.

Es war der Polizeipräsident. »Entschuldigen Sie, falls mein

Anruf ungelegen kommt. Ich weiß, dass Sie bereits Feierabend gemacht haben. Doch ich würde Ihnen gerne noch meinen persönlichen Dank aussprechen. Würde es Ihnen etwas ausmachen, noch einmal kurz im Präsidium vorbeizuschauen?«

»Jetzt?«

»Wenn es Ihnen nichts ausmacht.«

Lilly legte auf und sah Juri verwirrt an. »Der hätte sich doch schon vorhin bei mir bedanken können. Was zum Teufel will er von mir?«

Die meisten Kollegen machten an einem Freitagnachmittag früh Schluss, wenn die Lage es zuließ. Deshalb herrschte Ruhe auf den Korridoren des Präsidiums, als Lilly über den Korridor der Chefetage ins Vorzimmer des Polizeipräsidenten ging.

»Er erwartet Sie bereits«, empfing seine Assistentin sie. »Gehen Sie ruhig durch.«

Der Polizeipräsident erhob sich hinter seinem Schreibtisch, als Lilly eintrat. Zu ihrer Überraschung war Kriminalrat Gödecke ebenfalls zugegen. Er stand am Fenster und drehte sich zu ihr herum.

»Vielen Dank, dass Sie es einrichten konnten«, sagte der Polizeipräsident und schüttelte ihre Hand. »Ich wollte das vorhin nicht vor den Kollegen besprechen – und ich hatte noch ein paar Termine.«

»Kein Problem.«

»Der Kollege Gödecke erzählte mir, dass Sie wohl ein Wochenende ohne Kinder geplant haben. Einverstanden, wenn wir es kurz machen und uns den Small Talk sparen?«

»Sehr gerne.«

»Also … ich möchte Ihnen in unser aller Namen für die exzellente Arbeit danken. Dafür hätte Ihnen von den Kollegen mindestens ebenso ein Empfang gebührt wie dem guten John Benthien.«

Lilly schmunzelte. »Vielen Dank, aber ich glaube, zu so etwas lassen sich die Kollegen nur im Ausnahmefall hinreißen.«

»Mag sein. Und, nun ja, als Chef darf man ohnehin nicht mit Applaus für seine Arbeit rechnen.« Die beiden Herren tauschten einen Blick aus.

»Wie meinen Sie das?«, fragte Lilly, die plötzlich ein ungutes Gefühl bekam.

»Ich möchte mich meinerseits ebenfalls für die gute Zusammenarbeit bedanken«, ergänzte Gödecke. »Die wenigsten schaffen es, unter solchen Umständen eine Ermittlung zum Erfolg zu führen …«

»Wie Ihnen vielleicht bereits zu Ohren gekommen ist, wollen wir für frisches Blut sorgen«, nahm der Polizeipräsident das Wort wieder an sich. »Das gilt auch für die Führungsetage. Und da Sie beide sich so gut ergänzt haben, möchte ich den Generationswechsel einleiten und Ihnen anbieten, in Zukunft mit Herrn Gödecke gemeinsam die Leitung der Kripo zu übernehmen. Natürlich nur so lange, bis er in den verdienten Ruhestand scheidet. Danach läge die Verantwortung dann ganz bei Ihnen.«

Der Polizeipräsident und Gödecke sahen sie erwartungsvoll an. Doch zum ersten Mal in ihrem Leben hatte es ihr wahrlich die Sprache verschlagen.

Lilly spürte, wie ihr Kiefer langsam herunterklappte.

John Benthien ermittelt auf Föhr in seinem berührendsten Fall

Nina Ohlandt / Jan F.
Wielpütz
TIEFER SAND
Nordsee-Krimi

416 Seiten
ISBN 978-3-404-18567-2

Nach dem Verschwinden ihrer Mutter wendet sich Nieke Dornieden an John Benthien. Der Hauptkommissar nimmt sich der Sache an. Wenig später wird Niekes Mutter tot in einem Kellerverschlag ihres Hauses gefunden, und Benthien beginnt auf Föhr zu ermitteln. Auf der Insel hatten nicht wenige Grund, der alten Dame nach dem Leben zu trachten, doch auch die Vergangenheit der Toten gibt Rätsel auf: Ihr Mann und ihre Tochter aus erster Ehe werden seit Jahren vermisst; niemand weiß, was geschehen ist. Benthien begreift, dass beide Fälle zusammenhängen – und stößt auf ein Familiengeheimnis und eine Wahrheit, die ihn selbst in eine dramatische Situation bringen ...

Lübbe

Ein Fall, der John Benthien tief in die
Vergangenheit führt

Nina Ohlandt / Jan F.
Wielpütz
SCHWARZE DÜNEN
Nordsee-Krimi

512 Seiten
ISBN 978-3-404-18873-4

An einem Frühjahrsmorgen stürzt über Sylt ein Kleinflugzeug ab; die Pilotin und ihr Passagier sind auf der Stelle tot. Die Untersuchung zeigt, dass das Flugzeug manipuliert wurde. John Benthien, Hauptkommissar der Kripo in Flensburg, übernimmt die Ermittlungen. Welche Rolle spielte der mysteriöse Passagier, der einen Koffer voll Bargeld mit sich führte? Wer war er in Wirklichkeit? Auch persönlich stellt der Fall Benthien vor Probleme, denn die neue Staatsanwältin scheint ihn nicht zu unterstützen. Bald schon muss John fürchten, dass sie sein Geheimnis ans Licht bringt – ein Geheimnis, das ihn nicht nur den Job kosten, sondern auch ins Gefängnis bringen könnte ...

Lübbe

Auch Idylle kann tödlich sein ...

Nina Ohlandt
KALTE MARSCH
Nordsee-Krimi

496 Seiten
ISBN 978-3-404-19251-9

Nach seiner Strafversetzung leitet John Benthien die Polizeiwache von Friedrichstadt, einem ruhigen Ort mit Grachten, Holzbrücken und Backsteinbauten. Die Ruhe hat ein Ende, als eine Frau ihn um Hilfe bittet. Ihr Ehemann soll ihre Schwester und deren Mann ermordet haben, doch die Frau glaubt an seine Unschuld. John ermittelt auf eigene Faust und entdeckt, dass es auch andere Erklärungen für den Mord geben könnte. Die Spur führt zu einer Freikirche, der die Bewohner von Friedrichstadt mit Argwohn gegenüberstehen. Die Situation spitzt sich zu, als eine vergrabene Leiche gefunden wird – ausgerechnet im Garten hinter Johns Haus...

Lübbe